王达敏，本名王大明，一九五三年生，安徽枞阳人。安徽大学文学院教授、博士生导师。著有《第三价值》、《稳态学》、《新时期小说论》、《理论与批评一体化》、《余华论》、《论文学是文学》、《中国当代人道主义文学思潮史》、《批评的窄门》、《中国当代长篇小说论》等。

胡焕龙，一九六〇年生，安徽凤台人。淮南师范学院中文系教授。主要从事中国近现代文化思潮研究，在《文艺研究》、《文艺理论研究》、《中国现代文学研究丛刊》等学术期刊发表论文五十余篇。主编《中国文化概论》、《文化淮南》等。

中国文学
现代传统的形成

—— 增订版 ——

王达敏 胡焕龙 著

时代出版传媒股份有限公司
安徽教育出版社

图书在版编目（CIP）数据

中国文学现代传统的形成 / 王达敏,胡焕龙著.—增订版.—
合肥:安徽教育出版社,2022.12
ISBN 978-7-5336-9868-3

Ⅰ.①中… Ⅱ.①王… ②胡… Ⅲ.①中国文学－现代文学－文学研究
Ⅳ.①I206.6

中国版本图书馆 CIP 数据核字（2022）第 201781 号

中国文学现代传统的形成
ZHONGGUO WENXUE XIANDAI CHUANTONG DE XINGCHENG

出 版 人:费世平
策划编辑:何　客
责任编辑:何换生　金　雯
封扉设计:王丽娟
美术编辑:张鑫坤
技术编辑:陈善军

出版发行:安徽教育出版社
地　　址:合肥市经开区繁华大道西路 398 号　邮编:230601
网　　址:http://www.ahep.com.cn
营销电话:(0551)63683012,63683013
排　　版:安徽时代华印出版服务有限责任公司
印　　刷:安徽新华印刷股份有限公司

开　本:710 mm×1010 mm　1/16
印　张:38
字　数:526 千字
版　次:2022 年 12 月第 1 版　2022 年 12 月第 1 次印刷
定　价:78.00 元

（如发现印装质量问题,影响阅读,请与本社营销部联系调换）

目　录

1	增订版序
3	原版序
1	导　论　　中国文学现代传统形成的路径和结构
3	第一节　　中国文学现代传统形成的"路线图"
32	第二节　　中国文学现代传统的"结构图"
44	第一章　　中国文学现代传统的历史文化背景
45	第一节　　从希尔斯的传统观看中国文学的现代传统
51	第二节　　中国文学现代传统的历史背景
82	第二章　　启蒙—政治化传统的形成与发展
83	第一节　　礼乐文明精神与古代中国文学的政治化传统

101	第二节	现代中国文学政治化传统的萌芽
121	第三节	现代中国文学政治化传统的形成
150	第四节	20世纪中国文学政治化传统的发展演变

177	**第三章**	**个性解放与反叛传统**
179	第一节	古代中国文学中的个性精神
183	第二节	近代中国文学的人文思潮
194	第三节	反叛与张扬："五四"新文学个性解放传统的开创

241	**第四章**	**白话文运动与大众化文学传统**
242	第一节	近代中国民族语文的变革
250	第二节	"五四"白话文运动与大众化文学传统
269	第三节	"平民意识"与"文学大众化"的深入
278	第四节	新文学创作与大众化文学传统的流变

289	**第五章**	**继承与借鉴传统的形成与发展**
290	第一节	封闭自足中一脉相承的古代文学
292	第二节	历史巨变中"继承与借鉴"文学传统的滥觞
296	第三节	清末与"五四"时期继承与借鉴传统的形成
311	第四节	继承与借鉴传统的现代发展

333	**第六章**	**艺术—美学传统之一：现实主义传统**
335	第一节	现实主义的界定及其文学史意义

339	第二节	现代中国文学现实主义美学精神的滥觞
346	第三节	"五四"为人生文学思潮与现实主义文学传统的酝酿
378	第四节	现实主义文学传统的发展与变迁

410	**第七章**	**艺术—美学传统之二：浪漫主义传统**
411	第一节	近代欧洲浪漫主义文学运动
413	第二节	现代中国浪漫主义文学的中外文化背景
433	第三节	"五四"个性解放与浪漫主义文学传统的形成
457	第四节	浪漫主义传统的延传与变异

485	**第八章**	**艺术—美学传统之三：现代主义传统**
485	第一节	西方现代主义文学
490	第二节	引进与尝试（1915—1924）
496	第三节	凝结与成熟（1924—1948）
505	第四节	衰落与边缘化（1949—1976）
509	第五节	重兴与深化（1976—2000）

519	**参考文献**

527	附录一　忏悔意识演变与中国当代忏悔文学的兴起
579	附录二　鲁迅：中国现代忏悔文学的开创者

增订版序

每本书都有自己的命运。我尽力写好每本书，配合出版社出好每本书。一俟它们出版我便松手，任其自然"成长"，从不为之造势助长，至于它们发展得怎样，就全看各自的造化了。

这本书专深厚重，非这方面的学人难有耐心亲近它。本以为它的命运如同多数学术著作一样，初版即终版，不曾想它的运气竟然挺好：2021年2月全国哲学社会科学工作办公室公布的"2020年度国家社科基金中华学术外译项目立项名单"，《中国文学现代传统的形成》（英文版）赫然在列。

在这本书之后的近五六年里，我的学术兴趣转向而实际上是顺道步入"中国当代忏悔文学"的研究。关于这个论题，容我多说几句。

学术界公认，中国文学缺乏忏悔意识，故而少有忏悔之作。其主要原因是中国缺少宗教，没有宗教伦理作为中国文化的思想资源，所以难以产生罪感文学即忏悔文学。其次是中国传统文化中的"实用理性""乐感文化"和"耻感意识"等特质的使然，使得中国文化乃至中国文学缺乏灵魂维度的精神超越。根据人类学研究发现，忏悔意识是人与生俱来的一种生命意识，并非宗教尤其是基督教的专利。起源于原始巫术中的忏悔意识，在西方由巫入教，经琐罗斯德教、犹太教直至基督教，创造了一个延伸性很强的"原罪"概念，又从"原罪"概念中引出"忏悔伦理"和"赎罪伦理",由于这两种宗教伦理在历史的演进中凝定成西方文化传统,故而促成了忏悔文学的发展。在中国,忏悔意识却消弭于传统文化"由巫入礼归仁"的演变中。直到近现代之际,在现代语境中觉醒的忏悔意识才汇入反传统、反封建的思想启蒙之中。由于受"启蒙"和"救亡"等强势话语的挤压,只见包含着现代因素的忏悔意识在鲁迅、周作人、郭沫若、郁达夫、曹禺等作家的作品中涌动。但是,除了鲁迅小说《狂人日记》和《伤逝》,几乎再难以见到真正的忏悔之作,即以忏悔作为主题的忏悔之作,之后,它逐渐消失达半个世纪之久。从1978年以来特别是新世纪以来,忏悔文学兴起,其发展态势显示,它们正在开创中国忏悔文学的新时代。

在给出了忏悔意识演变的逻辑路径并构建了中国当代忏悔文学的理论框架后,我从中国当代忏悔文学的发展及表现形态入手,逐一研究陆续发表出版的具有代表性的忏悔之作,基本上是写好一篇发表一篇,到目前为止,其研究已近尾声。

安徽教育出版社何客先生熟知我的学术思想及研究成果,他从我的这项研究中发现忏悔文学作为中国文学的一种新的"现代传统"正在生成,建议我修订《中国文学现代传统的形成》,将已经发表的《忏悔意识演变与中国当代忏悔文学的兴起》和《鲁迅:中国现代忏悔文学的开创者》作为增订版附录,以见中国文学这一新的"现代传统"的概貌。同时,他还告诉我,初版的库存所剩无几,修订再版原本就是出版社的常规动作。如此雅意,自是欣然应诺,还有感谢!

王达敏
2022 年 11 月 9 日

原版序

本书是国家社科基金项目"中国文学现代传统的形成研究"的最终成果。

项目始于 2009 年，起初是作为安徽大学"211 工程"第三期重点学科建设子项目"文学中国与地域安徽"之一种，名为"胡适、陈独秀与中国文学现代传统"。进入研究之后，我们发现这个课题由于受"地域安徽"的限制，将"胡适、陈独秀"与"中国文学现代传统的形成"联系起来，虽然突出了前者，但不能为后者建立起自足完整的理论构架。2011 年我们在中国文学史及"文学传统"的大格局中建立起明确的中国文学"现代传统"的学术意识，以"中国文学现代传统的形成研究"为题，申报国家社科基金项目，获得立项。2014 年 6 月按期完成项目并申请结项，2015 年 2 月顺利通过全国哲学社会科学规划办评审，评审专家们的评价，令我们满意。

关于这本书的内容、要义和理论构架，我们在结项审批书中作了阐释：

由中国古代文学凝定的文学传统，通常称之为"古代传统"。但这一文学传统演进到清末民初至现代时，在中西文化思潮和文学观念交融创化及文学创作的作用下，则发生了巨大变化而形成了新的文学传统，即"现代传统"。这种新的文学传统上承中国古代文学，下通中国现当代文学，具有民族性、时代性和世界性的鲜明特征。

本项目成果内容主要研究中国文学现代传统形成的路径（"路线图"）及其构建的理论体系（"结构图"）。中国文学现代传统从发生到形成经历了三个阶段：19世纪中后期中西文化的"交会时代"、世纪之交的新旧"过渡时代"、"五四"时期中国现代文学成长的"轴心时代"。第一阶段，19世纪中叶来华西方人士和中国近代士人为启蒙民众、改造社会而介入文学革新和文学创作的活动，促进中国文学在文学观念、语体形式等方面发生变革，使之成为中国现代文学成长的文化土壤与精神资源。中西方关于文学社会教化功能的观念在此融会贯通；以小说为代表的文学创作更加贴近民众生活。第二阶段，以梁启超为代表的新型知识分子在前人努力的基础上发动"三界革命"，高扬思想启蒙和人的自觉的时代主题，使之成为中国现代文学政治教化与个性解放两大核心传统的精神源头。第三阶段，胡适、陈独秀等人发动和领导的"五四"新文化运动及新文学运动，在中国文学现代传统形成过程具有承前启后、继往开来的意义，他们所倡导的崭新的文化思想和文学观念标志着中国文学传统由"古代"向"现代"转换，此后在20—40年代新文学创作实践有力的支持下，中国文学"现代传统"终于形成体系。其演进之结果，是构建了中国文学现代传统谱系的"结构图"，其主轴/主脉由"思想—文化传统"和"艺术—美学传统"两大系统构成。两大系统互为表里，从根本上反映并决定着中国现当代文学的精神面貌和发展趋势。

"思想—文化传统"主要源自19世纪末20世纪初中国社会文化思潮，各种思想观念可归结为现代民族国家诉求和个性解放诉求的两大时代主题。两大诉求互为依托，形成了现代文学互渗互补的两大思想传统："思想—政治教化传统"和"个性解放传统"。前者有着悠久深厚的本土文化资源，即文学的"载道"、"教化"传统，在新的历史环境中，转化为"新民"、"启蒙"、"革命"、"救亡"等新形态，承担着文学变革社会的使命，同时又以此显示出中国文学一贯的民族特性。后者虽有着本土的历史记忆，但更多来自西方现代文化资源的支持，在思想启蒙大潮中形成中国社会的核心价值观，并最终凝成中国文学崭新的现代传统。这是中国文学现代传统逻辑体系中起主导作用的两大核心传统，以此为核心，又派生出两个重要的现代传统："大众化传统"和"继承—借鉴传统"。前者以白话文和平民意识为表里，充分显示出现代大众文化精神，胡适的白话诗开其端，经"五四"阵营白话文学创作的巨大社会影响，奠定了20世纪初期中国社会的审美理想，再经20年代"大众化"运动、30年代"文章下乡"运动和40年代解放区"工农兵文艺运动"，最终凝结成崭新的现代传统。后者则体现出在世界文化背景下，中国文学走向世界的步履，显示出中外文学互相借鉴的内在规律。这一传统从清末翻译文学开始，到"五四"时期胡适倡导以西洋文学为范本，经"新青年"团体、新月派、象征派等两代人的不懈努力，全面影响或制约着中国现代文学的发展演变，以至于成为特定历史时期中国文学的特定"传统"。

"艺术—美学传统"由现实主义和浪漫主义两大传统构成主干。在儒家"载道"、"教化"传统文学观念背景下，现代中国文学现实主义传统成长于19世纪中后期的思想启蒙运动与西方科学主义语境中的"写实"风潮，经"五四"新文学阵营的倡导及创作实践而基本定型，再经30—40年代的多元化发展而凝成强大的文学传统，随后在"断裂"与"新变"中深刻影响着20世纪后期中国文学的基本风貌。浪漫主义传统萌发于"晚明思潮"，滥觞于19世纪末由"西风东渐"酝酿的"情感解放"文学思潮，"五四"新文化运动的个人主义精神及新文学创作实践，为它奠定了坚实的思想基础。以个人主义为核心的反叛精神和自由精神，是中国现代浪漫主义文学区别于古代浪漫主义传统的基本精神。30年代的京派文学、40年代的新历史剧与新浪漫派小说、80年代以后的"朦胧诗"与蕴含着人道主义情怀的小说所开创的浪漫主义思潮，从不同方面延传着"五四"凝结的浪漫主义文学传统。二者之关系：首先，它们是历时性的。由现实主义到浪漫主义，既反映了现代中国社会由"民族解放"到"人的解放"及其深化的发展历程，也反映了在这一时代诉求下中国文学现代美学精神的变迁。其次，它们又是共时性的。两大文学思潮及其凝结的美学传统，构建了中国现代文学发展的主潮。最后，它们相互渗透、相互融合。现实主义文学处于中国文学美学精神大格局的"正宗"地位，很大程度上影响并制约着其他艺术流派的发展。浪漫主义与之难解难分，其"浪漫抒情"也总是与具体的中国社会现实问题相关联。

研究中国文学现代传统的形成及其理论的有机构成，实质上就是从根本上把握现代中国文学史纷繁复杂表象下本源性的"精神运动轨迹"和"精神结构图"，为准确理解中国现代文学的发展及其具体文学现象提供内在根据。

在中国文学史及文学传统的大格局中，提出中国文学"现代传统"是对"古代传统"的超越与创新，是与新时代同步发展的"新的文学传统"；以近现代中国社会文化思潮和文学变革创新为线索，研析出明晰的中国文学"现代传统"谱系，目的是为其建立一个逻辑自足的理论构架与话语体系。

系统地研究中国文学现代传统的形成与发展，以及各种新的文学传统在相互作用中构建的理论体系，这在中国现代文学研究中是首创。

结项后，根据评审专家们提出的意见，我们对最终成果作了相应的修改，特别是补写了《艺术—美学传统之三：现代主义传统》一章。我们意识到，将"现代传统"在当代文学中的演变与发展纳入研究视野，无疑会进一步丰富"现代传统"的内容。但这部分的论述，基本采取粗论形式，各章不是均衡使力，因而深浅不一、详略不一。

这个项目的复杂，其难度远远超出我们当初的设想，七年来（包括结项后修改成果的一年多时间），我们除完成各自承担的另一个与此相关的项目外，主要精力都放在这个项目上。但我们的合作非常默契，心往一处想，劲往一处使。项目完成后，尤其是书稿完成后，我们的心中都生发了相互尊重、相互感激的情感。一生中能有这样愉快的合作，实乃人生之幸事！

王达敏、胡焕龙
2016年春于合肥

导　论
中国文学现代传统形成的路径和结构

从古迄今，一部完整的中国文学史，包含了"中国古代文学史"和"中国现代文学史"两个历史发展阶段。前者从远古至19世纪中叶，约三千年发展历程，后者萌芽于19世纪中后期，在20世纪呈现出崭新的思想意蕴与美学精神，至今约一百五十年历史。仅仅百年的"中国现代文学"之所以能够从数千年的传统文学中"脱颖而出"，显示出独立的品格和历史意义，并不在于其属于单纯时间意义上的"现代"文学。以文化学的视角，"现代"的实质，是指18世纪以后工业文明模式下的文化精神与文化形态。因此，所谓"现代文学"也就是与现代工业文明模式相一致的语言载体、文学体式及美学精神，是从内容到形式，都充分体现现代文化精神的文学形态。

当这些"现代性"因素进一步内化为人们普遍的审美趣味、审美心态，凝结为明确的文学价值系统，并在人们的艺术实践和社会生活中获得高度认同，使之具有不容置疑的道德正确性、社会权威性和精神感召力时，遂形成本源性的精神力量，即我们常说的"传统"。"中国现代文学"之所以获得独立的历史地位，从根本上说，取决于它在19世纪至20世纪初特定历史环境下所凝结的新的文学传统。在新的历史环境中，它一方面因继承本民族美学传统而呈现出民族特色,另一方面因全面借鉴近现代西方文学的人文精神而充分体现出时代精神。总之,是新的文学传统的凝成,决定了近百年的中国文学成为具有独立历史意义的"中国现代文学"。

当代美国著名社会学家、芝加哥大学社会学系教授爱德华·希尔斯(Edward Shils)在《论传统》一书中这样给"传统"下定义:"传统意味着许多事物。就其最明显、最基本的意义来看,它的涵义仅只是世代相传的东西(traditum),即任何从过去延传至今或相传至今的东西。"[1] 也可以这样说:"传统是围绕人类的不同活动领域而形成的代代相传的行事方式,是一种对社会行为具有规范作用和道德感召力的文化力量,同时也是人类在历史长河中的创造性想象的沉淀。"[2] 考察希尔斯对传统的论述,其要义有四:一、传统是连接着"过去"与"现在"的代代相传的东西。它是活在当下的历史,是对目前人们生活的方方面面仍然发挥作用的历史遗产。二、传统是一种强大的精神力量,它以"社会信仰"的形态对人们的社会行为和思想情感产生着毋庸置疑的感召和规范作用,成为整个社会根本性的精神凝聚力。三、传统的凝结过程是一个逐步"内化"的过程,即外在的重大事件、文化运动、社会改革、圣贤教化等等,逐步向生活方式、民情风俗、思维方式、文化心态的缓慢积淀过程。四、任何传统的延续,都是围绕其既定的文化主题,适应新的历史—文化环境需要的延传和变异。任何延传中都包含着"变异",而任何"变异",即使某些重大的"裂变",都是以"延续"为前提或载体。

因此,从深层看,中国现代文学的发生与成长过程,根本上也就是中国文学"现代传统"的萌芽、形成与凝定过程。系统考察这一过程所呈现的"路线图",也就是在考察中国"现代文学"的出生与成长历程。与希尔斯对传统的论述基本精神相一致,我国当代学者温儒敏给中国现

---

[1] E.希尔斯:《论传统》,傅铿、吕乐译,上海人民出版社,1991年版,第15页。
[2] E.希尔斯:《论传统·译序》,傅铿、吕乐译,上海人民出版社,1991年版,第2页。

代文学传统作了凝练而通俗的概括:"所谓现代文学的传统,不是虚玄的东西,它主要指近百年来那些已经逐步积淀下来,成为某种常识或某种普遍性的思维与审美的方式,并在现实的文学/文化生活中起作用的规范性力量。"[1]中国文学"现代传统"从萌芽到形成,经历了三个历史阶段:19世纪中后期中西文化的"交会时代"、世纪之交激进思潮初起的"过渡时代"(梁启超语)、20世纪初期"西化"语境下以"五四"新文化运动为标志的中国现代文学成长的"轴心时代"。所谓中国文学的"现代传统",是一个主次分明、结构清晰的有机体系。它由"思想—文化传统"与"艺术—美学传统"两个互为表里的系统构成基本框架。思想—文化传统以"启蒙—教化传统"与"个性解放"传统的互相制约、互为消长,构成中国现代文学两大核心传统及其运动规律。由这两大核心传统派生出两大次生传统:大众化传统和继承—借鉴传统。它们既是时代的产物,也是两大核心传统本身得以实现的途径。时代精神—核心传统—次生传统,构成中国现代文学思想文化传统面目清晰的"平面结构图"。艺术—美学传统则由现实主义传统和浪漫主义传统的相消长,以及现代主义传统的发展变迁构成基本框架,以"时代精神"为原动力,思想—文化传统与艺术—美学传统两大系列,组成立体的中国文学现代传统"金字塔"。这一"金字塔"式的"文学传统结构图",就是中国现代文学内在的"精神结构图"及其"精神运动图",它从根本上决定了20世纪中国文学的发生与发展。

第一节 中国文学现代传统形成的"路线图"

梁启超把清末民初这个充满冲突与融合、承传与变异、保守与创新、迷惘与机遇,内涵极其丰富而变化万端的历史时期,称为"过渡时代"。他以其特有的激情和诗意欢呼这一"过渡时代"对于中华民族的

---

[1] 温儒敏:《现代文学新传统及其当代阐释》,温儒敏、陈晓明等:《现代文学新传统及其当代阐释》,北京大学出版社,2010年版,第3页。

伟大意义。[1] 在他看来，"过渡时代"是一个民族百年、千年难遇的变革创新、全面发展的黄金时代，是一个民族继往开来、获得新生的伟大时代。但同时，"过渡时代"因其一切未定，充满变数，犹如惊涛骇浪、歧途丛生的"恐怖时代"。处于"过渡时代"的中国就犹如海中孤舟，远离旧岸而前途茫茫；多种选择，多样后果，都有可能。中国文学正是在梁启超所描述的这种"过渡时代"的惊涛与暗流丛生中经历其历史转型而走向世界、走向现代的。

纵观整个中国近代史，我们把中国文化由"古典"向"现代"的转变历程，概称为"转型时代"或广义上的"过渡时代"，大致从19世纪中后期到20世纪30—40年代。在此期间，中国文学"现代传统"的形成路线，跨越了层次分明的三大历史阶段：19世纪中叶的酝酿—萌芽阶段、世纪之交的初步形成阶段、"五四"新文化运动及其后的凝定阶段。这三个前后相连的历史阶段，与整个时代的社会文化思潮的演变密切相关，可称之为中西文化"交会时代"、新旧"过渡时代"和新文化形成的"轴心时代"。温儒敏指出："如果深入到历史内部认真观察，会发现，现代文学传统的生成，其过程非常复杂，远比以前许多文学史的描写要曲折而丰富。"[2] 现代文学传统凝结与流变的"路线图"，也即是文学传统"在过去和现在的作品之间存在的一种宽泛的、不完整的和不断变化的一致性，它是个充满弹性的动态结构"[3]。

第一阶段：中西文化相逢与中国现代文学传统的萌芽

从鸦片战争到戊戌维新运动半个多世纪里，中华民族以惊恐的目光

---

[1] 梁启超：《过渡时代论》，张品兴主编：《梁启超全集》第1册，北京出版社，1999年版，第464—466页。
[2] 温儒敏：《现代文学新传统及其当代阐释》，温儒敏、陈晓明等：《现代文学新传统及其当代阐释》，北京大学出版社，2010年版，第6页。
[3] 王中：《现代文学语言传统与当代写作》，温儒敏、陈晓明等：《现代文学新传统及其当代阐释》，北京大学出版社，2010年版，第201页。

和惶惑的心态,承受着西方近代文明的猛烈冲击。但中国社会上下,从朝廷、官僚阶层到普通民众,并未睁眼看世界,实现思想的觉悟,仍然"麻木不仁,妄自尊大"。直到咸丰庚申年(1860)英法联军攻进北京,才有少数有识之士真正认识到"非学西洋不可"。然而此时,"中华民族丧失了二十年的宝贵光阴"。[1]作为最具"惰性"的审美世界,在此期间,更是在既往的传统轨道上悠然前行,并不具备多少现代性质。

1856年第二次鸦片战争及其他一系列失败,中华民族危机进一步加深,特别是1860年英法联军攻占北京之役,才真正震动中国朝野。人们开始突破"师夷长技以制夷"的狭隘功利目光,理性地打量西洋文明。1861年1月清政府"总理各国事务衙门"的成立,及其随着开始的有声有色的"洋务运动",标志着中华民族从上到下,观察世界的目光及思想观念的历史性变化,标志着中华民族迈开了"自强图存"的切实的第一步。洋务运动的领导者们积极引进外国先进设备与科技、翻译西洋书籍、派遣幼童留学、创办新式教育等举措,表现出中国社会的觉醒,无形中成为中国文学由"传统"向"现代"蜕变、转型的社会背景。

此时期中外士人的文化活动成为中国现代文学成长的温床,许多西方基督教传教士如傅兰雅(John Fryer)、李提摩太(Timothy Richard)、林乐知(Young John Allen)等人,在献身宗教事务的同时,也为传播西方文明、消除愚昧、移风易俗以改造中国社会做出真诚努力。而他们的文化交流事业大都通过一种中国传统式的有效途径——文学创作来实现。其直接效果,就不仅在客观上推动了中外文学的交流,更在实际上启动了中国传统文学的现代转型步伐。

鸦片战争后,西方传教士为传教和传播西方文明,在中国创办了许多中文报刊,特别是出现于19世纪中期的《万国公报》,内容扩展到社会生活各个领域,成为西方人士在中国创办的影响最大的中文报纸。这些报刊尽量使用浅近文言文和中国习惯表达法以扩大在中国社会的影

---

[1] 蒋廷黻:《中国近代史》,沈渭滨导读,上海古籍出版社,2006年版,第16页。

响。50—70年代，由中外人士创办的世俗近代报刊在上海等沿海地区如雨后春笋般出现。这些现代媒体以传播现代文明为宗旨，读者也以开通的官僚和士大夫阶层及广大受到良好教育的城市市民为主，故其内容有了根本性的变化，但语言仍以浅近文言为主。这种文言言简意赅，不用典故，与口语接近，描述生动；吸收西语语法，逻辑严密，说理透彻；或趋雅或近俗，灵活多变。以70年代《申报》的创办为标志，这种相对雅化的报章文体逐渐风行。在梁启超之前，王韬、郑观应等著名报刊政论家皆以其凝练畅达、雅俗共赏的报章文体赢得了广大公众。这种以"文言"面目出现的报章文体，既浓缩了固有的民族文化审美元素，又因"西化"而具备很强的现代传播实用功能，经过二十多年两代人的摸索，一种兼有文学性与实用性、融汇中西与古今的崭新的民族语文形式渐显雏形，成为乍新还旧的文人雅士、文化精英纷纷趋奉的"时代文体"。实际上，它已成为中国现代民族语言和文学语言建构历史过程中，具有极强生命力和广阔前景的一种文体。

  与此同时，由于来华人士宣扬的基督教教义及西方文化基本价值观念遭到深受儒家正统思想影响的上层官僚和士大夫阶层的强烈排斥，也由于"开通民智"社会思潮的兴起及现代中国市民社会的渐趋形成，他们逐步改变办报宗旨，把主要读者对象转向社会中下层广大普通民众。这样一来，在语言的使用上也就随之由雅正而浅近的文言文逐步转向白话。而土生土长的民间白话也就随之与"西洋"有了瓜葛：使用者自觉或不自觉地"土洋结合"，使西方思维方式、基本词汇、文法与习语逐渐渗入白话之中，从而使中国本土白话开始向"欧化"方向发展，颇受广大民众欢迎。于是，由涓涓小溪到滚滚潮头，逐步形成了半个世纪后"五四"文学革命领袖们孜孜以求、大力倡导的白话文学创作潮流。世纪之交，在"新民"社会思潮下，白话报纸如雨后春笋，迅速占领舆论主阵地，显示出深广的社会基础，最终后来居上，盖过梁氏"新文体"，是"五四"白话文运动正式的继承与发扬者。袁进在考察大量史料基础上得出结论："西方传教士的欧化白话文是新文学的语言先驱。"[1]"从西方传教士到晚清白话文运动，再到五四白话文运动，构成了一条欧化白话文的发展线索。明乎此，我们就能够理解，为什么五四白话文运动可以做到几个人振臂一呼，就能够群山响应。接受欧化白话文的社会基础已经建设了几十年了。"[2] 这一历史发展趋势随着"新民"运动的兴起而日益强化，至"五四"以后凝结为20世纪中国文学的现代传统——平民化、大众化传统。

与此互为因果的，是文学社会功能的强化与具体化。经世致用思潮的兴起，西方文化的入侵及国人功利性误读，使古代中国"教化"文学传统得到空前强化，处于现代中国文学价值系统的核心地位。道、咸年间，俞万春的《荡寇志》，宣扬朝廷以赫赫武功对作乱"强盗"的辉煌胜利，影响甚广。地方官员竟多次资助再版这部小说，使其成为宣扬统治阶级正统观念、社会意识形态的政治教科书。[3] 这很能说明传统"文以载道"文学观念向现代"政治化"方向的转变。从全局看，此时的小说创作和接受仍处于传统说部的帝王将相、才子佳人、神魔逸史、武林公案的消遣情趣中。但在新的社会思潮中，变革的萌芽已经出现。与此同时，来华的西方传教士在传教、办报的同时，或独自或在中国助手的协助下，用中文创作了各种题材小说，以中国民众喜闻乐见的传统文学形式，促进其宗教教义及各种思想观念、社会见解的传播。甲午战争的次年，英国传教士傅兰雅（John Fryer）先后在《申报》和《万国公报》上发表《求著时新小说启》，向社会各界征稿，举办"时新小说"竞赛，就是企图以"时新小说"推动社会进步，进而影响政治的典型事例。来华传教士所秉持的西方基督教文化固有的功利主义文学传统——以文学宣扬教义，传播福音，与中国传统的主流文学观——"文以载

---

[1] 袁进：《中国文学的近代变革》，广西师范大学出版社，2006年版，第89页。
[2] 袁进：《中国文学的近代变革》，广西师范大学出版社，2006年版，第91页。
[3] 参见袁进：《中国文学的近代变革》第五章《功利与审美》，广西师范大学出版社，2006年版；王德威：《被压抑的现代性——晚清小说新论》第三章《虚张的正义——侠义公案小说》，宋伟杰译，北京大学出版社，2005年版。

道"可谓异曲同工。面对中国社会的颓势、民众的愚昧,他们以基督教头脑宣扬"文学兴国"、"移风易俗"的现代世俗神话,这与当时中国社会方兴未艾的经世致用文学观念不谋而合,形成"思想共振"从而引领了社会思潮。在儒教—基督教原本南辕北辙两股文化势力不经意的"文学合谋"中,传统的不能登大雅之堂的"稗官野史"突然被赋予全面而具体的社会使命,其地位迅速提升,向"文学最上乘"直线迈进。至此,中国文学思潮距梁启超发动"小说界革命"仅一步之遥,两者之间已呈"水到渠成"之势。在世纪之交梁启超的"三界革命"中,中国文学"文以载道"传统在清末经世思潮和强劲"西风"的交会洗礼下,迅速向更加狭隘和功利性的现代政治化传统蜕变。

19世纪中叶开始,西方文化的传播与中西文化的交流随着帝国主义入侵势力的深入而逐渐展开。中西文学的接触,始于19世纪中叶西方传教士以传教为目的而进行的各种文学活动过程中。这些文学活动,一是传教士大量创作的"传教士小说",一是传教士翻译的西方小说。西方各国传教士们以通俗小说作为有效手段,向社会下层民众传播基督教,主要作者有米怜(William Milne)、郭实腊(Karl Gützlaff)、麦都斯(Walter Henry Medhurst)、理雅各(James Legge)、叶纳清(Ferdinand Genahr)等。这些作者模仿中国传统说书人的口吻,以带有欧化色彩的民间白话为叙事语言,尽量靠近中国传统小说叙事模式和儒家思想,讲述老百姓喜闻乐见的故事,深受广大民众的欢迎。[1] "传教士小说"从形式到内容,都是"中西合璧"的产物。它的写作策略无疑为20世纪中国文学继承—借鉴新传统的形成与凝定,提供了适宜的文化土壤和社会温床。此时期,以《申报》为阵地,由传教士、西方传媒人士及初步了解西方文化的中国本土士人共同着手的汉译小说开始登上文坛。为使中国读者最大限度地接受,译述者把原著尽可能地中国化。对于迥异于东方的西俗,则作小心翼翼的解说。它们是真正意义上的"外国文学"在中国社

---

[1] 韩南:《中国近代小说的兴起》,徐侠译,上海教育出版社,2004年版,第68—101页。

会的登台亮相,是中国文学史上中外文学的初次"会面"与"交谈"。在译述过程中,译述者对中国文学的"归化"与对原作精神内涵"保留"的把握与调整,实际上孕育了20世纪初中国新文学建设中继承—借鉴文学传统的幼芽。这时的中外人士,并未形成自觉的"中西文学交流"概念,但这种"交流"与"影响",作为"传教"的副产品,已在不知不觉中逐渐代替传教宗旨,成为中西文化交流的主要领域。在这中—西、古—今交会的十字路口,20世纪中国文学特有的继承—借鉴传统,悄然萌芽。

第二阶段:中国文学现代传统的酝酿

梁启超所谓的中国文化现代转型的"过渡时代",横跨两个世纪,前后约三十年时间,中国文学正是在此时经历了急剧的历史转型而走向现代的。

甲午战争之后,梁启超发动了影响深远的"三界革命"。"三界革命"标志着近代中国文学革命运动进入一个新的历史阶段。首先,文学革命运动的推动者,不再是外国媒体人士、传教士,而是中国本土的社会精英。强烈的民族意识与爱国情怀,是19世纪末文学革命的心理基础;挨打受辱的切肤之痛与亡国灭种的危机感,成为推动文学革命迅猛发展的内在动力。它是近代中国民族自觉与文化自觉的直接产物。其次,尽管"三界革命"运动出于现实的需要,沿着历史的惯性,把革新文学视为思想启蒙的工具,但也因此更加重视文学的审美特性。这标志着真正意义上的文学革命运动的开始。再次,以梁氏为代表的社会精英,大力倡导输入西洋文学,并以之改造——或者说在很大范围内取代中国旧文学。因此,19、20世纪之交,以"翻译文学"的繁荣为表征,呈现出中国历史上前所未有的中西文学大规模的碰撞与交流,同时也酝酿着以西洋文学改造乃至取代中国民族文学的激进思潮。这一思潮由以后的"五四"新文化运动先驱们推波助澜,成为社会主潮。

作为其中之一的"文界革命"的重要内容,就是文学语言的革命。1899年,东渡日本的梁启超受日本著名政论家德富苏峰文章的启发,开始自觉地发动一场"文体革命"。在他看来,这不仅是"新民"的需要,也是建设中国现代民族语言和文学革命的需要。梁氏"新文体"虽直接启发于德富苏峰,然而它内在的文化源头,则是他的前代人——西方传教士及王韬、郑观应等洋务运动思想家、政论家们充满锐气、生动活泼的报章文体。相对于前人,梁氏"新文体"更加自觉地吸收中西古今多元文化元素:立足于传统文言文的基本架构,大力吸收其固有审美元素,却又吸收西洋文法和习语,融汇民间用语,雅俗融通而更趋雅致整饬,这样更能够展示"启蒙导师"的内在激情与审美趣味,从而又与正在普遍"趋俗"的通俗报章文体拉开了距离,成为极富美学特质和精神感召力的"时代文体"。与此"雅化"趋势相反,黄遵宪、裘廷梁、陈荣衮等人,则在"新民"运动中,大力推动近代报刊的"俗化"倾向,发动了清末白话文运动。他们把广大下层民众作为启蒙对象,在文学大众化方向上走出了另一条道路——倡导民间白话。出于"新民"以救亡的政治需要,他们把文言与白话相对立,要求以白话代替文言,致力于"言文合一",从而与梁氏"新文体"分道扬镳,成为建构现代民族新语文的强劲潮流。于是,1898年,裘廷梁在其著名的《论白话为维新之本》一文中首次明确提出"崇白话而废文言",成为清末白话文运动的纲领性文件。裘氏认为中国两千多年的文言严重蔽塞了中国人民的"聪明才力",文言文造成的言、文分离,是使人民不得识字读书而成为愚民的根源。另一位白话文的积极倡导者陈荣衮在《论报章宜改用浅说》一文中主张报纸应全部改用白话。如果报纸目无民众,拒绝白话,任全国庶众"废聪塞明,哑口瞪目",祸莫大矣!他们纷纷从启蒙和救国的政治角度夸张地论述了改文言为白话的必要性和紧迫性。

梁启超的"新文体"与中国民间白话,成为建构中国现代民族语文的两条最为现实的道路,从原则上说,两者互补相融以成,是最理想的历史发展方向。然而,在激进文化思潮日益兴起、"民粹"意识日益彰显背景下的清末白话文运动,以"文言"与"白话"的两极对立,确立了以民间白话为现代中国民族语言的发展方向。这导致了"五四"时期胡适、陈独秀等人倡导的白话文学振臂一呼全国景从的"奇迹",从而深刻地影响了中国文学大众化的发展方向。

甲午战争之后,随着维新变法运动的展开和民主共和诉求的日益急迫,"开启民智"成为摆在中国士人面前的时代课题。戊戌变法失败后,逃亡日本的梁启超深受日本政治小说的启发而大力宣扬"小说救国"论,他以夸张的笔墨写道:"彼美、英、德、法、奥、意、日本各国政界之日进,则政治小说,为功最高焉。"[1] 1902年,他在日本创办《新小说》杂志,并在创刊号上发表小说界革命的纲领性文献《论小说与群治之关系》,宣称"小说为文学之最上乘"。这一思想,把前此的"文学兴国"论推向极致,成为"五四"新文学运动重要的思想资源,胡、陈对梁启超文学革命思想的继承是直接的。20世纪中国文学所呈现的鲜明的思想启蒙色彩和政治情结,在其发展历程中反复呈现的政治化、非文学化倾向,与此有着直接的源流关系。

梁启超的"政治小说"观实际上是清末民初之际的时代共识,集中体现了那个特定历史时期中国社会鲜明的思想倾向与强烈的心理欲求。在梁启超前后,思想界的骄子大多抱有相同或相近的认识。严复等人认为:"且闻欧、美、东瀛,其开化之时,往往得小说之助。"文章与文学内容可千差万别,"而本原之地,宗旨所存,则在乎使民开化"。[2] 文学期刊的编辑们更是大张旗鼓地鼓吹:"种种世界,无不可由小说造;种种世界,无不可以小说毁。过去之世界,以小说挽留之;现在之世界,以小说发表之……有新世界乃有新小说。有新小说乃有新世

---

[1] 梁启超:《译印政治小说序》,张品兴主编:《梁启超全集》第1册,北京出版社,1999年版,第172页。
[2] 几道、别士:《本馆附印说部缘起》,陈平原、夏晓虹编:《二十世纪中国小说理论资料》第1卷,北京大学出版社,1997年版,第27页。

界。"[1]这种政治文学思潮，随着民国的建立，延续到新的时代。在民初社会进步与保守、共和与复辟之间的较量日趋激烈的社会环境中，胡适、陈独秀以其更彻底的文学革命运动，赋予它新的时代内涵，最终凝结为20世纪中国文学强大的现代传统之一：思想启蒙与政治化传统。

如果说19世纪中后期传教士们宣扬的"文学兴国"论还能切实立足于通过消灭"鸦片、时文、缠足"等"三害"的生动故事，通过具体的"移风易俗"艺术场景的描写，来展现消除愚昧、振兴民族的现实路径，那么梁启超等人则全凭一腔救国热血与激情，在基本不了解西方文学情况下，以丰富的想象和极度的夸张，"创造"着以小说"新民"，以新小说"改良群治"并创建现代民族国家的惊世神话。它沿着日益强劲的历史运动的惯性，酝酿着中国文学由古代"载道"传统向现代"政治化"传统的历史性蜕变：前者以载深广的文化之道、圣贤之道，来教化人心，促成社会安定和谐；后者则逐步狭隘与庸俗化，最终沦为社会革命乃至政治革命的实用工具。

中国传统文学与其母体——中国传统文化一样，是在基本上处于孤立状态的东亚大陆上自我积累，缓慢发展，并蔚为大观的。从《诗经》、《楚辞》算起，直到19世纪中叶，中国传统文学始终没有机会与域外各民族文学进行直接对话与交流。自先秦至隋唐，中国文学是"纯粹"的本土民族文学，具有极为鲜明的民族特性。唐宋以降，中国本土文学深受印度佛教文明影响，但这既不是中外文学的直接对话，外来佛教也未能改变中国文学的基本面貌及发展路向，只是在审美内涵及艺术形式上丰富了它。17—18世纪，西方传教士向中国推销的，是基督教及近代自然科学成果而非文学艺术。19世纪后期，随着"西风东渐"，中国文学首次受到外来文学的强劲冲击，并在这种冲击下在审美内涵、美学精神、艺术形式、语言载体等各方面，发生了全局性的历史性的变迁。中

---

[1]《新世界小说社报·发刊词》，陈平原、夏晓虹编：《二十世纪中国小说理论资料》第1卷，北京大学出版社，1997年版，第204页。

国文学在中西文化互动背景下迈入了历史发展新阶段,开始了"现代文学"的历史进程。

19世纪70年代末至20世纪初,随着翻译文学的繁荣及在此背景下梁启超发动和领导的文学"三界革命"的展开,在审美意蕴和艺术形式上皆显示着巨大差异的中外文学,终于"并肩"站在了中国读者面前。中外文学比较下的中国新文学发展道路的问题——具体地说,如何处理"继承"与"借鉴"问题,摆在了中国人面前。

翻译文学的中国译述者们,以自觉的思想意识,把外国文学与中国文学置于对等的地位,在具体译述过程中进行鉴赏和比较。林纾凭借极强的审美感悟能力,通过众多的序、跋等文论,进行精彩的中外文学比较(林纾因此被后世学者视为中国比较文学的开拓者),从此,中外文学的比较与互相借鉴,成为新文学创作的基本思路。在这史无前例的中外文学全面交会中,中国文学的历史性变迁,首先体现在中国文人在痛苦中改变了中国文学天下第一的陈旧观念,承认了西方世界除拥有先进的科学技术与政治制度外,还有更加辉煌的文学艺术。其次,中国人的"文学"观发生了历史性的改变。所谓"文学",不再是融政治—伦理教化、历史叙事、檄文政论、社会酬唱、碑文墓志乃至函件日记于一炉的"文章",而是以审美为宗旨的狭义的现代文学体裁。再次,现代中国文学格局发生历史性改变,小说、戏剧取得与传统诗文同等地位。最后,审美视野突破传统"天下",放眼现代"世界":从阿尔卑斯山到太平洋,从卢梭到华盛顿,从火车、电报、轮船、照相到"东欧女豪杰",再到"福尔摩斯"、未来科幻世界……总之,中国文学发生了前所未有的"脱胎换骨"。在这新—旧交会时代,中国文学发展的几乎每一小步,都不再是单纯的传统文化母体孕育的成绩,而是外在借鉴与潜在继承相互博弈趋势下的最终结果。

从19世纪末到20世纪中叶,中国文学继承—借鉴传统在"外西内中"基本格局下,经历了复杂的发展变迁之路:早年翻译小说时代,以"林译小说"为代表,总体上秉持"以中化西"原则,立足传统大力吸收外国文学艺术元素。作为清末思想启蒙运动的重要组成部分，梁启超"三界革命"运动有一个共同的价值取向：以欧美、日本为榜样，改造中国旧文学，建设中国新文学，使之成为整个社会"开启民智"最有效的工具。小说被梁启超及其同时代社会精英一致认为是改造国民性，促进政治进步最为有效的文学体裁。西方各国的社会开化与政治进步，均得力于政治小说对国民的思想启蒙。反观中国，国人"状元宰相之思想"、"佳人才子之思想"、"江湖盗贼之思想"、"妖巫狐鬼之思想"，等等，无不来自旧小说的长期熏染，因而旧小说的流布成为"中国群治腐败之总根源"。[1] 因此，把现代欧美、日本的政治小说直接移植到中国，取代本土传统小说，创造现代"新小说"，是梁启超"小说界革命"的核心内容之一。"文界革命"力图创造一种适应中国民众文化水准而又满足时代需求的"新文体"。他对自己倾力实践的"新文体"基本特征曾有精辟概括，"务为平易畅达，时杂以俚语、韵语及外国语法，纵笔所至不检束"，[2] 成为对广大读者极具"魔力"的时代文体。显然，"新文体"最大限度地实现了新旧互补、中西兼容，成为富有时代精神与美学新质的文体。"新文体"虽然很快被清末白话文运动和"五四"新文学运动所遮蔽，但"继承"与"借鉴"相辅相成的新思路，从此成为新文学建设的基本思路。1899年底，梁启超在《夏威夷游记》中正式提出"诗界革命"主张。他为理想中的中国新诗奠定了三大基本要素："第一要新意境，第二要新语句，而又须以古人之风格入之。"[3] "新意境"主要指来自西方的新思想、新意象与新格调，"新语句"为承载近代西方新思想、新事物的西语语汇及文句，而"古人之风格"则是在美学精神与艺术形式、艺术手法上对民族传统的继承。由于"新语句"与

---

[1] 梁启超：《论小说与群治之关系》，张品兴主编：《梁启超全集》第2册，北京出版社，1999年版，第885页。
[2] 梁启超：《清代学术概论》，张品兴主编：《梁启超全集》第5册，北京出版社，1999年版，第3100页。
[3] 梁启超：《夏威夷游记》，张品兴主编：《梁启超全集》第2册，北京出版社，1999年版，第1219页。

"古人之风格"在审美趣味上多有冲突,梁启超最终把"诗界革命"基本精神凝结为"以旧风格含新意境"。[1] 这一基本精神或基本原则是梁氏"三界革命"中最具学理性与现实合理性的探索,成为继承—借鉴传统萌芽于世纪之交的标志性概括。"五四"新文学运动的基本原则,则是彻底抛弃中国旧文学而走全盘西化之路。30年代以后,中国新文学在"西化"路上重新向传统回归,伴随这一趋势的,是20世纪中国文学民族特色的彰显。

19世纪中后期,中西文化之间还只是初步"会面",西方文化的核心价值理念如个人主义、进化论、民主与科学等,对于绝大多数普通国人来说,还是陌生的。在西方文化启发下,"人学"虽然开始成为此时期中国本土文化精英们思想学说的重要组成,但大多着眼于为即将诞生的现代国家培育现代国民,强调的是民族与国家的"新生"。自觉、健全的个人主义思潮,还有待于"五四"新文化运动的兴起。因此,最能够体现新世纪中国文学"现代"思想与美学特质的个性主义精神,还未能孕育成形。它与上述诸传统的形成,存在着大约半个世纪的"时代差"。

与此相对应,在"文学传教"、"文学兴国"和"新小说"功利主义文化背景下,写实主义成为最"适用"的创作方法,现代中国文学的现实主义美学精神及其传统,正是在此温床中孕育而成(此部分待下文展开论述)。至于与个人主义相对应、呈因果关系或体用关系的浪漫主义及其深入发展的"现代化"形态——现代主义美学精神的成长,则同样要等到一个新的文化纪元帷幕的拉开。

第三阶段:中国文学现代传统的生成

德国哲学家卡尔·雅斯贝斯(Karl Jaspers,1883—1969)在其重要历史哲学著作《历史的起源与目标》中提出著名的人类历史"轴心时

---

[1] 梁启超:《诗话·六十三》,张品兴主编:《梁启超全集》第9册,北京出版社,1999年版,第5327页。

代"论:从公元前800年到公元前200年,尤其是以公元前500年为中心,人类各主要文明几乎同时发生质的飞跃,中国出现了老子和孔子等"诸子百家",印度出现了《奥义书》(*Upanishad*)和佛陀(Buddha)。在巴勒斯坦,以利亚(Elijah)、以赛亚(Isaiah)等光照千古的先知们纷纷出现。希腊哲学与艺术走向辉煌,贤者云集。数世纪内,辉煌的文明几乎同时在中国、印度和西方这三个互不知晓的地区迅速发展起来。他说:

> 这个时代产生了直至今天仍是我们思考范围的基本范畴,创立了人类仍赖以存活的世界宗教之源端。无论在何种意义上,人类都已迈出了走向普遍性的步伐。
>
> 这一过程的结果是,以前无意识接受的思想、习惯和环境,都遭到审查、探究和清理。一切皆被卷入漩涡。至于仍具有生命力和现实性的传统实体,其表现形式被澄清了,因此也就发生了变质。[1]

美籍华人学者余英时根据德国哲学家马克斯·韦伯(Max Weber)和美国当代社会学家帕森思(Talcott Parsons)的提法,把人类这一文明现象称作"哲学的突破"。他认为:"所谓'哲学的突破'即对构成人类处境之宇宙的本质发生了一种理性的认识,而这种认识所达到的层次之高,则是从来都未曾有的。"[2]"所谓'哲学的突破',是说人对他所属的现实世界发生了一种'超越的反省'。他开始有系统地追寻一些关于存在的基本问题,例如:宇宙是怎样创生和运行的?人在宇宙中占有什么地位?生命的意义究竟是什么?人间世界——文化社会秩序——又是怎样成立的?这个人间秩序是合理的吗?……由于'哲学的突破',

---

[1] 卡尔·雅斯贝斯:《历史的起源与目标》,魏楚雄、俞新天译,华夏出版社,1989年版,第9页。
[2] 余英时:《士与中国文化》,上海人民出版社,2003年版,第20—21页。

人便在现实世界之外开辟了另一个世界——理想的世界、精神的世界或意识的世界。"[1]

雅斯贝斯把这数百年的人类文明史称作"历史的轴心",因为这个历史时代在迄今为止的人类全部历史上处于中心和枢纽的地位:轴心时代的文明作为人类历史上第一次伟大的精神飞跃,其精神成果深刻地影响着乃至决定着直到今天的全部人类的历史;各古老民族的核心价值体系大体上都是在这一历史阶段凝结和定型并一直延续到现在的。此后人类历史上每一次新的飞跃,都要回溯到这一时代去寻找精神本源。在轴心时代,人们对混沌的远古历史进行理性的批判和反思,重新评估其文化价值。这种精神的觉醒给后世以永恒的思想启迪。

"五四"新文化运动及其新文学运动以其狂飙突进的气势、彻底革命精神,扬弃了清末民初形形色色的新文学运动,对20世纪中国文学的基本风貌及发展历程产生了实质性的影响与规范。因此,我们把胡适、陈独秀发动和领导的"五四"文学革命喻为20世纪中国文学的"轴心时代"。首先,"五四"新文化运动使中国人的思想获得了空前的解放,理性精神空前高涨,在西方文化的参照和启迪下,人们对中国文化传统和文学传统进行了前所未有的审视和批判;"新思潮"的意义就是以"评判的态度"对待传统,就是"重新估定一切价值"。胡适认为"评判的态度"含有几种特别的要求:

(1) 对于习俗相传下来的制度风俗,要问:"这种制度现在还有存在的价值吗?"

(2) 对于古代遗传下来的圣贤教训,要问:"这句话在今日还是不错吗?"

(3) 对于社会上糊涂公认的行为与信仰,都要问:"大家公认的,就不会错了吗?人家这样做,我也该这样做吗?难道没有别样

---

[1] 余英时:《余英时文集》第4卷,广西师范大学出版社,2006年版,第152页。

做法比这个更好，更有理，更有益的吗？"[1]

胡适的一连串诘问在鲁迅的《狂人日记》里归结为"从来如此，便对么"的深刻追问。其次，在"民主"、"科学"两面反传统的旗帜下，中国现代文学在诞生之际就孕育了全新的核心理念：白话文学、人的文学、平民文学、写实主义、个性解放、思想革命、改造国民性，等等，成为规范20世纪中国文学创作的基本文学理念。每当文学的发展遇到新的文化语境或困境时，人们总要回到"五四"，从"五四"新文学基本精神中寻找精神力量或解决问题的思想与艺术资源。

实际上，由于对中国古代文学传统特别是对晚清文学现代性萌芽多元性、多重性的否定和对西方文学在一定程度上的片面接受，"五四"新文学运动对历史的审视也存在着某种片面和狭隘。就此而言，作为中国现代文学历史的"轴心时代"，其精神运动的超越性是有限的。王德威在其著名的《被压抑的现代性——晚清小说新论》中认为，从太平天国到宣统逊位六十年间的晚清文学，对中国"现代文学"的开创性不仅先于，而且甚至超过"五四"。他认为现代性的生成有两个特点："（一）现代性的生成不能化约为单一进化论，也无从预示其终极结果；（二）即使我们可以追本溯源，重新排列组合某一种现代性的生成因素，也不能想象完满的实现。这是因为抵达现代性之路充满万千变数，每一步都是牵一发而动全身的关键。"从生物学的角度来比喻：只要在初启时稍微改变物种，哪怕一个微不足道的一点基因，整个物种的进化过程将会形成截然不同的途径。他认为晚清应该被看作中国文学现代化的关键时刻，"那是因为有太多的蜕变可能，同时互相角力"。[2] 晚清文学的现代性，不仅表现在严复、梁启超、徐念慈等知识精英倡导的"新小说"、启蒙文学

---

[1] 胡适：《新思潮的意义》，季羡林主编：《胡适全集》第1卷，安徽教育出版社，2003年版，第692页。
[2] 王德威：《被压抑的现代性——晚清小说新论》，宋伟杰译，北京大学出版社，2005年版，第8页。

上,更表现为另一类市民文学的繁荣:"狎邪小说、科幻乌托邦故事、公案狭义传奇、丑怪的谴责小说,等等。这些作品在清代的最后三十年间大行其道,它们并没有被贴上特许的现代标签,但是却是20世纪许多政治观念、行为准则、情感倾诉,以及知识观念的温床。"因此,他得出结论:"晚清,而不是'五四',才能代表现代中国文学兴起的最重要阶段。"[1]

王德威认为,"当晚清作者面对欧洲传统的同时,他们已然从事对中国多重传统的重塑。即便在欧洲,跻身为'现代'的方式也是多种多样的,而当这些方式被引入中国时,它们与华夏本土的丰富传统杂糅对抗,注定会产生出更为'多重的现代性'。但这多重的现代性在'五四'期间反被压抑下来,以遵从某种单一的现代性"。因此,他指出:"不客气地说,'五四'精英的文学口味其实远较晚清前辈为窄。他们延续了'新小说'的感时忧国叙述,却摒除——或压抑——其他已然成型的实验。"[2]晚清文学尤其是小说中"被压抑的现代性"首先就是"中国文学传统内一种生生不息的创造力"。"晚清作家所播的种子本来要在好几代以后才可能有结果,而他们的继起者却又转向别处去寻求更可靠的收成了。"[3]他以鲁迅为例说明这种"被压抑":"我们多半已忘记晚清时的鲁迅,曾热衷于科幻小说如《月界旅行》(凡尔纳著)的翻译……我们不禁要想象,如果当年的鲁迅不孜孜于《呐喊》、《彷徨》,而持续经营他对科幻奇情的兴趣,对阴森魅艳的执念,或他的讥诮戏谑的功夫,那么由他'开创'的'现代'文学,特征将是多么不同。在种种创新门径中,鲁迅选择了写实主义为主轴——这其实是承继欧洲传统遗绪的

---

[1] 王德威:《被压抑的现代性——晚清小说新论》,宋伟杰译,北京大学出版社,2005年版,第24—25页。
[2] 王德威:《被压抑的现代性——晚清小说新论》,宋伟杰译,北京大学出版社,2005年版,第10页。
[3] 王德威:《被压抑的现代性——晚清小说新论》,宋伟杰译,北京大学出版社,2005年版,第25—26页。

'保守'风格。"[1]有人更大胆地设想："如果'五四'新文学真正沿着《水浒传》、《红楼梦》、《西厢记》等白话文学传统路子走下来，再参照吸收西方文化与文学的长处，中国的文学可能真的会大放异彩，乃至傲视全球。"[2]

  这些说法都是有道理的。然而，历史学（包括文学史）只承认和研究"已然"的史实——尽管它们常常充满着偶然性——而不会太看重假设。从这个意义上，回溯20世纪近百年中国文学现代传统的凝结过程，我们只能面对"五四"所既定的一切。所以我们认定，晚清固然是现代中国文学多重、鲜活、生生不息的现代性萌芽和全面生长的时代，但毕竟，"五四"运动及其文学革命运动在特定的历史环境下和特定的文化生态中赢得了历史，创造了历史——民族与文化的双重危机，急切的现代民族国家诉求与人的解放诉求，决定了历史老人作怎样"必然"的选择，决定了中国文学史的发展方向。至于江湖情仇、侠义公案、科幻世界、青楼狎邪等纷繁题材，虽然在民间有着深厚的社会审美心理基础，拥有巨大的消费市场，然而，与"救亡图存"、"人的解放"等时代主题相比，这些丰富多元的审美领域毕竟与现实的"生死攸关"相距甚远。进化论中"物竞天择，适者生存"原理，在特定历史环境的"文化竞争场"中同样适用。

  作为"五四"新文化运动先驱人物，胡适与陈独秀都有着强烈的"创世"情怀，鲜明的"先知"、"时贤"意识。1916年初，鉴于欧战局势，陈独秀以他职业革命家的澎湃激情，断然宣称人类历史将以1916年为分界点。在《一九一六年》一文中，他以"先知"的口气号召国人"除旧布新"以实现"民族更新"。次年3月，留学美国的胡适即将归国，他在3月8日的日记中写下一句豪言壮语："如今我们已回来，你们请看分晓罢。"他怀着先知先觉和导师心态，踏上归途，去开创中国

---

[1] 王德威：《被压抑的现代性——晚清小说新论》，宋伟杰译，北京大学出版社，2005年版，第9页。
[2] 蒋晓丽：《中国近代大众传媒与中国近代文学》，巴蜀书社，2005年版，第273页。

历史的新纪元。

1915年9月,陈独秀在上海创办《青年杂志》,在第一卷第三号(1915年11月15日)上,他发表《现代欧洲文艺史谭》,结合现代欧洲社会政治革新和科学的兴起,准确地勾勒出18世纪以来欧洲文艺思潮由古典主义变为理想主义再变为写实主义,最后发展到自然主义的历史轨迹,为中国新文艺的发展提供参照。与此同时,在美国的胡适也提出了文学革命口号,他从语言革新入手,在与朋友激烈争论过程中逐渐形成另一种思路:"文言乃是一种半死的文字","白话是一种活的语言"。文学革命就是要以活的白话代替僵死的文言,以语言的革命推动思想的解放。此时,文学革命的"八事"已在酝酿之中。[1] 他以"八事"为核心,写成《文学改良刍议》,1916年底寄至陈独秀,陈独秀极为赞赏,立即刊登在1917年1月1日出版的《新青年》第二卷第五号上。受胡适文学革命宣言的激励和启发,陈独秀写下充满战斗激情的《文学革命论》,刊登在下期的《新青年》上,以声援胡适。作为一个激进的革命家,陈独秀把即将展开的文学革命视为完成社会政治与伦理革命的组成部分。在此思路下,他提出文学革命"三大主义"。显然,他是以政治和军事斗争的思维和运作模式来发动文学革命的,基本精神上已与胡适文学革命方案大异其趣。两篇文章先后发表,标志着胡、陈联手酝酿和发动的"五四"文学革命运动正式拉开序幕。

就文学革命的基本精神看,胡适以白话文学为核心的文学主张与陈独秀以政治、伦理革命为宗旨的价值取向构成了"五四"文学革命整体性思想架构。此后,现代文学诸多理念都由此生发,经新文化阵营的理论探讨和新文学的创作实践,逐步形成20世纪中国文学基本精神的主要方面,凝结为中国现代文学几大主流传统。

从"白话正宗"到"平民文学":大众化传统的形成。"五四"新文学运动由胡适《文学改良刍议》的发表拉开帷幕。该文从进化论角度,

---

[1] 胡适:《逼上梁山——文学革命的开始》,季羡林主编:《胡适全集》第18卷,安徽教育出版社,2003年版,第104—112页。

以文化比较眼光，论证以白话代替文言，是中国新文学建设的关键。从胡适的"白话正宗"论到周作人"平民文学"概念的正式提出，20世纪中国文学大众化传统由此形成和凝定。

　　胡适文学革命的纲领可以概括为：以倡导白话并以白话颠覆文言，以"平民文学"颠覆贵族精英文学。这既是历史发展的必然，也是思想启蒙的需要。以白话颠覆文言是胡适文学革命的第一步。留美时期的胡适在与梅光迪、任叔永等人的长期论战中，逐步形成了要用白话作文、作诗、作戏曲的"具体的方案"。他在日记中写道："今日之文言乃是一种半死的文字"，"今日之白话是一种活的语言"。[1] 鲜活的思想难以用僵化的语言形式充分表达。因此，大力倡导白话这个"新工具"，是文学革命整个方案的第一步。[2] 他宣称：中国这二千年的文学，都是用已经死了的语言文字做的，死文字决不能产生活文学。中国历史上的"活文学"产生于唐宋以来的民间白话文学。中国文学的正宗，是以《水浒传》、《西游记》、《儒林外史》、《红楼梦》等为代表的白话文学。今日的文学革命，正是要从继承这个白话文学传统开始。[3]

　　再进一步，胡适把民间白话提升到"国语"的历史性地位。他以欧洲文艺复兴时期意大利、英国等国以各自有代表性的民间方言取代僵死的拉丁文，建设现代民族语言，从而建设现代民族国家为例，说明中国以白话取代文言作为现代中国民族共同语的历史必然性。他把被置于边缘地位的民间文学抬上"正宗"地位，不仅是以一种语文形式取代另一种语文形式，也是现代民主的大众的生活方式和价值观念对封建文化中贵族意识的彻底否定，还是对一部流传至今的中国文学史及其传统文学观念的彻底颠覆。在此基础上，周作人提出"平民文学"主张，他在

---

[1] 胡适：《四十自述》，季羡林主编：《胡适全集》第18卷，安徽教育出版社，2003年版，第112—113页。

[2] 胡适：《四十自述》，季羡林主编：《胡适全集》第18卷，安徽教育出版社，2003年版，第121页。

[3] 胡适：《建设的文学革命论》，季羡林主编：《胡适全集》第1卷，安徽教育出版社，2003年版，第52—56页。

《平民文学》一文中明确阐发了"平民意识"对于20世纪中国文学革命的意义,使中国文学大众化精神由语言形式向精神实质"内化",是大众化传统凝结的关键。

思想革命:启蒙—政治化传统的原动力。陈独秀在《文学革命论》中则从思想革命及政治革命角度论述了文学革命的意义或宗旨,迅速把胡适语言工具革命的切入点扭转到思想与政治革命层面。他借"打孔家店"的伦理革命及随后个性解放浪潮的强劲东风,深刻地影响着"五四"文学革命的核心价值取向。因而,"五四"思想革命运动成为新文学的核心传统——启蒙—政治化传统的精神原动力。

《青年杂志》创办之初,在与胡适通信讨论文学革命问题时,陈独秀明确反对"文以载道"的传统观念,坚决反对儒家"代圣人立言"的文学传统。然而,一旦陈独秀以激进的革命家眼光看待文学革命,文学立刻成为他社会政治革命蓝图的组成部分,那篇为胡适文学改良宣言杀开"血路"的《文学革命论》,充满激烈战斗气氛,实为变相的政治革命宣言。他在此文中说的"欧洲"主要指大革命之后的法兰西,他对从流血革命中建立的新法兰西推崇备至,认为法兰西代表着欧洲近世文明。理想、暴力、鲜血为法兰西革命烈火的燃料,也是激发陈独秀的"近世文明"的原动力。[1]因而他心目中的文学革命的意义是:第一,吾国政治革命之所以未能如愿,主要为无法洗净盘踞在国人头脑中的思想污垢,文学革命应该成为政治革命的有效工具。因此第二,文学革命的实质就是思想革命。贵族文学、古典文学、山林文学之所以"均在排斥之列",是因为"此种文学盖与吾阿谀夸张虚伪迂阔之国民性,互为因果。今欲革新政治,势不得不革新盘踞于运用此政治者精神界之文学"。视革新文学为革新政治之"利器",以现代"革命"标签极力鼓吹

---

[1] 胡适在他的《白话文学史·引子》中对"革命"是这样解释的:"其实革命不过是人力在那自然演进的缓步徐行的历程上,有意的加上了一鞭。"(季羡林主编:《胡适全集》第11卷,安徽教育出版社,2003年版,第218页。着重号为原文所有。)可见二人同倡文学革命,但对"革命"的理解则南辕北辙,二人的联手合作过程有许多耐人寻味的东西。

更为狭隘的现代"载道"观，这就是陈氏"文学革命"的出发点。他早年在家乡创办《安徽俗话报》的目的正在于此，他以通俗浅显的白话向民众灌输现代国家意识、爱国意识、革命意识，批判封建恶俗，倡导文明新风。在此期间他就以功利主义的眼光看待文艺。这一原有思路在胡适文学革命宣言的激发下迅速成为以政治革命为宗旨，以思想启蒙为功效的指导思想。"载道"传统终于借"思想革命"、"改造国民性"等现代命题，改头换面进入现代。

在文学革命中，胡适虽以提倡白话文学著称，且始终把白话置于"工具"地位。但正因此，他又认为："白话能产出有价值的文学，也能产出没有价值的文学；可以产出《儒林外史》，也可以产出《肉蒲团》。"[1] 这就在"工具革命"的同时，为新时代的"文以载道"留下了空间。陈、胡二人提倡文学革命虽外在侧重不同，但借文学革命之手段达思想启蒙、思想革命之目的，则是他们共同的核心价值观念。《竞业旬报》时期的胡适就已自觉地借文学创作表达自己的思想观念。他在《竞业旬报》上连载自己创作的长篇章回白话小说《真如岛》（未完），"用意是'破除迷信，开通民智'"。[2] 他的文学革命宣言《文学改良刍议》中的"八事"第一条就是"须言之有物"。此所谓"物"，一为"情感"，一为"思想"。他强调："思想不必皆赖文学而传，而文学以有思想而益贵；思想亦以有文学的价值而益贵也。"虽然他特意声明"吾所谓'物'，非古人所谓'文以载道'之说也"。但实际上，文学启蒙与"文以载道"，一为西装革履，一为汉服唐装，外包装不同，文化基因却一脉相承。作为"五四"文学革命的核心价值，它正是中国文学现代政治化传统的滥觞。

反叛传统与人的解放：个性主义传统的成长。思想启蒙与伦理革命

---

[1] 胡适：《建设的文学革命论》，季羡林主编：《胡适全集》第1卷，安徽教育出版社，2003年版，第55页。

[2] 胡适：《四十自述》，季羡林主编：《胡适全集》第18卷，安徽教育出版社，2003年版，第71页。

的直接成果，就是反叛传统与人的解放。反叛传统是人的解放的前提，人的解放是反叛传统的结果，这一体两面思想运动的核心价值理念，就是现代个人主义或个性主义精神。因此，个人主义不仅是"五四"新文学的核心价值观念，也是整个时代的核心价值观念。从某种程度上说，20世纪中国文化新纪元的标志，就是在反传统过程中现代个性主义文化精神的确立。这也是20世纪中国新文学迥异于传统文学、最具现代气质的文学精神。它高扬于"五四"时代，在"革命文学"时代虽几经压抑与扭曲，终再度高扬于"巴老曹"与"二萧"等"'五四'孑遗"的辉煌成就，延绵于40—50年代，重现于世纪末新的思想解放。

陈独秀作为"五四"新文化运动和文学革命运动的领袖，除了他那"必不容反对者有讨论之余地"的开拓精神与大将风度，还在于他率先发动了以反对孔子之道为核心的新一轮思想革命运动。余英时曾指出：春秋战国时期的道家在诸子百家中是以激烈反传统的面目出现的，"道家知识人的社会批判在后世影响很大，形成了一个反传统的传统。明代泰州学派，清末章炳麟、刘师培，以至'五四'运动，都和这一传统有思想上的渊源"。[1] 陈独秀正是开创"五四"时代反传统浪潮的精神领袖，他领头掀起的反传统、个性解放的思想大潮，成为《新青年》团体推动新文学运动的社会语境与文化背景，造就了新文学鲜明的思想倾向与个性气质。从陈独秀到"五四"新文学理论倡导再到20年代新文学创作所体现出的新时代精神，这其中有一条清晰的思想线索。

胡适虽性情温和，但骨子眼里同样有叛逆性。梁启超虽曾为舆论界的骄子，执近代中国思想革命之牛耳，却没有像胡适这样对数千年中国文学传统来个彻底颠覆。他以语言革命为外衣对整个中国文化传统重新阐释，按照他自己的说法，就是以"评判的态度"去"重新估定一切价值"。此后新文化阵营提出的主要文学观念，同样可以从胡适这种空前的"再造文明"的革命思想中找到渊源。

---

[1] 余英时：《士与中国文化》，上海人民出版社，2003年版，第611页。

"人"的发现是"五四"新文化运动超越前人、集中体现20世纪时代精神的最重要的思想成果和历史功绩;高扬现代个人主义,批判封建"三纲"伦理,成为"五四"时代思想解放运动的两翼。在伦理革命中,胡适同样是"急先锋"。他通过系统阐发"健全的个人主义"理论,对扼杀个人独立人格和自由的封建伦理进行彻底否定。他的"健全的个人主义"不仅成为"五四"新文化运动思想革命的旗帜,也成为文学革命运动尊奉的价值尺度,成为"五四"新文学创作的"母题"。"健全的个人主义"因而成为挣脱封建伦理束缚,反抗社会压迫的思想武器和现代新社会新文化建设的人伦基础。借用杜威的话,胡适认为真正的个人主义不是那种自私自利的"为我主义"(Egoism),而是个性主义(Individualism)。它以个人独立的精神和坚忍的意志反抗社会陈腐势力的压迫和侵蚀,甚至不惜牺牲个人自由和生命去反抗"多数人的迷信"。就像易卜生戏剧《国民公敌》中的斯铎曼医生那样,为了良心和正义,以个人力量向全社会开战,甘做"国民公敌"。

胡适率先发起"家庭革命"。他借易卜生戏剧《玩偶之家》,攻击传统社会中男女婚姻与人格的不平等,揭露传统礼教下男子把女子当作"玩偶"、摆设和家庭奴隶,鼓励女子勇敢冲出家庭,走上社会,实现男女平等,妇女解放。他模仿《玩偶之家》创作的独幕剧《终身大事》,女主人公田亚梅的"出走",在当时社会上引发轩然大波,但从此以后,"出走"成为"五四"新文学个性解放文学母题下一个普遍性的叙事模式。贞操观念是中国传统家庭和社会压迫妇女的集中体现,成为妇女解放最严重的精神枷锁。胡适为此写下《贞操问题》等一系列文章,强调男女两性在贞操上的平等,从而打破"夫为妻纲"的枷锁。胡适以父亲"无恩于"儿子的宣言颠覆封建家庭伦理中"父为子纲"信条,更是惊世骇俗。1919年3月,胡适在《我的儿子》一诗中直接否定了传统伦理中核心价值观念——孝。因为"孝"在传统家庭伦理中扼杀着个体的独立与尊严,培养着奴隶性格;胡适以此倡导以个体平等自由为基础的现代人伦关系。

在"五四"文学革命之初,胡适就和陈独秀一起通过激烈的伦理革命,引发全社会的激烈思想交锋和热烈讨论,从而在新文学诞生之初,就为它注入了反抗传统和个性主义的思想文化基因。这种基因通过"五四"新文学创作,凝结为现代文学的基本精神。反抗传统与张扬个性在明代以来的中国文学创作中潮起潮落,绵绵不绝。但以西方现代文化精神为武器,以新的姿态和思想高度形成波澜壮阔的文学潮流,形成摧枯拉朽之势,成为中国文学创作发展新纪元,则为"五四"文学革命所特有。胡适、陈独秀的开拓之功,是毋庸置疑的。

取法西洋建设中国新文学:继承与借鉴传统的思想基础。如何建设新文学?或者说,在中西文化交会、中华民族除旧布新的时代,中国新文学建设以什么为基本价值取向,走什么道路的问题,成为摆在"五四"文学革命发动者陈独秀、胡适等人面前不可回避的关键问题。在激进思潮日益高涨的趋势下,取法西洋文学,以之为榜样建设中国新文学,成为"五四"文学革命开创者的共识,这是继承—借鉴传统酝酿和形成的思想基础。20年代新文学运动的一切具体问题,都是由此出发的。

19世纪中叶开始,中外文学实现了历史性的会面与对话。在这一文化背景下,翻译文学走向繁荣。世纪末的维新时代,中外文学交流走向自觉,梁启超"三界革命"的文化立场,总体上是输入欧美文学以救中国文学之弊,在中西合璧格局下创造中国新文学。以"林译小说"为代表的翻译文学,宗旨是"以彼新理,助我行文","合中西二文熔为一片"(林纾语)。立足传统,取人之长,补己之短,最终实现中西文学的融通。到"五四"时代,文学革命先驱则走向"西化"道路,其总体方针是:把中国传统文学视为革命对象,以西方文学为范本改造中国文学。早在1915年11月,陈独秀就在《青年杂志》上发表《现代欧洲文艺史谭》,在西方文学发展史背景下探索中国新文艺的发展方向,表露出"五四"新文化人以西方文学为价值取向的总思路。在与读者的来往通信中,陈独秀反复表述了以西方写实主义、自然主义为蓝本以建设中国新文学的想法。留学美国的胡适在与陈独秀的通信中，针对陈的询问，亦表述了对新文学建设的基本思路："今日欲为祖国造新文学，宜从输入欧西名著入手，使国中人士有所取法，有所观摩，然后乃有自己创造之新文学可言也。"[1] 在作为文学革命宣言的《文学改良刍议》中，胡适潜在的思路，正是以西方近代文学尤其是现实主义文学精神为标准，对中国传统文学的方方面面进行评判，以明确文学革命的损益取舍。陈独秀在《文学革命论》中要打倒的全是中国传统文学形态，欲"建设"的则是以西洋文学为精神内核的"国民文学"、"写实文学"、"社会文学"，以致与钱玄同一起最终把中国传统文学判为"妖魔"、"谬种"。在新文学建设的纲领性文献《建设的文学革命论》中，胡适更直言不讳大声呼吁"赶紧多多的翻译西洋的文学名著做我们的模范"。[2] "五四"文学革命的大幕，就在"西化"主旋律下骤然拉开。

以《新青年》、《小说月报》、《创造》等新文学杂志为阵地，新文学运动的先驱和骨干们尤其是文学研究会诸君，各以翻译、介绍欧美文学为己任，形成又一个外国文学译介高潮。鲁迅、冰心、郁达夫、郭沫若、田汉等新文学主将，无不以"模仿"为新文学创作的起步，由此而成为"时代特色"。这又影响着30年代后第二代作家的文学价值取向。除"延安文学"和"赵树理"现象外，"五四"新文学运动之后，在中国，很难找到没有具体外国文学背景的中国作家与作品。它终于内化、凝结为中国新文学特定历史发展阶段的独特现象："拿来！"

同时，对中国民族文学优良传统的继承，悄然潜藏于如火如荼的"西化"浪潮之下。胡适进化论下的"革命"观，为"五四"新文学运动对民族文学优良传统的继承，提供了理论依据。与陈独秀"非A即B"的历史观和"革命"理念不同，"革命"在胡适心目中"不过是人力在那自然演进的缓步徐行的历程上，有意的加上了一鞭"（着重号为原文所有），从而使之在连续中产生飞跃。因此，"五四"文学革命的核心

---

[1] 季羡林主编：《胡适全集》第28卷，安徽教育出版社，2003年版，第318页。
[2] 季羡林主编：《胡适全集》第1卷，安徽教育出版社，2003年版，第66页。

内容之一，就是继承和发扬中国白话文学优良传统，以民间"小传统"取代"大传统"，创作出有价值的"活文学"来。[1] 表现在创作上，"五四"新文学先驱们对近世白话文学传统的自觉继承，新诗从"绝端的自由"到对格律的重新认同，从抒情的含蓄隽永到意象与意境营造的本土特色等，无不浸润着传统美学精神。从动态的历史发展看，20年代的"五四"新文学到30—40年代的文学创作，呈现出由简单"拿来"到综合创新、由幼稚的模仿到凝练民族特色的变化，这是20世纪中国文学继承—借鉴传统在"共同主题"下由"西化"（借鉴）向"复归（继承）"转变的体现。

中国文学现代传统的延传与裂变。"五四"新文学运动作为现代中国文学传统诞生与成长的"轴心时代"，最终完成了中国文学现代传统谱系的历史性凝结，从而标志着中国文学由"古典"向"现代"的转变。然而，"五四"开创的中国文学现代传统并未"一帆风顺"地引导20世纪中国文学在既定轨道上稳步前进。40年代初至50年代的十余年间，随着中国政治生态环境的巨大而深刻变迁，"五四"新文学传统在历史合法性外衣下遭到历史性清算，被极"左"思想及其美学原则所取代。直到80年代末90年代初，在新一轮思想解放潮流下"复活"，在新的历史环境及其话语下被重新阐释。

早在20世纪20年代后期，声势浩大的左翼文学运动就以创造社、太阳社诸人对鲁迅的围攻形式，对"五四"新文学的思想与美学传统进行粗暴解构。40年代初，以毛泽东《在延安文艺座谈会上的讲话》为划时代的纲领性文献，毛泽东文艺思想成为指导新中国文艺发展的意识形态，延安工农兵文艺方向成为50年代以后大陆文艺发展的钦定方向。新中国成立前夕（1949年7月）召开的全国第一次文代会，确立了毛泽东文艺思想的主导地位。在明确党对文艺绝对领导地位的前提下，对"五四"以来的新文学传统进行新的、"规范化"阐释。在以"新民主主

---

[1] 胡适：《白话文学史·上卷"引子"》，季羡林主编：《胡适全集》第11卷，安徽教育出版社，2003年版，第215—219页。

义文艺"核心概念对"五四"所谓小资产阶级性质的文学运动及其传统进行历史性扬弃后,以"两条路线斗争"、"新的人民的文艺"等基本概念,对社会主义时代新文艺的本质及政治内涵进行全面阐释,"其目标非常明显,就是要突出解放区文艺的价值和意义,并将其归结为毛泽东文艺思想的成果,最后上升为具有普遍指导意义的文艺发展方向"。这样一来,"'五四'以来新文学传统被压低了,而解放区文艺被置于超越'五四'新文艺传统的更高的地位。'五四'新文艺传统的'缺陷'和'不足'正好可以烘托解放区文艺的成就,从而让'新的人民的文艺'理直气壮进入现代文学传统"。[1]

于是,在非文学力量的干预下,"五四"新文学传统于50年代以后发生历史性裂变,以致今天"不管我们怀着多么纯粹的文学愿望,也无法完全弥合这其中所包含的历史断裂。在当代文学史已经习惯的表述中,现代与当代,仿佛是一个深渊的彼岸,它们遥不可及却又相互注目"。这是因为在经过"十七年"至"文革"一系列运动后,重新确立的文学传统与"五四"新文学传统实现了双重决裂:"既与启蒙主义的文学革命决裂,也是对现代左翼革命文学的决裂。……当代文学一直致力于割裂与现代传统的联系而试图建构全新的社会主义革命文学——这个革命文学既有传统,又没有传统;有传统是因为它居然给出了自己的传统,没有传统是因为它是自我起源的历史新纪元。"[2]

随着十年"文革"的结束与极"左"政治的破产,在思想解放潮流下,西方现代主义和后现代主义文学、拉美文学及20世纪西方种种文化思潮的涌入,极大地启发了当代学者与作家重新审视自己的文化与文学传统。80年代学术界"重写文学史"的呼声和"20世纪中国文学"

---

[1] 胡慧翼、温儒敏:《第一次"文代会"与新文学传统的规范化阐释》,温儒敏、陈晓明等:《现代文学新传统及其当代阐释》,北京大学出版社,2010年版,第79页。
[2] 陈晓明:《现代文学传统与当代作家》,温儒敏、陈晓明等:《现代文学新传统及其当代阐释》,北京大学出版社,2010年版,第128—129页。

概念的提出，[1]对"五四"新文学传统的追溯与再阐释成为文坛的热门话题。它"不仅表现于'民主、科学、人性'等具体提法，更重要的在于其所提供的一套规范现代中国走向的历史坐标，即在传统/现代的二元对立格局中，将批判传统文化作为中国实现现代化的基本前提；在中国/西方（世界）的二元对立格局中，将'西方'视为现代性规范的来源。处于此一坐标中心的，是从传统宗族秩序中摆脱出来并以人道主义话语表述的'新人'。80年代所借重的，正是'五四'传统的这一基本内涵"。但在国内外新的历史条件下，这种对"'五四'传统的重新启用"，实质上仅是一种挪用，是对"五四"传统的"改写和重构"。[2] 陈晓明认为："90年代以来，当代作家与现代传统的关系正处于恢复和重建的阶段，正是对现代传统重新确立的阶段。"[3]然而，"经历过1949年后新中国社会主义文学的一系列政治运动，现代文学传统实际上一直是被清除的对象。不管它是否真的存在，但经历过如此彻底的历史断裂，再顽强的传统也会沉入历史深处"。因而要在相隔近半个世纪的80年代以后的中国文学创作中完整地恢复中国现代文学传统谱系，是非常困难的。"直到80年代，在社会化和在文学文本两方面，我们也都难以恢复现代文学传统的建制。直到90年代，现代文学传统的文学性品格才被重新唤起，这本身是当代文学重建（修复）传统的一种努力。因此，我们也要看到传统本身不可避免地呈现为支离破碎的历史寓言，它不得不以象征化的隐喻式方式起作用，或者更恰切地说，就是以幽灵化的形式在起作用。"[4] 由此可知，中国文学的现代传统谱系，在

---

[1] 黄子平、陈平原、钱理群：《论"二十世纪中国文学"》，《文学评论》，1985年第5期。
[2] 贺桂梅：《80年代文学与"五四"传统》，温儒敏、陈晓明等：《现代文学新传统及其当代阐释》，北京大学出版社，2010年版，第117—118页。
[3] 陈晓明：《现代文学传统与当代作家》，温儒敏、陈晓明等：《现代文学新传统及其当代阐释》，北京大学出版社，2010年版，第132页。
[4] 陈晓明：《现代文学传统与当代作家》，温儒敏、陈晓明等：《现代文学新传统及其当代阐释》，北京大学出版社，2010年版，第162—163页。

巨大而深刻的裂变之后，已经难复完整体系，但同时又在一定程度上以潜在精神资源的方式维持着它的历史承传。

第二节 中国文学现代传统的"结构图"

所谓"中国文学现代传统"，是感应着时代神经、由"思想—文化传统"与"艺术—美学传统"两大系统构成的有机体系。思想—文化传统的各个组成部分，正是19世纪末20世纪初的时代诉求、时代精神的具体展开。现代民族国家诉求和人的解放诉求，作为文学活动的主导思想，或者说由清末到"五四"新文学的"母题"，直接酝酿、形成了现代中国文学的两大核心传统——启蒙—政治化传统和个性解放传统。它们互相矛盾又互为依存。由这两大核心传统而衍化出两个次生传统：大众化传统和继承—借鉴传统。它们是为达"新民"——启蒙和人的解放目的，为新文学本身的建设而必需的方法和路向。质言之，两大核心传统反映着时代精神的两个侧面，两个次生传统是两大核心传统的实现路径，也是新文学建设相辅相成的具体路径。它们共同构成了"思想—文化传统"的平面架构。

现实主义、浪漫主义以及现代主义美学传统，则在审美层面对应着前述两大核心传统：现实主义美学传统源自近代思想启蒙需要，以"写实"为艺术原则的"为人生的文学"，让人们"看清人生的真面目"。浪漫主义和现代主义美学传统则是个性解放思潮的艺术载体与审美形式。前者是觉醒之初的人们反叛呐喊和感伤抒情的艺术形式，后者是"梦醒"之后的人们在生存困境中深切的生命体验及其升华的哲理之思。总之，两者分别是自我张扬和内省的艺术境界的生动再现。艺术—美学传统与思想—文化传统组成立体架构，共同衬托起中国现代文学精神本源之本源——清末民初之际中华民族的时代诉求：现代民族国家建设与人的解放。

一、思想—文化传统之核心传统

教化—载道传统，是中国民族文学最为悠久而强固的核心传统，两千多年来处于绝对至尊地位。在中国现代文学传统谱系中，启蒙—政治化传统与中国古代文学"载道"传统一脉相承，以各种"现代"面目演绎着传统的文学观和文学价值观，它是"现代性"最为薄弱的中国文学现代传统。

鸦片战争之后，不断的军事挫折和民族屈辱，使中国社会终于自上而下，走上"师夷长技"、自强图存之路。然甲午战争之后空前的民族危机，使中国的有识之士进一步认识到，只有维新变法，建设现代民族国家，才是民族独立、国家富强的根本之道。戊戌维新运动的失败，使康、梁等先进的中国人更进一步认识到，"新民"为当时中国的"第一急务"（梁启超语）；以"新民"入手，为建设现代民族国家作奠基。"文学兴国"、"文学救国"的现代神话，把思想—文化层面的"载道"传统向现代政治化道路上推进。康、梁及其同时代文化精英们不约而同地再次让文学承担起启蒙民众、拯救国家的历史重任。至梁启超的"三界革命"，文学"政治化"模式初步定型。以小说"新民"，以文学"救国"思潮，成为世纪之交的文学主潮。这一文学主潮力量之强劲，影响之深广，历史性地勾画了20世纪中国文学的基本风貌，中国文学启蒙—政治化传统，由此萌芽。

以陈、胡为精神领袖的"五四"新文学运动，感应着时代的脉搏，把梁启超"新小说"的启蒙主义价值观进一步发扬光大。随着新文学运动的基本精神在新型知识分子阶层和部分市民群众中得到回应，启蒙—教化意识也历史性地成为20世纪中国文学的核心价值观，深刻地影响和制约着其他文学传统的发展与演变。30年代初至70年代末，这一传统走向中的"文艺为政治服务"的文化偏至，给中国文学的发展带来障碍。"新时期"以后，启蒙精神重新回归，中国文学又掀起承担历史使命的小高潮。世纪末，随着西方现代主义文学再次全方位涌进中国，启蒙—政治化传统开始退居一隅，中国文学的精神风貌发生了深刻变化。然而，中国文学关注现实、关怀民生的内在基因未变。只要"文化生态"再次适应，它就会卷土重来，重放光芒。

个人主义或者说个性主义文学传统，总体上说是19世纪后期"西风东渐"历史环境中西方文化影响下的产物。如果说教化—载道传统是从古至今中国文学一脉相承的核心传统，体现着中国文学鲜明的民族特色，那么，个人主义传统，则是中国现代文学区别于中国古代文学，体现着鲜明时代特色的崭新的现代传统。"人的发现"、个体价值及人道主义情怀，是它的基本精神。19、20世纪之交，中华民族面临的紧迫的时代课题——新民，蕴含着一体两面的双重意义：一方面，它通过对民众的"公德"教育，为现代民族国家建设培养合格的国民，最终实现国家独立与民族解放；另一方面，文学由于全盘承载着这一历史重任而最终凝结成启蒙—政治化核心传统，在中国文学现代传统谱系中居于左右全局的至尊地位。现代国民教育的深入发展，便是个体的发现；它以自然人性为哲学基础，启发人的自我意识，高扬个体价值、个人权利，最终实现个性解放。从某种意义上说，"五四"新文学的时代主题，就是在思想启蒙前提下的个性解放、人的解放。现代国民的养成以个性精神为标志，个人主义以社会责任承担为价值实现，两者是相辅相成的辩证关系。同时，个性精神又是现代国民养成的最终体现。因此，就文学传统而言，现代个人主义文学传统与启蒙—政治化传统之间，既是矛盾统一的辩证关系、共时性关系，又是以"新民"为内核的启蒙运动逐步深化的历时性产物。

近代"人学"的建立及其不同侧重、不同路向的发展，成为启蒙主义和个性主义两大核心传统共同成长的文化土壤。张之洞、梁启超、严复以培育现代国民为宗旨，其"人学"理论为世纪末文学的政治化传统铺设了广阔道路。康有为、章太炎等以自然人性和个人权利思想为基础的"人学"学说，则高扬个体意义和价值，开启了新世纪个性解放大潮。两者互为条件、互相制约，中国文学启蒙—政治化传统和个性解放传统及其辩证关系，也即渊源于此。

作为"新民"运动深入发展的必然结果，个性主义浪潮兴起于19世纪末而蓬勃于20世纪初期。它由"林译小说"和清末言情小说开其端；"情"的泛滥及作家们对其宗教般的推崇，是其滥觞。林纾在译述西洋文学尤其是言情小说过程中，以"情"为宗，动辄即哭，引得读者皆哭，可谓"可怜一卷《茶花女》，断尽支那荡子肠"（严复诗句）。吴趼人以其"惨情小说"及融注其中的"情教"理论，开创了中国世纪之交独特的"哭泣的时代"。在苏曼殊的"苦情"、徐枕亚的"艳情"等鸳鸯蝴蝶派小说先驱的推波助澜下，中国社会不断呈现"同声一哭"的景象。正是在这哭声迭起之中，中国社会尤其是士人阶层的自我意识逐步觉醒了。

以陈独秀、胡适为领袖的"五四"新文学阵营，把梁启超"新国民"为核心的思想启蒙运动升华为以个性解放为时代主题的"新文化运动"，从而实现了对清末以来各种人文思潮的历史性超越，显示了"五四"作为中国历史新纪元开创者的特殊品质。陈独秀以西方个人主义破中国传统的家族主义，胡适大力倡导"易卜生主义"，鲁迅以经济独立为前提的妇女解放论，周作人以自然人性为基石的"人的文学"，等等，构成"五四"运动"人的解放"时代大合唱。与此同时，"异军突起"的创造社新队伍，从生存困境中的生命体验出发，倾诉"梦醒了无路可走"（鲁迅语）的苦痛，开创浪漫感伤抒情文学大潮。[1] 它既是对民初"哭泣文学"美学情趣的继承，又是在新时代以新的思想境界，成为"五四"个性主义文学大潮的重要一翼。两大核心传统正是在这良性互动状态中，获得广泛而坚实的社会心理基础，其基本价值观念和审美理

---

[1] 陈独秀：《东西民族根本思想之差异》、《吾人最后之觉悟》等，任建树等编：《陈独秀著作选编》第一卷，上海人民出版社，2010年版。胡适：《易卜生主义》，《胡适全集》第1卷，安徽教育出版社，2003年版。鲁迅：《娜拉走后怎样》，《鲁迅全集》第1卷，人民文学出版社，2005年版。周作人：《人的文学》，钟叔河编订：《周作人散文全集》第2卷，广西师范大学出版社，2009年版。

想逐步内化为公众的思维模式和审美心理定式。

随着20年代中后期社会政治革命高潮的急遽到来,个性解放被作为与社会解放、阶级解放相对立的小资产阶级意识形态和审美趣味,遭到"革命文学"阵营的严厉批判和彻底否定。但在30年代,个人主义文学思潮仍在梁实秋"人文主义"文学、京派文学和以"巴老曹"为中坚的"五四"文学流脉中、在"边缘地带"有声有色地延续着。在40年代的延安"工农兵文学"、50年代及"文革"时期的"社会主义文学"中,趋向极端的政治化传统把文学变为"为政治服务"的工具。人、人道主义、个性主义在中国文坛逐渐衰落直至中绝。直到80年代初之后的"新时期",在再度的"思想解放"潮流中,"人"被再次发现!一言以蔽之,20世纪中国文学个性主义传统,虽在"核心传统"框架内赢得了它前所未有的"主流"地位,但在中国文学大格局中,它在一定程度上仍然处于强大的教化—政治化传统的附庸地位,其势力和社会影响力往往取决于政治化传统势力的消长。

二、思想—文化传统之次生传统

大众化传统和继承—借鉴传统,是上述两大核心传统之外围的两大次生传统。它们的成长和凝定,既是充分体现时代精神的核心传统形成和变异的现实需要或具体途径,也是中国文学本身现代转型过程中历史发展的必然结果。

现代中国文学大众化传统的萌发、成长与凝定过程,既是19世纪以来开启民智、移风易俗、建设现代新国家的政治目的的具体途径,也是现代民族文化建设的宗旨所在。就前者而言,大众化主要体现在为"新民"而倡导的文学语言通俗化运动,它在雅—俗二元对立或互动的道路上曲折行进了半个世纪,最终以欧化的现代白话文成为现代文学及民族文化的载体。因此,在某种意义上可以说,大众化传统与作为核心传统的启蒙—政治化传统之间呈因果关系,或者是"体—用"关系:因思想启蒙的需要，现代中国文学走上通俗化大众化发展道路；换句话说，大众化传统是启蒙—教化传统的实现途径。"五四"新文化运动先驱们通过声势浩大的文学革命运动，在社会各界的支持下，最终赋予白话文以"国语"、"文学正宗"地位，在全社会建立起白话文信仰。而就现代民族文化建设而言，通俗化、大众化精神正是现代文化的基本精神，因此，白话文体不过是"形式"意义上的外在变革，平民精神才是大众化传统的核心精神，平民精神的树立才是大众化传统的最终凝成。"五四"新文化运动领袖们的历史功绩，正是超越梁启超辈的"工具"说，从文体革命入手，树立现代文学的平民精神。新文学运动的起步，正是思想启蒙旗帜下的大众化、平民化道路。周作人首先在"人的文学"命题下，在人的发现和人的解放更高基点上，以自然人性为基础，阐述"平民文学"基本形态与基本精神。因此，由白话文体的美学形式向"平民文学"艺术精神的内化过程，也就是大众化传统逐步凝结的过程。"五四"以后，经过"左联"的大众化运动，延安文学的"工农兵方向"，50年代的"民歌文学"运动等一系列在政治功利化传统强力规范和制约下的"大众化"文学运动，最终使得具有浓厚民族特色的通俗化、大众化，成为20世纪中国文学基本的文化品质之一。

如果说大众化传统在很大程度上是"新民"、"改造国民性"政治化传统的直接产物，那么，继承与借鉴的辩证统一，则是现代中国新文学建设的基本方案。在中西文化大规模碰撞与交会的特殊历史环境中，新文学建设中的思想启蒙与个性解放两大时代主题，包括文学大众化道路，都是在继承—借鉴的有机统一中得以展现和实现的。它与大众化传统一样，都是中国新文学高扬时代主题和实现新文学现代转型的基本途径。

从人类文化学角度看，继承本土文化传统，吸收借鉴外来文化因素，是世界各民族文化发展的常态，一种普遍规律，在理论层面上不会成为某民族的所谓"传统"。但对于19世纪末20世纪初的中国社会来说，它却成为左右中国文学精神风貌、总体格局、发展轨迹乃至决定具体文学流派、社团和具体作家文学成就和历史地位的决定性因素。自鸦片战争到20世纪中叶，中西文化在中国这块古老土地上的冲突与交融，节奏如此急促，程度如此激烈，对中国社会与文化变迁的实效如此剧烈而深广，在世界上是罕见的。在"亡国灭种"残酷现实逼迫下，中华民族要在短短数代人的时间里完成传统社会与文化的现代转型，其艰难紧迫可想而知。欧风美雨的全面浸淫与古老文明的顽强抵抗，使得坚守与开放、明辨与吸纳、融合与固本，始终成为此时中国社会事关国家、民族前途与命运、压倒一切的重大问题。从某种意义上说，如何正确处理继承传统与借鉴西方，成为近现代中国社会进步与文化发展的关键。

历史上，相对于欧洲甚至西亚各民族文学来说，中国民族文学是在相对隔绝、封闭的环境中独自发展起来的。直到19世纪中叶，中国文学没有受到外来文学任何全局性、实质性的影响。这使它呈现出非常鲜明的民族性。因此，所谓"继承"与"借鉴"根本不会成为古代中国文坛普遍关注、理性思考的重大原则问题，不会成为左右文学发展的关键性因素。中西文学大规模对话和交流始于19世纪70年代以后，尤其是90年代以后翻译文学的兴盛繁荣。19世纪末，西方文学以前所未有的速度和规模涌进中国。20世纪后中国读者所能读到的世界各国文学名著，此时几乎都已经以粗糙的面目出现在中国。翻译文学一跃成为中国文坛的主流，就数量而言，约占当时整个文坛文学作品的三分之二；就影响而论，则绝对地支配了中国士人的知识渴求、思想与审美需求。它们以全新的面貌对中国传统文学形成了全方位的冲击，使三千年来封闭自足的中国文学第一次被抛进中西文学互视、碰撞与竞争的开放格局中；而其自身的特色尤其是弱势也很快显露出来。于是，吸收他人之长，以补自身不足，保持民族特色而又要适应时代要求与现代生活的命题，就第一次摆在中国人面前。

因此，可以这样说，19世纪末以来，中国文学每前进一小步，都取决于其背后"中"、"西"两大文学资源的互动，两者缺一不可。其间浓缩了太多太多极其复杂的冲突与融合的"密码"和"配方"。于是继承本民族文学传统,借鉴吸收外来民族文学有益成分,这一世界各民族文学发展的常态,在很大程度上成为近现代中国文学特殊的发展历程中的决定性因素,成为每个作家艺术家都无法避免的"重大原则问题",成为文学发展"经验教训"的核心内容之一。我们丝毫不怀疑,今后随着中国文学更加深广地融入"世界文学"之中,所谓"继承"与"借鉴"问题会重新成为中国民族文学发展的一般性问题,重新成为文学艺术发展的一种常态。但我们同样不能否认,在19世纪末到20世纪这一中国社会特定历史阶段,在"继承"与"借鉴"中"创新",竭力寻求民族性与现代性的统一,是每个作家都必须严肃、虔敬面对的。因此,它最终成为中国现代文学一项特定的"传统":在"继承"与"借鉴"的结合中实现"创新",在"民族的"与"世界的"中间寻找现实与历史定位。

三、艺术—美学传统

19世纪末20世纪初,西方的古典主义、现实主义、浪漫主义、自然主义及各种形态的现代主义文学思潮涌入中国。一时间,中国文坛各种新颖的"主义"争奇斗艳。但在切实的现实需要面前,历史老人做出选择:现实主义、浪漫主义和以象征主义为代表的现代主义,先后成为中国社会特定"文化生态"环境中的"宠儿",发展成为中国现代文学的主潮,最终内化、凝结成中国文学的现代传统。

这些文学形态在中国古代文学发展历程中早已存在,以《诗经》为源头的"载道"传统和以《楚辞》为代表的抒情传统,分别是现代现实主义和浪漫主义的民族原生态;象征主义在传统诗歌、戏曲、绘画、雕刻、书法等各类艺术中普遍存在,它们以中国传统美学话语形态发展了两千多年。然而在"西风东渐"的19世纪末20世纪初,近代西方美学话语系统主宰了中国文坛,本土传统美学思想及其形态遭受"西化"洗礼,中国迎来现代文艺美学的"新纪元"。

西方近代的现实主义首先在19世纪后期的中国社会成长。不管是西方来华人士出于传教和以"西化"为导向的"移风易俗"目的，还是中国社会精英以"新民"为宗旨的文学革命运动，"写实"都被视为文学的核心价值所在。可以这样说，中国文学的现实主义传统是启蒙—政治化传统的直接产物，两者既是因果关系，又是体—用、本—末关系。在启蒙主义语境下，作为文学形态的现实主义被赋予思想启蒙的功效。至"五四"新文化运动，现实主义被陈独秀、胡适视为破除旧文学、建设新文学的根本途径。于是，鲁迅"听将领"的小说与文学研究会声势浩大的"为人生的文学"以及随后风靡文坛的"乡土文学"思潮，使"写实"的文学手法逐步升华、凝结为现实主义美学精神。揭开人生真面目，引起疗救的注意，集中概括了"五四"文学现实主义思潮的基本精神与内涵。这一美学传统经历了"五四"新文学初期的"驳杂"、20年代初的"浮光掠影"，至20年代后期和30年代初，在乡土文学作家群和文学研究会成熟的作家那里，终于以高度的典型化和艺术的圆熟，成为深刻影响20世纪中国文学的经典美学范式。它在梁氏"三界革命"运动中萌芽和诞生，在"五四"新文学运动中成长，历经20—30年代的"革命文学"、30年代以后的"抗战文学"、40年代延安地区的"工农兵文学"的变易，在20世纪前期，终于凝成以思想启蒙为核心、以反映现实社会生活与政治服务为旨归的中国现实主义美学传统。它以强大的文学资源和切近的社会功利性，成为中国现代文学核心传统之核心传统。它以环环相扣、不断强化的发展势头，影响和制约着其他文学传统的发展变迁。

　　浪漫主义文学传统无疑与"人的发现"、个性解放社会思潮和个性主义文学思潮密切相关。也就是说，中国文学现代浪漫主义美学传统与个性解放思想文化传统是直接对应的。在中国近代史上，"人的发现"与个性解放潮流是早年"新民"启蒙思潮深入发展的必然结果，因而，文学上浪漫主义思潮在现实主义思潮约半个世纪后兴起。清末民初之际，以"林译小说"为代表的翻译文学为中国读者带来了鲜活的"人"的气息，言情小说则极力抬高"情"的地位，大量作品的推波助澜，造成近代中国独特的"哭泣时代"。苏曼殊的"苦情"和徐枕亚的"艳情",激发中国人历史性的"情感大解放"。这种以"哭"为特质的情感解放,拉开了中国式浪漫主义文学思潮的序幕,经"五四"新文化运动的洗礼,转变为火山爆发式的反抗激流。鲁迅的深沉的"呐喊"、郭沫若"天狗"般的"狂叫"与"燃烧",奏出时代的主旋律。而郁达夫式的"感伤"弥漫了整个"五四"新文学,乃至一度"入侵"到庄重的现实主义领地,使"为人生的文学"普遍浸润着哀伤情调。

"五四"浪漫主义文学思潮强大的辐射力和影响力,使"人",尤其是个体的人,真正成为中国文学关注的焦点。这在中国文学史上是前所未有的。因此,以"人的发现"、"人的解放"、"人道主义"、"完美人性"等为精神内核的中国现代浪漫主义美学传统的酝酿和凝定,在中国文学史上最具有开创"新纪元"意义。可以这样说,中国现代文学的"现代"品格,集中体现于个性解放传统及其相应的浪漫主义美学传统的凝结。

浪漫主义文学思潮在"革命文学"兴起之后产生了分化。"革命浪漫主义"文学以"革命"的名义消解了"五四"个性主义、人道主义精神。在"五四"精神影响下成长起来的丁玲和"巴老曹"等文坛新秀,以一贯的"五四"立场,继承和发扬着"五四"新文学个性主义传统。以沈从文为代表的"京派文学",则在"右倾"方向上迈进:回归到原始古朴的自然状态中,讴歌自然纯真的完美人性,探索人的解放之路。以徐訏、无名氏为代表的"新浪漫主义"小说,则在"边缘"地位讲述着中国现代人生传奇,制造着一时的轰动。于是,浪漫主义美学传统呈现出多幅"面孔"。从40年代到70年代末,延安"工农兵文学"和整个中国大陆的"两结合"文学及"三突出"文学,使浪漫主义传统失去了"人"的灵魂,蜕变成纯粹的"革命豪情"传声筒,直到新时期,以人为本的"五四"浪漫主义文学传统才得以恢复。

以象征主义为源头和基本精神的西方现代主义文学,在"五四"时期传入中国,得到"五四"先驱们的回应。它以欧洲现代非理性主义哲学为基础,以否定和批判现代工业文明为宗旨、以怪诞和丑陋为美,显示着西方现代文化精神。"五四"新文学运动之初的胡适、周作人、沈尹默等,在白话诗创作中对象征主义作了零星的尝试。作为中国现代白话小说开山之作,鲁迅的《狂人日记》融合中外象征主义艺术精神,成功地描绘了"狂人"灵魂深处令人震撼的精神图景,传达出独特的生命体验。20年代,西方象征主义美学意蕴在洪深、田汉等人的所谓"浪漫主义"、"唯美主义"剧作中得到生动展现。而鲁迅的《野草》则在更深切的生命体验和更高的哲理境界中,生动地描绘着特定历史环境中"觉醒者"的彷徨人生。这一艺术精神在30年代何其芳、李广田等一批作家的"独语体"散文中再次展现出独特的艺术魅力。

作为现代主义美学传统清晰而"正宗"的发展线索,主要体现在中国象征主义诗歌中。1925年,留学法国的李金发在国内出版第一部诗集《微雨》,标志着现代象征诗派作为一个明确的文学流派在中国的正式诞生。《微雨》成为中国象征主义美学精神的"典范"之作。王独清、穆木天、胡也频、冯乃超等一批新秀的集体登场,使象征主义文学精神在中国产生了实在的社会影响。至30年代,戴望舒的"新象征主义"融汇中西艺术精神,把现代思想意蕴与中国传统艺术精神融汇一体,得到中国读者的广泛关注和感情共鸣。从"汉园诗人"到"九叶诗人",中外象征主义艺术精神更加完美地结合,洋溢着独特的艺术魅力。以"新感觉派"为代表的现代派小说,在饮食男女的生活表象下,抒写着失去精神家园的"都市流浪者"们的孤苦情怀、细微幽深的潜意识世界,从而在新的角度上把"人的文学"推向新境界。50年代以后,在全新的政治文化生态中,象征主义艺术作为"反动的"艺术流派迅速消失,直到80年代中期,在西方现代主义文学再次全方位涌入的文化环境中,这一美学传统才重新复归,它在朦胧诗、探索话剧和先锋小说中得到充分表现。

在中国现代"艺术—美学传统"谱系中,现代主义是我国现代浪漫主义文学思潮深入发展的结果,反映着"人的解放"历程的深化。如果说浪漫主义文学思潮反映着人在觉醒之初对传统礼教和社会压迫的反叛,对个性舒张的憧憬,那么现代主义文学则更进一步反映着觉醒之后的人幽微而复杂的灵魂世界,表现了"无路可走"的人们对精神家园的渴望与寻觅,从而为20世纪前期的中国文学融注了新的"现代性"因素。

在宏观视角下,现实主义、浪漫主义、现代主义这三大文学传统之间的关系错综复杂。首先,它们是历时性的。由现实主义到浪漫主义再到现代主义,既反映出现代中国社会由"民族解放"到"人的解放"及其深化的发展历程,也反映出在这一时代诉求下中国文学现代美学精神的变迁:它由客观叙事到主观抒情,由显在思想感情的逻辑运动到潜在心灵世界的瞬息万变,由社会关系中的人到人性乃至生命本能层面上的人,清晰地显示了"人的文学"由外而内、由浅到深、由表象到本质的发展历程。其次,它们又是共时性的。三大文学传统构建了20世纪中国文学美学精神的全景图:在现实主义与浪漫主义相互依存与相互制约的大框架下,现代主义文学思潮与美学精神相对自足地发展。再次,它们相互渗透、相互融合。现实主义文学处于中国文学美学精神大格局的"正宗"地位,在很大程度上制约着其他艺术流派的发展。浪漫主义与现代主义之间难解难分,其"浪漫抒情"总是与具体的社会现实问题相关联。现代主义一方面表现出浓郁的浪漫抒情性,一方面又表现出强烈的现实关怀。

中国文学现代传统形成的"路线图"和"结构图",实质上就是现代中国文学史纷繁复杂表象下本源性的"精神运动轨迹"和"精神结构图"。它们是一切具体文学现象发展变迁的内在根源。文学现象往往令人目不暇接、眼花缭乱,而其深层的精神结构图及其运动轨迹则是条理井然,主次分明的。文学现象的发展变迁常常充满偶然性,但任何偶然性下面都会有着必然的逻辑理路;这既定的逻辑理路,正是由特定"传统"制约着。因此,中国文学现代传统形成的纵向"路线图"及其横向"结构图",是理解、把握中国现代文学发展史及其具体纷繁现象的内在根据。

第一章
中国文学现代传统的历史文化背景

我们通常所说的"中国文学史"包括"中国古代文学"和"中国现代文学"两个历史发展阶段。前者指从中国远古时代到19世纪中叶近三千年漫长历史中的文学发展历程,后者指从19世纪中后期萌芽、以20世纪为主体的迄今一百多年间的文学发展史。之所以会有如此两个文学发展历史阶段的划分并被广泛认同,是因为这两个时间长短如此悬殊的历史阶段的文学分属于中国历史进程中的两种不同的社会形态和文化形态。它们在语言形式、题材与体裁、思想倾向、审美理想等方面,各自体现出相对统一而稳定的文学精神和美学精神,特定的历史内涵和社会意识形态,等等,并被全社会"理所当然"地接受和崇奉。谈到中国现当代文学,论者大多以"现代性"为其灵魂或标志。其"现代性"首先指的是现代工业文明形态下的文化精神和文学精神,以及与此内在关联的种种价值取向。它与前工业文明或者说农业文明社会的文化形态与文化精神有着本质区别。在中国三千年漫长的历史发展进程中,短短百年的中国现代文学之所以具有独立的历史意义,是因为它在新的历史时期、新的社会形态中形成了有别于中国古代文学的文化形态、文学精神乃至文学传统;是各自的文学传统而不是别的东西把中国文学划分为

"古代文学"和"现代文学"。

第一节　从希尔斯的传统观看中国文学的现代传统

什么是传统？当代美国著名社会学家、芝加哥大学社会学系爱德华·希尔斯教授（Edward Shils）在其著名的《论传统》一书中给出了这样的定义：

> 传统意味着许多事物。就其最明显、最基本的意义来看，它的涵义仅只是世代相传的东西（traditum），即任何从过去延传至今或相传至今的东西。[1]
>
> 无论其实质内容和制度背景是什么，传统就是历经延传而持久存在或一再出现的东西。它包括了人们口头和用文字延传的信仰，它包括世俗的和宗教的信仰，它包括人们用推理的方法，用井井有条的和理论控制的知识程序获得的信仰，以及人们不加思索就接受下来的信仰；它包括人们视为神示的信仰，以及对这些信仰的解释；它包括由经验形成的信仰和通过逻辑演绎形成的信仰。[2]

换句话说，"传统是围绕人类的不同活动领域而形成的代代相传的行事方式，是一种对社会行为具有规范作用和道德感召力的文化力量，同时也是人类在历史长河中的创造性想象的沉淀"。[3] 根据著译者对传统的多角度阐释，我们可以从以下几个方面理解传统的内涵：一、传统是连接过去与现在的代代相传的东西，因此它不仅产生于过去，是"过去"的凝结和象征，同时还活在"现在"，在当下人们的日常和社会生活中继续发挥着作用，或者说，"传统"总是活在当下的过去，具有生

---

[1] E.希尔斯：《论传统》，傅铿、吕乐译，上海人民出版社，1991年版，第15页。
[2] E.希尔斯：《论传统》，傅铿、吕乐译，上海人民出版社，1991年版，第21—22页。
[3] E.希尔斯：《论传统·译序》，傅铿、吕乐译，上海人民出版社，1991年版，第2页。

命力的历史；二、传统从本质上说是一种社会信仰，它对人们的社会行为和思想情感具有无可置疑的规范作用和感召力量，它是特定时代全体或大多数社会成员的精神权威，具有明确的价值意义；三、传统形成的途径多种多样，同时，传统也以各种形态延续在社会和人们的日常生活中，最后凝结或积淀为某种信仰或某种精神力量；四、一般来说，传统形成的过程是一个由社会事件、政治教化、生活方式逐步向风俗习惯、思维方式、情感趋向和文化心态缓慢积淀的历史过程。希尔斯根据研究得出结论：信仰或行动范型要成为传统，"至少需要三代人的两次延传"。正由于这样，传统与时尚有着极为鲜明的区别："持续的短暂性是时尚的特征。时尚和传统都呈现出一种范型，并且能为他人所接受；但是，只要持续时间不超过一代人，即使持续时间为整个一代，时尚也不是传统。许多时尚还不能持续那么长时间。……而传统因为寿命较长可以慢慢发展。"[1]

同时，希尔斯认为，传统不是凝固不变的。相反，在历史长河中，随着社会环境和人们社会生活的需要而不断地变迁。传统之所以不断变迁，是由外部和内部两大因素造成的。外部因素是两种文化形态、两个社会之间，弱势文化传统受到强势文化传统的压力和侵入而被迫改变。内部因素则是特定传统在时间延续中由内部力量造成的自然变迁。任何传统都是有缺陷而有待于完善的存在，因此，传统实质上也就是在时间链上围绕着共同主题的一系列变迁而形成的。在代代相传的过程中，"它的基本因素保存了下来，并与其他起了变化的因素相结合，但是，使其成为传统的是，被认为是基本因素的东西"。[2]

因此，任何人，在试图对既定传统进行任何变更或"创造"时，都不可能凭空进行，"对这些人来说，传统不仅仅是沿袭物，而且是新行为的出发点，是这些新行为的组成成分"。[3] 希尔斯认为，任何人的本

---

[1] E.希尔斯：《论传统》，傅铿、吕乐译，上海人民出版社，1991年版，第20页。
[2] E.希尔斯：《论传统》，傅铿、吕乐译，上海人民出版社，1991年版，第18页。
[3] E.希尔斯：《论传统》，傅铿、吕乐译，上海人民出版社，1991年版，第62页。

质都是过去既定文化传统的产物,他对自我的界定都是依赖于个人记忆、家族记忆、社会记忆乃至整个的历史记忆来实现的。任何人的"现在"都是由"过去"组成的,而他的性格和信仰以后会起何种变化,都只能从"过去"出发,从"过去"的全部沉淀中获得资源和力量。据此,希尔斯得出一个著名的结论:任何人,都是生活在过去的掌心中,"即使那些宣称要与自己社会的过去做彻底决裂的革命者,也难逃过去的掌心"。[1]

希尔斯的这一著名观点自然有他一定的道理。从最一般意义上来说,人类社会文化传统的每一步变迁都必须以"过去"为出发点和准绳,否则,任何变迁都将因失去大前提而无法进行。但同时,希尔斯仅以某些终极性的"共同主题"为核心价值来考察传统的变迁,使得他的传统变迁的"时间链"只有外在、具体、局部的量变性质。难道历史发展与人类文明就永远不可能有质的飞跃?希尔斯过分注重了"过去的掌心"的决定意义,而在一定程度上忽视了平行存在的文化传统相遭遇和冲突时,强势文化传统的横向渗透使弱势文化传统产生一定程度的"裂变"或质变——这实际上是传统发展演变的另一种重要形式。如果这样的话,所谓中国文学"现代传统"无非是在某些"共同主题"下对中国文学"古代传统"的某种延伸或变异,而不具有自身的本质特性。这样一来,任何对中国文学"现代传统"的阐释都不过是围绕一个伪命题的徒劳之举。

在传统的继承和发展的问题上,与传统彻底决裂的激进主义固然是偏颇的,以"过去的掌心"统摄未来也是片面的。比较接近真理的应该是二元论立场。一方面,我们要看到传统在发展演变过程中的继承性和连续性,即在不同社会历史环境中不断变异的传统中蕴含的"共同的主题"。另一方面,在若干重大的历史转变时期,随着社会形态和文化形态整体性的变更,文化传统也会产生实质性的蜕变:过去永久性主题尽

---

[1] E.希尔斯:《论传统》,傅铿、吕乐译,上海人民出版社,1991年版,第60页。

管还在延续着,但其本质内涵及其在新的文化形态有机体中的地位,随着它与新的文化因素的相互作用而发生根本性改变,从而表现为参与构成新的文化传统的新特性,而不是"象征过去",如中国儒家传统和西方基督教传统在中西方文化的现代转型中的历史境遇便是如此。希尔斯的观点更多地反映了英美文化传统的发展变迁模式,而对东方各民族在西方强势文化冲击下,外发式社会与文化转型过程中传统"基因"的整体性突变却未给予足够的重视。

毫无疑问,中国文学的现代传统与中国文化传统一样,既是在继承中国古代文学传统的基础上,更是在西方现代文化和文学全面冲击和浸淫下,在较短时间内形成的崭新的文学传统。一方面,它延续了中国古代文学传统的基本因素,如语言修辞的形式美,文以载道的思想性与教化性,关注人生,爱国爱民的入世情怀,融合自然的超然风骨,温柔中和的审美理想,等等。另一方面,这些因素在新的社会与文化环境中发生了蜕变,特别是与外来文学新因素全面融合,在较短时间内凝结为与中国古代文学传统有着本质区别的新传统。它和前者既是继承、变异的亲缘关系,更是相对独立的并列关系;在整体性的"藕断"之后丝丝相连。这使它相对于古代文学传统呈现出现代性,相对于西方现代文学传统呈现出民族性。

中国文学现代传统作为社会传统的一种形态,既充分体现着"传统"的一切特征,又以它特定的内涵、独有的精神气质,在与西方文学传统的比照中显示其浓郁的民族性,在与中国古代文学的衔接中体现其鲜明的时代性,全面深刻地影响着当代中国人的精神风貌——从思想倾向到价值观念、审美情趣直至文化心态,而成为当代中国精神文明建设和民族振兴极其重要的精神资源、文化动力。

希尔斯认为,传统往往具有一种神圣的克里斯玛(Charisma)特质,即具有超凡性质的、令社会成员敬畏和依从的道德规范和秩序规范力量;新传统的确立,需要具有辉煌想象力和非凡品质的克里斯玛式人物、作为里程碑纪念对象的克里斯玛事件以及历史遗留物。据此我们可以说，周公"制礼作乐"，孔子周游列国、删定《诗》、《书》，古希腊奥林匹克运动会，耶稣受难，欧洲文艺复兴、宗教改革及启蒙运动等，无疑都是中西方文化伟大传统的克里斯玛人物和事件。同理，胡适、陈独秀等人发动和领导的"五四"新文化运动和"五四"文学革命、《新青年》的创刊、《尝试集》的出版、《狂人日记》的发表等等，无疑成为中国文学现代传统得以形成的克里斯玛人物和伟大事件。百年以来，它们对现当代中国文学的发展始终发挥着神圣的精神感召力、指导乃至潜移默化的作用。总体上看，20世纪中国文学的发展变化就基本精神来说，始终未溢出"五四精神"之外。

然而，正如希尔斯所指出的，一种新信仰至少必须经三代人的两次承传，才能成为新的传统；开创新传统的历史人物和事件，必须具有比旧传统强大得多的克里斯玛力量，才能促成新旧传统的蜕变或裂变。胡适、陈独秀们所开创的辉煌的新文化与新文学事业，以其一呼百应的号召力对旧传统形成惊心动魄的摧枯拉朽之势，在短短几年之内实现了"新神"对"旧神"的取代。这固然显示了中国文学现代转型历史时期克里斯玛力量的伟大与神圣，同时也表明，"五四"新文化运动和新文学运动先驱们以其浪漫主义激情确立了中国文学的现代传统。从历史发展的"时间链条"上看，他们所承担的，只是传统转换历史过程的"完成式"。因为他们所拥有的非凡的克里斯玛感召力的精神源泉，来自他们之前近半个世纪以来的文化先驱；他们实际上是站在19世纪末一批中国文化巨人的肩膀上开创中国文学新传统的。在他们之前的数十年间，近代中国文化巨匠们已替"五四"先驱们吸取了足够的西方现代文化养料，大体上完成了对中国文化传统的合理扬弃，奠定了中国现代文化的基本框架，并发动了最早的文学革新运动。康有为、梁启超、严复、黄遵宪、林琴南等早期的"文化搬运夫"，几乎铺好了最后一块文化砖石，才使得"五四"先驱们得以一夜之间"横空出世"，风华少年，意气风发，指点江山，成为中国文学现代传统的"克里斯玛人物"。

中国文学现代传统的思想幼芽萌发于19世纪末中国文化由传统向现

代急遽转型的历史时期，它植根于中国现代社会形态与文化形态之中，但它的思想资源大多来自于 19 世纪后期输入中国的西方现代文化因素。因此，它与中国古代文学的关系是裂变大于承传，从而得以形成它特有的现代文学传统。但在中国文学由传统向现代转型的过程中，继承也一直潜在地进行着，中国古代文学中一些富有生命力的"共同主题"经西方现代文化和文学因素的融合，或改头换面或发生实质性转变后，融进现代文学精神的新格局中。吊诡的是，旧传统因素的现代延续过程往往是借助新文学先驱对"旧文学"的猛烈攻击而实现的，因为这种批判或全盘否定往往正是克里斯玛人物不自觉地依靠改头换面的旧克里斯玛威力进行的，如政治情结、教化意识等等，从而为古代文学旧传统的"现代化"开辟了潜在的通道，成为中国现代传统的有机组成部分。

因此，中国文学现代传统虽然形成于被后世视为历史"新纪元"的轰轰烈烈的"五四"新文化运动和"五四"文学革命时期，但它却萌发、酝酿于清末民初近半个世纪的历史岁月中，从 1840 年鸦片战争，中经洋务运动、戊戌变法运动、辛亥革命运动直到"五四"新的历史时期。新的社会环境为新的文学传统的形成提供了现实土壤，在民族与文化的双重危机刺激下的全社会求新求变以图强的社会心态，为新文学的萌芽及新传统的酝酿提供了心理基础；而以康、梁、严、林为代表的民族精英大力引进西学及西方文学以建设民族新文化、新文学的艰苦卓绝的长期努力，为"五四"时期中国文学新传统的最终确立提供了丰厚的思想与文化资源。所以，我们认为，在梳理中国文学现代传统的形成与发展流变之前，考察"五四"以前近半个世纪中国社会心态与文化形态、文学思潮的变迁、新的价值观念的确立，正是如希尔斯所指出的，是以个人和民族的历史记忆来自我界定的必要环节。19 世纪末至 20 世纪初的历史，梁启超及后世史家称为"过渡时代"，它是中国文化现代转型期的一个关键时期。把握这个时期的时代脉搏，才能更好地领会中国文学现代传统的特质，更好地把握其与中国古代文学传统的本质区别及潜在的承传脉络。

第二节　中国文学现代传统的历史背景

我们通常所说的"中国现代文学",狭义上是指以"五四"文学革命为标志,以思想启蒙、个性解放和白话文运动为特征的新文学。广义的理解则应在"现代中国文学"视野中,突出它的时代内涵。它包括"五四"新文学、近现代通俗市民文学以及从19世纪后期延续到20世纪各类传统体式和审美意蕴的文学创作。本书所指的中国文学的现代传统是以"五四"新文学为主体的文学传统,兼及其他。因为诞生于"五四"新文化运动与文学革命运动,以思想启蒙、反抗旧传统和白话文运动为标志的"五四"新文学与通俗市民文学及现代旧体文学相比,更集中地体现了新时代的文化精神,更鲜明地表现出与旧传统的本质区别,集中体现了现代中国文学传统的本质特征和基本精神。

对中国文学现代传统的考察首先必须回溯到19世纪中后期广阔的历史视野中,全面考察中国近现代社会与文化思潮的发展变迁。文学是社会生活与时代精神的反映,即使最具"个人"色彩的文学创作,也必定是特定社会生活和时代风云的曲折表现。鸦片战争以来中国的社会激荡,民族与文化的双重危机,中国人所遭受的前所未有的思想冲击,民族和文化感情的激荡及其引起的心灵震撼,给文学创作提供了全新的社会土壤和精神养料,加之中国文学自古以来具有关注社会、关注人生的优良传统,使时代风云与新的文学精神的形成有着密切的互动关系。其次,中国文学的现代传统虽以"五四"新文学运动为标志,正式形成于"五四"时代。胡适、陈独秀等克里斯玛式先驱为新文学传统的形成做出了关键性贡献,然而,新文学的现代传统绝不能在文化真空中"横空出世";他们是全面继承了19世纪后期以来近半个世纪的思想文化成果和文学创作成就,站在前辈巨人的肩膀上开创了文学的新时代。因此,在胡适、陈独秀以他们一呼百应的精神权威于短短数年间开创一个文学新时代的背后,是19世纪中后期以来,在民族危机与文化危机中,在中国社会与文化现代转型的历程中,新的文学精神经康有为、严复、梁启超、林纾等两代文化精英艰难的思想启蒙与文化创造缓慢承传、逐步升华而来。所以,如果说梳理中国文学现代传统本身是梳其"流",那么,回溯它凝结的历史则是考其"源"。从某种意义上说,后者的意义不亚于前者甚至比前者更具有独特的价值。因为前者往往依靠后者来自我定位和定性;深入全面地考察中国文学现代传统的形成过程,才能更好地理解这一"现代传统"本身,以及它与中国古代文学传统和外国文学传统之间的关系。

一、双重危机下的近代中国社会与文化思潮

1840年的中英鸦片战争,英国侵略者以其现代化的坚船利炮轰开了古老的中央王国的大门。从此,封闭两千年之久的天朝上国被无情地抛进现代"弱肉强食"的资本主义世界体系。伴随着一系列丧权辱国的不平等条约和数不尽的民族灾难和屈辱,延续了两千多年的农业文明开始了解体历程;沉睡的中国在民族危亡的逼迫下迈开了走向近代文明的艰难步伐。在中国社会与文化现代转型的漫长而曲折的历程中,中国文学也即将启动它现代变革的步伐。

西方大炮轰塌的不仅是中国紧闭的古老国门,同时还轰破了中国人延续了两千多年的"天下",从而使中国人发现了"世界"。古代中国的"天下"不是物质意义上的山川地理,而是由儒家哲学建构的尊卑分明、大一统的政治与伦理秩序,是儒家的纲常伦理外化的一个庞大的精神性空间。它和谐稳定,封闭自足,"天不变道亦不变",具有先验的永恒正义性。"天下"之外,则是荒蛮的夷狄世界。一部中国对外关系史,就是文化上"以夏变夷"的历史,它早已积淀为中国人的文化性格。

然而,鸦片战争的血与火使中国人不仅第一次碰到了他们难以想象的"蛮夷",随着"蛮夷"的入侵,他们还非常惊讶地发现了"天下"以外一个更丰富多彩、更强大和先进的"世界"。中国不是高居"中央"

的"天朝上国",而仅是"万国"中的一国,且落后挨打。于是,在惊愕、恐惧和困惑中,两千多年的"夏夷"之辨在他们的头脑中开始动摇,中国传统文化赖以生存的"天下"开始瓦解。

作为近代中国睁眼看世界的第一人——林则徐于鸦片战争前后就在思想上突破传统的"天下"观的藩篱,以理性的目光广泛搜集外国资料,编成《四洲志》一书,第一次全面介绍了欧美各国尤其是英、法、俄、美等列强的地理、历史等国情,成为闭塞的中国人观察世界的一扇窗户。随后,魏源在此基础上编成更详备的五十卷本《海国图志》。1849年,徐继畬编撰的《瀛寰志略》刊行,广泛深入地介绍世界各国风土民情,为中国人打开了解现代"世界"的大门。中国人通过对各国地理风物的了解,终于开始走出"天下",置身于现实的"世界"之中。而这,正是现代中国文学从古代文学中得以"脱胎而出"的历史背景。现代中国文学及其传统与古代文学的本质性区别首先就在于文化土壤的截然不同,后者生长和延续于相对封闭自足的农业文明的"天下",前者则是萌芽和成长于多元开放的现代工业文明的"世界"里。

面对西方的坚船利炮及先进科技,魏源大胆提出"师夷长技以制夷"的划时代命题。之所以说它是划时代的命题,是因为在"用夏变夷"文化观念根深蒂固达两千年之久的中国历史上,"师夷"口号无疑具有革命性、颠覆性意义;其对中国社会的冲击与震撼,绝不亚于西方侵略者用大炮轰开中国的国门。尽管"师"的是夷人的"雕虫小技",但对于"天朝"情结牢不可破的中国尤其是官僚士大夫阶层而言,这是更难于接受的耻辱。但在民族危亡的现实威胁下,经过近二十年的徘徊与痛苦,"师夷"成为中国被迫接受的文化理念。这一文化理念无疑开启了数十年后中国文学与西方文学对话的潜在通道,开启了中国文学现代化之路。

鸦片战争的炮声及其随之而来的民族屈辱虽震撼了中国,但真正被震醒睁开眼睛看世界的只是林则徐、魏源等极少数官僚士大夫,社会各阶层只是张了一下眼睛望了一下,又昏睡过去。统治集团及官僚阶层以

"英夷"的退兵感到庆幸,广大民众的生活及精神世界更是丝毫未受到影响,文学创作仍在历史演义的辉煌中自娱自乐,正如鲁迅所指出的:"盖嘉庆以来,虽屡平内乱(白莲教,太平天国,捻,回),亦屡挫于外敌(英,法,日本),细民暗昧,尚啜茗听平逆武功。"[1]

实际上,鸦片战争给中国社会带来的冲击,给中国文学向现代迈进提供了不同于往昔的社会文化环境,形成了中国文学现代精神与现代传统逐步滋生的社会土壤。如上所述,中国古代文学是在相对封闭自足的社会环境中,在传统儒道精神的浸润下代代相因、自我发展的,与域外文学极少交往,因而在千年一贯的"天下"里演绎着固有的审美理想、文化精神。19世纪中叶,随着"天下"的被打破,中华民族开始被抛进充满惊涛骇浪的现代资本主义现实"世界",绵延数千年的中国传统文学面临着亘古未有的全新的文化世界的冲击,预示着它必将在题材与体裁、文学主题、审美理想以及文学语言等方面,发生根本性的变化,这是中国文学数千年来从未有过的新景观。从此,中国的与西方的,民族的与世界的,传统的与现代的等范畴,将不可避免地成为中国文学发展的现代因素,融入文学之中,凝结成中国文学现代传统的有机组成部分。

1856年的第二次鸦片战争和接着发生的"庚申之变"给中国社会带来更大的震撼。"如果说鸦片战争的震撼主要冲击了沿海地区的话,那么连头带尾持续四年之久的第二次鸦片战争则把沉重的震撼带到了中国社会的中枢。它发端于广东一隅而最终进入华北,使上国帝京一时成为夷狄世界,夷夏之大防因之而完全崩溃。"[2]随着外国侵略势力深入内地,中国人在饱受屈辱的同时也发生着思想观念上的急剧变化。1861年1月,总理各国事务衙门成立,标志着中国人开始以开放的姿态面对世界,数千年来几乎处于神话想象境界中的朦胧不清的"蛮夷"之地以其真实的面目走进中国人的视野,同时也意味着传统的华夷秩序的解

---

[1] 鲁迅:《中国小说史略·清末之谴责小说》,《鲁迅全集》第9卷,人民文学出版社,2005年版,第291页。
[2] 陈旭麓:《近代中国社会的新陈代谢》,上海社会科学院出版社,2006年版,第101页。

体,中国人迈开了走向世界的步伐。

以总理各国事务衙门成立为起点,在曾国藩、李鸿章、张之洞等一批高级官僚的主持和推动下,清政府开展了洋务运动,大力学习西方的军工技术,进行"师夷长技以制夷"的社会实践。这是中国人由被动挨打到主动自强以御侮的重大变化。在"中学为体,西学为用"的文化理念下,洋务派创办了中国最早的一批近代军事工业和民用工业,推动着古老的中国由小农经济向现代工业生产的大步迈进。同时,洋务运动通过翻译西书和选派留学生等途径,引进了西方现代社会观念,有力地推动着中国科技、教育乃至政治体制的变革,逐步实现中国人社会意识的现代变迁。因此,洋务运动虽是以建立现代军工企业为核心的自上而下的自强运动,但它为中国现代文学的诞生准备了摇篮,为现代文学精神的生长提供了必要的工业文明的文化背景和丰厚的社会土壤。中国文学的现代精神和现代传统,正是以此为渊源的。

文学作为人学,不仅要"反映"外在社会生活,更要艺术地再现特定的时代精神、社会意识,人们对生活的独特体验和在此基础上生成审美意识。如果外在社会生活的某些变迁不足以全面而深刻地改变人们固有的精神境界,那么,新的文学精神也无从谈起。中日甲午战争和随之而来的戊戌维新运动以及近代文学革新运动,为中国文学现代精神的萌芽,提供了直接而全方位的思想与艺术养料。

1894年中国在甲午战争中的惨败成为近代中国民族精神亟变的历史契机,中华民族的真正觉醒由此开始。梁启超后来反思道:"吾国四千余年大梦之唤醒,实自甲午战败割台湾偿二百兆以后始也。"[1] 自第一次鸦片战争以来的半个世纪里,虽有部分官僚士大夫睁眼看世界并开展卓有成效的自强运动,但整个统治集团昏愦愚陋,不察时局,地方士绅及广大民众同样在传统生活轨道和传统观念下,啜茗闲听古老的英雄传奇、帝王功业、才子佳人洞房花烛之类的故事,文学创作自然也循此

---

[1] 梁启超:《戊戌政变记》,张品兴主编:《梁启超全集》第1册,北京出版社,1999年版,第181页。

惯性轨道陈陈相因。其间虽有人民群众声势浩大的反侵略壮举，但这并不意味着民族的觉醒。陈旭麓说得好："民众的反抗主要体现了一种反侵略的自卫本能，其中愤激的感情色彩居多。50多年前的三元里已经出现过这样的场面。我们不能据此而把中国民族觉醒的时间提前半个世纪。……在社会历史现象中，'觉醒'一词并不归结于愤激，其确定涵义应在于主体对自身历史使命的自觉意识。一个阶级是这样，一个民族也是这样。"[1]因此，19世纪90年代中华民族觉醒的标志，不仅表现在广大民众从不察时势的昏睡中醒来，看清了中国遭到列强瓜分的现状，以及自身即将成为亡国奴的命运上，更在于以康、梁为首的知识分子群体，通过对现实和历史的深刻反思，通过发动轰轰烈烈的戊戌维新运动，自觉地承担起救国的历史使命，并力图把落后衰弱的封建帝国改造成一个现代化的新中国。

  这一时期自上而下的社会心态，是民族危亡的恐惧和求变图强的急切。败给一向以中国为师的东邻小国日本，给国人造成了深深的耻辱感，而列强瓜分中国的危险已现实地摆在中国人面前。面对数千年来未有之变局，如何摆脱亡国厄运，成为朝野上下乃至全社会的共识。而维新变法，成为中华民族摆脱噩梦，在险恶的国际环境中求得生存的唯一出路。梁启超说："法者，天下之公器也；变者，天下之公理也。大地既通，万国蒸蒸，日趋于上，大势相迫，非可阏制。变亦变，不变亦变；变而变者，变之权操诸己，可以保国，可以保种，可以保教。不变而变者，变之权让诸人，束缚之，驰骤之。呜呼，则非吾之所敢言矣！"[2]康有为向最高统治者大声疾呼："能变则全，不变则亡；全变则强，小变仍亡。"[3]能否主动地变、全面而彻底地变，已成为中华民

---

[1] 陈旭麓：《近代中国社会的新陈代谢》，上海社会科学院出版社，2006年版，第167—168页。
[2] 梁启超：《变法通议·论不变法之害》，张品兴主编：《梁启超全集》第1册，北京出版社，1999年版，第14页。
[3] 康有为：《上清帝第六书》，汤志钧编：《康有为政论集》上册，中华书局，1981年版，第211页。

族生死存亡的关键。严复把它上升到哲理的高度:"呜呼!观今日之世变,盖自秦以来,未有若斯之亟也。夫世之变也,莫知其所由然,强而名之曰运会。运会既成,虽圣人无所为力。"[1]变,乃成为不以人们的主观意志为转移的客观规律(运会),且今日之"变",已非具体的"事变",而是根本性的"世变"。因此,唯有求"大变"、"全变",主动顺应历史潮流,才能在危机中求得生存和富强。

知识精英们的精辟言论,集中反映了那个时代全社会对于亡国的忧惧和求新求变的热切愿望。这种社会文化心态与古代中国朝代更迭、民族纷争中文人们的感时忧国之情有着本质区别,它是一个古老民族在危亡时刻的自我更新,在社会文化的全面蜕变中迈向现代、走向富强。因此,它是一场观念革命、文化革命、社会革命,是民族精神的"涅槃"。以"公车上书"为标志,以政治体制改革为枢纽的百日维新虽然失败了,但它推动了中国社会与文化全面更新的历史巨轮,一个现代的中国由此诞生。中国文学的现代精神和现代传统,自然亦由此形成。

维新派扬弃了洋务派"中体西用"的文化观,提出自己"中西会通"的文化理念。洋务派的"中学为体,西学为用"的主张抱有狭隘的政治功利目的,是想在不触动中国传统文化价值体系和政治制度的前提下引进西方之"技",以图自强。康、梁的"中西会通"则打破了中—西、体—用、本—末的人为分界,以实现中西文化全面而平等的交流融合。而实质上,康有为诸君以传统经学为外衣,全面输入西方哲学、社会学、政治学等现代文化理念对儒家传统思想进行再诠释,悄然实现"以西化中"的目的。于是,"西学"实质全面渗透进"中学"躯壳内,形成所谓的"新学"——中国现代文化格局由此萌发。新的民族文化的萌芽不但成为新的民族文学的新鲜沃土,而且意味着新的民族文学本身的催生。"新学"中新的价值系统的逐步形成,成为中国现代文学的灵魂,更成为它现代传统的源头和世代延续的内在力量。

---

[1] 严复:《论世变之亟》,王栻主编:《严复集》第1册(上),中华书局,1986年版,第1页。

这个主要输自西方的价值系统包括"进化"、"竞争"、"自由"、"民主"、"科学"、"平等"等现代文化理念,它们与其他现代文化理念一起,构成了中国文学现代传统的"基因"。此后,不管现代文学传统的诸多方面发生怎样外在形态的变迁,"基因"总是代代相传,贯穿了整个20世纪的文学发展历程,直到今天仍在变化中传承延续。

世纪之交,西方列强对中国持续的军事、经济和文化侵略终于酿成中国近代史上规模空前的反帝浪潮——义和团运动。八国联军在扑灭义和团运动、攻占北京后,强迫清政府签订了陷中华民族于灾难深渊的《辛丑条约》。瓜分之祸,迫在眉睫,亡国灭种,近在咫尺。"陆沉"的恐惧弥漫于整个社会——以传统力量资源反抗侵略不堪一击。清政府的腐败严重阻碍着中国变革的历史步伐。在瓜分日迫、民族沦亡、文化消亡的巨大威胁面前,固有的民族精神几乎丧失殆尽。新世纪之初,随着"欧风美雨"以不可阻挡之势浸淫华夏大地,中国的出路何在?在这严峻的历史关头,出现了民族虚无主义和近代民族主义两股思潮。

一些人在丧失民族自信心之后认同于某些西方人所谓的"中国文化/中华民族西来"说,无条件地向欧美民族"认祖归宗",以此来寻找自己的生存定位。同时一些激进人士视中国传统文化为僵死的古董,欲送进"博物馆"封存而后快,甚至要把中国文化丢进茅厕三千年,而完全以欧美文化取而代之,这种激进思潮作为现代文学传统的"基因"在以后数十年间一直或隐或显地影响着现代文学观念与创作实践,或多或少地影响着它的发展轨迹。与此同时,近代民族主义思潮逐步兴起。出于反满排满种族革命的需要,革命党人以远古神话为依托,开始建构黄帝崇拜的现代神话。在他们的历史想象中,黄帝不仅是汉民族的始祖,也是中国文明的开创者,是一个集中国历史与文明成果于一身的民族象征。辛亥以后,在"五族共和"思想指导下,在现代西方民族国家模式的启发下,中国人终于形成了现代的民族意识——中华民族。它是超越"种界"和文化,以现代国家为本位的民族集合体。"中华民族"观念的确立,使中国民族文化与民族文学,有了最终的载体。

二、现代价值观念的移植与确立：
中国文学现代传统的精神资源

　　传统力量从根本上说是思想力量，是特定时代核心价值系统所产生的精神感召力。特定的思想观念和价值系统往往通过长期的政教引导、媒体宣传，与新的社会环境和社会生活相结合，逐步转化为人们的生活方式和习俗、思维心理和审美定式，最终形成以"共同主题"为核心的传统有机体。这是一个由外而内的长期复杂的社会教化与心理积淀过程。严格地说，20世纪中国文学精神和传统的源头，是19世纪末到新世纪之交轰轰烈烈的维新变法运动带来的思想大解放。在这次思想解放大潮中，传统儒学价值系统的解体，新的思想观念和价值系统的逐步确立，是传统中国向现代中国迈进的关键因素。延续了两千多年的以"三纲"为核心的政教与社会伦理，不可逆转地被"民主"、"自由"、"科学"、"平等"、"进步"、"竞争"、"个性"等现代社会意识所取代。中国现代民族新文化就在这种历史性的民族精神的蜕变中渐具雏形，而中国文学的现代精神和现代传统也孕育其中。

　　一般认为，19世纪末轰轰烈烈而悲壮的戊戌变法运动只是一场政治体制的变革运动，而观念的革命是在二十年后的"五四"新文化运动。这种认识是在既定历史观的制约下，对历史的化约或偏见。实际上，现代中国全面的思想革命在戊戌维新变法前后已深入展开，历史性地改变了中国知识阶层的思想观念。它不仅直接掀起了世纪之交以梁启超为旗手的思想启蒙运动，更成为"五四"新文化运动的思想渊源和精神支援。完全可以说，没有戊戌维新时代，中国知识阶层和士绅阶层广泛的思想解放和精神蜕变，不可能在二十年后掀起势不可当的"五四"新文化运动和文学革命运动。

　　毫无疑问，维新时代执中国思想界之牛耳者是康有为和严复。前者以《新学伪经考》、《孔子改制考》等经学外衣，悄然抽空了儒家传统的思想内涵,在传统的躯壳内,灌注西方现代思想精华。后者则干脆直接通过翻译赫胥黎的《进化论与伦理学》(严译为《天演论》)、亚当·斯密的《国富论》(严译为《原富》)、穆勒的《论自由》(严译为《群己权界论》)、孟德斯鸠《论法的精神》(严译为《法意》)等西方社会学名著,直接为处于历史转折关头的中国借来西方思想之火,点燃了现代中国思想解放的火焰。他们为中国社会移植来的许多崭新的价值观念,与中国传统的思想资源相结合,成为20世纪中国宝贵的精神财富,至今在很多方面、很大程度上,仍是当代中国要继续努力追求的理想境界。正是这些现代思想观念及其所延伸的审美原则,凝结为现代性文学观念,规范着现代中国的文学创作,并影响着更广泛深入的文学接受,从而培育了中国文学的现代传统。下面我们分别加以梳理。[1]

现代进化观念的萌芽。可以这样说,19世纪末20世纪初,处于空前民族危机与文化危机的中国,再也没有什么思想观念比西方的"进化论"更能对处于精神危机中的中国人产生振聋发聩的力量。中国士人的觉醒,很大程度上首先来自进化论"弱肉强食"等观念的启迪。"五四"文学革命的首倡者胡适,正是高举起"进化"的大旗,批判旧文学,开创中国文学历史新纪元的。他本人的名字,正是进化论对中国人深刻影响的标记。

中国传统哲学同样信奉生生不息的运动规律,但在小农经济条件下,形成的是社会历史与宇宙自然的"循环论"。《易》认为"一阴一阳之谓道",传统辩证法认为万事万物中互相依存的矛盾统一体双方永恒不息的互相转化,是宇宙运动的总规律。所谓"反者道之动"是也。《大学》曰"苟日新,日日新,又日新",并非现代意义上的直线运动发展方式,而是"穷则变,变则通,通则久"的辩证运动。因而,"一元复始,万象更新","新"永远在"复"的循环框架内;"一治一乱"、

---

[1] 以下至第三部分《"人"的发现:现代中国新文学的逻辑起点》之前的论述,参考了高瑞泉所著的《中国现代精神传统》(上海古籍出版社,2005年版)和主编的《中国近代社会思潮》(上海人民出版社,2007年版)的相关研究成果。

"分久必合，合久必分"是中国人理解社会历史运动的直观方式。这种永恒的循环而非线型发展进步的哲学理念形成了中华民族厚古薄今、复古倒退的思维定式，是导致中国两千多年封建社会逐步失去内在活力，最终停滞的内在因素之一。1898年，康有为发表《孔子改制考》，以久被压抑湮没的"公羊三世说"大力倡导中国本土版的历史进化观。他根据"公羊三世说"，认为人类历史的发展是由"据乱世"、"升平世"而达到"太平世"，进入完美幸福的"大同"境界。中国眼下正由"据乱世"的君主专制阶段向"升平世"的君主立宪制过渡，从而引起中国思想界的震荡。在戊戌维新高潮中，严复翻译出版赫胥黎的《天演论》，更是给沉闷的中国社会投下一颗重磅炸弹。人类社会由低级向高级、由简单向复杂持续演化的崭新的世界运动图景，使中国人第一次把目光由向后看转向现实与未来，"发展"、"进步"观念开始支配中国人的思维，"物竞天择，适者生存"的自然观与"弱肉强食"的保种观，使中国人明白了自己在世界上的落后处境以及挨打的根本原因。"亡国灭种"的危险使中国人不仅陷入恐惧，更激发起积极的反思，因此，起而"变法"，富国强兵，成为全社会的共识。

进化论所描绘的人类社会线性前进、不断进步的前景以及"弱肉强食"的现实恐惧，改变了中国人的哲学观、历史观、世界观、人生观，成为中国社会的现代核心价值观念，同时也成为中国现代文学从古代文学中脱胎诞生的思想背景和不断发展创新的内在精神动力，更是"五四"时期反对旧文学，形成反传统时代潮流的价值坐标。"一时代有一时代之文学"可以说是中国现代文学诞生的宣言书。从此，"发展"与"创新"，传统与现代，反抗与革命，成为中国现代文学的基本精神，经过"五四"文学革命先驱胡适、陈独秀等人的大力鼓吹，深入人心，成为中国文学现代传统的基本主题。

从"和合"到斗争。中国传统文化的最高境界是"和合"，天人合一、社会和谐及心性祥和乃是这一理想境界的具体表现。绝大多数中国古代思想家宣扬人克制自己的欲望，达到心静如水，以此获得精神自由。具体表现上，儒家讲"礼让"，老庄推崇"贵柔守雌"，以不争为争。因此，"竞争"在中国传统文化中不具有正面价值。以传统价值标准看，"争则必乱，乱则穷矣"。[1] 因而中国传统政治与教化的宗旨就是消弭人性中的欲望，消除社会纷争。

明清之际，随着中国沿海地区资本主义萌芽与最初的发展及人们生活方式的变迁，传统的"礼让"、"不争"价值观念受到冲击。特别是鸦片战争以降，中国屡败于西方列强，中国人终于明白这个打破了天朝上国一统天下的资本主义世界，是个只讲强权不讲"公理"的冷酷世界；"争于力"以图自保成为中国人被迫接受的现实道路，而19世纪末西方进化论思想的传入，深深震撼了国人的心灵，并给"争于力"的现实生存原则提供了哲学依据。为避免惨遭瓜分，亡国灭种，中国人被迫投身于生存竞争的狂风恶浪中。竞争，遂成为近代中国社会普遍认同的价值观念。因而，近代中国从康有为、严复、梁启超等启蒙者到一般国民，无不信奉"竞争"为求生存的不二法门。梁启超说："人也者与他种动物同，非竞争则不能进步。或个人与个人竞争，或人种与人种竞争，竞争之结果，劣而败者灭亡，优而适者繁殖，此不易之公例也。"[2] 与外国列强"竞争"的社会意识又成为现代中国民族意识和现代民族文化的催化剂。

由于严复在《天演论》中有意无意地把斯宾塞的社会达尔文主义塞进了赫胥黎的进化学说，使中国人感到人类世界除了残酷竞争优胜劣汰，不会再有别种生存伦理，中国人遂逐步把竞争意识极端化为"斗争"意识。而中国传统的专制主义精神通过"斗争哲学"改头换面进入现代。

竞争—斗争意识在现实的生存危机中迅速向核心价值观念升华，成为近代以来中国人求生存求发展的根本法则。此后，温良恭俭让、以退

---

[1] 《荀子·王制》。
[2] 梁启超：《进化论革命者颉德之学说》，张品兴主编：《梁启超全集》第2册，北京出版社，1999年版，第1026页。

为安的人生哲学作为中国本土传统，消失于现代历史时间长河，中国人由此被激发出潜在的生命活力。近现代中国思想家无不大力鼓吹竞争及在生存竞争中雄强、进取的人格模式和民族性格。梁启超指出，竞争是西方各国的文化传统和基本文化精神，是促使西洋文明持续发展，富国强兵，迈向现代化的根本动力。他肯定地说："竞争者进化之母也。"[1] 一向颇讲士林儒雅的林琴南也非常推崇拿破仑的雄强性格，认为它是民族生存和振兴不可或缺的精神力量。为此他甚至一度鼓吹以"兽性"克服中国国民靡弱卑琐的劣根性。陈独秀更是通过对东西方民族性格的对比，高度赞扬西洋民族好动和进攻性性格。由于把竞争迅速推崇为核心价值观念而不再仅是工具意义，竞争意识逐步转化为无条件的"斗争哲学"，也给近现代中国社会与文化的发展造成极大的负面影响。

中国现代文学诞生于中西文化激烈冲突、社会剧烈动荡的转型期，冲突动荡、痛苦愤激而不是小农社会的田园牧歌成为它的又一催生婆。因此，在反抗中生存，在竞争中发展，成为它的"胎记"。它首先在反抗传统的斗争中发展起来，并在这种反抗的呐喊中形成进攻的态势和强韧不屈的审美风范。从梁启超鼓动清末民初的"文界革命"、"小说界革命"到胡适、陈独秀倡导声势浩大的"五四"文学革命，无不如此。其次，中国现代文学是在19、20世纪之交外国文学全方位的强劲冲击和潜移默化中成长起来的，但它并没有成为西方文学的"俘虏"，而是在大力吸收西方文学的现代人文精神和艺术营养过程中顽强地体现自身的民族特质，形成了崭新的民族风格。这是中国古代文学从未经历过的全面的冲突、吸收、转化、创造的精神蜕变过程。最后，多元化社会生活和文化格局使中国现代文学在其诞生之时就呈现出个性鲜明、流派纷呈的多元格局，它们在互相抗衡、激烈冲突中互相吸收、自我完善。这一现代生存和发展模式伴随着20世纪中国文学大部分的发展历程（50—70年代末大陆文学除外）。在竞争中求"进步"的现代文化环境中，中

---

[1] 梁启超：《论近世国民竞争之大势及中国前途》，张品兴主编：《梁启超全集》第1册，北京出版社，1999年版，第309页。

国现代文学通过反抗传统形成自己的革命精神,在与西方文学的互动中形成吸收借鉴的开放精神和崭新的民族风格,在不同的创作流派的相互竞争中形成鲜明的艺术个性。总之,在历时性(中一西文学)和共时性(中国各文学流派)的相互竞争与渗透中发展完善,不仅是中国现代文学的生存方式,更是它的文学精神和文学传统生成的途径。

毋庸讳言,由于文化传统与险恶的生存环境,中国人在不知不觉中使"竞争意识"蜕变为"斗争哲学"。残酷斗争、唯我独尊代替了竞争中本应有的"费厄泼赖"原则,给文学的发展造成了极大的负面影响。它伴随着"五四"文学革命的兴起而萌芽,30年代左联时期以左翼文学思潮为代表形成风气,40—50年代形成"恶习",至50—70年代达到登峰造极的地步。其造成的某种专制和恐怖给现代文学的发展造成历史性损害,其灾难性后果成为几代作家挥之不去的噩梦。不可否认的是,这种"斗争哲学"代代相传,成为20世纪中国文学影响深远的"现代传统"之一,直到又一个"世纪之交",随着新一轮思想解放运动的逐步深入,这种状态才有所好转。

"大同"理想的重现。贯穿于近一百多年来中国文学发展历程的一条重要线索或"共同主题",就是以鲜明的浪漫主义气质为动力,对人类未来美好境界的不懈追求。这种现代追求以梁启超的那篇不伦不类的政治小说《新中国未来记》为起始和标志,随后这种思想和审美倾向以各种面目绵延于20世纪中国文学的创作历程。它表现为以"梁记"为代表的政治小说对20世纪的中国繁荣富强和民族解放切近的现实诉求,以冰心、庐隐为代表的对"人生的意义"为标志的人的解放的讴歌,左联以后尤其是50年代以后以阶级斗争为途径的对共产主义理想的热切向往,各种各样的理想形态体现出中国现代文学鲜明的"乌托邦"气质。换句话说,热烈追求和讴歌"大同"式乌托邦,成为中国文学现代传统的重要内涵。这一乌托邦气质及其在文学理论和创作中呈现的不同内容,正艺术地体现了自1840年以来,在中国社会与文化现代转型的艰难历程中,中华民族必须面对的根本性时代课题:中国向何处去!

"现代中国人在构思国家解放之路的时候,从不离开对世界前途的考虑。'天下兴亡,匹夫有责'的传统,由于'天下'的概念已经大大拓宽,就变得不仅适用于唤醒民族主义,而且可能转化为世界公民意识。……'中国向何处去'展现出不同而又相关的两个层面:如何才能救亡图存,达到富强,构成了'中国向何处去'这一时代性问题的现实方案之层面;而寻求理想社会,乃至未来世界的图景,则构成了'中国向何处去'有关理想建构之层面。"[1]

"大同"乌托邦理想原是儒家所推崇的终极价值观念,经两千多年的历史演变,融于中国传统文化价值系统中。"大道之行也,天下为公",[2]是对这一乌托邦理想的高度概括。它是超越国家、种族,以"仁"为最高思想境界的道德世界:财产公有,讲信修睦,老弱有恤,盗贼不作。但儒家的"大同"理想国只存在于遥远的尧舜时代。在儒家看来,历史的变迁是呈现出人性逐步堕落,社会文明程度逐渐退化的趋势。因此,中国本土的乌托邦理想是崇古非今,眼光向后看的。然而,自康有为发掘被湮没的公羊三世进化说,尤其是严复大力译介西方进化论思想后,近代中国人的乌托邦憧憬来了个一百八十度大转弯,由向往过去变为展望未来,从而为推动近代中国社会的蜕变、推动中华民族精神世界的现代化提供了急需的哲学理念、思想资源。中国的历史小说非常发达,"讲古"、"历史演义"成为独具民族特色的小说门类。这类目光一律朝后看的各类历史演义深入广大民众的日常生活,构成他们精神生活的意义世界,凝结成强固的民族文化心理。清末民初,以梁启超的《新中国未来记》为标志,近代中国历史小说的创作突然转向相反的方向:以进步观念和乐观主义情怀面向20世纪乃至更遥远的未来,以丰富的想象建构中国富国强兵、繁荣昌盛的历史演进;或是想象科学的日益发展推动人类社会的日益进步,展现出一幅幅遨天游地、五彩缤纷的未来幸福生活图景。"五四"文学革命后,新文学作家们更是以各种体

---

[1] 高瑞泉:《中国现代精神传统》,上海古籍出版社,2005年版,第347页。
[2] 《礼记·礼运》。

裁抒写心中的美好理想,号称"为人生派"的文学研究会作家,虽说关注社会人生,揭露病苦以引起疗救的注意,更多的作家作品却是热切抒发胸中的浪漫理想。冰心以"爱的哲学"对理想人生境界温柔哀婉的描绘,庐隐对心中情爱世界直抒胸臆的表达,均有"人生理想"升华到"理想人生"境界;王统照爱与美的艺术王国,许地山充满灵动的宗教境界,郭沫若热烈绚烂的《女神》,郁达夫伤感中对未来的急切企盼;即使是以厚重质朴著称的乡土文学庞大创作队伍中,废名以其个人充满玄思的"竹林故事"独占乡土文学半壁江山;闻一多面对中国社会这潭"死水",执着追寻心中的"太阳",徐志摩于现实失望中大声讴歌融"爱"、"美"、"自由"、"人道"于一体的"康桥理想";沈从文笔下的"湘西世界"虽然笼罩一层"原始主义"外衣,但那童话般色彩斑斓的纯情世界正是作者心目中与丑恶的现实社会尖锐对照的"未来中国乐园图";从巴金的《家》到曹禺的以"出走"为母题的作品,无不体现着鲜明的乌托邦理想。至于在革命文学中对人民当家做主的"新社会"、"新世界"的艺术想象,则"风起云涌"地延续了半个多世纪。

一百多年来,由西方进化论及各种空想思潮和中国传统"大同"理想的融合形成的近代中国特有的乌托邦憧憬,深深地影响了近现代中国的文艺思想和文学创作。一部中国现代文学史虽然从外在景观看,现实主义思潮成为主流,但是,浪漫主义精神始终以其强烈的个性气质及绚烂多姿的幻想境界,成为中国现代文学艺术百花园中令人眼花缭乱的色彩。它常常以"孙行者钻肚皮"的途径,内在地影响着众多号称现实主义经典作品的艺术气质、美学精神。

民主与科学。民主与科学作为反传统的两面思想大旗,是"五四"新文化运动的倡导者之一的陈独秀竭力颂扬的现代基本价值观念,深深影响了20世纪中国社会政治与思想文化的发展进程。它们自然也成为在新文化运动高潮中拉开大幕的"五四"文学革命运动反对旧文学旧道德、建设新文学的思想武器,并在新文学创作实践中逐步融进作家的生活体验和审美经验,在与其他新思潮的互动互渗中凝结为新文学的现代精神、现代传统。其要义：关注社会人生百态，提倡现实主义精神；倡导人的文学，反对戕害人性的非人的文学；提倡平民文学，反对贵族文学；等等。现代文学的平民意识，大众化方向和写实精神，正是以此为源泉。

古代中国虽有民本意识却没有民主传统。秦汉以降，中国政治体制为大一统君主专制，且君主专制程度不断加强，至明清达到极致。

19世纪中叶以后，一些睁眼看世界的先进的中国人开始考察西方民主制度。洋务运动时代，中国人对西方议会制度的理解，只不过是实现公平公正的道德政治及了解民情、上下沟通、增进政府效能等具体政治措施，其宗旨仅是便于统治者更好地治理国家，统治人民。

19世纪90年代以后的维新时代，康、梁等维新派人士及严复等思想家对西方议会政治和民主精神有了切实深入的了解。康有为主要通过《孔子改制考》及对《孟子》的功利主义阐释，竭力发掘传统经典"天下为公"、"选贤与能"、"民贵君轻"等命题中蕴藏的所谓现代民主传统，竭力把儒家正统道德政治现代化。严复通过翻译西方社会学、法学、政治学等名著，向国人全面介绍西方政治制度、法律制度和民主精神。中国人对西方民主政治实质的理解，由洋务时代的统治者的"治民之术"转变为维新时代"主权在民"观念，即人民是国家的主人，统治者只是由民众推选出来的社会公仆，这是一个历史性的观念转变。

如何才能实现社会政治的民主？严复具有深刻而独到的理解，他以中国传统方式提出"以自由为体，民主为用"的命题。[1]他认为，西方世界尤其是英国社会民主政治制度的前提是文艺复兴以来的个人人身自由、思想自由、信仰自由以及市场经济条件下竞争的平等与自由。个人的自由乃民主制度及其他现代价值得以确立的前提。而获得和保持个人自由的前提，是个人素质的全面提升。严复受到斯宾塞理论的影响，认为社会群体的质量来源于个人的质量，个人具有德、智、体三种潜

---

[1] 严复：《原强》，王栻主编：《严复集》第1册（上），中华书局，1986年版，第11页。

能，而在自由状态中，人们就能通过竞争来发展他们的全部潜能，然后才有民主、平等的社会制度。显然，政治民主的基础是每个社会成员潜能的发挥和综合素质的全面提升。而在民众素质极端低下、专制传统异常强大的中国，根本形成不了自由状态与政治民主的良性互动。于是，以康、梁为代表的维新派不约而同地关注于实现中国社会政治现代化的突破口：新民。于是，在维新派的大力倡导和推动下，通过书报、学会、小说等途径，一场旨在对民众进行文化普及和政治教育，改造国民性，变传统"臣民"为现代公民的思想启蒙运动，在世纪之交的中国有声有色地开展起来。这一前所未有的思想启蒙运动促使一系列现代价值观念的普及与确立，如人的解放、个人本位、个人权利与义务、人道主义、自由与幸福、人的生活、人性完满，等等。它标志着在中国文化的现代转型中，"人"被发现。而"人"的发现，"人"的改造和"人"的觉悟，是一切现代价值观念得以确立的前提和载体。

以梁启超的"新民"运动为标志的清末民初声势浩大的思想启蒙运动，成为以胡适、陈独秀为先驱和领袖的"五四"新文化运动的开路先锋和路标，从此，不但"民主"观念深入人心，而且由民主政治的诉求引发的"人"的发现和人的解放，成为新文化运动的核心内容，两者的基本精神一脉相承。没有前者，就没有后者。换句话说，没有前者，陈、胡诸君不可能在一夜之间开创出所谓"中国历史文化的新纪元"。而清末以来"人"的发现和个人价值历史性提升，直接成为中国文学现代精神和现代传统价值链条中关键一环：以"人"的文学扬弃载道文学，以平民文学扬弃贵族文学，以人性关怀代替道德说教，从而使新时代的文学成为真正意义上的"人学"。

"五四"时期，"科学"是与"民主"齐名的现代价值理念之一。作为一种价值观，它对中国现代文学的基本精神、基本格局以及具体创作方法都产生了直接、间接或潜移默化的影响。它与其他现代价值互相作用，共同构成现代文学精神和传统的特定内容，显示出多重意义。

在中国传统小农社会里，"科学"没有独立的社会与文化价值，整个民族自然也无以形成现代意义上的科学观和科学精神。拥有"四大发明"的古代中国，16世纪以前，科技水平始终处于世界先进行列，然而中国人始终把科学技术视为"雕虫小技"，注重的只是它的具体实用性。在以政治、道德为本位的社会文化土壤中，科技始终处于末流地位。那种超越社会价值，以"求真"而不是"实用"为宗旨的科学精神，在古代中国遭到压抑和排斥。明末清初，来华的欧洲传教士为中国带来了天文、地理、数学、物理、化学等大量现代科学知识，但中国吸收的是具体的知识以充实本土"实学"，却未领会其中的科学精神。

直到甲午战争的惨败，才使中国人认识到西方的"术"或"技"背后有着更本质性的东西。伴随着西方科技知识的大量输入，随着"西学"——西方现代政治学、社会学、哲学、逻辑学及具体科学方法的引进，中国终于逐步体会到西方文化传统中固有的科学精神，并进而意识到，科学是增强人类自身力量，推动社会不断进步的决定性因素。科学，在近代中国社会中迅速从边缘地位进入核心价值层面。到了"五四"时期，经陈独秀、胡适等人的大力倡导，中国社会对科学的信奉发展到对科学的崇拜，并把自然科学的某些定律自觉不自觉地移植到社会与人文科学领域，科学成为解决一切社会问题包括人的精神、信仰问题的万能良药，"科学万能"成为20世纪中国人的新宗教观。

19世纪末形成的科学观及发展到后来的唯科学主义，对中国现代文学理论和创作产生了深远的影响，并牵引着新的文学传统不断变异。首先，清末民初尤其是"五四"时期，先进的中国人高举"科学"大旗猛烈批判传统迷信思想，向民众大力普及现代科学知识，在全社会树立科学意识和科学精神。鲁迅、周作人兄弟以犀利畅快的杂文揭露迷信的愚妄及危害，成为"五四"思想启蒙运动的重要一翼。在19世纪末中国文学现代转型过程中，由于现代科学精神的沐浴，传统文学创作中以神怪鬼狐为题材的"志怪"小说迅速萎缩，不再成为广大读者的审美对象。科学的普及以及科学精神的高扬，直接导致在中国文学现代转型过程中一个传统小说门类的消失。同时，传统公案小说被现代侦探小说所取代，科学知识和科学精神更是关键。更具现代性意义的是，清末民初科幻小说迅速崛起，多姿多彩，标志着与现代科学有关的一个全新小说门类的诞生。总之，以迷信愚昧为基石的神怪小说的退缩，公案小说向现代侦探小说的蜕变，科幻小说的兴起，有力地影响着中国人思想意识和审美情趣的现代化。并且，它也无意中从题材角度，推动着中国小说由传统"稗官野史"的边缘地位向现代文学殿堂的中心地位移动，深刻影响了现代中国文学新格局的形成。

其次，科学精神推动了社会尤其是知识阶层和广大市民阶层理性精神的高扬，在中西方现实主义文学传统的影响下，关注国家民族的前途，关注现实人生，关注平凡百姓的喜怒哀乐，逐步成为文学创作的主潮。这一文学思潮经过"五四"文学革命的推动，经过胡适、陈独秀、鲁迅、周作人等先驱们的大力鼓吹或创作实绩，遂波澜壮阔，蔚为大观，最终形成现代文学发展历程中始终居于主导地位的现实主义传统。在这一现代传统中，不仅各种"荒诞不经"之作失去了立足之地，古代文学中占据中心地位的帝王将相、英雄传奇、才子佳人等，也逐步淡出文坛，代之而起的是切近现实人生的社会画卷，平凡的大众甚至卑微的小人物成为作品主人公。即使在清末民初小说中出现的为数不少的英雄或"英雌"形象，他们的功业也迥异于古代英雄传奇故事的改朝换代、拜相封侯、占山为王、封妻荫子，而是为国为民抛头颅洒热血，为天下苍生受苦受难，或为改造社会、移风易俗而率先垂范。本质上，他们是现实生活中可敬可爱的人。

最后，形成于戊戌维新时期的科学意识经过"五四"新文化运动的洗礼，升华为明确的现代价值观念，孕育了科学主义和科学崇拜的思想。这种思想到二三十年代发育成完备的科学至上论、科学万能论。这种偏颇的科学观在文学领域里，随着革命文学运动的兴起，在苏联"拉普"文学理论影响下，造成现实主义文学创作中新的"载道"文学的恶性膨胀。概念化、公式化作品充斥主流文学思潮，所谓科学世界观和革命理论指导的主题先行的创作模式严重脱离和歪曲现实，使文学成为

"革命"的传声筒。这种以"科学精神"为灵魂的革命文学思潮愈演愈烈，到20世纪六七十年代发展到极致，成为鲁迅所痛斥的"瞒和骗"文学的别一种展现。

三、"人"的发现：现代中国新文学的逻辑起点

在中国传统文化现代转型的历史进程中，核心价值系统的现代化具有决定性意义，而在文化的核心价值系统中，现代意义的"人"的发现和个人价值与尊严的高扬，具有关键意义。可以这样说，现代意义上"人"的发现和"人学"的建立，成为中国社会与文化迈向现代化的标志。没有现代的"人"的哲学，所谓"现代化"就从根本上失去了前提或载体。文学是人学，现代"人"的发现也成为现代中国文学诞生及其新传统形成的逻辑起点。

古代中国哲学非常重视对"人"的探讨，但在"天人合一"宇宙观和以"礼"为本的社会政治伦理框架下，个体的人不具有本体意义或终极意义。先秦儒家哲学把"人"与"天"、"地"并称为"三才"，但个体的人并未成为哲学、社会学真正的研究对象；个体人的存在意义，只是作为体现和印证先验的宇宙哲学、社会政治伦理学说的表征。春秋战国时期，随着"礼崩乐坏"局面的加剧，各学派对人性问题曾展开热烈探讨和激烈辩论。儒家等学派也曾公开承认"食色，性也"。但在各学派视域中，这种以"食色"为标志的自然人性始终是以礼乐教化等社会伦理的对立面出现的。孟子曾以极大热情向各国统治者推销他的"富民"方案，但其根本目的并非满足人的"食色"之性，而是为实现"仁义"之道服务的。因此，中国古代的"人学"虽然发达，但本质却是"非人"的，是作为传统伦理、政治哲学的组成部分而存在的。

鸦片战争以后，随着中国社会"师夷长技"观念的确立，对人才的培养便提到了议事日程，特别是60年代洋务运动开展以后，"人才"更成为洋务派关注的焦点；通过创办新式学堂，选派留学生出洋，译介西

方科技图书等途径,大力培养掌握和运用西方先进科技的人才以满足"师夷"的需要。虽然洋务派着力培养的是能够掌握和运用外国科技之"才",但它为近现代中国"人"的发现和现代"人学"的建立开辟了道路。

张之洞总结前人理论探索和社会实践经验,在其代表作《劝学篇》中系统阐述了"旧学为体,新学为用"的文化模式,力求在"中体西用"的框架下实现"中西会通"。在这一文化理念指导下,他在近代中国首先设计出中国人的人格模式:"中学为内学,西学为外学;中学治身心,西学应世事。"[1] 可以看出,张之洞所设计的人格模式是以中国传统农业文明的人文精神作安身立命之本,辅之以西方工业文明的知识结构和积极进取精神。这是中国传统的伦理道德与西方现代科学知识和奋发图强精神的"中西会通"。

张之洞所坚持的"治身心"的"中学"主要指儒家的思想体系,在社会政治生活中为"三纲"伦理,在个人修养上体现为以"仁义"为核心的传统道德规范及其所陶冶的人文品格,因此其人格塑造的核心是坚持纲常伦理。他认为以孔子学说为本原的儒学是中国民族精神的精髓,也是中国未来民族文化建设的核心价值观念。为此他无端地把西方政治制度、社会伦理附会于中国传统的"三纲",以此论证后者的合理性与万古不易。显然,在张之洞那里,民主政治、社会平等、个体价值等现代价值观念还未确立。但同时,张之洞针对因循守旧、不思进取、缺乏社会公德等民族劣根性进行了多层面的反思,大力倡导传统儒家的忧患意识、天下情怀、奋发之志和爱国精神。他认为这是一个国家、一个民族由弱变强的关键。由此可见,作为洋务运动的理论家,张之洞把塑造新的民族精神,铸造新的人格模式作为自强运动的核心。这种新的民族人格模式就是传统儒家"仁"、"智"、"勇"在"中西会通"中的现代化。张之洞无疑为康、梁时代启蒙运动的开展迈出了第一步。而他身体

---

[1] 张之洞:《劝学篇·外篇·会通》。

力行兴办学堂、发展现代教育以开启民智,更是后来"新民"运动以至新文学运动中"改造国民性"文学主题的现实基础和思想源头。从19、20世纪之交的"新民"思潮到"五四"时期"改造国民性"主题,塑造现代"人",始终是贯穿其中的一条红线。正是这条文化脉络,现代中国新文学的人文品格得以确立和高扬。

如果说洋务运动及其口号总体上只是在西方列强大举入侵的民族危机面前的本能反应,一种被动防御和应付,那么康有为的变法运动及其学说,则表明中华民族在生死存亡的历史关头的觉醒及其文化意识的清醒,意味着新文化建设在理性层面上的全面展开。康有为通过改造"公羊三世说"而建构的本土"进化"理论,具有现代意义的"人"的学说以及由此而展开的"新民"说,通过维新变法运动展开的具有革命性意义的政治体制改革运动,都为中国新文化建设提供了本原性思想观念和价值观念。"五四"以后中国现代文学核心价值系统,从根本上说,均来自康、梁"人"的学说及其文学观念,或者说是康、梁人文学说和文学思想的继承和发展。

与洋务派领袖一样,康有为深刻认识到当时中国所面临的局势是"中国数千年来未有之变局也"。[1] 但他更认识到这一"奇变"意味着中国四千年封闭自足的封建历史的结束,一个崭新的时代即将开始;中国与西方列强的竞争,绝非单纯的现代军事的竞争,而是以现代政治制度为标志的现代文化的全面竞争。因此,借取西方现代文明之"火"对中国传统文化进行全面变革,成为以康有为为代表的维新派自觉的思想意识和历史使命,中国文学的现代精神与现代传统也就孕育其中。

现代文化品格是现代文化人格的外在展现,一切文化精神都是人的内在精神的体现。康有为从人性论和民主政治建设两个方面展开他的"人"的学说。从人本学和伦理学意义上,康有为断定孔子之道就是以人为本的"人道"学说,从而否定了后世作为封建统治阶级官方意识形

---

[1] 康有为:《上清帝第四书》,汤志钧编:《康有为政论集》上册,中华书局,1981年版,第149页。

态的"孔子之道",而大力宣扬"人学"意义上的原始儒学。

康有为打着儒家的"仁义"旗号为人的自然本性张目,认为所谓"仁义"不过是以"食色"为标志的"爱恶"自然本性的代名词。"人之生也,惟有爱恶而已。欲者爱之征也,喜者爱之至也,乐者又极其至也,哀者爱之极至而不得,即所谓仁也。皆阳气之发也。怒者恶之征也,惧者恶之极至而不得,即所谓义也,皆阴气之发也。""人之有生,爱恶仁义是也,无所谓性情也,无所谓性情之别也。……存者为性,发者为情,无所谓善恶也。"[1] 他更进一步认为:"人性之自然,食色也,是无待于学也。人情之自然,喜怒哀乐无节也,是不待学也。"[2] 也就是说,人的本性无所谓善恶,它是以"食色"为原动力的"爱恶"之自然本性。"爱恶"的种种外发,便是人之常情,也就是儒家的"仁义"。可见,在康有为的论证下,孔子的"仁义"学说成了自然人性的体现,故而,他大胆断言告子"食色,性也"的论断"自是确论,与孔子合",而"性者,受天命之自然,至顺者也",[3] 具有宇宙本体论意义。而宋儒所谓的人的"义理之性"则是由人先天的"气质之性"中生发而出,不再具有本体意义。这可以说是革命性的颠覆。更进一步说,人的天然本性就是"去苦求乐"的纯朴欲望,这种欲望以"食色"本能为基点扩展开去,形成人们各种自然本能和社会欲望。人的种种"天之性"一言以蔽之,"仁义"而已矣!(康氏后期又以儒家"性善论"对此有所修正,但未有根本改变。)

于是在康有为那里,原本为历代统治者逐步异化、压抑、扭曲人性的"仁义"之道被理直气壮地还原为"人性之道",从而实现了对儒学符合时代精神的新阐释。不仅如此,他还借来西方"天赋人权"观念对

---

[1] 康有为:《爱恶篇》,汤志钧编:《康有为政论集》上册,中华书局,1981年版,第9页。
[2] 康有为:《性学篇》,汤志钧编:《康有为政论集》上册,中华书局,1981年版,第12页。
[3] 康有为:《长兴学记》,汤志钧编:《康有为政论集》上册,中华书局,1981年版,第88页。

孔子学说进行现代改造，宣称孔子的"性相近"之说与西方人人生而平等、人权平等观念内在相通："人性必不远，故孔子曰：'性相近也。'夫'相近'则'平等'之谓……故无所谓小人，无所谓大人。"[1] 康有为人学的革命意义在于他从哲学与伦理学高度上，以西方现代人的学说为思想武器，建立起真正现代意义上的人性学说。它不仅为未来中国现代文化建构了坚实的基础，也为以"个性解放"、"人道主义"为旗帜的"五四"新文学的兴起准备了文化基因。康氏以孔子学说为外衣的现代人性之学与"五四"时期以"打孔家店"为前提的"人的文学"有着密切的渊源关系。

康有为推动的戊戌变法运动的核心是政治体制的现代变革，即变传统的君主专制为君主立宪制。他明确提出变法的根本是遵循西方"三权分立"的民主制度，设立制度局而立定国家宪法，后来更进一步提出变"制度局"为西方式"国会"，实行"君民共治"。可以说这是自秦汉以来中国政治体制全面的、根本性的变革，随之而来的将是整个文化形态的全面变革。康有为把"君民共治"民主政体的重心放在民众身上；君主专制下的"臣民"在民主政体下变为现代"国民"。民强则国强，民弱则国弱。而康有为坚持君主立宪制而反对民主革命和遽行共和政体，关键原因就在于当时中国民众素质普遍低下，民主意识薄弱，于是，他便从现代政治建设角度阐发他的"人学"理论：新民。

康有为认为，没有广大民众相应的人文素质为基础，一切形式的民主政治制度都将徒有其表，有名无实。现代国民素质，包含"民德"、"民智"、"民俗"等方面。"民德"主要指民主体制下现代国民的自我意识和社会公德意识，这是民主制度下人民参政议政的基本素质；"民智"指人民大众所应具备的相应的现代科学文化知识以及由此而来的理性精神、科学精神，这是人民参与政治活动的智力保证；而以文化心理结构为载体的人心风俗的变革，则要经过长期的努力才能完成国民精神的现

---

[1] 康有为：《长兴学记》，汤志钧编：《康有为政论集》上册，中华书局，1981年版，第88页。

代化。这是中国自古以来所未有过的精神文明的历史性变革，是中国文化现代化和文学现代化的根本性变革。

康有为"新民"方案，以"智"的高扬为核心。他认为儒家仁、义、礼、智、信五种个人素质中，"智"先于其他素质而产生并成为其他诸因素产生的前提。"智"不仅包含了现代知识系统及其所形成的"识"，还包含了传统"仁义"而形成的博爱情怀；开启民智决不仅是智力培养，更意味着全新的文化人格的铸造，意味着一种新的人文精神的形成。这种"智学"也意味着中国以"仁"为本位的传统伦理型文化向以"智"为核心的现代智力型文化的历史性转变。发展现代教育，以"强学"、"群学"对广大民众进行思想启蒙和文化教育，则是"新民"的根本途径；正是在这一途径中，文学获得了它的广大空间，而这一空间也意味着它大踏步迈向现代化的广阔道路。

在19、20世纪之交现代中国"人"的发现历史进程中，康、梁师徒"人"的学说一方面有着密切的承传性，另一方面显示出各自鲜明的特色。康有为的"人"学在强大的传统势力面前不得不披上"孔子之道"的外衣，论证人的自然本性的天然合理性，为中国文化的现代化铺路；梁启超的"人"的学说则表现出强烈的反传统姿态，更注重"新民"，即通过思想启蒙培育现代国民，为现实政治服务。

作为一位具有深广社会影响的时代巨子，梁启超继承乃师的思想，尖锐批判洋务运动对僵腐的传统消极修补的做法，要求对中国传统文化进行整体的、根本性的变革，来一场空前的文化革命。在这场前所未有的历史巨变中，把封建王朝下的"臣民"改造成现代"国民"、"公民"的人的革新，是决定性的变革。他认为，人类历史由其主体——人，在其情感、意志和理性的支配下的社会活动造成的结果，不同国家、不同社会人们的民族心理、文化心态，决定了各自的社会形态和历史发展，成为其历史进化的根本动因。而中国在近半个世纪的"自强运动"之后仍然处于落后挨打、面临被瓜分的悲惨境地，根本原因就在于人的愚昧无知，苟且偷安，不能以新的精神面貌迎接挑战。他在文章中形象地描绘了中国国民的精神面貌：

> 今有巨厦，更历千岁，瓦墁毁坏，榱栋崩折，非不枵然大也，风雨猝集，则倾圮必矣。而室中之人犹然酣嬉鼾卧，漠然无所闻见。或则睹其危险，惟知痛哭，束手待毙，不思拯救。又其上者，补苴罅漏，弥缝蚁穴，苟安时日，以觊有功。此三人者，用心不同，漂摇一至，同归死亡。善居室者，去其废坏，廓清而更张之，鸠工庀材，以新厥构。图始虽艰，及其成也，轮焉奂焉，高枕无忧也。[1]

我们不能确定"五四"时期的鲁迅是否读到这段话，但鲁迅《呐喊·自序》中关于"铁屋子"的议论显然与此有着一脉相承的思想渊源关系。虽然梁启超与鲁迅对此有着积极和悲观之别，但着眼于"觉民"、"新民"，改变中国人的精神面貌以救中国，则是内在一致的时代识见。梁启超的"新民"理论无疑成为"五四"先驱者发动新文学运动的思想资源。

梁启超认为，"新民"是"中国第一急务"。当时的中国，"积数千年之沉疴，合四百兆之痼疾"，腐朽的传统意识积淀于国人的思想意识深处，造成"满朝奴颜婢膝之官吏，举国醉生梦死之人民"的局面。"新民"就是要以现代人文精神彻底清除中国人的民族心理中的种种"沉疴"、"痼疾"，使中国人来一场彻底的思想革命，造就具有现代意识的新国民，这是中国走向新生、走向世界、走向现代化的根本起点。

在梁启超看来，现代国民的基本素质表现在"独立与合群"、"自由与制裁"、"自信与虚心"、"利己与爱他"、"破坏与成立"等十种相反相成、有机统一的品质上。而"独立"与"合群"的辩证统一为其根本。所谓"独立"，就是《中庸》所谓"中立而不倚"的独立人格，"人之所

---

[1] 梁启超：《变法通议·论不变法之害》，张品兴主编：《梁启超全集》第1册，北京出版社，1999年版，第11页。

以异于禽兽者以此，文明人所以异于野蛮者以此。吾中国所以不成为独立国者，以国民乏独立之德而已……一国之人，各各放弃其责任而惟倚赖之是务"，所以他认为"不患中国不为独立之国，特患中国今无独立之民"。[1] 长期的封建专制使中华民族养成了这种严重倚赖性的奴隶秉性，中国人早已习惯于做古人之奴隶、世俗之奴隶、境遇之奴隶、情欲之奴隶。浑浑噩噩，苟且偷生。这样的民族怎能"独立"于世？因此，他大声疾呼，破坏千年形成的奴隶心理，使中华民族获得独立人格，实现精神的大解放和精神自由。在他看来，自由是"权利之表征"、"精神界之生命"，"思想自由，为凡百自由之母"。[2] 一个民族若无这种人格上的独立和精神上的自由境界，绝不可能实现民族的独立和国家的富强。

如果说这种独立人格、思想自由及维护人身权利是现代国民"私德"的体现，那么"合群"就是现代国民应有的"公德"。他说："合群云者，合多数之独而成群也。以物竞天择之公理衡之，则其合群之力愈坚而大者，愈能占优胜权于世界上。""合群之德者，以一身对于一群，常肯绌身而就群；以小群对于大群，常肯绌小群就大群。"[3] 这是自觉以国家、社会、民族利益为己任以维护"大群"利益，并以之为"小群"及个人利益前提的新道德，是当今民族国家在优胜劣汰生存竞争中取胜的根本保证。中华民族之所以一盘散沙，被人欺凌，正由于中国人缺乏这种尊重个体独立前提下的"合群之道"。正是这种现代国民的"公德"意识凝结成的社会责任感和爱国情怀，成为一个民族生存发展、抵御外侮的社会精神力量。只有具备这种独立人格和社会公德的现代国民，才能既自觉遵守社会"制裁"（即社会规范），又能获得精神自由；

---

[1] 梁启超：《十种德性相反相成义》，张品兴主编：《梁启超全集》第1册，北京出版社，1999年版，第428页。

[2] 梁启超：《十种德性相反相成义》，张品兴主编：《梁启超全集》第1册，北京出版社，1999年版，第429页。

[3] 梁启超：《十种德性相反相成义》，张品兴主编：《梁启超全集》第1册，北京出版社，1999年版，第429页。

既能"利己",维护个人权利,又能"爱他",为社会、国家谋福利;既有能力"破坏"千年的"沉疴"与"痼疾",又能创造和不断进步。这种崭新的现代国民人格,成为梁启超所热切盼望的"少年中国"的精神风貌,更成为"五四"新文化运动发起人热切呼唤的理想人格。陈独秀在《敬告青年》一文中对"新青年"人格模式的表述与梁氏心目中的新道德一脉相承。而鲁迅、郁达夫等新文学第一代作家更是对这种新人格、新道德作了悲剧性的艺术传达。可以说,以思想革命为核心的"五四"新文学运动的"改造国民性"主题及其文学创作,正是梁氏"新民"思想的深化。

作为"过渡时代"思想界及舆论界的巨子,梁启超的思想为后世各种思想运动和政治运动提供了思想资源。在除旧开新的历史关头,梁启超虽然阐明继承传统,但是往往更强调"破坏主义",强调面对千年破旧的中国"巨厦","善居室者,去其废坏,廓清而更张之",毁坏老屋,另建新居。他的《少年中国说》无疑是与老朽中国彻底决裂的宣言,与陈独秀的《敬告青年》有异曲同工之妙。在他主编《新民丛报》时期,他将其"破坏主义"发展为"革命"学说,在《释革》一文中,他宣称:"Revolution 者,若转轮然,从根柢处掀翻之,而别造一新世界也。"[1]"夫我既受数千年之积痼,一切事物,无大无小,无上无下,而无不与时势相反,于此而欲易其不适者以底于适,非从根柢处掀而翻之,廓清而辞辟之……此所以 Revolution 之事业,为今日救中国独一无二之法门。"[2] 这种激进的革命思想与谭嗣同的"冲决网罗"的愤激呐喊,成为"五四"新文化运动的思想武器,成为陈独秀、胡适发动"文学革命"的精神资源。不论是陈独秀在文学革命宣言中断然宣称彻底"推倒"旧文学及其传统,还是鲁迅《狂人日记》对"四千年吃人历史"

---

[1] 梁启超:《释革》,张品兴主编:《梁启超全集》第 2 册,北京出版社,1999 年版,第 759 页。
[2] 梁启超:《释革》,张品兴主编:《梁启超全集》第 2 册,北京出版社,1999 年版,第 759—760 页。

的"发现",或是郭沫若笔下那为彻底毁灭旧世界,创造新世界而甘愿在烈火中"涅槃"的凤凰,都是这种"革命精神"在新文学运动中的展现。它最终成为张扬个性,反抗传统的新传统。

梁启超为实现"新民"目的而发动的"文界革命"和"小说界革命",毫无疑问成为中国文学现代转型历程的原动力和重要组成部分。由"觉民"目的的"觉世之文"到"新文体"的建设,是梁氏"文界革命"的内在逻辑。同时,他的"新文体"的探索又是在与当时盛行的桐城派古文的对立和斗争中开展起来的,从而以语言形式的变革为契机引发了中国文学的现代变革。这场文学语言的革新运动成为胡适文学改良主张和"五四"轰轰烈烈的白话文运动的先锋。两者前后相继,共同开创了中国文学民族化大众化新传统。而梁氏发动的"小说界革命"及其巨大的社会影响,不仅开创了中国现代文学以小说为核心的新格局,还开创了以文学手段进行思想启蒙的先河。由此也开创了中国文学以思想教化为使命,以政治思潮为依托的新传统,并以其强大的"克里斯玛"力量深刻影响了20世纪中国文学的基本精神风貌。从某种意义上说,"现代中国文学"及其传统正是萌芽于梁启超发动和领导的这两个"运动"。

总之,根据希尔斯的理论,一个传统的萌芽和凝结而成,需要三代人的两次承传,也就是说传统的形成需要半个世纪左右的时间并最终得到全社会的信奉。从鸦片战争后到20世纪初,是中华民族在西方列强持续入侵的威胁下自强不息、艰难探索富强之路的历程,也是中国文化由传统走向现代的漫长曲折历程。这半个多世纪的中国文学一直被后世看作粗糙肤浅而不足道,然而这正是现代中国文学精神和新的文学传统随着古典文学审美理想及文学精神走向解体过程而逐步形成的重要时期。这是一个除旧开新或继往开来的重要过渡时期。这个时期此起彼伏的社会动荡及其所带来的人心的激荡,为中国文学的现代转型提供了丰厚的社会生活土壤。在以戊戌变法为标志的现代民族新文化建设高潮下,尖锐的中西文化冲突和"西风东渐"所带来的新的文化观念及审美体验,为现代中国文学准备了足够的精神养料,尤其是现代思想启蒙运动中"人"的现代更新思潮,为新时代的中国文学新人文精神的形成直接提供了内在动力和思想资源。新时代中国文学的思想教化传统、反叛传统、个性解放及其人道主义传统、民族化大众化传统、继承与借鉴有机结合传统,以及各种现代审美思潮在创作实践中凝结的各种美学传统,等等,都在这个风云变幻的"过渡时代"开始萌芽和成长。而到了"五四"新文化运动时代,经过胡适、陈独秀等一代先驱"克里斯玛"式的号召,新的文化精神和文化理念为全社会所信奉。如果说康有为、梁启超、严复、林纾等一代文化巨人以他们的努力推动了中国文化由传统向现代的全面转化,那么,胡适、陈独秀等"五四"先驱则以其势不可当的文学革命运动使近代文化精神逐步凝结为现代中国文学新的人文精神,新的文学传统。在中国文学现代精神逐步形成的历程中,以胡适、陈独秀为代表的"五四"先驱只是总结者与完成者,而在中国文学新传统的"克里斯玛"力量正式形成中,胡适、陈独秀等"五四"先驱毫无疑问是站在历史潮头的开创者和推动者。他们代表着中国文学新时代的正式开始,也代表着中国文学现代传统的正式诞生。从某种意义上说,胡适、陈独秀等人既代表着中国文化现代转型历程的"完成时",又代表着中国文学现代传统的"开创时"。

第二章
启蒙—政治化传统的形成与发展

现代中国文学经过19世纪中叶以来大半个世纪的中西文化冲突与融汇，社会生活的风云激荡，思想观念与审美心态的蜕变转化，在各种文学试验与文学思潮过后，特别是"五四"文学革命运动之后，逐步凝结为文学的政治化传统、张扬个性与反叛的传统、平民化和大众化传统以及继承—借鉴相结合的传统。表面看来，现代文学这些新传统的形成为西风劲吹的结果，而实际上，中国本土文学传统同样参与了新传统的重大创造，在本土文学传统肥沃土壤的"润物细无声"下，中国古代文学传统中源远流长的"共同主题"得以改头换面或大张旗鼓，或悄无声息，融进中国文学现代传统有机体的各个层面之中。

在中国文学传统中，文学的政治化传统始终处于"共同主题"的枢纽或核心地位，成为中国文学民族特色最主要的标志。其他文学传统皆以它为中轴而兴衰变迁；各种文学思潮所表达的种种文学观念及其所凝结的特定传统，不管是认同，是疏离，还是反叛，几乎都以它无坚不摧的强大的征服力为起因。即使在"儒道互补"思想格局下，以"山水田园"为表征的佛道审美传统，往往也只有在"文以载道"的参照下，才能充分地显现其自身的审美特性和审美价值。换句话说，离开了文学政治化传统这一"中轴",中国文学其他传统将变成"文明的碎片"。

正是在这一点上,中国现代文学全面继承了中国古代文学的政治化传统,并使之同样成为统摄全局的枢纽或中轴。不管是以"反抗"为前提的个性解放传统、以白话文为标志的大众化传统,还是继承—借鉴的传统,若离开了以"新民"、"启蒙"、"救国"、"革命"为话语系统的现代政治化传统,均难以兴起发展。

然而同时,在新的历史条件下,这一富于民族特色的文学传统又具有自身的特质与表现形式,显现出新时代的精神气质与美学风范。这是中国文学现代传统得以确立的重要原因。具体而言,三千年的中国古代文学政治化传统可归纳为"以文教化"传统,19世纪中叶以来的近现代中国文学政治化传统逐渐演化并以"文艺为政治服务"为主体,先后以"新民/启蒙"、"革命文学"、"抗战(救亡)文学"、"工农兵文学"等面目出现,实质上可以说是教化传统在现代中国政治文化条件下的演化。

因此,从源头开始,梳理中国文学政治化传统的演变轨迹,具体考察它在19世纪至20世纪现代社会条件下的流变,从而把握中国文学现代传统的"共同主题",是我们首先要明确的问题。

第一节 礼乐文明精神与古代中国文学的政治化传统

中国现代文学的政治化传统直接源于中国古代文学的政治化传统,这是两者在"中国文学"框架下一脉相承的核心链条。中国古代文学深厚的政治化传统源于中国礼乐文明精神。

一、礼乐文明精神下的文艺与政治

在雅斯贝斯所谓的人类文明的"轴心时代",古希腊社会由于工商贸易生产方式与海外殖民历史,原始氏族社会的血缘纽带逐渐解体,人与人之间代之以法律与契约关系。中华民族的祖先很早就定居于辽阔的东亚大陆,适宜的自然条件孕育出早熟的农业文明。在土地的亲和与束缚下,传统的血缘关系不但没有淡化和解体,并且在国家出现以后发展完善成为庞大而井然有序的社会政治结构——宗法制度。它具有国家政治权力控制和家族伦理亲和双重功效。殷周之际,中国上古文明发生一大飞跃,传统的宗法制度终于酝酿出成熟的西周礼乐文明。王国维对西周宗法制度或礼乐文明精神曾作过精辟的概述:

> 周人制度之大异于商者,一曰立子立嫡之制,由是而生宗法及丧服之制,并由是而有封建子弟之制,君天子臣诸侯之制。二曰庙数之制。三曰同姓不婚之制。此数者,皆周之所以纲纪天下,其旨则在纳上下于道德,而合天子诸侯卿大夫士庶民以成一道德之团体。[1]

在中国近五千年的文化发展史上,以宗法制度为基本载体的西周礼乐文明具有承前启后、继往开来的历史地位。嫡长子继承制、宗庙制度、婚姻制度等是宗法制度的基本条件,而"家国同构"特性则使西周宗法制度成为西周礼乐文明与政治生活的基石;天子既是国家最高统治者,又是全国子民的总家长。君父同体,家国结构相似,功能相近。相传周初周公"制礼作乐"即制定一套详尽完备的礼乐制度,所谓"礼仪三百,威仪三千"。它既包括国家政治生活的典章制度,也包括各阶层社会与日常生活的行为规范和仪节,从而形成中国传统政治的基本精神——礼治。礼是家族、亲族成员之间的道德规范,以确立从天子到庶人尤其是家族内部的伦理关系。它一方面体现出明贵贱、别尊卑、定亲疏的等级秩序与关系原则,另一方面又是不同等级与血缘关系中每个人分别应遵守的道德规范。在社会政治生活中,把礼的规范全面推广开来,

---

[1] 王国维:《殷周制度论》,《观堂集林》卷10,中华书局,1959年版,第453—454页。

就是"礼治"。《左传·昭公二十六年》记载晏子与齐侯论"礼"：

> 礼之可以为国也久矣，与天地并。君令、臣共、父慈、子孝、兄爱、弟敬、夫和、妻柔、姑慈、妇听，礼也。君令而不违，臣共而不贰、父慈而教、子孝而箴、兄爱而友、弟敬而顺、夫和而义、妻柔而正、姑慈而从、妇听而婉：礼之善物也。

这些议论确立了君臣、父子、兄弟、夫妇等基本人伦关系准则，合家、国于一体，融社会政治于社会伦理之中，正如王国维所指出的，周王朝纲纪天下的主旨，就在于"纳上下于道德，而合天子诸侯卿大夫士庶民以成一道德之团体"。礼乐文明制度中，中国传统政治实质上并非后世及现代意义上以暴力和行政权力运作的统治意志，而是以"为政者"所体现的道德规范影响社会，合全国为一道德团体。其政治和社会秩序实质上就是家族式的道德秩序及其所凝聚的人伦亲情。所谓"从政"，实际上就是以自己的道德修养以身作则，去感化、教育民众。所以当孔子的弟子问孔子为什么只从事文化教育而不"从政"时，孔子回答：我这本身就是在从政呀![1] 政治与道德，就这样在我国伦理型文化模式中互为表里，居于民族生活的核心地位，具有无可置疑的本位性。

中华先民很早就形成抒情言志、表达政见的文化传统。《尚书·尧典》中就有上古尧舜时代官方以歌舞形式抒情言志、教化百姓，以达政治清明、社会和谐之政治目的的记载。[2]《诗》三百中多有以歌"美刺"的作品，通过诗歌委婉有度地表达对时政的批评。西周初年，政治生活中形成"采风"、"观风"习俗，天子派专职官员到全国各地，深入民间闾巷，采集凝聚各地风土人情的民谣徒歌，地方乡绅、贵族也常主动献诗。采诗官把这些充分表达人民思想感情和政治见解的民歌加工整

---

[1]《论语·为政》。
[2]《尚书·尧典》："帝曰：夔！命女典乐，教胄子。……诗言志，歌永言，声依永，律和声，八音克谐，无相夺伦，神人以和。"

理后,献给天子。天子以此了解民情,掌握社会思想动向,反省自己的政治得失。[1] 采风过程中,"言之者无罪,闻之者足以戒"。[2] 周天子命乐官把其中佳作润色谱曲,推广于社会,作为统治者的政治回应和陶冶民性的教材。在宗法制度下,通过这种温柔敦厚的讽诵歌咏实现政治对话,消除为政偏颇,保持社会的和谐稳定。可见,在以宗法制度为载体的中国礼乐文明模式中,文学艺术与政治有着天然的联系,从它诞生之日起就成为政治建构的基本元素,成为政治运作不可或缺的有机链条。

因此,在天子召见、诸侯问聘、卿大夫宴乐等重大活动中,歌《诗》、诵《诗》,以《诗》代言,既是一种必不可少的仪式,又是一种特殊的外交辞令,也是对当事国礼乐修养、文化水平乃至政治水平的检验。在诸侯问聘、会盟等重大外交活动中,赋诗者引诵《诗》中的诗句,不但要"合于礼",而且要能恰如其分、委婉含蓄地表达自己的政见和要求,同时理解对方赋诗的潜在意图,再以恰当的诗句巧妙回应。根据自己的政治需要对《诗》中文句巧妙地断章取义以言其"志",而非全以审美态度领略其美学意蕴,便是诸侯会盟过程中赋《诗》的实质。在这种文化语境中,《诗》三百中具体作品的具体诗句,逐步被赋予相对明确和固定的政治象征意义,而其在民间原有的审美内涵则被逐步遮蔽。因此,在各种外交场合,外交官或当政者能否在机动灵活的赋诗言志中应对得体,既是外交活动成败的关键,也影响到当事国的文化声誉乃至"国际地位"。正是在这个意义上,孔子强调"不学《诗》,无以言",[3] 认为"诵《诗》三百,授之以政,不达;使于四方,不能专

---

[1]《礼记·王制》:"天子五年一巡狩……命大师陈诗,以观民风。"《汉书·艺文志》:"古有采诗之官,王者所以观风俗,知得失,自考正也。"《汉书·食货志》:"孟春之月,群居者将散,行人振木铎徇于路,以采诗,献之大师,比其音律,以闻于天子。故曰:王者不窥牖户而知天下。"
[2]《毛诗序》,郭绍虞主编:《中国历代文论选》第1册,上海古籍出版社,1979年版,第63页。
[3]《论语·季氏》。

对。虽多，亦奚以为?"[1]就这样，作为我国第一部诗歌总集的《诗经》，因在各种重大政治、外交和社会活动中被看作曲意言志、相互酬酢、互相问难的辞令宝典，而被赋予了重重的政治寓意，享有崇高的政治地位。它在社会上流传越广，被人们讽诵的频率越高，被政治异化的程度就越深，最终，《诗》在人们的心目中乃政治学问的经典而非现代意义上的"文学作品"。总之，在西周宗法社会，人伦秩序等同于政治秩序，以道德自觉代替政治制度与法制建设，文艺先天为政治而存在。换句话说，在伦理秩序、政治秩序和艺术教化相互协调中实现社会的亲和与稳定，是西周礼乐文明的精神实质，也是中国文化人文精神的核心所在。

二、诗教、乐教理论与礼乐教化传统的形成

从天子派"行人"到各诸侯国采诗观风，考察得失，到东周诸侯以诗代言、彬彬有礼文明风范的形成，中间有着中国礼乐文明模式的核心链条——以西周"国学"教育为枢纽的"礼乐教化"传统。正是在这一历史悠久的教化工程中，中国传统政治——礼治，成为融伦理、政治、艺术、教育四位一体的独特的文明范式。春秋战国以降，中国文明形态虽发生了巨大变化，但这种四位一体的传统政治文明精神并未产生实质性的变化。在西方文明中，这四大基本文化元素相对独立，具有各自不可替代的意义与价值，而在中国文明模式中，它们呈现出互为体用的融合状态。因而，古代中国所谓的"文艺"，也就与以审美为本质的狭义的现代文艺有着本质区别，其社会—政治教化责任也就自然而然地成为其本质属性。

在礼乐文明精神下，西周统治者清醒地意识到以情感陶冶为核心的文化教育对政治文明与社会和谐的根本性意义。因而，以礼造士、情理

---

[1]《论语·子路》。

相融，培养文武兼备、全面发展的贵族政治人才，成为学校教育的宗旨。西周王朝强调通过礼乐教化陶冶受教育者的思想情操，规范受教育者的言行举止，并在审美活动中逐步内化为道德意识和审美理想，这样，与政治、伦理、历史等相兼容的"大文艺"便承担起教化职责。

西周学校教育内容主要包括德、行、艺、仪几方面，具体归结为"六德"、"六行"、"六艺"。"六德"指知（智）、仁、圣、义、忠、和，属于伦理道德教育。"六行"为孝、友、睦、姻、任、恤，是道德意识规范下的行为规范教育。"六艺"指礼、乐、射、御、书、数，是综合素质教育，其中"礼"、"乐"是融政治与艺术为一体的核心教育内容。在高等教育——"国学"中，主要就是这种以礼、乐为核心的综合人文素质教育。《礼记·王制》曰："乐正崇四术，立四教，顺先王诗、书、礼、乐以造士。"礼为政治教育，诗、乐为艺术或审美教育，书为史政传统教育，四者互相渗透。礼教、诗教始终与艺术活动相融合，乐教则是通过表演"先王之乐"再现先辈的历史，体验圣贤的教化之功与君子风范，从而受到传统教育。

正是由于这种礼乐文明的精神特质，西周以来，人们把文艺活动看作是与政治、社会活动互为表里、不可分割的整体。人们通过诗歌乐舞抒情言志，讽喻怨刺上政，以达到影响政治的目的。同时，政治状况也通过诗乐的表现委婉含蓄地传达出来。换言之，全社会以诗歌乐舞等艺术形式"参政议政"并反映政治状况，诗乐—民情—政治处于互动状态之中。《左传·襄公二十九年》记载《季札观乐》的著名故事，生动地演绎了春秋时代文艺与政治互为表里的社会意识。吴公子季札访问西周典章制度保存得最完整的鲁国，在招待会上依次听取主人对《诗》三百各个部分的诵唱，并一一做出精确评论。他根据演唱（奏）中所体现出的各国诗乐的艺术特质，迅速领悟到各国民风民俗和政治状况。可见，他从政治角度看待《诗》的本质与社会功能，其审美特征只是外在形式或认识路径，这是当时人们普遍的"文艺观"。这种文艺观通过春秋先秦儒家的继承与发扬，成为影响中国社会两千多年的正统文艺观。

春秋末期，周室衰微，诸侯争霸，在孔子眼中是个"礼崩乐坏"的乱世。他在全面继承西周礼乐文明遗产的基础上创造性地提出"仁"的核心理念，建立"仁学"学说。在数十年游说各国碰壁之后，转而整理古代典籍，从事教育以传其道。以"仁"为核心，以文艺形式为工具，培养理想化的仁人君子，以恢复周礼实现仁政，成为他的终身事业。他以"仁"为基本精神，对《诗》、《书》、《礼》、《乐》、《易》、《春秋》等所谓"六经"进行了系统的整理删定，用以教书育人。"删诗正乐"为其重要部分。《史记·孔子世家》载："古者，《诗》三千余篇，及至孔子，去其重，取可施于仁义……三百五篇，孔子皆弦歌之，以求合《韶》、《武》、《雅》、《颂》之音。"孔子自己也说："吾自卫反鲁，然后乐正，《雅》、《颂》各得其所。"[1] 这一删定过程形式上看是艺术活动，实质上却是取艺术功效达政治目的的政治活动。孔子对"诗"、"乐"社会功能的论述明确表达了他以诗育人，以文艺为政治服务的思想。他提出了从"诗教"到"乐教"的著名公式："兴于诗，立于礼，成于乐。"[2]

所谓"兴于诗"乃通过学习《诗》来对"小子"进行性情陶冶和思想启蒙，《礼记·经解篇》曰："其为人也，温柔敦厚，《诗》教也。"因而《诗》在本质上首先不是作为文艺作品而存在，而是为达政治目的而对人进行道德教育的经典。不读《诗》，不但"无以言"，简直失去做人的方向了！孔子对《诗》的社会功能进行了全面的概括："小子何莫学夫诗？诗可以兴，可以观，可以群，可以怨。迩之事父，远之事君。多识于鸟兽草木之名。"[3]

"兴观群怨"是《诗》的社会功能。"兴"，即通过诗中的艺术形象，生发联想，把人的精神引导到某种境界，从而使人精神振奋。具体而言，是指抽取诗中某种意象以隐喻手法象征有关修身治国的礼仪，从而引起道德的自觉。可见"兴"的实质并非现代意义上的审美活动，而是

---

[1]《论语·子罕》。
[2]《论语·泰伯》。
[3]《论语·阳货》。

明确的"伦理觉悟"与"政治觉悟"。这可以说是当时社会交往和政治活动中颇为流行的"断章取义"、赋诗言志的"美学"表达。在此，孔子看似在谈艺术，实质上是谈政治教化。"观"，郑玄注"观风俗之盛衰"，朱熹注为"考见得失"。根据"观"在春秋时期的语义，它不仅是一种客观的"认识"或审美鉴赏，更是对社会风貌、政治得失和国家兴衰的伦理与政治的价值判断。通过阅读《诗》以"观"，最终受到道德教育和思想启迪。"群"，何晏《论语集解》引孔安国注为"群居相切磋"。朱熹注为"和而不流"。孔子认为人类之所以异于鸟兽，就在于人能够以"仁"为本，结合为互爱互助的社会团体。人们通过学《诗》，培育"仁"的个体心理欲求和纯正的思想感情，然后在社会交往中互相"切磋"，即在互相感化中培育君子品格，共同循礼求仁，组成和谐社会，达到"群而不党"[1]的高尚境界。"怨"，孔安国注："怨，刺上政也。"朱熹注"怨而不怒"，即借《诗》以委婉抒情，温柔敦厚批评时政。《诗》的这种社会政治功能是西周以来天子采诗、地方献诗以考"为政"得失政治传统的体现。总之，"兴观群怨"说始终着眼于《诗》的思想启蒙、道德教化与政治规范功能，偶然涉及其审美因素，也不过是达到其诸多社会功能的手段。所以《诗》的终极性社会意义就不可能是审美，而是"事父"、"事君"。孔子把《诗》当作实现政治目的的具体手段，于无形中消解了《诗》独立的审美意义，也就否定了以《诗》为代表的整个艺术世界独立的存在价值。

至于与"诗"不可分割、融为一体的"乐"[2]，孔子抱以同样的态度。在孔子看来，"乐"不具有独立的形式美，它是"礼"、"仁"精神的"艺术化"展现，是社会政治伦理精神的表现形式。因此，"歌诗"、"鼓乐"是实现道德与政治教化的唯一途径。孔子"成于乐"之说，刘宝楠《论语正义》疏曰："乐以治性，故能成性。成性亦修身也。"故孔

---

[1]《论语·卫灵公》。
[2]"诗"的形态，经历了由早先的诗、乐、舞三位一体到孔子时代的"以乐歌诗"的历史演变过程。

子晚年返鲁，在"删诗"的同时便是"正乐"，使《雅》、《颂》各得其所。他与鲁太师讨论乐理，却宣称："行夏之时，乘殷之辂，服周之冕，乐则韶舞。"[1] 当初他在齐国闻《韶》，竟陶醉至"三月不知肉味"的地步。[2] 谓《韶》"尽美矣，又尽善也"。《韶》乐描绘舜以文德教化天下，旋律中和平正，既充分表达了孔子的政治理念，又符合孔子的审美趣味。而《武》乐歌颂武王以武力征伐天下，虽解民于倒悬，但毕竟违背了以仁德教化的精神，所以他认为《武》"尽美"但"未尽善"，[3] 在政治教化功能上便差一等了。这种价值取向还表现在他的崇雅乐、斥郑声上。"郑声"即郑、卫等国兴起的与正统雅乐风格不同的民间俗乐。孔子明确表示"恶郑声之乱雅乐也"。[4] 因为郑、卫之音自由表现人的内在自然情欲，缺乏理性节制，违背中和原则，不能给人以礼义感化，故孔子严厉斥责，主张"放郑声"。[5] 他之所以称赞《诗》三百"无邪"[6]，正是由于其思想纯正，音律中节平和。

显然，在孔子眼中，诗、乐、舞等文艺形式从根本上说都是修身和政治教化的工具或途径，虽然也有某种形式的"美"，但这"美"若不为思想内容的"善"所规定，则不仅没有意义，还会流于失去节制而戕害人性的危险境地。一言以蔽之，文艺价值或存在意义，就是为政治（广义的教化政治）服务。

继承孔子衣钵的孟子同样持有功利主义文艺观。他认为："仁言不如仁声之入人深也。"[7] 也就是说，《雅》、《颂》音乐比枯燥的政治宣讲更能深入人心，教化民众更能收深刻之效。同时，孟子向统治者提出"独乐乐"还是"与民乐乐"的命题，使艺术的欣赏与政治挂钩，把艺

---

[1]《论语·卫灵公》。
[2]《论语·述而》。
[3]《论语·八佾》。
[4]《论语·阳货》。
[5]《论语·卫灵公》。
[6]《论语·为政》。
[7]《孟子·尽心上》，赵岐注曰："仁言，政教法度之言也；仁声，乐声《雅》、《颂》也。"

术活动等同于政治活动。归根结底，不管是鼓吹"仁声"之"乐"还是"与民同乐"，实质上都是他推行"仁政"的一种手段而已。

  孟子以后，以《荀子》、《乐记》、《吕氏春秋》等为代表，把先秦儒家政治功利观文艺思想系统化、规范化，成为凝结"文艺为政治服务"强大传统的重要思想资源。战国末年儒学大师荀况从其"性恶论"出发，认为对各种欲望包括审美欲望的追求是不可避免的，而人性的各种本能欲望必须由礼义来节制，最终达到与礼义相协调、相统一的境界；艺术的基本功能就在于从自然人性出发，把人的情感欲望引导到礼义。在《荀子·乐论》中，他充分阐述了传统"礼乐相济"社会政治意识，认为"乐合同，礼别异"。如果礼在于规范社会等级和人伦秩序，乐则因"入人也深，其化人也速"，使这种等级社会关系和睦，感情融洽。相反，"姚冶以险"的"邪音"则使人民"流僈鄙贱"，于是社会动荡，敌国危之。由于此时的"乐"是古代诗、歌、乐、舞及其综合形式的总称，因此它实际上也是一部一般艺术理论的专著。《礼记·乐记》秉承荀子的"性恶论"，对其文艺思想尤其是艺术（乐）的本质和社会教化之功问题进行了更加系统的阐发。"它的全部音乐理论是建立在这个根本前提之上的：欲望是人的本性天然具有的，如果不用'理'去加以节制，那就会成为极大的恶，使天下不得安宁。而音乐之所以重要，就在于它能把和人们的欲望相关的好恶等等情感导向礼义，使之符合于礼义"[1]之所以如此是因为"凡音者，生于人心者也。乐者，通伦理者也。……是故审声以知音，审音以知乐，审乐以知政，而治道备矣"[2]。乐的社会功能就在于与礼相辅相成，共建和谐等级社会："乐者为同，礼者为异。同则相亲，异则相敬。……礼义立，则贵贱等矣；乐文同，则上下和矣。"[3]于是，《乐记》重申了荀子《乐论》对音乐

---

[1] 李泽厚、刘纲纪主编：《中国美学史》第一卷，中国社会科学出版社，1984年版，第346页。
[2] 《礼记·乐记·乐本》。
[3] 《礼记·乐记·乐论》。

社会教化之功的论述:"乐在宗庙之中,君臣上下同听之,则莫不和敬;在族长乡里之中,长幼同听之,则莫不和顺;在闺门之内,父子兄弟同听之,则莫不和亲。"[1] 相反,政治败坏,也必然导致乐的大坏,因为"声音之道,与政通矣"。[2]

可以说,《礼记·乐记》对先秦时期儒家文艺思想进行了直白、具体、系统的阐发,是古代中国政治化文艺理论的经典论述,对汉代正统文艺思想的形成产生了直接影响。因此,它也是古代中国文学政治化传统凝结之中的权威性表述之一。

三、汉代政治化文学传统的强化

从春秋战国到两汉,儒家文艺为政治服务的功利主义文学观一脉相承,但两者之间发生了巨大变化。首先,就社会地位看,先秦儒家只是"百家"中的一家,没有居于官方地位。诸家对文艺问题各抒己见,互相争鸣,形成共生互补的多元化思想局面。而汉武帝以后,在"罢黜百家,独尊儒术"国策下,儒家思想成为官方意识形态,儒家文艺思想随之成为神圣不可违抗的官方文艺思想。其次,随着儒家思想统治地位的日益巩固和强化,儒家功利化文艺思想不但更加系统化,而且更加庸俗化。文艺作品简直成了政治生活的比附,社会教化的直接手段。《毛诗序》论《诗》之《关雎》曰:"《关雎》,后妃之德也,风之始也,所以风天下而正夫妇也。"[3] 后妃指周文王妃太姒。孔颖达《毛诗正义》曰:《关雎》的宗旨乃"言后妃性行和谐,贞专化下,寤寐求贤,供奉职事,是后妃之德也"。"言后妃之有美德,文王风化之始也。言文王行化始于其妻,故用此为风教之始。"[4] 原本一首歌咏上古青年男女美好

---

[1] 《礼记·乐记·乐化》。
[2] 《礼记·乐记·乐本》。
[3] 郭绍虞主编:《中国历代文论选》第1册,上海古籍出版社,1979年版,第63页。
[4] 郭绍虞主编:《中国历代文论选》第1册,上海古籍出版社,1979年版,第64页。

爱情的动人诗篇，在此演变成为一则道德政治教化的寓言。因此《毛诗序》作者明确宣称："正得失，动天地，感鬼神，莫近于诗。先王以是经夫妇，成孝敬，厚人伦，美教化，移风俗。"[1]

这种全面继承先秦儒家文艺思想而又变本加厉走向极端、庸俗比附的论述，在司马迁、班固、刘向、王充等人那里每每出现，角度不同但口径一致，实际上形成一个具有很大影响的官方文艺观，且为全社会认可与崇奉。司马迁虽因自身的切肤之痛而在其《史记·太史公自序》中大力鼓吹"发愤著书"说，高扬创作主体的主观意志，但在谈到文艺的社会功用时，仍不脱汉人狭隘的政治态度。如他论音乐：

> 夫上古明王举乐者，非以娱心自乐，快意恣欲，将欲为治也。正教者皆始于音，音正而行正。故音乐者，所以动荡血脉，通流精神而和正心也。故宫动脾而和正圣，商动肺而和正义，角动肝而和正仁，徵动心而和正礼，羽动肾而和正智。故乐所以内辅正心而外异贵贱也；上以事宗庙，下以变化黎庶也。琴长八尺一寸，正度也。弦大者为宫，而居中央，君也。商张右傍，其余大小相次，不失其次序，则君臣之位正矣。故闻宫音，使人温舒而广大；闻商音，使人方正而好义；闻角音，使人恻隐而爱人；闻徵音，使人乐善而好施；闻羽音，使人整齐而好礼。[2]

由上可知，古代中国文学的政治化传统经先秦而两汉逐步凝结而成。由于两汉"独尊儒术"的文化政策，儒家思想学说一跃而成为独尊的官方学说，成为封建帝国的意识形态，一统天下思想，拥有了前此无与伦比的"克里斯玛"威力。也因此，它的文艺功利观进一步走向偏狭与庸俗，对汉代文艺产生了消极影响。至两晋南北朝，经所谓"人的自觉"和"文的自觉"及儒、释、道思潮的此起彼伏、互竞互渗的文化背

---

[1] 郭绍虞主编：《中国历代文论选》第1册，上海古籍出版社，1979年版，第63页。
[2] 司马迁：《史记·乐书》，韩兆琦译注，中华书局，2010年版，第1972—1973页。

景,刘勰、钟嵘等人,在本体论、功能论、批评论、创作论、鉴赏论等诸多领域对文艺问题进行了承前启后的全面论述,形成了中国古代文艺理论建设的又一高峰。唐宋以降,在多元思想文化背景下,传统的儒家"教化"文艺观进一步凝结成新时代的标志性话语——文以明道/载道。它与道家文艺思想相反相成,互补并生,推动中国传统文艺走向繁荣。

四、文以明道的近世言说

魏晋南北朝时期,随着所谓"人的觉醒"、文笔之分和"文的自觉",人文思潮兴起,文学创作开始注重真实抒写独特的人生感悟和生命体验;文学独立的审美性质被高度重视。但在奢侈堕落的宫廷生活方式的诱发下,文艺创作很快又走向追求辞采、奢靡的形式主义,形成影响久远的审美趣味。

鉴于南朝文学奢靡腐化而"亡国"的教训,隋初统治者和思想家们重新重视文学与政治的关系,高扬先秦、两汉以来文学的"教化"传统,力求以文学为重要政治手段以正人心,恢复大一统国家的政治秩序。隋初政治家李谔在《上隋高祖革华文书》中以古代圣贤帝王为鉴,充分肯定文学的社会功用在于"褒德序贤,明勋证理",但在竭力扭转六朝文风的同时,他又以政治家的立场否定了文学的审美特性。有"隋末大儒"之称的王通在其《中说》里更是直接强调"文以贯道"的政治教化作用。随着儒家思想正统地位的恢复,其文、史、哲及政治、伦理糅合为一体的传统"大文学"观念取代了六朝"文学的自觉"的纯文学观念,从而使这种"大文学"自然而然地具有了全方位的社会政治责任。这种功利主义文学观开启了中唐以"文以贯道"、"文以明道"为宗旨的古文运动,从而使以"教化"为宗的文学传统进一步发扬光大。

唐初,政治家和文史家们出于巩固新建立的大一统封建王朝的政治需要,竭力强调文艺的政治教化之功。令狐德棻把"纲纪人伦"、"经邦纬俗"的政治功用放在一切问题的首位。[1] 魏征《文学传序》更是开门见山阐明文学的社会功用,作为其整个文论的总纲:"文之为用,其大矣哉!上所以敷德教于下,下所以达情志于上。大则经纬天地,作训垂范;次则风谣歌颂,匡主和民。"[2] 并且把文艺思潮与国运兴衰作直接联系,代表了初唐上层社会对文艺的基本态度。此外李百药编《北齐书》,姚思廉编《梁书》、《陈书》,李延寿编《南史》、《北史》等等,有关文艺政治功用的论述构成了儒家功利主义文艺观的"时代大合唱"。这是每个新兴封建王朝为巩固政权而采取的文艺政策,既是强大的传统力量之所致,反过来又不断加强着传统的力量。盛唐之时,建功立业与仙风道骨并行不悖,政治教化与艺术风韵相得益彰,那是一个个性张扬、充满青春与豪迈的时代。

"安史之乱"以后,在历史教训与现实社会矛盾的激发下,中唐文学伴随着深刻而全面的革新形成繁荣局面。其时代主题就是在韩、柳领导的古文运动与白居易倡导的新乐府运动的推动下,一方面高扬先秦儒家以"仁"为核心的道统,一方面以"复古"的面目反对六朝骈文和绮靡诗风,从而形成"文以明道"的时代主旋律。可以说,古文运动与新乐府运动并不是单纯的文学运动,而是儒家复兴与诗文改革互为体用、互为表里的社会意识形态的革新运动。

韩愈明确宣称,他提倡古文的根本目的是"志在古道","思修其辞以明其道",而"明道"更是为了"传道",最终实现理想政治局面。韩愈以古文明道思想强调儒家思想对维护社会与政治秩序的重要意义,其"道"往往也指人的内在精神,因而"文以明道"往往更强调创作主体的内在思想感情及人格力量对"道"的承担和弘扬。在这个意义上,"道"更指创作主体对自身内在精神价值的坚守。面对国家兴亡、社会治乱和个人遭际,作者要敢于抒发内在强烈的思想感情,鲜明表达自己

---

[1] 令狐德棻:《王褒庾信传论》,郭绍虞主编:《中国历代文论选》第2册,上海古籍出版社,1979年版,第15页。
[2] 郭绍虞主编:《中国历代文论选》第2册,上海古籍出版社,1979年版,第25页。

的主观意志。这就使文学在"明道"的基本原则下，充分表现人内在的个性气质与情感意志。柳宗元以更加坚定而明确的态度，认为作文的宗旨即在"明道",[1] 而且他所谓的"道"，同样不限于儒家外在的抽象说教，而更强调以"文"干预社会政治的同时，大胆抒发创作主体内在思想情怀，表达个体意志，突出人格意志与审美意趣在"明道"中的关键作用，从而赋予这一文学传统以新的内涵。

由于韩、柳各以其融思想性、政论性、情感性或情趣性的文学创作风靡文坛，成为一代大家，他们"文以明道"的主张遂有了坚实的实践基础。这一优良传统经"韩门后学"们的继承和发扬，终于使隋唐以来"以文教化"的传统融入了高扬个体主观精神的积极因素。与此同时，白居易、元稹倡导了影响深远的新乐府运动。白居易倡导"文章合为时而著，歌诗合为事而作",[2] 集中概括了他要求文学干预时政、教化社会的功利主义文艺观。他称自己写作讽喻诗是"为君、为臣、为民、为物、为事而作，不为文而作也",[3] 强调自己的创作目的是"惟歌生民病，愿得天子知"。[4] 讽喻诗由此成为一种诗歌体，延续了中国文学的讽喻传统。——这是由《诗经》开创的优良传统。

两宋是个充满内在矛盾的历史时期：经济文化高度发达而民族精神孱弱内敛，失去汉唐雄风；中央集权进一步加强而士大夫阶层的主体意识空前高扬，他们以极大的热情力图恢复"道统"与"文统"，提倡儒家传统的政教功利文艺观，却又常沉浸在老庄和禅的纯粹审美境界；政治家与理学家在"文以载道"大旗下各有主旨……这使得两宋时代的主流文艺思想，在沿着儒家教化传统继续前进中，充满着"人"的生命气

---

[1] 柳宗元：《答韦中立论师道书》，郭绍虞主编：《中国历代文论选》第2册，上海古籍出版社，1979年版，第143页。
[2] 白居易：《与元九书》，郭绍虞主编：《中国历代文论选》第2册，上海古籍出版社，1979年版，第98页。
[3] 白居易：《新乐府·序》，郭绍虞主编：《中国历代文论选》第2册，上海古籍出版社，1979年版，第109页。
[4] 白居易：《寄唐生》，郭绍虞主编：《中国历代文论选》第2册，上海古籍出版社，1979年版，第108页。

第二章 启蒙—政治化传统的形成与发展

息和美的灵动飘逸。

　　北宋官僚士大夫阶层追溯"三代"政治理想，倡导士大夫当有"以天下为己任"和"先天下之忧而忧，后天下之乐而乐"的政治情怀，强烈要求结束"士贱君肆"的政治局面，拒绝做皇帝的"精神臣下"，主张士人与皇帝"共定国是"。同时，文人与官僚完全合二为一的身份特征，使这一具有重大社会影响的精英阶层在文艺观上不约而同地推崇儒家的教化文艺传统。欧阳修等人承续唐人传统再次倡导声势浩大的古文运动，强化了"道统"、"文统"观念。他全面、辩证地阐述了道与文的关系，认为道的内涵不仅限于古之孔孟之道，更包括尊孔孟之道而"施之于身"的社会实践，即秉承孔孟之道而关注现实社会，关怀民生疾苦，以天下兴亡为己任。在道与文的关系上，欧阳修高度重视思想性与艺术性的完美结合，认为文章的思想内容充实、健康，艺术上自然就能不断创新，日臻完美。欧阳修本人及"三苏"、曾巩等文坛大家以其充满道韵和禅意的优美诗文，显现了思想与艺术的完美融合，外在事功与内在性灵相映生辉，从而焕发出后世难以企及的独特魅力。

　　作为中国后期封建帝国意识形态的理学，为文学教化传统提供了哲学阐释。周敦颐正式提出"文以载道"说，[1] 而理学家之"道"也并非仅仅是孔孟之道，而是以孔孟之道为基本精神的宇宙自然与人类社会的根本大法则，是自然与社会存在之本质，具有天然的合理性。理学认为文本源于道，文本不过是道的表现形式或感性显现。但同时，理学天人合一的宇宙观、格物穷理、切己自反的认识论，使其哲学思维与审美活动内在贯通，他们十分注重"心"统摄下的"性情"。于是理学家的心性世界就不仅是抽象的道德条律，更是充满着感性欲望的生命有机体。因此，宋明理学在"文以载道"、"文源于道"、"文道合一"原则下，给文学创作留下了广阔的艺术空间。周敦颐的《爱莲说》、朱熹的哲理诗等，都成为道与文互相辉映的经典，中国文学的教化传统在宋代

---

[1] 周敦颐：《通书·文辞》，郭绍虞主编：《中国历代文论选》第2册，上海古籍出版社，1979年版，第283页。

焕发出诗性光彩。

元代思想家及文人全面继承两宋理学遗产及崇道宗经的文学传统，具体表现为在理气二元论的理学思想下，推崇道统而重视文统。儒学的逐步复兴，科举制度的恢复及杂剧社会地位的提高，是教化传统在元代后期发展的新趋向。

明至清中叶是我国古典文化的转型期。随着城市商品经济的发展和城乡宗法关系的松动，社会结构与文化结构都发生了巨大变化，表现为社会关系、价值观念、生活方式、审美风尚等方面的整体性变迁。在城市经济繁荣、贸易发达的背景下，以市民—商人为代表的新兴社会阶层逐步壮大，这一主要活跃于东南沿海城市的新兴社会势力，以通俗小说、戏曲等形式表达着自己的价值观念与生活情趣；同时，在陆王心学启发下，传统士人阶层掀起了思想上的反叛狂潮。他们为人作文，皆标榜"童心"、"性灵"、"不拘格套"，以狂放不羁的姿态反抗官方意识形态的理学。而统治阶层和"前后七子"继续以崇道、宗经、复古旗帜强化着正统价值观念。与历代开国之初一样，明初统治者及官方文人出于恢复封建帝国政治和社会秩序目的，大力提倡和宣扬传统的儒家文艺观，使这种"文艺为政治服务"的国策又染上鲜明的狭隘的功利色彩。宋濂明确提出宗经师古、明道致用的文艺观，成为新王朝文艺政策的基础。作为皇帝的朱元璋特别下令，要文章写作及文艺创作"为君用"、"通道术"、"达时务"，[1]以行政命令甚至刑法威慑对戏曲创作和演出设置种种禁区，把文艺活动完全纳入封建政治轨道，表明了统治集团对待文艺严厉的政治化态度。这是明清君主专制制度强化以后，中国文艺教化传统演变的必然逻辑。同时，原不能登大雅之堂的民间文艺如戏曲、小说等，被一般文人自觉地赋予与正统诗文同等的意义。许多剧评家和剧作家从文人立场出发，坚持戏曲艺术"风俗教化"的社会功用，如汤显祖在宣扬"情教"的同时，认为戏曲对于上至国家政治，下至家

---

[1] 王运熙、顾易生主编：《中国文学批评史新编》下册，复旦大学出版社，2001年版，第73页。

庭伦理与个人成长，皆可产生出神入化的影响："可以合君臣之节，可以浃父子之恩，可以增长幼之睦，可以动夫妇之欢，可以发宾友之仪，可以释怨毒之结，可以已愁愤之疾，可以浑庸鄙之好。然则斯道也，孝子以此事其亲，敬长而娱死；仁人以此奉其尊，享帝而事鬼；老者以此终，少者以此长。外户可以不闭，嗜欲可以少营。人有此声，家有此道，疫疠不作，天下和平。岂非以人情之大窦，为名教之至乐也哉。"[1]

  小说自秦汉以来，一直被视为道听途说、志怪传奇的"小道"，至明代，小说的社会地位随着市民阶层的兴起而大幅度上升，被赋予严肃的社会政治意义。《水浒传》、《三国演义》、《金瓶梅》等作品的社会意义，从正反两方面被全社会高度重视。冯梦龙的"三言"，凌濛初的"二拍"，被赋予劝善惩恶之功，可以使"怯者勇，淫者贞，薄者敦，顽钝者汗下"，从而可以正夫妇，经人伦，美教化，敦风俗，其教育效果甚至远在《孝经》、《论语》之上。[2] 清末之际人们认为小说之社会启蒙功效远在经史之上的惊世骇俗之论，其实从这里就可以找到其根源。梁启超大肆鼓吹的"小说万能论"与上述汤显祖的"戏曲万能论"颇有异曲同工之妙。令人深思的是，明代文学正统的教化传统与性灵文学思潮、色情纵欲文学创作并行不悖，显示了近世中国文化结构开始解体与重构的历史信息。清代以后，儒家道统的重建、深刻的民族危机与文化危机造成的新民救国的时代诉求，使中国文学源远流长的政治化传统重新焕发生机，在新的文化语境下，凝结成现代中国文学强劲的政治化传统，从根本上影响了20世纪中国文学的精神风貌与发展方向。

---

[1] 汤显祖：《玉茗堂文之七·宜黄县戏神清源师庙记》，北京大学哲学系美学教研室编：《中国美学史资料选编》下册，中华书局，1981年版，第139页。
[2] 绿天馆主人：《古今小说序》，郭绍虞主编：《中国历代文论选》第3册，上海古籍出版社，1980年版，第227页。

第二节 现代中国文学政治化传统的萌芽

1840年鸦片战争以后,中国陷入"三千年未有之大变局"中,面临着民族与文化的双重危机。而历史老人也启动了中国社会与文化急剧的现代转型步伐,中国文学随之开始了它由古典向现代转型的历史进程。这一历史转变过程由19世纪前半期开启,到19、20世纪之交基本完成它从内容到形式的现代蜕变。而胡适、陈独秀适时发动的"五四"文学革命运动极大地应和了中国社会以文学促启蒙、以思想促进步的民族集体心理欲求,凝聚成强烈而神圣的社会意识。中国文学政治化的现代意识由此最终形成。经20年代"新文学"富有成效的实践,30年代"革命文学"的政治性的强力扩张及三四十年代民族危机和政治纷争的现实需求,中国文学政治化传统的现代形式终于支配了20世纪中国文学主流精神面貌与发展轨迹。在它巨大而浓郁的身影笼罩下,任何"异端"都只能在边缘化的境地求得生存,这种局面一直到临近又一个世纪之交才开始逐步改变。

19世纪末20世纪初是中国文学政治化传统由"古代"向"现代"蜕变的历史时期。两者的实质性区别,一是"政治"与"文学"各自内涵的巨大差异,二是两者之间从属关系的具体差别。

先看古今"政治"的含义。在我国传统文化语境中,"政治"的含义要复杂、宽泛得多。在小农经济条件下的古代中国宗法社会尤其是先秦西周社会,政治与道德、法律、艺术等文化元素是有机融为一体的;"为政"的宗旨是当政者以自身或先祖的道德表率、人格魅力,促进等级社会伦理关系的和谐。政者,正也。以己正人,就是政治。社会各等级之间各守其礼、相亲相爱本身就是"政治"的体现。因而中国古代"政治"的实质就是以"礼乐"熏陶人们的美好情怀,唤起全社会的道德理性或道德自觉的社会教化活动。与此同时,古代中国语境中的"文学",是融历史、哲学、教育、道德感化为一体的所谓"大文学"、"杂文学",是政治学意义上的正统"经典",而非现代意义上以审美为宗旨的狭义文学。因而它与"政治"可谓同质而异体,互相渗透,互为体用。在秦汉以后大一统帝国文化结构中,"文艺"与"政治"在不同程度上产生了分离,"文"成为"教化"、"载道"、"明道"的工具,而在一定程度上丧失了其先秦时期的本体性意义。但总体上,传统的"文艺"与"政治"仍水乳交融,在根本上难以分离。

在"西学东渐"的历史潮流中,西方文化全面侵入中国社会,极大地冲击着国人的思想观念。中国传统文化语境下以社会伦理为本位的"政治"观念被现代西方文化中的"政治"观念所取代。韦伯这样给现代西方"政治"下定义:"'政治'就是争取分享权力或影响权力分配的努力,这是发生在国家之间,或是发生在一国之内的团体之间。"那么什么是国家呢?韦伯认为:"国家是这样一个人类团体,它在一定封疆之内(成功地)宣布了对正当使用暴力的垄断权。"[1] 显然,这一定义与马克思主义关于国家是阶级统治和阶级压迫的工具的定义是相近的。在现代工业文明条件下,"政治"褪去了传统中国农业文明明人伦、敦教化那种温情色彩,而变成各阶级、各社会集团之间争夺社会权力以影响社会资源分配的种种努力。所谓"国家"秩序也不再是家族伦理秩序的扩大,而是拥有合法暴力的最高社会机构。同时,中国"文学"内涵也在发生变化。19世纪中后期,经西方文艺的影响和梁启超"三界革命"的冲击,现代意义上的纯文艺观逐渐形成。政治、宗教、道德、法律、文艺作为相对独立的文化元素,呈现出各自独立的特性与功能,而"文艺为政治服务"的关系也显示出更加直接、明晰的功利色彩。

在浑圆整一的中国传统农业文化结构中,特别是在先秦"礼乐文明"模式下,"文艺"与"政治"在很大程度上互相交织与渗透,可以说原则上不存在自觉的独立的审美活动。然而,"文艺"并不与具体的"政治"发生关联,它总是通过体仁、喻礼、明道、警世,激发人们的

---

[1] 转引自覃召文、刘晟:《中国文学的政治情结》,广东人民出版社,2006年版,第9页。

道德情感与道德自觉而最终达"政治"目的。以今天的眼光看，在发挥社会功用上，从"文艺"到"政治"，中间有着复杂要素和广阔的空间地带，这足以在间接状态下使文艺得以发挥全方位的社会作用，而文艺审美特性也就得以保存其中。在两千多年强大的"教化"传统笼罩中，我们能够从中抽取一条中华民族延绵而丰富的"审美历史"。

当中国历史进入19—20世纪，在现代文化语境下，"文艺"与"政治"各自以其全新的特质呈现在社会生活中。从理论上说，现代意义上的中国政治相对独立地发挥着强大的社会整合功能，狭义的现代文艺也以独立的审美特性和新型体式显示其现代性，从而显出"泾渭分明"的趋势。然而，严重的民族危机，激发着强大的"教化"传统，现代社会政治在"救国"、"新民"、"启蒙"、"革命"等具体名目下，要求文艺承担起全方位的政治任务与社会使命，而这一要求被中国社会普遍认为是天经地义的；急功近利的时代要求，使现代文艺在不同历史阶段、不同程度上以牺牲其审美特性为代价或途径，成为为现代政治服务的工具。这一"文化偏至"在20世纪五六十年代极"左"革命文化语境中走向极端，一直延续到"新时期"文学。

一、经世致用与现代中国文学政治化传统的萌芽

有清一代，满族统治者为笼络汉族知识分子，大力倡导理学、以科举取士。中国社会思想与文化思潮重新回到独尊儒家的正统轨道。晚明以来推崇心性、张扬欲望、反叛正统的世俗文化思潮受到有力遏制。同时，18世纪以后，现实社会问题日益突出，为缓解社会矛盾，发展社会生产，传统经世致用思潮再次兴起。这一几乎贯穿清王朝始终尤其是高涨于民族危机之时的社会思潮，内在地强化了中国文学的教化传统。"'经世致用'思想就其本身来说，并不是新东西，它是中国文化的一种传统精神。'经世致用'的核心精神是面向现实，注重实效。与偏重修身养性、道德自律的'内圣'之学相对应，经世致用观念主要体现了治

国安邦、讲求建功立业的'外王'精神,两者相辅相成,是构成以儒学为主体的'伦理—政治型'文化传统的两大支流。一般而言,当社会稳定、王朝强盛之时,往往是'内圣'之学兴旺;而当治世转衰、政治秩序出现危机之时,经世致用精神就会崛起。经世思想更多地体现了中国文化传统的实用精神,这种精神使中国文化保持着一种生命力和再生力,每每使陷于危机的社会由乱而治,重新恢复王朝秩序。"[1]

传统文人、士大夫面对日益严重的社会危机,力图发扬经世致用务实传统,解决社会积弊。在这一指导思想下,文学的"载道"功能与"教化"传统重新受到高度重视。明末以来本已呈多元化趋势的文学功用观在19世纪又被迅速统一到政治化古老传统上来。同时,外来文化势力更为这一本土文学传统的复兴推波助澜,从而在晚清形成强劲稳固的社会文化心态。

随着政治危机和民族危机的加深,在古老传统和外来学说的双重影响下,文学被视为安邦治国的有力工具。小说在中国文学史上本长期处于小道、末流地位,为主流社会和统治阶层所轻视,进入不了"教化"传统支配下的中国文学殿堂,只得以民间闾坊为其生存土壤,以其"志怪"、"传奇"为人消遣解闷。宋明以来,随着市民通俗文学的繁荣,小说题材扩大,历史、英雄、庙堂、江湖等无所不包,遂逐渐带上具有市民情趣的"劝善"、"警世"的社会功能,为市井社会和士大夫阶层所重视。明代,"四大奇书"、"三言二拍"和以《金瓶梅》为代表的所谓"世情小说"兴起。在市民和士人眼中,小说对社会政治、人伦世俗的影响已不下于高高在上的诗文。在明末文人士大夫"独抒性灵"、张扬个性、反叛传统的社会思潮中,文学的"教化"、"劝世"之功仍被全社会视为天经地义。

清代经世致用社会思潮推动文学全面回归政治化传统轨道。桐城派本主张"义理、考据、辞章"合一而以"义理"为灵魂,带有鲜明的

---

[1] 许纪霖、陈达凯主编:《中国现代化史》第1卷,学林出版社,2006年版,第47页。

"明道"传统色彩,但此时在新一轮经世致用社会思潮中,它却因显得迂腐不切实际而多遭非议。因而桐城派中坚刘大櫆、后学姚莹等先后提出在原三要素基础上再增加"经济",即具体社会事功,作为读书作文的新要素。[1] 这一文学观念经曾国藩等开明官僚的大力倡导,在全社会引起广泛反响,深入人心。

不仅"作文",就是以抒发个人情怀为主的正统文学样式,此时也开始讲求"经济"、"事功",于抒情之外,关注社会民生,寄托政治主张。而小说地位实质性的提升,主要在于其"安邦治国"巨大政治功效在实践中的充分展现。典型事例,如前文所述,在19世纪中叶,以太平天国为代表的农民起义与地方反叛风起云涌之际,下层文人俞万春在随父镇压农民起义过程中,愤慨于《水浒传》以"忠义"之名反抗朝廷而创作翻案小说《荡寇志》,作品以丰富的想象,描写朝廷借助于神奇力量把作乱的强盗斩尽杀绝。小说完成后,清政府各地方当局和上层社会一改对小说轻蔑、禁毁的态度和做法,纷纷资助出版发行,成为官方镇压反叛的精神武器。一部小说,直接参与国家的治乱之事功,影响了社会各界的政治态度,可谓经世致用社会思潮在文学领域结出的"丰硕成果"。以小说干政且获成功,这在中国文学史上是空前的,一定程度上开启了"文艺为政治服务"的现代模式。美籍华人学者王德威指出:"19世纪中叶以降的小说,罕有像《荡寇志》这般,能对当时的政治发生如此迅疾的影响。尽管此书的保守倾向以及年代误植令人侧目,它毕竟触及了专权与革命、文学与宣传等议题,这些议题在20世纪依然是文坛关注的焦点。因此,《荡寇志》很可以被视为中国现代政治小说的先声。"[2] "尽管《荡寇志》这部小说的肇因距'现代'仍远,但它仍

---

[1] 刘大櫆:《论文偶记》,郭绍虞主编:《中国历代文论选》第3册,上海古籍出版社,1980年版。
[2] 王德威:《被压抑的现代性——晚清小说新论》,宋伟杰译,北京大学出版社,2005年版,第146页。

堪称日后严复、梁启超以政治小说'叙述国事'的前身之一。"[1]他认为:"启蒙文人如严复、夏曾佑和梁启超等,不会赞同俞万春冥顽不化的忠君思想。但是,有鉴于他们相信小说'入人之深,行世之远'的影响力,冀求以小说为全民教育和宣传的工具,他们其实是俞万春载道一面的追随者。另一方面,他们刻意从意识形态上歪曲古老的文学话语形式,以求以毒攻毒,他们又是俞万春革新一面的追随者。"[2]

二、改良社会与文学兴国：现代中国文学政治化传统的雏形

就在经世致用社会思潮下中国文学尤其是小说创作政治化功利色彩逐步浓厚之际，19世纪来华的欧美各国传教士及知识界人士自觉或不自觉地参与了中国文学发展进程。19世纪初，来华的各国传教士出于传教和宣传西方文化的需要，纷纷模仿中国传统小说形式和审美趣味创作小说。1819年，苏格兰传教士米怜（William Milne）创作了第一部传教士小说《张远两友相论》，通过简单的故事情节及人物对话宣传基督教教义。随后，马礼逊（Robert Morrison）、郭实腊（Karl Gützlaff）、理雅各（James Legge）等人，或创作或译述，通过中国民众喜闻乐见的小说形式宣传基督教教义和自己的思想。在这一点上，西方传教士所谓的"文学观"与经世致用思潮下中国士大夫传统的"教化"观不谋而合，甚至带有更狭隘的说教色彩。因此，当时传教士的"文学作品"与中国本土的《荡寇志》之类小说，虽具体内容和外在面目差异很大，但在"文艺为政治服务"宗旨上，可谓殊途同归。

19世纪在中国社会产生巨大影响的翻译小说，当推美国作家爱德华·贝拉米（Edward Bellamy）1888年创作出版的《回头看：2000—

---

[1] 王德威：《被压抑的现代性——晚清小说新论》，宋伟杰译，北京大学出版社，2005年版，第147页。
[2] 王德威：《被压抑的现代性——晚清小说新论》，宋伟杰译，北京大学出版社，2005年版，第148页。

1887》(*Looking Backward, 2000—1887*),该小说从1891年底到1892年4月,由传教士李提摩太(Timothy Richard)翻译成中文在上海《万国公报》上连载,总题名《回头看纪略》。1894年广学会又在上海出版单行本(节译本),易名《百年一觉》。作为传教士的李提摩太之所以要花气力翻译这部宣扬特定政治学说的乌托邦式小说,是因为在中国的生活经验使他坚信,在保守封闭的中国社会,唤起作为社会精英知识分子阶层投入社会改革,推动中国社会生活的进步,比向下层民众宣讲基督教福音更为迫切和重要。作品发表和出版后,果然在中国先进士大夫中引起了广泛震动,很大程度上实现了李提摩太以小说启蒙中国先进士人的愿望,[1]康有为、谭嗣同、梁启超等时代巨子都深受其影响。后世中国学者因而断言:"传教士为中国小说提供了'政治小说'的模本。"[2]"《百年一觉》实际上为'小说界革命'的倡导者提供了'政治小说'最早的模本。"[3]

  1894年,中国在甲午战争中惨败,社会上下以开明士大夫阶层为主力,掀起了革除积弊、维新变法的社会运动。第二年五六月间,英国传教士傅兰雅(John Fryer)先后在《申报》和《万国公报》上用中、英文发表《求著时新小说启》,举办"时新小说"竞赛,公开向社会各界征求以揭露中国社会积弊、推动中国社会进步的小说作品。他认为,阻碍中国富强和社会进步的三大弊害,为鸦片、时文、缠足。"康有为递交请愿书后仅三周,傅兰雅就刊登了小说竞赛的广告,试图抓住这个特殊时刻的情绪;如果有可能,他打算将这股怒火导向中国社会中他最憎恨的东西。"[4]显然,这样一次应者众多、社会影响深广的小说竞赛的宗旨完全是政治功利性的,而非文学的、审美的。傅兰雅虽身为一名西方传教士,但他却把大部分精力投入到译介西方科学文化,大力支持

---

[1] 韩南:《中国近代小说的兴起》,徐侠译,上海教育出版社,2004年版,第95—97页。
[2] 袁进:《中国文学的近代变革》,广西师范大学出版社,2006年版,第253页。
[3] 袁进:《中国文学的近代变革》,广西师范大学出版社,2006年版,第254页。陈伯海主编:《近四百年中国文学思潮史》,东方出版中心,1997年版,第340—341页。
[4] 韩南:《中国近代小说的兴起》,徐侠译,上海教育出版社,2004年版,第151页。

中国现代教育、出版事业,致力于中国社会的移风易俗,在沟通中西文化交流上功不可没,被后世中国学者誉为"西学传播大师"。[1]

七年后,梁启超在"小说界革命"宣言《论小说与群治之关系》一文中表达的思想与之同出一辙。尽管梁启超是从日本政治小说中获得灵感,与西方传教士们的文学运动似乎没有直接的承继关系,但相同的时代需求与社会思潮定会产生不约而同的思想或主张。

中国社会各界应征作品多达一百六十多部(卷),对于当时仍然处于故步自封、保守落后的中国来说,这是一个令人惊讶的数字。它反映了在保守的社会表象下新的生机的悄然涌动。这次竞赛活动虽然因思想深度与艺术质量问题没有产生出获奖者,但其本身对晚清文学尤其是小说的发展产生了深远的影响。

1896年,广学会出版了美国传教士林乐知(Young John Allen)编译的《文学兴国策》,在中国士大夫阶层引起广泛赞誉。《文学兴国策》原为日本第一任驻美大使森有礼于1872年2月向美国文化部及各部议员、各大学校长、文化界名流发送公函,了解美国的教育制度及征求他们对日本文教改革以兴国的意见。随后,森有礼陆续收到回复,并将其编辑成《文学兴国策》寄回国内,对日本发展现代文化教育以走向富强起了很大作用。"文学"在这里是指广义的文化教育,因而,所谓"文学兴国"实际上是指通过发展文化教育事业培养新式人才兴国。然而由于这里的"文学"与我国传统的"以文教化"大文学观不谋而合,遂在中国士大夫的称誉中产生了文化误读:传统的文化教育兴国被理解为现代意义的文学创作以兴国。于是,现代狭义的文学于不自觉中被赋予传统大文学承担的全方位的社会责任。《文学兴国策》在中国虽然没有产生深广的社会影响,却不自觉地加入了当时中国社会以文学改良社会、挽救国运的时代大合唱。[2]

综观19世纪的文学运动,从早年的经世致用到后期的以文学改良

---

[1] 熊月之:《西学东渐与晚清社会》,上海人民出版社,1994年版,第567—586页。
[2] 熊月之:《西学东渐与晚清社会》,上海人民出版社,1994年版,第632—637页。

社会、兴国救国，中国文学政治化传统发生了根本性变化。首先，由于现代意义的纯文学观逐步取代传统的大文学观或杂文学观，文学艺术作为一个完整自足的文化元素，与政治、教育、伦理、法律等逐步分离，原则上，文艺的社会功用也应由无所不包的社会"教化"转变为以审美为主要功能。但中国社会的文学功用观仍然延续着古老的传统观念，文艺原有的审美特性更因失去了它在浑圆整一文化结构中的相应空间，而最终沦为现代政治的工具；相对于古代中国的"教化"传统，现代的文艺政治化趋向更多地表现出文化偏至的消极状态。而同时，由于近代文学运动是在西方文化参照下开展的，这又使它带上文化反思、思想启蒙的现代意义；相对于以解决具体社会政治问题为宗旨的传统经世致用社会思潮，具有了鲜明的现代性特征。所以，当梁启超于世纪之交发动和领导中国文学的"三界革命"时，这种自觉、自为的现代思想启蒙运动就拉开了现代中国文学政治化传统的序幕。

三、现代中国文学政治情结的形成

自19世纪至20世纪初，是宏观上的中国文学由古代向现代转变的"过渡时代"，甲午战争和戊戌变法运动之前，虽有经世致用社会思潮的影响，有官方以政治目的对小说的利用，但总体上看，中国文学仍然按照历史惯性运动，从外在形态到精神气质，从创作数量到文学格局，基本上都是传统的。但从甲午战争到戊戌变法，再到"庚子国变"，中国文学的发展发生了本质性的变化：西方文化影响力度的剧增和民族危机的空前严重，使中国文学由自在状态转变为自觉状态，进入了与20世纪文学具有直接承继关系的"转型时代"。其文学精神的变迁正如鲁迅所说："盖嘉庆以来，虽屡平内乱（白莲教，太平天国，捻，回），亦屡挫于外敌（英，法，日本），细民暗昧，尚啜茗听平逆武功，有识者则已翻然思改革,凭敌忾之心,呼维新与爱国,而于'富强'尤致意焉。"[1]

甲午战争之后,中国文学尤其是小说历史性的变化,就是自觉地以西方文化为参照,审视、反思中国社会与中国传统文化,自觉地承担起启蒙民众、移风易俗、改造社会、救国兴邦的历史重任。在这一历史关头,少数西方来华人士,通过小说竞赛、编译域外文献等方式,促进了中国文学由自在状态走向自觉状态;虽然在局部地区、特定社会阶层中产生了一定影响,但毕竟没有发生全局性的深刻影响,而只起到倡导开新、抛砖引玉的外在作用。中国文学的历史性变革,还有待于先进的中国人历史性地集体登场,全力推动。从世纪之交的梁启超及其发动的"三界革命",到20世纪之初以胡适、陈独秀为领袖的"五四"文学革命,中国文学终于在20世纪的曙光中大体完成了由古代向现代的历史性转变。可以说,20世纪中国文学的政治化传统,是在时代巨子梁启超与以胡适、陈独秀为代表的"五四"先驱两代知识分子的共同努力下逐步形成的。如果说以梁启超为代表的第一代知识分子在清末众声喧哗、泥沙俱下的社会文化背景下,以"政治小说"(或"新小说")确立了现代中国主流文学的精神实质与发展方向,那么,"五四"先驱们则使这一精神遗产在新的社会文化环境中迸发出冲决一切的精神感召力。在由思想革命到政治革命强大惯性的驱动下,再也没有其他文学传统、文学精神能够与这种政治情结或政治传统相抗衡;相反,其他文学传统只有在政治化文学传统的规范下,才能得以延续。它更在20世纪中后期政治运动的强化和政治势力有计划有策略的操纵下愈加变得神圣、不容怀疑,以至于有的学者称"中国的20世纪是一个非文学的世纪"。[2]

---

[1] 鲁迅:《中国小说史略》,《鲁迅全集》第9卷,人民文学出版社,2005年版,第291页。
[2] 朱晓进等:《非文学的世纪:20世纪中国文学与政治文化关系史论》,南京师范大学出版社,2004年版,第3页。

其一，是"小说界革命"的倡导。

以康、梁为首的维新变法运动大力提倡"开启民智"，认为中国之所以落后，根本原因在于民众的愚昧；不通过思想启蒙以培育现代新国民，政治改革也将失去社会基础。而此时，小说的地位正因其社会功能的显现而大大提升。1897年，康有为就明确指出：鉴于开启民智的时代课题，"今日急务，其小说乎！仅识字之人，有不读'经'，无有不读小说者。故'六经'不能教，当以小说教之；正史不能入，当以小说入之；语录不能喻，当以小说喻之；律例不能治，当以小说治之。天下通人少而愚人多，深于文学之人少，而粗识之、无之人多。'六经'虽美，不通其义，不识其字，则如明珠夜投，按剑而怒矣"。[1] 小说正由于它的通俗易懂，接近民众，故能代替经史发挥巨大社会教化功用。梁启超认为小说"上之可以借阐圣教，下之可以杂述史事，近之可以激发国耻，远之可以旁及彝情，乃至宦途丑态，试场恶趣，鸦片顽癖，缠足虐刑，皆可穷极异形，振厉末俗，其为补益岂有量耶"！[2] 其口吻与所述具体内容与三年前傅兰雅在上海举办"时新小说"大赛时宣称的宗旨如出一辙。时人严复、夏曾佑在《本馆附印说部缘起》长文中，回顾中外小说发展历程，借助近代西方及东瀛文学的某些史迹，表达了较为明确的"政治文学"意念："且闻欧、美、东瀛，其开化之时，往往得小说之助。是以不惮辛勤，广为采辑，附纸分送。……文章事实，万有不同，不能预拟；而本原之地，宗旨所存，则在乎使民开化。"从中国文学史看，小说也是"其入人之深，行世之远，几几出于经史之上"。因此在他们看来，就"人心之营构"之功而言，小说"为正史之根矣"。[3] 同年，梁启超创立大同译书局，正式开始翻译、介绍外国所谓

---

[1] 康有为：《〈日本书目志〉识语》，陈平原、夏晓虹编：《二十世纪中国小说理论资料》第1卷，北京大学出版社，1997年版，第29页。
[2] 梁启超：《变法通议·论幼学》，张品兴主编：《梁启超全集》第1册，北京出版社，1999年版，第36页。
[3] 几道、别士：《本馆附印说部缘起》，陈平原、夏晓虹：《二十世纪中国小说理论资料》第1卷，北京大学出版社，1997年版，第27页。

"政治小说",他在《清议报》上发表《译印政治小说序》,重复其师康有为"六经不能教,当以小说教之"的名言后正式宣告:

> 在昔欧美各国变革之始,其魁儒硕学,仁人志士,往往以其身之所经历,及胸中所怀政治之议论,一寄之小说,于是彼中缀学之子,黉塾之暇,手之口之,下而兵丁、而市侩、而农氓、而工匠,而车夫马卒、而妇女、而童孺,靡不手之口之。往往每一书出,而全国之议论为之一变。彼美、英、德、法、奥、意、日本各国政界之日进,则政治小说,为功最高焉。英名士某君曰:"小说为国民之魂。"岂不然哉?岂不然哉?[1]

此段议论,是在梁启超初步接触了日本政治小说以及由此了解了英国政治小说概况之后写下的,可以看作是中国"政治小说"宣言。他以其特有的浪漫主义激情,虚构了欧美各国全民读小说,"每一书出,而全国之议论为之一变",各国政治之日进,政治小说为功最高的现代神话与仙话。

1898年9月戊戌政变后,梁启超在东渡日本的轮船上读到了日本政治小说《佳人奇遇》,随后又读到另一部政治小说《经国美谈》,便把它们译成汉文,在他创办的《清议报》上连载,对这两部"以稗官之体,写爱国之思"的政治小说推崇备至。在提出"诗界革命"、"文界革命"之后,1902年,他在其《新小说》杂志的创刊号上,以《论小说与群治之关系》一文,正式举起了"小说界革命"的旗帜,开启了中国"政治小说"(或称"新小说")思潮。正是这一思潮,在后人的继续推波助澜下,最终成为20世纪中国文学的政治化传统。

在《论小说与群治之关系》中,梁启超开门见山、斩钉截铁地宣

---

[1] 梁启超:《译印政治小说序》,张品兴主编:《梁启超全集》第1册,北京出版社,1999年版,第172页。

称："欲新一国之民，不可不先新一国之小说。故欲新道德，必新小说；欲新宗教，必新小说；欲新政治，必新小说；欲新风俗，必新小说；欲新学艺，必新小说；乃至欲新人心，欲新人格，必新小说。"何以如此？梁氏宣称："小说有不可思议之力支配人道故。"具体而言，就是"熏"、"浸"、"刺"、"提"。其对人的灵魂的渗透和铸造之功是无人能挡的："此四力者，可以卢牟一世，亭毒群伦，教主之所以能立教门，政治家之所以能组织政党，莫不赖是。文家能得其一，则为文豪；能兼其四，则为文圣。有此四力而用之于善，则可以福亿兆人；有此四力而用之于恶，则可以毒万千载。而此四力最易寄者惟小说。可爱哉小说！可畏哉小说！"因此，他反思中国腐败落后的总根源："吾中国人状元宰相之思想何自来乎？小说也。吾中国人才子佳人之思想何自来乎？小说也。吾中国人江湖盗贼之思想何自来乎？小说也。吾中国妖巫狐兔（鬼）之思想何自来乎？小说也。"以至于当时中国社会之迷信凶暴、寡廉鲜耻、背信弃义、轻薄无行、多愁善感、江湖义气等腐败堕落、愚昧粗鄙现象，无不源自旧小说的毒害。因此，梁启超认为，若以充满新思想的小说取代旧小说，则以其不可思议之四力，开启民智将无往而不胜，"则吾国前途尚可问耶！"故中国之前途，中华民族之兴衰，全赖是否有新小说。他最后再次强调："故今日欲改良群治，必自小说界革命始。"[1]

从中国先秦礼乐文明下的"以文教化"，到大一统封建帝国政治文化中的"文以载道"，再到明末劝善警世，清代以来的以文学安邦治国，晚清以小说消除愚昧、改造社会思潮，至19、20世纪之交，在西学东渐和现代知识精英"浮出历史地表"的环境及启蒙救国的使命下，中国文学的政治化传统终于在历史重大转折关头发展、演变到一个极致状态：中国历史上的一切愚昧和罪恶，全由旧小说造成；未来新国民的培养与新中国的建设，全赖新小说的发达。今日之中国富强、社会进步与否，决定于小说能否清除旧思想、灌注新思想；决定于以政治小说为核

---

[1] 梁启超：《论小说与群治之关系》，张品兴主编：《梁启超全集》第4册，北京出版社，1999年版，第884页。

心的"新小说"能否在"三界革命"中战胜旧小说。

由于舆论界之骄子梁启超充满激情与想象的大力倡导,清末中国社会思想界、舆论界与文学界群起呼应,从不同角度呼唤"新小说",企盼这种源自欧美东瀛文明精神的"新小说"能在一夜之间清除国民头脑中的愚昧,扫除中国社会的痼疾,从而造就一个充满朝气的"新中国"、"少年中国"。于是,不少人有意无意地模仿梁启超的口吻,发挥想象,煽动激情,竭力夸张小说化民救世的社会功能。天僇生(王无生)在小说报刊上鼓吹道:

> 近年以来,忧时之士,以为欲救中国,当以改良社会为起点;欲改良社会,当以新著小说为前驱。
>
> 夫小说者,不特为改良社会、演进群治之基础,抑亦辅德育之所不逮者也。吾国民所最缺乏者,公德心耳。惟小说则能使极无公德之人,而有爱国心,有合群心,有保种心,有严师令保所不能为力,而观一弹词,读一演义,则感激流涕者。
>
> 吾以为吾侪今日,不欲救国也,则已;今日诚欲救国,不可不自小说始,不可不自改良小说始。
>
> 夫欲救亡图存,非仅恃一二才士所能为也;必使爱国思想,普及于最大多数国民而后可。求其能普及而收速效者,莫小说若。[1]

狄平子对梁启超的小说革命宣言做出呼应:"小说者,实文学之最上乘也。世界而无文学则已耳,国民而无文学思想已耳,苟其有之,则小说家之位置,顾可等闲视哉!"[2] 许多新创办的小说杂志的编辑者也以同样的热情与口吻,不遗余力地鼓吹小说的启蒙、救国之功,如《绣

---

[1] 天僇生:《论小说与改良社会之关系》,陈平原、夏晓虹编:《二十世纪中国小说理论资料》第1卷,北京大学出版社,1997年版,第284—285页。
[2] 狄楚卿(狄平子):《论文学上小说之位置》,陈平原、夏晓虹编:《二十世纪中国小说理论资料》第1卷,北京大学出版社,1997年版,第78页。

像小说》的创办者"商务印书馆主人"宣称：

> 欧美化民，多由小说，榑桑崛起，推波助澜；其从事于此者，率皆名公巨卿，魁儒硕彦，察天下之大事，洞人类之颐理，潜推万古，豫揣将来，然后抒一己见，著而为书，以醒齐民之耳目，或对人群之积弊而下贬，或为国家之危险而立鉴。揆其立意，无一非裨国利民。……[1]

无中生有地把西方小说作者说成兼思想家、哲学家于一身的"名公巨卿、魁儒硕彦"，无怪乎"欧美化民，多由小说"，小说因而作为文学之最上乘就是天经地义的了，小说简直成了推动人类社会进步的文化之母：

> 有释奴小说之作，而后美洲大陆创开一新天地；有革命小说之作，而后欧洲政治特辟一新纪元。……小说势力之伟大，几乎能造成世界矣。……[2]
>
> 种种世界，无不可由小说造；种种世界，无不可以小说毁。过去之世界，以小说挽留之；现在之世界，以小说发表之；未来之世界，以小说唤起之。……有新小说乃有新世界。传播文明之利器在是，企图教育之普及在是。[3]

而陶佑曾的言论及其激情在当时更具有代表性和典型性：

---

[1]《本馆编印〈绣像小说〉缘起》，陈平原、夏晓虹编：《二十世纪中国小说理论资料》第1卷，北京大学出版社，1997年版，第68—69页。
[2]《新世界小说社报·发刊辞》，陈平原、夏晓虹编：《二十世纪中国小说理论资料》第1卷，北京大学出版社，1997年版，第202页。
[3]《新世界小说社报·发刊辞》，陈平原、夏晓虹编：《二十世纪中国小说理论资料》第1卷，北京大学出版社，1997年版，第204页。

咄！二十世纪之中心点，有一大怪物焉：不胫而走，不翼而飞，不叩而鸣；刺人脑球，惊人眼帘，畅人意界，增人智力；忽而庄，忽而谐，忽而歌，忽而哭，忽而激，忽而劝，忽而讽，忽而嘲；郁郁葱葱，兀兀矻矻；热度骤跻极点，电光万丈，魔力千钧，有无量不可思议之大势力，于文学界中放一异彩，标一特色，此何物欤？则小说是。自小说之名词出现，而膨胀东西剧烈之风潮，握揽古今利害之界线者，唯此小说；影响世界普通之好尚，变迁民族运动之方针者，亦唯此小说。小说，小说，诚文学界中占最上乘者也。其感人也易，其入人也深，其化人也神，其及人也广。是以列强进化，多赖稗官；大陆竞争，亦由说部。然则小说界之要点与趣意，可略睹一斑矣。西哲有恒言曰："小说者，实学术进步之导火线也，社会文明之发光线也，个人卫生之新空气也，国家发达之大基础也。"[1]

……欲革新支那一切腐败之现象，盍开小说界之幕乎？欲扩张政法，必先扩张小说；欲提倡教育，必先提倡小说；于振兴实业，必先振兴小说；欲组织军事，必先组织小说；欲改良风俗，必先改良小说。[2]

他的这番言论发表于1907年，与梁启超小说界革命宣言可谓前呼后应，其思想虽只是对前者的复述，其澎湃的激情与随意的夸张却有过之而无不及，充分体现了那个中西碰撞、新旧交织，急切、浪漫、遂行、浮躁的"过渡时代"的精神气质。这一时代喧嚣延续到辛亥革命告一段落。贯穿其中的一条主线，是不遗余力地创造"小说救国"现代神话，而现代中国文学的政治化传统就脱胎于这令后人震悚的"现代神话"。

---

[1] 陶佑曾：《论小说之势力及其影响》，陈平原、夏晓虹编：《二十世纪中国小说理论资料》第1卷，北京大学出版社，1997年版，第246—247页。

[2] 陶佑曾：《论小说之势力及其影响》，陈平原、夏晓虹编：《二十世纪中国小说理论资料》第1卷，北京大学出版社，1997年版，第248页。

其二,是"政治小说"的输入与"新小说"的兴起。

在"小说界革命"中兴起的清末"新小说",源自日本的"政治小说"。"新小说"的灵魂与核心部分便是"政治小说",由此延展开来而兴起谴责小说与社会小说。在强烈的历史使命感和政治激情的推动下,极力实现小说济世救国的现代神话,是其共同特质。

中国近代文学史上的"政治小说"输自日本明治维新时期的"政治小说",而日本"政治小说"来自英国。19世纪中叶,英国文坛出现一种"政治小说",其代表作家,一是曾两度出任英国首相的迪斯累里（Benjamin Disraeli,1804—1881）,一是曾任英国国会议员的布韦尔·李顿（Bulwer Lytton,1803—1873）,他们在日常政治活动之余创作大量小说,描写英国社会政治问题,表达自己的政治见解。1878年,曾留学英国的丹羽纯一郎（1851—1919）翻译了布韦尔·李顿的《花柳春话》,深受日本读者的欢迎,"政治小说"作为现代小说的一个新品种被正式输入日本。此后,李顿的其他政治小说被相继翻译到日本。同时期被介绍到日本的迪斯累里的政治小说有《春莺啭》（关直彦译）、《政海之情波》（渡边治译）,等等,两人被介绍到日本的政治小说共有二十余部。在日本明治维新已见成效的大环境下,"政治小说"很快形成热潮。在这一热潮中,英国的司各特、莎士比亚,法国的大仲马等人的小说和戏剧作品也都被冠以"政治小说",被日本公众作政治化接受。

在这一翻译文学热潮的激发下,日本部分政治家和社会名士也纷纷开始创作政治小说,阐发各自的政治主张。最早出现的日本本土政治小说是1880年户田钦堂（1850—1890）的《情海波澜》,借以宣传自由民权派的政治理念。随后政治小说纷纷出版,其中最有代表性和广泛社会影响的有柴四郎的《佳人奇遇》和矢野文雄的《经国美谈》,以及末广铁肠的《二十三年未来记》、《雪中梅》、《花间莺》,等等。

戊戌年八月,梁启超乘日本军舰东渡以政治避难,途中读到日本政治小说《佳人奇遇》,且阅且译,到日本创办《清议报》,遂把《佳人奇遇》在该刊"政治小说"栏目中连载,后又连载《经国美谈》等作品。

梁启超遂把政治小说的刊载作为办刊的重要特色。在《清议报》出至第一百期的总结文章中，他写道："有政治小说《佳人奇遇》、《经国美谈》等，以稗官之异才，写政界之大势。美人芳草，别有会心；铁血舌坛，几多健者。一读击节，每移我情；千金国门，谁无同好？"[1] 日本的政治小说促使梁启超反省中国旧小说，两相对照，遂强烈感慨中国旧小说之"诲淫诲盗"，充满"状元宰相"、"妖巫狐鬼"思想，流毒甚广，从而决心发动一场中国的"小说界革命"。就在日本政治小说开始衰落之际，从1898年的《译印政治小说序》到1902年的宣言《论小说与群治之关系》，梁启超从中取火，点燃了中国"小说界革命"的火把，以政治小说为核心的"新小说"随之登上中国历史舞台。

1902年11月，梁启超在《新小说》创刊号上刊载了自己创作的《新中国未来记》（小说界革命宣言书《论小说与群治之关系》即在此期一同刊出，可谓理论与实践的"珠联璧合"），这是中国第一部严格意义上的政治小说，也可以说是清末"新小说"的开山之作。在这部未完之作中，梁启超借六十年后孔觉民的讲演，憧憬维新变法造成的新中国光辉远景，借黄克强、李去病长达四十回合的激烈而友好的论辩，宣传自己的政治理想。作为开山之作，作品融合了中国政治小说具有的未来展望、政治论辩、长篇演说、时事新闻、现实批判等主要元素。虽然在艺术上乏善可陈，完全是作者宣讲其政治思想的工具，但是这部小说在中国小说史上有着极其重要的地位。

以梁启超的《新中国未来记》为最初阵地，一批又一批题材与政治见解各异的政治小说刊载或出版。先有雨尘子的《洪水祸》，岭南羽衣女士的《东欧女豪杰》，玉瑟斋主人的《回天绮谈》，等等，以中外历史为素材，塑造男女英雄豪杰，寄托作者的政治理想。"这些小说向广大读者展现世界历史的宏伟图景，描绘动人心弦的改革的壮阔场面，而这又是和对于外国社会历史的初步剖析有机地结合在一起的。小说的学理

---

[1] 梁启超：《清议报一百册祝辞并论报馆之责任及本馆之经历》，张品兴主编：《梁启超全集》第2册，北京出版社，1999年版，第475页。

性特色,不仅头一次向世俗的小说读者介绍了天赋人权的资产阶级民主思想,而且还涉及圣西门的空想社会主义乃至马克思的社会主义学说。这些全新的观念,全新的思想,是中国小说史上亘古未有的崭新现象,也是中国小说作家学者化的第一批成就。"〔1〕

此后的小说无不弥漫着浓厚的政治情结,刘鹗的《老残游记》,旅生的《痴人说梦记》,"西湖女士"王妙如的《女狱花》,海上独啸子的《女娲石》、汤宝荣的《黄绣球》,陆士谔的《新三国》、《新水浒》、《新中国》,以及鼓吹排满革命小说《新年梦》(蔡元培)、《狮子吼》(陈天华),等等,五彩缤纷,蔚为大观。"政治小说的问题意识,给中国小说带来了新的理想,和对腐败现状的理性的愤怒与批判精神,也带来了一种新的构思和结构形式。这种形式具有明确的两级对比性:一极是模拟西方民主制度的所谓文明的新社会,它寄托了那个时代的中国改革者的向往;一极是龌龊的现实,一个由千百年专制制度所造成的,并且只是到了今天才被人们意识到的'活地狱'。而作品的主人公相应也便是下地狱救众生的英雄豪杰。他们慷慨昂扬,用从'西哲'那里学来的各种道理抨击现实,教导大众。这是中国第一次启蒙思潮,也即'新民'动机在小说中的凝聚。"〔2〕

由政治小说中对现实社会黑暗政治的剖析与揭露,自然衍生出"新小说"中又一个次品种——专以揭露社会、官场、洋场丑恶的"谴责小说"。梁启超《新小说》创刊次年(1903年),李伯元为商务印书馆主编《绣像小说》,其论小说启蒙救世之功的发刊辞与梁氏小说革命宣言呈互相呼应之势。吴趼人的《二十年目睹之怪现状》、《痛史》等小说,都是首先在《新小说》杂志上连载的。"谴责小说"之名晚至1924年鲁迅的《中国小说史略》而得,可见它与政治小说的同源异流关系。《官场现形记》(李伯元)、《老残游记》(刘鹗)等经典性作品,轰动一时、广为流

---

〔1〕 欧阳健:《晚清小说史》,浙江古籍出版社,1997年版,第46页。
〔2〕 范伯群、朱栋霖主编:《1898—1949中外文学比较史》上卷,江苏教育出版社,2007年版,第144页。

传,使"谴责小说"成为清末最有深广影响的小说流派。有学者指出:"它的成就在于痛斥黑暗现实,它的缺陷在于缺乏理想光辉。它折断了政治小说那种扶摇而上的理想翅膀,蹭蹬于强盗官场和畜生人世的泥泞浊水之中。政治小说是愤世而济世者的文学,谴责小说是愤世而厌世者的文学。"[1] 此说是有一定道理的。但谴责小说虽厌世却并不遁世;那种对种种社会丑恶现状的极度夸张描写,嬉笑怒骂,不遗余力,正暴露出作者对世道人心的深切关怀,只是在愤懑与绝望中显出"气急败坏"之心态。政治小说是借小说宣传政治理想,谴责小说是借小说发泄情绪,两者实际上都把小说当成"工具"以干预现实生活。鲁迅谓谴责小说"揭发伏藏,显其弊恶,而于时政,严加纠弹,或更扩充,并及风俗。虽命意在于匡世,似与讽刺小说同伦,而辞气浮露,笔无藏锋"。[2] 这些特点使谴责小说与政治小说殊途同归:具有强烈的难以割舍的政治情结。

随着政治小说和谴责小说发展起来的,是数量众多、题材各异的社会小说。它们并不专门描写政治,而把当时中国世俗社会生活尽收笔底,流露出作者于西学背景下对中国社会众生相的政治、文化批判,表达作者新的价值观念与审美理想。"以'开民智'、'新民德',或'新民'这一类词语所体现的新文化启蒙思潮,体现于社会小说,便是以批判旧风俗为主题意识的启蒙小说。政治小说的启蒙意识主要放在政治上的反专制和建设文明的新中国的理想上,属政治变革的范围。而这一类启蒙小说则侧重于风俗改良乃至改良人生的范围。"[3] 帝王将相、圣经贤传、迷信与愚昧等,成为其破除与改造的基本内容,作为广义的政治小说,这已与"五四"新文学的思想启蒙主题十分接近了。

在"三界革命"相继展开的同时,现代"新剧"运动也随之兴起。

---

[1] 杨义:《中国现代小说史》第1卷,人民文学出版社,1998年版,第24页。
[2] 鲁迅:《中国小说史略》,《鲁迅全集》第9卷,人民文学出版社,2005年版,第291页。
[3] 范伯群、朱栋霖主编:《1898—1949 中外文学比较史》上卷,江苏教育出版社,2007年版,第155页。

作为比小说更通俗易懂、在中国有着广泛群众基础的戏剧艺术，自1907年由东京中国留学生组成的春柳社在东京上演现代话剧《茶花女》和《黑奴吁天录》，戏剧立即被自觉地纳入"新民"、"救国"的政治运动范畴，其政治功能与小说一样被高度重视。1904年，陈去病、柳亚子等创办我国最早的戏剧杂志《二十世纪大舞台》，企图以戏剧之力改革社会恶俗，开通民智，激发爱国精神。有人宣扬："欲改革政治，当以移风易俗为起点；欲移风易俗，当以正人心为起点；欲正人心，当以改良戏剧为起点……戏曲之力，足以左右世界，其范围所及，十倍于新闻纸，百倍于演说台。"[1]与新小说一样，中国现代戏剧同样来自海外，并且从它诞生之日起，就成为为政治服务的工具。或者说，它与小说一样，都是为现代政治而诞生的。

第三节　现代中国文学政治化传统的形成

一、"晚清"与"五四"

在20世纪中后期中国大陆正统的中国现代史和中国现代文学史中，"五四"新文化运动及"五四"文学革命运动，历来被视为现代中国历史与文化"新纪元"的开创者。这种"创世神话"的形成，一是当年的当事人出于新文化运动的需要而有意无意制造的，二是由继起的政治力量"出身神话"的需要而宣扬和强化的。这种现代神话对现代中国历史有多方面的遮蔽。在20世纪最后十年尤其是世纪之交，这种由意识形态决定的现代"创世神话"被逐步打破。"五四"与"晚清"之间的承继关系，"晚清"文学运动对中国现代新文化和新文学的贡献，其历史地位，以及在此视野下"五四"新文化运动的历史贡献，开始被人们理性地审视。

---

[1] 天僇生：《论戏曲改良与群治之关系》，敏泽主编：《中国文学思想史》下卷，湖南教育出版社，2004年版，第509页。

而"晚清"文学运动独特的贡献和历史地位,也逐步被学术界承认。杨义认为:"现代小说是以清末民初的近代文学,尤其是戊戌政变以后的近代小说为其先导的。认真清理清末民初小说思潮和创作的线索,即可认识到,以'五四'小说为开端的现代小说,是我国近现代历史的必然产物。其产生和发展,既具有历史提供的必要性,又具有历史提供的可能性。"[1]虽然他把中国现代文学的"现代性"的开端之功判给了"五四",但历史视野毕竟贯通了。陈平原则深刻认识到晚清文学运动在中国文学由"古典"向"现代"转型过程中的历史地位与贡献。他认为:"这一代作家没有留下特别值得夸耀的艺术珍品,其主要贡献是继往开来、衔接古今。……谁要是想探讨中国现代小说与古代小说的联系与区别、研究域外小说对中国小说的影响以及中国小说嬗变的内部机制,都很难绕开这一代人。正是他们的点滴改良,正是他们前瞻后顾的探索,正是他们的徘徊歧路乃至失足落水,真正体现了这一历史进程的复杂与艰难。"[2]可以这样说,"五四"新文学运动正是在晚清文学运动领袖及"新小说"作家们艰苦努力下开创的历史新平台上继续前行。20世纪中国文学的"现代性"成就中,有着他们的第一份历史贡献。

而"五四"新文学运动的发动者和领导者出于其强烈的"创世情怀",除对"时代骄子"梁启超不得不有所恭敬外,对其他晚清先辈推动中国文学现代转型的筚路蓝缕之功,则有意无意地遮蔽或贬低。对此,陈平原有尖锐的批评:

> 胡适、周作人谈论"新文学的源流",宁愿扯上1000年前的禅门语录,300年前的公安文论,而不愿意承认近在眼前的晚清文学改良运动,这其实是有其"心理障碍"的。"五四"一代作家,是在晚清文学改良运动的余波中崛起的……不论是从确立一代人的历史地位,还是从突出一代人的文学追求,他们都有意无意地贬低乃

---

[1] 杨义:《中国现代小说史》第1卷,人民文学出版社,1998年版,第1页。
[2] 陈平原:《陈平原小说史论集》(中),河北人民出版社,1997年版,第605页。

至抹煞上一代人的功绩。[1]

而王德威以其《没有晚清,何来"五四"?》一文和《被压抑的现代性——晚清小说新论》一书,以"现代性"为价值标准,通过对晚清小说题材及其内含的相应话语的深入研究,对"晚清"与"五四"的关系及其历史地位进行了颠覆性的论说:"在世纪末重审现代中国文学的来龙去脉,我们应重识晚清时期的重要,及其先于甚或超过'五四'的开创性。"[2] 从太平天国前后至宣统逊位六十年的"晚清"时代,西方文化全面传入中国,那是一个各种机遇与可能并存、各种文体试验兴起、各种欲望急剧滋长的时代。中国文学的"现代性"就孕育于此。它具体体现于狎邪艳情、侠义公案、谴责黑幕、科幻奇谭四大文类的竞相兴盛,蕴含着晚清文坛互相交错的四大话语:欲望、正义、价值、真理(知识)。它们实际上构成了 20 世纪中国文学及文化建构的主要关怀。那是个诸神狂欢、众声喧哗、情欲肆张的自由而杂芜的时代。在经过"五四"启蒙文学和革命文学熏陶的后人看来,晚清文学(小说)"既毫不保留地滥用中国的传统,又漫无节制地借取西方的印象;它既传统,又反传统。在其所为与所欲为之间,它完全缺乏一贯性,更不用说它是怎么'为所欲为'的了。晚清小说乏善可陈,'积弊'却处处可见:如过多的眼泪与笑声、不必要的夸张、声嘶力竭的政治宣传,等等。因此根本不能纳入'五四'话语所规划出来的文学典范模式"[3]。作者认为,若摒弃既有意识形态的墨镜,真实描绘晚清"现代性"的生成,须明确两点:"(一)现代性的生成不能化约为单一进化论,也无从预示其终极结果;(二)即使我们可以追本溯源,重新排列组合某一种现代性

---

[1] 陈平原:《陈平原小说史论集》(下),河北人民出版社,1997 年版,第 1244—1245 页。
[2] 王德威:《被压抑的现代性——晚清小说新论》,宋伟杰译,北京大学出版社,2005 年版,第 1 页。
[3] 王德威:《被压抑的现代性——晚清小说新论》,宋伟杰译,北京大学出版社,2005 年版,第 22 页。

的生成因素,也不能想象完满的实现。这是因为抵达现代性之路充满万千变数,每一步都是牵一发而动全身的关键。"[1] 作者指出:"当晚清作者面对欧洲传统的同时,他们已然从事对中国多重传统的重塑。即便在欧洲,跻身为'现代'的方式也是多种多样的,而当这些方式被引入中国时,它们与华夏本土的丰富传统杂糅对抗,注定会产生出更为'多重的现代性'。但这多重的现代性在'五四'期间反被压抑下来,以遵从某种单一的现代性。""'五四'精英的文学口味其实远较晚清前辈为窄。他们延续了'新小说'的感时忧国叙述,却摒除——或压抑——其他已然成型的实验。"[2] 在以上论述基础上,作者得出结论:

> 我主张晚清小说并不只是中国"现代"文学的前奏,它其实是"现代"之前最为活跃的一个阶段。如果不是眼高于顶的"现代"中国作家一口斥之为"前现代"(pre-modern)或"近代",它可能早已为中国文学现代化带来了一个极不相同的画面。在西方模式的"现代"尚未成为图腾、某些中国传统尚未成为禁忌之前,在"严肃"作家尚未被自己的使命感所吞没、"通俗"作家尚有一席之地表达其对"感时忧国"的特殊执念时,小说犹然是众声交汇的大市场。"五四"作家急于切断与文学传统间的传承关系,骨子里其实以相当儒家的载道态度,接收了来自西方权威的现代性模式,视之为惟一典范,从而将已经在晚清乱象中萌芽的各种现代形式摒除于"正统"的大门外。……我以为,晚清,而不是"五四",才能代表现代中国文学兴起的最重要阶段。[3]

---

[1] 王德威:《被压抑的现代性——晚清小说新论》,宋伟杰译,北京大学出版社,2005年版,第8页。

[2] 王德威:《被压抑的现代性——晚清小说新论》,宋伟杰译,北京大学出版社,2005年版,第10页。

[3] 王德威:《被压抑的现代性——晚清小说新论》,宋伟杰译,北京大学出版社,2005年版,第23—24页。

中外学者越来越关注"五四"新文学与晚清文学之间密切而复杂的关系,不管是站在"五四"立场看晚清,还是站在晚清立场看"五四",总之,就中国文学由古代向现代转型这一历史过程而言,从晚清到"五四"这大半个世纪的历史时段构成了一个完整的文化单元,即梁启超所谓的"过渡时代"。在这充满混乱、冲突及各种不确定因素的"过渡时代",中国文学的现代转型经历了西学东渐背景下自在状态的社会化改良、民族危机中自觉而急切的"三界革命",最后是政治革命之后、新文化运动高潮中的"五四"文学革命。在这一历史视野中,我们以"现代性"为尺度,就能更好地把握"五四"新文学运动的历史地位。

首先,"晚清"与"五四"共同构成一个完整的历史文化单元,两者是开创与继承发展关系;若把两者分割开来,就难以把握中国文学现代转型的完整历程,也难以准确地考察两个历史阶段各自的特质与地位。"五四"先驱们无疑是在晚清众声喧哗、鱼龙混杂的社会文化环境中成长的,晚清文学成果不管怎样的良莠不齐,肯定会成为他们最初的思想资源、知识构成与文化心态的底色。从这个角度看,"五四"人实际上是延续着晚清人的文学事业。

其次,"五四"先驱们或东渡日本(陈独秀、周氏兄弟)或留学欧美(胡适、蔡元培等),切身感受到西方文化熏陶,实地考察异域文化精神,在知识结构的开阔和思想观念的更新上远非他们的先辈所能比。他们不再像晚清先辈那样,仅凭在国内间接得来的支离破碎的"新学"知识,发挥丰富的想象力和无所不用其极的夸张渲染手法,去开创中国文学新时代,而是运用实实在在的西方文化知识、思想观念和科学方法,深刻剖析中国文学与传统文化,在新的历史平台和思想高度上推动着中国民族文学的现代转型。因而,在19—20世纪的中国文学发展史上,"五四"文学革命运动既是晚清有声有色的现代转型历史过程的"完成式",又是20世纪中国文学现代传统的开创者。

再次,王德威认为,晚清文学创作局面体现出中国文学转型之际的"多重现代性"特质,即以言情、公案、谴责、科幻为标志的多重话语或写作欲望的同时兴起，在各种禁忌和图腾未形成之前形成"众声喧哗"的活跃局面，从而使"过渡时代"中国文学"现代性"有着最丰富的内涵，而"五四"新文化运动的先驱们则秉承儒家古老的"载道"文学传统，把晚清文学诸多现代形式压抑下去，从而结束了晚清文学多样现代性的丰富多彩、齐头并进，使20世纪中国文学仅仅沿着传统的政治化道路发展。这样一来，"五四"先驱们的历史功过问题恐怕就要重新衡量了。其实这是不必要的误解。从文学发展的实际状况看，中国文学并未因"五四"文学革命的异军突起而由"众声喧哗"走上政治化的单一进化道路，如果切实考察民初和"五四"时期中国文学的实际创作和接受视野就会发现，晚清时期文学的各种文类及其相应的写作欲望依然存在且呈现繁荣局面。以鸳鸯蝴蝶派为代表的市民通俗文学在沿海地区拥有当时中国最广大的读者群。言情、武侠、公案、社会（黑幕）等内容仍是广大读者津津乐道的文学题材，《玉梨魂》以寡妇恋爱的惊世话题和哀感顽艳的审美情趣引起空前的轰动效应，开创了民初中国言情小说大潮，影响了整个中国市民社会的审美情趣。从文学理想看，"五四"新文学先驱们继承了梁启超和晚清"新小说"感时忧国、思想启蒙的政治化文学价值取向，并在新时期发扬光大，若要求作为各种文学思潮之一种的"五四"启蒙文学包罗万象，体现晚清文学的"多重现代性"，同时表达相应的多重写作欲望，既不科学，也不公正。如果说梁启超开创的晚清"政治小说"与"新小说"的主旨在于启蒙民众，为未来"新中国"的理想政治张目，从而漠视甚至抑制了言情、武侠、科学等题材的写作，为何要"五四"新文学囊括这些内容，否则就是文学口味狭窄呢？就启蒙、载道传统而言，晚清"政治小说"与"新小说"鼓吹者的政治功利性色彩比其继承者更加浓厚、更加"偏执"以致"偏至"，至少"五四"新文学的倡导者们没有再宣扬只要小说兴，中国一切社会或政治问题便迎刃而解这样幼稚的观点。就发扬中国文学"教化"传统而言，"五四"新文学的倡导者们比其先辈们的口味要"宽"得多。

最后，现代中国文学政治化传统由晚清梁启超、严复等思想家及广大"新小说"作者开启，而到"五四"文学革命时期，在胡适、陈独秀的"一呼百应"下形成，因而其"开创"之功首归胡适、陈独秀等"五四"先驱。如前所述，胡适、陈独秀等"五四"新文化运动的先驱一方面继承了其晚清先辈的文学创作和文学翻译成果，一方面留学欧美与日本，成为中西兼备的现代型知识分子，其知识结构和思想观念是晚清先辈无法比肩的。因而他们有能力开创中国文化和文学的"新纪元"，成为20世纪中国文学新传统真正的开创者。而且，"五四"新文化运动先驱们具有极其强烈的"创世"情怀，为了开创中国历史与文化的"新纪元"，他们不惜人为地在"古代"与"现代"之间画一条鸿沟，前此的一切——不仅包括林琴南辈的"落伍者"，还包括严复、康有为等晚清思想启蒙者，都成了"历史"，而中国的未来，必须由他们这帮"少年"开创，这正是"五四"新文学运动那种横扫一切、咄咄逼人态势的思想和心理基础。为此，他们一方面不惜遮蔽历史，肆无忌惮地发动针对严复、林琴南等文化巨匠们的批判与围攻，一方面发动对以鸳鸯蝴蝶派为代表的现代市民文学的声讨，从而使"五四"式思想革命的声音在民初"众声喧哗"合唱中突出出来，成为时代的"主旋律"，从而压倒了正在成长、欣欣向荣的其他"多重的现代性"。王德威对"五四"的不满和指责是有一定道理的。但是，时势造英雄，以思想启蒙为核心的"五四"新文学运动的异军突起并能迅速主导社会和文坛的话语权，是当时中国社会与政治状况决定的，并非胡适、陈独秀等一帮"少年"率性而为所能实现的。有学者比较中日两国"政治小说"历史影响的不同：日本"政治小说"很快衰落，让位于现实主义与浪漫主义文学思潮，中国"政治小说"则引发谴责小说、社会小说等文学思潮，并最终成为"五四"新文学运动的先导，凝结成主宰20世纪中国文学创作的强大的政治化传统。[1] 而其原因，主要在于两国国情的巨大差异。日本在明治

---

[1] 王向远：《中日现代文学比较论》，湖南教育出版社，1998年版，第19—33页。

维新成功后很快走上富国强兵的现代化道路,"国体"及"思想启蒙"等政治问题不再是纠缠全民族的根本问题,现代化诉求与现代民族国家建设之间不存在根本性矛盾,社会生活逐步走上以经济和文化建设为核心的正常轨道,政治运动失去存在的土壤。加之日本民族文学"教化"传统的薄弱,"政治化"没有成为日本现代文学发展的趋势。中国则自晚清以来,现代化诉求与现代民族国家建设之间产生尖锐矛盾,晚清时期,"政治小说"和其他各类题材的小说在现代化诉求与现代民族国家诉求上保持高度一致,但辛亥革命后,中国社会始终陷于政治纷争之中。现代化诉求让位于急切的现代民族国家诉求,再让位于因"巴黎和会"而引发的更紧迫的"救亡"诉求。"再造共和"、"思想革命",成为中国社会极度活跃和紧张的神经中枢,决定了中国历史发展的鲜明的政治化方向。时势把胡适、陈独秀等文化精英推上历史舞台。以思想—文化运动为途径,以文学革命为载体,清除黑暗政治和国民的愚昧,完成现代民族国家的建设和中国文化的现代化,这是他们共同的思路。因此,"五四"文学革命是为承担急切的现实政治任务而发动和展开的。在文学革命运动中,胡适、陈独秀、周作人等把"白话文学"、"平民文学"、"人的文学"、"人道主义"、"个性解放"等西方文学与文化观念表述得淋漓尽致,实现了中国历史上从未有过的社会思想大解放。在向中国社会公众提供明确而具有震撼力的新思想、产生振聋发聩社会轰动效应上,"五四"先驱比他们的晚清前辈更成功。而他们发动的对当时中国文学"多重现代性"表现的鸳鸯蝴蝶派等市民文学的批判,则使新文学的发展更具鲜明的"政治化"倾向,最终决定了20世纪中国主流文学的基本精神。

二、"五四"文学革命与现代中国文学政治化传统的形成

辛亥革命之后,中国走上共和道路,不久一战爆发,欧洲列强忙于战争,相对放松了对中国的政治与经济控制。在这难得的历史机遇中,

中国以上海为龙头的沿海地区,现代经济得到较快发展并呈现出初步繁荣景象,尽管广大内地仍以小农经济为主导。从时代潮流看,中国已经较为顺利地迈上资本主义发展道路;中西文化交流日益深广,中国社会与文化转型步伐加快,"亡国灭种"的噩梦似乎开始远去。在这种情况下,晚清繁荣一时的"政治小说"开始衰落,尽管此时"谴责小说"劲头正旺。但总体看,民初中国文学仍以中下层自食其力的文人和市民阶层为接受主体,延续着晚清文学格局。以上海为大本营的现代市民文学成为文坛主流,由晚清"政治小说"、"谴责小说"及"社会小说"蜕变而来的鸳鸯蝴蝶派文学方兴未艾,以言情为主,辅以武侠、公案、社会(黑幕)乃至风趣幽默闲话等各类题材的文学作品,满足着不同口味的精神消费。在"众声喧哗"的热闹中,中国现代文学自清末以来,似乎走上世俗化、感性化、非政治化道路。中国政治、经济、文化等的全面"现代化"诉求在鱼龙混杂、泥沙俱下的表象下越来越清晰地显现。

以陈独秀、胡适以及周氏兄弟等为代表的第二代知识分子,在留学欧美日本后纷纷归国,中西巨大的文化反差使他们深切感受到中国社会的"停滞"与"沉闷",感受到"铁屋子"对民族生机的窒息,而此时发生的袁世凯恢复帝制和张勋复辟闹剧以及社会公众的精神面貌,更使他们体会到中国政治的腐败、社会的黑暗和民众的"愚昧",感受到"共和"招牌的岌岌可危。在当时普遍崇奉的"进化论"思维模式下,他们把"老人"视为顽固保守势力,而把中国"再生"的希望寄托在"青年"身上。于是,以思想文化革命为起点、以维护与巩固"共和"为宗旨,以1915年9月陈独秀在上海创办《青年杂志》为标志,陈独秀、胡适发动新文化运动和文学革命运动。"五四"文学革命是在陈独秀明确而强烈的现代民族国家政治理想诉求的思想背景下兴起的。新文学运动在大力提倡"白话文学"、"平民文学"、"人的文学"同时,对以林琴南为代表的所谓"旧文学"和以鸳鸯蝴蝶派为代表的现代市民文学发动声势浩大的批判运动,形成摧枯拉朽之势,使以思想革命达政治革命目的的"五四"精英文学从清末以来"众声喧哗"的市民文学海洋中

"脱颖而出",迅速夺得文坛和主流社会舆论的话语霸权,决定了中国文学的格局和发展方向。当深受"五四"新文化运动和文学革命运动洗礼的中国"新青年"们把"五四"和《新青年》作为精神圣地,当后起的"革命文学"、"抗战文学"、"工农兵文学"特别是"社会主义文学"等主流文学思潮直接或间接地把"五四"新文学精神当作自己的核心思想资源时,历史的惯性及其"核裂变"效应使"五四"精神的强大威力足以压倒一切异端声音。20世纪中国文学在政治化道路上越走越远,政治把文学完全异化为自己的"感性显现",无条件体现自己的意志。现代中国文学的政治化传统成为占主导地位的决定性的文学传统,这种强大的历史惯性直到70年代末新的思想解放运动兴起,中国文学进入"新时期",方才逐步减弱。

在近代世界现代化历史上,由于中国属于遭受侵略和奴役的所谓"外发型"落后国家,在被迫卷入世界资本主义体系的过程中,始终伴随着严重的民族与文化双重危机。因此,在其"现代化"的历史过程中,其现代性诉求与现代民族国家诉求之间就呈现着特有的矛盾现象。最终,民族危机所导致的先进中国人对现代民族国家的诉求的紧迫性,成为20世纪中国文学政治化传统形成并日益强固的社会文化背景。

这就是李泽厚提出的"救亡压倒启蒙"命题的基本内涵,只不过,作为掌握着20世纪文化话语霸权的"五四"新文化运动,其现代民族国家的实现途径却是力求全民族的"全盘西化"。因而,它始终高扬的"个人主义"、"人的文化"等现代理念,最终成为实现"现代国家"、"现代民族"的手段与工具。

辛亥革命后,中国呈现出沿海地区经济迅速发展而政治动荡徘徊的复杂局面。鸦片战争以后,以上海为龙头的东南沿海地区逐步实现对外开放,日益融入世界资本主义体系。上海至民国初年,已发展成为全国工业、商贸、金融和文化的中心城市,且成为东亚第一大现代都市,在现代化道路上迅速迈进。晚清之际,在翻译文学和西方文化的影响下,以政治小说、社会小说为主流的小说创作空前繁荣,狎邪艳情、侠义公案、谴责揭露、科幻奇谭等题材争奇斗艳,其中酝酿的各种"现代性"因素竞相成长,形成热闹非凡的"众声喧哗"景象。民初继承了晚清小说的繁荣局面,言情、公案、武侠、谴责、科幻等门类依然繁荣兴盛,而以鸳鸯蝴蝶派为标志的言情小说更是大行其道,中国文学似乎进入了一个百花齐放的"非政治"时代。

然而,中国此时却陷入了政治动荡。民初之际,"共和"体制乱象迭出,民众的智识水平显然不适应新的政治体制的基本要求,以至于先后出现袁世凯称帝和张勋拥宣统复辟的重大政治事件,与之相伴随的,是以"尊孔读经"为表征的传统文化思潮的泛起,与"西化"浪潮形成尖锐冲突。在此前后,陈独秀、胡适、鲁迅、周作人等留学欧美日本的新兴知识分子纷纷回国。与康、梁等清末一代知识分子不同,他们在国外系统而深入地学习了西方文化,带着西方文化的价值标准、思想观念与思维方式,评判中国的历史文化与社会现状。于是,他们的立足点、切身感受与社会现状和实际的历史步伐产生了巨大的思想和心理距离。他们看不到祖国已有的进步,不能体验古老的民族被迫实现现代化道路的艰难曲折,而一致认为祖国处在保守与停滞之中。远离经济发展的人文学科专业眼光和儒家传统文化潜在的影响,使他们信奉"借思想文化作为解决问题的途径"。[1] 有学者尖锐指出:"'五四'的知识分子缺乏经济头脑和经济眼光,某种意义上他们仍然是受传统文化控制的知识分子,他们并不懂得,思想和文化,是随着经济基础的改变而改变的,是随着经济基础性质的变化而变化的。从西方移植过来的现代思想要扎在现代的工业经济的土壤中才能成活,而我们自己的现代思想和文化要靠我们自己的经济基础发生根本性质的变化之后,在新质的土壤中生发出来。'五四'时期的知识分子把立足点放在取自西方的文化思想,在思

---

[1] 林毓生:《中国意识的危机——"五四"时期激烈的反传统主义》,穆善培译,贵州人民出版社,1986年版,第45页。

想精神方面可谓高蹈远扬,但毕竟离广阔的大地太远了。"〔1〕

同时,长期在国外留学或工作的经历,所在国文化与社会风情的耳濡目染,使他们与祖国的社会现状产生了尖锐的思想与心理冲突。强烈的爱国情怀所凝结的对"新中国"理想化、浪漫化的憧憬与祖国实际的前进步速形成不可调和的矛盾。于是,他们戴着由此而来的"堂吉诃德"墨镜看到的祖国,就只能是黑暗、专制、愚昧、停滞的可怕世界。温和的胡适归国后发表《归国杂感》等文章,通过盛赞西方世界的文明开化,表达对祖国现状的不满。激进的革命者陈独秀更是多作愤激之语,盼望祖国早日新生。鲁迅也在钱玄同邀请他为《新青年》撰稿时,以没有希望的"铁屋子"为喻表达他对现实的绝望与无奈。〔2〕而在其第一篇具有新文学宣言意味的《狂人日记》中,他则干脆借"狂人"之口把中国四千年的文明史判成"吃人的历史"。相同的价值取向与思维方式使"新学"背景、个性气质与人生经历差异很大的"五四"先驱们不约而同地采取了共同的"救国"途径:借西方的文化资源发动新一轮的思想启蒙与文化批判运动,来一场彻底的"思想革命",从而解决中国一切社会问题。于是,以陈独秀创办《青年杂志》为开端,以北京大学《新青年》社团形成为标志,以陈独秀、胡适为精神领袖的"五四"先驱们发动了轰轰烈烈的"五四"新文化运动,把梁启超清末以来未竟的"新民"事业最终推向了时代的制高点,不仅成为19世纪以来中国历次思想启蒙运动的"完成式",更以其毋庸置疑的精神感召力影响着此后中国思想文化运动的走向。"五四"时代遂成为20世纪现代中国新文化的"轴心时代"。而"五四"文学革命及其开创的新文学运动,以其作为"五四"新文化运动实现思想启蒙之手段、之工具,成为其深入发展的标志。随着国内阶级战争和民族救亡运动的交替出现,以及新政

---

〔1〕 陈伯海主编:《近四百年中国文学思潮史》,东方出版中心,1997年版,第464—465页。
〔2〕 鲁迅:《呐喊·自序》,《鲁迅全集》第1卷,人民文学出版社,2005年版,第440—441页。

权巩固新意识形态的政治需要，中国主流文学义无反顾地走上"为政治服务"的道路，政治化传统成为贯穿20世纪中国文学的核心传统。

以《青年杂志》的创办为标志，陈独秀可以说是"五四"思想文化运动的发起人，而通过思想革命维护辛亥革命成果——共和制度，是这场新文化运动根本的政治诉求，这又决定了它的重要实现途径——"五四"文学革命，在基本精神上的政治化性质。晚年胡适回忆说："陈先生原来就是死硬派的革命人物。"[1] 以"政治革命人物"来为陈独秀一生定性，是再准确不过的了。陈独秀早年自诩为"康党"信徒，在年仅十八岁时，就挥毫写下近七千字的《扬子江形势论略》，纵论长江流域地理形势，探讨防内乱、御外辱之道，表现出强烈的忧国忧民之情与政治家本色。后多次东渡日本，投身拒俄活动，创办《安徽俗话报》，厕身暗杀团，组织"岳王会"，旨在启蒙民众，推翻清王朝统治。1915年9月，他在上海创办《青年杂志》，力图通过介绍西方现代思想学说与政治文化，引导青年学习"修身治国之道"，实现其"政治的觉悟"，从而为中国的新政治奠定思想与文化基础。因此，通过思想与文化批判以达政治目的，以表面的"不谈政治"而最终实现现实政治目的，成为《青年杂志》的办刊思路。

1916年被陈独秀认定为中国历史文化新纪元的开端。怀着强烈的"创世"情怀，他特地于年初写下《一九一六年》一文，宣称此年为"除旧布新"之际，中华民族"理应从头忏悔，改过自新"。此前的中国历史当以古代史目之，而此后，中华民族将获得新生。而正是这一年的年底，随着《青年杂志》更名为《新青年》并随陈独秀移往北京大学，以陈独秀为核心的《新青年》社团及其新文化阵营初步形成。陈独秀以《新青年》为阵地，发动了新世纪以来深刻影响中国百年历史的思想文化运动——"五四"新文化运动。这场思想文化运动以摧枯拉朽之势和影响深远之功，奠定了20世纪中国主流文化思想基础。

---

[1] 唐德刚译注：《胡适口述自传》，季羡林主编：《胡适全集》第18卷，安徽教育出版社，2003年版，第312页。

面对1915年袁世凯复辟帝制事件及其实现文化基础——孔孟之道以及当时社会上兴起的尊孔思潮，陈独秀以《新青年》为阵地，发动了震动整个社会的批孔运动。它沿袭《青年杂志》时期的办刊思路，通过宣扬西方现代思想学说和文化精神，批判以孔孟之道为核心的中国传统文化，从而反对尊孔与复辟思潮，为新生的共和政治奠定坚实的思想与文化基础，最终达到维护和巩固共和制度的政治目的。办刊之初，陈独秀写下《说国家》、《亡国篇》、《爱国心与自觉心》、《敬告青年》、《法兰西人与近世文明》、《东西民族根本思想之差异》等文章，承接梁启超的"新民"主题，对民众和"青年"进行思想启蒙。而在1916年之后，在袁世凯复辟帝制事件的刺激下，陈独秀写下《吾人最后之觉悟》、《驳康有为致总统总理书》、《宪法与孔教》、《孔子之道与现代生活》、《袁世凯复活》、《再论孔教问题》等文章，认为孔孟之道乃封建帝制之意识形态，与共和制度及其民主、平等、自由等现代理念格格不入。袁世凯复辟乃传统文化根本罪恶之体现，是封建帝制意识形态在人民头脑中的遗留，为袁氏复辟活动提供了适宜的社会文化土壤。

"文化"乃"政治"或"政治体制"之"根底"，通过文化革命来巩固政治革命成果——共和制度，就是陈独秀"根本解决"政治问题之道。晚年胡适认为，1919年的"五四运动"对于刚刚开展四五年的"新文化运动"来说，是"一场不幸的政治干扰"。[1] 以为后来突然兴起的政治运动打乱了文化革命之进程，实乃误会。实际上，在新文化运动兴起之前，陈独秀的既定方案就是以"文化"为"政治"之根本，以文化运动实现政治诉求。这一方案甚至在《青年杂志》诞生之前，陈氏从事革命活动和编辑工作时就已形成；从《青年杂志》到"五四"时期的《新青年》再到上海共产主义小组机关刊物《新青年》，不过是这一既定方案逐步"浮出水面"而已。当陈氏把以政治诉求为宗旨的"新文化运动"扩展到文学运动时，便先天地决定了"五四"文学革命运动"政治

---

[1] 唐德刚译注：《胡适口述自传》第九章《"五四运动"——一场不幸的政治干扰》，季羡林主编：《胡适全集》第18卷，安徽教育出版社，2003年版。

化"的特质与发展道路。

如果说陈独秀是"五四"新文化运动毋庸置疑的发动者和"总司令",那么,当时还在美国留学的胡适则为"五四"文学革命的"首举义旗"者(陈独秀语)。胡适与陈独秀在个性气质和西学背景上有着巨大差异,不管在社会革命还是文学革命问题上,他们都被视为英美背景的改良派与法俄背景的激进革命派代表人物。但两人却有着共同传统文化背景下共同的思想基础:即信奉通过思想文化的变革达到社会变革之政治目的。

胡适与鲁迅、郭沫若、郁达夫等人一样,在留学过程中都有弃其专业(农、医、经济等)而从文的人生抉择。晚年胡适在谈到当年在康奈尔大学放弃学农、改习文科的原因时说:一是奉行"兴趣之上"主义。二是因"辛亥革命;打倒满清,建立民国"。由于美国各界人民对新生的亚洲第一共和国发生浓厚兴趣,胡适等人在向美国公众发表演说,介绍中国革命过程中,认真研究了中国革命和中国历史,而对中国"政治史"也发生了兴趣,促使他下决心改行!三是他对文学的兴趣。[1] 这一重大个人行为的潜在心理基础,就是通过思想启蒙改变国民精神,而改造国民精神则是改造社会、拯救国家的前提或首要任务。

因此,通过文学手段实现思想启蒙以造新国民、新青年,为中国新政治的实现奠定思想文化与社会基础,是胡、陈共同的思路与方案。这两位在各方面都差异甚大的精神领袖相见恨晚,惺惺相惜,互相配合,共同发动和领导了声势浩大的"五四"文学革命运动,为现代文学政治化传统进行了开创性的理论建设,奠定了坚实的思想基础。

从1915年到1917年,陈独秀与胡适隔洋通信,商讨中国文学革命问题。胡适关于取法西洋文学和文学改良"八事"主张,使有心提倡而无力实施的陈独秀如闻"雷音"。胡适的《文学改良刍议》在1917年1月号《新青年》发表后,陈独秀紧接着发表《文学革命论》,公开称胡

---

[1] 唐德刚译注:《胡适口述自传》第三章《初到美国:康奈尔大学的学生生活》,季羡林主编:《胡适全集》第18卷,安徽教育出版社,2003年版。

适为"首举义旗之急先锋"。然而此文明称"声援"胡适,实际上却以"三大主义"为核心,旗帜鲜明地提出了自己的文学革命纲领,明确地把文学革命纳入政治革命范畴之中,直接以文学革命为政治革命的实现工具,"今欲革新政治,势不得不革新盘踞于运用此政治者精神界之文学"。[1] 虽然随着文学革命的深入开展,胡适、周作人、鲁迅、刘半农等人各自提出的文学革命的内容远非《文学革命论》极端狭隘的政治功利主义所能涵盖,但《文学革命论》无疑成为整个"五四"文学革命实际上的"精神原动力"。面对社会上逐渐出现的对《新青年》的批评舆论,革命家出身的陈独秀抓住时机,把它上升到政治斗争的高度,刻意营造《新青年》受到反动势力围攻的态势。他于1919年1月15日在《新青年》第六卷第一号上发表《〈新青年〉罪案之答辩书》,宣称:

> 本志同人本来无罪,只因为拥护那德莫克拉西(Democracy)和赛因斯(Science)两位先生,才犯了这几条滔天的大罪。要拥护那德先生,便不得不反对孔教,礼法,贞节,旧伦理,旧政治;要拥护那赛先生,便不得不反对旧艺术,旧宗教;要拥护德先生又要拥护赛先生,便不得不反对国粹和旧文学。
>
> 西洋人因为拥护德、赛两先生,闹了多少事,流了多少血,德、赛两先生才渐渐从黑暗中把他们救出,引到光明世界。我们现在认定只有这两位先生,可以救治中国政治上道德上学术上思想上一切的黑暗。若因为拥护这两位先生,一切政府的压迫,社会的攻击笑骂,就是断头流血,都不推辞。

充满火药味的战斗姿态,既是革命激情的表露,也不妨视为一种政治炒作。但在表明《新青年》和新文化运动宗旨的同时,也为作为其中有机组成部分的"五四"文学革命作了政治革命定位。它和两年前的

---

[1] 陈独秀:《文学革命论》,任建树等编:《陈独秀著作选编》第一卷,上海人民出版社,2010年版,第291页。

《文学革命论》前后呼应，表明作为"总司令"的陈独秀在"五四"前期牢牢把握着新文化运动和文学革命的"政治革命"大方向。其后运动的一切具体内涵都围绕着这一基本方向而展开。

以思想启蒙为核心的文学革命，在理论建设成就上，主要表现为胡适的白话文学主张，周作人"人的文学"与"平民文学"主张。

白话及白话文学的提倡，早在晚清便蔚然成风。在清末"新民"社会思潮中，文言被视为造成中国千年愚昧与落后的渊薮，而白话则被视为"维新之本"。中国能否走向文明富强，关键就在于能否"废文言而崇白话"。胡适作为"五四"白话文学的首倡者，由于始终坚持语言工具革新立场，长期以来给人只重形式革新而忽视思想革命的印象。事实上，胡适的白话文主张的宗旨恰在于更好地进行思想启蒙，最终达政治之目的。胡适早年在与梅光迪、任叔永等人就中国文学革命问题发生激烈争执时，主要还是围绕"死"、"活"文字与"死"、"活"文学问题，探讨以白话入诗入文问题，基本上停留在语言工具层面。1916年8月和10月，胡适在先后寄给朱经农和陈独秀的信中归纳新文学之要点为所谓"八事"，此"八事"皆以语言形式改良为先，精神（内容）改革为后。但后来在寄给陈独秀的成为文学革命宣言的《文学改良刍议》中，"八事"次序"大改变"：第一条是"须言之有物"。他强调"这个新次第是有意改动的"。[1] 在《文学改良刍议》中，他解释所谓"言之有物"：一曰"情感"，二曰"思想"。他明确指出："文学无此二物，便如无灵魂无脑筋之美人，虽有秾丽富厚之外观，抑亦末矣。"此后，胡适在《历史的文学观念论》、《建设的文学革命论》、《文学进化观念与戏剧改良》等文章及与友人的通信中，以进化论为思想武器，结合中外历史，阐明"一时代有一时代之文学"的道理和白话文学代替文言文学的历史必然。尤其是《国语文学史》和《白话文学史》，专门讨论中国文学史上"文言文学"与"白话文学"的历史消长，建立了"双线文学

---

[1] 胡适：《逼上梁山——文学革命的开始》，季羡林主编：《胡适全集》第18卷，安徽教育出版社，2003年版，第128页。

史"的历史观念，为白话文学替代文言文提供了历史依据，使白话文运动真正建立在学理基础之上，与清末白话文运动相比，显示出真正的理性精神与科学精神。胡适在回顾这段思想经历时说："从（1916年）二月到三月，我的思想上起了一个根本的新觉悟。我曾彻底想过，一部中国文学史只是一部文字形式（工具）新陈代谢的历史，只是'活文学'随时起来替代了'死文学'的历史。文学的生命全靠能用一个时代的活的工具来表现一个时代的情感与思想。工具僵化了，必须另换新的，活的。这就是'文学革命'。"进而宣称："历史上的'文学革命'全是文学工具的革命。"[1] 因此，"中国今日需要的文学革命是用白话替代古文的革命，是用活的工具替代死的工具的革命"。[2] 终其一生，胡适都坚持这一基本的"文学革命"理念。

但同时，胡适也明白无误地宣称："我也知道光有白话算不得新文学，我也知道新文学必须有新思想和新精神。但是我认定了：无论如何，死文字决不能产生活文学。若要造一种活的文学，必须有活的工具。那已产生的白话小说词曲，都可证明白话是最配做中国活文学的工具的。我们必须先把这个工具抬高起来，使他成为公认的中国文学工具，使他完全替代那半死的或全死的老工具。有了新工具，我们方才谈得到新思想和新精神等等其他方面。这是我的方案。"[3] 以语言革命促进思想启蒙与思想革命，这是胡适大力倡导语言工具革命的深层目的。

1919年，胡适与李大钊、蓝志先等人发生了轰动一时、影响深远的"问题与主义"之争，随后就是否"谈政治"与陈独秀渐行渐远最终导致新青年社团的解体。然而到1922年，面对国内社会的黑暗、政治的混乱与腐败，胡适也不得不开始"谈政治"。5月，他先后在《努力周

---

[1] 胡适：《逼上梁山——文学革命的开始》，季羡林主编：《胡适全集》第18卷，安徽教育出版社，2003年版，第108页。
[2] 胡适：《逼上梁山——文学革命的开始》，季羡林主编：《胡适全集》第18卷，安徽教育出版社，2003年版，第109页。
[3] 胡适：《逼上梁山——文学革命的开始》，季羡林主编：《胡适全集》第18卷，安徽教育出版社，2003年版，第121页。

报》、《晨报》、《国民日报·觉悟》等报刊上发表《我们的政治主张》，同知识界精英们掀起一股政治改革热潮。随后胡适又在1922年5月28日的《努力周报》第四号上发表《我的歧路》称，涉足政治是自己的"歧路"。胡适的表白清楚地显示了他的一贯立场或思路：致力于思想文艺运动正是为了替中国政治建筑一个思想与文化基础；不谈政治恰是要从根本上开始建设中国新政治。因此，在"五四"文学革命中，胡适的"工具革新"论与陈独秀的"政治革命"论实际上是殊途同归：一言以蔽之，文学革命是实现政治革命的工具和有效途径，文学革命的宗旨是政治革命。

三、20年代文学思潮与新文学政治化传统权威的确立

从1920年到1921年，新青年社团领袖陈独秀与胡适就《新青年》杂志是直接投身政治革命，还是继续走思想启蒙、文化革命的道路产生思想分歧。陈独秀终于带着《新青年》回到上海从事建党工作，《新青年》社团也自然解体。这使正在强势推进的新文学运动突然失去了领导中枢与核心阵地。

然而也正是在这关键时刻，深受"五四"文学革命影响的新文学社团纷纷成立，并结出丰硕的创作成果，获得大量读者，真正形成对旧体文学和通俗市民文学的威压之势，开始主导社会公众的阅读兴趣和社会文化心理。"五四"文学革命先驱们开创的新文学传统，终于赢得了影响20世纪中国文学格局和发展方向的精神权威。

以文学研究会、创造社、语丝社、新月社等为代表的文学团体如雨后春笋般出现，它们在思想艺术渊源、人员构成、人际关系等方面与《新青年》团体有着直接和间接的关系。它们在各个侧面把《新青年》社团的文学革命成果发扬光大，使其开创的中国新文学传统得以强化。而以"为人生的文学"为中心课题的政治化传统，经过20年代各文学社团开展的新文学运动而确立了它的权威。

有学者指出:"文学研究会的成立,是中国新文学史上的一件大事。它标志着新文学运动已经从一般的新文化运动中分离出来,而成为一支独立的队伍。从此,文学革命运动由最初侧重旧文学的破坏转到新文学的建设,由新文学理论的倡导发展到创作为主的新阶段,一个波澜壮阔的新文学运动迅速地在全国范围内蓬勃开展起来了。"[1]文学研究会全面继承、深化和实践了"五四"文学革命"为人生的文学"思想,使"五四"文学革命以思想启蒙为标志的政治化传统得以直接而完整地承传,它的文学创作占据了新文学的半壁江山,它的核心人物的共产党员身份及与共产党组织的密切联系,尤其是借助《小说月报》进行革命文学活动,更是使它成为从"文学革命"到"革命文学"的一座坚实的桥梁。

首先,文学研究会的思想和组织渊源,决定了它思想启蒙、社会批判立场和"为人生文学"的"政治血统"。其一,文学研究会核心成员郑振铎、瞿秋白、瞿世英、耿济之等人早年参与北京社会实进会刊物《新社会》、《人道月刊》的创办和编辑工作。北京社会实进会以实施"社会服务"达社会改良的目的,以期实现德谟克拉西的新社会理想。因此,《新社会》有着非常鲜明的思想启蒙色彩。这一价值取向无疑成为文学研究会以后开展"为人生的文学"的核心价值理念。其二,1920年,以《小说月报》改革为契机,文学研究会主要成员与商务印书馆实现了全面合作,这个当时中国最大的民营印书馆坚持普及教育、开启民智,自觉地担当文教兴国的历史重任,它不仅帮助文学研究会成就了历史贡献,还以其稳健务实精神,影响着文学研究会的思想风格。更重要的是,文学研究会全面继承"五四"新文化运动思想遗产,使之在20年代真正成为影响新文化运动的社会力量。新青年社团的解体与文学研究会的适时成立,既有偶然性,更有历史的必然性:它是新文化运动组织形式与思想资源的重组、整合的表现。二者之间是"一脉相承的血缘

---

[1] 贾植芳主编:《中国现代文学社团流派》上卷,江苏教育出版社,1989年版,第50页。

关系"。在精神气质上,"《新青年》的个性中,有一个非常明显的居高临下的心态,就是那种以救世主自居的姿态,以精神领袖的姿态为整个社会'开药方',并设计社会进程。文学研究会也承袭了这种领袖意识"。[1] 这使得文学研究会的发起人和领导成员与胡适、陈独秀诸君一样,首先不是把自己定位于文艺工作者,而是负有启蒙民众、改造社会重大历史使命的启蒙者和指导者。主宰他们心灵的,不是艺术灵感,而是崇高的政治使命感。也正是出于这种崇高使命感和政治文化心态,沈雁冰、郑振铎等人发动和组织了文学研究会,对以鸳鸯蝴蝶派为代表的现代市民通俗小说的猛烈批判,以政治斗争手段,压制和排挤新文学思潮之外的任何异己,其二元对立的思维方式和社会组织管理的运作手段与《新青年》团体如出一辙。它宣称其成立目的之一"是建立著作工会的基础",[2] 其组织原则和行为方式都是准政治化的。

与此密切相关的,是文学研究会忠实地继承和实践着《新青年》社团"为人生的文学",他们并不把文学活动的本质看成艺术和审美活动,而是严肃的社会事业。它在成立宣言中阐述的基本态度是:"将文艺当作高兴时的游戏或失意时的消遣的时候,现在已经过去了。我们相信文学是一种工作,而且又是于人生很切要的一种工作。治文学的人也当以这事为他终身的事业,正同劳农一样。"[3] 茅盾后来在谈到文学研究会的文学思想时说:"文学研究会这团体虽然任何'纲领'也没有,但文学研究会多数会员有一点'为人生的艺术'的倾向,却是事实。"[4] 而作于"五卅"运动次日的《论无产阶级艺术》则清楚地表明他的文学观由"五四"时代"为人生文学"向革命时代"无产阶级艺术"观的根本

---

[1] 石曙萍:《知识分子的岗位与追求:文学研究会研究》,东方出版中心,2006年版,第27—28页。
[2] 《文学研究会宣言》,贾植芳主编:《中国现代文学社团流派》上卷,江苏教育出版社,1989年版,第88页。
[3] 《文学研究会宣言》,贾植芳主编:《中国现代文学社团流派》上卷,江苏教育出版社,1989年版,第88页。
[4] 茅盾:《关于"文学研究会"》,《茅盾全集》第19卷,人民文学出版社,1991年版,第414页。

性转变。在此,"人的文学"正悄然被"阶级的文学"所取代。

郑振铎在承认思想和情感统一中更强调"血和泪的文学",他指出,在这个"到处是榛棘,是悲惨,是枪声炮影的世界上","被扰乱的灵魂沸滚了,苦闷的心神胀裂了","我们所需要的是血的文学、泪的文学,不是'雍容尔雅','吟风啸月'的冷血的产品"。[1]一方面,他认为文学必须从感情方面入手,"好比俄国革命吧,假使没有托尔斯泰的这一批的悲壮、写实的文学,将今日社会制度,所造出的罪恶,用文学的手段,暴露于世,使人发生特种感情,那所谓'布尔什维克'恐也不能做出甚么事来。因此当今日一般青年沉闷时代,最需要的是产出几位革命的文学家,激刺他们的感情,激刺大众底冷心,使其发狂,浮动,然后才有革命之可言"。[2]可见,包括"感情"在内的一切文学手法其宗旨若不在鼓动社会革命,就没有独立价值。不仅如此,沈雁冰还利用自己《小说月报》主编的身份,在"为人生"招牌下,使《小说月报》悄悄融进"革命文学"元素。文学研究会在它十一年多的生存史上,一头承接"五四"新文学"为人生"传统,一头开启"革命文学"潜在源头,在20世纪中国文学政治化传统的传承与演变中,起到了不可替代的承载与桥梁作用。

在文学创作与外国文学的评介上,文学研究会可以说是"五四"新文学最"正统"的继承者和发扬光大者。"五四"时期,虽有鲁迅等人体现着新时代精神的文学业绩,但总的看,《新青年》团体处于"提倡有心,创作无力"的尴尬境地,而文学研究会在"为人生"的大旗下,容纳各种艺术风格,对"五四"文学革命的预期目标进行了全方位的实践,以其骄人的成绩奠定了新文学在20世纪中国文学史上不可动摇的主流地位。在译介外国文学上,文学研究会更是注重对俄国与东欧弱小

---

[1] 西谛(郑振铎):《血和泪的文学》,陆荣椿选编:《郑振铎选集》下册,福建人民出版社,1984年版,第1079页。

[2] 西谛(郑振铎):《文学与革命》,陆荣椿选编:《郑振铎选集》下册,福建人民出版社,1984年版,第1081—1082页。

民族的评介，几乎可以被看作是《新青年》的翻版。有人这样评价文学研究会在中国现代文学史上的地位：

> 文学研究会在《新青年》退出新文学历史舞台的同时，接过了引导新文学的重担。虽然在文学研究会身上，不可避免地延续了《新青年》式的思想印记，但是五四新文学却因此幸运地开始自己的路程。或许，我们可以说《新青年》的分化是文学研究会成立的催化剂，或者说是《新青年》的蜕变诞生了文学研究会这样一个婴儿，这个婴儿遗传了其母体对于新文学的关注，随着它的发育成长，有了自己的发展轨迹，并最终成为了一代五四新文学的温床。[1]

文学研究会以其卓有成效的工作和独占鳌头的文学成就，使"五四"新文学"为人生"的优良传统得以实实在在地继承和发扬，充分显示了"五四"文学革命的历史必然性与强烈的现实意义。以改造社会、改善人生为宗旨，从"文学革命"到"革命文学"，文学研究会完整地承载了现代中国文学政治化传统从凝结到蜕变的历史过程。后来虽然有中国社会革命运动的日益高涨，但"革命文学"运动如果说仅来自创造社等社团一帮激进青年的倡导，而没有从《新青年》到文学研究会坚实的创作成就及其一脉相承的"为人生"文学传统的推动，是不会形成气候乃至最终成为20—30年代中国文学主流的。

创造社于1921年7月中旬由郭沫若、郁达夫、张资平、成仿吾等留日学生在日本东京发起成立。成立之初就显示出自己鲜明的浪漫主义个性气质与艺术精神，被标榜为"异军苍头突起"。它高举"艺术独立"大旗，反对功利主义艺术观；长期以来，被视为与文学研究会相对立的"为艺术而艺术"团体。然而，创造社诸君始终反对"为人生而艺术"

---

[1] 石曙萍：《知识分子的岗位与追求：文学研究会研究》，东方出版中心，2006年版，第31页。

和"为艺术而艺术"的分类，否认别人强加给他们的"艺术派"头衔。他们认定文学只是自我"内心要求"、"生命冲动"的表现。郭沫若说："我们的主义，我们的思想，并不相同，也并不必强求相同。我们所同的，只是本着我们内心的要求，从事于文艺的活动罢了。"[1]成仿吾认为："文学上的创作，本来只要是出自内心的要求，原不必有什么预定的目的。""如果我们把内心的要求作一切文学上创造的原动力，那么艺术与人生便两方都不能干涉我们，而我们的创作便可以不至为它们的奴隶。"[2]然而在同一篇文章里，成仿吾却又大谈文学"对于时代负有一种重大的使命"，认为："文学是时代的良心，文学家便应当是良心的战士，在我们这种良心病了的社会，文学家尤其是任重而道远。""对于时代的虚伪与它的罪孽，我们要不惜加以猛烈的炮火。……我们的时代已经被虚伪、罪孽与丑恶充斥了！生命已经在浊气之中窒息了！打破这现状是新文学家的天职！"[3]

但创造社同仁遵循的"内心的要求"原则却在"自我表现"表象下，潜藏着与文学研究会殊途同归的文学诉求：如果说文学研究会"为人生的文学"是通过现实主义的客观描写，展示现实社会一个个"问题"，从而体现启蒙民众、改造社会的宗旨，那么创造社先辈们则把复杂的人生体验内化为特定"情绪"，通过激情的宣泄表现人生与社会内涵。或者说，文学研究会描写"社会问题"，创造社重在宣泄"时代情绪"：人的觉醒及人性要求、社会压迫与民族歧视之痛、国家民族独立富强的政治诉求，尽在其中。郁达夫热衷并擅长这种情绪小说的创作，

---

[1] 郭沫若：《编辑余谈》，北京大学、北京师范大学、北京师范学院中文系中国现代文学教研室主编：《文学运动史料选》第1册，上海教育出版社，1979年版，第209页。
[2] 成仿吾：《新文学之使命》，北京大学、北京师范大学、北京师范学院中文系中国现代文学教研室主编：《文学运动史料选》第1册，上海教育出版社，1979年版，第212页。
[3] 成仿吾：《新文学之使命》，北京大学、北京师范大学、北京师范学院中文系中国现代文学教研室主编：《文学运动史料选》第1册，上海教育出版社，1979年版，第214页。

他在"五四"后坚持"文学作品，都是作家的自叙传"的文学观。[1]而这"自叙传"不仅包括作家的人生经历，更在于袒露人生情怀，并借此展现觉醒一代知识分子的种种痛苦、反抗和人生诉求。直到1927年，他在《生活与艺术》中，仍借柏格森"生命力"之说，认为艺术家的使命不仅是自我表现，还要激发读者和观众的"艺术冲动"。"艺术冲动"是一种"生命力"的变形，是人类进化的原动力。当外界条件与"内心要求"冲突时，这种力就更能破坏旧形式，诉诸重新创造。因此，艺术家是开路先锋，是偶像的破坏者。[2]而此前郭沫若则明确表达文艺的本质："文学是反抗精神的象征，是生命穷促时叫出来的一种精神。"因此，"反抗精神，革命，无论如何，是一切艺术之母。"——当然，还应包括"性欲"在内的人的本能冲动与内在要求。[3]可见，在"自我表现"的外衣下，创造社与文学研究会关注着相同的时代主题：人、社会、人生、民族、国家。

任何人都是时代的产物，创造社诸君之所以在"自我表现"旗帜下与文学研究会殊途同归，并以不同的面目和途径倡导"革命文学"，首先在于他们的生活有着相同的时代背景。郑伯奇在论述创造社诞生时写道：

> 五四运动是中国的知识阶级对于近代文明发生了自觉的一种运动。这后面有欧战期间发芽开花的中国产业社会作背景。但是，中国的产业敌不住欧战以后重行进攻的列强的资本。所以，五四运动势不能不变成一幕悲剧。当时所标榜的种种改革社会的纲领到处都是碰壁。青年的知识分子不出于绝望逃避，便得反抗斗争。这两种倾向都是启蒙文学者所没有预想到的。创造社几个作家的作品和行

---

[1] 郁达夫：《五六年来创作生活的回顾》，吴秀明主编：《郁达夫全集》第10卷，浙江大学出版社，2007年版，第312页。
[2] 许道明：《中国现代文学批评史新编》，复旦大学出版社，2002年版，第77页。
[3] 许道明：《中国现代文学批评史新编》，复旦大学出版社，2002年版，第63页。

动正适合这些青年的要求。创造社所以能够获得多数的拥护者也是这个缘故。[1]

显然，文学研究会诸君与创造社同仁经历着相同的时代环境，便有着相同的"内心的要求"，其文学主张不可能互不相干。除此之外，创造社诸君还感受着与国内作为社会名流、大学教授等文学研究会成员迥然不同的个人生活境遇：

> 第一，他们都是在外国住得很久，对于外国的（资本主义）缺点，和中国的（次殖民地）病痛都看得比较清楚；他们感受到两重失望，两重痛苦。对于现社会发生厌倦憎恶。而国内国外所加给他们的重重压迫只坚强了他们反抗的心情。第二，因为他们在外国住得很久，对于祖国便常生起一种怀乡病；而回国以后的种种失望，更使他们感到空虚。未回国以前，他们是悲哀怀念；既回国以后，他们又变成悲愤激越；便是这个道理。第三，因为他们在外国住得长久，当时外国流行的思想自然会影响到他们。哲学上，理知主义的破产，文学上，自然主义的失败，这也使他们走上了反理知主义的浪漫主义的道路上去。[2]

因此，"真正的艺术至上主义者是忘却了一切时代的社会的关心而笼居在'象牙之塔'里面，从事艺术生活的人们。创造社的作家，谁都没有这样的倾向。郭沫若的诗，郁达夫的小说，成仿吾的批评，以及其他诸人的作品都显示出他们对于时代和社会的热烈的关心。所谓'象牙之塔'一点没有给他们准备着。他们依然是在社会的桎梏之下呻吟着的

---

[1] 郑伯奇：《中国新文学大系·小说三集·导言》，刘运峰编：《1917—1927 中国新文学大系导言集》，天津人民出版社，2009 年版，第 103 页。
[2] 郑伯奇：《中国新文学大系·小说三集·导言》，刘运峰编：《1917—1927 中国新文学大系导言集》，天津人民出版社，2009 年版，第 102—103 页。

'时代儿'"。[1]

　　创造社诸位发起人与胡适、鲁迅等人一样，不约而同地都有着弃其专业而"从文"的人生经历。在日本，郭沫若学医，郁达夫学经济，成仿吾学军事，张资平学地质，其他创造社成员原来学文学的极少，然而时代思潮、祖国现状与人生的苦闷，使他们纷纷聚集到文学殿堂。成仿吾在回忆他和郭沫若等人的交往时说："我们抱着富国强兵的志向，幻想科学救国，他学医，我学工。……五四运动点燃了我们心中的火，使我们思考了许多问题。我们感到科学救不了国，搞文学更有意义。沫若因此不想学医，我也不想再学原来的学科。"郭沫若也对朋友说："医生至多不过是医治少数患者肉体上的疾病。要使祖国早日觉醒，站起来斗争，无论如何，必须创立新文学。"[2]

　　1921年，郭沫若和郁达夫分别在国内推出代表作《女神》（诗集）和《沉沦》（短篇小说集）。它们皆以取材的新颖奇特和极度张扬的个性气质震动了中国文坛，开我国现代文学浪漫抒情文学之源头。《女神》是我国现代文学史上第一部充分体现"五四"精神的新诗集，它以贯穿始终的融民族、个人于一体的抒情主人公形象，抒写20世纪初的伟大时代，中华民族在苦难中觉醒，在烈火中新生的悲壮历史画卷。长诗《凤凰涅槃》中那在烈火中自焚—更生的"凤凰"，正是祖国的写照，是"破坏—创造—再生""五四"精神的艺术展现。《炉中煤》中那"年轻的女郎"正是焕发青春的祖国的动人形象。《天狗》、《立在地球边上放号》等，表现了蕴藏在狂放不羁激情中彻底反叛与彻底自我更新的时代精神。当年的闻一多称赞《女神》不仅实现了诗歌艺术的革新，"最要紧的是他的精神完全是时代的精神——二十世纪底时代的精神。有人讲

---

[1] 郑伯奇：《中国新文学大系·小说三集·导言》，刘运峰编：《1917—1927中国新文学大系导言集》，天津人民出版社，2009年版，第100页。
[2] 咸立强：《寻找归宿的流浪者：创造社研究》，东方出版中心，2006年版，第88页。

文艺作品是时代底产儿,《女神》真不愧为时代底一个肖子"。[1]有文学史家称"《女神》是诗化了的五四精神"。[2]郁达夫的《沉沦》以其取材的独特和描写的直率而惊世骇俗,并以其浓烈的抒情性开创我国新文学浪漫感伤小说先河。他把受"五四"思潮洗礼的青年主人公们青春的萌动、爱欲的渴求和自尊的要求,放在社会的愚昧停滞和严酷的民族歧视双重压迫下,使之产生不可调和的矛盾冲突,造成主人公的颓废感伤和悲剧性人生命运。《沉沦》中的主人公在蹈海自杀前遥望祖国悲愤疾呼:"祖国呀祖国!我的死是你害我的!""你快富起来,强起来吧!""你还有许多儿女在那里受苦呢!"这就把"五四"以后个人的生命与现代国家诉求结合起来,从而实现了个性解放与国家民族富强历史愿望的高度统一。当文学研究会把"五四"时代课题化为具体的"社会问题"进行艺术展现时,创造社先驱们却把它化为震撼人心的情感宣泄与生命呼唤。或者说,"五四"文学革命所开创的"人的文学"、"人生的文学"及其所包含的启蒙精神,经文学研究会与创造社不同风格的艺术实践,凝结为共同的历史硕果——文学为人生、为社会的政治化传统。

  1923年以后,当创造社诸君陆续回国,目睹和亲身感受祖国人民的苦难与社会的黑暗,其文学创作的"自我表现"让位于对社会人生的关注。郁达夫在创作《春风沉醉的晚上》之后,更以《薄奠》表达了对劳动人民的同情与赞美和对不公平社会的诅咒。小说结尾借"我"给车夫朋友送葬时对社会咒骂:"猪狗!畜生!你们看什么?我的朋友,这可怜的拉车者,是为你们所逼死的呀!你们还看什么!"表明创造社同仁已经把源自"五四"精神的新文学带到了"革命文学"大门口了!此时郭沫若也在《星空》和《漂流三部曲》的悲苦之后,迅速以《前茅》、《恢复》迈向革命文学道路。当郭沫若、成仿吾、郑伯奇、冯乃超等于

---

[1] 闻一多:《〈女神〉之时代精神》,《闻一多全集》第3册,生活·读书·新知三联书店,1982年版,第351页。
[2] 朱栋霖等主编:《中国现代文学史1917—1997》(上),高等教育出版社,1999年版,第98页。

1925年后转而提倡"革命文学"时，其突兀矛盾的表象下延续着一贯的思想资源与精神力量：以情绪的宣泄为动力，把个人的反抗转向阶级反抗，把追求个人的解放转向实现劳动阶级的解放。1925年到1928年，以创造社为主体的青年文学家之所以能够开创30年代主宰中国文坛的"革命文学"潮流，绝不是偶然的。

与文学研究会一样，创造社以"五四"文学革命为精神渊源，以浪漫主义的抒情与想象把"五四"精神艺术化地展现出来，不但从另一个侧面显示了文学革命实绩，而且通过传承"五四"文学革命的启蒙精神，推动"人生的文学"转化为"阶级的文学"，从而使"五四"新文学开创的现代政治化传统得以承传、强化与进一步演变。两者各自成为连接"五四"文学革命与30年代"革命文学"的坚实桥梁。

除文学研究会和创造社外，为"五四"新文学做出重大贡献，尤其在传承"五四"新文学直面人生、批判社会这一优良传统上，语丝社当仁不让，并且表现得异常突出。首先，在思想渊源与成员构成上，语丝社与《新青年》团体及其附属团体新潮社有着密切的渊源关系。新潮社是深受《新青年》社团影响，由北大师生创办的着眼于社会与文化批评的社团。在"五四"新文化运动中，它自觉地充当引领时代思想潮流的急先锋。在语丝社成立的筹备会议上，参加者绝大多数人是新潮社成员。其次，在办刊旨趣与思想倾向上，语丝社明显受到新潮社的影响。尤其是语丝社的周氏兄弟、刘半农、林语堂等人，都与《新青年》社团有直接关系，两者有着共同的思想基础。

《语丝》自《新青年》团体解散后，继承《新青年》的战斗作风，以犀利泼辣的政论散文和清新隽永的小品文批判传统文化糟粕，进行思想启蒙和新文化建设。鲁迅自《新青年》解体到1928年前后，主要的思想文化批判文章在《语丝》发表，广有影响的《野草》也逐章发表于《语丝》。由于鲁迅杂文思想之犀利，风格之鲜明，影响之大，被论敌——《现代评论》称作"语丝派的领袖"。周作人作为编辑，发表文章多达三百五十一篇，其对封建礼教的攻击，对封建军阀的痛斥，对日本帝国主义侵略阴谋的揭露，最终成就了作为文学家兼思想家的周作人。其他如林语堂、顾颉刚、刘半农，等等，皆以《语丝》为阵地，进行社会与思想斗争。许多文章如《记念刘和珍君》（鲁迅）、《无花的蔷薇》（鲁迅）、《"死地"》（鲁迅）、《无花的蔷薇之二》（鲁迅）、《关于三月十八日的死者》（周作人）、《新中国的女子》（周作人）、《悼刘和珍杨德群女士》（林语堂）、《执政府大屠杀记》（朱自清）等，已成为中国现代散文史上的经典名篇。直至张作霖占据北京，大肆屠杀革命者和正义报人，《语丝》仍然坚持战斗，毫不退缩，更像是在野的政治团体，以杂文为武器，在军阀暴政下从事着严格意义上的政治活动。

这种专为文化批判与社会斗争而在语丝社同仁手里成熟起来的"语丝文体"，嬉笑怒骂，庄谐并出；灵活多变，不拘一格，最终形成中国现代散文园地中影响深广、为中国政治生活和政治斗争无法离开的政论文体——杂文。杂文是语丝社成员的独特贡献。从"随感录"到"语丝文体"，这种政论散文的成长与成熟，完全是外在的具体社会与政治斗争需要的推动而不是文学本身发展的内在逻辑使然，可以说最典型地体现了中国文学强烈关注社会与人生的政治化传统。

以胡适、陈独秀发动和领导的"五四"文学革命为思想资源，文学研究会、创造社、语丝社及包括新月社在内的其他大大小小的各类文学社团，以各自的文学创作显示了文学革命的实绩，使"五四"新文学运动最终取得引领20世纪中国文学的主流地位，使文学自觉承担干预人生、改造社会重大使命的意识不断强化，从而使"五四"以来在思想启蒙背景下，全社会形成浓重的政治化文学意识，文学政治化传统不断强化。

第四节　20世纪中国文学政治化传统的发展演变

从30年代初到70年代末的半个世纪，中国文学政治化传统的发展可分为三个历史时段：30年代以革命文学为主流的多元政治化文学思潮，40年代的抗战文学与延安"工农兵文学"运动，50—70年代文学政治化的演变。

一、30年代：革命运动中文学政治化模式

胡适晚年在回忆录中说：1919年5月4日发生的"五四"运动，对于正在进行中的"中国文艺复兴"——"五四"新文化运动，是"一场不幸的政治干扰"，"它把一个文化运动转变成一个政治运动"。[1]"五四"运动作为以学生为先导、社会各界人士为后盾的声势浩大、影响深远的反帝爱国运动，确实带有鲜明的政治色彩，但它本身并不能改变正如火如荼、深入发展的新文化运动及其辉煌成果——"五四"新文学的发展方向。事实也充分证明，"五四"新文学运动绝大部分骄人成就，都产生在1919年的"五四"反帝爱国运动之后。然而此后，新文学运动迅速衰落，中国文学转向一个崭新的历史发展阶段。"五四时期文学创作的爆发力到20年代末已逐渐消失殆尽，取而代之的是30年代初文学创作的更为'成熟'的阶段。因此，'三十年代文学'这一用语，基本上指从1927年到1937年这10年里的作品。"[2]

所谓"成熟"的"三十年代文学"，指的就是偏离于"五四"启蒙文学传统，在政治化方向上崛起与壮大并成为主潮的文学运动。1925年的"五卅"事件及其后一系列的"惨案"，引发了真正影响中国现代历史走向的反帝爱国政治浪潮。1926年后国共两党合作北伐，消灭军阀割据，建立民国政府，使全社会文化环境趋向高度政治化。而1927年以后的国民党"清党"及国共两党的武力对抗，则拉开了中国社会轰轰烈烈的"阶级战争"的历史帷幕。中国文学悠久的"载道—教化—启

---

[1] 唐德刚注译：《胡适口述自传》，季羡林主编：《胡适全集》第18卷，安徽教育出版社，2003年版，第347页。
[2] 费正清、费维恺编：《剑桥中华民国史》下卷（1912—1949），中国社会科学出版社，1994年版，第416页。

蒙"传统,迅速地"唯政治化",成为20世纪中国文学的核心传统。

这一核心传统,概言之,就是自觉地视文学为社会革命和政治斗争的有效工具,文学存在的意义,就是为政治服务,其自身独立的审美价值,则不被重视以致遭到否定;文学生产方式、文学社团与各类文学组织的运作,亦是高度政治化;作家的文化心态、人格模式、思维方式的高度政治化,又是其内在保证。

20年代中期至30年代初,一批以年轻的共产党员为主体的文艺工作者,通过各种媒体,倡导"革命文学"、"无产阶级艺术",成为中国新文学以政治革命、阶级战争为宗旨的政治化文学思潮的舆论和理论先导,而30年代国共两党严重的暴力对抗,则使文艺被彻底推向政治与意识形态纷争的前沿阵地;共产党领导的"左联"主导的左翼文学运动,成为30年代中国文学的主潮。直接的政治背景和极端的政治功利性及其所产生的全局性社会影响,使"五四"新文学以个性解放为核心价值的时代爆发力迅速消退。中国文学启蒙—教化传统发展到了新的历史阶段——30至70年代极端政治化时期。

20年代中期,在打倒帝国主义、消灭割据军阀的国民革命运动高涨的背景下,邓中夏、恽代英、沈泽民、萧楚女、蒋光慈等共产党人,以及郭沫若、成仿吾等从日本回国的创造社骨干,在已成共产党机关刊物的《新青年》上发表大量文章,提出建立"革命文学",创造与资产阶级艺术相对立的"无产阶级的艺术"的主张。1924年,蒋光慈等人组织最早的革命文学团体"春雷社"。1925年,新文学理论家沈雁冰发表《论无产阶级艺术》、《文学者的新使命》等理论文章,运用马克思主义基本原理,对即将兴起的无产阶级艺术的性质、特点、内容与形式等方面作了系统阐述。随后,在国共合作北伐政治背景下,"革命文学"、"无产阶级艺术"的讨论,在进步媒体上热烈展开。

1927年发生"四一二"反革命政变,国共政治联盟破裂,共产党遭到国民党的大肆屠戮,中国革命的主题由反帝反封建反军阀,转向共产党反抗国民党压迫和独裁政治的斗争。在文艺战线上,"革命文学"也成为反抗国民党暴力政治的有机组成部分。1928年，以创造社和共产党人组成的太阳社为主体，新一轮革命文学运动轰轰烈烈开展起来，其兴起之迅猛而声势浩大，正如鲁迅所言：1927年"政治环境突然改变，革命遭了挫折，阶级的分化非常显明，国民党以'清党'之名，大戮共产党及革命群众，而死剩的青年再入于被迫压的境遇，于是革命文学在上海这才有了强烈的活动。所以这革命文学的旺盛起来，在表面上和别国不同，并非由于革命的高扬，而是因为革命的挫折"。[1] 可见，1928年"革命文学"的热烈倡导，并非是"五四"新文学或20年代其他文学思潮发展演变的必然结果，而是外在于文学的无产阶级革命运动急切的现实需要。此时的倡导者成仿吾、李初梨、郭沫若、冯乃超、蒋光慈、钱杏邨等，认为革命文学是以工农大众为对象的文学，是以无产阶级的阶级意识产生出来的斗争的文学，是完成被压迫阶级历史使命的武器。而它的政治斗争功效的发挥就在于"宣传"。同时，革命文学又是对旧的生活样式和意识形态进行扬弃的产物。因此，革命作家的首要条件就是克服"五四"以来小资产阶级的劣根性，从思想上把自己再否定一遍。而革命文学对"五四"文学的扬弃，正是以无产阶级的阶级意识否定小资产阶级意识，以集体主义反对个人主义。所以，他们称"五四"以来的新文学作家"大多数是反革命派"，攻击鲁迅是"时代的落伍者"、"封建余孽"、"二重的反革命"等。[2] 以无产阶级的阶级意识，以非审美的宣传手段，以非此即彼的斗争精神，使文学成为无产阶级革命事业的有力武器，以完成阶级解放的历史使命。1928年，倡导者们所阐发的革命文学理论完成了纯粹的"普罗列塔利亚文学"的理论建构，成为30年代以后中国文学政治化传统基本精神的宣言书。

---

[1] 鲁迅：《上海文艺之一瞥》，《鲁迅全集》第4卷，人民文学出版社，2005年版，第303—304页。

[2] 冯乃超：《艺术与社会生活》；成仿吾：《从文学革命到革命文学》；李初梨：《怎样地建设革命文学》、《请看我们中国的Don Quixote的乱舞——答鲁迅〈醉眼中的朦胧〉》；郭沫若：《桌子的跳舞》；蒋光慈：《关于革命文学》；钱杏邨：《死去了的阿Q时代》；杜荃：《文艺战线上的封建余孽》。

30年代文学政治化思潮压倒一切的主潮，是左翼文学运动。左翼文学运动的组织者"左联"的产生过程、组织性质与宗旨，以及具体活动内容，都表明它是一个以文学团体为形式的准政治机构。它以高效的政治运作，一呼百应的社会影响，奠定了文学政治化潮流坚实的社会心理基础。

　　20年代末，出于建立统一革命文学组织的考虑，中共制止了以共产党员为主体的创造社、太阳社对鲁迅的攻击，同时先后派遣潘汉年、冯雪峰等人代表党中央与鲁迅商谈建立统一的革命文学团体。由政治权威出于政治功利目的运作成立的文艺团体，就注定了它先天的政治特性。"左联"设有党团领导机构，通过"文委"接受共产党中宣部领导，其职责是把党的方针政策及各项具体决定下达"左联"并负责讨论与执行。"左联"的领导机构，除鲁迅等极少数人，绝大多数是共产党员。"左联"的组织原则，是强调严密的组织性与纪律性，不允许有任何违背思想与组织原则的个人主义言行。"左联"开展的工作，许多是配合、贯彻党中央决定的纯粹政治活动。因而"左联"从一开始就实际上成为共产党直接领导的一个政治团体。"左联"执行委员会就无产阶级文学创作的"新任务"先后做出的"决议"，完全是在分析当时国内外革命斗争形势基础上做出的革命文学配合实际斗争的政治任务。[1]《中国无产阶级革命文学的新任务——一九三一年十一月中国左翼作家联盟执行委员会的决议》，进一步明确规定了无产阶级革命文学六项最重要的当

---

[1]《无产阶级文学运动新的情势及我们的任务》（一九三○年，八月四日左联执行委员会通过）称："苏维埃文学运动应该为现苏维埃政权而斗争。怎样使城市工人阶级更英勇负起他们自身的历史使命，怎样使广大群众的政治教育文化水准提高，怎样使文学的影响所到的地方，凝结坚强的斗争意志，怎样汇合一切革命的感情来充实革命的发展，这不能不是苏维埃文学运动的使命。"北京大学、北京师范大学、北京师范学院中文系中国现代文学教研室主编：《文学运动史料选》第2册，上海教育出版社，1979年版，第205页。

前任务,每一项具体任务都是配合国内外政治革命运动之一方面。[1]社会上其他诸多文艺社团各自的政治激情与左翼文学政治理想或相共振,或相对抗。

因此,在30年代革命文学政治化模式的凝定过程中,"左联"发动和领导的左翼文学运动产生着全局性的社会影响。作为30年代主潮的革命文学运动,以小说为主体,经历了早期的"革命罗曼蒂克"、随后的社会剖析小说和后期成熟的革命现实主义思潮。这一历时十年并左右大局的左翼文学思潮,终于成为进步作家与社会读者稳固的政治化社会审美心态,在此后相宜的社会文化环境中渐趋强固并走向偏至。

革命文学大潮的最初形态,是"革命罗曼蒂克",其基本模式是"革命加恋爱"。20年代中期,在国民革命运动日趋高涨的形势下,大批深受"五四"个性解放大潮洗礼的进步青年走上文坛,"恋爱"与"革命"的美妙结合成为他们共同的审美心理欲求。于是,蒋光慈的《少年漂泊者》、《短裤党》、《野祭》、《菊芬》,华汉(阳翰笙)的《地泉》三部曲,胡也频的《到莫斯科去》、《光明在我们的前面》,洪灵菲的《流亡》、《前线》、《转变》,等等,充满浪漫激情之作,风靡文坛。这股文学风潮的基本价值取向是:小资产阶级趣味的爱情,只有接受革命思想的洗礼,才能具有积极的人生意义;而建立在阶级意识基础上的革命理想对个人主义的道德优势与胜利,则成为革命罗曼蒂克思想共同的政治化取向。它显示出"五四"个性解放文学思潮向以社会革命、阶级战争为宗旨的政治化文学思潮的过渡。随着对"五四"个性解放时代主题的扬弃,狭隘而更加功利性的政治化倾向逐渐凸显。

但这股文学风潮很快遭到左翼文学理论家的严厉批评,"革命罗曼蒂克"随之落潮。与此同时兴起并迅速风靡文坛的,是茅盾开创的"社会剖析小说"模式。在30年代这股文学政治化传统凝结过程中,"社

---

[1]《中国无产阶级革命文学的新任务——一九三一年十一月中国左翼作家联盟执行委员会的决议》,北京大学、北京师范大学、北京师范学院中文系中国现代文学教研室主编:《文学运动史料选》第2册,上海教育出版社,1979年版,第239页。

剖析小说"真正具有继往开来、凝结范式的历史地位。

首先,茅盾的政治化文学理念与左翼文艺运动宗旨不谋而合,他虽不是"左联"领导机构的关键人物,却是实际上推动左翼文学运动迈向成熟、凝成范式的关键人物。早在20年代文学研究会时期,他就在"为人生文学"旗帜下,"逐渐推动文学向进步的社会政治潮流相靠拢",20年代末"革命文学"兴起之初,他又通过理论著述,和鲁迅一道,"不遗余力地扭转那股把文学等同于政治宣传的'左'倾潮流,使之回归到中国社会的坚实大地上。正是由于他把'五四'时期即已形成的文学与生活关系的坚确理解和执着追求,与三十年代日益明晰化的社会阶级意识相结合,以其具有卓越表现力的文笔在中国大地上辛勤耕耘,他创作了一批堪称左翼文坛第一流实绩的小说。谁想谈论三十年代中国左翼文学走向成熟和出现高峰,谁就不应,也不能忽视这个文学巨匠的存在"。[1] 茅盾的历史贡献及地位也被文学史家誉为"开创新的文学范式":"在小说领域内他将'五四'时期文学研究会'人生派'的现实主义精神接过来,加以发展,建立起在当时来说属于全新的革命现实主义文学模式。这样就把'30年代'与'五四'划分开,成为另一个文学时代。"其标志性成果,就是他开创的"时代文体"——社会剖析小说。"'五四'文学的激情、它的张扬个性、离不开个人性的见闻感受的特质,被茅盾的大规模地、全景式地反映刚刚逝去不久的,甚至是正在发生中的社会现实,表现各种矛盾斗争中的阶级和人的创作气魄所代替。历史性的巨大内容、宏伟的结构、客观的叙述,以及不断创造时代典型的努力,都是建筑在他的精细观察和运用一定的社会科学思想对社会生活进行分析之上的。"[2] 而茅盾所尊奉和运用的"社会科学思想",自然是当时国际共产主义运动背景下大规模传入的马克思主义社会革命学说及其文艺理论和革命现实主义创作方法。

---

[1] 杨义:《中国现代小说史》第2卷,人民文学出版社,1998年版,第95—96页。
[2] 钱理群、温儒敏、吴福辉:《中国现代文学三十年》,北京大学出版社,1998年版,第222页。

茅盾开创并成功实践的"社会剖析小说"集中体现了 30 年代文学政治化趋向及其传统的基本性质。全景式的、史诗性的描绘，在很大程度上，是对马克思主义阶级学说和社会革命理论的艺术化印证。如果说茅盾的处女作《蚀》总体上还算真实地写出了 20 年代中国社会革命的原生态，融注了自己真实的生活体验与思想困惑，那么《虹》中的女主人公梅女士的人生道路则显示出茅盾的"社会科学思想"对现实生活逻辑的规范与改造痕迹；而其里程碑式的巨著《子夜》，可以说是以艺术虚构论证既定思想学说、以先行的主题统摄整个创作过程的范例。这部小说的创作直接导源于 1929 年世界资本主义经济危机大背景下，中国学术界关于中国社会性质问题的争论。初涉文坛的文艺理论家茅盾萌发了以长篇小说驳斥"托派"和"资产阶级学者"的非马克思主义立场与观点的想法，并很快形成明确的创作指导思想。[1] 通过一年多的创作，他虚构了中国民族资产阶级英雄吴荪甫在 1930 年上半年惊心动魄的奋斗与失败故事，以此表明中国没有也不可能走上资本主义道路，从而在作品的潜在话语系统中为共产党领导的工农革命运动的历史合法性作了"充分论证"。

　　《子夜》的出版轰动了 1933 年的中国文坛，立即成为畅销书，被誉为"中国第一部写实主义的成功的长篇小说"。瞿秋白称《子夜》的出版与轰动，是"中国文艺界的大事件"，并预料"一九三三年在将来的文学史上，没有疑问的要记录《子夜》的出版"。[2] 当时的评论界有一个共识：《子夜》在社会史上的价值是超越它在文学史上的价值的。他此后的短篇小说系列《林家铺子》、《农村三部曲》等，以更加厚实的艺术形象和圆润的艺术手法，使"社会剖析小说"模式走向成熟，成为左翼作家们纷纷效仿的革命小说模式。茅盾开启了一个新的文学时代，深

---

[1] 参见茅盾《〈子夜〉后记》、《〈子夜〉是怎样写成的》、《再来补充几句》、《〈子夜〉写作的前前后后》等。
[2] 乐雯（瞿秋白）：《〈子夜〉和国货年》，《瞿秋白文集》，人民文学出版社，1953 年版，第 438 页。

刻影响了30年代左翼小说创作模式。"社会剖析小说"以其创新性与示范性，成为30年代中国文学政治化的重要力量。

丁玲、叶紫、张天翼、吴组缃、艾芜、沙汀、萧红、萧军等左翼文学新秀，正是在这股强劲的革命风潮下脱颖而出，使得这股"写实"风气更加纯朴、厚重。他们没有茅盾那么深厚的马克思主义理论修养，没有茅盾大规模描写中国社会现象、揭示中国社会发展方向的魄力。他们的优势在于对中国下层人民生存状态的熟悉，对平民百姓人生苦痛的深刻体察。于是他们以朴实的笔墨，记录中国社会的一幅幅鲜活的生活画面。没有既定思想的演绎，没有理论学说对现实人生的"改造"，充满栩栩如生的民情风俗画，是芸芸众生的喜怒哀乐和现实社会阶级关系的真实展现。这一作家群体的创作，为左翼文坛带来一股浓郁的生活气息，标志着30年代后期革命现实主义文学摆脱了既定革命理论的束缚，克服了种种肤浅、狭隘与功利性弊端。这个时期的革命现实主义文学创作，不管是思想上还是美学形态上，都成为20世纪中国文学政治化道路上不可多得的纯真而成熟的一部分。某种意义上，它完全应该成为革命文学历程中的一种"经典样式"。可惜的是，这群小人物的经典性创作因缺乏文坛权威性及时代风云的变幻莫测，在急切的政治功利大环境下，未能对此后革命文学的政治化发展趋势产生良性影响。

处于统治地位的国民党政府，同样出于政治斗争、政权巩固及意识形态宣传的政治目的，直接插手文学事业，发起三民主义文学运动。1929年6月，面对左翼文学汹涌澎湃之势，国民党中宣部召开全国宣传会议，通过"三民主义文艺政策决议案"，确定三民主义文艺为"本党之文艺政策"。[1] 当时就有人指出："所谓党的文艺政策，又是由于共产党有文艺政策而来的。假如共产党没有文艺政策，国民党也许没有文艺政策。"[2] 国民党的"三民主义文艺"运动并未产生大的社会影响，更未产生左翼文学运动那样的精神感召力。1930年6月，同样有着国民

---

[1]《申报》第6版、8版，1929年6月6日。
[2]《文艺新闻》第2号，1931年3月23日。

党官方背景的"民族主义文学"运动兴起,倡导者宣称"文艺底最高的使命,是它发挥它所属的民族精神和意识。换一句话,文艺的最高意义,就是民族主义"。[1] 于是,国民党官方的"三民主义文艺"、具有官方背景的"民族主义文学"与共产党领导的声势浩大的"无产阶级革命文学",各自要求以自己的意识形态作为文学的"中心意识",此消彼长,互相斗争。政治团体直接介入文艺,力图把文学活动变成政治活动的组成部分,使之直接为政治斗争服务,成为宣传特定意识形态的工具。尽管各方的意识形态针锋相对,但在以政治力量控制文艺、推动30年代文艺主潮的"政治化"上,各方可谓形成了思想的共振、历史的合力。

与此密切相关的,是30年代的各文学团体在某种程度上同样是因政治立场结合而成的准政治团体。它们之间发生的此起彼伏的论争,多非文艺思想的论争,基本上是围绕当时的政治热点的意识形态之争,如政治与文艺关系之争、民族意识与阶级意识之争,等等。于是,梁实秋式的人文主义文艺思潮、京派文学的"原始主义"理想、现代派诗歌与小说、何其芳式的"独语"散文、以巴老曹为代表的"五四孑遗"等疏离政治的诸多文学创作,统统边缘化。

因而,在30年代,中国文学固有的启蒙—政治化传统发生历史性蜕变:文学,由传统的授业传道、教化社会的神圣大业,演变为特定政治及其意识形态服务的工具。

二、40年代:民族战争与国内战争中政治化传统的强化与裂变

40年代,中国文学的政治化传统得到延续和强化。它的直接背景和推动力,是1931年到1945年的抗日战争和1946年到1949年的解放战争。战争,作为民族生存竞争和政治斗争的最高形式和极端形式,在中国文化语境中,自然要把文学完全纳入为自己服务的轨道;随着战争

---

[1]《民族主义文艺运动宣言》,北京大学、北京师范大学、北京师范学院中文系中国现代文学教研室主编:《文学运动史料》第3册,上海教育出版社,1979年版,第81页。

的演进与国内外形势的变化,这种服务先后呈现出鼓动抗战、现实批判和歌颂新政权三大时代主题,显示出由争取民族解放到埋葬旧世界再到迎接新政权的历史运动逻辑。

以1937年7月7日"卢沟桥事变"为标志的全面抗日战争的爆发,改变了现代中国历史发展的走向,也改变了中国文学的既有发展方向。1936年2—3月间左联的解散和1938年3月"中华全国文艺界抗敌协会"(简称"文协")的成立,标志着30年代"革命文学"运动结束,40年代"抗战文学"开始。但以政治力量控制文学团体,以政治需要规范文学创作的政治化传统,在全新的时代主题下得到延续和强化。动员全国的文艺创作力量为民族解放战争服务,就是当时最重要最紧迫的政治。"文协"的成立,是国共两党在政治上合作抗日的产物。其理事会及各部门机构的领导,均由国共两党政治人物及负责文化工作的官员担任。"文协"成立的宗旨,就是竖起全国文艺界统一的旗帜,"号召中国的文艺工作者,为着强固文艺国防,首先强固起自己阵营的团结,扫清内部一切纠纷和摩擦、小集团观念和门户之见,而把大家的视线一致集注于当前的民族大敌"。[1] 于是,从革命文学到三民主义—民族主义文学,直到鸳鸯蝴蝶派文学,原本矛盾重重甚至势不两立的文艺团体,一时间全部团结在"文协"大旗下,形成中国文学史上大联合的奇观。这一奇观的形成,依靠的正是政治的力量。从深层看,也可以说是中国文学政治化传统所积淀的深厚的政治基因,使当时的官方为了政治目的,实现中国文艺界的大联合。

为了使文艺更好地服务于抗战,"文协"向全国作家提出"文章下乡,文章入伍"的号召,组织广大作家深入前线,深入实际生活,切实体验国难当头之际的现实生活。各派作家自觉地放弃自己原有的艺术风格和熟悉的题材,利用民间文艺形式,创作出大量通俗易懂、贴近民众的作品。不管是在国统区还是在解放区,街头剧、墙头诗、秧歌舞、快

---

[1]《抗战文艺·发刊词》,《抗战文艺》第1卷第1号,1938年5月4日。

板等民间曲艺成为最受欢迎的文艺形式。作为负责"文协"日常工作的老舍，停止了自己驾轻就熟的长篇小说创作，写下大量快板、鼓词、相声、短剧等民间曲艺作品，成为"文人以笔报国的好例子"。[1] 共产党领导的解放区文协，在毛泽东的倡导下，全力开发和运用具有"中国作风和中国气派的"的各种民间文艺形式，推动"工农兵"文艺运动轰轰烈烈开展起来，不仅很好地达到了教育人民、动员人民参加抗战的目的，而且对20世纪后期中国文艺的发展，产生了历史性影响。抗战前期（1937年11月至1941年12月），上海"孤岛文学"繁荣一时，不管是戏剧还是小说、杂文，其兴奋的中心点，无不是宣扬民族意识，宣扬爱国主义。抗战前期三地（国统区、解放区和上海"孤岛"）文艺运动的具体风貌差异很大，但共同的抗战主题和爱国热情，使它们呈遥相呼应之势；"分裂"的外表下，是精神上的高度契合。残酷的战争和民族危机，激励着中国文学深层的政治情怀，强化着中国文学关注现实人生的优良传统。

正是这种以强烈的爱国情怀和政治关怀代替审美的传统，使抗战文学形成独特的审美标准。田间那笨拙地模仿外国形式的"阶梯诗"，虽充满着单调呐喊而少深沉内涵，但由于完全契合且有效鼓动了当时社会的抗战激情，而受到新月派大师闻一多的推崇；艾青那饱含全民族苦难呻吟、充满深切人道主义情怀的"忧郁"之歌，却被轻视为"无用"。这并非以"深沉"著称的闻一多个人的审美偏差，而是时代精神的"裹挟"使然。

抗战前期中国文学鲜明的政治化倾向，还反映在诸多文艺争论上。30年代末40年代初展开的关于文艺"民族形式"问题的大讨论、大争论，其立足点也不是中国文艺的"民族形式"本身的问题，而是如何创造为中国老百姓喜闻乐见的文艺形式，以更好地达到宣传、鼓动抗战的政治目的。至于40年代国统区就茅盾《清明前后》、夏衍《芳草天涯》

---

[1] 夏志清：《中国现代小说史》，刘绍铭等译，复旦大学出版社，2005年版，第219页。

的争论,就胡风"主观战斗精神"现实主义理论的争论,尤其是毛泽东1942年发表的《在延安文艺座谈会上的讲话》等,其关注的焦点无不是围绕文艺与政治问题展开。为抗战服务的自觉定位,高昂的爱国热情与明确的政治立场,构成抗战时期中国文学政治化时代主旋律的基本内容与基本格调。

随着抗战进入艰苦的相持阶段和国内政治局势的复杂化,中国文学也结束了浮躁而肤浅的宣传鼓动模式,在深刻反思中走向成熟。在国统区,文学表现出尖锐的社会——政治批判与深沉的文化反思,在解放区,文学的主题则是热烈颂扬与美好憧憬。两者既是并列的空间关系,又是历史变迁中的历时关系,形成了中国文学政治传统相反相成的两大主题——"批判"与"歌颂"。尤其在国共两党生死攸关的大决战中,文学创作的政治态度与政治抉择,成为40年代中国文学政治传统历史变迁的基本内涵。这两大主题伴随着40年代末的历史巨变相消长,直接促成50年代以后中国大陆"社会主义文学"政治传统新面貌。

1938年下半年,随着抗战的节节失利和新的政治——文化中心武汉的失守,战争进入严酷的相持阶段,"速胜论"破灭,幼稚的乐观情绪遭到沉重打击,中华民族精神深处的痼疾也在战争中逐步显露。于是,有着以天下为己任、自觉承担重大社会使命传统的中国文学,迅速由激昂的呐喊,转向冷峻的面对与审视。以张天翼的短篇小说《华威先生》为开端,抗战文学很快转向现实的社会与政治——文化批判。以郭沫若、阿英、阳翰笙为代表的大型历史剧,在古人外衣下,对现实政治进行猛烈抨击,宣泄着"时代的愤怒",是中国文学在特定时代环境中以爱国主义、人道主义为核心价值的政治情怀的诗意展现;郭沫若六部大型历史剧所遵循的"失事求似"创作原则,则是其政治至上审美原则与价值取向的集中体现。仍然隐藏在社会公众之中的政治激情,通过历史剧演出过程中那轰动性的舞台效果及热烈的社会反响,得以再次宣泄,显示出中国文学政治化传统强固的社会心理基础。

值得注意的是,"五四"新文学思想启蒙与文化批判传统在此高度政治化文化环境中重放光彩。巴金的长篇小说《春》、《秋》，老舍的文化反思巨著《四世同堂》，萧红饱含深情的《呼兰河传》，曹禺充满激情的《原野》、《北京人》，等等，一大批经典之作，受到社会公众的热烈欢迎。现代中国文学深厚的思想启蒙与文化批判传统，在抗战的严酷环境中，再次迸发出强大的精神力量。

抗战后期至解放战争时期，国民党政权的腐败与国统区社会的黑暗已到无以复加的地步，作家们纷纷以讽刺喜剧，直率地表达自己的政治态度与愤怒、绝望之情。张恨水的《八十一梦》、陈白尘的《升官图》、吴祖光的《捉鬼传》、宋之的的《群猴》、袁水拍的《马凡陀的山歌》，以及在此兴起的杂文浪潮，在旧世界即将崩溃之际，各流派艺术家，各类文学体裁，以相近的美学情调，加入了讽刺喜剧时代的大合唱。

40 年代初，随着抗日战争在军事上进入长期的相持阶段，国统区、解放区和日伪统治的沦陷区，呈现出相对稳定的鼎足之势。共产党在国共合作抗日的新形势下，摆脱了生死存亡的危境，重新获得政治上的合法地位，"抗日根据地"政权建设及经济、军事、文化各个方面都获得极大发展，开始成为中国不可忽视的政治力量。作为智慧超群的政治领袖，毛泽东以其高瞻远瞩的战略家眼光，在战争最为艰苦的时刻，开始谋划未来中国新政权的建设问题，而把新文艺建设纳入意识形态建设之中，使之成为其中的有机组成，则是40年代"延安文艺"运动的宗旨。

在20世纪中国文学史及其政治化传统的发展演变历程中，延安文艺运动具有筑造新模式、开创新时代的重要历史地位。此前，中国文学的核心价值是个性解放、人的解放；此后，文艺成为政治机器的"齿轮"与"螺丝钉"，以艺术意象图解政治，为现代政治神话作论证。古代的载道—教化传统以儒家之道的"感性显现"自居，作为文化系统核心价值观的永恒体现，对政治与社会生活进行着居高临下的"教化"，因而文学事业也便是"经国之大业，不朽之盛事"。[1]在西方现代"文

---

[1] 曹丕：《典论·论文》。

学"观念的渗透下,"五四"前后这一思想传统转换为现代中国文学政治化传统的最初形态:文学虽仍含有文化之"道"的本体意义,但其在承担崇高社会使命之际,"工具"特质开始显露。在 20 年代"革命文学"运动中,以"革命"为本位,中国文学开始失去主体性地位,开始向政治附庸地位滑落。延安工农兵文艺运动,创造了中国文艺政治化传统的新范式,文艺被纳入政治之中。毛泽东的《在延安文艺座谈会上的讲话》精神被全面深入贯彻,工农兵方向被定为中国新文艺发展唯一正确的方向。具体而言,这一政治化传统主题的新内涵体现于以下方面。

首先,彻底消除知识分子自古以来形成的启蒙主体、政治主体与文化主体的意识,不仅把他们从组织上完全融入党的肌体,更从精神上把他们融入"工农兵"大众,从而为新政权的"政治文学"消除创作主体的障碍。

中国自春秋战国形成的富有中国特色的士文化精神,深刻影响着两千多年来中国传统政治文明风貌。士阶层以传统文化的继承者自居,以"道"(永恒真理)的体现者自居,以在天下推行"王道"、实现"仁政"为己任,与统治阶层的实际政治权势形成所谓"道统"与"政统"的良性制衡关系。他们以"道"为思想武器,对统治者违背儒家"仁政"道路的行为进行抨击和斗争;他们由于拥有"道"而始终占据着道德制高点,成为中国社会的"精神贵族",为历代统治者所忌惮。清末思想启蒙运动及"五四"新文化运动先驱们,正是继承中国这一优良传统,以自觉的"道统"意识,启迪民众思想觉悟,抨击军阀暴政,成为 19 世纪末和 20 世纪初中国新文化建设的承担者,中国社会进步的"精神导师"。40 年代,大批在"五四"文化精神沐浴下成长的知识分子在奔赴延安后,其文化价值观念与当地政治文化传统发生严重冲突。固有的启蒙情结和强烈的政治主体意识,使他们运用各种文艺形式,或是学术研究,开展了有声有色的政治—文化批判,而这与纯粹的工农政权的政治理想不免发生矛盾。1942 年 3 月的延安整风运动,正是要以新政权马克思主义之"道"的神圣性,取代知识分子视为文化生命的儒家之"道"

的合法性；在思想批判运动中通过文化核心价值的彻底"换血"，最终完成了对具有深厚文化传统的"士"阶层的思想改造。

其次，新的政治体制下"工农兵文学"的基本性质，就是无产阶级革命事业的组成部分。这一思想来自列宁，早在1905年，列宁就已明确指出："文学事业应当成为无产阶级总的事业的一部分，成为一部统一的、伟大的、由整个工人阶级的整个觉悟的先锋队所开动的社会民主主义机器的'齿轮和螺丝钉'。"[1]毛泽东《在延安文艺座谈会上的讲话》创造性地阐发了列宁关于文学事业是党的革命事业"齿轮和螺丝钉"思想，特别是他关于知识分子和工人农民相比最不干净，要甘当工农大众的小学生，来一番彻底的思想改造的论述，是把马克思列宁主义基本原理与中国革命实际相结合的典范，体现出鲜明的民族特色与彻底的反传统立场。在"革命事业"有机体中，文艺家与政治家、艺术创造与政治活动、政治信仰与审美理想，完全合而为一。

最后，延安文艺"工农兵方向"的确立及其"卓有成效"的艺术实践，根据地社会民族化（民间化）大众化审美趣味的形成，以及审美趣味所承载的政治意义被接受大众的心领神会，是延安文艺政治化的重要内涵。根据《在延安文艺座谈会上的讲话》精神，延安文艺运动在否定"五四"新文学个人主义精神，摒弃外国文艺资产阶级及小资产阶级审美趣味之后，以本土民间文艺的加工改造为基本资源和途径，创造有中国作风与中国气派、为人民大众喜闻乐见的"工农兵文艺"。当"赵树理方向"被钦定为延安文艺发展的唯一正确的方向之后，民间文艺形式及其审美趣味遂成为延安地区以及后来整个中国当代文艺工作者奉为圭臬的文艺发展方向。同时，以工农兵为主人公，歌颂革命领袖，颂扬战争中涌现的革命英雄，描写新政权下人民的幸福生活，憧憬政治学说中预设的未来世界等，成为延安文艺作品的基本题材与基本主题。

---

[1] 列宁：《党的组织和党的文学》，《列宁全集》第10卷，人民出版社，1958年版，第25页。

三、50—70年代：文学政治化的演变

以1949年10月中华人民共和国的成立为标志，源自延安政治体制、文化模式与文艺体制的"社会主义文学"时代拉开了帷幕。从50年代初到70年代末，文学全面继承延安文化精神。《在延安文艺座谈会上的讲话》以及延安文学精神，作为强大的政治文化传统，渗透到社会政治生活和人们精神生活的各个角落。新政权下统一官方文艺机构的普遍建立，党的最高领袖亲自发动和领导文艺界思想批判运动，党组织对文艺创作具体而微的规范与指导，都是这种政治文化模式的表现。

中华人民共和国成立前夕，新政权为了统一全国文艺创作力量，开始着手建立文艺界全国性组织机构。1949年7月2日，中华全国第一次文艺工作者代表大会在北京召开。忙于新中国成立事务的党和国家领导人毛泽东、朱德、周恩来、叶剑英、陆定一等出席大会，并分别做了重要讲话。讲话的共同主旨，就是强调党对文艺事业的绝对领导，文艺的任务就是为社会主义事业服务。会议上，中华全国文学艺术界联合会（全国文联）宣告成立，随后，中华全国文学工作者协会（中国作家协会）成立，各级地方行政区域也相继成立"文联"与"作协"。音乐、舞蹈、戏曲、电影、美术等全国和地方性艺术协会也相继成立。这些文艺协会被统一纳入全国各级行政单位编制，分别享受明确的行政级别待遇，其领导人也是全国行政官员队伍的有机组成。在各级"文联"与"作协"行政领导机构之上设立党组，负责传达党的指示，组织日常政治学习，及时掌握和分析各种思想动态，指导文艺创作，则是党对文艺一元化领导的具体体现。党的绝对权威，延安文艺运动开创的政治化文学传统在新的历史时期延传和不断强化。

在思想上，为保证党的意识形态对文艺界的绝对领导，从1951年到1955年五年时间里，毛泽东亲自发动和领导三次震动全国思想界的批判运动。1951年由孙瑜执导的电影《武训传》在全国公映，主人公武

训行乞办学,决心让农民阶级实现文化翻身的自强不息精神,受到社会各界的一致好评。然而,此片在思想上背离了毛泽东的阶级斗争、暴力革命学说,毛泽东通过《应当重视电影〈武训传〉的讨论》[1]一文,发动了针对《武训传》声势浩大的思想批判运动。1954年,毛泽东在了解到学术界的两个"小人物"与红学权威俞平伯关于《红楼梦》研究的学术争论后,于10月16日致信中共中央政治局及其他相关负责同志(《关于〈红楼梦〉研究问题的信》),就俞平伯否认《红楼梦》反封建主题以及学术权威压制"小人物"问题,再次发动声势浩大的思想批判运动,并由对俞平伯红学研究的批判延伸到对胡适资产阶级唯心主义学术思想的清算。1955年,为清除胡风文艺思想在全国学术界、文艺界的影响,毛泽东亲自发动了全国性的胡风文艺思想批判运动。

1956年4月,在中共中央政治局扩大会议上,毛泽东提出"百花齐放"、"百家争鸣",希望文艺创作上百花齐放,学术研究上百家争鸣。"双百方针"的提出及文艺政策的调整,使文艺界立即焕发出前所未有的活力,一些思想活跃、勇于探索的中青年作家迅速创作出突破思想禁区的优秀作品,主要表现在描写人性与人情之美的爱情题材和大胆揭露社会政治生活阴暗面的政治批判题材。文艺界出现跃出思想禁锢倾向,这时在全国范围内迅速发动的影响数代人的"反右"政治运动,使大批才华横溢的中青年作家惨遭迫害。此起彼伏的政治运动,伴随的是"道德化批判策略"。这种策略,"不仅从政治上将对方置于无可辩白的境地,而且在道德意义上也使对方陷于卑微和耻辱的境地"。[2]通过道德力量,当时的主流意识形态在文艺界愈加获得权威性。

随之,必然出现对作家具体文艺创作过程的行政干预。各级文艺行政组织的党组织依据党的中心工作,制定创作计划,指令作家完成;各级行政和党的领导对创作题材的选取、人物塑造、创作方法等,进行具体规范,以致在"大跃进"——人民公社时代,党发动全民作诗、全民演

---

[1] 此文作为1951年5月20日《人民日报》社论发表。
[2] 严家炎主编:《二十世纪中国文学史》下册,高等教育出版社,2010年版,第16页。

戏，出现"领导出思想，群众出生活，作家出技巧"的创作模式。由于文艺已成为党的革命事业机器上的"齿轮"与"螺丝钉"，它存在的价值，就在于为党的革命事业的历史必然性、为新政权的现实合法性及其意识形态的先验正确性作论证，为新制度的优越性作论证。文艺不再是外在的"为政治服务"，它本身就成为"政治"的一部分。"十七年"及"文革"时期的红色经典，虽外观琳琅满目，但万变不离其宗。

"文革"十年（1966—1976），文学的政治化趋势达到登峰造极程度。随之，在极"左"思潮下，整个文艺园地仅剩下《国际歌》和江青亲自抓的八个"革命样板戏"，以及《金光大道》、《艳阳天》等少量追风之作。同时，江青总结的"三突出"创作原则（在所有人物中突出正面人物来，在正面人物中突出主要英雄人物来，在主要英雄人物中突出中心人物来）成为全国文艺创作的"政治规则"。于是全国的文艺创作在滤除了丰富多彩的生活内涵与人性内涵，只剩下公式化、模式化的阶级斗争学说。

四、新时期文学：文学主体性的复归与政治化传统的裂变

1978年以后的中国当代文学被称为"新时期文学"，以示与此前近三十年文学的区别。在新时期，中国的政治、经济、社会、文化各个方面，发生了深刻的历史性变化。新时期文学"政治化"主题的基本内涵由此发生了根本性变化，它不再是纯粹为政治服务的工具，而开始恢复了自主性地位。随着中国社会的日趋开放，思想的日益解放，中国文学的这种独立品格也逐步强化。它以强烈的政治激情主动参与中国政治文化的重新建构，在某种程度上形成了与现实政治力量的"互动"关系。人道主义诉求与改革开放背景下的民族文化反思，是文学与现实政治"互动"的轴心。前者延续着"五四"时期"人的文学"主题，作家们高举"五四"新文学的人道主义旗帜，呼唤人的解放。后者延续着百年来民族振兴与解放的历史愿望，因而新时期文学思潮以高度的社会责任

感和历史使命感,走在历史学、哲学、伦理学、社会学、政治学等社会科学前面,反思政治灾难,剖析民族文化传统,呼吁政体改革。几乎每一种社会思潮的兴起,都由文学思潮所激发、所引领。可以说,世界上没有哪个国家的文学像中国当代文学这样,如此积极、如此深度地参与国家的政治文明进程与社会—文化变革进程。这种与生俱来的"政治情结",显示着中国民族文学独特的魅力。文学与政治关系的这种历史变迁,可以用"沧海桑田"来形容,然而推动这一历史变迁的内在力量,恰恰是一脉相承的中国文学的政治化传统。

70年代中期,"文化大革命"已接近尾声,而极"左"政治也爆发出最后的淫威。此时的文学艺术创作与政治运动可以说达到了"水乳交融"的境界。除"革命样板戏"外,风靡一时之作主要是浩然的长篇小说《金光大道》与《艳阳天》。作者完全根据"三突出"创作原则图解政治,精心描绘了农村"两个阶级、两条道路、两条路线"激烈斗争的恢宏历史画卷;人民群众日常生活的丰富多彩和人的正常感情乃至七情六欲,都消失在阵线分明的阶级斗争过程中。电影《春苗》、《决裂》、《反击》、《欢腾的小凉河》、《盛大的节日》等,都成为当时政治运动主导思想的图解。

与此同时,中国大陆出现一个独特的文学景观——"地下文学"创作。作者群体主要是亲历"文革"及上山下乡运动的知青。他们的诗歌、小说真实地描写了人生的不幸与正常人性的欲求,表达对现实政治的怀疑与抗议,抒发对真善美的渴望,深刻地表现了早醒的一代人在极"左"政治文化环境中"梦醒了无路可走"的生存困境。"地下文学"作者都是挣扎于社会下层或底层的小人物,其作品对社会现实或怀疑或疏离或抗议或反思的内在冲动,无不来自他们真实的生命体验。

1976年4月5日在天安门广场爆发的公开挑战"四人帮"权威的"四五运动",成为开启中国"新时期"文学大幕的社会政治运动。这是文学与政治天然联系的集中体现。"四五运动"的参加者将独具中国民族特色的方式——广场诗歌,作为斗争的手段。"四人帮"倒台后,在除旧迎新过渡时局下，中国文艺的政治化主题，亦呈现出"复调"格局。一方面，在政治力量继续加强对文艺的控制下，正统文艺创作仍延续着图解政治并以此求得生存合法性的老路；另一方面，随着思想解放运动的深入，现代政治神话的逐步瓦解，作家主体意识、自主意识的逐渐苏醒，文学开始以政治主体身份，展示出新时期中国文学政治化传统崭新的历史内涵。

1978年前后，党中央在调整文艺政策中，以文艺"为人民服务，为社会主义服务"代替了流行了半个世纪的"文艺为政治服务"口号，但同时又强调文艺必须坚持四项基本原则。邓小平《在中国文学艺术工作者第四次代表大会上的祝辞》（1979年10月30日）批判林彪、"四人帮"对我国文学艺术事业摧残的关键点，就是其以极"左"路线"破坏了党对文艺工作的领导，扼杀了文艺的生机"。新时期党对文艺工作的领导，要尊重文学艺术的特征和发展规律。在此前提下，"各级党委都要领导好文艺工作"。[1] 显然，这是文学的党性原则在新时期的再表述。在组织建设上，1978年在"文革"中处于瘫痪状态的中国文学艺术联合会和中国作家协会重新恢复工作，重新成为党领导全国文艺的桥梁和纽带。在思想领域，党通过文联和作协的组织网络，有效地将保证了全国从中央到地方的文艺活动限定在四项基本原则范畴内。新时期一系列震动全国文艺界的思想批判运动，无不是针对疏离党的领导地位的"资产阶级自由化"思潮及各种"精神污染"。值得强调的是，在新时期，以往思想批判运动中那种敌我斗争态势及劳动改造、动用刑狱甚至剥夺生命等残酷迫害现象，基本没有发生过。被批判者的人格尊严大致得以维护。反而是，凡是被点名批判的作品，都成为人们争相传阅的对象。——社会公众政治心态翻天覆地的变化，由此可见一斑。中国文学政治化传统的新趋势——思想启蒙与社会政治批判，在此背景下逐渐兴起，很快成为时代主潮。

---

[1] 孔范今、施战军主编，路晓冰编选：《中国新时期文学思潮研究资料》（上），山东文艺出版社，2006年版，第68页。

随着思想解放运动的深入，一大批带着深深的精神创伤和被愚弄的屈辱感的中青年作家由"地下"走向公开，由"边缘"走向"中心"，在逐步获得自身解放的同时，中国文学再次自觉地承担起自己的社会责任，表现出强烈历史使命感。人道主义与爱国主义，成为新时期文学各种思潮共通的价值取向。前者是对个人的尊严与价值的高扬，在半个世纪后，重新接上"五四"新文学"人的文学"、"为人生的文学"的思想传统。后者表现在对现代中国历史的重新审视，对现实政治的理性批判等。一脉相承的政治化传统，迥异的政治内涵，显示着极"左"政治文学到新时期文学，政治化传统裂变中的承传与承传中的裂变。

发端于70年代末的伤痕文学，是新时期文学最早的文学思潮。作为新旧时代过渡阶段第一个文学思潮，在"乍暖还寒"之际，仍然存在着图解政治、以官方政治立场与话语系统为价值标准等现象，如《班主任》、《大墙下的红玉兰》等小说。然而，"伤痕文学"第一次以真情倾诉"文革"以来百姓的不幸、民族的灾难，表现出久违的思想情感的"真实性"，显示出直面惨淡人生的勇气。这是中国文学恢复主体意识的开始。它与20世纪初苏曼殊、徐枕亚引发的"鸳鸯蝴蝶"文学浪潮形成对应：以"眼泪鼻涕"启发人们久被异己力量压抑的感觉的苏醒、情感的解放，在真切的情感宣泄中预示着思想解放、人的解放新时代的来临。

伤痕文学很快引发反思文学的兴起。反思文学以理性的反思，尖锐的发问，实现了对伤痕文学的超越扬弃。种种革命神话、政治神话，在人民群众的无尽灾难面前，受到严峻审视，诸多"崇高"与"神圣"由此显出历史的真面目。反思文学的历史意义或贡献，就在于它以自主的"反思"，彻底解构了极"左"政治神话，使其经过数十年精心建构的历史合法性与现实合理性受到空前的质疑。反思文学以清醒的政治主体意识，引领社会思想解放运动深入发展，很好地完成了特定历史时期中国文学肩负的政治使命。

改革文学思潮在70年代末兴起，盛行于80年代前期，它同样是文学感应时代脉搏,积极干预现实生活的新成果。开拓者蒋子龙1976年发表短篇小说《机电局长的一天》,因率先提出急切的社会体制改革问题而产生强烈的社会反响。1979年发表的《乔厂长上任记》,以更大的社会轰动效应正式拉开改革文学大潮的帷幕。乔光朴那强烈的社会责任感和政治使命感,那勇往直前百折不挠的开拓精神、雷厉风行大刀阔斧推行改革的领导作风,都是当时中国社会最缺乏、最急需的人格模式与精神风范,因此乔光朴和鲁迅笔下的"狂人"、茅盾笔下的"吴荪甫"一样,成为汇聚新时代文化密码、凝聚全社会心理欲求的艺术典型。改革文学大潮的崛起,与其说是文学被动地回应党中央改革开放政治路线的确立,不如说是在百废待兴的历史关头,中国文学以高度的社会责任感与历史使命感,积极参与历史建构,主动影响于政治走向的政治姿态。它的高调登台亮相,冲淡了伤痕文学的泪水与反思文学的凝重,把时代主题引导到"改革开放"上来,使党中央"团结一致向前看"的政治路线有了积极推手。在许多改革文学作品尤其是工业题材的小说中,高度政治化的作家们往往情不自禁地越俎代庖,替政治家、企业家们设计出一套又一套精致的改革方案,以非凡的气度指点着中国的未来。因此,改革文学的兴起,不是中国当代文学与审美思潮自身内在逻辑发展演变的产物,而纯粹是现实政治需要的产物。反过来说,中国文学悠久的政治情结,深厚的政治化传统与现实政治要求,催生了改革文学,使之推动现实政治,共同创造了历史。

80年代中期以后,中国文坛思潮迭起,出现所谓"众声喧哗"的局面,在其对现实的姿态上,也不像伤痕、反思、改革文学思潮那样以单一的政治视角与现实政治直接对应。它们以各自的艺术视野与美学精神,表现出对现实政治的超越性。然而,若深入其审美世界深处便会发现,它们的兴起与发展,无不是来自现实政治的刺激。政治情结作为其发展兴衰的根本动力仍然存在,不过更深地隐藏于其艺术世界之中。

1985年,寻根文学在韩少功、郑万隆、阿城等一批志同道合的作家的文学宣言中诞生。寻根文学以追求我们民族文化之"根",进而追求民族文学之根为宗旨,实现了对长期以来文学创作明确的现实政治功利性的超越,表现出文学创作的文化自觉。然而,寻根文学之兴起,最切近的原因,是对改革事业停滞不前、困难重重,以及中华民族百年来的现代化事业屡遭失败的文化反思,是文化层面的根本性检讨。某种意义上说,它与"五四"新文化运动"借思想文化作为解决问题的途径"有某种共通之处。这种思路,"是一种强调必先进行思想和文化改革然后才能实现社会和政治改革的研究问题的基本设定"。[1] 寻根文学深厚的政治情结,就隐藏在这一思路之中。

紧随寻根文学之后的新写实小说,则以拒绝经典现实主义的崇高理想和典型化艺术手法、以作家情感的"零度写作"姿态,描写芸芸众生生活的原生态。表面上看,它只是客观记录小人物的生活原貌,显得琐屑而平庸,但正是作家这"不持立场"的客观展现,揭露了中国普通百姓久被遮掩的"一地鸡毛"的生存困境,揭示出中国社会崇高政治理想与艰难人生困窘之间的深刻矛盾,百姓生活的种种"风景"之中蕴含着巨大的政治批判能量。与新写实小说并行的新历史主义小说思潮,更是以平民主义立场,抒写自己切身感受和心目中的中国近代历史,对几十年来盛行的惯常历史哲学形成巨大冲击,尤其是莫言以《红高粱家族》、《丰乳肥臀》等经典之作,解构着曾被精心构建的革命历史神话,真正建构起属于自己的"历史哲学"。这种政治文化的深刻批判,具有巨大的思想革命意义。至于官场小说、反腐小说与"现实主义冲击波"思潮,则以经典现实主义手法直面社会人生,表现出强烈的政治焦虑与现实关怀,其价值首先是社会政治的而非美学的,这是中国文学政治化传统的典型体现。

至于在"西潮"冲击下延绵不断的中国现代主义文学思潮,同样以强烈的政治情结与深刻的现实批判显示鲜明的"中国特色"。西方现代主义文学首先是其现代非理性主义哲学的衍生物,它所表现的现实荒诞

---

[1] 林毓生:《中国意识的危机:"五四"时期激烈的反传统主义》,穆善培译,贵州人民出版社,1986年版,第45页。

感源自现代资本主义文明,因此本质上它是一种文明批判而非具体的形而下的政治批判。当代中国现代主义文学的聚焦点,则是明确的政治情怀与具体的政治批判。最早进行"意识流"小说试验并获"成功"的王蒙,其作品真正关注的,并非作为生物学意义上个体的人丰富微妙的潜意识本身,而是借助于人的潜意识描写感受外在现实生活,以便更加自由地抒写自己数十年的政治情怀。其作品的内在逻辑,仍是外在物理的而非深层心理流动的。茹志鹃、宗璞、谌容等人的"意识流"作品,同样是外在政治与社会批判的"意识流化"而非真正的"意识流"。80年代后期逐渐形成的现代主义文学潮流,除马原、格非等少数作家外,大部分作家如余华、莫言、残雪、洪峰等,在作品中把中国现实社会的冷漠、残忍和人生的荒诞表现得惊心动魄,但绝大部分作家并非把这一切升华到"人生哲学"、"生存哲学"高度,探讨人类终极性的生存困境;光怪陆离的艺术画面背后,是形而下的、具体的政治批判与反思:革命战争、"文革"动乱、政治与人性,等等,其终极指向仍是现实政治与文化批判,从而最终表现出鲜明的中国特色——与生俱来的政治情结。

在中国民族文学思想传统与美学传统谱系中,教化—政治化传统可谓源远流长、最富于民族特色的核心传统。在儒道互补的文化格局中,积极入世的教化—政治化传统与山水田园—庄禅文学传统相映生辉,始终居于中国文学思想传统的核心价值地位。这一深厚思想传统源自上古中国文化语境中形成的"大文学"观。它是融政治、教育、伦理、历史等文化因素于一体,以审美怡情为途径,以讽喻政治、教化社会、陶冶人心为宗旨的"文章"。由于其载圣人之道,行教化之功,移百代之俗,"文学"与政治之关系乃是道与器、本与末的关系,"文学"具有"形而上"的文化地位,发挥着全面的社会功能,被视为"经国之大业,不朽之盛事"。文人由"文学"立言,与圣人"立德",英雄"立功"并列成为后世景仰的"三不朽"大业,故而三千年来形成至高无上的载道—教化传统,直至近代仍强劲不衰。

在19世纪"西风东渐"中,中国文化遭到猛烈的冲击,在中西文化冲突中屡战屡败。先进的中国人遂起而奋发图强,兴办洋务、推动变法、批判传统、引进西学,在世纪之交掀起"新民"的思想启蒙运动,以唤醒沉睡百年之衰老民族。来华西方宗教人士"文学兴国"、"文学救国"的显在示范与中国传统文学"明道"、"教化"深厚传统的"共振",启发了梁启超等一代中国思想界之骄子把新民、救国的落脚点放在"文学"上,造成了近代中国每每以"文学革命"引发社会"思想革命"、引发民众政治觉悟的"奇观"。从梁启超的"三界革命"到"五四"先驱发动的"文学革命",文学通过自身一次又一次的"革命",逐步"脱胎换骨",以新的姿态承担起启发民众、开创中国文化新纪元的历史责任。这种强烈的承担精神和开创意识规范着世纪之初中国新文学的风貌及发展方向,凝结为一代人"开创"、"求索"的审美文化心态。由此,20世纪初中国文学的思想启蒙传统形成了。它以自觉的历史担当精神与中国古代文学"明道"、"教化"传统一脉相承(虽然它也表示反对古代的"载道文学",但所反对的主要是"封建之道",并非反对"载道"本身),同时更以其来自西方的个人主义、个性解放为核心的新价值观念,以其鲜明的反传统姿态,显示了中国文学思想传统在延传中的重大历史裂变。因而,梁启超"三界革命"与"五四"文学革命运动前后相继,彻底改变了一代中国人的思想与审美观念,开创了中国文学思想启蒙现代传统。

20年代中期,随着中国政治运动的高涨,文学为政治服务成为这一强劲思想传统链条上新的主题。其变迁在于:文学不再是以居高临下的"启蒙"、"教化"姿态发挥全面的思想教育与文化建设功能,而是在具体政治团体内,以政治运作方式为具体的政治运动服务,成为为政治服务的"工具"。"文学"与"政治"的关系发生了历史性大颠倒,至40年代,在新兴的政治文化模式下,文学成为革命事业庞大机器上的"齿轮"与"螺丝钉"。50—70年代文学的政治化传统趋向极端,直至新一轮思想解放运动中,文学才逐渐从政治机器的"齿轮"与"螺丝钉"地位上解放出来,逐步恢复其自主意识与主体精神,进而恢复其固有的社会与政治文化批判精神，从而与"五四"以来的启蒙—教化传统重新接上历史血脉。但其形而上的历史反思与文化批判，总是隐藏着作者切近的政治功利目的。因而，难以释怀的政治情结及其政治化思想传统，是中国民族文学固有的特质。

中国文学这一深厚、强固的思想特质，在古代，可以"教化"、"明道"（或"载道"）概括。在 20 世纪新的文化语境中，可以归纳为"启蒙—政治化传统"。其具体内涵的巨大变迁与文学社会地位的沧海桑田，往往互为表里。但其中的文化精神或文化气质，则是一脉相承的，那就是：以干预社会政治、关怀现实人生为自己存在的基本价值。因此，它与现实主义美学传统之间可谓"内容"与"形式"的关系，无法分离。今后，不管中国文学如何发展，我们相信，这一思想传统永远是中国文学鲜明的民族特色。

第三章
个性解放与反叛传统

表现"人"的主题，张扬个性，反叛传统，作为一种人文精神与文化传统，在中西方文学史上有着截然不同的历史地位与影响。如果说三千年的中国文学史，"教化"传统作为绝对至尊的核心传统，全面规范着中国文学的发展变迁，深深制约着其他文学传统的流变，那么可以说，描写"人"的欲望，张扬个性精神，反抗一切不合理束缚和压迫，成为欧美文学的核心传统。这一核心传统虽有中世纪的千年压抑，但绵绵不绝。古希腊、古罗马神话中的神祇们个个性格鲜明，欲望强烈，《荷马史诗》中鏖战的英雄爱憎分明、充满喜怒哀乐之情，文艺复兴以《十日谈》为开端的小说世界更是充满了对宗教禁欲主义的否定、对虚伪道德的讽刺、对感性欲望与现实享乐的热情赞美。在近代思想启蒙和社会革命高潮中，出现了拜伦、雪莱那充满浪漫主义激情和反抗精神的诗篇，出现了伏尔泰、狄德罗、卢梭为了人的权利和社会正义而呐喊的皇皇大作。至19世纪资本主义发展初期，伴随着批判现实主义大潮的，是以华兹华斯为代表的"湖畔诗人"的浪漫感伤与波特莱尔的放荡颓废。但感伤与颓废的表象下，依然是对诗意人生与完美人性的向往。

在中国，"教化"作为千古一贯的神圣传统，深刻地影响着其他文学传统的形成与发展。张扬个性、表现人的感性欲望、反抗社会的文学创作，只能在正统意识形态衰落、社会政治动荡、异端思潮崛起的历史夹缝中昙花一现，有限度地展示个性魅力与人性光辉。而当社会政治重新回到"常态"轨道，它被迫以潜流或"在野"形态涓涓延续，为下一个人性高扬的历史瞬间储存思想与文化资源。至明代中后期，随着商品经济的发展与社会结构的变动，社会意识与哲学思潮终于全面突破传统文化架构，呈现出"新文化"的重构趋势。明代文学表现出前所未有的张扬人的本能欲望、情感追求与"性灵"舒展的人文精神，以至"五四"新文学运动的先驱们大多把张扬个性、反叛传统的明代文学看作"五四"新文学的"源流"之一。鸦片战争后，被清朝统治者用程朱理学压抑下去的明代个性解放社会思潮获得了西方文化的思想支援，在重构中国文化的历史潮流中，近代"人学"从各类"新学"中脱颖而出。康有为、严复、梁启超、章太炎等思想家纷纷提出自己塑造"新人"的构想。他们的宗旨原为现代民族国家的建设而培育"新国民"，实质上是一种政治诉求而非真正意义上的"人的发现"，然而他们却在这伟大政治理想框架下，有意无意地启动了"个体自觉"、"人的解放"乃至"个性解放"的历史步伐。从为建设现代国家培育新国民到以个人主义为本位的个性解放，这是一个巨大的历史跨越，胡适、陈独秀发动和领导的"五四"新文化运动和文学革命运动则是这一历史跨越的标志。反叛传统、张扬个性，从此成为现代中国文学鼓舞人心的优良传统。虽然它仍然受到中国文学中延绵不绝的强大的"教化"传统的有力制约甚至扭曲，但它终于在现代文化语境下，有了自身的思想武器与哲学基础，以冲决一切的思想力量影响着20世纪中国文学的精神面貌与发展轨迹。张扬个性、反叛传统，成为20世纪中国文学的独特"传统"。这一传统的形成，是以胡适、陈独秀为领袖的"五四"新文化运动和新文学运动不可磨灭的历史功绩之一。

第一节　古代中国文学中的个性精神

反叛意识与个性意识在中西文学传统中的地位之所以有如此大的差距，根本原因是"人"在中西文化结构中的实质与地位的差异。中国文化是以"元气"为基本结构形态的浑圆整一的伦理型文化，西方文化是以"原子"为基本结构单位的分析—综合的科学型文化。因此，中西文化结构中的"人"有两大基本差异：一是天人合一与天人相分之别，二是个体主义与群体主义之别。

从自然观或宇宙观看，中国文化强调"天人合一"、"天人感应"，即人与社会、人与自然在物质结构与内在精神上的异体同构、相互贯通状态下的和谐共生。中国传统文化虽看重人在宇宙中的崇高地位，把它视为与天地并立的"三才"之一，但这里的"人"只是哲学意义上的类概念，而非生物学、社会学意义上的"灵与肉"活生生的存在；西方文化强调天人相分，强调人与大自然的区别与对立，强调人通过征服和驾驭自然来求得生存与发展。因此，西方文化很早就有了人对自身的发现，清醒地意识到自身作为灵与肉的结合体在与宇宙自然相对立状态下的独特存在。这导致了中西文化对"人"的本质看法的差别。

从社会角度看，内陆型农业文明模式下的中国传统文化注重社会有机体中人与人之间的伦理关系，注重社会的和谐与稳定。在"家国同构"、"家国一体"政治模式中，在以君臣、父子、夫妇、兄弟、朋友五伦为基本原则的复杂社会伦理道德规范下，每个人都只能成为特定人伦关系网中的联结点或承载者，所谓"父慈、子孝、兄良、弟悌、夫义、妇听、长惠、幼顺、君仁、臣忠"是也。[1] 个体的人的本质在庞大的人伦关系网中不断变化而没有自身的规定性；个体的人只能永远承担义务而没有任何权利。因此，在古代中国，个体的人没有独立存在价值。

---

[1]《礼记·礼运》。

相反,为政者要以"礼乐教化"消除人的自我意识与利益要求。孔子虽然有"三军可夺帅也,匹夫不可夺志也"之说。[1] 孟子也有著名的"三不屈"的"大丈夫"之赞、"人皆可以为尧舜"[2] 的人性理想。但这个体的尊严取决于他体现了某种普遍的社会道德精神,并不表明先贤承认个体本身的存在意义。而海洋型的西方文明很早就突破了人与人之间的血缘关系、宗法关系,尊重个人的价值与权利,尊重人与人之间的自由、平等及由此而来的个体尊严,形成以个人为核心的价值取向。正是这种文化精神的差异,使西方文学极力表现的主观情感、欲望、理想和精神,成为源远流长的优良传统。而在中国文学史上,这一文学传统直到晚明才形成强劲的社会思潮。在本土文化语境中,这种个体自觉,在内在精神上似乎还缺乏自信,显得无所适从,底气不足,不得不以肆意夸张的"特立独行"乃至各种怪异之举,伴随着颓废、放荡,以彰其志。鸦片战争后,在西方个性主义文化精神的影响下,发源于中国本土的个性解放文学思潮成为具有现代意义的文学精神。经"五四"新文化运动和新文学运动的大力倡导,具有强烈反叛色彩的个性主义文学精神终于形成20世纪中国文学传统,展现出与古代文学截然不同的精神风貌与文化特质。

在中国文学史上,就文学的社会功能而言,一开始就有"诗言志"与"诗缘情"两说,前者以《诗经》为代表,发展成为贯通整个文学史的"教化"传统;后者以屈原的《离骚》为辉煌开端,中经魏晋玄风,唐诗之风韵,宋词之"婉约",与晚明"人"的解放大潮相接。

春秋战国时期,"教化"与"抒情"两大文学传统开始闪烁灿烂的光辉。当《诗经》的民间集体创作以"温柔敦厚"之美在中原大地展现其"礼乐教化"之功时,南方楚地以屈原个人创作的《离骚》为代表的楚辞异军突起。胸怀理想、爱国爱民而屡遭政治迫害的屈原,把他的一腔爱国激情、对理想的热烈追求、对黑暗现实政治的极端愤恨,全部倾

---

[1] 《论语·子罕》。
[2] 《孟子·滕文公下》、《孟子·告子下》。

注在《离骚》创作之中。在那闪耀着南方神话色彩的奇幻描写中,在那一波又一波的激情喷涌中,我们看到一位伟大的爱国者高尚的情操和至大至刚的人格力量。尤其是在《天问》中,作者就人与自然、社会历史及神话传说等,连续提出一百七十多个问题,对终极性的神圣存在公开提出质疑。强烈的个性气质,彻底反抗和大胆怀疑精神,使屈原在中国文学史上成为独特的"这一个"。"战国时期虽然开展了百家争鸣,但没有哪一家曾对自然和社会现象表现出这么广泛而深刻的怀疑。这就意味着《天问》作者具有超越当时一般思想家的强大的独立人格力量,因而他敢于鄙视社会的压力,超越已被社会所肯定的思想习惯和思维模式。这种怀疑精神在中国历史上也是少有的。"[1]屈原的整个创作,都是"用他的理想、遭遇、痛苦,以他全部生命的热情打上了鲜明的个性烙印。这标志着中国古典文学创作的一个新时代"[2]。这个所谓的"新时代"就是突破儒家温柔敦厚、明哲保身的处世原则,以个人内在强大的精神力量,追求真理,反抗世俗与传统;以极大的勇气主动担当起历史责任。这种高扬自我、勇于反抗、勇于担当的精神,经千年流传,直至"五四"。在鲁迅的《狂人日记》、郭沫若的《女神》诸诗篇中,《天问》式的大胆问难依然鼓舞人心。

汉代司马迁因遭宫刑,身心俱遭摧残而痛不欲生,一度想自杀,但终于选择隐忍苟活:"盖文王拘而演《周易》;仲尼厄而作《春秋》;屈原放逐,乃赋《离骚》;左丘失明,厥有《国语》;孙子膑脚,《兵法》修列;不韦迁蜀,世传《吕览》;韩非囚秦,《说难》、《孤愤》;《诗》三百篇,大抵圣贤发愤之所为作也。"[3]他把从耻辱中迸发的激情和生命能量转化为惊人的毅力,"发愤著书",历经十数载,终于完成了空前的历史巨著《史记》。他把自己对专制暴政的痛恨,对封建帝国正统意识的反叛与否定,对丑恶的鞭挞,对正义与良善的赞誉,全部融注其中,

---

[1] 章培恒、骆玉明主编:《中国文学史》上卷,复旦大学出版社,1996年版,第155页。
[2] 章培恒、骆玉明主编:《中国文学史》上卷,复旦大学出版社,1996年版,第156页。
[3] 司马迁:《报任安书》。

使《史记》成为"史家之绝唱，无韵之《离骚》"（鲁迅语）。如果说屈原以张扬个体生命尊严、个性光辉来反抗奸邪、鄙视世俗，那么司马迁则以忍辱负重、坚忍不拔，展示了残缺的肉体生命中不可摧折的个体尊严与人格力量，显示了个体生命超越时空的非凡意义。在"教化"传统源远流长、神圣不可动摇的国度里，这种或"露才扬己"，或坚忍发愤，充分显示个体生命意志和价值的人文主义文学传统，使中国传统文化历史长河中不时闪耀着绚丽的人性光辉。

盛唐时期，政治稳定，经济繁荣，文化呈大气磅礴、海纳百川之势。建功立业的英雄主义，桀骜放纵的个性张扬和诗酒成仙的享乐主义，构成了豪迈旷达的"盛唐之音"。这是潇洒浪漫、充满青春朝气的时代。"在中国古代诗人中，李白的个性之活跃和解放是少有的。"[1]作为这一时代精神的集中体现者，李白以其绚丽夺目的诗篇及伟大人格，为古代中国个性主义文学传统增添了美丽的光环，融注了强劲的精神力量。因为在李白的诗歌王国里，"不只是一般的青春、边塞、江山、美景，而是笑傲王侯，蔑视世俗，不满现实，指斥人生，饮酒赋诗，纵情欢乐。……他们抱负满怀，纵情欢乐，傲岸不驯，恣意反抗……"[2]李白人格的最突出的特点，便是独立不羁，不受任何约束，"这是魏晋开始的人的觉醒发展至巅峰的产物，是盛唐精神的高度升华的产物"。[3]当这种由神仙道教的飘逸洒脱、老庄的自由不羁、儒家的入世情怀转化为艺术精品时，人的个性张扬和精神解放便在中国封建社会的黄金时代放射出绚丽的光辉。且看他那个性肆张的豪迈诗句：

> 君不见黄河之水天上来，奔流到海不复回。君不见高堂明镜悲白发，朝如青丝暮成雪。人生得意须尽欢，莫使金樽空对月。天生我材必有用，千金散尽还复来……（《将进酒》）

---

[1] 章培恒、骆玉明主编：《中国文学史》中卷，复旦大学出版社，1996年版，第88页。
[2] 李泽厚：《美的历程》，文物出版社，1981年版，第133页。
[3] 袁行霈主编：《中国文学史》第2卷，高等教育出版社，2004年版，第265页。

  金樽清酒斗十千，玉盘珍馐值万钱。停杯投箸不能食，拔剑四顾心茫然。欲渡黄河冰塞川，将登太行雪满山。……行路难，行路难，多歧路，今安在！长风破浪会有时，直挂云帆济沧海。(《行路难》)

  弃我去者，昨日之日不可留；乱我心者，今日之日多烦忧……抽刀断水水更流，举杯消愁愁更愁。人生在世不称意，明朝散发弄扁舟。(《宣州谢朓楼饯别校书叔云》)

  而那"仰天大笑出门去，我辈岂是蓬蒿人"的极度自信，那"安能摧眉折腰事权贵，使我不得开心颜"的铮铮傲骨，可以说是李白诗篇中狂傲不羁、独立自尊人格的艺术展现。这一凝结着时代精神的个性气质，上承屈宋，下启晚明，铸造着中华民族的审美情趣与文化人格，延及"五四"绽放出现代个性解放的绚丽奇葩。

  至晚唐，这种肆意张扬的个性消融于朦胧含蓄、纤弱伤感的美的意境。两宋时期，婉约词延续着这种纤细蕴藉，豪放派的忠君爱国情怀则激发了个性的自觉与扩张，而苏轼在庄的遁世与禅的空灵中让入世进取之心得到安息；"人"开始朦胧觉醒但庄禅"境界"最终又温柔地淹没了"人"。直到明中叶以后，个性解放浪潮汹涌澎湃，在中国历史上可谓"继往开来"：它既是本土文学个性解放历史硕果的结晶，又成为现代中国文学个性解放传统凝结的思想资源。

第二节　近代中国文学的人文思潮

  在中国五千年的文明史上，明清以后迄今四百多年应该说是一个相对自成系统的历史文化单元。在此阶段，由于商品经济的发展、思想观念与生活方式的变化，现代文化因素在传统文化肌体中逐渐萌芽壮大，开始试图突破传统文化的结构框架；中国文化开始了曲折反复的现代化历程。明中叶至清初，中国文化的现代转型在本土文化语境中进行。鸦片战争后,中国文化的现代化在现代西方文化的猛烈冲击和强有力支援下,以新的面貌加速前进。

作为文化系统的子系统,中国文学的现代化步伐同步于这一历史进程。就文学精神而言,中国文学现代化的核心内容,就是"人"的发现与个性解放,以情欲的解放反抗礼教束缚,以"人的文学"反对"载道文学"。中国文学现代化三部曲大致可概括为:晚明至清初的本土文化中的自发转型阶段,19世纪"西风东渐"与民族危机中的中西融汇阶段,"五四"以后以个性主义为旗帜的"西化"阶段。

一、解放与放纵:晚明个性解放思潮与"人的文学"

明代作为新旧文化因素互为消长的历史转折时代,首先表现在全国商品经济空前繁荣,尤其是在江南地区和东南沿海一带。农业生产高度发达,以瓷器、纺织为代表的手工业,行业部门日益增多,生产规模不断扩大,技术不断提高,整个社会生产力持续发展。与之相适应,在商品经济发达地区,形成了南京、北京、苏州、扬州、杭州等著名的商业中心城市,经济影响力辐射全国乃至境外,加速了传统小农经济向商品经济的转变,深刻地改变着传统小农经济条件下的社会经济结构。

首先,大批农业人口流入城市,成为失去家族依托的自由劳动者,同时城市商人阶层和市民阶层迅速崛起,传统宗法社会关系受到强有力的冲击,旧的人伦秩序已无法维系社会人际关系;主宰社会人际关系、决定亲疏贵贱之别的,是经济地位与金钱的魔力。这是继春秋战国之后中国社会又一次全面的"礼崩乐坏"。

伴随着商品经济的发展和社会关系变化的,是人们价值观念与生活方式的巨大变化。传统"士农工商"社会阶级关系遭到颠覆,商人的社会地位空前提高;崇拜商人、推崇商业,成为社会风尚,原来高雅尊贵的士人也不得不向商人、市民阶层靠拢,"儒商"成为社会新生事物。拜金主义取代儒家的"仁义"成为社会生活核心价值观念;重利轻义渗入人们的意识深处，影响了人们的婚姻观念、交友之道等，可谓"世风日下"、"人心不古"。同时，在商品经济活动中，人的个体意识、独立意识相对增强，以士人为主体，以狂放不羁为表现形式，逐步形成全社会的个性解放浪潮。生活方式上，主要表现为自由放纵的世俗享乐，追逐时尚、奢侈之风弥漫全社会。在肆情纵欲时尚下，传统"男女大防"被冲破，"妇女公然地通宵夜游，在明代是一个引人注目的文化现象，它显然地违背了传统的道德规范，更为权威文化所不容……在这类明代的游玩活动当中，让人体味到一种解除束缚，舒展人性的味道"。[1] 更有甚者，公然狎妓、宠幸男色，被世俗视为风流雅趣；市民文学亦以展示这些肆意放纵情欲的世俗享乐为务。有学者评论道："对人情世俗的津津玩味，对荣华富贵的钦羡渴望，对性的解放的企望欲求，对'公案'、神怪的广泛兴趣……尽管这里充满了小市民种种庸俗、低级、浅薄、无聊，尽管这远不及上层文人士大夫艺术趣味那么高级、纯粹和优雅，但它们倒是有生命活力的新生意识，是对长期封建王国和儒学正统的侵袭破坏。"[2] 这种伴随人性解放的"颓废"成为一种审美对象，直到"五四"一代许多作家身上如郁达夫、庐隐等，还明显地表现着这一精神气质。

其次，以王守仁的"心学"为代表的哲学思潮为明代人性解放社会思潮提供了形而上的论证。两宋以后，程朱理学作为精致而完善的哲学体系和官方意识形态，严密控制着人们的思想和实际生活。它把儒家政治伦理宗教化，认为君臣父子、上下尊卑等纲常伦理，是宇宙规律与世界本源的感性显现，是"天理"在社会生活中的具体体现，因而是绝对正确、永恒不变的。而人们的各种欲望在本质上与"天理"相对立，所以理学的核心命题就是"存天理，去人欲"。王守仁继承陆九渊"心学"思想并作精致的论证，提出"心即理"之说，认为天理就在人心之中，

---

[1] 王小舒：《中国审美文化史》元明清卷，山东画报出版社，2000年版，第143—144页。
[2] 李泽厚：《美的历程》，文物出版社，1981年版，第189页。

"夫在物为理，处物为义，在性为善，因所指而异其名，实皆吾之心也"，[1]这样，心学把程朱理学神圣的"天理"由外在宇宙移到内在宇宙——人心之中。而这一哲学本体的根本性变迁使"人"由被压抑的对象一变而为宇宙本体；欲求真理，不必外索，探寻内心即可。于是，人成为宇宙的本体，"人心"成为一切存在的评判者。这样，压抑人的程朱理学经"心学"的转换，一变而为体现人的本体地位和主观能动性的"人学"。中国文化精神的核心价值发生了历史性转变。王门后学、泰州学派创始人王艮进一步提出"百姓日用即道"，[2]置日常世俗生活于哲学本体地位，这无疑是西方文化传统中"天赋人权"理念的中国式表达。李贽提出的"穿衣吃饭，即是人伦物理"，[3]实际上成为明代人性解放的时代宣言。

在新的经济基础、社会关系与哲学思潮共同推动下，人的本能情欲获得合理性与合法性。人的自然欲望包括男女之爱、衣食声色及自主、自由的精神享乐，在传统儒家道德原则下，"人欲"基本上与"邪恶"画等号，被严格限定在最狭小的生活范围内。而明代，人的欲望就是"天理"，由传统文化正面价值系统的对立面上升为整个社会正面价值体系的顶端，具有哲学本体地位，受到人们的公开肯定与追求。这与同时期的欧洲文艺复兴运动把"人"从上帝的桎梏中解放出来，热烈赞美现实人生享乐，有着异曲同工之妙。士人们以"狂士"、"狂生"自居，以自己的"怪诞"言行，彰显独特的个性气质，倾泻胸中郁郁不平，表达对礼教和社会压迫的反抗和蔑视。"魏晋风度"是避世的，而明代士人的放诞则是入世的，是新时代精神的体现。

最后，智慧与创造精神成为衡量人社会价值的新标准。在传统中国社会，"德"代表着人的本质，而在晚明社会，人的创造才智、技艺、

---

[1] 王阳明：《与王纯甫》，《王阳明全集》第1册，线装书局，2012年版，第259页。
[2] 黄宗羲：《明儒学案》卷三十二《泰州学案·处士王心斋先生艮》，中华书局，1985年版，第710页。
[3] 李贽：《焚书》卷一《答邓石阳》。

才情等成为个人社会价值的标志,实质上是全社会个体意识觉醒的一种体现。"工商业的繁荣给工匠们提供了一个展示自己、发展自身的机会。这个时候,原来的等级制度已经压不住人了,社会上评判人的标准变了,只要有才华,只要有创造性,只要能满足人们的物质文化和精神文化的需要,社会就尊重你,给你相应的地位。这种风气显然是新文化的体现……技艺正是他们求得社会平等、求得做人权利以及人性充分发展的一种方式。技术固可谋生,然而技术的价值更在于人格的自我完成。"[1]

于是,明代文学观念与文学创作呈现出全新的文化精神。文学观念以崇尚真情、推重性情为核心,向正统的"载道"文学观进行挑战。李贽的《童心说》是明代"人的文学"的纲领性文献,它的核心精神就是强调以"真"为本,"童心者,真心也……绝假纯真,最初一念之本心也。若失却童心,便失却真心;失却真心,便失却真人。人而非真,全不复有初矣"。[2] 以"童心"为本的文学必然是感情真挚、个性鲜明、平易自然的真文学。公安派继承"童心"说衣钵,倡导"独抒性灵,不拘格套",认为在"性灵"基础上表现独特的思想感情与个性气质,是文学最有价值之处。这种独抒的性灵在作品中的具体表现就是"趣"。"趣"发自人的自然性情,与"理"相对立。有"趣"的文学才是有个性的活文学,无"趣"则为死文学。

在文学创作上,除文人性灵小品外,市民小说创作走向繁荣。他们紧紧围绕市井世俗生活,在各种情欲的津津乐道中展现市民社会众生相。冯梦龙的"三言"、凌濛初的"二拍"是充分体现这一时代文学精神的优秀之作。《金瓶梅》更是以男女之"欲"为中心,生动描写人生欲望、人性之恶与社会情态,成为明代以后"世情小说"代表。而《浪史》、《绣榻野史》之类赤裸裸描写男女纵欲的艳情、色情小说,更是蔚

---

[1] 王小舒:《中国审美文化史·元明清卷》,山东画报出版社,2000年版,第165页。
[2] 李贽:《童心说》,郭绍虞主编:《中国历代文论选》第3册,上海古籍出版社,1980年版,第117页。

为大观。在反理学、张人性的时代潮流中,这些市井小说自身文化建构不足,却以其激流般的自然人性之力,摧垮了以程朱理学为代表的正统文化的压抑和束缚,为新文化的萌芽与成长提供了一个初始的历史平台。而以汤显祖的《牡丹亭》为代表的文人戏曲创作,高扬"情"的大旗,以"情"抗"理",使"人"的解放潮流开始出现理性光辉。

总之,"晚明个性思潮发露于元明之际,形成于明代中叶,高涨于万历时期,天启、崇祯之际渐趋平衍,至清初犹余波微澜,康熙以后急速退落,作为潜流继续流淌。直到'五四'时期,才被新文学家开掘出来,与波澜壮阔的'五四'新潮汇合在一起"。[1] 不可否认,明代尤其是晚明时期,人的解放与人欲放纵及人性堕落互为表里,现世享乐与"世风日下"紧密相伴,但它的"除旧开新"的历史功绩是不容否认的。

二、为现代国家而"新民":晚清"人学"与人文思潮

清代前期,晚明个性主义社会思潮化为涓涓暗流,至鸦片战争前后,有龚自珍、魏源等人以传统思想资源,倡导以"尊情"为标志的文学变革。但"五四"新文化运动的先驱们大多推崇晚明而贬抑晚清,在思想的纵向链条上,把"五四"新文学看作是对清代文学的"反动"而与晚明个性精神挂钩,周作人认为:"大约从一七〇〇年起始,到一九〇〇年止,在这期间,文学的方向和以前(指明代——笔者注)又恰恰相反,但民国以来的文学运动,却又是这反动力量所激起的反动。我们可以这样说:明末的文学,是现在这次文学运动的来源,而清代的文学,则是这次文学运动的原因。不看清楚清代文学的情形,则新文学运动所以起来的原因也将弄不清楚,要说明也便没有依据。"[2] 这实际上是抹杀了除梁启超"三界革命"之外整个清代文学尤其是19世纪文学

---

[1] 陈伯海主编:《近四百年中国文学思潮史》,东方出版中心,1997年版,第53页。
[2] 周作人:《中国新文学的源流》,钟叔河编订:《周作人散文全集》第6卷,广西师范大学出版社,2009年版,第74页。

运动成果。鸦片战争后的19世纪中国文学，在西方文化的强劲冲击下，披着传统外衣，向"现代"稳步而全面转型，为"五四"新文学的崛起提供了丰厚的文化成果和坚实的历史平台。晚清"人的发现"和声势浩大的"新民"运动，则直接为"五四"新文学个性解放浪潮及其文学传统的发生并最终形成，提供了现实的思想基础。

  作为中国传统文化现代转型的两个历史时代，明、清既一脉相承又有着本质差异：明代是本土文化在发展变迁过程中自然萌生新文化因素的"内生型"转变，清代则是在西方的军事、经济、文化全面入侵，民族危机日益严重的情况下被迫应战的"外发型"现代转型。明代"人的解放"是以基于自然人欲的解放和个性的张扬为其实质，始终着眼于有血有肉的、个体的人，以满足灵肉一致的人的各种欲望为起点和终点，自然不乏放纵与颓废，但它直接对抗着抑制"人欲"的"天理"，是真正意义上"人的解放"的初步形态。晚清以降对"人"的关注，是出于民族主义觉醒后对现代民族国家的迫切诉求，出于为建设"新国家"的先期步骤——"新民"的政治需要。因而它的宗旨是承载政治使命的集合性的"国家公民"，而非以自然情欲为本的个体的人。所以，晚清的"新民"工程实际上是社会改良与新政治建设工程的"子工程"；它虽然拥有许多现代标签，但从人性与人道主义角度看，相对于晚明"人的解放"浪潮，它并不具有实质性的历史进步性。因而周作人等"五四"人更愿推崇晚明人文思潮。然而，就其本身看，着眼于"人"的建设，尤其是充分肯定自然人性的合理性，是晚清人文思潮历史进步性的基石。随着"五四"新文化运动的"异军突起"，晚清的"新民"运动让位于以个人主义为本位的"个性解放"运动，在这一历史性转变中，"五四"新文化先驱们真正开创了20世纪中国文学张扬个性、反叛传统的新传统。

  康有为以自然人性与"人道"为纲，挖掘原始儒家人性论的合理内涵，结合新的西方人性论与天赋人权学说，构建自己的人性与人道之学，成为现代中国人学的真正开创者。作为其全部学说的核心环节，自然人性论是他论人的基石和出发点。他认为:"凡言乎学者,逆人情而后起也,人性之自然,食色也,是无待于学也。人情之自然,喜怒哀乐无节也,是不待学也。"[1]他发挥公羊学"微言大义"传统,断定告子"食色,性也"之说与孔子说合;孔子"性相近"之说便是肯定人的"食色"等自然秉性。[2]因此,以"食色"为代表的本能欲望是人与生俱来的"天性",而后天所学,则成了"逆人情"的外在束缚。所谓"人道",就是满足人的"去苦求乐"的天性和自然欲望之道。而这"去苦求乐"之道,就是社会伦理道德建立的基础。同时,他说:"孔子曰'性相近也'。夫'相近'则'平等'之谓。"[3]性相近,故人人享有天赋之权,生而平等,这就把西方天赋人权学说灌注于孔子思想,使之与西方接轨而"现代化"。

康有为的"人学"把原始儒家人性论、晚明个性思想与西方现代人文主义理论融而为一,最能体现以古融今、以西化中的"过渡时代"(梁启超语)特点,是近代中国最具开创精神和反叛意义的"人"的理论。

作为译述西方现代社会学说最有成就、影响远及数代人的思想家严复,认为中国的富强在于政治变革,而政治变革的基础是以先进的思想文化教育民众,提高民众的综合素质,具体表现在鼓民力、开民智、新民德等方面。在对人的本质看法上,他与康有为一致,认为:"背苦而向乐者,人情之大常也;好善而恶恶者,人性所同具也。"[4]"背苦而向乐"、"好善而恶恶"分别是人的自然本性与社会属性,人就是这两种属性合二为一的高等生灵。体现这两种属性的思想与行为,就符

---

[1] 康有为:《性学篇》,汤志钧编:《康有为政论集》上册,中华书局,1981年版,第12页。
[2] 康有为:《长兴学记》,汤志钧编:《康有为政论集》上册,中华书局,1981年版,第88页。
[3] 康有为:《长兴学记》,汤志钧编:《康有为政论集》上册,中华书局,1981年版,第88页。
[4] 严复:《政治讲义·自叙》,王栻主编:《严复集》第5册,中华书局,1986年版,第1241—1242页。

合"人道"。

在中国近代史上,梁启超率先发动了声势浩大的思想启蒙运动——"新民"运动。这一集中体现时代要求的思想文化运动直接启发了"五四"新文化运动的思想启蒙——改造国民性运动。梁氏认为,各国人民的精神状态和心理素质,根本地决定着其国家、其社会的发展态势,是其历史进化的根本动力。基于这种历史观,他提出:"欲其国之安富尊荣,则新民之道不可不讲。"[1]要改造中国社会,抵御外敌侵侮,实现民族独立,国家富强,首要和根本的步骤,就是以新的价值观念、以新的文化改造国民的心理素质与精神面貌。因此,他提出"新民为今日中国第一急务"。[2]

梁启超认为,中国人民之精神痼疾主要表现在"爱国心之薄弱"、"独立性之柔脆"、"公共心之缺乏"、"自制力之欠缺"等。在梁启超看来,新时代国民的基本素质主要表现在既有独立人格,又有"合群"精神,其心理基础是"私德"、"公德"兼备,在精神和行为上都达到现代西方社会学说的"自由"境界。

个体意识与人格独立,是西方文化人文精神的基础。梁启超认为,独立人格即"不倚赖他力,而常昂然独来独往于世界者也"。"人之所以异于禽兽者以此,文明人所以异于野蛮者以此。吾中国所以不成为独立国家者,以国民乏独立之德而已。"人人缺乏独立精神,势必"奴性"十足,民族势必沦为"奴种"。所以,"吾以为不患中国不为独立之国,特患中国今无独立之民"。"合群"之德,乃由独立之人达独立之国的必经之路,"合群云者,合多数之独而成群也。以物竞天择之公理衡之,则其合群之力愈坚而大者,愈能占优胜权于世界上"。"合群之德"就在于"以一身对于一群,常肯绌身以就群;以小群对于大群,常肯绌小群

---

[1] 梁启超:《新民说·叙论》,张品兴主编:《梁启超全集》第2册,北京出版社,1999年版,第655页。
[2] 梁启超:《新民说·论新民为今日中国第一急务》,张品兴主编:《梁启超全集》第2册,北京出版社,1999年版,第655页。

而就大群"。而中国"终不免一盘散沙之消者,则以无合群之德故也"。[1]

"独立"与"合群"精神的辩证统一来自国民道德意识中"私德"与"公德"意识兼备。梁氏认为,中国传统宗法社会与专制政治,养成中国人重私德轻公德,重家族伦理轻国家与民族责任感,致使整个民族最终一盘散沙。他在重私德建设的同时大力呼吁国民的公德建设,以养成国人现代民族意识和爱国精神,而最终铸造成现代民族特有的"自由精神"。只有具备了这样的新国民,基于现代法治精神与个人独立、人人平等原则的现代民族国家才能最终建立起来。显然,在"独立"与"合群"的辩证关系中,梁启超充分论述了独立人格对于现代民族国家建设至关重要的意义。

而国学大师兼革命先驱的章太炎对"人"与"国家"之关系的理解与梁启超大体相反。梁启超为"新国家"而"新民","新民"是手段,是工具,建设现代民族国家则是宗旨,其一切关于"人"的设计都是其政治运动的组成部分。章太炎始终以个人为本看待社会与国家,认为必须以"人"的生存需要为根本,因而,章氏与康有为的思想更为接近。

章太炎在早年的《明独》、《平等论》、《菌说》等文章中阐明了"独"与"群"的辩证关系,认为具有独立意识的个体是组成强有力社会的基础,"大独必群",同时,"群必以独成",由独立人组成的社会必人人平等。这就表明了以个性解放、个体培育为建设现代社会与现代国家之前提、之根本的思想。章太炎由此形成了扬个体抑国家、尊人道抑"公理"的个性主义、人道主义思想。

首先,关于个人与国家之关系,章太炎明确以个体、以人民为本,高扬个体价值与独立自主性,而以国家为用为末。他论述国家的三个特性:"一,国家之自性,是假有者,非实有者。二,国家之作用,是势

---

[1] 梁启超:《十种德性相反相成义》,张品兴主编:《梁启超全集》第1册,北京出版社,1999年版,第429页。

不得已而设之者，非理所当然而设之者。三，国家之事业，是最鄙贱者，非最神圣者。"他根据佛家"缘起性空"教义，认为凡由诸多外在因素因缘组合者都是"假有"、幻相，而没有自身的本质。人民是以独立个体为单元的"实有"，而以人民之需要组合而成的"国家"则为"假有"。[1] 因此，国家起源于具有独立意志的人民群众的需要，不得已而设置，这就把国家置于"工具"地位，而非中国传统文化中先在的"神器"。这样，"元首"或"团体"从事的一切社会政治事业，都是为国家主人——人民服务。章太炎在投身政治革命的同时，高举个人主义与个性解放大旗，这使他在思想上走在了时代的前列。

难能可贵的是，章太炎还批判了当时社会思潮中以"公理"对个体和个性进行压抑、否定的倾向。所谓"公理"，即由新的思想观念生成社会规则和价值观念。在除旧迎新之际，"公理"在人们的心目中"神圣不可干"，但实质上，"公理"与程朱理学的"天理"一样，往往以"正义"的权威"陵籍个人之自主"，对个体形成束缚。他看出了社会以"公理"名义对个体的压抑不仅刻毒于两宋理学，更是无处无时不在，它比国家对个人的压制更具普遍性和恒在性。这一思想相对于梁启超所倡导的"绌身以就群"、"绌小群以就大群"的国民之"公德"，具有更鲜明的个性解放意义，更鲜明的现代性。作为周氏兄弟、钱玄同、陈独秀等人的老师或精神导师，章太炎的个人主义思想是"五四"个性解放运动的思想渊源之一。

在思想启蒙、社会改造与政治革命运动都日趋高涨的清末，"新民"是集中体现这一现实要求的时代话题。这其中，既有康有为、严复、章太炎等从人性论和人道主义出发，高张自然人性与个人主义大旗，倡导个性解放，又有以梁启超为代表的社会革命家出于现代民族国家的基础建设而倡导培育新国民，两者共同成为"五四"新文化运动的思想资源。当陈独秀精心塑造"新青年"，鲁迅呼唤"精神界之战士"，胡适鼓

---

[1] 章太炎：《国家论》，张枬、王忍之编：《辛亥革命前十年间时论选集》第2卷下册，生活·读书·新知三联书店，1977年版，第778—779页。

吹"易卜生主义",周作人构想"人的文学",特别是当新文学作家们以"异军突起"之势发出个性解放的"呐喊"震动中国文坛之际,个性主义精神在中国文坛和中国社会逐渐形成了具有巨大感召力的新的精神传统。

第三节　反叛与张扬:"五四"新文学个性解放传统的开创

一、现代文学新"道统"的形成

我国古代文学强调文学的社会教化作用,文学的本体性意义,就在于它为社会伦理秩序与政治秩序服务。这一性质早已成为我国传统文学的"道统"。以屈原、魏晋名士、李白等为代表的表现强烈个体生命意志和鲜明个性意识的"人的文学",虽然流芳千古,却被排除于道统之外,成为充满魅力,为各代文士所推崇的非主流文学。

在经历近世百年的历史激荡与文化变迁之后,20世纪中国现代文学形成了影响百年的新"道统"。它既与民族文化传统和文学传统有着千丝万缕的联系,又融注了新时代的文化因素与文化精神,使之呈现出崭新的精神风貌与基本特性。这一新"道统"及其派生的新的文学传统,把百年的中国现代文学与近三千年的中国古代文学区别开来。

在19世纪至20世纪初中国文化的艰难转型过程中,先进中国人的各种救世方案包含着互相依存而又方向不同的两大目标:国家富强、民族独立和人的解放。前者把面对西方帝国主义列强的入侵与瓜分而形成的现代民族主义和国家主义,归结为现代民族国家建设的政治诉求;后者是在西方现代文化精神的参照与启发下,对中国传统文化的历史性反思,在"人的发现"与"人的自觉"历史潮流中,以人性论和人道主义为思想武器,反抗"封建礼教"对人的压抑,高扬个体精神及其社会价值,以实现个性解放。它归结为个体自由、人身权利和"人道"诉求,这就是当代学者所谓的"救亡"与"启蒙"两大时代主题。在西方历史上，这两大时代主题是历时性的、有条不紊的，即由14世纪至16世纪文艺复兴中"人的自觉"经18世纪启蒙运动后现代公民社会建设，最终实现现代民族国家建设。而在19世纪民族与文化双重危机下的中国社会，这两者被挤压成共时性存在，在轻重缓急的现实选择中，两者的矛盾冲突不可避免。于是在中国现代史上，激烈反传统、高张个性解放旗帜的狂飙突进运动与所谓"救亡压倒启蒙"的政治革命运动，此起彼伏，互为扬弃。在风云激荡的历史时代，中国现代文学"道统"表现为：关注国家民族命运，关注现实人生；以"思想"的力量实现改造社会、指引人生道路、展现未来理想境界的崇高历史使命。这一新"道统"由两大核心传统构成：一是政治化传统。它由"文以载道"的本土文学传统转化而来，其所载之"道"由儒家之道转换为"为人生"之道、革命之道，乃旧瓶装新酒。二是个人主义、个性解放之道。"五四"新文化运动先驱和新文学作家们从西方文化史中借来思想武器与文学养料，继承本国优秀文学传统，着力建设"人的文学"，终于开创了个性解放与个人主义文学潮流，形成反抗压迫、张扬个性的新文学传统。在两大传统互为依存与制衡的格局中，如果说"为人生"之道是本土传统的现代转化，那么，以个性解放、人道主义为精神实质的"人的文学"建设，则是"五四"先驱们对新时代中国文学的独特贡献。

二、反叛传统与个性解放：现代文学新传统的开创

陈独秀从政治革命和思想启蒙的现实需要出发，呼唤文学革命，胡适以进化论历史观为依据，倡导以白话代替文言的文学工具革命，但真正体现"五四"文学革命的新时代精神，开创中国文学崭新传统的，是以个人主义为本位、个性解放为形式的"人的文学"。在回顾"五四"文学革命根本精神时，鲁迅写道："最初，文学革命者的要求是人性的

解放。"[1] 茅盾也认为："人的发现，即发展个性，即个人主义，成为'五四'时期新文学运动的主要目标。"[2] 胡适、郁达夫、周作人等无不认为，"个人"的发现，个性解放，是贯穿"五四"新文学始终的基本精神，这也是"五四"新文化运动的核心价值理念。

如前所述，清末民初之际的主流社会思潮与文学思潮，是为"新政治"、"新国家"而"新民"。"小我"与"大群"、"个体"与"民族"的辩证关系，首次成为引人注目的时代课题。近代"人学"由此形成两种路向：梁启超与严复在社会改造与民族觉醒大框架下关注个体的意义，康有为、章太炎等人则在个体欲求的人性论与人道主义基础上探讨现代社会与现代国家建设。章太炎以个人为本位，高扬个体自由与人生权利的思想，则越出了他的时代，在一定程度上可以说成为"五四"时代个性解放大潮的思想源头。不管怎样的侧重，在个体与群体的相互关系中发现"人"，则是异中之同。然而从纵向的时代发展看，中国第一代现代知识分子更多以国家、民族为本位而提倡个人主义，"五四"知识分子则立足于西方近代个人主义文化价值观，全面倡导个人主义与个性解放，把"人"的建设重心历史性地移到个体本位上来，从而真正开创了个性解放与"人的文学"历史新阶段。在这具体立足点的转换下，是整个文化精神和价值系统的历史性转变。

由于有着与前辈相近的时代课题和历史使命，"五四"先驱们并没有提倡极端个人主义，而是把个体价值的社会实现作为最高人生境界。因此，这就有了陈独秀为反对孔教、维护共和而呼唤"伦理觉悟"的"新青年"，胡适倡导具有社会承担精神的"健全的个人主义"，鲁迅则寻找与"庸众"开战的"精神界战士"，周作人憧憬具有全新价值观、人生观的"灵肉和谐一致"的人。他们组成了个性解放的时代大合唱，

---

[1] 鲁迅：《〈草鞋脚〉小引》，《鲁迅全集》第6卷，人民文学出版社，2005年版，第21页。
[2] 茅盾：《关于"创作"》，《茅盾全集》第19卷，人民文学出版社，1991年版，第266页。

铸就了个人主义的现代文学基本精神。而这种"个人"的实现过程，同时也就意味着"怀疑"与"重估"精神，意味着与传统、庸众决裂的对抗过程。因此，高扬个性与反叛传统、反抗世俗，成为"人的发现"与"人的文学"的一体两面；个性张扬的程度，也就意味着反叛、反抗的程度。不少学者认为，"反传统"成为中国现代文学的新传统，它不仅是个性解放运动的有机组成部分，还是个性解放运动发展的内在动力。

在"五四"新文化运动先驱者中，陈独秀不但是大力倡导个人主义的急先锋，而且以其惊世骇俗之论产生很大的社会影响，并且以此奠定了"五四"新文化运动早期以弘扬青春文化精神、激烈反叛传统为特征的文化走向。以人权为本位的爱国观、以"伦理的觉悟"为标志的"新青年"、以个人主义精神为核心的新文化观与新文学观，构成了陈独秀个人主义思想的主要内容。

作为"五四"新文化运动发起人和"总司令"（毛泽东语）的陈独秀，其一生的实践不管有多么大的变化和矛盾之处，贯穿其一生的，是始终坚持个人本位与人格独立，坚持个人在思想和行动上的自主与自由。针对当时孙中山重组"中华革命党"，要求入党同志主动放弃独立人格与一切个人权利，无条件服从"魁首"的做法，他表示坚决反对。在《〈双枰记〉叙》中，他借评章士钊（署名"烂柯山人"）的政治小说《双枰记》阐发自己的思想："烂柯山人素恶专横政治与习惯，对国家主张人民之自由权利，对社会主张个人之自由权利，此亦予所极表同情者也。团体之成立，乃以维持及发达个体之权利已耳，个体之权利不存在，则团体遂无存在之必要。"[1] 在个体与群体关系问题上，梁启超主张"绌身以就群"、"绌小群而就大群"，最终在政治思想上形成"开明专制"论；宣称"自由为体，民主为用"的严复，主张个体权利与团体权利、社会权利的互为依托。而章太炎可谓第一代中国现代知识分子中大力倡导个人自由、个人权利高于一切的人。从康有为到章太炎、章

---

[1] 任建树等编：《陈独秀著作选编》第一卷，上海人民出版社，2010年版，第144—145页。

士钊,以个人主义为本位的自由思想,清晰地显示出近代中国"人"的发现与"人"的解放的进步轨迹。陈独秀站在新的历史起点上,以《新青年》为阵地,发动声势浩大的"五四"新文化运动,使个人主义、自由精神、个性解放成为千百万中国"新青年"信奉的人生价值取向,并最终凝结成为中国现代文学的基本精神。

陈独秀的爱国主义思想,同样继承和发扬了章太炎、章士钊个人本位的现代意识,并且为高扬个人的权利而无不偏激之处。1914年11月10日,陈独秀在《甲寅》第一卷第四号上发表《爱国心与自觉心》一文,认为传统"中国人之视国家也,与社稷齐观","与忠君同义",乃国君传之子孙之祖业,人民唯"供其牺牲,无丝毫自由权利与幸福焉"。"近世欧美人之视国家也,为国人共谋安宁幸福之团体。人民权利,载在宪章,犬马民众,以奉一人,虽有健者,莫敢出此。""我国数千年间,建国凡数十次",然而"凡百施政,皆谋一姓之兴亡,非计及国民之忧乐"。如此国家,"实无立国之必要,更无爱国之可言"。因此他得出结论:

> 爱国心,情之属也。自觉心,智之属也。爱国者何?爱其为保障吾人权利谋益吾人幸福之团体也。自觉者何?觉其国家之目的与情势也。是故不知国家之目的而爱之则罔,不知国家之情势而爱之则殆,罔与殆,其蔽一也。

然而看看当今之中国:"外无以御侮,内无以保民。不但无以保民,且适以残民,朝野同科,人民绝望。"爱此国家,是以愚也。爱国即误国。对于不能爱之国,若有了"自觉心",则"海外之师至,吾民必且有垂涕而迎之者矣"。这一观点因过于偏激而惊世骇俗,在广大读者中引起激烈争论。但强调以人民的自由权利与幸福为标尺衡量一个"国家"有无存在的合理性,是否值得去爱,去维护,显然体现出源自西方文化传统的现代国家意识和理性的爱国主义精神,体现出现代以人为本的价值观。在此，陈独秀虽以"人民"与"国家"相对，但由于在他心目中，这"人民"必以具有独立人格与自主意识的个人组成，故他的"爱国主义"的宗旨是高扬个人价值，肯定个人相对于社会和国家的本体地位。

1915年9月，陈独秀脱离《甲寅》杂志，在上海创办《青年杂志》，但在思想观念和价值取向上，则承袭《甲寅》衣钵。《青年杂志》首先继承了《甲寅》的自由主义思想。《甲寅》高张英美个人主义、自由主义旗帜，鼓吹依法治国，民主政治，推重以个人权利为核心的自由精神。17世纪英国思想家洛克的自然权利学说、法国卢梭的天赋人权说、18世纪美国《独立宣言》和法国《人权宣言》，皆把个人权利与公民权利置于神圣不可侵犯的地位。这些思想学说经章士钊《甲寅》的大力鼓吹，成为陈独秀以《青年杂志》为阵地发动新文化运动的重要思想资源。

早年的陈独秀，热衷于向广大劳动群众进行思想启蒙。随着《青年杂志》创办，急于开辟中国历史文化新纪元的陈独秀找准了中国新文化建设的承载者：新时代具有自主意识的中国"新青年"。在《敬告青年》一文中，他满怀自信与激情写道：

> 青年如初春，如朝日，如百卉之萌动，如利刃之新发于硎，人生最可宝贵之时期也。青年之于社会，犹新鲜活泼细胞之在人身。新陈代谢，陈腐朽败者无时不在天然淘汰之途，与新鲜活泼者以空间之位置及时间之生命。人身遵新陈代谢之道则健康，陈腐朽败之细胞充塞人身则人身死；社会遵新陈代谢之道则隆盛，陈腐朽败之分子充塞社会则社会亡。[1]

十五年前，梁启超在《少年中国说》中热切呼唤承担民族返老还

---

[1] 陈独秀：《敬告青年》，任建树等编：《陈独秀著作选编》第一卷，上海人民出版社，2010年版，第158页。

童、建设"少年"中国历史责任的"中国少年":"少年智则国智,少年富则国富,少年强则国强,少年独立则国独立。"陈独秀对"新青年"的呼唤与之前后呼应、异曲同工。但两者又有着内在的差异:梁启超是以象征手法呼唤新时代的民族精神,陈独秀则以个人主义为本位呼唤充分体现新时代精神的独立人格,呼唤具有进取和创新意义的个性解放。从"民族精神"到"个性张扬",其中蕴含着历史性进步。故陈独秀心目中能够承担历史重任、开创中国历史文化新纪元的"新青年"的个性特征为:自主的而非奴隶的;进步的而非保守的;进取的而非退隐的;世界的而非锁国的;实利的而非虚文的;科学的而非想象的。其中"自主"而非"奴隶"的,是"新青年"个性解放的根本精神。他阐发道:"等一人也,各有自主之权,绝无奴隶他人之权利,亦绝无以奴自处之义务。……一切操行,一切权利,一切信仰,唯有听命各自固有之智能,断无盲从隶属他人之理。"[1]

这种获得了政治解放、思想解放、经济独立、婚姻自主的独立人格,意味着个人获得全面自由。陈独秀人格独立与个性解放思想,代表了世纪之交的中国社会从民族觉悟到个人觉悟的历史性跨越,成为即将兴起的"五四"个性解放大潮宣言书。在《东西民族根本思想之差异》中,他认为东西民族思想的根本差异之一,乃是"西洋民族以个人为本位,东洋民族以家族为本位"。"西洋民族,自古迄今,彻头彻尾,个人主义之民族也。……举一切伦理,道德,政治,法律,社会之所向往,国家之所祈求,拥护个人之自由权利与幸福而已。思想言论之自由,谋个性之发展也。法律之前,个人平等也。个人之自由权利,载诸宪章,国法不得而剥夺之,所谓人权是也。人权者,成人以往,自非奴隶,悉享此权,无有差别。此纯粹个人主义之大精神也。"相反,东洋民族的宗法社会"以家族为本位,而个人无权利"。宗法社会尊元首,尊家长,重阶级,故推崇"忠孝",其社会之恶果有四:损坏个人独立自尊之人

---

[1] 陈独秀:《敬告青年》,任建树等编:《陈独秀著作选编》第一卷,上海人民出版社,2010年版,第159页。

格，窒息自由思想，剥夺个人平等权利，养成依赖之奴性。[1]

陈独秀倡导的个人主义精神包括坚定的生存与反抗意志，独立的人格与崭新的思想。也就是说：个人主义＝抗争精神＋独立人格＋新的思想。而且他认为，个性的张扬是民族觉醒、国家富强的前提，两者相辅相成。根据这一思路，陈独秀想通过对传统文化的评判和新人格、新道德的建设，来实现个性的解放与民族的更生。在《抵抗力》一文中，他认为抵抗力乃是与天道相对应的"人道"："自然每趋于毁坏，万物各求其生存。一存一毁，此不得不需于抵抗力矣。抵抗力者，万物各执着其避害御侮自我生存之意志，以与天道自然相战之谓也。"[2] 根据优胜劣汰的进化观，不管是个人还是民族，"一旦丧失其抵抗力，降服而已，灭亡而已，生存且不保，遑云进化！盖失其精神之抵抗力，已无人格之可言；失其身体之抵抗力，求为走肉行尸，且不可得也！"[3] 而在传统思想毒害和君主专制控制下，我国人民人格丧亡，民德、民智、民力扫地尽矣。故他大声疾呼自救之法："世界一战场，人生一恶斗。一息尚存，决无逃遁苟安之余地。"[4] 因此，他十分推崇欧美、日本民族的所谓"兽性主义"，即以强健体魄与意志，争强斗狠，特立独行。在他的鼓吹下，一时间，"兽性主义"成为当时青年中流行的新名词。在《一九一六年》一文中，他武断宣布：中国历史将以"一九一六年"划一鸿沟之界，前此皆以古代史目之，一切皆死。此后吾民族、国家获得新生。他对此后之中国"新青年"寄托如下期望：第一，"自居征服 To Conquer 地位，勿自居被征服 Be Conquered 地位"，即发扬"好勇斗狠，不为势屈"兽性主义；[5] 第二，"尊重个人独立自主之人格，勿为他人之附属品"。他认为："集人成国，个人之人格高，斯国家之人格亦高；

---

[1] 任建树等编：《陈独秀著作选编》第一卷，上海人民出版社，2010年版，第194页。
[2] 任建树等编：《陈独秀著作选编》第一卷，上海人民出版社，2010年版，第178页。
[3] 任建树等编：《陈独秀著作选编》第一卷，上海人民出版社，2010年版，第179页。
[4] 任建树等编：《陈独秀著作选编》第一卷，上海人民出版社，2010年版，第181页。
[5] 任建树等编：《陈独秀著作选编》第一卷，上海人民出版社，2010年版，第198页。

个人之权巩固，斯国家之权亦巩固。"而"吾国道德政治"反是："儒者三纲之说，为一切道德政治之大原：君为臣纲，则民于君为附属品，而无独立自主之人格矣；父为子纲，则子于父为附属品，而无独立自主之人格矣；夫为妻纲，则妻于夫为附属品，而无独立自主之人格矣。率天下之男女，为臣，为子，为妻，而不见有一独立自主之人者，三纲之说为之也。缘此而生金科玉律之道德名词——曰忠，曰孝，曰节，——皆非推己及人之主人道德，而为以己属人之奴隶道德也。"因此他号召："自负为一九一六年之男女青年，其各奋斗以脱离此附属品之地位，以恢复独立自主之人格！"[1] 并以此独立自主人格投身国民运动，实现自身的社会价值。

紧接着，他在《吾人最后之觉悟》一文中提出"伦理的觉悟"，认为"伦理的觉悟，为吾人最后觉悟之最后觉悟"。原因在于，伦理思想——即文化价值系统，为政治思想与政治制度的根本，影响于政治。儒者三纲之说，为传统专制政治与礼教秩序之大原，今共和立宪制"以独立平等自由为原则，与纲常阶级制为绝对不可相容之物，存其一必废其一"。[2] 因此，现代"新青年"在政治觉悟之后，必须在文化价值观的转换上再来一次飞跃。这是根本精神上的脱胎换骨。在《新青年》一文中，他热情地描述20世纪"可爱可敬之青年"精神风貌：独立，奋斗，责任。从1916年下半年开始，陈独秀和他的同志吴虞、易白沙、鲁迅、钱玄同等人，集中批判孔子之道与现代生活不合，认为儒家纲常之说，乃封建时代政治与社会伦理，乃专制与奴隶之道德，而现代社会与政治生活，要以个人主义为根本道德。在人人平等之下，尊重个人的人格、经济、信仰、言行之独立，尊重妇女之人格与人身独立。这场批儒运动实质上也成为以怀疑与反叛为核心的个性解放社会运动，直接开启了新文学个性解放大潮。

就在此时，陈独秀、胡适以《新青年》(《青年杂志》因故于1916

---

[1] 任建树等编：《陈独秀著作选编》第一卷，上海人民出版社，2010年版，第199页。
[2] 任建树等编：《陈独秀著作选编》第一卷，上海人民出版社，2010年版，第204页。

年9月更名《新青年》)为阵地,举起文学革命大旗。《新青年》以敢冒天下之大不韪精神批判以儒家学说为代表的传统思想,而由此获得全国性影响,更因随后迁往北大,占领当时全国舆论制高点而进一步获得话语权。从此,《新青年》的每一个举动,几乎都对当时人们的思想和随后的中国文化走向产生了影响。这场新文化运动以除旧开新为特征,由政治思想革命深入到伦理革命,由改造国民性以实现共和政治诉求,由家庭伦理革命实现"人的解放"。"五四"文学革命正以此为思想背景和发展动力,凝结为互为依存、互相印证而又互相制衡的两大现代传统:思想启蒙的政治化传统与反叛传统的个性解放传统。

作为"五四"文学革命宣言书之一的《文学革命论》,陈独秀完全从新的中国政治革命需要号召文学革命,把文学革命作为"革新政治"的有效途径与工具,同时以毫不妥协的战斗姿态,以"推倒—建设"的思维模式,向中国传统文学发起全面挑战,尤其把明之前、后七子及八家文派之归、方、刘、姚等打成"十八妖魔",则充分显示出对神圣传统的大胆怀疑与反叛精神。他在文章最后宣布:

> 吾国文学界豪杰之士,有自负为中国之虞哥、左喇、桂特郝、卜特曼、狄铿士、王尔德者乎?有不顾迂儒之毁誉,明目张胆以与十八妖魔宣战者乎?予愿拖四十二生的大炮,为之前驱![1]

这实际上正是鲁迅所憧憬和赞扬的敢于与传统、庸众宣战的"精神界战士"的精彩自画像。《文学革命论》实际上包含了中国现代文学"道统"的两大组成部分:文学为政治服务传统;文学的反叛与个性解放传统。前者称为中国新文学主流核心价值观念,后者是中国新文学共同的精神气质。此后,不管是早期革命文学中的"革命加恋爱"模式,还是30年代"人性论"与"阶级论"的论战,或是40年代现代诗派

---

[1] 任建树等编:《陈独秀著作选编》第一卷,上海人民出版社,2010年版,第291页。

"小我"与国家民族的辩证关系,中国文学始终在这两大互相依存、矛盾消长的核心传统格局中流转、变迁。

陈独秀为"五四"个性解放的社会与文学思潮奠定了必要的思想基础,可以说是新文学个性解放传统名副其实的思想先驱。但文学革命兴起后,陈独秀对新文学建设并无多少实际关注,他的兴趣逐步转向政治。在"五四"新文化阵营中,成为新文学建设主力军的,是胡适、周作人、鲁迅、刘半农、钱玄同以及文学研究会、创造社等文学社团。胡适倡导的家庭伦理革命、易卜生主义,周作人的"人的文学"、"平民文学"理论,鲁迅震撼文坛的《呐喊》,使新文学运动个性解放与个人主义潮流风起云涌,此时中国"新青年"个性之张扬,反叛之彻底,可谓"空前绝后"。

如果说陈独秀主要从思想启蒙和政治、伦理革命角度呼唤具有独立人格和"兽性精神"的"新青年",胡适则以其独具时代特色的"易卜生主义"使个性解放思潮建立在严谨的理论基础之上。当个性解放社会思潮启发和带动了新文学创作,成为其共同的思想主题和审美中心时,从思想启蒙和人道主义角度兴起的"人的文学"则沿着个性解放道路蓬勃展开。

在文学革命倡导之初,胡适在倡导以白话代文言的语言工具革新的同时,始终重视"精神上之革命"。他在给陈独秀的信中,指出当下中国文学堕落之因,在于"文胜质":"文胜质者,有形式而无精神。"[1]在《文学改良刍议》中,其文学改良之"八事"中"须言之有物"、"不摹仿古人"、"不作无病之呻吟"等皆精神之革命。"须言之有物"具体表现有"情感"和"思想":"文学无此二物,便如无灵魂无脑筋之美人,虽有秾丽富厚之外观,抑亦末矣。"这二者向不同方向发展,则生发出新文学"道统"的不同侧面:向实现启蒙、社会使命方向延伸,便形成政治化现代传统;若注重创作者情感、思想风格和个性气质,则无

---

[1] 胡适:《寄陈独秀》,季羡林主编:《胡适全集》第1卷,安徽教育出版社,2003年版,第3页。

疑将造成个性主义文学精神。在新文学建设的纲领性文献《建设的文学革命论》中，胡适把文学改良之"八不主义"概括为"四条"："一、要有话说，方才说话。二、有什么话，说什么话；话怎么说，就怎么说。三、要说我自己的话，别说别人的话。四、是什么时代的人，说什么时代的话。"[1] 以"活文字"白话代替"死文字"文言之论，其思想深处贯穿的则是更加鲜明、颇为强烈的自主精神和个性意识。胡适认为，提倡白话的最终目的，还是为了更好地表达特定情感和新思想。所以，当白话战胜文言之后，以"情感"和"思想"为载体的个性张扬便合乎逻辑地成为新文学的基本特性之一。

可以这样说，个体意识的觉醒，是现代文明萌芽和成长的起点；个人主义作为核心价值观念，是现代文明与"中世纪"古典文明的本质区别，或者说是现代文明"现代性"的根本标志。布克哈特在论述意大利文艺复兴时期的文化精神时这样写道："在中世纪，人类意识的两方面——内心自省和外界观察都一样——一直是在一层共同的纱幕之下，处于睡眠或者半醒状态。这层纱幕是由信仰、幻想和幼稚的偏见织成的，透过它向外看，世界和历史都罩上了一层奇怪的色彩。人类只是作为一个种族、民族、党派、家族或社团的一员——只是通过某些一般的范畴，而意识到自己。在意大利，这层纱幕最先烟消云散；对于国家和这个世界上的一切事物做客观的处理和考虑成为可能的了。同时，主观方面也相应地强调表现了它自己；人成了精神的个体，并且也这样来认识自己。"因此，他称意大利人"成了近代欧洲的儿子中的长子"。[2] 因而，文艺复兴以后，西方现代文明的每一步发展都是以个体意识觉醒后个人主义价值体系的诸多元素——平等、自由、民主、人权、宪政、个体尊严等的发展及相互作用为基石的，缺少了个人主义的所谓"现代化"，都是没有灵魂的现代文化躯壳。故有现代学者这样总结道：

---

[1] 季羡林主编：《胡适全集》第1卷，安徽教育出版社，2003年版。
[2] 雅各布·布克哈特：《意大利文艺复兴时期的文化》，何新译，马香雪校，商务印书馆，1979年版，第139页。

个体意识是现代价值精神和文明秩序的基础。现代文明的诞生可谓人类之个性解放的历程。无论是文艺复兴和宗教改革时代以人性反对神权的人文主义运动，抑或启蒙时代和革命时代以人权反对专制的自由主义运动，其一以贯之的核心价值诉求皆为个人主义。同时，个人主义亦为现代文明社会之市场秩序与民主宪政的价值基石，自由秩序理论之天赋人权、社会契约、经济自由、信仰自由、法治、有限政府等学说，无不立基于个人主义。个人主义表征着西方现代文明的基本价值。[1]

在中国小农经济条件下的宗法社会里，儒家文化精神以崇尚文化权威主义、政治伦理主义和社会群体主义为特征，个体仅仅成为以伦理主义为基础的等级和谐社会肌体中的特定"网结"，因此，"自由独立的'个人'的缺失，成为中国走向现代文明的根本精神障碍。因而，'个人'的觉醒，冲破'人的依赖关系'的个性解放，成为中国启蒙运动的中心课题。新文化运动的个人主义思潮，即表征着东亚中国'个人'的觉醒"。[2]

如果说陈独秀以法兰西革命精神为思想武器，从"政治的觉悟"和"伦理的觉悟"即政治革命和反叛传统角度出发，热切呼唤具有自主和进取精神的中国"新青年"，从而为个性解放运动奠定了基调；那么，胡适大力倡导的"易卜生主义"，则以其严谨的理论阐释和尖锐的现实针对性，具体而深刻地揭示了个人主义的基本内涵，成为"五四"个性解放运动的理论纲领。尤其是在文学革命兴起之际，胡适的"易卜生主义"成为"五四"新文学张扬个性、反抗社会、反叛传统之新传统强大的思想武库和直接的精神源泉。换句话说，"个性主义以崭新的面貌真正体现了'五四'时代精神，体现了'五四'文学的现代化形态。这种

---

[1] 高力克：《五四的思想世界》，学林出版社，2003年版，第5页。
[2] 高力克：《五四的思想世界》，学林出版社，2003年版，第6页。

思想观念与作家心态决定了在引进外国文学时将会以个性主义文学为第一选择,易卜生因而进入了热点"。[1] 胡适对"易卜生主义"的大力提倡正是这种时代要求的体现,可谓"应运而生",它对"五四"新文学个性精神的影响无论怎样评价都不为过。

"五四"新文化运动兴起之前,挪威剧作家易卜生就与其他欧美文学家和哲学家们一起被介绍到中国,鲁迅在《文化偏至论》、《摩罗诗力说》等早期论文中对其极为推崇,呼唤独战庸众的"精神界战士"。但以"易卜生主义"为标志的个人主义思潮得以迅速兴起,则主要归功于胡适等人的译介、倡导和理论阐释。1918年6月,在"五四"新文化运动和文学革命运动日趋高涨之际,胡适把他轮值主编的《新青年》第四卷第六号编成"易卜生专号"。其卷首代表作便是胡适的《易卜生主义》,其后刊载易卜生的三部代表作《娜拉》(罗家伦、胡适译)、《国民之敌》(陶履恭译)、《小爱友夫》(吴弱男译),以及袁振英的《易卜生传》等。《新潮》杂志第一卷第五号亦紧随其后,刊载易卜生的《群鬼》(潘家洵译)等作品。于是,"易卜生主义"在理论与文学作品相互辉映下风靡中国知识界。

在"五四"个性解放运动的正式宣言书《易卜生主义》中,胡适首先颂扬易卜生的,是他的文学创作敢于直面人生与社会的现实主义精神。易卜生通过《娜拉》、《群鬼》等戏剧作品,揭露出家庭及社会之法律、宗教、道德看似正常、庄严而神圣的外衣下种种虚伪、冷漠和龌龊的真面目。所以,写实主义为"易卜生主义"的第一层意义。"易卜生把家庭社会的实在情形都写了出来,叫人看了动心,叫人看了觉得我们的家庭社会原来是如此黑暗腐败,叫人看了觉得家庭社会真正不得不维新革命——这就是易卜生主义。"然而,"易卜生主义"的核心理念是个人主义。胡适认为易卜生"有一种完全积极的主张。他主张个人须要充

---

[1] 范伯群、朱栋霖主编:《1898—1949 中外文学比较史》上卷,江苏教育出版社,2007年版,第192页。

分发达自己的天才性,须要充分发展自己的个性"。[1] 易卜生的戏剧表明,"社会最大的罪恶莫过于摧折个人的个性,不使他自由发展"。而发展人的个性,须有两个条件:第一,须使个人有自由意志;第二,须使个人担干系,负责任。[2] 也就是说个人意志与社会责任,是个人主义不可或缺的两大精神内涵。

由自由意志造成的独立人格,又是个人主义的灵魂。它是个体在精神上摆脱蒙昧与奴性依附状态,萌发自我意识,并最终形成自己坚定不移的价值观念与精神气质的标志。同时,它也是一个国家,一个社会得以不断走出僵化与停滞,获得革新和进步的根本动力。所以胡适总结道:"自治的社会,共和的国家,只是要个人有自由选择之权,还要个人对于自己所行所为都负责任。若不如此,决不能造出自由独立人格。社会国家没有自由独立的人格,如同酒里少了酒曲,面包里少了酵,人身上少了脑筋;那种社会国家绝没有改良进步的希望。"[3]

为什么?因为只有具备自由意志,独立人格的人,才能以顽强的意志,强大的精神力量,承担起社会责任,为了公众的福祉和社会的进步,不惜以"少数派"甚至"孤独者"向庸众宣战,与社会为敌。在易卜生戏剧中,胡适非常推崇《国民公敌》的斯铎曼医生。斯铎曼医生为了公众健康而向黑心的浴池老板发起挑战,结果真相得不到揭露,自身反而成了人人痛恨的"国民公敌",但他毫不退缩。在充满敌意的国民会议上,他向公众发表演讲遭到痛殴,但他仍坚定宣布:"世上最强有力的人就是那个最孤立的人!"

那么,如何实现这种"个人主义"呢?胡适借用易卜生的话说:先把自己这块材料铸造成器!在《易卜生主义》和后来的《介绍我自己的

---

[1] 胡适:《易卜生主义》,季羡林主编:《胡适全集》第1卷,安徽教育出版社,2003年版,第612页。
[2] 胡适:《易卜生主义》,季羡林主编:《胡适全集》第1卷,安徽教育出版社,2003年版,第614页。
[3] 胡适:《易卜生主义》,季羡林主编:《胡适全集》第1卷,安徽教育出版社,2003年版,第615页。

思想》中，他反复吟咏易卜生致其友白兰戴的信加以说明："你要想有益于社会，最好的法子莫如把你自己这块材料铸造成器。……有的时候我真觉得全世界都像海上撞沉了船，最要紧的还是救出自己。"[1]

胡适认为，社会是由个人组成的，多救出一个人便是多备下一个再造新社会的分子。所以，"这种'为我主义'，其实是最有价值的利人主义"。[2] 胡适认为，这就是最健全的个人主义。1930年，胡适在回顾自己的思想历程时又对这一"健全的个人主义"作了具体阐释：

> 把自己铸造成器，方才可以希望有益于社会。真实的为我，便是最有益的为人。把自己铸造成了自由独立的人格，你自然会不知足，不满意于现状，敢说老实话，敢攻击社会上的腐败情形，做一个"贫贱不能移，富贵不能淫，威武不能屈"的斯铎曼医生。

接着他又概括了他在"五四"时期倡导个人主义的时代意义：

> 这个个人主义的人生观一面教我们学娜拉，要努力把自己铸造成个人；一面教我们学斯铎曼医生，要特立独行，敢说老实话，敢向恶势力作战。……欧洲有了十八九世纪的个人主义，造出了无数爱自由过于面包，爱真理过于生命的特立独行之士，方才有今日的文明世界。
>
> 现在有人对你们说："牺牲你们个人的自由，去求国家的自由！"我对你们说："争你们个人的自由，便是为国家争自由！争你们自己的人格，便是为国家争人格！自由平等的国家不是一群奴才

---

[1] 胡适：《介绍我自己的思想》，季羡林主编：《胡适全集》第4卷，安徽教育出版社，2003年版，第662页。
[2] 胡适：《易卜生主义》，季羡林主编：《胡适全集》第1卷，安徽教育出版社，2003年版，第613页。

建造得起来的!"[1]

这是康、梁、章(太炎)及陈独秀以来先进中国人的一贯思路,实际上也是源自西方的个性主义思潮在中国大地上呈现出的鲜明的民族特色。所以,一年半后,胡适在《非个人主义的新生活》一文中更加强调个人主义与社会改造之间的内在关系。他继承和发扬杜威的思想,把个人主义分为"假的个人主义"、"真的个人主义"、"独善的个人主义"等。借用杜威的思想,他认为:"假的个人主义——就是为我主义(Egoism),他的性质自私自利;只顾自己的利益,不管群众的利益。"而"真的个人主义——就是个性主义(Individuality),他的特性有两种:一是独立思想,不肯把别人的耳朵当耳朵,不肯把别人的眼睛当眼睛,不肯把别人的脑力当自己的脑力;二是个人对于自己思想信仰的结果要负完全责任,不怕权威,不怕监禁杀身,只认得真理,不认得个人的利害"。[2]他尤其反对那由宗教家、隐士等皈依的"独善的个人主义"。其中又着重反对那似是而非的"新村生活"。源于英、法、日本而在中国风行一时的"新村运动",以其巨大的道德感召力吸引了包括蔡元培、周作人等仁人志士的热切向往,躬身实践,但在胡适看来,它是地地道道的"个人主义的新生活"。它的核心是"想跳出现社会去发展自己个性"。胡适认为"中国的有志青年不应该仿行这种个人主义的新生活",首先就在于"这种生活是避世的,是避开现社会的。这就是让步。这便不是奋斗"。[3]胡适的根本观念是:个人是社会上无数势力造成的;改造社会须从改造这些造成社会、造成个人的种种势力做起;改造社会即是改造个人。因此,胡适提倡的"非个人主义的新生活"的本质是:"这种

---

[1] 胡适:《介绍我自己的思想》,季羡林主编:《胡适全集》第4卷,安徽教育出版社,2003年版,第662—663页。
[2] 胡适:《非个人主义的新生活》,季羡林主编:《胡适全集》第1卷,安徽教育出版社,2003年版,第708页。
[3] 胡适:《非个人主义的新生活》,季羡林主编:《胡适全集》第1卷,安徽教育出版社,2003年版,第710—711页。

生活是一种'社会的新生活',是站在这个现社会里奋斗的生活;是霸占住这个社会来改造这个社会的新生活"。[1] 在他看来,周作人等人"改造社会要从改造个人做起"的观点,把个人与社会截然分开是根本错误的。

"非个人主义的新生活"是对"易卜生主义"的展开与深化。在此,胡适更加强调个人主义与社会生活的密不可分,强调通过不懈奋斗与旧势力抗争,即强调个性的培育与改造社会之间的内在联系。因此,这就把个性解放与反抗社会、反叛旧传统有机结合起来,从而赋予它切实的现实主义和鲜明的时代精神。

胡适以"易卜生主义"为旗帜,伴随着易氏作品引介而倡导的个性解放运动无疑极大地应和了当时中国接受新式教育的青年一代的心理欲求,故立刻激起了巨大的社会反响。胡适事后回顾《易卜生主义》一文的社会反响时写道:"这篇文章在民国七八年间所以能有最大的兴奋作用和解放作用,也正是因为它所提倡的个人主义在当日确是最新鲜又最需要的一针注射。"[2] 易卜生戏剧经胡适等人的介绍,成为每个向往个性解放的中国青年必读经典,以致摹仿易氏作品主人公,立志做"中国的娜拉"、"中国的斯铎曼医生",成为当时青年的思想时尚。阿英就"五四"时期这股"易卜生热"也在文章中写道:"由于这些介绍和翻译,更主要的是配合了五四社会改革的需要,易卜生在当时的中国社会里,就引起了巨大的波澜,新的人没有一个不狂热地喜爱他,也几乎没有一种报刊不谈论他。"[3] 当代学者在分析"五四"时代那蓬勃兴起、不可遏止的"易卜生热"时有这样的见解:

---

[1] 胡适:《非个人主义的新生活》,季羡林主编:《胡适全集》第1卷,安徽教育出版社,2003年版,第714页。
[2] 胡适:《介绍我自己的思想》,季羡林主编:《胡适全集》第4卷,安徽教育出版社,2003年版,第662页。
[3] 阿英:《易卜生的作品在中国》,《阿英全集》第2卷,安徽教育出版社,2003年版,第820—821页。

易卜生的文学不仅带有浓厚的个性主义色彩,而且把个性主义的思考与社会现实问题的剖视联系起来,成为十九世纪末二十世纪初一位杰出的"问题"文学家。"五四"时期中国知识分子之所以掀起一场轰轰烈烈的启蒙主义运动,一个最近切的原因就是他们痛感到中国现实社会问题累累,极需要从思想、文化、文学、科学等方面进行思考,加以解决。于是,对易卜生作品提出的社会、家庭和妇女解放等问题有一种不可遏制的认同欲,而对于易卜生把这些"问题"归于个性主义的思维路线更有一种启迪、领悟的快感。[1]

这段论述揭示了20世纪中国文学新"道统"何以由"为人生为社会为政治"与"个性解放"两大时代主题的相辅相成体现出来。而当这以改造社会为存在条件的个性主义社会思潮与刚刚兴起的新文学运动相结合后,其对后者产生的影响是"开天辟地"式的:"易卜生主义在'五四'个性主义的呼唤下进入中国文坛,又在中国文学领域起到了导引、普及和充实个性主义文学观念的作用,易卜生主义的传统孕育了'五四'初期整整一代文学家,造就了崭新的中国新文学。它的影响是巨大的,深远的,也是积极的。"[2]一言以蔽之,这种影响的结果,就是造就了中国新文学个性主义特质,形成了迥异于中国古典文学的张扬个性、反叛传统的新传统。

以陈独秀、胡适为精神领袖的"五四"新文化运动的核心,便是以个人主义为本位的人的解放运动。从"五四"新文化运动早期陈独秀为维护共和而批判"孔子之道",呼唤具有自主、进取精神的"新青年"的"政治伦理革命",到1918年后新文化运动高潮时期胡适倡导"易卜生主义"的"社会伦理革命",是人的解放运动标志性的历史进步。而

---

[1] 范伯群、朱栋霖主编:《1898—1949中外文学比较史》上卷,江苏教育出版社,2007年版,第191页。
[2] 范伯群、朱栋霖主编:《1898—1949中外文学比较史》上卷,江苏教育出版社,2007年版,第193页。

此后，胡适再以女子"贞操问题"和父子伦理问题为核心，引发了具有很大社会影响的"家庭伦理革命"大讨论。这不仅标志着"五四"反传统运动的深入，也标志着易卜生式个性解放思潮与中国社会现实问题的结合。女子解放、婚姻自主、家庭专制等决定人们生存状态与幸福指数的切实问题，明确摆在20世纪初除旧迎新的中国人面前，成为每个人都无法回避的尖锐问题：以往被全社会尊奉的道德戒律被公开怀疑和批判，从而引发社会的心理震撼。而反传统与个性解放运动也有了明确的反抗对象与奋斗目标。这一"家庭伦理革命"为新文学创作提供了直接的思想资源，新的价值坐标。

1918年7月，胡适针对社会上公开宣扬、表彰所谓"节烈"妇女的行为写下《贞操问题》一文，拉开了20世纪中国家庭伦理革命的序幕。他痛斥这种忍心害理的烈女论是"不合人情，不合天理的罪恶"，"罪等于故意杀人"。就贞操问题上的男女不平等，胡适写道："中国的男子要他们的妻子替他们守贞守节，他们自己却公然嫖妓，公然纳妾，公然'吊膀子'。再嫁的妇人在社会上几乎没有社交的资格，再婚的男子，多妻的男子，却一毫不损失他们的身份。这不是最不平等的事吗？"为什么呢？"因为贞操不是个人的事，乃是人对人的事；不是一方面的事，乃是双方的事……贞操是一个'人'对别一个'人'的一种态度。因为如此，男子对于女子，也该有同等的态度。若男子不能照样还敬，他就是不配受这种贞操的待遇。"[1] "我以为贞操是男女相待的一种态度，乃是双方交互的道德，不是偏于女子一方面的。"[2] "贞操乃是夫妇相待的一种态度。夫妇之间爱情深了，恩谊厚了，无论谁生谁死，无论生时死后，都不忍把这爱情移于别人，这便是贞操。"[3] 通过对贞操实质

---

[1] 胡适：《贞操问题》，季羡林主编：《胡适全集》第1卷，安徽教育出版社，2003年版，第635—636页。
[2] 胡适：《贞操问题》，季羡林主编：《胡适全集》第1卷，安徽教育出版社，2003年版，第642页。
[3] 胡适：《贞操问题》，季羡林主编：《胡适全集》第1卷，安徽教育出版社，2003年版，第639页。

的重新剖析,胡适阐述了自己的现代贞操观,颠覆了中国社会延传两千多年男权与夫权观念,颠覆了男尊女卑的夫妇伦理!

这篇文章在1918年7月15日《新青年》第五卷第一号刊载,立刻引起广泛的社会反响,读者来信不断。针对读者蓝志先等人的商榷意见,胡适进一步强调夫妇之间专一的爱和对对方人格的尊重,是现代贞操观的核心。读者中有关于如何对待被强暴所污的女子的提问,胡适明确回答:一、女子为强暴所污,不必自杀。断然否定社会上仍流行的"饿死事小,失节事极大"的谬说。二、失身女子的贞操没有损失,社会上的人应该怜惜她,不应该轻视她。他说,若有人敢打破这种"处女迷信",我们应该敬重他。[1] 以此打破传统的"夫为妻纲"伦理,倡导男女平等,妇女解放,其核心是女子人格独立。同时,他在北京女子师范学校做《美国的妇人》讲演,盛赞美国女子的独立精神,号召大家:"我们中国的姊妹们若能把这种'自立'的精神来补助我们的'倚赖'性质,若能把那种'超于良妻贤母人生观'来补助我们的'良妻贤母'观念,定可使中国女界有一点'新鲜空气',定可使中国产生出一些真能'自立'的女子。……有了这些'自立'的男女,自然产出良善的社会。良善的社会决不是如今这些互相倚赖,不能'自立'的男女所能造成的。"[2] 胡适把"易卜生主义"基本原理与中国社会实际相结合,倡导中国的妇女解放运动,成为"五四"时代个性解放大潮的重要组成部分。

胡适家庭伦理革命的倡导,得到"五四"新文化阵营的同声呼应,尤其是鲁迅,紧随胡适之后,他先后发表《我之节烈观》、《我们现在怎样做父亲》、《论雷峰塔的倒掉》、《再论雷峰塔的倒掉》等颇有社会反响的系列文章,犀利泼辣,富于反抗性和战斗色彩,鲜明地体现出"五

---

[1] 胡适:《论女子为强暴所污:答萧宜森》,季羡林主编:《胡适全集》第1卷,安徽教育出版社,2003年版,第652页。
[2] 胡适:《美国的妇人》,季羡林主编:《胡适全集》第1卷,安徽教育出版社,2003年版,第632页。

四"时代独有的个性张扬和抗争精神。如果说陈独秀早年为维护共和而破"孔子之道",从而破除了封建帝国的君臣之伦;那么,在新文化运动高潮中,胡适倡导的家庭伦理革命则破除了以"孝"为标志的"父为子纲"和以女子守节为核心的"夫妇之道"。在此,封建主义"三纲"悉被解构,而这批判的武器,正是以人格独立为本质的个人主义思想学说。它一经在社会兴起,立即成为"五四"新文学创作的核心思想资源,凝结为新文学基本精神。

鲁迅早年留学日本时,深受尼采思想影响。尼采那种反叛传统,藐视庸众,在孤独中坚忍不拔寻求人生意义的强者气质使鲁迅崇拜不已。尼采指出:德国社会存在着"主人道德"和"奴隶道德"两种根本对立的人生价值观。"主人道德"是极少数创造者的道德,这种"超人"道德体现出坚强勇敢、独立不羁精神,以战斗和决裂姿态面对神圣的传统和愚昧的庸众。"奴隶道德"是精神侏儒的道德,怯懦保守,乐天安命。因此,尼采要求民族的"超人"扫荡一切奴隶人格,毫不留情地推倒一切颓败和苟且,去创造新世界。故鲁迅称颂尼采为"个人主义之至雄桀者矣"。东西各国治乱更迭,"惟超人出,世乃太平"。[1] 揆之欧美各国之强弱之道,"则根柢在人"。"是故将生存两间,角逐列国是务,其首在立人;人立而后凡事举;若其道术,乃必尊个性而张精神。"[2] 而中国之强弱亦必待"明哲之士",[3] 即少数"超人"出。只有在"明哲之士"引导下,国人思想觉悟,个性张扬,中国才可称为现代意义上的"人国"。因此,在《摩罗诗力说》中,他热切呼唤中国的"摩罗诗人"早日登上历史舞台,以其深邃的思想和自由精神,唤醒民众,求得民族复兴和国家富强。

在中国现代文学新传统的凝聚和开创上,周作人是除陈、胡两位领袖以外在理论上贡献最大、影响最大的重要人物。对于中国现代文学的

---

[1] 鲁迅:《文化偏至论》,《鲁迅全集》第1卷,人民文学出版社,2005年版,第53页。
[2] 鲁迅:《文化偏至论》,《鲁迅全集》第1卷,人民文学出版社,2005年版,第58页。
[3] 鲁迅:《文化偏至论》,《鲁迅全集》第1卷,人民文学出版社,2005年版,第55页。

反叛与个性解放思潮的深入发展及其传统的凝结，周作人的贡献是多方面的。

首先，在"五四"新文化运动日趋高涨之际，周作人密切配合陈、胡的思想革命运动，和"五四"新文化阵营其他骨干一起，发表了大量杂文，批判封建礼教，针砭国民精神的愚昧，大力倡导改造国民性，尤其是不遗余力地呼吁人的解放，呼吁妇女和儿童的解放，为"五四"时代"人的解放"运动开辟了思想道路。他以其思想的深刻、见解的独到、文笔的犀利而产生巨大的社会影响。在新文学运动蓬勃开展的1918年底和1919年初，周作人发表《人的文学》和《平民文学》等文章，激起社会反响，成为新文学深入发展之际的纲领性文献。尤其是《人的文学》，开篇点题："我们现在应该提倡的新文学，简单地说一句，是'人的文学'。应该排斥的，便是反对的非人的文学。"明确指出新文学的时代使命，就是去"发现人"，"辟人荒"，描写"人"。"人的文学"的实质，是人道主义，而人道主义是在承认人类是"从动物进化"的前提下，充分尊重个体"灵肉一致的生活"。因此，周作人理解的人道主义"乃是一种个人主义的人间本位主义"。个人源自人类，而人类的发展又有待于个体在正当的人的生活中充分发展自己的个性。爱人与爱己由此辩证统一。以人道主义为本对人生诸问题加以记录和研究的文字便是"人的文学"。[1]因此，"《人的文学》一文的最大贡献，是把五四人的发现与文学的发现统一起来，将五四思想革命精神灌输到文学革命中去，在'人'的历史焦点上，找到了思想革命与文学革命的契合点"。[2]也就是说，"人的文学"命题，不仅点出了"五四"思想革命精神实质，更点出了文学革命精神实质，从而明确了两者作为新文化运动的两翼有机结合、互相推动、深入发展的思想基础。把"人的发现"、"个性主义"作为新文化运动的精神实质，不仅是对两年来新文学运动

---

[1] 周作人：《人的文学》，钟叔河编订：《周作人散文全集》第2卷，广西师范大学出版社，2009年版，第86—88页。
[2] 钱理群：《周作人研究二十一讲》，中华书局，2004年版，第24页。

思想成果的高度概括，更为它的深入发展指明了方向。因此可以说，《人的文学》是高度凝结着"五四""人的解放"时代精神的重要文献。

周作人对推动"五四"个性解放和个人主义文学运动深入发展的另一重大贡献，是他系统地运用文化人类学、性心理学、伦理学等学科理论，剖析人性特质及其历史变迁，揭露封建礼教的禁欲主义的实质是原始"性崇拜"与"性禁忌"的"蛮性的遗留"。这使周作人对"人的解放"运动的推动超越了政治与社会革命层面，而建立在科学理论基础上。他从西方的性科学中汲取思想营养，从人性和性心理角度论证人的解放尤其是妇女解放，在中国的爱情革命中建立自己的"性道德"，则是发前人所未发，在当时社会引发"惊世骇俗"的思想震荡。他认为，男女之间的性爱是人与生俱来的生物本能，是一切精神之爱的基础。但恋爱的实质更是在性爱的基础上升华出精神之爱，双方人格的魅力成为爱的核心；真正的恋爱不仅是灵与肉的和谐，更在于男女两性的平等，这样才能最终达到高尚平和的人生艺术境界。因此，周作人主张一个心性健全的人不必抑制自己的自然情欲，应任其自然宣泄，因为其内在人格力量会加以调节，达到灵肉和谐的艺术境界。从这种自然人性论出发，周作人肯定男女之间热烈的官能恋爱。由此出发，周作人认为妇女的解放实际上只有两件事，即经济的解放与性的解放。[1] 当其兄通过小说《伤逝》及对易卜生《娜拉》的批评把经济独立作为妇女解放的先决条件时，周作人却更强调男女之间性的平等，强调妇女性的解放。为此，他惊世骇俗地肯定"女性的狂荡"。[2] 当郁达夫的小说集《沉沦》与汪静之的诗集《蕙的风》因直率的性描写和热烈的爱情咏唱引起社会舆论的指责时，周作人和鲁迅一道为之公开辩护。周作人认为性爱在本质上是人的生命现象，是生的意志，是一种宗教感情。在纯真的性爱

---

[1] 周作人：《性的解放》，钟叔河编订：《周作人散文全集》第5卷，广西师范大学出版社，2009年版，第437页。
[2] 周作人：《性的解放》，钟叔河编订：《周作人散文全集》第5卷，广西师范大学出版社，2009年版，第441页。

中，人的生命才处于最活跃、最自由的状态，显现出生命的微妙境界。

在"五四"个性解放社会思潮和文学思潮的兴起、发展过程中，如果说陈独秀、胡适以精神领袖的身份，从政治革命和社会革命的角度引领潮头，开创局面，那么周作人则通过学理阐释，从性爱和人性角度揭示人的解放的必由之路，在生命哲学层面上更深刻地体现出反封建的伦理革命意义，成为人的解放潮流深入发展的中流砥柱。整个"五四"时代对于性爱与人性问题的思考与关注表明："'人'正在回到对于自身的研究。这'人'的觉醒又是民族觉醒的开端，因为它标志着，我们民族正在开始与'把人不当人'的封建的古老的旧世界决裂，走向现代化的新时代。而无论是'人的发现'，还是'文学的发现'，周作人无疑都是一位重要的先驱者。历史将会记下这一点。"〔1〕

三、反抗压迫与人的解放：中国现代文学创作的共同主题与核心传统

20世纪中国文学的新道统，来自中国社会与文化现代转型过程中现代民族国家的政治诉求和人的解放的伦理革命之间的辩证关系及其矛盾运动，而个性解放、个人本位主义，成为政治革命和民族解放的基础和必要前提，成为"五四"新文化运动的主题；反抗礼教压迫、争取个性解放和婚姻自主成为新文学运动各个社团与流派、各种题材文学创作的共同主题。新文学作家从不同侧面倾诉着这一时代情绪：鲁迅那尼采式的孤独呐喊与绝望抗争，创造社诸君的个性张扬与颓废感伤，爱情婚姻与妇女解放的文学主题，"社会问题"表象下对"人"的关注，等等，组成了"人的解放"时代大合唱。李欧梵认为："五四时期的个人主义只是打破旧习的一个支派，其本身并不是一个有体系的思想根基，甚亦不代表一个成熟、有系统的政治或哲学理论。因此，在评估其价值时，

---

〔1〕 钱理群：《周作人研究二十一讲》，中华书局，2000年版，第44—45页。

五四的个人主义或许应该被看作是当时知识分子肯定自我，并与传统社会束缚决绝的一种普遍的精神状态。就此观点而言，我们也许可以将五四时期归纳为一个史无前例的自我与社会，个人与整体的对立时期，而其中所产生的抗争，便完完全全为此时期的文学所表现出来。"[1] 但"五四"新文化运动先驱们从各自的角度出发而汇成的个人主义时代大合唱的各个声部，很好地展现了个人主义精神的基本内涵，在随之兴起的文学革命中，新文学作家通过文学创作，把个人主义精神及其时代情绪，转化为震撼人心的艺术形象，从而开创"五四"新文学个人主义或个性解放大潮，深刻地影响着人们的思想观念与审美心态，最终凝定为反叛与个性主义的现代文学传统。

在个性解放的时代潮流中，鲁迅无疑是一位早醒者。从1907年，他就以《文化偏至论》、《摩罗诗力说》、《破恶声论》等皇皇大文，介绍西方各派个人主义思想学说，表达自己对个人主义精神的独特理解。相对于陈独秀为维护共和政治目的而呼唤的英美式"独立自主"精神，胡适为改造社会而推销的"易卜生主义"，鲁迅则根据自己对中国历史和现实社会的观察、个人生存状态的切身体验，从生命意志和生存哲学层面出发，成为尼采"超人"哲学的服膺者，从而使他的个人主义思想更具有丰厚的历史内涵和深邃的人生哲理。他看出中国社会的进步有赖于极少数早醒者的思想光芒对绝大多数"庸众"的思想启蒙，他们的思想力量根本无法与庞大的愚昧公众及其背后由悠久历史传统积淀的无坚不摧的惰性力量相抗衡，而他们的生命意义正在于与广大庸众的战斗。因而，孤独、痛苦与绝望，成为他们难以逃脱的历史宿命。故当钱玄同前来动员鲁迅为《新青年》写稿时，鲁迅便对他阐发了那段著名的"铁屋子"理论。此后，贯穿鲁迅文学作品中的，一是"独异"个人与"庸众"对峙而呈现出孤独绝望的模式，一是由此而来的深沉的悲观主义及其灰暗、阴郁的基本色调；喜剧外衣下往往隐藏着更加趋于绝望境地的

---

[1] 李欧梵：《中国现代文学与现代性十讲》，复旦大学出版社，2003年版，第20页。

悲凉。所以李欧梵认为:"鲁迅是中国现代作家中最具个人主义色彩的一位作家。"[1]虽然鲁迅早年对尼采式个人主义的倡导并未获得广泛的社会反响,但陈独秀、胡适以一呼百应的威望掀起的个性解放运动,为鲁迅登上历史舞台提供了适宜的社会文化背景。鲁迅以小说创作登上文坛,虽自谦是"为前驱者呐喊助阵",但实际上是以其具有开创性的现代小说创作和周作人"人的文学"倡导一起,把以个人主义为核心的思想革命运动与新文学运动全面结合,从而使个性解放时代精神灌注到新文学创作的方方面面,最终凝结成中国现代文学新"道统"。因此,"我们可以说,五四传统在现代中国文学史上一个最能持续下去的传奇,便是它那独特的个人主义。也因为这个个人主义,五四作家们能以他们个人卓越的眼光来看待这个社会"[2]。

1918年,鲁迅在《新青年》第四卷第五号上发表小说《狂人日记》,作品以"狂人"独战社会的反抗姿态和彻底否定中国四千年"吃人历史"的宣言,震动了中国社会。文学史家一致认为,这篇小说不仅是中国现代白话小说的开山之作,在某种意义上,也是整个中国现代文学的开山之作。若以此论,则我们可以断言:中国现代文学的历史,也就是以《狂人日记》那决绝抗争、张扬自我的"狂人精神"为开端的。"狂人"是鲁迅呼唤"精神界之战士"的第一个成果,是"尼采+鲁迅"思想蓝图的艺术展现。随后,鲁迅在《新青年》上发表系列文章《随感录》,在《随感录》三十八中,他写道:"中国人向来有点自大。——只可惜没有'个人的自大',都是'合群的爱国的自大'。"所谓"个人的自大","就是独异,是对庸众宣战"。这种自大的人,"大抵有几分天才……也可说就是几分狂气。他们必定自己觉得思想见识高出庸众之上,又为庸众所不懂,所以愤世嫉俗,渐渐变成厌世家,或'国民之敌'。但一切新思想,多从他们出来,政治上宗教上道德上的改革,也从他们发端"。另一面,那"合群的自大"的性质,"是党同伐异,是对

---

[1] 李欧梵:《中国现代文学与现代性十讲》,复旦大学出版社,2003年版,第30页。
[2] 李欧梵:《中国现代文学与现代性十讲》,复旦大学出版社,2003年版,第44页。

少数天才的宣战"。[1] 这可以视为对《狂人日记》思想意蕴的一种阐释，预示出鲁迅以后文学创作内在意蕴的基本结构："独异"个人与"庸众"群体的尖锐对立，而前者的失败使中国社会成为没有希望的"铁屋"。

在《药》里，为解放民众而抛头颅洒热血的革命烈士与愚昧民众之间形成更加惊心动魄的对峙，通过"人血馒头"意象，展示出中国革命和"独异个人"的时代悲剧。革命者的失败，根本上源于有待于解放的人民群众由几千年礼教毒害而形成的"精神痨病"！弥漫于小说中的思想情感，是尼采式的绝望！《孤独者》正是这种"独异个人"绝望之情的经典之作：作品以魏连殳奔丧开始，以"我"为魏连殳送葬结束，"死亡"氛围贯穿全篇。孤独者在无奈绝望中以狼似的长嚎与庸众展开惊心动魄的短兵相接，而在向荣华富贵日益走近时，他则以自虐结束了生命，勇敢地抛弃了这无望的世界。《在酒楼上》则通过颓唐的吕纬甫辛酸的回忆，倾诉着早醒者被世俗销蚀了反抗意志而独自彷徨的虚无感，这种彷徨与虚无感的背后，正是那强烈的个体意识。

在《孔乙己》、《明天》、《祝福》、《示众》等作品中，作者以传神的笔墨，描绘了一幅幅惟妙惟肖的"看客图"。面对愚昧冷漠，足以让任何强有力的"思想超人"归于失败的芸芸众生。在以凝重灰暗的笔墨描述"不知是日是夜"的"非人间"图景之时，鲁迅发出个人主义的战斗宣言：

> 群众，——尤其是中国的，——永远是戏剧的看客。牺牲上场，如果显得慷慨，他们就看了悲壮剧；如果显得觳觫，他们就看了滑稽剧。……对于这样的群众没有法，只好使他们无戏可看倒是

---

[1] 鲁迅：《随感录三十八》，《鲁迅全集》第1卷，人民文学出版社，2005年版，第327页。

疗救，正无需乎震骇一时的牺牲，不如深沉的韧性的战斗。[1]

到了《野草》，绝望和反抗绝望成为贯穿始终的内在主题。于是，我们看到，不仅有《影的告别》、《过客》、《死火》等篇中的战士，为了理想而慷慨走向虚无、选择死亡，还有向无聊的看客复仇而手握利刃永恒对峙的裸体男女，或为惩罚民众的愚昧而在十字架上"沉酣于大欢喜和大悲悯中"，从而享受着"复仇"快感的耶稣（《复仇》、《复仇二》）。面对庸众所主宰的世界，作者大声疾呼："叛逆的猛士出于人间"（《淡淡的血痕中》），让天地变色。最后他呼唤出"这样的战士"——一个特立独行、以"投枪"为武器的"精神界战士"。面对笼罩一切、无法战胜的"无物之阵"，他还是在绝望中"举起了投枪"！（《这样的战士》）

《故事新编》则以喜剧形式创造了另一个"超人—庸众"对峙的艺术画廊：那些为民除害、消弭战祸、坚持真理、寻求理想的古代英雄和圣贤，在愚昧卑琐而荒蛮的庸人世界屡遭嘲讽和戏弄，陷入尴尬、无奈、孤独与彷徨境地。鲁迅以喜剧形式对崇高进行无情消解，可谓在啼笑皆非的审美意趣中，惊心动魄地展示了愚昧社会里"个人"英雄难以逃脱的悲剧性历史宿命。

有学者这样评价鲁迅的文学创作："鲁迅堪称现代中国的民族魂，他的精神深深地影响着他的读者、研究者，以至一代又一代的中国现代作家，现代知识分子。鲁迅极富创造力与想象力的文学创作，则为中国现代文学的发展奠定了深厚的基础，开拓了广阔的天地。几乎所有的中国现代作家都是在鲁迅开创的基础上，发展了不同方面的文学风格体式，这构成了中国现代文学的一个独特现象。"[2] 从《呐喊》、《彷徨》到《野草》和大量杂文，鲁迅的文学创作标志着我国文学发展的一个新

---

[1] 鲁迅：《娜拉走后怎样》，《鲁迅全集》第1卷，人民文学出版社，2005年版，第170—171页。
[2] 钱理群、温儒敏、吴福辉：《中国现代文学三十年》，北京大学出版社，1998年版，第37页。

时代。就体式的开创而言,他的各类题材的作品为中国现代各派、各类作家提供了可资借鉴的范式,就思想的深刻和生命体验的独特而言,鲁迅的作品既是不可重复的,又成为中国现代文学发展共同的思想资源所在。在丰富的思想内涵中,思想超人与芸芸庸众的对峙贯穿始终,成为"五四"时代精神和历史要求的经典意象。孤独与绝望之情的弥漫,则是早醒的"独异个人"特定生存状态与生命体验的终极性情感凝结;黑暗与虚无中的绝望与反抗这绝望,凝聚着任何以"热烈"、"进步"的革命作家都不具备的深刻思想与坚定意志,并以此震撼着后世作家的心灵。因此,如果说陈独秀、胡适以其各具特色的理论倡导开创了"五四"个性解放社会思潮,从而显示了"五四"新文化运动的精神实质,那么鲁迅则是全面、深刻地在文学创作中艺术展现尼采式"精神战士"的心灵世界与人生命运的第一人。总之,鲁迅以他影响深广的经典性文学创作,为中国现代文学的反叛与个人主义优良传统的形成发挥了历史性的示范与引领作用。

"五四"新文化运动早期,思想先驱们的创作主要是白话诗,如胡适的《鸽子》、《老鸦》、《威权》,沈尹默的《三弦》、《月夜》,刘半农的《敲钟》、《教我如何不想她》,周作人的《小河》,等等。这些作品以清新明朗的风格描写社会现实,表达对生活的感受和思考。贯穿其中的,是反抗权威、表达个性意识、赞扬独立人格,倡导个性解放的新时代思想意识。由于此时白话新诗创作的兴奋中心是以白话代替文言的形式革命,以个性解放为标志的时代精神并未受到真正的关注。

在文学创作中集中体现"五四"新文化运动时代精神并开创我国浪漫主义文学大潮的,是异军突起的创造社。以郭沫若、郁达夫、张资平、成仿吾等留日学生为核心的创造社作家队伍,充分感受到国内"五四"新文化运动所激起的时代情绪。这种时代情绪与他们的青春萌动相应和,再加上其所遭受民族歧视、社会压迫与经济困窘的刺激,遂全面激发了他们青春的冲动、自我意识的觉醒和思想感情的大解放。因此,他们对新生与青春的呼唤,无不是"五四"时代情绪的自然流露。"即使那'沉沦'感、'歧路'感甚至'死的诱惑'之类的情绪感受,也是'五四'时代所特有的:青春的悲哀,是'五四'壮潮激荡出来的知识青年,在个性解放运动得不到健康发展、觉醒了的个性受到压抑的时代条件下的忧郁彷徨情绪的表现,人生的苦闷,是怀着热烈投向社会愿望的知识者在缺乏政治准备、经济基础而失去社会地位的境况下的惶惑痛苦情绪的表现。……创造社文学最敏锐、最精细地反映了'五四'时代思潮、运动在当时青年知识分子心灵上的投影,因而也就最正面、最直接地表现了'五四'时代情绪——时代精神。"[1] "创造社以绝端的自我表现要求,继承了倡导期新文学的个性主义传统,又以自我的情绪表现,在中国现代文坛上开启了新文学中不可阙如的、不容替代的、令人耳目一新的个性主义文学之一翼。"[2]

以激昂高亢的音调、反抗战斗的姿态和绮丽奇诡的想象,集中表现以个性解放为实质的"破坏—创造""五四"时代精神,没有哪位作家比郭沫若更典型、更有代表性了。在"五四"新文化运动高潮之际的1921年8月,郭沫若出版了他的第一部新诗集《女神》,它因最集中展现了个性解放时代精神而标志着中国现代新诗创作的真正开端。郭沫若回顾自己的创作时写道:"五四运动发生的那一年,个人的郁积,民族的郁积,在这时找出了喷火口,也找出了喷火的方式,我在那时差不多是狂了。"[3]《女神》首先以绮丽多姿的艺术世界,表现了"破坏—创造—再生"的"五四"时代主题,那集香木以自焚的火中凤凰,象征着我们古老的民族正经历着伟大的"涅槃",在焚毁旧世界,创造新世界的革命烈火中"更生"(《凤凰涅槃》),从而把"五四"精神表现为震撼人心的悲壮历史画卷。与此密切相关的,是《女神》通过这惊心动魄的"破坏—创造",塑造了一个与宇宙自然神力融为一体,具有荡决一

---

[1] 贾植芳主编:《中国现代文学社团流派》上卷,江苏教育出版社,1989年版,第111页。
[2] 贾植芳主编:《中国现代文学社团流派》上卷,江苏教育出版社,1989年版,第113页。
[3] 郭沫若:《序我的诗》,《郭沫若论创作》,上海文艺出版社,1983年版,第213页。

切气势的"大我"形象。他"立在地球边上",呼唤"毁坏"与"创造"之力(《立在地球边上放号》)。他极度自信,自我崇拜,无视权威,狂放不羁,大胆宣称"一切偶像都在我面前毁破"(《梅花树下醉歌》)。"我崇拜偶像破坏者,崇拜我!我又是个偶像破坏者呦"(《我是个偶像崇拜者》)。"我飞奔,我狂叫,我燃烧。我如烈火一样地燃烧!我如大海一样地狂叫!我如电气一样地飞跑!"(《天狗》)对此,有学者评论道:"表现自我,歌唱自我,是五四文学的一个基本主题,但是谁也没有像郭沫若那样把'自我'作了如此夸张有力的表现。在这种夸张的背后,隐藏着诗人郭沫若的独特个性。"并且认为:这种顶天立地的"大我"形象以"无所顾忌的气概,乐观的信念,博大的胸怀,率真的灵魂,成了五四青年所向往的理想人格的象征。而且,它事实上还标志着鲁迅在20世纪初所呼唤的摩罗诗人出场了,表明'人的解放'已达到了崭新的阶段。在这一阶段,不仅实现了思想的解放,而且宣告了情感的解放,心灵的解放,整个人格的解放。……这是真正的人的声音"[1]。当代文学史家从历史文化角度认为:"这在中国历史上是第一次:人的自我价值得到肯定,人的尊严得到尊重,人的创造力得到承认。对于长期处于'不把人当作人'的封建统治下,已经习惯于将个人价值泯灭在封建伦理原则之下的中华民族,这无疑是伟大的解放与觉醒。"[2]

郭沫若以《女神》谱写了高扬自我、开天辟地的英雄乐章,揭示出时代主旋律;郁达夫则以青春萌动和自我意识苏醒的穷愁小人物发自内在生命的本能冲动和强烈的情绪宣泄,揭示了中国社会"零余者"的生存状态、精神状态和内心要求,从而开创了影响更为深广的浪漫感伤小说大潮。郁达夫的浪漫感伤小说和他的大量摹仿者的作品一样,集中描写穷苦的青年学子的忧伤愤激的思想情绪和颓废自怜的精神状态。具体

---

[1] 陈国恩:《浪漫主义与20世纪中国文学》,安徽教育出版社,2001年版,第103页。
[2] 钱理群、温儒敏、吴福辉:《中国现代文学三十年》,北京大学出版社,1998年版,第104—105页。

地说,"它集中地写'穷'与'色',即描写青年知识界的经济生活和爱情生活。由于社会的金钱势力的压迫和封建礼教的束缚,这两个问题成了青年知识界个性解放的切要问题,浪漫抒情小说正是在抒写'性的苦闷'和'生的苦闷'中,抒发了时代的苦闷和人生的苦闷。……写出了个人的情绪、时代思潮和民族灾难的多种因素的交融"。[1] 以小说集《沉沦》为代表的浪漫感伤小说,写出了生命本能的冲动,爱的欲求与失落,外在压迫下的愤激与颓废,构成了另一种类型的"个人—社会"的严重对立,并在这实力悬殊的对立与冲突中,揭示具有强烈内在人性要求的平凡小人物不可避免的悲剧命运。《沉沦》主人公在异国他乡的异性面前萌发了爱欲冲动,然而,地位的卑微,礼教的内在束缚,尤其是严酷的民族歧视造成的极度自卑、孤僻与敏感,给这人性欲求以极大打击,在本能与自尊的强烈欲求与外在歧视、压迫的尖锐冲突中,主人公只能在自怜和精神自戕中走向颓废与毁灭。郁达夫式的颓废与鲁迅式的绝望具有同等的时代意义,代表着"人的解放"历程中一个最重要的形态。"绝望"与"颓废"越是震撼人心,就越能显示出个体的存在价值,它比郭沫若式的反抗的"大我"形象更能显示生命的本真与人性内涵,显示出人的觉醒的真实面目。鲁迅因尼采式的超人意志阻止了"绝望"之后的"颓废",郁达夫则由于小人物意志的孱弱而让"颓废"之情一泻千里;也因此,"凡人"郁达夫比"超人"鲁迅更切实地打动了芸芸众生的心。换句话说,鲁迅博得了广大读者的景仰,郁达夫则赢得了千万读者的感情共鸣。"情绪"虽然朦胧肤浅,但更切近生命本能。《沉沦》主人公蹈海时深切呼唤"祖国呀祖国!我的死是你害我的!""你快富起来,强起来吧!"从某种程度上可以说达到了鲁迅"绝望—反抗绝望"的生命哲学高度,从而把"时代的苦闷"升华为"时代的愿望"。夏志清认为:"早期创造社个人差不多都崇尚主观的浪漫主义,而郁达夫独独把个人的心灵用来表现文学的道德主题。他表现的当然是身

---

[1] 杨义:《中国现代小说史》第1卷,人民文学出版社,1998年版,第532页。

边事，感伤气味重，也很颓废，可是却又把五四运动含蓄的个人自由推到极处的勇气。"[1] 以极端的情绪、放荡、颓废表达对个性解放，个人自由境界的向往，正是郁达夫的特色之所在。

与郁达夫同时，郭沫若以《牧羊哀话》、《漂流三部曲》、《行路难》等作品加入浪漫感伤小说行列。此后，在郁达夫的影响下，倪贻德、周全平、叶灵凤、陶晶孙、滕固等青年作家纷纷以其各具特色的抒情小说加入，汇成当时中国最具影响力的浪漫主义小说大潮。其鲜明的个性意识和委婉感伤之风，不同程度地渗透到许多作家的创作中，形成具有极大感染力的文学精神。

以文坛盟主自居的文学研究会，其不少成员尤其是青年成员的创作，受到创造社浪漫感伤风格的影响。庐隐笔下的女主人公们苦苦追求人生的意义，憧憬纯真的精神恋爱，与庸俗生活势不两立，从而揭示出人的觉醒之后精神的孤独及悲剧性命运。《或人的悲哀》中的亚侠因颓废而自杀，自叙传作品《海滨故人》中的露莎冲出封建家族走向社会，执着地思考"人生到底作什么"？苦苦寻求个人价值、生存意义——这正是"五四"思想启蒙赋予她的"斯芬克斯之谜"。最终露莎与爱人以生命作赌注，寻求人生意义，在孤苦中奋力前行，成为"人的觉醒"总主题下的"庐隐特色"。冰心以温婉的笔触呼唤伟大的"母爱"，一厢情愿地编织出温馨的爱的童话，倡导"爱的哲学"，则是"人的自觉"后人性欲求的另一境界的表露。至于文学研究会标志性的"社会问题小说"，其本质是透过"社会问题"去关注"人的问题"：人的生存权、爱欲权、受教育权等等，表达的仍是"人的解放"时代主题。

20年代是"五四"新文学运动取得辉煌成就的时期，突出表现之一，就是在个性解放运动进一步发展、封建礼教受到进一步冲击的社会背景下，以追求美好爱情为主题的文学创作主导了新文学阵地，"五四"初期那种孤军奋战、决绝反抗、绝望呐喊等惊心动魄的冲突与激荡平歇

---

[1] 夏志清：《中国现代小说史》，刘绍铭等译，复旦大学出版社，2005年版，第74页。

了，代之而起的是清新明快、从容圆润的美学风貌。继创造社浪漫感伤小说之后，把个性解放文学潮流引向这一新境界的，是新诗创作。

20年代初，由汪静之、潘漠华、冯雪峰、应修人组成的"湖畔诗人"，是"五四"新文化运动高潮中成长起来的新诗人。他们回应着"五四"文学革命先驱们人性解放的倡导，在新文化初步取得胜利的社会环境中自由歌唱自然人性和美好爱情。他们没有先辈的精神负担和深厚的文化修养，任凭少年人的热烈纯真，毫无顾忌地向世俗挑战，以惊人的坦率表达对异性的渴慕，展示内在生命的冲动："我冒犯了人们的指摘，一步一回头地瞟我的意中人；我是怎样地欣慰而胆寒呵。"（汪静之《过伊家门外》）在他们的艺术王国里，感情之热烈，心绪之从容，人性之舒展，是前所未有的。这种毫无顾忌的人性张扬与乍暖还寒的社会世俗发生冲突，引起指摘，而胡适、周作人、鲁迅等前辈挺身而出，为之辩护。至20年代中后期，冯至及"新月诗人"登上诗坛，对爱情的咏唱便由少年的放浪转为成人的深沉隽永，显示了以爱情为主题的个性解放文学潮流进入了意蕴深厚、思想成熟的境界。被鲁迅誉为"中国最为杰出的抒情诗人"的冯至，在对青春和爱情的歌唱中，以纯净的意象，独特的境界，清新含蓄的诗句，娓娓的述说，传达出蕴含无穷的内在情思，"湖畔诗人"那充满感性欲望的性爱骚动，内化为深沉的生命体验和哲理之思，标志着人的解放在人性层面的升华。

继"湖畔诗人"而起的"新月诗人"，把以个性解放为共同主题的新诗创作推向一个崭新的高度。徐志摩、闻一多、朱湘、陈梦家、林徽因等代表人物，既深蕴中国古典文学修养，又亲受西方现代人文精神和审美情趣的熏陶，他们的诗作，在思想倾向、美学理想和艺术特色上，都具有典范意义，对中国新文学尤其是新诗创作产生了全面而永久性影响，在中国现代文学传统的形成过程中具有里程碑式的历史地位。由于社会文化环境的更加开放自由，他们的作品在思想和审美情趣的更高层次上全面超越"湖畔诗人"天真无邪和随心所欲的感性宣泄，以优雅的姿态吟咏男女之情，表现理想人生的自由与温馨，而对爱情的咏唱也显示出前所未有的从容、自信与圆润，从而艺术地展现出成熟的思想、开放的心灵、潇洒的人生态度。在艺术上，"新月诗人"兼容中西，整饬有度，表现出潇洒稳健的精神气度，达到了现代中国诗坛的崭新高度，集中体现了"五四"以来新文学个性解放运动的历史成就，更成为其后20世纪中国文学个性精神与人文精神传统的直接源头。

现代话剧的创作同样体现了"五四"文学革命的重要成果。"五四"新文化运动兴起之前，中国现代话剧就以思想启蒙、鼓吹革命为神圣使命。而与"五四"有直接"血缘关系"的戏剧创作当以胡适的独幕剧《终身大事》开始。该剧创作于"五四"新文化运动高潮中，正值胡适大力倡导"易卜生主义"之际，该剧因首开女主人公"出走"模式而震动社会。在"五四"高潮中，郭沫若创作了系列剧《三个叛逆的女性》，成为弘扬女子个性解放的浪漫主义代表作，卓文君、王昭君、聂嫈三个叛逆的女性感动着当时正在觉醒的知识青年。田汉在20年代的浪漫主义、唯美主义剧作，则引起了更大的社会反响，其《梵峨璘与蔷薇》、《苏州夜话》、《获虎之夜》、《湖上的悲剧》、《古潭的声音》、《南归》等剧作，本着唯美主义精神，精心塑造了执着地寻找"真艺术"的"艺术家"形象。在愚昧庸俗卑琐的现实社会，他们是一批特立独行的"精神流浪汉"，他们反叛的气质、唯美的追求和悲剧性命运，与鲁迅笔下的"孤独者"与创造社作家塑造的"伤感者"一脉相承，共同体现了时代的精神风貌。

总之，"五四"新文化运动中，陈独秀、鲁迅、胡适、周作人等思想先驱，分别通过对"新青年"的呼唤、对"精神界战士"的弘扬、对"易卜生主义"的阐释、对以"个人主义人间本位主义"为核心的"人的文学"的提倡，开创了现代中国个性解放社会思潮。个人主义与个性解放成为"五四"新文化的精神实质，从而对中国传统文化精神实现了历史性超越。在个性解放思潮推动下，作为新文化运动一翼的新文学创作也集中展示了反叛传统、张扬个性的时代精神。整个20年代，新文学各类题材的创作取得了丰硕成果，而个性解放是他们共同的时代主题。随着社会文化环境的日益宽松,中外文化与文学交流的日益扩展,新文学终于被全社会所接受,从传统文学和通俗市民文学那里争到了具有全局影响的话语权。因而,它宣扬的个人主义价值观念、审美理想及其艺术形式,得到全社会的认同和崇奉。因此可以说,至20年代末,反叛传统、张扬个性、推崇个体价值,已成为具有巨大感召力的中国现代文学优良传统。

这一与中国传统文学有着本质性区别的优良传统,其演进历程可谓曲折复杂,从20年代中后期至40年代,呈现出三种路向:一是在革命文学兴起之际,以"革命加恋爱"的形式向左转,"个人"很快就消失于"阶级"、"革命"的社会集体中;二是丁玲、巴金、老舍、曹禺等作家的创作,推动着反叛与个性解放文学精神(以及思想启蒙传统)沿着"五四"轨道深入发展,成为30年代颇有社会影响的文学思潮;三是以沈从文为代表的京派文学,推动"五四""人的文学"精神向右转,淡化乃至抹去人的现代社会属性,着力表现原始古朴的社会形态中具有普遍、抽象意义的人性,从而在"原始主义"价值取向中对现代意义上的"人"与个人主义精神进行了新的阐释。

20年代中后期,"五四"新文化运动方兴未艾,但在国际共产主义运动的影响及帝国主义的压迫、国内军阀暴政的刺激下,由国共两党领导的社会政治革命运动兴起,尤其是共产党领导的工农革命运动风起云涌。1927年国共两党的决裂及国民党对共产党人的大肆屠杀,使大批服膺马克思主义的进步青年革命激情空前高涨,以宣扬阶级战争和阶级解放为宗旨的革命文学迅速崛起。它以1926年创造社的"转向"和随后的"革命文学"论争及1930年"左联"的成立为标志性事件,显示了中国新文学由"五四"的"文学革命"进入到左翼文艺运动的"革命文学"新的历史阶段,新文学个人主义核心价值观念也随之发生了历史性蜕变。

20年代中期兴起的国共两党领导的北伐战争,以及随后的"无产阶级革命"运动,结束了正深入发展的"五四"新文化运动。胡适一再担心和竭力避免的"政治干扰"成为现实;这种现象和近代中国依次兴起的社会思潮和社会运动之间的关系一样:前者正方兴未艾,远未完成其历史使命,后者便汹涌澎湃,以对前者的否定来夺取自身的历史合理性与合法性。1926年前后,以上海、广州为主阵地的各地《民国日报》,开展了热闹非凡的"革命与恋爱"问题的大讨论,以两者的关系为主旨探讨新形势下的人生观,并于1928年4月,作为"革命丛书第三种"的《革命与恋爱》一书出版。这一问题之所以在此时引起集中而广泛的关注,"是因为'革命与恋爱'的联姻是社会变迁的产物,它勾连着个体与时代,是五四与大革命两个时代最强音的融合。它既是社会问题,也是政治问题,还是革命的历史主体必然遭遇到的个人困惑。它融合了个体欲求与革命目标,又凸显出二者的冲突与矛盾,是每个革命青年在革命浪潮中亲历的欢喜与痛苦。……因此,无论为个人前途计还是革命目标计,都需要建构一种新的革命的情爱伦理,用以约束个人,规范行为,凝聚革命力量,人们对这一问题的热议正展示出一种重构新的情爱伦理的集体冲动"。[1] 在这一背景下,左翼文艺运动中"革命加恋爱"或"革命罗曼谛克"的创作模式在性情浪漫、胸怀理想和献身精神的革命青年作家中蔓延,并迅速获得具有同样情绪与精神的广大青年读者的热烈欢迎。蒋光慈运用这一创作模式最早获得成功,被视为早期革命浪漫主义的经典性作家。他的早期小说《少年漂泊者》、《鸭绿江上》、《短裤党》等,主人公们的反抗激情由"五四"式的个人反叛逐渐汇入波澜壮阔的阶级战争,并同时显示"革命加恋爱"模式,至《野祭》、《菊芬》、《冲出云围的月亮》、《田野的风》的创作成熟期,"革命加恋爱"公式被自觉而娴熟地运用,成为左翼青年作家竞相模仿的时尚,如华汉(阳翰笙)出版中长篇小说《两个女性》、《地泉》,洪灵菲有融郁达夫式浪漫感伤自叙传与"革命加恋爱"于一体的《流亡》三部曲,孟超的《冲突》,戴平万的《前夜》,胡也频的《光明在我们的前面》、《到莫斯

---

[1] 李跃力:《论"革命话语"对情爱伦理的重构及其本质》,《中国现代文学研究丛刊》,2010年第2期,第95页。

科去》,等等。坚持"五四"个性解放立场的丁玲也在这股"革命加恋爱"的潮流中以小说《韦护》及两篇《一九三零年春上海》而享誉文坛。这些作品或写革命与恋爱的和谐,洋溢着个体幸福与革命理想相辅相成的浪漫情调,或写革命事业与恋爱追求的矛盾冲突,揭示从"五四"到"大革命"的过渡时期对人生观、价值观的思考,而更多的作品则是描写"革命者"对"爱人"的改造与拯救,以个人主义为伦理基础的"爱情"向以集体主义为核心价值的"革命"的认同。茅盾在《"革命"与"恋爱"的公式》一文中,对"革命加恋爱"文学思潮核心价值观念的逐步转变作了精彩的概括:

> 这些小说里的主人公,干革命,同时又闹恋爱;作者借这主人公的"现身说法",指出了"恋爱"会妨碍"革命",于是归结于"为了革命而牺牲恋爱"的宗旨。
>
> 有人称这样的作品为——"革命"+(加)"恋爱"的公式。
>
> 稍后,这"公式"被修改了一些了。小说里的主人公还是又干革命,又闹"恋爱",但作者所要着重说明的,却不是"革命与恋爱的冲突",而是"革命与恋爱"怎样"相因相成"了……如果要给这样的"结构"起一个称呼,那么,套用一句惯用的术语,就是"革命决定了恋爱"。……
>
> 但是"革命""决定了""恋爱"这样的"方式"依然还有"修改"之可能。于是就有第三类的"革命与恋爱"的小说。这是注重在描写:干同样的工作而且同样地努力的一对男女怎样自然而然成熟了恋爱。如果也给这样的"结构"起一个称呼:我们就不妨称为"革命产生了恋爱"。[1]

有学者对茅盾的这一总结作了进一步阐释,揭示"革命与恋爱"创

---

[1] 茅盾:《"革命"与"恋爱"的公式》,《茅盾全集》第20卷,人民文学出版社,1990年版,第337—338页。

作公式核心价值的转变轨迹:

> "革命与恋爱"这一公式既及时地迎合了流行的题材和时代的需要,同时最终又对这一流行题材以及时代起了引导作用。也就是说,它将"五四"个性解放和恋爱自由的主题转向了新的阐释方向。……"革命与恋爱"的公式第一阶段,"将'恋爱'写成了主体,而'革命'成了陪衬,——'恋爱'穿了件'革命'的外套。"然而到第三阶段,"把'恋爱'与'革命'的关系完全从另一新的角度来观察。在这里,'革命'是主要题材,'恋爱'不过是穿插;'革命'是唯一的'人生意义',而'恋爱'不过是像吃饭睡觉似的是人生的例行事务的一项罢了。"这样,在"革命与恋爱"的公式中,革命终于取代恋爱成了唯一的能指。也就是说,"五四"恋爱和个性的主题转变成为了革命和政治的主题。这一公式典型地反映了30年代意识形态以及社会生活的转型,反映了30年代青年普遍的政治化和左倾的规律。[1]

正由于此,另有学者对这一公式下价值转换的本质作了更深入的剖析:"革命话语中男女性爱的前提不是'互爱'而是'革命'、'阶级',男女双方为爱情不惜牺牲生命的人性力量也被转加给'革命'。对于性交关系评价的道德标准首先要问的是:是不是由于'革命',由于共同的阶级基础和革命理想?如果说现代的性爱的本质是当事人的自主性,那么,革命的情爱恰恰缺少这种自主性。因此,它称不上是一种现代的性爱关系。"[2]尤有甚者,在"革命与恋爱"模式中,男性往往扮演着革命导师的角色,掌握着革命真理,对迷惘或不革命的女性进行启蒙或"拯救",女性则由于"被启蒙",对"革命"的向往与对男性的崇拜合

---

[1] 旷新年:《1928革命文学》,山东教育出版社,2002年版,第104页。
[2] 李跃力:《论"革命话语"对情爱伦理的重构及其本质》,《中国现代文学研究丛刊》,2010年第2期,第99页。

二为一。男性被崇拜完全是由于自己成了"革命"的化身而非周作人所谓的灵肉和谐一致的"个人"。这样,"五四"以来逐步形成的现代爱情中的男女平等,在"革命"的话语下又变成传统的统治与被统治的关系,也就是说,现代女性刚刚从礼教束缚下获得解放又被迫拜倒在"革命"的权威之下;正在形成的独立人格重新丧失,男性在因"革命"身份丧失自然人性丰富内涵的同时,重新获得对女性的统治权和占有权。[1] 这样,在"革命文学"中,"五四"个性解放的历史成果被逐步解构。

实际上,在"革命文学"兴起之初,创造社、太阳社等主要成员就对以个性解放为核心的"五四"新文化和以思想启蒙为旨归的鲁迅文学创作,进行了全面的批判与否定。他们以"无产阶级革命"的名义宣告"五四"资本主义和小资产阶级性质的文化运动的"落伍";宣称赛先生(Science)、德先生(Democracy)是"资本主义意识的代表",是"布尔乔亚意识的内容",[2] 而今在"革命文学"时期,"失了他们的社会根据,已经没落下去了"。[3] 他们尤其以革命的集体主义否定"五四"的个人主义,宣称"革命文学应当是反个人主义的文学,它的主人翁应当是群众而不是个人;它的倾向应当是集体主义,而不是个人主义",因此,"革命文学是反个人主义的文学"。[4] 从理论家到作家,以这样的指导思想为"革命加恋爱"的革命文学定性,"恋爱"最终为"革命"吞没是必然的。

---

[1] 李跃力:《论"革命话语"对情爱伦理的重构及其本质》,《中国现代文学研究丛刊》,2010年第2期,第99—102页。
[2] 李初梨:《怎样地建设革命文学》,北京大学、北京师范大学、北京师范学院中文系中国现代文学教研室主编:《文学运动史料选》第2册,上海教育出版社,1979年版,第37页。
[3] 李初梨:《怎样地建设革命文学》,北京大学、北京师范大学、北京师范学院中文系中国现代文学教研室主编:《文学运动史料选》第2册,上海教育出版社,1979年版,第39页。
[4] 蒋光慈:《关于革命文学》,北京大学、北京师范大学、北京师范学院中文系中国现代文学教研室主编:《文学运动史料选》第2册,上海教育出版社,1979年版,第29页。

1931年，丁玲发表短篇小说《水》，标志着革命文学运动由早期革命浪漫主义向革命现实主义的转向，受到茅盾、冯雪峰等人的赞扬。次年4月，借华汉的《地泉》再版之际，瞿秋白、茅盾、钱杏邨、郑伯奇等人通过序文等形式，对以"革命加恋爱"为标志的革命浪漫主义进行了严厉的批评和否定，大力倡导革命现实主义。但此时左翼文艺阵营由于受苏联"拉普"极"左"文艺理论的影响，瞿秋白等人热心倡导"唯物辩证法的创作方法"和"社会主义现实主义"，把创作方法与政治概念直接对接。在这种情况下，以"恋爱"为标志的"自我表现"、"个人主义"传统彻底失去了生存的土壤。在革命文学运动中，"五四"个人主义文学传统最终被清除殆尽。

　　然而，反叛与个性解放的"五四"新文学精神却在丁玲、巴金、曹禺、老舍等少数左翼新秀和一大批与左翼文学运动自觉保持一定距离的著名作家的创作中得到继承和发扬。他们坚持"五四"立场，以一部又一部经典之作，及其引发的一波又一波的巨大社会反响，使"五四"个性解放优良传统在不断演变中承传，在残酷的国内政治纷争和反侵略战争中，始终显示着巨大的社会感召力，影响着中国新文学的精神风貌和发展格局。

　　现代文学史上的丁玲被海外学者夏志清称为"共产主义作家"，认为她在遭受批判之前，其文学创作"一直是共产主义文学的中流砥柱"。[1]的确，作为1932年入党的一名自觉的无产阶级革命文学作家，丁玲的作品带有鲜明的政治理念。然而同时，作为成长于"五四"新文化运动高潮中的现代知识女性，女性意识、个性解放、反叛与独立等思想，已经成为她作品的底色。可以说，丁玲是以典型的"五四"式新女性登上文坛，迅速向革命文学转变而又始终保持本色的女性作家。从1927年到1928年，丁玲在《小说月报》头条位置连续发表《梦珂》、《莎菲女士的日记》、《暑假中》、《阿毛姑娘》等作品，并结集为《在黑

---

[1] 夏志清：《中国现代小说史》，刘绍铭等译，复旦大学出版社，2005年版，第187页。

暗中》于1928年出版，立即引起社会的强烈反响，一举成名。随后又有《自杀日记》（1929年）和《一个女人》（1930年）小说集出版，奠定了她在文坛上的地位。这些作品，无不带着"五四"的思想印迹。

在革命文学运动如火如荼之际，丁玲求学于"五四"新文化运动大本营北京，尽情地汲取新文化的思想营养，自由地抒写着心中的忧伤与梦想。因此，"她的成名，并非由于站在新起的革命文学思潮前端，而是由于承袭了烟波邈远的'五四'思潮的绪余。……这是乘'五四'时期个性解放思潮走出家门、漂泊于社会的青年女性，在碰壁之余所产生的寂寞、苦闷心境的真诚自剖"。[1] 当年对"五四"保留着最亲切回忆的茅盾也说，丁玲是"满带着五四以来时代的烙印的"作家，她所描写的人物"是心灵上负着时代苦闷的创伤的青年女性的叛逆的绝叫者"。[2] 连认定丁玲是"共产主义作家"的夏志清也认为："与蒋光慈不同的是，丁玲开始写作的时候是一个忠于自己的作家，而不是一个狂热的宣传家。在她写作的第一个阶段里（1926—1929），丁玲最感兴趣的是大胆地以女性观点及自传的手法来探索生命的意义。"[3] 与郁达夫的颓废自怜、庐隐的哀伤愤激、冯沅君的大胆决绝不同，丁玲站在女性主义立场，生动细腻地描绘了经过"五四"思潮洗礼、具有强烈叛逆精神和浪漫气质的"莎菲女士"们自觉追求灵肉一致的现代爱情，争取女性的人格独立和尊严，展现了现代中国知识女性在个性解放的时代潮流中崭新的精神风貌，深刻抒写了"五四"后一代知识分子在理想与现实尖锐冲突中的"时代的苦闷"及其不幸命运。《莎菲女士的日记》以鲜明的女性主义立场，独特的"莎菲性格"及惊世骇俗的心理剖析震惊了文艺界，成为继郁达夫《沉沦》之后又一篇毁誉并交、长期争论、影响深远的作品。丁玲的创作与鲁迅、郁达夫等"五四"文学巨匠形成前后

---

[1] 杨义：《中国现代小说史》第2卷，人民文学出版社，1998年版，第250页。
[2] 茅盾：《女作家丁玲》，《茅盾全集》第19卷，人民文学出版社，1991年版，第434页。
[3] 夏志清：《中国现代小说史》，刘绍铭等译，复旦大学出版社，2005年版，第187页。

呼应之势，成为现代文学个性解放历程中的又一座里程碑，其思想与艺术成就显示出新的历史时期应有的水平。1928年的"莎菲震动"充分表明，"五四"先驱开创、经"五四"新文化运动而凝成的反叛与个性解放文学传统，并未因社会政治革命的冲击和"革命文学"运动的批判和否定而中断。相反，它在表面的消退中依然有着巨大的社会心理基础。一旦出现适宜的社会气候，这一潜在的社会心理欲求立即就会迸发出强大的精神能量。因此，在1928年"革命文学"大潮下，"莎菲震动"充分显示了"五四"个性解放时代精神的现实合理性与历史必然性。

丁玲随后的创作虽然着力表现社会革命主题，但作品始终蕴含着或隐或显的女性意识与思想批判锋芒，特别是在延安时期，具有尖锐批判性的小说如《我在霞村的时候》、《在医院中》及《三八节有感》等，仍然弥散着"五四"气息。即使被视为标准的政治小说《太阳照在桑干河上》，其中的批判与反思意识也是同时期的英雄史诗般的《暴风骤雨》所不具备的——这其中也预示了丁玲在以后新的政治环境中的人生厄运。

巴金的创作轨迹与丁玲正好相反。青年巴金先以其无政府主义的革命激情创作了《灭亡》和《爱情三部曲》，以幼稚的生活体验和蹩脚的虚构加入了当时"革命加恋爱"的创作思潮，但随后从30年代初到40年代的十多年里，他以《家》、《春》、《秋》组成的《激流三部曲》震撼中国文坛，把"五四"新文学反抗封建礼教、争取个性解放的传统推向一个新的历史高度，成为反传统的"五四"新文学不可或缺的发展阶段。以《家》为代表的《激流三部曲》的历史性贡献在于：在艺术视野上，它以高氏家族生活为舞台，以"五四"运动为背景，全方位展示了"五四"时代波澜壮阔的反抗封建压迫、争取人的解放的历史画卷；在政治革命运动日益高涨之际，艺术地再现了"五四"时代精神，这在中国现代文学史上是个创举，是自《红楼梦》以来中国反封建文学的又一时代性成果。因此，《激流三部曲》全面超越了"五四"以来反封建文学的思想深度，"它不再是那种人们熟悉的自由恋爱和反抗旧礼教的故事,它的矛头不仅针对着旧礼教,而且更集中指向作为封建统治核心的专制主义;它的意义也不只是主张自由恋爱,而是号召青年反抗封建专制,投入社会革命洪流"。[1] 高觉慧作为新时代的精灵,他的觉醒、反抗、出走,浓缩了整个时代的历史内涵。最后,《激流三部曲》的基本艺术元素:家族罪恶、弱者血泪、表兄妹之恋、反抗出走以及热烈哀婉基调等,凝结为广大读者审美心理定式,延续至今,成为后世同类作品难以逾越的基本模式。《憩园》、《寒夜》等后期作品更以舒缓忧伤之情调,表现了寻求个性解放小知识分子催人泪下、启人深思的悲剧命运。总之,在30年代革命文学势不可挡之际,巴金这个享誉文坛的"五四子遗",以其坚持不懈的反封建家族系列小说让"五四"新文学精神深入人心,凡是追求个性解放的青年,没有不被《激流三部曲》那激荡人心的故事所感动所启迪。在某种程度上,《家》、《春》、《秋》已成为冲出封建家庭、争取自由解放的时代精神的象征。

而被巴金发现和提携的曹禺,在三四十年代,以经典性的《雷雨》、《日出》、《原野》、《北京人》等剧作,推动中国现代话剧走向成熟,形成经久不衰的"曹禺热"。他的剧作在反对封建压迫、争取个性解放的时代主题下,艺术地展示了人的生存困境及对人的生存哲学的探索,以不可遏止的激情冲破现实的束缚和人生怪圈,实现人生的自由与生命的舒张,激起巨大的社会共鸣,激动着每一个欣赏者,从而把反封建的文学主题再升华到生存哲学高度,个性解放的时代主题在曹禺的戏剧中获得了更深刻的诗性展现。

代表"五四"个性主义文学潮流向"右翼"发展的,是废名、沈从文及整个京派文学的创作。京派文学以其在三四十年代的巨大影响,体现出个性解放文学思潮的中国特色。具体表现在,它站在反现代性立场上,对压抑扭曲人性的现代都市文明进行批判;以原始主义价值取向,从原始文化形态中寻求民族文化的再造之路。它不是高扬现实社会关系

---

[1] 钱理群、温儒敏、吴福辉:《中国现代文学三十年》,北京大学出版社,1998年版,第262页。

中个人主义精神，而是在剥离了现代文明因素的原始、自然状态中，赞美个人主义的至高境界——纯真、完美的人性。这种境界与"五四"文学个性主义精神本质上的相通在于：由生存的清静无为而凝成精神的逍遥与自由。实际上，这正是现代个人主义文学所追求的人的自主精神与自由精神的文化源泉。

沈从文的"湘西世界"与现代都市人生相对峙，在原生态的自然山水中，延传的是无识无欲、随性流转的自在人生。翠翠（《边城》）、萧萧（《萧萧》）、三三（《三三》）、夭夭（《长河》）等清纯女孩，正是纯真无欲的大自然的精灵，其生存状态是自由人生的艺术写照。《龙珠》、《媚金·豹子·与那羊》、《月下小景》、《神巫之爱》、《柏子》等系列作品，则诗意再现了自然人性中野性、本能的生命激情；正是这种率真的生命激情，成为现代个性主义精神内在的"生命哲学"。在庄子"天地与我并生，而万物与我为一"的"道"的境界中，隐含着积极的人生态度。废名小说则超然于现实的人生无奈，在主客两忘的"禅意"中实现精神的自由。萧乾、靳以、凌叔华等后起之秀，以不同风格、不同人生视角，悉心描绘着这种远离尘嚣的淡然、自在、优美的自由人生，从各自的角度显示着"人的解放"时代主题。

京派文学虽然不是三四十年代的主流文学，但在社会上尤其是广大知识阶层中广有影响。50—70年代，沈从文、废名成为"古董"，被人遗忘。然而80年代以后，"沈从文热"由海外传到国内，京派传人汪曾祺以才华横溢的诗意之作，在京派文学"失传"三十年后，让80年代的中国读者耳目一新，京派文学传统由此发扬光大。"五四"开创的个人主义文学传统，在世纪末又以新的面貌，展示其永久性魅力。

个人主义传统是现代中国文学仅次于教化—政治传统的第二大文学传统。在本土文化语境中，它由于受到强大的教化传统的抑制，虽绵绵不绝却难以形成独立持久、影响深广的文学思潮，凝结为强固的文学传统，因而难以成为古代中国文学的"民族特色"。在近代"西风东渐"文化背景下，经康、严、梁、章等思想先驱的"人学"启蒙，"五四"

新文化运动领袖们在文学革命中高扬个人主义旗帜,使个性解放成为新文学建设的时代主题,由此开创"五四"新文学个人主义传统。它与由教化传统改头换面而成的政治化传统相互渗透、相辅相成。同时,由于政治化传统强大的威力,其对整个现代中国文学全方位的渗透,个人主义文学传统与其他传统一样,在不同时期受到不同程度的压抑和扭曲。因此,个人主义文学传统自"五四"高潮过后,作为一个广有影响的思潮,在政治化传统的强有力影响下,以不同面目起起伏伏地延续着。经过50—70年代实际上的中断,至八九十年代,在新的思想解放潮流下重新高涨,并与再次全面涌进中国的西方现代主义文学大潮相融汇,显示出"五四"新文学传统强劲的内在生命力。

第四章
白话文运动与大众化文学传统

在中国文学由古典向现代转型的历史过程中,以白话文为表征的大众化文学传统的形成,是最引人注目和卓有成效的部分。语言作为思想和情感的表现形式,一方面相对独立地显示出特定时代文学的外在风貌或审美特性,一方面揭示出在思想启蒙时代要求下,文学社会属性的巨大变迁,即"白话"战胜、取代"文言"。这一变化,不仅是一种语言形式替代另一种语言形式的问题,实质上意味着新的文化精神取代旧的文化传统。因此,文学语言新传统的确立对于中国现代文学整个新传统体系的建立具有重要意义。有当代学者指出:"特定时期内社会政治文化的不断变动,文学创作内部的观念、内容形式,以及外部关于文学性质、价值的界定等,都处于变动不居的状态中,而文学语言的筛选和积淀则成为相对稳定的东西。可以说,现代文学传统的建立在很大程度上得力于它所确立的语言体系,这包括文学创作所依恃的语言资源、语言策略和语言观念,以及由之而来的语言结构、语法、词汇等等。"[1]

中国现代文学在基本特性上与古典文学的一个重要区别,是它以社

---

[1] 王中:《现代文学语言传统与当代写作》,温儒敏、陈晓明等:《现代文学新传统及其当代阐释》,北京大学出版社,2010年版,第204页。

会大众的语文形式表现社会大众的思想和情感诉求,因而从外在形式到思想观念、审美情趣,都是以普通民众的"大众化"方向为其宗旨。当这一思想与审美价值取向在社会精英的倡导下,为大部分作家所服膺和崇奉,为社会公众所接受,被视为文学发展的"正宗"时,也就意味着现代中国文学大众化传统的形成。在这一大众化传统形成过程中,"白话文"运动是其手段和表征,大众情怀、平民意识是其内在精神。两者可以说是不可分离的"形式与内容"的关系。

"五四"新文化运动之后,胡适在其《白话文学史》中对中国传统白话文学的发展作了较为系统的梳理(可惜只有上部)。他认为一部中国文学史实质上就是古文文史的逐步衰落和白话文学逐步成长的历史;白话文学经过千年的发展,为近现代中国白话文运动和白话文学准备了必要条件。否则,"五四"白话文运动也不可能在短短几年内骤成气候。"五四"人的历史功绩就是在白话文逐步成长、自然演进过程中进行"有意的鼓吹"、"猛力加上了一鞭",使之发生突变。

20世纪五六十年代,中国现代文学史书写普遍把"五四"白话文运动看作中国文学发展"新纪元",而与前此历史一刀两断。80年代以后,学术界把以梁启超为代表的清末"三界革命"运动纳入视野,揭示了清末民初中国历史文化发展的承传与变迁轨迹。进入新世纪,熊月之、袁进等沪上学者再把近现代中国民族语文变迁的历史上溯到几乎整个19世纪,尤其是把以传教士为代表的西方来华人士的贡献纳入这一历史画卷,从而在更广阔的历史时空范围内全景式地展现了中国民族语文的变迁历程。这非但没有弱化"五四"新文化运动先驱们的历史贡献,反而在更准确、更高层面的历史真实性上显示了"五四"先驱的承传和开创之功。

第一节　近代中国民族语文的变革

以言文合一、通俗化、大众化为旨归的近代中国民族语文革新运动,自 19 世纪中叶开始,到世纪之交达到高潮,至"五四"白话文运动,初步显示其"完成时",形成白话文学新传统。有学者对此作了简要而明晰的概述:

> 晚清文章的变化,特别是"新文体"的由来,是和报章文章的演变分不开的。中国近代开埠以来,最早的报纸是外国人创办的,是殖民主义者和传教士等人学了中国人口气办报给中国人看。次由外国人手中转到亦官亦商、亦绅亦商的人手中,再由这些"商人"手中转到改良派的政治家、宣传家手中,大量传播政治改良思想。因此,报章上的文体逐渐有所变化:即从报章古文化到古文报章化,再到报章宣传鼓动化;而这种为宣传鼓动而办的报章就以"新文体"为信息传播工具。这种文体最早出现在一八九六年梁启超等人所办的《时务报》上。到一八九八年,戊戌变法,《时务报》得到了各地维新派官员的支持,这种"时务文体"也就得到官方的承认。虽然变法失败,但文体变革的影响已极为深远了。一八九八年十二月《清议报》创刊,这种"新文体"随着《清议报》的流布而得到更大的普及。一九○二年梁启超通过《新民丛报》的风行,使"新文体"达到鼎盛期。……
>
> 梁启超和胡适都承认这是一种文体的"解放",也即是我们所说的文体从古文进入了近代化的境域,而这一进程就是在古文和白话之间架起了一座桥梁。"五四"运动的伟大意义之一则是又一轮文体的革命。[1]

概而言之,晚清民族语文革新运动主要由两大因素推动和促成:一是中国近代大众传媒的迅速发展,为面对公众的文化传播提供了必要条件,从而促使书面语言的通俗化;二是以现代民族国家诉求为宗旨的思

---

[1] 范伯群、朱栋霖主编:《1898—1949 中外文学比较史》上卷,江苏教育出版社,2007 年版,第 11—12 页。

想启蒙运动的兴起，使以"报章体"为标志的通俗化语体形式成为时代的需求。两者互为促进，终于形成清末和"五四"白话文运动蓬勃发展的新局面。

先秦时期，中国具有崇高地位的文史经典如《尚书》、《诗经》等，皆是以当时社会的口语写作。总体上看，言、文一致，通俗平易。秦汉以后，随着君主专制政治的强化和超越地区方言的"雅言"的流行，在官方文件和主流文学（大文学）创作中，逐渐形成一种言简意赅、词句凝练、规范整饬的书面语体，与社会日常口语的距离越来越大，最终造成典型的言、文分离局面。此所谓秦汉古文或正统文言文。它自汉代定型，在历次"古文运动"的强化下，一脉相承，延至明清；它承载着主流文化，带有意识形态色彩，居于正统和官方地位，成为古代中国主流社会精英文化的象征。至近代，它更成为整个传统文化的象征。唐宋至元明，随着市民阶层的兴起和通俗文学的繁荣，源于民间的古白话成为市民文学的载体，"文言"与"白话"遂形成二元对立和互动格局；为争取听众，佛教殿堂的会讲和哲学家们讲学形成的"语录"也多以通俗的古白话形式，加强了白话的社会影响。与此同时，唐宋以后，随着商品经济的发展，社会生活日益世俗化和平民化，士大夫与市民阶层发生密切的联系，文人士子的平民趣味益发鲜明。于是，正统的文言文中逐渐分化出一种少用典故和生僻字词，大量吸收口语语汇，不讲音韵整饬，语法自由灵便的近代浅显平易的文言文体。这种语体形式融凝练和灵活于一体，雅俗共赏，成为中国上层精英文化与民间大众文化融会贯通的文化区域，成为传统文化向现代转型的一种重要载体。19世纪，在"西风东渐"的历史背景下，这种浅近文言文成为以报刊为代表的现代大众传媒的首选，成为此后兴起的"报章体"的雏形，就顺理成章了。

鸦片战争前后，西方各国传教士纷纷来华，他们先把中国士大夫阶层作为"思想启蒙"对象，通过办报等方式宣扬基督教义，传授科学知识，传播西方文化。针对启蒙对象，他们运用在中国社会中上层已十分流行的浅近文言文进行写作，从而使这种文体最早承载了中西文化交流、推动中国文化与民族文学现代转型的历史任务。而它与现代传媒的结合，使它产生了前所未有的巨大社会影响。

此时期以传教士、商人为主体的西方来华人士创办报纸杂志，为中国引进了许多大众传媒形式。现代大众传媒是现代社会发展的基本机制，它在与政治、经济等权力机制的相互作用中，发挥着影响公众的巨大社会作用。在社会处于正常运行状态时，现代传媒与政治、经济等社会基本机制在互相配合与制约中，共同影响着社会生活的方方面面；当社会处于动荡或转变、转型之际，它往往能够突破政治权力的约束，单独担负起传播新思想、推动社会变革的历史任务。近代中国在沿海城市和租借地首先出现的报纸杂志，大力传播现代西方文化，使之猛烈冲击着中国封建正统文化的独尊地位，形成了独立于官方的社会公众话语空间和话语权力，使新的价值观念和知识系统迅速而广泛地传播，影响和改变着社会公众的思想意识、思维方式和言行特征。现代大众文化正是通过这种强劲的传播渠道生存与发展。由于现代传媒的接受群体不再是封闭保守的传统学究，也不是缺乏阅读能力的下层劳动者，而是接受了一些新事物、了解世界大势、思想比较开通的现代型知识分子，因此，雅正而清新流畅的浅近文言文就成为近代报刊面向阅读公众最适宜的文体。随着传媒事业的发展，读者群体的逐步扩大；随着人们阅读习惯和审美趣味的潜在变化，这种文体终于为社会公众所接受，其社会地位与影响终于超过正统文言文。虽然正统古文在人们心目中仍然具有不可动摇的权威性和文化规范意义，但在实际运用中，浅近文言文已赢得了最大传播空间和使用群体。在现代民族语文的建构过程中，它以融汇传统、灵活开放、接近口语的多重优势，被上百万中国传统士人和现代知识分子接受、喜爱，从而日益向社会生活舞台的中心移动，开始在中国社会显示出举足轻重的感召力和凝聚力。

然而，由于中国传统社会的精英阶层对基督教及西方文化核心价值观普遍性的抵制态度，且在整个中国金字塔结构社会中人数较少，传教、办报的西方人士在遭到许多挫折之后，逐渐把注意力转向文化程度不高、容易接受思想"洗礼"、人数众多的下层劳动民众。这样一来，为适应新的读者群体，不少报刊开始运用民间流行的白话作为语言工具；同时，不少传教士为向下层社会广大民众传播基督教义和西方文化，而采取了中国的传统方式——文学创作，通过生动的小说和浅显的诗歌、散文等，以达到思想渗透之效。郭实腊、米怜、李提摩太、傅兰雅等人的文学作品在中国教民和民间社会中产生了广泛影响。他们的语言原为模仿唐宋以来的民间古白话，但在实际运用过程中，他们自觉不自觉地把西方语文的文法、俗语、习惯表达法、思维形式等要素融进中国古白话中，使之在一定程度上疏离本土白话的基本风格，走上欧化道路。随着"传教士文学"影响的逐步扩大，这种现代白话文也开始在社会下层传播开来。由于它深深植根于中国民间社会而又染上现代"洋化"色彩，可谓中西合璧，民族性与时代性较好地融为一体，而最终成为建构现代中国民族语文更具深广社会基础的重要资源。所以，有学者通过具体的历史考察和文本比较认为，这些欧化的白话文与"五四"先驱倡导的白话文可谓为殊途同归。袁进指出：

> 与文言文和古白话不同的新白话，也就是后来的现代汉语在十九世纪七十年代已经正在形成，其代表作就是西方传教士的翻译和创作的作品，它们的流行遍布全国各地，而且常常在下层社会。它们包括了诗歌、散文、议论文、小说等各种样式的文学作品。换句话说，现代汉语的文学作品是由西方传教士的中文译本最先奠定的，它们要比五四新文化运动宣扬的白话文早了半个世纪。它们在社会上自成一个发展系统，连绵不断。……它们在语言形式上走得比五四新文学更远，在欧化程度上有的作品甚至超过了新文学前期的作品。[1]

---

[1] 袁进：《中国文学的近代变革》，广西师范大学出版社，2006年版，第88页。

19世纪70年代,以《申报》的创办为标志,现代报刊在上海及中国沿海城市获得了较快发展。这些不再以传教为宗旨,而主要面对现代社会生活的报刊,主要读者群仍是接受了现代教育的新型知识分子群体和文化水平渐渐提高的广大市民阶层。其文体以早期浅近文言文为基础,广泛接受本土日常口语语汇,大量吸收西语要素,形成了凝练畅达、融审美与实用于一炉的报章文体。与此同时,一批现代中国士人,由早先充当传教士及报刊创办者的翻译和写作助手角色,而逐渐成为与之平等的合作者乃至独立的主办者,走在中西文化交流历史舞台的前端。这方面最有代表性人物是王韬、郑观应等中西兼备、思想开通、事业成功的社会精英。他们发表在报刊上的大量时评、政论,言之有物而充满激情,极富思想性和感染力,词语凝练整饬而挥洒淋漓,成为"报章体"的主要特色。由于它凝结传统文思而面向现代生活,吸收西语元素而保留民族特色,表现出鲜明的开放性、包容性与灵活性,深受广大读者的欢迎,成为风靡一时的民族语文形式之一。

19世纪末,这种报章体的社会影响日益扩大。此时,以桐城派为代表的正统古文退缩到狭小的精英文学天地,流行于传统文人的交际圈子,其缺乏大众性的记录与传播实用功能的重大缺陷越发明显。白话文运动方兴未艾,但普遍的社会功效尚待时日。尤其是,倡导者们以白话为思想启蒙工具的实用主义态度在很大程度上影响了它的健康发展。因此,在世纪之交的中国社会,以近代文言为底本的"报章文体"对社会与文化的发展发挥着举足轻重的影响;在白话报刊大量涌现之际,仍决定着中国公众的阅读习惯与思维方式。

在这种背景下,出于思想启蒙的需要,梁启超大力倡导"文界革命"。它既包括思想内容的革新,更着眼于文章体式尤其是语言形式的革新。梁启超在上海主编《时务报》时,就有意识地进行实践,当时被称为"时务体",产生了非常大的社会反响。1899年他发动"文界革命"后被称作"新民体"。它平易畅达,反对过分用典,灵活吸收新鲜语汇,"笔锋常带情感",对广大读者"别有一种魔力",因而风靡一时。其原因在于广大市民文化程度的普遍提高,尤其是属于社会精英阶层的传统文人士大夫,逐步接受现代传媒培育的现代大众文化,加入了现代报刊的阅读与写作队伍,从而引发日趋平易通俗的新文体的"雅化"趋势。梁启超本来已反复强调,由古语之文学变为俗语之文学,是文学进化的一大关键。但由于读者和写作群体的变化和审美心理、思维方式的延续性、稳固性,以传播新知、启蒙思想为宗旨的新文体反而以其更加典雅骈俪的趋向获得更为广泛的接受。实际上,"雅"与"俗"之间并无明确界限,两者的此消彼长的变迁本身并不意味着语言的"进化"或"退化"。在世纪之交的中国,新文体之所以"魔力"四射,广受欢迎,正由于它对于开明士大夫和现代市民群体来说,是"平易畅达"的"白话",完全适合其阅读口味和文化心理,而这些社会群体恰处于感应中西文化碰撞与交流的前沿,充当着中国社会与文化现代转型的历史主体;相对于处在历史边缘地位的下层民众使用的白话,这种典雅而流畅的新文体的风行自有其独特的历史必然性。在现代民族语文建构过程中,它理应成为重要的建构元素。而且,不容忽视的是,白话在战胜文言,取得彻底胜利以后,其自身的发展也经历了由"俗"到"雅"的变迁过程。而且,除早期白话诗外,新文学的开创者们几乎没有人用真正的"白话"进行创作,总在"雅"、"俗"之间寻找平衡点。这在"五四"以后的新文学创作中表现得十分突出。

在"新文体"大行其道之时,在"开民智"、"新国民",拯救民族危亡背景下,黄遵宪、裘廷梁、陈荣衮等人以"言文合一"为宗旨,大力倡导以民间口语为基础的白话文运动。他们认为,中国文化之所以落后,人民之所以愚昧无知,全由被封建统治者垄断的僵化文言所致。若要开启民智,拯救民族,只有以白话代替文言,使之成为现代中国民族语文。因此,"崇白话而废文言"是他们的共同思路,通过创办白话报纸来推广白话,普及教育,宣传维新,是其重要途径。这是一条企图以民间传统替代正统文化、直接以民间文化资源建设现代民族语文的革新思路。在立志变革的开明人士和部分政府官员的推动下,清末白话文运动蓬勃展开。它的实绩——白话报纸，在至"五四"新文化运动之前的短短二十年时间里，先后出现近二百种，读者群迅速扩大，其广泛而深远的影响足以和"报章体"、"新文体"相媲美，为"五四"白话文运动和大众化文学传统的形成奠定了深广的社会心理基础。

自19世纪中叶至20世纪初，现代中国民族语文的建构经历了漫长而复杂的历史过程，雅俗互动、多元并存；以西化中、中西相融，是其基本特征。具体来说，在传统古文仍然享受崇高权威的前提下，以现代传媒为依托的近代文言文产生广泛社会影响，成为中国社会知识阶层适宜的语文形式。与此同时，民间白话也由社会边缘向舞台中心迈进，成为传播大众文化的重要工具。而两者都受到现代西语的渗透和改造，成为与传统古文和古白话有着较大差异的现代民族语言的不同形式。清末梁启超的"文界革命"与裘廷梁等人的白话文运动"雅"、"俗"两道都各自走向辉煌：中国现代民族语文的建构已呈现"百川归一"之势。"五四"白话文运动则最终完成了这一漫长而曲折的历史建构，开创了以白话为"国语"的新时代，并在新文学运动中凝结成中国文学大众化新传统。而清末民初的这些不同的民族语文建设路向从不同方向、不同层面为"五四"白话文运动的最终胜利，提供了丰厚的历史与文化资源：清末以民间口语为工具而向下层民众进行思想启蒙的白话文运动，成为"五四"以白话文建设现代民族语文文化运动的最直接的文化资源，两者可谓一脉相承；近代报章体和"文界革命"后的"新文体"的文化元素，经"五四"新文学作家的创作实践，与现代白话融为一体，同样成为以白话为载体的现代国语建设不可缺少的传统文化资源，从而在一定程度上避免了现代中国民族语文建设成为与传统断绝的苍白的"白话"。至于那已失去社会传播与交际功能，仅在传统文学范畴内实现传统审美功能的正统古文，即"桐城谬种"、"选学妖孽"的剩余权威，则成为激发"五四"新文学运动的导火线。

第二节 "五四"白话文运动与大众化文学传统

"五四"白话文运动及其大众化文学传统的形成,其过程是漫长的,促成因素是复杂的。正如恩格斯所指出的,任何一场重大的历史变迁,都是由多种力的"平行四边形"构成的历史合力造成的;任何单一因素都不可能促成特定历史的运动,推动社会与文化的变迁。在20世纪后期的中国现代文学史叙述中,白话文运动的胜利被认为是胡适、陈独秀等人振臂高呼、一蹴而成的。而在五六十年代那特殊的历史阶段,胡适、陈独秀推动白话文运动的历史功绩则被抹杀,完全消失于历史遮蔽之中。80年代以后,在新一轮思想解放和学术独立思潮中,胡适、陈独秀的历史功绩和历史地位才被自觉地放在整个中国近现代历史长河中加以考察,逐步获得公正的历史评价。

胡适始终既沾沾自喜于自己对新文学运动的贡献,又很理智地否认所谓白话文的局面是"胡适之陈独秀一班人闹出来"的说法。在《中国新文学运动小史》长文中,他回顾了白话文的发展历程,较全面地分析了其逐步走向胜利的主要原因,迄今仍是值得我们重视的重要历史文献。

一、历史合力造成白话文的历史性胜利

在《中国新文学运动小史》中,胡适诚恳地分析了白话文取得历史性胜利的多种因素。在他看来,其中最重要的历史因素,"第一是我们有了一千多年的白话文学作品:禅门语录,理学语录,白话诗词曲子,白话小说。若不靠这一千多年的白话文学作品把白话写定了,白话文学的提倡决不能几年之内风行全国"。在其《国语文学史》和《白话文学史》中,胡适以实证方法梳理出一条系统、完整的"白话文学史",从而为20世纪的白话文运动展示出充分的历史依据。"第二是我们的老祖宗,在两千年之中,渐渐的把一种大同小异的'官话'推行到全国的绝大部分……若没有这一大块地盘的人民全说官话,我们的'国语'问题

就无从下手了。"这又在历史依据的基础上，为"小传统"颠覆"大传统"，将白话从被轻视的社会边缘地位上升到全面承载现代民族文化的"国语"地位，提供了法理依据。"第三是我们的海禁开了，和世界文化接触了，有参考比较的资料，尤其是欧洲近代国家的国语文学次第产生的历史，使我们明了我们自己的国语文学的历史，使我们放胆主张建立我们自己的文学革命。"如果说前两个因素只是"五四"白话文运动遥远而模糊的历史背景，那么后者则是它最直接的社会背景、文化土壤和思想渊源。从历史发展的内在逻辑看，晚清语体革新运动与"五四"白话文运动是不可分割的有机整体，前者是从萌发到全面展开，显示了多元的历史走向，后者是顺应时代要求做出明确历史抉择，并推动这场民族语文的历史性变革走向"完成"，实现了半个多世纪以来的历史飞跃。就新的民族语言的确立和大众化文学传统的开创这个意义看，应该说"五四"先驱们开创了中国民族文化的"新纪元"，"继往开来"可以说是他们最恰切的历史定位。

除历史原因外，胡适认为白话文运动的胜利还有近几十年的政治原因。第一是科举制度的废除。"八股废除了，试贴诗废了；策论又跟着八股、试贴废了，那笼罩全国文人心理的科举制度现在不能再替古文学做无敌的保障了。"1905年9月2日，清帝颁布诏书，正式宣布废除实行了一千三百多年的科举制度，全面兴办新式教育，算是中国最后一个封建王朝在它生命的最后之际，适应时代潮流之举。科举制度以制度形式强有力地承传着以儒家为代表的中国传统主流文化，对中国传统主流社会的价值观念、文化心态、行为与思维方式产生着决定性影响；然它在近世的僵化则严重束缚人们的思想，阻碍着中国社会的进步。它的被废除，不仅使封建正统文化的承传失去了最重要的制度保障，同时也使它的载体——以八股文为形式的文言文失去了崇高地位乃至继续存在的历史合理性。更重要的是，科举的废除，使传统士人在社会变迁、功名断绝之际，于彷徨与迷惘中被迫重新做出人生抉择，重新确定自身的文化价值坐标。于是，或主动或被迫，或自觉或不自觉地参与新文化的建设，最终向新文化认同。随着现代商品经济的发展和新兴都市的崛起，新兴行业层出不穷，现代传媒迅速发展，通俗文学占领社会主要精神消费市场，公共话语空间逐步扩展，人们的生活方式、思维方式、社交方式都发生着重大转变。而这一切，都建立在现代文明载体——白话文基础之上。现代传媒引起的公共话语空间的扩大，现代稿费制度及其文学商品化趋势激发的大批传统士人投身通俗文学创作热潮，以及生活方式转变后相应的阅读期待，使白话文迅速风靡社会，取代文言文成为现代社会主要的交际与传播工具。传统文言仅以狭小的审美功能退居精神活动的一隅，失去了社会性的交际与传播功能。科举的废止激起的文化震荡再加之其他因素的推动，遂引发核裂变式的文化蜕变，于是白话文的兴起并呈取代文言之势，则是水到渠成的文化景观。

胡适认为，清王朝的颠覆，中华民国的成立，是白话文趋向胜利的又一政治原因，"这个政治大革命虽然不算大成功，然而它是后来种种革新事业的总出发点，因为那个顽固腐败势力的大本营若不颠覆，一切新人物与新思想都不容易出头。……我们若在满清时代主张打倒古文，采用白话文，只需一位御史的弹本就可以封报馆捉拿人了"。[1] 话说得虽然有些夸张，但有一点则明确无误：清王朝时代，由于民族关系的敏感，就是正统的文言，要把它冠冕堂皇地定位于"国语"，都不是一件容易的事，更遑论流行于民间、被视为粗鄙无文的白话！而这只能在民国时代才能实现。"1919年10月，全国教育联合会决议，要求政府正式提倡白话文。1920年1月12日，教育部发布训令，要求小学一二年级国语从当年秋季起用白话取代古文。同年3月，教育部要求小学各年级一律废除文言教科书。白话文的采用很快扩展到中等以上学校。1920和1921年间，白话文被正式和广泛地称为'国语'。同时，1918和1919年还制定了国语'注音符号'。"[2] 1920年民国政府教育部以白话文作为国语的决定，既是晚清以来中国民族语文现代转型历史发展的必

---

[1] 胡适：《中国文学大系·建设理论集·导言》，季羡林主编：《胡适全集》第12卷，安徽教育出版社，2003年版，第274—275页。
[2] 周策纵：《五四运动：现代中国的思想革命》，周子平等译，江苏人民出版社，1996年版，第283页。

然结果，也是以胡适、陈独秀为领袖的"五四"白话文运动的历史功勋所在。它的意义，不仅意味着白话文获得了广泛的社会基础，更在于几代人的努力最终获得了官方的认可，并得到官方制度层面的保障——就像科举制度之于八股文一样。白话文由此具备了现实的合理性和合法性，从而标志着民族文化新纪元的开端。从历史文化角度看，它意味着胡适期望的以"小传统"颠覆"大传统"历史任务的完成。

二、"五四"白话文运动开创白话文学历史新纪元

如上所述，白话文在19、20世纪之交已成气候，并最终取代文言成为现代中国民族语文形式，是由多种历史因素之合力所造成：古代中国白话文学的发展，民间社会古白话的推广，近代中国有声有色的语体革新运动，以及政治、经济的历史性变迁，等等。然而，当文化的变迁逐步发展到临近突变，欲实现历史性飞跃之际，常常需要一位或多位能够感应时代脉搏，有明确的历史意识和非凡的魄力及人格魅力的人物来发动并领导相应的社会运动，使多元的历史—文化资源得以有效整合，迅速汇聚成强大的精神力量，产生巨大的社会感召力，开创历史新纪元。

毫无疑问，胡适、陈独秀及整个"五四"阵营发动的白话文运动相对于前此一切形式的语文革新运动，更具有革命性意义。按照胡适的标准，"革命"是在进化论框架内，在继承基础上的"突变"式加速跃进，而非"鸿沟"式斩断传统后的另起炉灶：

> 历史进化有两种：一种是完全自然的演化；一种是顺着自己的趋势，加上人力的督促。前者可叫做演进，后者可叫做革命。演进是无意识的，很迟缓的，很不经济的，难保不退化的。有时候，自然的演进到了一个时期，有少数人出来，认清了这个自然的趋势，再加上一种有意的鼓吹，加上人工的促进，使这个自然进化的趋势赶快实现；时间可以缩短十年百年，成效可以增加十倍百倍。……

> 其实革命不过是人力在那自然演进的缓步徐行的历程上，有意的加上了一鞭。白话文学的历史也是如此。……这几年来的"文学革命"，所以当得起"革命"二字，正因为这是一种有意的主张，是一种人力的促进。《新青年》的贡献只在它在那缓步徐行的文学演进的历程上，猛力加上了一鞭。[1]

这段话可以说是典型的进化论者和实验主义者的"革命"观。以这种"革命"观观照"五四"先驱在白话文取代文言文的历史变迁过程中的历史地位与历史贡献，可以说是再恰当不过的了。他们正是在白话文的自然演进与前人努力的基础上猛推一把，加上一鞭，使之产生了"飞跃"。

在胡适、陈独秀等人开始登上中国历史舞台之际，中国民族语文呈现出复杂局面：以桐城派古文、同光体诗歌为代表的正统文言诗文虽一再遭受通俗化文化思潮的强烈冲击，但仍牢牢占据着社会精英阶层的审美生活空间，借助于传统惯性，仍然成为士人社会身份和文化修养的象征；随着小说社会地位的日益提高和越来越多的传统士人加入到小说创作队伍，文言小说再次大行其道，乃至在民国初年出现了纤秾华丽的骈文小说《玉梨魂》等，且轰动一时，广受欢迎——社会审美心理与思维方式的稳固性使正宗古文的社会地位未受大的影响。与此同时，19世纪七八十年代以来"平易畅达"的浅近文言文借助于《申报》等有影响的大报走向人们的社会与日常生活。以"林译小说"为代表的翻译文学更以俗语、口语、外国语汇及文法的大量渗入而显示出顺应时代的生命力。两者之外，以数百种小报为载体的白话文章伴随着经久不衰的白话小说，虽早已占据了社会公共话语的"半壁江山"，开始发挥举足轻重的社会传播与交际的功能，但在人们的心目中仍然是鄙俗、浅薄的，是属于"下等人"的语文形式。统一的现代民族语文的确立和建设成为中国社会现代化的迫切需要。

---

[1] 胡适：《白话文学史·引子》，季羡林主编：《胡适全集》第11卷，安徽教育出版社，2003年版，第218—219页。着重号为原文所有。

然而同时，在19世纪末白话文运动"言文一致"思潮影响下，随着"五四"新文学运动的兴起，"引车卖浆"之徒所操口语被视作现代民族语文的"正宗"进入书面语言，骈散结合、"平易畅达"的报章体与开放兼容、生动活泼的"林译小说"体被有意无意划入"桐城谬种"范畴，在新一轮白话文运动中被剥夺了历史合理性。于是，在历史大转折关头，在非A即B思维模式下，活白话与"死文言"的对立作为历史变迁图景被"五四"人勾画出来，从而深远地影响了中国现代民族语文的发展方向。具体而言，在现代民族语文形式多元并立格局和纷繁的历史发展趋向中，胡适、陈独秀等"五四"人继承了清末白话文运动精神遗产，并在新的时代环境中做出全新的阐释，使之具备了作为现代中国民族语文形式必要的现实依据与法理依据。胡适"国语的文学，文学的国语"十字箴言，使"五四"白话文运动与新文学创作呈现出必然的联系，从而开创中国现代文学大众化新传统。

胡适、陈独秀早年都曾从事过白话报纸的编辑和白话文的写作。关心国事民瘼的陈独秀原受梁启超"新民体"的影响，以清浅的文言纵论天下大事。1904年，他在"新民"思潮和白话文运动的背景下，在安庆创办《安徽俗话报》。为启发下层民众心智，他直接以民间口语入文，不但遣词造句，就是感叹抒情，也都与村夫野老所操之语实现"零距离"接触，完全实践了黄遵宪等倡导的"言文一致"理想。1906年，就读于上海中国公学的胡适因参加学校的竞业学会而参与其会刊《竞业旬报》的写作与编辑工作，并最终几乎包办了其各项工作。这是一个具有革命团体背景的、以开通民智为宗旨的白话报刊，少年胡适的思想和白话文写作由此得到铸造和锻炼。纵观二位的白话文写作历程可知：第一，他们的报刊编辑和白话文写作活动，都是当时方兴未艾的清末白话文运动的有机组成部分。鉴于二人日后"五四"新文化运动的精神领袖身份，我们可以说，清末白话文运动与"五四"白话文运动在价值观念、文化路向上一脉相承。这也表明，为什么胡、陈、钱诸人对梁启超推崇备至却对其"新民体"保持沉默；他们虽未把"新民体"划入"桐城谬种",而实际上无言地否定了它参与现代中国民族语文建设的合理性与合法性。在现代民族语文建设丰富而复杂的餐桌上,"五四"先驱仅仅看中了"民间白话"这道菜,而舍弃了其他营养丰富的"佳肴"。第二,与清末白话文运动基本精神相一致,胡、陈二人早年的白话报刊的编辑和白话文写作宗旨并不是为了倡导白话,而是利用白话文达到更好地对广大民众进行思想启蒙的目的。也就是说,白话文仅被视为倡导思想革命的有效工具,而并非是在语言本体意义上自觉地进行现代民族语文建设。如陈独秀的《安徽俗话报的章程》开头表明办报宗旨:"这报的主义,是要用顶浅俗的话说,告诉我们安徽人,教大家好通达学问,明白时事。并不是说些无味的白话。"[1] 其主要栏目集中在时事政治、社会改革、科学知识等方面。陈本人文章,全部集中在宣讲国情、传播新闻、激发民众爱国热情上。《竞业旬报》的宗旨是"振兴教育"、"提倡民气"、"改良社会"、"主张自治",而"骨子里是要鼓吹革命"。[2] 胡适回忆那时"有一些思想后来成为我的重要出发点的,在那十七八岁的时期已有了很明白的倾向了"。[3] 尤其是《竞业旬报》"不但给了我一个发表思想和整理思想的机会,还给了我一年多作白话文的训练"。"白话文从此形成了我的一种工具。七八年之后,这件工具使我能够在中国文学革命的运动里做一个开路的工人。"[4] 可见,"五四"白话文运动并非"横空出世"、"异军突起",而是历史发展的必然。胡适只身在美国发起"文学革命",实际上是清末白话文运动发展到新阶段在异地催生的萌芽。换句话说,胡适以白话替代文言为核心的一整套文学革命方案,成为凝聚、整合各种变革因素而成为波澜壮阔的文学革

---

[1] 任建树等编:《陈独秀著作选编》第一卷,上海人民出版社,2010年版,第20页。
[2] 胡适:《四十自述》,季羡林主编:《胡适全集》第18卷,安徽教育出版社,2003年版,第69页。
[3] 胡适:《四十自述》,季羡林主编:《胡适全集》第18卷,安徽教育出版社,2003年版,第75页。
[4] 胡适:《四十自述》,季羡林主编:《胡适全集》第18卷,安徽教育出版社,2003年版,第77页。

命思潮的导火索和思想源泉。

1915年至1916年,在美国康奈尔大学留学的胡适就现代中国"文学革命"问题与任叔永、梅光迪等人发生激烈争论。胡适认为白话是活文字,古文是半死的文字。从中国正宗文学体裁诗歌入手,胡适要求以白话入诗,要"作诗如作文"。由"诗国革命"进而展开中国的"文学革命",遭到大家的激烈反对。在热烈的争论中,胡适逐步形成了自己的"文学革命"思想。他认为:"一部中国文学史只是一部文字形式(工具)新陈代谢的历史,只是'活文学'随时起来替代了'死文学'的历史。文学的生命全靠能用一个时代的活的工具来表现一个时代的情感与思想。工具僵化了,必须另换新的,活的,这就是'文学革命'。"因此,"历史上的'文学革命'全是文学工具的革命"。他认为中国文学史中的俗话文学是中国的正统文学,于是断言:"中国今日需要的文学革命是用白话替代古文的革命,是用活的工具替代死的工具的革命。"[1] 宣称:"中国有了一千多年的白话文学,只因为无人敢公然主张用白话文学来替代古文学,所以白话文学始终只是民间的'俗文学',不登大雅之堂,不能取死文学而代之。我们再三指出这个文学史的自然趋势,是要利用这个自然趋势所产生的活文学来正式替代古文学的正统地位。简单说来,这是用谁都不能否认的历史事实来做文学革命的武器。"[2] 1916年11月,胡适把他与朋友们一整年非正式讨论的结果,总结成一篇题为《文学改良刍议》的文章,寄给国内的陈独秀,立即获得陈独秀强烈的共鸣。次年1月,《文学改良刍议》在《新青年》发表后,陈独秀接着以充满战斗激情的《文学革命论》加以呼应。其"三大主义"中要推倒的"贵族文学"、"古典文学"、"山林文学"全是居于正统地位的文言文学,而要建设的"国民文学"、"写实文学"、"社会文学",则是

---

[1] 胡适:《逼上梁山——文学革命的开始》,季羡林主编:《胡适全集》第18卷,安徽教育出版社,2003年版,第108—109页。
[2] 胡适:《中国新文学大系·建设理论集·导言》,季羡林主编:《胡适全集》第12卷,安徽教育出版社,2003年版,第281页。

以白话为载体的平民文学。胡适的发难与陈独秀的有力声援立即轰动社会，二人遂携手拉开了以语言革命为核心的"五四"文学革命序幕。

白话取代文言，其结果是：白话成为现代中国民族文化的唯一载体，这一"独尊"地位使长期处于社会边缘地位的民间白话成为现代中国"国语"。在《建设的文学革命论》等文中，胡适明确宣布：白话就是中国的国语，用白话做的文学就是"国语的文学"。他说："中国将来的新文学用的白话，就是将来中国的标准国语。造中国将来白话文学的人，就是制定标准国语的人。"[1]这一观念的确立，其历史意义、社会意义、文化意义，足以让胡适当之无愧地成为中国文化新纪元的开创者，而绝不仅仅是继承者与发展者。这一文化理念突出表明了"五四"白话文运动与清末白话文运动的本质区别：清末白话文运动是由一批具有爱国热忱的传统士大夫发起的，他们大力倡导拼音文字与白话文，仅仅是把它们作为普及知识、开通民智的实用工具，而绝非进行本体性的民族新文化建设。裘廷梁倡导白话文的名篇《论白话为维新之本》、陈荣衮的《论报章宜改用浅说》等，都是以实用主义态度对待白话。虽然他宣称："愚天下之具，莫文言若；智天下之具，莫白话若。"[2]但文言与白话的"愚"、"智"之功仅对文化水平不高的下层广大民众而言，并不包括作为社会精英阶层的士大夫们——对他们而言，文言恰是身份、修养和社会地位的象征！这也就难怪裘廷梁等开明士人提倡白话的文章全用文言写成！——他们是用自己垄断的语文形式在"内部"商讨对另一个人数众多的社会阶层的启蒙之策。而要他们自身放弃文言，融入民众，以白话作全民族各阶级共同的"国语"，那是万万不可能的。因而胡适一针见血地指出：

---

[1] 胡适：《建设的文学革命论》，季羡林主编：《胡适全集》第1卷，安徽教育出版社，2003年版，第57页。
[2] 裘廷梁：《论白话为维新之本》，郭绍虞主编：《中国历代文论选》第4册，上海古籍出版社，1980年版，第172页。

这种心理的基础观念是把社会分作两个阶级，一边是"我们"士大夫，一边是"他们"齐氓细民。"我们"是天生聪明睿智的，所以不妨用二三十年窗下苦功去学那"万国莫有能逮及之"的汉字汉文。"他们"是愚蠢的，是"资质不足以识千余汉字之人"，所以我们必须给他们一种求点知识的简易法门。"我们"不厌繁难，而"他们"必求简易。[1]

此论是胡适早在20年代发表的长文《五十年来中国之文学》中的观点的重申。[2] 周作人在30年代论及"晚清"与"五四"白话文运动史时也有这样评论：

在这时候，曾有一种白话文字出现，如《白话报》、《白话丛书》等，不过和现在的白话文不同，那不是白话文学，而只是因为想要变法，要使一般国民都认识些文字，看看报纸，对国家政治都可明了一点，所以认为用白话写文章可得到较大的效力。因此，我

---

[1] 胡适：《中国新文学大系·建设理论集·导言》，季羡林主编：《胡适全集》第12卷，安徽教育出版社，2003年版，第268页。
[2] 原文为：一九零四年以后，科举废止了。但是还没有人出来明明白白的主张白话文学。二十多年以来，有提倡白话报的，有提倡官话书的，有提倡官话字母的，有提倡简字字母的：这些人难道不能称为"有意的主张"吗？这些人可以说是"有意的主张白话"，但不可以说是"有意的主张白话文学"。他们的最大缺点是把社会分作两部分：一边是"他们"，一边是"我们"。一边是应该用白话的"他们"，一边是应该做古文古诗的"我们"。我们不妨仍旧吃肉，但他们下等社会不配吃肉，只好抛块骨头给他们吃去罢。这种态度是不行的。一九一六年以来的文学革命运动，方才是有意的主张白话文学。这个运动有两个要点与那些白话报或字母的运动绝不相同。第一，这个运动没有"他们"、"我们"的区别。白话并不单是"开通民智"的工具，白话乃是创造中国文学的唯一工具。白话不是只配抛给狗吃的一块骨头，乃是我们全国人都该赏识的一件好宝贝。第二，这个运动老老实实的攻击古文的权威，认他做"死文学"。从前那些白话报的运动和字母的运动，虽然承认古文难懂，但他们总觉得"我们上等社会的人是不怕难的……"这些"人上人"大发慈悲心，哀念小百姓无知无识，故降格做点通俗文章给他们看。但这些"人上人"自己仍旧应该努力模仿汉、魏、唐、宋的文章。（季羡林主编：《胡适全集》第2卷，安徽教育出版社，2003年版，第328—329页。）

以为那时候的白话和现在的白话文有两点不同:

第一,现在的白话文,是"话怎样说便怎样写",那时候却是由八股翻白话……

第二,是态度的不同——现在我们作文的态度是一元的,就是:无论对什么人,作什么事,无论是著书或随便的写一张字条儿,一律都用白话。而以前的态度则是二元的:不是凡文字都用白话写,只是为一般没有学识的平民和工人才写白话的。……但如写正经的文章或著书时,当然还是作古文的,因而我们可以说,在那时候,古文是为"老爷"用的,白话是为"听差"用的。

总之,那时候的白话,是出自政治方面的需求,只是戊戌政变的余波之一,和后来的白话文可说是没有多大关系的。[1]

作为历史运动的参与者和推动者,胡、周二人的论述可谓不约而同。从中可知,"五四"白话文运动之所以超越清末白话文运动而取得全面胜利,树立起影响至今的文化权威。首先在于,清末白话文运动仅限于把白话当作"新民"的工具,具有过强的政治功利性,而"五四"白话文运动则不仅视白话为思想启蒙的工具,更从学术的深度与广度上全面实施民族新语文的工程建设:胡适通过对死—活文字与死—活文学的探讨,得出白话文学乃中国文学正宗的历史性结论,进而做出白话就是中国国语的历史性定论;通过对中国"白话文学史"的开创性研究,建立起"双线文学史"的文学史观,为白话取代文言成为民族新语文奠定了坚实的历史根基;通过对白话文及白话文学的学理性探讨,为白话语文的切实推广奠定了科学依据。其次,清末白话文运动是"我们"上流社会智识者为启蒙"他们"下层社会的芸芸众生而施舍的简易工具,因而,高贵的"老爷"可仍旧用高雅的古文,而民众不妨用鄙俗的白话。而"五四"白话文运动则是消除"我们"与"他们"的思想鸿沟,

---

[1] 周作人:《中国新文学的源流》,钟叔河编订:《周作人散文全集》第6卷,广西师范大学出版社,2009年版,第94—96页。

把白话文建成社会各阶层共用的民族语文形式。最后，清末白话因出自文人士大夫之手而难脱八股文窠臼，"五四"白话乃完全来自民间生活的鲜活语文。

某种程度上，"五四"人为凸显自己的"创世"之功而有意无意地贬低甚至遮蔽了晚清思想与文学运动的历史贡献，周作人关于清末白话文运动与"五四"白话文运动之间"没有多大关系"之说即是。实际上，"五四"一代先驱是沐浴着晚清文化雨露成长的，他们的绝大多数文化功业都以晚清人建设的历史平台为基石。有学者认为："清末的最后十年，有一个相当规模的'白话文运动'，并且是五四白话文运动的前驱，有了这前驱的白话文运动，五四时期的白话文运动才有根据。"[1]"五四白话文运动的倡导者……皆曾在晚清时代主持过白话报，这是清末白话文运动与五四白话文运动的内在联系的具体而微的最好说明。"[2]晚清白话文运动的历史贡献与地位虽不容贬低，但以胡适、陈独秀为精神领袖的"五四"文化精英的独特贡献，毕竟使"五四"时代而不是晚清时代，成为20世纪中国现代文化与文学史的"轴心时代"。

从更深层次看，把白话上升到"国语"地位，替代两千年来高居正统地位、兼有意识形态功能的文言，决不仅仅是单纯的民族语文形式的改变，而是以处于社会边缘境地的"小传统"置换处于社会主流地位的"大传统"，从而引发了民族文化结构整体性的变革。大、小传统概念是美国人类学家雷得菲尔德（Redfield Robert）于1956年出版的《乡民社会与文化》一书中首用的术语。"大传统"（great tradition）指占据社会主流地位的统治阶层和社会知识精英阶层拥有的文化资源与文化传统，它常以政治和重大社会活动为形式。小传统（little tradition）指处于社会边缘地位的普通民众拥有的文化传统，它常以乡村社区日常生活形态出现。"大传统"对"小传统"具有绝对的约束、规范权威，"小传统"在"大传统"的框架内显示自己的民间特色和日常生活具体形态；"大

---

[1] 陈万雄：《五四新文化的源流》，生活·读书·新知三联书店，1997年版，第134页。
[2] 陈万雄：《五四新文化的源流》，生活·读书·新知三联书店，1997年版，第164页。

传统"包含着民族文化的核心价值系统,具有崇高、神圣的品质,"小传统"则显示着民族文化的世俗性与丰富性。两者虽有互动互渗,但总体上界限分明,地位明确,从而保持民族文化精神的一贯性和结构的稳定性。显然,文言与白话分别是中国传统文化中大、小传统精神的载体或"有意味的形式",两者的差异不仅是形式的,更在于形式之下的价值观念、文化品格、思维方式、审美趣味等精神内涵的巨大差异。文言是传统农业经济条件下的精英文化符号系统,它虽然蕴含了在一定程度上具有历史超越性的审美价值与文化价值,但难以成为现代工业文明社会实质性的有机组成。白话在精神实质上的世俗性与大众化,使它与现代工业文明精神天然相通。因此,当胡适、陈独秀等"五四"新文化运动先驱倡导以白话为现代中国民族语文时,也就意味着通过对大、小传统社会地位的历史性置换,实现民族文化模式的现代转型,其意义是根本性的。

也正因此,在中国社会文化现代转型之际,胡适把文言判为"死文字",称白话为"活文字",而以两者为载体的文学则分别成为"死文学"与"活文学"。由于特定的语言形式与思维方式、审美理想、价值观念乃至具体承载内容有着密切关联,因此,语言革命往往也就意味着思想革命与文化蜕变。胡适对此有着清醒的认识:

> 我们也知道单有白话未必就能造出新文学,我们也知道新文学必须要有新思想作里子。但是我们认定文学革命须有先后的程序:先要做到文字体裁的解放,方才可以用来做新思想新精神的运输品。[1]

> 新文学的语言是白话的,新文学的文体是自由的,是不拘格律的。初看起来,这都是"文的形式"一方面的问题,算不得重要。却不知道形式和内容有密切的关系。形式上的束缚,使精神不能自

---

[1] 胡适:《〈尝试集〉自序》,季羡林主编:《胡适全集》第10卷,安徽教育出版社,2003年版,第31页。

由发展，使良好的内容不能充分表现。若想有一种新内容和新精神，不能不先打破那些束缚精神的枷锁镣铐。[1]

　　胡适以白话替代文言为核心的文学革命理论建立在进化论和他的"双线文学史"理论基础上。进化论把历史上具有丰富内涵和错综复杂关系的万事万物纳入到单一时间链条上，去评判其历史地位和价值，因而它所描述的历史图景，是众多不同层次的"落后"事物最终烘托出一个"进步"事物；历史是持续线型进步的，文化也是不断线型"进化"的。所以他在文学革命宣言《文学改良刍议》中宣称"一时代有一时代之文学"；历朝历代因"进化"顺序不同而各有其文学，此"乃文明进化之公理也"。[2] 在他看来，一部中国文学发展史，就是不断以更加通俗的"活文学"替代僵化的"死文学"的历史，而白话兴起也就意味着文言的死亡。他说："我曾仔细研究：中国这二千年何以没有真有价值真有生命的'文言的文学'？我自己回答道：'这都因为这二千年的文人所做的文学都是死的，都是用已经死了的语言文字做的，死文字决不能产出活文学。所以中国这二千年只有些死文学，只有些没有价值的死文学。"而在近世民间白话文学兴起后，"这一千多年的文学，凡是有真正文学价值的，没有一种不带有白话的性质，没有一种不靠这个'白话性质'的帮助"。[3] 进化论是清末民初和"五四"两代新文化运动先驱共同的思想武器，它为白话替代文言的时代话语提供了最具说服力的理论。它由于突破传统"循环论"，使对光明前景充满迫切期待的中国人信奉不疑。在梁启超的"三界革命"那里，进化论还只是理论预设，而在胡适、陈独秀这里，进化论成为文学革命的理论基石。温儒敏等人在

---

[1] 胡适：《谈新诗》，季羡林主编：《胡适全集》第1卷，安徽教育出版社，2003年版，第160页。
[2] 胡适：《文学改良刍议》，季羡林主编：《胡适全集》第1卷，安徽教育出版社，2003年版，第6页。
[3] 胡适：《建设的文学革命论》，季羡林主编：《胡适全集》第1卷，安徽教育出版社，2003年版，第54—55页。

其中国新文学传统专著中谈到,"五四"时期及"五四"后,新文学阵营有着三种截然不同的文学史观,彼此对立又互相补充,构成微妙的对话关系:"胡适的进化论用线性发展的观点处理传统,梁实秋的'无新旧'说注重传统稳定的'核心部分',周作人则强调传统'循环往复'的规律。他们在新文学之初就有这样开放的眼光,是很难得的。不过,影响最大的还是胡适的进化论观点,而且这观点本身就逐步成为新的传统:后来许多文学史,都是在进化论观念下编就的,'新'比'旧'好几乎成为一种不辩自明的通识,而'五四'文学也在'发展'、'进步'的框架中站稳了脚跟,直至今天,进化论的文学'常识'仍然渗透到普通的文学生活中。"[1]

胡适以进化论为思想武器,以"大胆的假设,小心的求证"十字箴言为"科学方法",在文学革命前后形成了他独特的中国文学史观,这就是所谓的"双线文学的新观念"。这一"新观念"在他后来的《国语文学史》和《白话文学史》中得到全面展开叙述。他认为,中国两千多年的古代文学史上存在两条文学发展线索:一是文言文的正统文学史,一是白话文的民间文学史。文言文自秦汉就已经僵死,是科举制度使这种僵死的文字又延续了一千多年。唐宋以后,生动的民间白话活文学兴起,经元明的发展,最终成为中国文学的"正宗"。他认为:"中国文学史上何尝没有代表时代的文学?但我们不该向那'古文传统史'里去寻,应该向那旁行斜出的'不肖'文学里去寻。因为不肖古人,所以能代表当世!……国语文学的进化,在中国的近代文学史上,是最重要的中心部分。换句话说,这一千多年中国文学史是古文文学的末路史,是白话文学的发达史。"[2] 胡适通过"大胆假设"构筑了中国古代文言文学与白话文学互相对立的两种文学史;通过小心搜集证据"证明"了民

---

[1] 温儒敏:《文学史观的形成及其对"新传统"的体认》,温儒敏、陈晓明等:《现代文学新传统及其当代阐释》,北京大学出版社,2010年版,第17页。在该书的第7页,作者还有一段与此相近的论述,可参阅。
[2] 胡适:《白话文学史·引子》,季羡林主编:《胡适全集》第11卷,安徽教育出版社,2003年版,第217—218页。着重号为原文所有。

间文学发展史的存在。然后再以进化论的线型发展观，把两种文学史置于大致前后相承的地位。一方面在纵向上以唐宋为界，把中国文学分为古文文学的没落史和白话文学的兴盛史，为"白话文学"张目；一方面随着中国文学的"进化"，把被置于边缘地位的民间文学逐步抬上"正宗"地位，而把居于正宗地位的中国文言文学判为"死文学"，从中国文学史有机体中清除出去。尽管这种崭新的文学史观具有浓厚的主观臆断和一厢情愿色彩，但在当时，它以毋庸置疑的"科学方法"及其"学理性"，为"五四"文学革命提供了根本性的指导思想，深刻影响着新文学运动的发展方向。

在中国新文学建设的基本方案上，胡适提出"国语的文学，文学的国语"十字方针。他认为，在确定白话为新时代中国的"国语"之后，其建设之路是以民间文学为基础的白话文学，因而现代白话文学建设与现代中国"国语"建设是互为因果、合二而一的关系。他认为：

> 我们所提倡的文学革命，只是要替中国创造一种国语的文学。有了国语的文学，方才可有文学的国语。有了文学的国语，我们的国语才可算得真正国语。国语没有文学，便没有生命，便没有价值，便不能成立，便不能发达。[1]

如何创造"文学的国语"呢？胡适明确答道：

> 国语不是单靠几位言语学的专门家就能造得成的，也不是单靠几本国语教科书和几部国语字典就能造成的。若要造国语，先须造国语的文学。有了国语的文学，自然有国语。[2]

---

[1] 胡适：《建设的文学革命论》，季羡林主编：《胡适全集》第1卷，安徽教育出版社，2003年版，第54页。
[2] 胡适：《建设的文学革命论》，季羡林主编：《胡适全集》第1卷，安徽教育出版社，2003年版，第56页。

努力创造白话的文学,实际上也就是在创造未来中国的标准国语:"我们提倡新文学的人,尽可不必问今日中国有无标准国语,我们尽可努力去做白话的文学。我们可尽量采用《水浒》、《西游记》、《儒林外史》、《红楼梦》的白话;……这样做去,决不愁语言文字不够用,也决不用愁没有标准白话。中国将来的新文学用的白话,就是将来中国的标准国语。造中国将来白话文学的人,就是制定标准国语的人。"[1] 他以14世纪以后欧洲意大利、英国、法国、德国等国为例,论证现代民族国家的"国语"都是来自各自民间文学的土话即"白话",为自己的观点找到了有力的历史依据——尽管今天看来这种比附充满了牵强附会,并不具有严格意义上的学理性。但在当时,它对一般人思想意识的冲击和影响,真可以"振聋发聩"来形容。

胡适是文学革命的"首举义旗之急先锋"和以白话为切入点的理论建设者,然而他的胆小谨慎使他富于学理性的理论倡导不足以产生一呼百应的时代感召力,从而形成强大的文学运动与社会思潮。《新青年》杂志同志们的有力声援,呐喊助阵,互相策应,才使得由胡适小心倡议的"文学改良"迅速演变为声势浩大的文学革命浪潮,以摧枯拉朽之势开创了中国文学新时代。

美国留学时期的胡适,在与梅光迪、胡先骕、任叔永等人就"死文字"、"活文字"问题的长期争论中陷于孤立,其先前的"文学革命"锐气丧失过半,变得畏首畏尾。他在后来的回忆录中说:"我受了在美国的朋友的反对,胆子变小了,态度变谦虚了,所以此文标题但称'文学改良刍议'而全篇不敢提起'文学革命'的旗子。……这是一个外国留学生对于国内学者的谦逊态度。文字题为'刍议',诗集题为'尝试',是可以不引起很大的反感的了。"[2] 他在给陈独秀的信中初步提出最稳

---

[1] 胡适:《建设的文学革命论》,季羡林主编:《胡适全集》第1卷,安徽教育出版社,2003年版,第57页。
[2] 胡适:《逼上梁山——文学革命的开始》,季羡林主编:《胡适全集》第18卷,安徽教育出版社,2003年版,第130页。

妥的文学革命"八事"后表示:"以上所言,或有过激之处,然心所谓是,不敢不言。"[1] 在《文学改良刍议》中,他称其文章"谓之刍议,犹云未定草也,伏惟国人同志有以匡纠是正之"。然而,老革命党出身的陈独秀在深受胡适的启发后,以充满火药味和战斗激情的《文学革命论》加以强力声援,以"总司令"特有的魄力与气势迅速把胡适催生的"文学革命"萌芽纳入自己既有的思想轨道。他从政治革命和思想革命的高度阐发了文学革命的重大意义,然后以革命家的气魄提出文学革命的"三大主义",确立了"推倒"与"建设"的三大任务,其大力倡导的"国民文学"、"写实文学"、"社会文学",无一不与传统主流社会精英文学背道而驰,与现代文学平民化、大众化精神内在一致。他以一个战斗者的身份号召中国的有识之士"不顾迂儒之毁誉,明目张胆以与十八妖魔宣战",同时明确表示自己"甘冒全国学究之敌"、"愿拖四十二生的大炮,为之前驱",自画了一幅冒着枪林弹雨冲锋陷阵的战士形象。

尽管有了陈独秀如此旗帜鲜明的大力声援和富于担当的鼎力支持,胡适仍旧表现出谦和与随时准备妥协的态度。就自己提出的"八事"和陈独秀主张的"三大主义",胡适还是致信陈独秀表示:"此事之是非,非一朝一夕所能定,亦非一二人所能定。甚愿国中人士能平心静气与吾辈同力研究此问题!讨论既熟,是非自明。吾辈已张革命之旗,虽不容退缩,然亦决不敢以吾辈所主张为必是而不容他人之匡正也。"[2]

这固然表现出胡适的科学态度和英美式自由主义精神,但与美国同学的争论使他变得格外"胆小"则是直接原因;对陈独秀很大气地封自己为文学革命"首举义旗之急先锋",他还缺乏担当的心理准备。但陈独秀自己则已经勇往直前了,他复信胡适斩钉截铁地表示:

---

[1] 胡适:《寄陈独秀》,季羡林主编:《胡适全集》第1卷,安徽教育出版社,2003年版,第3页。
[2] 胡适:《寄陈独秀》,季羡林主编:《胡适全集》第1卷,安徽教育出版社,2003年版,第26页。

> 改良文学之声，已起于国中，赞成反对者各居其半。鄙意容纳异议，自由讨论，固为学术发达之原则，独至改良中国文学，当以白话为文学正宗之说，其是非甚明，必不容反对者有讨论之余地，必以吾辈所主张者为绝对之是，而不容他人之匡正也。[1]

尽管陈独秀无力提出胡适那种完备而富于学理的新文学建设方案，但在保守心理仍浓重影响社会公众的情况下，这种以决绝态度冲出重围的革命精神，是开创中国历史文化新纪元必不可少的心理素质与精神气度。若没有陈独秀这种赴汤蹈火式的全力声援，胡适个人根本无力发动"五四"文学革命运动。一言以蔽之，胡适最早引发了文学革命思潮并提出了充分体现时代要求、具体可行的建设方案，而陈独秀则把胡适推向了历史舞台的中心，成就了胡适。

除陈独秀外，钱玄同、刘半农、鲁迅、周作人、李大钊等人纷纷上阵，为胡、陈摇旗呐喊以壮声威。他们或发表文章进行学理研讨，或通过冠冕堂皇的"讨论"互相策应，最终形成文学革命声势。钱玄同作为国学大师章太炎的门人，写了一些"小批评大捧场的长信"在《新青年》上发表，作为支持和声援，使胡适这位青年留学生"受宠若惊"，使新文学倡导者们"声势一振"。他晚年在回顾这场互相策应的历史剧目时，仍颇为得意地说："我们这些文章——特别是陈、钱二人的作品和通信——都哄传一时。陈独秀竟然把大批古文宗师一棒打成'十八妖魔'。钱玄同也提出了流传一时的名句'选学妖孽'和'桐城谬种'。"[2] 欣喜和敬慕之情仍溢于言表。对陈独秀的独特贡献，晚年胡适尤其赞誉有加。就陈独秀当年以不容讨论之态度声援自己，胡适说道："这样武断的态度，真是一个老革命党的口气，我们一年多的文学

---

[1] 陈独秀：《再答胡适之〈文学革命〉》，任建树等编：《陈独秀著作选编》第一卷，上海人民出版社，2010年版，第338页。
[2] 唐德刚译注：《胡适口述自传》，季羡林主编：《胡适全集》第18卷，安徽教育出版社，2003年版，第313页。

讨论的结果,得着了这样一个坚强的革命家做宣传者,做推行者,不久就成为一个有力的大运动了。"[1]他总结陈独秀对文学革命的三大贡献:"一、由我们的玩意儿变成了文学革命,变成三大主义。二、由他才把伦理道德政治的革命与文学合成一个大运动。三、由他一往直前的精神,使得文学革命有了很大的收获。"[2]陈独秀以"一往直前的革命精神"成就了胡适这位并无革命锐气的"急先锋",成就了"五四"文学革命,最终也成就了陈独秀在开创中国文学现代传统中的历史地位。

第三节 "平民意识"与"文学大众化"的深入

从某种程度上说,从清末到"五四"的白话文运动成为现代中国文学大众化传统形成的起点,因为用平民大众的语言创作的文学作品是其成为"大众化"文学的前提条件。而且,提倡白话文体与白话文学,实质上也意味着把占社会绝大多数的人民群众正式接纳到文学活动中来,使其以自己的语言和表达方式参与具有全民族性的审美创造和精神消费。因此,以流行于社会中下层的白话文体作为新时代的文学载体,是文学大众化趋势必不可少的一环。

然而,文学载体与文学精神之间并不是天然一致的。具体来说,"古文"并非就是贵族的,白话也并非就是大众化的。回顾中国古代文学史我们可以看到:主要以文言创作的汉魏晋乐府民歌及李白、杜甫、白居易的大量诗文作品,表达的是社会下层人民群众的思想感情和人生愿望,而许多用白话创作的明清"才子佳人"小说,表达的却是风花雪月、诗酒唱和的贵族情趣。因此,清末以来的大众化文学传统的形成,必定经历一个由重语言、文体形式到文学精神的深入发展过程。1919

---

[1] 胡适:《逼上梁山——文学革命的开始》,季羡林主编:《胡适全集》第18卷,安徽教育出版社,2003年版,第132页。
[2] 胡适:《陈独秀与文学革命》,季羡林主编:《胡适全集》第12卷,安徽教育出版社,2003年版,第229页。

年初,周作人发表于《每周评论》上的《平民的文学》一文,可以说是大众化文学传统形成过程的重要文献。它的核心论题并不是已在中国社会轰轰烈烈、起起伏伏二十多年的白话文问题,而是蕴含在语言形式深层的文学精神。这种或是"贵族",或是"平民"的文学精神,既与文体形式无关,也与读者群体无关,而是具有其独立的思想意义及审美价值。

> 我们说贵族的平民的,并非说这种文学是专做给贵族或平民看,专讲贵族或平民的生活,或是贵族或平民自己做的。不过说文学精神的区别,指他普遍与否,真挚与否的区别。
>
> ……
>
> 就形式上说,古文多是贵族的文学,白话多是平民的文学。但这也不尽如此。……白话固然适宜于"人生艺术派"的文学,也未尝不可做"纯艺术派"的文学。纯艺术派以造成纯粹艺术品为艺术唯一之目的,古文的雕章琢句,自然是最相近;但白话也未尝不可雕琢,造成一种部分的修饰的享乐的游戏的文学,那便是虽用白话,也仍然是贵族的文学。[1]

因此,周作人得出结论:文学精神是贵族的还是平民的,在"文字的形式上,是不能定出区别"的。两者在精神实质上的区别,就在"普遍与否"、"真挚与否"。周作人认为:"平民文学应该着重与贵族文学相反的地方,是内容充实,就是普遍与真挚两件事。"具体说表现在:

> 第一,平民文学应以普通的文体,写普遍的思想与事实。我们不必记英雄豪杰的事业,才子佳人的幸福,只应记载世间普通男女的悲欢成败。因为英雄豪杰才子佳人,是世上不常见的人;普通的

---

[1] 周作人:《平民的文学》,钟叔河编订:《周作人散文全集》第2卷,广西师范大学出版社,2009年版,第102—103页。

男女是大多数，我们也便是其中的一人，所以其事更为普遍，也更为切己。……第二，平民文学应以真挚的文体，记真挚的思想与事实。既不坐在上面，自命为才子佳人，又不立在下风，颂扬英雄豪杰，只自认是人类中的一个单体，浑在人类中间，人类的事，便也是我的事。[1]

由此，平民文学的精神实质，是以普通的文体记载人类最普遍的思想感情，而不是社会特权阶层的生活意趣；是以真挚的文体表现包括作家自身在内的"真意实感"，而不是悠闲自得中作虚情假意的雕琢。所以，平民文学有两大本质特征："平民文学决不单是通俗文学"、"平民文学决不是慈善主义的文学"。[2]

胡适发表于1918年4月的新文学建设方案的纲领性文献《建设的文学革命论》，在谈到新文学创作"收集材料的方法"时，主张新文学的描写对象应突破"官场"、"妓院"和"龌龊社会"三个区域，而面向全社会各阶层尤其是社会下层广大民众的生活实在情形："今日的贫民社会，如工厂之男女工人，人力车夫，内地农家，各处小负贩及小店铺，一切痛苦情形，都不曾在文学上占一位置。并且今日新旧文明相接触，一切家庭惨变，婚姻痛苦，女子之位置，教育之不适宜……种种问题，都可供文学的材料。"这与周作人提倡的平民文学精神是一致的。

在中国古典文学中，帝王将相、才子佳人、英雄豪杰乃至神境仙界题材，占据了文坛中心，这些作品充分体现统治阶层的思想观念，充满贵族士绅的审美情趣，与现代意义上的大众化平民文学相去甚远。即使是近世兴起的通俗市民文艺，虽表现出新的思想观念，但总体上仍以传统主流社会的价值标准为导向。这是由于"大传统"在居于绝对优势社

---

[1] 周作人：《平民的文学》，钟叔河编订：《周作人散文全集》第2卷，广西师范大学出版社，2009年版，第103—104页。
[2] 周作人：《平民的文学》，钟叔河编订：《周作人散文全集》第2卷，广西师范大学出版社，2009年版，第104—105页。

会地位上，对"小传统"的全面抑制与渗透的结果。在专制社会中，统治阶级的思想成为全社会各阶层的指导思想，社会中下层广大民众，在被排挤出精神生产活动领域，由此逐步失去思想与审美主体意识的情况下，把统治阶层的思想观念与审美意趣当作自己的思想与审美尺度，也就是自然而然的了。所以，中国传统社会才会出现广大下层民众激动于李（隆基）、杨（玉环）爱情仙话，陶醉于才子佳人抚琴赋诗中的贵族意趣，以及"啜茗听平逆武功"的常见情形。[1] 其间虽有乐府民歌、明代四大传奇等主要表现人民大众思想愿望的优秀之作，但并不占据中国传统文学的主流地位。清末以来白话文运动的倡导者和躬行者们，第一次以自觉的历史意识和文化意识，把广大民众接纳为精神活动的参与者，其间经历了梁启超以"新文体"作工具而"新民"、胡适以白话为"国语"表现"新思想"的深入发展。但总体看，都是"形式"的解放。周作人"平民文学"精神的提倡，则标志着现代中国文学大众化传统形成过程的历史性飞跃：它不再以"白话与否"作为"新"、"旧"文学评判的基本尺度，而是超越语言工具或文体形式的藩篱，把平民文学精神作为新文学精神的内核。而这，也正是大众化文学传统的本质所在。一言以蔽之，在大众化文学传统逐步形成的历史过程中，梁启超、胡适等人在文体革命上功不可没，周作人则在现代大众文学精神的确立上做出重要的理论贡献。

从更深层面看，"五四"新文学大众化传统的思想渊源，主要来自"五四"新文化运动先驱们对民间世界的发现，以及以"平民主义"情怀自觉走向民间，建设以劳动大众为主体、为本位的新文化和新社会的价值取向。

在中国封建时代，以统治阶级意识形态为核心构建的"庙堂"文化，代表着社会权力中心的"政统"，由士大夫阶层代表的"士"文化，则体现出民族哲学建设凝结而成的"道统"。两者在"现实"与"理想"

---

[1] 鲁迅：《中国小说史略》，《鲁迅全集》第9卷，人民文学出版社，2005年版，第291页。

的相互制约与冲突中，呈现出总体上的大致和谐，从而对民间社会形成绝对的思想统治与实际政治控制，最终使之在历史—社会文化的运动、变迁中处于无足轻重的边缘地位。这也即是上文所谓的"大传统"对"小传统"的绝对统治和压制状态。清末白话文运动，表现出对民间社会的重视，但其宗旨，并不是进行现代公民社会和大众文化建设，而是通过"新民"手段，来实现梁启超等社会精英们的政治诉求，因而从推广白话文到"新民"都不过是手段。以胡适、陈独秀为领袖的"五四"新文化运动先驱们，则从根本上打破了"我们"士大夫和"他们"细民之间的文化壁垒与阶级界限，以西方现代文化为参照，彻底背弃以官方儒学为代表的封建正统意识形态，无条件地以平民意识走向民间，与民间社会认同，从而从根本上启动了建设现代大众文化的历史进程。这可以说是"五四"新文化运动有别于此前的任何社会文化运动，真正体现出开创中国历史与文化新纪元的本质特征。中国现代文学的大众化传统正发源于此。

1917年十月革命的胜利，使中国知识界向西方寻求真理的目光由资本主义的欧美转向社会主义的苏联。第一个做出反响的李大钊迅即发表《法俄革命之比较观》，认为俄罗斯社会主义革命的胜利，是世界文明的新曙光，而他理解的"社会主义革命"，带有鲜明的人道主义和民粹主义色彩。在"一战"结束、举国欢庆"公理战胜强权"之际，李大钊又发表《庶民的胜利》、《Bolshevism的胜利》两文，认为这次欧战的胜利，"是人道主义的胜利，是平和思想的胜利，是公理的胜利，是自由的胜利，是民主主义的胜利，是社会主义的胜利，是Bolshevism的胜利，是赤旗的胜利，是世界劳工阶级的胜利，是二十世纪新潮流的胜利"。[1] 德奥的失败是军国主义和强权政治的"大……主义"失败，民主主义战胜。而"民主主义战胜，就是庶民的胜利"，"是资本主义失

---

[1] 李大钊：《Bolshevism的胜利》，《李大钊文集》（上），人民出版社，1984年版，第598—599页。

败,劳工主义战胜"。[1]而"民主主义劳工主义既然占了胜利,今后世界的人人都成了庶民,也就都成了工人"。于是他大声疾呼:"须知今后的世界,变成劳工的世界。我们应该用此潮流为使一切人人变成工人的机会……我们要想在世界上当一个庶民,应该在世界上当一个工人。诸位呀!快去作工呵!"[2]

  李大钊对俄国社会主义革命的热情赞颂与他早先的民粹主义思想不可分离。"民粹主义是19世纪中叶开始流行于俄国革命知识分子中的农业社会主义思潮。其思想要旨,在于将俄国村社制度理想化,从而肯定俄国非欧化发展道路的可能性。民粹主义……植根于俄罗斯古老的农村公社传统。"[3]它的核心价值就是以人人平等实现社会公正。因此,在"五四"新文化运动高潮之际,李大钊号召现代中国知识青年以当年俄罗斯知识分子为榜样,走向农村,深入民间村社,由解放农民入手而改造中国社会:"要想把现代的新文明,从根底输入到社会里面,非把知识阶级与劳工阶级打成一气不可。""我们青年应该到农村里去,拿出当年俄罗斯青年在俄罗斯农村宣传运动的精神,来作些开发农村的事,是万不容缓的。我们中国是一个农国,大多数的劳工阶级就是那些农民。他们若是不解放,就是我们国民全体不解放;他们的苦痛,就是我们国民全体的苦痛。"[4]最后他呼吁:"青年呵!速向农村去吧!日出而作,日入而息,耕田而食,凿井而饮。那些终年在田野工作的父老妇孺,都是你们的同心伴侣,那炊烟锄影、鸡犬相闻的境界,才是你们安身立命的地方呵!"[5]

  1916年底,蔡元培执掌北京大学。上任之后,他不但大刀阔斧地革

---

[1] 李大钊:《庶民的胜利》,《李大钊文集》(上),人民出版社,1984年版,第594页。
[2] 李大钊:《庶民的胜利》,《李大钊文集》(上),人民出版社,1984年版,第595—596页。
[3] 高力克:《五四的思想世界》,学林出版社,2003年版,第168页。
[4] 李大钊:《青年与农村》,《李大钊文集》(上),人民出版社,1984年版,第648—649页。
[5] 李大钊:《青年与农村》,《李大钊文集》(上),人民出版社,1984年版,第652页。

除北大的官场习气,师生的"老爷"做派,聘请真才实学之新人,树立研究学问之宗旨,使旧北大一跃而成全国新思想的荟萃之地和新风气的楷模,从而为新文化运动和新文学运动提供了一个必不可少的基地;而且以真挚纯朴的平民作风为新文化和新文学的平民精神的树立率先垂范,可谓开时代风气之伟人。1920年5月,在蔡元培的倡议和支持下,北京大学在中国第一次举行了隆重的"五一国际劳动节"纪念活动。当年《新青年》第七卷第六号也办成了"劳动节纪念号",其扉页上印着蔡元培手书的"劳工神圣"四个遒劲有力的大字。它标志着现代中国新文化精神的确立,一个新的历史时代的来临。从此,"劳工神圣"成为新时代最激动人心的口号,深入人心,广泛传扬。早在1918年底,在北京大学举办的庆祝协约国战胜德国的学生和群众集会上,蔡元培就发表了题为《劳工神圣》的演说。他说:"我们不要羡慕那凭借遗产的纨绔儿!不要羡慕那卖国营私的官吏!不要羡慕那克扣军饷的军官!不要羡慕那操纵票价的商人!不要羡慕那领干脩的顾问谘议!不要羡慕那出售选举票的议员!"他号召大家用自己的体力或脑力为社会创造财富,只要是为社会努力工作,为他人真诚服务,任何工作都没有高低贵贱之别。他满怀激情地大声宣布:"此后的世界,全是劳工的世界呵!""凡用自己的劳力作成有益他人的事业,不管他用的是体力,是脑力,都是劳工。""我们要自己认识劳工的价值,劳工神圣!"[1] 在日常生活中,他更以自己的实际行动体现着"劳工神圣"的理念,如他每每恭敬地向行礼的校役、校警鞠躬还礼,大力支持学生服务于工农大众的"平民教育讲演团"、"工读互助团"等组织的活动。

在蔡元培大刀阔斧的风气革新运动中,贵族意趣、老爷做派作为旧时代精神的标记,被扫荡殆尽;平民精神与平民风范,由蔡元培的大力倡导和身体力行,影响了北大校园师生的精神面貌与生活方式,再由北大影响着全国的新文化运动。随着文学革命运动的兴起,平民意识又全

---

[1] 蔡元培:《劳工神圣》,中国蔡元培研究会编:《蔡元培全集》第3卷,浙江教育出版社,1997年版,第464页。

面影响着新文学基本精神——平民化、大众化精神，及其具体发展轨迹。

新文化运动与新文学运动的领袖之一周作人，此时更是热心于日本带有空想社会主义性质的"新村"实验，亲往其发祥地日向地区考察并成为其会员。日本新村运动中的人人平等、共同劳动、合理分配、互助协作的"社会主义"精神，使周作人赞美不已。回国后他先后发表《日本的新村》、《新村的理想与实际》等文章大力宣传，并在北大组织"新村"支部等类似组织，在当时产生了较大的社会影响。而"新村"运动的积极参与者和鼓吹者，如蔡元培、钱玄同、刘半农、鲁迅等，正是新文学的开创者。这就从基本精神上自然而然地决定了新文学运动必然朝着平民化、大众化方向发展。

总之，李大钊对社会主义世界的向往，蔡元培对"劳工神圣"的提倡，周作人对"新村"的热情宣传，胡适倡导关注下层民众，陈独秀主张平民政治等，共同组成了新时代的主旋律：劳动光荣，劳动群众是社会的真正主人，平民精神是新时代的文化精神。它作为"五四"精神的核心价值观念，获得广泛的社会认同，深入人心。当时广大读者向《新青年》、《新潮》等新文化阵地的投稿、来函，充分显示了这一点。它作为具有深广影响的社会文化思潮，从根本上铸造了新文学的平民精神，成为20世纪中国文学大众化传统的社会文化资源——它虽然不是直接的，但根本性地规范了现代文学平民精神的发展方向。

在这种社会背景下，新文学运动之初，先驱们就不约而同地明确了新文学的发展方向：以白话为载体，以人民大众为描写对象。陈独秀在《文学革命论》中提出新文学建设的三大目标，其核心就是以平民大众的现实人生为关注对象，实际上确立了中国新文学通俗化、大众化的发展方向；胡适在谈到新文学建设的具体做法时，强调"推广材料的区域"，即把下层民众的生活境况、种种不幸，纳入新文学的视野；周作人强调新文学不必记述帝王将相、英雄豪杰的功业，而应描写广大普通男女日常的悲欢离合，等等。所有这些论述，都是这一新的文学价值观不同角度的阐释。1922年，文学研究会刊物《文学旬刊》第二十六、二十七期开展了关于"民众文学"口号的讨论，俞平伯、朱自清、郑振铎等人各抒己见，讨论十分热烈。涉及"文学民众化"的许多方面。就"民众"的社会构成问题，朱自清发表了有代表性的见解，他认为："我们所谓民众，大约有这三类：一、乡间的农夫；二、城市里的工人，店伙，佣仆，妇女，以及兵士等；三、高等小学高年级学生和中等学校学生、商店或公司底办事人、其他各机关的低级办事人、半通的文人和妇女。"[1] 新文学创作，正是以这些人为主人公，走上大众化道路的。

随着对"文学民众化"讨论的深入，先驱们对新文学平民化、大众化的本质又有了进一步的理解，针对俞平伯关于新文学无条件向民众和民间文学认同的"全部平民化"主张，朱自清认为："民众文学有两种解释：一是民众化的文学，以民众底生活理想为中心，用了谁都能懂得的方法表现。凡称文学，都该如此；民众化外，便无文学了。二是为民众的文学，性质也和第一种相同；但不必将文学全部民众化了，只须在原有文学外，按照民众底需要再行添置一种便好。"[2] 也就是说，民众化（或平民化）的文学有两种不同的创作，一是民众自发的原生态创作，是真正意义上的人民的创作或"民间文学"，一是新文学作家们创作的表现民众的生活与思想愿望，而同时又具有引导民众、凝结新时代精神和审美因素的作品。这决定了新文学的大众化方向，既源于民间文学又与之有着思想高度上的差异性。胡风后来对新文学大众化方向的基本内涵作了简要概述："新文学运动一开始，就向着两个中心问题集中了它的目标。怎样使作品底内容（它所表现的生活真实）适合大众底生活欲求，是一个；怎样使那表现内容的形式能够容易地被大众所接受——能够容易地走进大众里面，是又一个。这是文学运动底基本内

---

[1] 朱自清：《民众文学的讨论》，朱乔森编：《朱自清全集》第4卷，江苏教育出版社，1996年版，第37—38页。
[2] 朱自清：《民众文学谈》，朱乔森主编：《朱自清全集》第4卷，江苏教育出版社，1996年版，第25页。

容，也是大众化问题底基本内容。"[1]

第四节　新文学创作与大众化文学传统的流变

中国现代大众化文学传统的形成，有赖于理论倡导与创作的互为并进，标示出清晰的逻辑路向。清末至"五四"时期的白话文运动，是文体形式的变革与解放，白话取代文言成为全民族的现代语文形式，不仅意味着语言工具的历史性转换，更意味着文化载体乃至文化结构的历史性变革。它为新的文化内涵、文化精神、思维方式提供了适宜的现代载体。同时，"五四"时代兴起的民粹主义、社会主义、平民主义社会思潮所高扬的劳工神圣、劳动光荣的新时代文化理念，更为新文学平民化、大众化基本精神的确立提供了丰厚的文化资源与社会土壤。这是大众化文学传统得以最终形成的两大文化资源。而"五四"新文学的创作成就及其对旧文学的最终取代，则为大众化文学传统的最终形成、强化与发展，提供了最直接的支持。在内忧外患重新加剧、中华民族再次面临生死存亡与历史抉择的风云激荡中，中国现代文学以教育和动员广大民众共赴国难为己任，以与民众相结合为发展方向，终于成就了中国现代文学的优良传统之一——大众化文学传统。

诗歌领域是"五四"文学革命最早的发难地。中国自古以来便是诗的国度，自《诗经》以降的中国古典诗歌经三千年的发展，艺术上达到了登峰造极的水平，早已成为主流文化精神的重要载体和文人墨客社会身份的象征，因而在中国古典文学中居于至尊地位。继黄遵宪、梁启超"诗界革命"之后，胡适在"五四"新文化运动之初率先发起以白话入诗为表征的"诗国革命"，成为中国文学精神向通俗化、大众化方向发展的历史起点。如果说胡适的理论倡导为"诗国革命"的理论建设和人

---

[1] 胡风：《大众化问题在今天——提付商讨的纲要》，《胡风评论集》（中），人民文学出版社，1984年版，第12页。

们文学观念的转变提供了思想资源,那么,他自己以"开路工人"自居、坚持不懈的创作实践,则为新诗运动的蓬勃展开,为新文学运动的稳步发展,并最终为中国文学大众化传统的形成,又提供了关键的"第一动力"。可以这样说,胡适对白话诗的倡导与创作实践几乎是同时展开、同步进行、相辅相成的。

1916年,在美国留学的胡适因"要须作诗如作文"的新诗主张与梅光迪、任叔永等人发生激烈论战的时候,他就以《答梅觐庄》白话长诗为新诗生存争地盘,并以"尝试"的态度下决心躬身实践,以实际成绩开创中国新诗新时代。"诗还不曾做得几首,诗集的名字已定下了,那时我想起陆游有一句诗,'尝试成功自古无!'我觉得这个意思恰和我的实验主义反对,故用'尝试'两字作我的白话诗集的名字,要看'尝试'究竟是否可以成功。那时我已打定主意,努力做白话诗的试验;心里只有一点痛苦,就是同志太少了,'须单身匹马而往',我平时所最敬爱的一班朋友都不肯和我去探险。"[1]为此,他特地作《尝试篇》一诗,开头云:"'尝试成功自古无!'放翁这话未必是。我今为下一转语:'自古成功在尝试'!"[2]

胡适的新诗集《尝试集》在1920年3月的出版,是"五四"新文化运动的一件大事。"它不仅是白话诗而且是整个白话文运动完全胜利的标志。作为中国现代新诗的第一本集子,《尝试集》在中国新文学史上的开山地位显然是不可低估的,而胡适从此戴上'新诗老祖宗'的桂冠也是顺理成章的事了。"[3]胡适在谈到自己出版《尝试集》的动机时说道:

> 我的第一个理由是因为这一年以来白话散文虽然传播得很快很

---

[1] 胡适:《〈尝试集〉自序》,季羡林主编:《胡适全集》第1卷,安徽教育出版社,2003年版,第192页。
[2] 胡适:《〈尝试集〉自序》,季羡林主编:《胡适全集》第1卷,安徽教育出版社,2003年版,第196页。
[3] 胡明:《胡适思想与中国文化》,广西师范大学出版社,2005年版,第186页。

远，但是大多数的人对于白话诗仍旧很怀疑；还有许多人不但怀疑，简直持反对的态度。因此，我觉得这个时候有一两种白话韵文的集子出来，也许可以引起一般人的注意，也许可以供赞成和反对的人作一种参考的材料。第二，我实地试验白话诗已经三年了，我很想把这三年试验的结果供献给国内的文人，作为我的试验报告。我很盼望有人把我试验的结果，仔细研究一番，加上平心静气的批评，使我也可以知道这种试验究竟有没有成绩，用的试验方法，究竟有没有错误。第三，无论试验的成绩如何，我觉得我的《尝试集》至少有一件事可以供献给大家的。这一件可供献的事就是这本诗所代表的"实验的精神"。我们这一班人的文学革命论所以同别人不同，全在这一点试验的态度。[1]

《尝试集》出版后受到广大读者的热情欢迎，仅仅半年，《尝试集》便不得不再版，两年之内行销上万册，打破了当时的出版发行纪录。至1922年10月，又出"增订四版"。从此白话诗创作蔚然成风。反对派章士钊承认广大读者推崇白话，以致到"以胡适为大帝，以绩溪为上京"的地步。学术界和广大读者针对胡适白话诗表现出的艺术特质，展开"胡适之体"的热烈讨论，认为"胡适之体可以说是新诗的一条新路"。[2]十多年后，胡适根据大家讨论的结果，总结"胡适之体"主要有如下特点：第一，说话要明白清楚；第二，用材料要有剪裁；第三，意境要平实。[3]

在胡适不惧怕讥讽嘲骂、勇于"尝试"的感召下，"五四"新文学运动先驱沈尹默、刘半农、俞平伯、康白情、刘大白、沈玄庐、周作人

---

[1] 胡适：《〈尝试集〉自序》，季羡林主编：《胡适全集》第1卷，安徽教育出版社，2003年版，第194页。
[2] 胡适：《谈谈"胡适之体"的诗》，季羡林主编：《胡适全集》第12卷，安徽教育出版社，2003年版，第337页。
[3] 胡适：《谈谈"胡适之体"的诗》，季羡林主编：《胡适全集》第12卷，安徽教育出版社，2003年版，第340—341页。

等人，纷纷创作白话新诗，逐渐形成"早期白话诗"的创作队伍，引领时代潮流。他们以白话入诗，尤其是刘半农、刘大白、沈玄庐等人，更以方言入诗，模仿民歌体式，写出大量关怀民生疾苦、表现阶级压迫的佳篇。而民歌化的白话新诗创作的直接背景，则是1918年初由刘半农发起、新文化阵营热烈响应和支持、影响遍及全国的北京大学歌谣征集活动。胡适、刘半农、周作人等新文学运动领导人，在向外国文学学习和借鉴的同时，注重向中国民间文学吸取思想与艺术营养，大力倡导民间文学的发掘与研究活动。1920年，由沈兼士、周作人主持的歌谣研究会成立。1922年12月，《歌谣》周刊创办，成为搜集整理与发表全国各地民间歌谣、研究民间文学的重要阵地。由此，一场由北京大学知名教授、社会文化精英发起和亲身实践，影响到全国文学界和文化界的民间文学研究与创作活动有声有色地开展起来。根据胡适大致统计，《歌谣》自1922年12月到1925年6月，共出九十七期，发表歌谣二千二百二十六首，字数达一百多万。这是自古以来中国文学史上从未有过的文学景观。它不仅仅是一场文学运动，更是在新的时代条件下，民族文学新的审美价值取向和新的发展方向。在此基础上，中国新文学在民族化、大众化道路上迈开了坚实的步伐。

1918年5月，鲁迅在《新青年》上发表《狂人日记》，成为现代白话小说的开山之作，它以思想的深邃和格式的新颖震动文坛。随后陆续发表的小说作品及其结集出版的《呐喊》、《彷徨》，成为新文学阵营及广大文学青年自觉不自觉的选择。从此，文言小说在中国文坛上基本绝迹。鲁迅小说中的主人公多为初步觉醒的小知识分子和广大思想愚昧、生活悲惨的农民，尤其是阿Q、闰土、七斤、祥林嫂、单四嫂、爱姑等人物形象，奠定了中国现代乡土小说的坚实基础。破败的乡村画卷和苟活在其中的人们的不幸人生，第一次登上中国文坛。在鲁迅的引领和指导下，20年代以王鲁彦、台静农、彭家煌等来自全国各地农村的一批青年作家，在北京涌起了影响全国的"乡土文学"创作热潮。他们以清一色的农民与乡绅形象为描写对象，对农村原生态生活进行精心描绘。

它融注了中国各地贫穷愚昧的农村风土人情和方言土语，深切描写了广大农民难以言状的心灵世界与生命体验，代表他们表达出无尽的悲哀与卑微的愿望。艺术镜头的切近，描绘的栩栩如生，人生故事的悲惨独特，使得"乡土文学"在中国文坛上描绘了一个震撼人心的"底层社会人生长卷"，刮起了一股强劲的"感伤的故乡风"。这一艺术世界的开辟，在中国文学史上是第一次，从而成为新世纪中国文学现代大众化、平民化品格历史性的登台亮相。中国20世纪各个时期的"乡土文学"，正是以此为源头。与此同时，冰心、庐隐、叶圣陶等文学研究会作家热切关注城镇下层民众与小知识分子的人生，以深切同情社会下层民众疾苦的"社会问题小说"和人生小说风靡文坛。鲁迅、郁达夫的小说、郭沫若的诗作、朱自清的散文，等等，不仅同情劳动人民的疾苦，更表达了作者对他们美好品德的景仰。"五四"新文学这一审美与思想价值取向，对整个20世纪中国文学的创作，起到了根本性的示范与规范作用，使得描写知识分子和社会中下层民众的作品始终成为现代文学的主体；传统帝王将相、才子佳人审美风尚尽管仍不时冒出来，但再也不能成为主流意识形态，对社会公众的精神活动产生全局性影响了。

　　30年代，在革命运动和革命文学思潮下，以左联为主体的革命文学阵营，开展了影响深广的"文学大众化"探索和争论，推动了新文学在大众化道路上继续迈进。然而在新的社会条件下，左翼文学阵营的大众化运动是以文学更好地唤起工农大众，为政治革命服务的。钱杏邨以更加功利化的态度看待"文艺大众化运动"："一方面利用旧的，大众所理解的形式，一方面不断的发展代替它的新的形式。在新旧的各样形式之中，去描写斗争的生活，发扬大众的阶级意识，唤醒他们起来革命，要利用一切他们所能理解的形式，去完成宣传，鼓动，以及组织群众的任务。"[1] 精神内涵的置换表明"五四"新文学大众化传统基本主题的蜕变。

---

[1] 阿英（钱杏邨）：《大众文艺与文艺大众化——批评并介绍〈大众文艺·新兴文学号〉》，《阿英全集》第1卷，安徽教育出版社，2003年版，第416—417页。

在左联内部关于"文艺大众化"讨论热烈进行的同时，1934年，左翼文学阵营又针对汪懋祖"文言复兴"的倡导，展开了"大众语文论战"。左翼理论家和作家们坚决反对文言复兴，提倡建设"大众语文学"。显然，这是"五四"时期文言与白话之争的继续。这次文言与"大众语"的争论吸引了当时整个文化界的广泛关注，发表文章数百篇，其影响的深度与广度都超过"五四"时期的文言与白话之争。由于大多数讨论者不适当地强调了文学的阶级性，以政治功利性看待文学的大众化，认定语言具有阶级性，因此，他们对"五四"白话文运动也进行了错误的批判与否定。然而，越过左翼文学理论家们的文化偏激，从历史发展的内在逻辑看，30年代左翼文学运动的"大众化"讨论的精神实质，在一定程度上还是"五四"文学平民化、大众化、通俗化发展方向的继承与发展。对此，胡风从现实主义文学发展角度明白地说：

> 文艺大众化或大众文艺底内容底这一个发展，汇合着五四以来的新的现实主义理论底发展……和进步的创作活动所累积起来的艺术的认识方法底发展，这三方面底内的关联就形成了五四新文艺底传统，现实主义的传统。从这里可以知道，大众化不能脱离五四传统，因为它始终要服从现实主义的反映生活、批判生活的要求，五四传统也不能抽去大众化，因为它本质上是趋向着和大众的结合。[1]

这次以革命文学阵营为主体的文学大众化讨论，虽然有与"五四"新文学精神一脉相承的东西，但由于受切近的功利主义的影响，人们主要把"大众化"运动看作是实现文学之外的政治目的手段，"革命"作为此时期最高的政治，被有意无意赋予本体意义，"五四"文学大众化的核心精神——平民精神，反而在很大程度上被忽视。因此，革命文学

---

[1] 胡风：《论民族形式问题》，《胡风评论集》（中），人民文学出版社，1984年版，第215—216页。

时期,只能产生前期带有"革命贵族"情结的"革命浪漫主义"文学和后期阶级论目光下带有启蒙主义色彩的"革命现实主义"。而这些在清末白话文运动和"五四"新文学运动中,都已经生动地登上过历史舞台。所以,革命文学作为这个时期的主流文学,没能产生真正意义上的"平民文学",也就不足为怪了。

1937年以"七七事变"为标志,抗日战争全面开始,它对文艺产生的深刻影响,便是更广泛、更深入的"大众化"运动的蓬勃开展,其根本原因是:在中华民族生死存亡的危急关头,通过文艺激发全体国民的民族意识和爱国热情,动员广大人民投身伟大的民族解放战争,而广大民众普遍低下的文化素养,自然而然地要求文艺全面走向通俗化、大众化道路。如果说左联时期文学大众化运动主要局限于革命文学内部,旨在激发劳苦大众的阶级意识,动员他们投身推翻现行政权的阶级战争;那么抗战文艺的大众化运动则超越政治派别与文艺流派的畛域,动员整个民族投身抗战,以深受广大民众欢迎和喜爱的创作显示实绩。当时处于全国文艺运动领导地位、极有号召力的中华全国文艺界抗敌协会在其会刊《抗战文艺》发刊词中就明确表示:"我们要把整个的文艺运动,作为文艺大众化的运动,使文艺的影响突破过去的狭窄的智识分子的圈子,深入于广大的抗战中去。"[1]所以当时有人指出:

> "大众化"是一切文艺工作的总原则,所有的文艺工作者都必须沿着"大众化"的路线进行,在文艺工作的范围内,应该没有非大众化的文艺工作,更没有反大众化的文艺工作,因而,"大众化"也就不成为"特殊"的工作了……[2]

这一"总原则"的表述虽有把"大众化"绝对化的倾向,但真实地

---

[1]《抗战文艺》,1938年第1卷第1期。
[2] 以群:《关于抗战文艺活动》,徐迺翔主编:《中国新文艺大系 1937—1949·理论史料集》,中国文联出版公司,1998年版,第14页。

反映了当时文艺工作的总方向。如何实现大众化,国统区和共产党领导的"解放区"文艺界都展开多次热烈讨论和激烈争论,最终归结为"民族形式"这一焦点。而"民族形式"建立在怎样的文化源泉上,则成为文艺大众化发展的关节点。在国统区,热烈的争论逐渐形成向林冰与葛一虹两种观点。前者在《论"民族形式"的中心源泉》等文章中,把大众化等同于通俗化、民间化,强调要以传统民间文艺形式"旧瓶装新酒",而指责"五四"新文学大众化方向是反通俗化的。葛一虹则把民间形式与封建文化等同起来,强调继承"五四"新文学大众化发展方向,造就中国现代文学的民族形式。最终文艺界达成共识,认为文学大众化运动的方向不是"民间形式"的恢复,而是以"五四"新文学形式为载体,在逐步提高广大人民群众文化水平与审美欣赏能力,启发他们思想觉悟的合力下得以实现。抗战文艺大众化运动的方向,正是"五四"文学传统的延伸与深化而不是背离。为动员全民投身抗战,"文协"号召广大作家创作短小精炼、通俗易懂的文艺作品,以期产生鼓动效应。一大批文坛宿将自觉放弃自己的写作风格,以民间文艺形式进行创作。老舍此期专门从事曲艺创作,写下大量鼓词、快板、民谣等作品,宣传抗战。以田间为领袖的"街头诗"、"墙头诗"运动如火如荼,从延安地区蔓延到国统区;在每一个可以写作的地方,都以最通俗易懂的形式,表达着全民族的心声和愿望。街头剧、茶馆剧、活报剧等直接深入民间日常生活的文艺形式,更是让文艺彻底地走向大众并造成轰动性社会效应。这是中国文学史上最富民族精神的现象。而文艺为现实服务的古老传统,是推动这场有声有色文艺大众化运动的深层动力。透过这一表象,我们可以看到,"五四"新文学倡导的"为人生的文学"精神,"平民文学"精神,在新的形势下,似乎自然而然地发扬光大。"大众化不能脱离五四传统,因为它始终要服从现实主义的反映生活,批判生活的要求,五四传统也不能抽去大众化,因为它本质上是趋向着和大众的结合。"[1]在国统区，文艺大众化运动正沿着"五四"新文学传统前进。

与此同时，在以延安为政治中心的共产党领导的"抗日民主根据地"，从抗战初期至解放战争时期撤出延安的近十年间，毛泽东亲自发起和领导了"延安文艺整风运动"。它全面而深刻地影响了"五四"以来中国文学现代传统的变迁轨迹，影响了此后近半个世纪中国大陆文学的历史走向。与国统区主流文艺为抗战而推动的"文章下乡"、"文章入伍"大众化运动不同，延安的文艺整风运动有着自觉的现实超越目的：为即将到来的抗战和国内革命战争的胜利而提前进行国家政权文化秩序建设。具体表现在：把以知识分子为主体的、以个人主义为精神内核的新文学，完全纳入正在形成的国家机器结构及其运行程序中，使之成为目前革命战争机器的"齿轮和螺丝钉"。

1938年以后，随着全国各地越来越多胸怀理想的"进步青年"冲破重重障碍奔赴延安参加革命，延安地区在"人才荟萃"的同时，也呈现出越来越突出的"文化生态环境问题"：进步青年带去的不仅有"革命理想"，更有"五四"新知识分子特有的"启蒙"意识和充满"西洋景"韵味的新文艺，以及以个人主义为内核的"小资产阶级生活方式"。这些与延安地区原生态的民间文化，尤其是与正在建构中的国家政治——文化秩序发生严重抵牾。于是，以毛泽东为首的党中央发动了影响深远的延安文艺整风运动，1942年5月召开的"延安文艺座谈会"是其重要的组成部分。毛泽东《在延安文艺座谈会上的讲话》等文章透露了党中央的文艺政策，高扬以"工农兵"为社会主体的民间文化精神，建设以民间文化精神和形态为基石的"工农兵文学"。早在1938年11月，毛泽东在延安《解放》周刊第五十七期上发表《中国共产党在民族战争中的地位》一文，提出用"新鲜活泼的为中国老百姓所喜闻乐见的中国作风和中国气派"的作品鼓舞人民。从此，"中国作风和中国气派"成为抗

---

[1] 胡风：《论民族形式问题》，《胡风评论集》（中），人民文学出版社，1984年版，第216页。

日根据地关于文学"民族形式"争论的思想基础。在《讲话》中,他首先明确了文艺为工农兵服务的方向,接着从创作者的政治立场和情感趋向上给延安文艺大众化的本质作了概括:"什么叫做大众化呢?就是我们的文艺工作者的思想感情和工农兵大众的思想感情打成一片。"他以自己的生活经历表明,文艺工作者在与工农兵相结合中,思想感情上必须无条件地向工农兵认同,并由此最终实现思想的改造。他有一段经典名言:"拿未曾改造的知识分子和工人农民比较,就觉得知识分子不干净了,最干净的还是工人农民,尽管他们手是黑的,脚上有牛屎,还是比资产阶级和小资产阶级知识分子都干净。……我们知识分子出身的文艺工作者,要使自己的作品为群众所欢迎,就得把自己的思想感情来一个变化,来一番改造。没有这个变化,没有这个改造,什么事情都是做不好的,都是格格不入的。"

整风运动从生产劳动、行军打仗乃至日常生活各个方面,极力消除知识分子在"工农兵"面前的优越感,最终使他们真心实意地"放下臭架子,甘当小学生",在劳动阶层面前自惭形秽。最终,作为一个独立的文化存在,"知识分子"连同其"文艺西洋景"整体消失。于是,"五四"以来的思想启蒙者——知识分子,与被启蒙者——工农兵大众的文化地位与相应的社会地位被彻底置换:后者的思想感情连同它的文艺形式——为老百姓所喜闻乐见的富于中国作风与中国气派的"民族形式",获得了前所未有的正宗地位。这样,延安地区的文学大众化运动实际上走上了排斥"五四"新文学方向,而对通俗民间文艺形式全面认同的发展道路。在此背景下,农民作家赵树理评书体小说的人物形象、审美情趣、艺术体式及语言风格等各个方面,成为延安"工农兵文学"的典范,尤其是以土生土长的民间口语否定"五四"以来逐渐成熟的白话文体——所谓的"洋八股",是延安地区继"左联"时代左翼文学运动后,又一次针对"五四"的"文学革命"。同时,民歌体代替艾青、何其芳的知识分子腔调,成为延安诗歌"正宗"体式,《王贵与李香香》、《漳河水》等成为诗歌"经典"。戏剧创作虽形式多样,但以民间"秧歌剧"

为基础的《白毛女》才是根据地戏剧艺术的经典和样板。

显然，40年代延安的"工农兵文艺"运动，是以政治化为内核，"大众化"为表象或途径的又一次深刻的文学变革：它把文艺完全纳入革命战争机器，使之成为未来国家政权的有机构成。出于狭隘政治功利目的，它把延安文艺主体强行移植到"工农兵"身上，于是，延安文艺的"大众化"方向，就是在政治力量的严格规范下的民间文化方向。它被意识形态化而形成权威话语，规范了此后中国当代文艺的发展方向：50年代后，延安"解放区"扩大到整个大陆，"工农兵文艺"迅速了占领它所能到达的每个角落。五六十年代的"新民歌"运动则把"文艺大众化"运动推向极其庸俗、荒谬的地步。至此，"五四"大众化文学传统遭到无情消解和彻底扭曲。70年代末，随着新时期思想解放运动的再次兴起，文学重新回到"五四"启蒙文学原点。而大众化传统则以新的源流重新崛起：20世纪中叶活跃于港澳台地区的通俗言情与武侠小说，趁70年代金庸"新武侠"小说风靡之际，进入内地，在上至北大教授下至民工、保姆的社会各阶层中都掀起巨大的阅读热潮。从此，以20世纪初上海鸳鸯蝴蝶派通俗市民小说为源头的中国现代通俗小说，成为20世纪后期至21世纪初中国文学大众化传统发展流变的新载体。——实际上，清末民初以鸳鸯蝴蝶派为代表的现代市民小说，是中国现代文学大众化传统发展演变的另一路径，从某种意义上说称得上是"正宗"路径。因为它是适应沿海地区中国社会的主体——市民阶层的精神需要，在自然发展状态中逐步成形和壮大，产生了普遍的社会影响。但由于它遭到"五四"精英文学思潮的冲击和历史性遮蔽，而逐渐"边缘化"，中国文学现代大众化传统，我们今天只能从"五四"新文学一脉进行梳理。

第五章
继承与借鉴传统的形成与发展

  继承与借鉴是文学发展的基本形态；一体两面，不可分割。在某种历史情形下，文学的发展以纵向承传为主，横向借鉴吸收为辅，呈现出鲜明的民族特色和发展的平稳性。在另种历史情形中，文学有机体或主动或被迫大量接受外来文化因素，其发展呈现出开放性、融汇性、突变性。文学发展的这两种形态是文学发展的"常态"，但对于20世纪这个特殊历史阶段的中国文学来说，它却是个"例外"。

  中国文明孤悬东亚大陆，文化发展变迁的主流是自身的缓慢积累与延续，虽然与环地中海区域的文化交流基本上也没有间断过，但中国传统文学基本上没有与域外文学发生直接的交流。对中国文学产生较大影响的域外文化因素是印度佛教，但实质上它仅仅是对中国文学题材与母题的丰富，总体上并没有影响到中国传统文学既有的民族化发展方向。鸦片战争以后，伴随着西方文化潮水般地涌入，以欧美文学为主体的西方文学第一次对中国传统文学产生强劲的冲击。中国文学有史以来第一次疏离了民族文学的固有轨道，迈上了"西化"之路，开始了"现代文学"的历史新阶段。

  19、20世纪之交，在中与西、新与旧、传统与现代的诸多矛盾因素的相互作用下，继承与借鉴的矛盾运动影响着每个文学思潮、文学流派、文学社团的兴衰，乃至每个作家具体作品的创作过程、艺术风貌与最终成就；渗透于文学的各个侧面与层面，制约着它发展变迁的每一步骤。如果不从"继承与借鉴"辩证关系中考察20世纪中国文学发展史乃至每位作家、每部作品，就很难真正把握其"所以然"。因此，继承与借鉴的有机统一不仅成为20世纪中国文学发展的关键性因素，它本身也成了20世纪中国文学的新传统之一。

第一节 封闭自足中一脉相承的古代文学

中国传统文学极少与域外文学进行直接的、对等的交流，其每一步的发展变迁几乎都是立足于本土文化资源。古代中国文学发展的主题或历史推动力，是"复古"面目下的继承与革新传统。中国古典诗歌美学精神渊源于《诗经》和楚辞，两千年一脉相承。中国散文以春秋战国至秦汉的历史、政论为典范，对后世具有永恒魅力。在其后的各个历史阶段，以诗、文为正宗的中国传统文学多次走向各种"歧途"，但总会适时出现"新乐府运动"、"古文运动"等各种形式的"复古主义"文学运动，以恢复到正宗的文学传统上来，以至于"文必秦汉，诗必盛唐"，成为主流文学尊奉的永久的审美标准，带有了本体性意义。近世小说和戏曲，以其代代相承的叙事模式及美学特质，显示出典型的民族特性。

以佛教为代表的印度宗教文化对中国本土文艺的影响主要表现在形式的完善和内容的丰富上。文学语言上，随着佛教的传入与传播，佛徒唱经、梵文声律，启发了沈约、刘勰、钟嵘等学者对汉语声调、韵律的研究，使两汉以来对诗文创作中声韵形式美的追求上升到学理高度，为唐宋诗词的辉煌奠定了基础。在文体上，唐代僧徒在译经与讲经过程中，形成一种全新的文体——变文。它韵散相间，说唱结合。宋人话本、民间曲艺如宝卷、弹词之类的说唱形式，就是变文形式的直接移植，其影响直到明清小说。中国传统戏曲以唱抒情，以白叙述，韵散结合形式，亦与变文有着渊源关系。内容上，随着佛经的翻译，佛教故事为中国文学创作开辟了一个新天地。它启发了中国文学的想象力。佛经故事的作者"能够用一点小事，变化百出，上天下地，极为奇幻。那种丰富强烈的幻想能力，真是惊人。……这些想象，自然不近情理，不合于现实，但在重视现实而少想象的中国文学，却正需要这种精神"。[1]唐宋传奇、明代《西游记》等神魔小说中那神鬼仙狐与人世之间令人眼花缭乱的描绘，无不得力于佛经故事非现实想象境界的诱导。

16世纪以后，大批欧洲传教士来华，中西文化开始了直接接触。但这次中西文化的接触主要在宗教与自然科学领域。传教士们的实用主义态度与宗教使命，使这次颇具声色的中西文化交流缺少了社会与人文科学内涵，"由于耶稣会士世界观的局限性，他们对于文艺复兴以来最富于革命性的文化成就或讳莫如深，如在他们笔下，绝未透露过从达·芬奇到莎士比亚，从马丁·路德到伏尔泰、狄德罗等文化巨匠的任何信息；或者加以歪曲"，[2]中西文学仍是天各一方。这种局面一直持续到19世纪中后期。

鸦片战争以后，积弱积贫的中国被纳入现代资本主义世界体系，成为被动挨打的角色，中外文化的冲突与互动，就不再以中国的意志为转移了。中国不得不接受西方文化一波接一波的冲击，并在这种强劲的冲击下被迫走上自我更新、求强图存之路。中外文化的持续冲突与交流，在物质、科技、社会制度层面之后，进入到精神文化层面。于是，中国文学破天荒地正面接受了域外文学的全面影响，迈上了历史发展的新阶段。在历史变革之际，自身传统遭到质疑而不再是回溯与尊崇的典范；西方文学成了新的榜样，成了革新的新方向。文化资源的这一历史性改变，使中国文学发展历史链条首次出现了松动甚至"裂痕"。在中外文化全面交会的历史十字路口上，中国文学偏离了它固有的发展轨道，呈现出新的审美特质、价值系统与艺术形式，与"古典文学"显现出越来

---

[1] 刘大杰：《中国文学发展史》中册，上海古籍出版社，1982年版，第397页。
[2] 冯天瑜等：《中华文化史》（下），上海人民出版社，2005年版，第632—633页。

越清晰的"历史界限"。

第二节　历史巨变中"继承与借鉴"文学传统的滥觞

在1840年鸦片战争至20世纪初这"三千年未有之大变局"中，中国文明第一次作为落后与弱势一方，遭受外来文明的无情挤压与侵蚀，迅速趋于解体。但同时，一代又一代先进的中国人，在惊恐与迷惘中，力图把稳这艘惊涛骇浪中古老航船的轮舵，寻求新的航向。在各种不同的救国方案中，逐渐形成一个共识："师夷长技"——向西方学习。于是，从19世纪中期开始，从不自觉到半自觉再到自觉的民族新文化建设运动，在这块古老土地上轰轰烈烈地展开，中国文学也就在这场民族文化历史性的"蝉蜕"中实现着历史性蜕变。

一、从"物质"到"精神"：中国文学变革的姗姗来迟

1840年的中英鸦片战争以中国的惨败结束，但战争的炮声却未震醒闭关自守、妄自尊大的中国统治者。极少数士大夫精英开始睁眼看世界，林则徐、魏源等人提出"师夷长技以制夷"的主张，表达着求学自强的历史愿望。然而中国社会上下仍陶醉于千年旧梦之中，不察世界大局。作为民族精神文化载体的文学，仍旧在传统惯性的推动下延续着，帝王将相、才子佳人、功名利禄、神仙鬼怪等，仍是中国文学的"时代主题"。中国文学未曾跨过现代化的最初门槛。

1856年的第二次鸦片战争，给予中国社会以真正的震撼。切实逼近的民族危机，使得向西方学习以自强求存，成为中国士大夫阶层和最高统治者的共识。19世纪60年代初，洋务运动卓有成效地开展起来，这是以自强图存为直接目的的、表层的、不自觉的新文化建设形态。在此阶段，以自然科学为主体的"西学"得以全面引进中国，改变着传统的知识结构，为中国进一步的政治体制改革，并进而在精神领域的除旧

布新提供了内在逻辑理路。

1895年中日甲午战争造成的"亡国灭种"的现实危机，促使中华民族的真正觉醒。康有为、梁启超、严复、谭嗣同等先进士大夫和部分上层统治者开始意识到：欧美和日本强大的武备与发达的物质文明背后，是与之相适应的制度文明的保障；没有政治体制的革新，单方面的物质文明进步是不可能从根本上推动社会进步，实现一个古老民族走向复兴的。于是，"变"成为深入人心的时代哲学。"变法求强"成为全社会有识之士的共识。它表明，中国知识分子已登上历史舞台，近代中国的变革已经从被动应对转为主动进取，从物质层面的"师夷"到根本性的"文化自觉"。此时，新式学堂大量创办，留学教育、现代传媒事业都达到了近代以来的最高潮。"西学"的主要内容由自然科学转为社会与人文科学，且成为中国社会上下崇奉的"新学"。维新派的"中西文明会通论"取代洋务派的"中体西用"说，成为中西文化交流的理论依据。在中国民族新文化建设中，"文化自觉"不仅体现在社会制度与价值体系的变革方面，更体现在中国人能够以开阔的胸襟、理性的眼光、自主吸纳西方一切优秀文化成果为己所用方面。随着传入中国的"西学"范围越来越广泛，西方文学通过中外人士的译述从19世纪70年代起，开始进入中国。但直到世纪之交，才真正引起中国读者和作家们的注意，对中国文学开始产生影响。因为在被迫承认中国物质文明乃至政治文明、思想学说落后的前提下，许多中国人仍一厢情愿地认为中国文学优于西方文学。直到世纪之交，"中国文学优越论"仍是中国士人的"共识"。

1900年的"庚子之变"，中华民族本已十分脆弱的文化心理防线开始瓦解，西方文化从哲学宗教、思想意识、生产方式与生活方式乃至社会风情、日常习俗等方面浸淫中国，整个社会开始了全面"西化"进程。这时，中国社会出现"欧风美雨"一词，它"并不一一而指言其物。在一片风雨之势中，来自异域的政治、经济、军事、思想、文化急速地渗入中国社会的各个方面。人们在目不暇接中已经无法历历而数之，从容而名之了"。"欧风美雨包含着凶暴的腥风血雨，也包含着润物无声的和风化雨。与前者相比，后者没有留下那么多的伤痛和敌意，但风吹雨打之下，却浸泡了千家万户。"[1]西方文学正是乘着这场"润物无声"却异常强劲的"欧风美雨"潮水般涌进中国，猛烈地冲击着中国传统文学——中国文学从此开始了在"中"与"西"、"传统"与"现代"十字路口上艰难蜕变的历程。

二、翻译文学的兴盛与中国文学的现代变革

早在第一次鸦片战争之后，就有少量外国文学作品被介绍到中国。但据郭延礼的界定，所谓中国近代翻译文学，"是指中国人在国内或国外用中文翻译的外国文学作品"。[2]因此他认为中国近代翻译文学兴起于19世纪70年代，发展于19、20世纪之交，繁盛于清末至"五四"之初。半个世纪的发展历程对中国文学在中—西交会、古—今相延的历史十字路口上的历史性蜕变，产生了决定性影响。

19世纪70年代初至1894年甲午战争，为中国近代文学的萌芽期。此时外国文学的传入是"西学东渐"历史过程中科技—社会—人文自然顺序的结果，即中西文化交流由浅层到深层的必然趋势。总的看来，此期的文学翻译活动处于自发零散状态，主要处于对域外文学的新鲜感与好奇感，颇有"海外趣闻"的味道。因此，"对域外小说既没有积极介绍，也没有强烈反对，只是漠然置之，——这种对域外小说的冷淡，到戊戌变法前后才发生根本性的变化。而转折的契机主要的还不是文学，而是政治"。[3]

甲午战争以后，在维新变法和思想启蒙时代诉求下，中国文人对外国文学的关注和译介成为引人注目的社会文化现象，翻译文学开始占据

---

[1] 陈旭麓：《近代中国社会的新陈代谢》，上海社会科学院出版社，2006年版，第227—228页。
[2] 郭延礼：《中西文化碰撞与近代文学》，山东教育出版社，1999年版，第132页。
[3] 陈平原：《陈平原小说史论集》（中），河北人民出版社，1997年版，第614页。

文坛的主导地位。有史以来，翻译文学在中国文坛第一次呈现出百花争艳之势，其数量和影响力远远超过中国本土文学创作。中国广大读者第一次以极大的兴趣把目光投向外国文学，其阅读动机也由早年的海外猎奇转变为求知、借鉴、审美，从而为中国文学的吸收、借鉴奠定了坚实的社会心理基础。首先，以小说翻译为主体，数量巨大，门类齐全。据陈平原统计，从1899年到1916年翻译小说共七百九十六部，政治小说、社会小说、爱情小说、侦探小说、科幻小说、历史小说等，可谓洋洋大观，应有尽有。西方世界的生活方式、思想意识、人文精神、审美趣味等，通过翻译小说展现在中国人面前。中国传统文学就此黯然失色，开始成为受冷落和批判的对象。其次，此时的翻译文学充分体现出明确的思想启蒙与自觉的审美鉴赏相结合的时代特点，显示了在"文化自觉"的世纪之交，中国人以主动姿态、理性精神对西方文化"拿来"的魄力。梁启超发动的"三界革命"，充分表明了向欧美学习、以文学（小说）为国民思想启蒙之具的政治化立场。以林纾为代表的外国小说译介队伍则自觉地把思想教育与艺术借鉴结合起来，遂使翻译文学自觉地承担了参与建设中国新文学的历史使命。出于思想启蒙、政治宣传或译者的思想感情的宣泄，林纾及诸多译者在翻译方式上以意译为主，并对原作的情节、人物、主题等进行随意改动和增删，使原作人名、地名、风俗习惯、价值观念等审美元素"中国化"，不约而同地走着"以中化西"的路线，形成诸多有意识的"误读"、"误译"。但实际上是译者代中国广大读者以中国美学趣味消化外国思想与艺术养分。这是中国文学借鉴外国文学初始阶段的表现。

从1907年到"五四"文学革命，中国翻译文学进入繁盛期，不仅译作数量大增，而且体裁更加完备。戏剧文学成为翻译文学的新品种且在政治革命背景下影响巨大。俄罗斯与东欧各国文学的翻译成为翻译文学的新亮点，为中国读者带来新的审美视野。在指导思想上，《小说林》、《月月小说》等民初名刊皆明确表示"输进欧美文学精神"，也就是说，以借鉴、吸收外国文学的新元素、新精神，建设中国民族文学为办刊宗旨。

世纪之交,翻译文学作品不仅在数量上远远超过当时中国本土自著小说(两者总体为 2∶1),而且更以新奇的面貌造成巨大的社会轰动效应,使本土文学黯然失色,中国文学有史以来第一次被"外国文学"征服,在中国读者和作家心目中潜在地孕育了"向外国学习"的审美价值取向。20 世纪中国文学的"西化"路向,正是以这一认识为起点和原动力的。

第三节　清末与"五四"时期继承与借鉴传统的形成

如前所述,当时的文学景观,一是风靡中国社会的翻译文学,一是以梁氏"三界革命"为代表的清末文学革新运动。前者是 19 世纪中叶以来,中西文化由物质—制度—精神层面的交会逐步深入、水到渠成的结果;后者则源于康、梁维新变法。在政治变革运动失败后,梁启超等人把现代民族国家诉求之路,寄托在"新民"这一艰巨的社会思想工程上。而"文学"被视为传播维新思想、教化民众、以实现社会文明开化、最终达政治目的的最有效工具。"文学兴国"论被社会民众普遍接受。"小说界革命"、"文界革命"和"诗界革命"以及戏剧改良运动,共同形成清末轰轰烈烈的文学革新思潮。

那么,如何才能使中国文学肩负起这一伟大的历史使命呢?梁启超和同时代的维新派思想家不约而同地形成共同的思路:以外国文学为榜样,改造中国文学!然而,在表面热闹的"西化"浪潮下,隐藏着的往往是传统的强固力量。显在的"西化"与隐形的"传统"形成相互制衡的辩证关系:越是强调抛弃传统,唯西洋文学是从,往往就越是传统精神出于现实需要改头换面的声张;当文学思潮及作家的创作向传统回归,强调"民族特色"之际,这种"传统"或"民族特色"往往恰是经过现代西方文化精神洗礼过后的新东西,其回归也就同时意味着对传统的改造与疏离;显在的"学习"、"借鉴"与潜在的"继承"、"转化"互为动力、互为因果。在两者的相互作用中实现艺术创新,成为任何作家、任何文学流派发展路向的决定性因素。或者说，任何作家、任何文学流派的创作过程，实质上就是在这两者作用下自觉寻求自己独特艺术坐标的过程。

作为思想家、政治家的梁启超等人，对西洋文学并无真正的了解，更没有如林纾等人在译介过程中切实的审美体验，仅凭着对外国文学的皮毛印象及零碎的道听途说，便以难以遏制的政治热情展开想象，制造"文学兴国"的现代神话。在"小说界革命"思潮中，外国小说成了改造中国社会的经典模板。梁启超凭借想象，大肆宣扬西洋各国小说干政的主观理念，并以"诲盗诲淫"否定了中国传统小说积极的社会意义。[1] 在"小说界革命"宣言《论小说与群治之关系》中，梁启超更是彻底否定了中国传统小说的思想意义与文化价值。[2] 因此，当今中国社会改良、政治变革之际，欲求文明、进步之功，必须全盘否定中国传统小说，以宣扬文明、推进开化的西洋和东瀛小说代之，并以此为圭臬，创造现代中国"新小说"。以西洋文学为榜样创造中国新文学的理念经胡适、陈独秀的大力鼓吹成为中国作家的共识，现代中国文学的"借鉴"传统便悄然形成。然而，这一典型的"西化"浪潮及其随后"政治小说"、"新小说"创作的真正动力，恰是中国本土文学的"载道"传统。它主要表现在以下几个方面。

从政治小说思潮的实际功效看，19世纪初英国政治小说并未形成独立的文学运动，也未造成广泛而深远的社会影响，在英国文学史上可谓昙花一现的孤立现象。它传到19世纪后期的日本，引起重视，户田钦堂、广末铁肠、尾崎行雄、柴四郎、藤田鸣鹤、矢野龙溪等作家随之创作了大量"政治小说"，形成广泛的社会影响。但日本政治小说是维新政治的产物，是日本社会与政治运动深入发展的副产品。中国的思想

---

[1] 梁启超：《译印政治小说序》，张品兴主编：《梁启超全集》第1册，北京出版社，1999年版，第172页。

[2] 梁启超：《论小说与群治之关系》，张品兴主编：《梁启超全集》第2册，北京出版社，1999年版，第885页。

者们在"接受"过程中颠倒了两者的因果关系，把日本政治小说看作其政治维新运动的前提和第一推动力。因而梁启超们在发动"小说界革命"运动时，把政治小说当作了推动政治革命与社会进步唯一和根本的动力，以至于形成"小说兴国"的"时代共识"。

在具体创作上，由于文学传统的差异，日本的"政治小说"以"政治"为主线，融世情、情爱、传奇、游历等生活内容于一炉。而中国的"政治小说"则以圣人"救世"之态出现，既乏生动的故事情节，更无丰满的人物形象。主人公们往往成为作家的政治传声筒，作品充斥着冗长而乏味的政治演说，令人不堪卒读。梁启超那部开创性的《新中国未来记》可谓这方面的"经典之作"，其他中国政治小说无论焉！[1] 这是中国文学"载道"传统民族特色的又一表现。

这种"载道"传统的潜在力量，还表现在通过梁启超等人的"小说界革命"，历史性地改变了中国文学基本格局。众所周知，中国传统文学以诗、文为尊贵，小说、戏曲为"小道"。前者是抒情性的、政论性的，以文言文表达官僚士大夫的审美情趣和政治情怀，因而高居于文学殿堂的正宗地位，承担着官方正统的"教化"之责。后者主要是叙述性的，主要以白话描述社会下层民众的人情世故，故只能处于文学殿堂边缘，基本上被排斥于"文学"范畴之外。梁启超等人不自觉地从"载道"、"教化"文学传统出发，竭力宣扬政治小说于一个国家政治革新与社会进步之关键意义，得出"小说为文学之最上乘"的结论。他还因此有意突出外国政治小说的作者"魁儒硕学"、"仁人志士"的"高贵"身份。其他人亦纷纷仿效，汇成时代的"合声"。[2] 随着"新小说"的崛

---

[1] 参见王向远：《中日现代文学比较论》第一章，湖南教育出版社，1998年版。
[2] 例如衡南劫火仙在《小说之势力》称："欧美之小说，多系公卿硕儒，察天下之大势，洞人类之赜理，潜推往古，豫揣将来，然后抒一己之见，著而为书，用以醒齐民之耳，励众庶之心志……至吾邦之小说，则大反是。其立意则在消闲，故含政治之思想者稀如麟角，甚至遍卷淫词罗列，视之刺目者。盖著者多系市井无赖辈。"参见陈平原、夏晓红编：《二十世纪中国小说理论资料》第1卷，北京大学出版社，1997年版，第48—49页。

起，小说迅速由边缘向中心移动。戏剧艺术以同样的原因发生着同样的历史变动。表面的"西化"之路与内在的"化西"之效，显在的"借鉴"与潜在的"继承"，就这样在复杂的互动之中成为推动中国文学历史蜕变的"合力"。

最后，政治化传统对20世纪中国文学的发展方向产生了深远的影响。中国近代政治小说直接来自日本政治小说，但两国不同的文学传统使它们在"貌合"的西化表象下走着"神离"的现代化道路。"中日两国的现代文学都起步或孕育于政治小说，都通过政治家创作小说或借助于政治小说的提倡确立了小说的重要地位，但是在政治与小说的关系问题上，两国的政治小说从理论到创作都存在着一些内在的差异。"概言之，日本文学虽受儒家"文以载道"传统影响，但这一传统在日本并未像在中国那样，以其不容置疑的权威性决定着文学创作的思想与审美价值取向。在儒家文艺思想之外，日本还有着本民族从神话—历史传说到人情世故的广阔审美空间。日本近代政治小说之"政治"融汇于人情世俗、美人芳草的生动描绘而非中国式的庄严说教。故在日本，政治小说不但没有形成影响深广的文学思潮，而且很快衰落，为其反拨——浪漫主义文学思潮所代替。因而，它对20世纪中日两国文学的现代化走向也具有截然不同的意义："如果说，日本文学主要是通过反对文以载道、劝善惩恶的功利主义，主张文学的超越性来确立文学的现代性的，那么，中国文学则主要是通过反对文学的游戏主义，主张'为人生'的目的性来确立文学的现代性的。在这个意义上讲，作为中日启蒙主义文学主要样式的政治小说，既是两国现代文学的共同出发点，也是最初的分歧点。"[1]

与"小说界革命"、"诗界革命"前后兴起的"文界革命"同样是"过渡时代"的产物。梁启超那风靡社会的"新文体"，其基本特征及发展演变，也是"继承"与"借鉴"两种力量此消彼长、相互作用的结

---

[1] 王向远：《中日现代文学比较论》，湖南教育出版社，1998年版，第32—33页。

果，只不过"新文体"的特征更显示出继承与借鉴的完美融合。正如夏晓虹指出的："多种文化的交叉影响造成了'新文体'的基本特征。""新文体"实际上是梁启超等一代大家对古今中外文化元素的全方位吸收与融合的结晶。[1]在戊戌东渡之前，梁启超主要批判继承本国文化传统，形成生动活泼的"时务体"；此后则更吸收日本"文体革命"成果，以"欧西文思"和日本文句入之，形成更具中外文化交会色彩的"新文体"。

1887年，黄遵宪在其所著《日本国志·学术志》的"文学"部分正式提出了中国以"言文合一"为基本方向的文体革命构想。这成为梁启超"文体革命"的逻辑起点。他抨击科举制下的八股文恪守僵化形式，扼制思想创新，无法表达思想，传播文明之弊，明确表示自己"夙不喜桐城派古文"。[2]戊戌政变的次年，逃亡日本的梁启超在横渡太平洋的海轮上读到誉满日本的政论家德富苏峰的文章，深受震撼。他在《夏威夷游记》中感叹道："其文雄放隽快，善以欧西文思入日本文，实为文界别开一生面者，余甚爱之。中国若有文界革命，当亦不可不起点于是也。"[3]开创日本"文界革命"的德富苏峰"雄奇畅达"的文风，可以说是"欧西文思"带来的欧化文脉、固有的日文文体与汉文言文体的融会贯通。梁启超以此为榜样开启中国的"文界革命"，使"新文体"的继承与借鉴呈现出新的内涵和更加复杂的相互关系。在"时务文体"时期，梁启超出于思想启蒙需要，显在地接受英美传教士"欧西文思"浸润下的灵活浅显的报章文体，在扬弃八股与桐城古文之际，潜在地继承其凝练、工整之长；思想明晰，辞达而已之传统。1897年，在《湖南时务学堂学约》中，他提出"觉世之文"与"传世之文"的区别："学者以觉天下为任，则文未能舍弃也。传世之文，或务渊懿古茂，或务沉博

---

[1] 夏晓虹：《觉世与传世——梁启超的文学道路》，中华书局，2006年版，第113—114页。
[2] 梁启超：《清代学术概论》，张品兴主编：《梁启超全集》第5册，北京出版社，1999年版，第3100页。
[3] 张品兴主编：《梁启超全集》第2册，北京出版社，1999年版，第1220页。

绝丽,或务瑰奇奥诡,无之不可。觉世之文,则辞达而已矣。当以条理细备,词笔锐达为上,不必求工也。"[1] 显然,在梁启超看来,"觉世之文"因负思想启蒙之责,以明晰为尚,不必追求形式的华丽。而在自觉追摹德富苏峰的"新文体"后,梁氏"新文体"不仅在构成元素上使"欧西文思"与东瀛体式融会贯通,汉文格调与外国体式互相融合,而且终于在思想启蒙的前提下,形成中外交会、雅俗互渗、对于广大读者富有"魔力"的文体。从重质轻文到文质并重,最终完成"文界革命"的尝试。因此德富苏峰对梁启超的影响,"在'文界革命'思想上主要是起了提示作用"。更值得重视的,"是在梁启超借助'新名词'创造'新文体'的过程中,德富苏峰'汉文调、欧文脉'的文体作为最佳范本,发挥了特殊的功效"。[2]

19世纪末期,在开启民智、振奋民族精神的时代精神下,"诗界革命"以精神革新与形式守旧的辩证统一体现着继承与借鉴的复杂关系。按照梁启超的话说,是"以旧风格含新意境",多年来,学术界普遍以"旧瓶装新酒"形容之。具体而言,"第一要新意境,第二要新语句,而又须以古人之风格入之,然后成其为诗。……若三者具备,则可以为二十世纪支那之诗王矣"。[3] 也就是说,诗歌革新的理想境界,是欧美"新意境"、"新语句"和本土"古人之风格"的完美结合。前两者输自域外,属于作品的内涵。"新意境"是统摄作品的灵魂,"新词语"又是表达"新意境"的"形式"。后者是本土因素,属于审美形式。

"新意境"显然是"诗界革命"的核心要素,它输自欧美文化精神,是诗歌的灵魂。这与效法欧美,以"新小说"、"新文体"来"新民"是完全一致的。梁启超并未系统阐述"新意境"的具体内涵,他在《夏威夷游记》中归纳为"欧洲之精神思想",在《饮冰室诗话》中概括为

---

[1] 张品兴主编:《梁启超全集》第1册,北京出版社,1999年版,第109页。
[2] 夏晓虹:《觉世与传世——梁启超的文学道路》,中华书局,2006年版,第246—247页。
[3] 梁启超:《夏威夷游记》,张品兴主编:《梁启超全集》第2册,北京出版社,1999年版,第1219页。

"新理想"。但从其具体论诗看,"新意境"实际上包含了欧美文化各个层面的内容:一、新的知识系统。如黄遵宪《今别离》四首,以五言旧体分别描绘轮船、火车、电报、照相等西方近代科学成就,描述地球运行之状,展现现代科学文化形态下人们的生活情态和世界眼光。二、现代爱国情怀和雄强的民族精神。即突破传统的"忠君爱国"臣民情结,以现代民族国家、民族意识为核心的爱国主义,如康有为的《爱国短歌行》、《爱国歌》,洋洋数千言,尽情抒发由衷的民族自豪感,表达的是昂扬奋发的现代民族精神。黄遵宪有《出军歌》、《军中歌》、《旋军歌》等二十四首军歌,节奏铿锵,器宇轩昂,梁启超赞叹"其精神之雄壮活泼沉浑深远不必论,即文藻亦二千年所未有也"。[1]他自己的《二十世纪太平洋歌》更是以博大的境界和雄浑的气魄夺人。另外蒋智由的《卢骚》、《醒狮歌》等政治抒情诗也灌注着欧洲人刚健进取的民族精神。这种雄强的民族气概对温柔敦厚的中华民族来说,确为"新意境"。三、现代艺术境界。中国传统诗歌的意境美是小农经济条件下宁静和谐的封闭境界。即使边塞诗"大漠孤烟直,长河落日圆"的描绘,亦是中国人封闭自足的"天下"范围之内的视野。梁氏鼓吹的现代诗歌"新意境",是经"欧风美雨"洗礼后的现代世界意识和科学理性下的审美视域。梁启超1899年在往夏威夷的海轮上,作《太平洋遇雨》:"一雨纵横亘二洲,浪涛天地入东流。却余人物淘难尽,又挟风雷作远游。"新的审美眼光,使这首诗从境界到具体意象,都洋溢着鲜明的现代意韵。

欧美"新语句"的输入却遇到了麻烦。"新语句"实指通过翻译输入的表达新观念的欧美新名词。它体现的是欧美现代政治理念与科学精神,与中国古典诗词分属于两种截然不同的语汇系统。梁启超在北京与夏曾佑、谭嗣同等"新学诗"派过往密切,他们主张以西洋名词、中国哲学词语入诗,以表达宇宙观,人生观,但两者实难相容,破坏了中国诗歌和谐自足的审美境界。后来在《饮冰室诗话》中,梁启超开始批评

---

[1] 梁启超:《饮冰室诗话》,张品兴主编:《梁启超全集》第9册,北京出版社,1999年版,第5321页。

谭嗣同等"新学诗"派的作品。[1]他又以自己对夏穗卿、谭嗣同的一首仿作诗为例，谓新词语的擅用导致一首七律需"注至二百余字乃能解，今日观之，可笑实甚也。真有以金星动物入地球之观矣"。[2]而黄遵宪等人则力避各种奇异的"新名词"入诗，保持中国诗歌语汇系统的统一和谐，运用传统体式表现由欧美输入的"新意境"，却产生广泛的社会反响，艺术上也获得成功。多以五言或七言为体式的艺术形式突破了古典诗词格律的局限，以长篇行歌形式，创作雄浑豪迈、境界博大的现代政治抒情诗，但整体上保持了中国传统诗歌整饬和谐，节奏分明，张弛有度的美学品格。故梁启超赞曰："近世诗人能熔铸新理想以入旧风格者，当推黄公度。"[3]这个时期，外国诗歌的翻译开始在中国诗坛产生影响，集中体现欧美"新意境"而体式上保持"中国化"的诗歌对中国读者影响尤大，以王韬的《普法战纪》一书中所译法国国歌为例：

法国荣光自民著，爰举义旗宏建树。母号妻啼家不完，泪尽词穷何处诉。吁王虐政猛于虎，乌合爪牙广招募。岂能复睹太平年，四出搜罗困奸蠹。奋勇兴师一世豪，报仇宝剑已离鞘。进兵须结同心誓，不胜捐躯义并高！[4]

用七言排律述法兰西民族爱国情怀，而同书所译德国国歌《祖国

---

[1] 梁启超曰："其《金陵听说法》云'纲伦惨似喀私德，法会盛于巴力门'，喀私德即caste之译音，盖指印度分人为等级之制也；巴力门即parliament之译音，英国议院之名也。……此皆无从臆解之语。"张品兴主编：《梁启超全集》第9册，北京出版社，1999年版，第5326页。
[2] 梁启超：《夏威夷游记》，张品兴主编：《梁启超全集》第2册，北京出版社，1999年版，第1219页。梁启超的仿作是：尘尘万法吾谁适？生也无涯知有涯。大地混元兆螺蛤，千年道战起龙蛇。秦新杀翳应阳厄，彼保兴亡识轨差。我梦天门受天语，玄黄血海见三蛙。
[3] 梁启超：《饮冰室诗话》，张品兴主编：《梁启超全集》第9册，北京出版社，1999年版，第5296页。
[4] 梁启超：《饮冰室诗话》，张品兴主编：《梁启超全集》第9册，北京出版社，1999年版，第5318页。

歌》则运用传统的骚体。这样,"中瓶"装"西酒",即以中国传统诗体风格蕴含西方现代文化精神。梁启超后来用"曲本体裁"翻译拜伦的长篇叙事诗《唐璜》中《哀希腊》两首,既合中国读者口味,又完美地传达了原著的思想情感。拜伦作为西方浪漫主义英雄品格的象征,一是假道日本传入中国,再就是梁启超中国式的译述。因此,"在接受上,梁启超铸成了一种模式"。[1] 随后,苏曼殊、马君武等人在这条道路上继续走下去,翻译了拜伦、歌德、雪莱、雨果等欧洲大家的大量诗作,获得极大的社会反响,中国读者几乎全是从这些充满激情的译作中领悟欧美民族的文化气质和英雄品格的。但不知不觉中,中国风格成为适宜的链接纽带,从而形成普遍性的审美风尚。当时,"中国翻译者的心中,无一例外地有一个共同的、无论是已言明还是未经言明的标准:即使译西洋诗,若不使之变成中国已有的旧诗体裁,就不成其为'诗'"。[2] 读者的阅读热情,证明了这一标准与当时中国社会审美心态的合拍。于是,梁启超终于明确了"诗界革命"的基本纲领或基本思路:

> 过渡时代,必有革命。然革命者,当革其精神,非革其形式。吾党近好言诗界革命,虽然,若以堆积满纸新名词为革命,是又满洲政府变法维新之类也。能以旧风格含新意境,斯可以举革命之实矣。[3]

在"诗界革命"过程中,"继承—借鉴"以"形式"与"内容"相互和谐的模式显示了它比起小说、戏曲、散文领域更为突出的实绩。相对而言,梁启超的"诗界革命"是最"保守"的,因为其他领域的革新

---

[1] 范伯群、朱栋霖主编:《1989—1949 中外文学比较史》上卷,江苏教育出版社,2007年版,第115页。
[2] 范伯群、朱栋霖主编:《1989—1949 中外文学比较史》上卷,江苏教育出版社,2007年版,第121页。
[3] 梁启超:《饮冰室诗话》,张品兴主编:《梁启超全集》第9册,北京出版社,1999年版,第5327页。

与蜕变,皆以全面的"输入"为务,对传统的继承基本上是由文化的"惰性"而潜在地、不自觉地实现。唯独在诗歌领域的变革中,黄遵宪、蒋智由、梁启超、马君武等人,公开给中国传统留下了合法的空间,承认了其与外来文化平起平坐的地位;这在当时日渐加速的"趋新"社会风潮中显示了它独特的价值取向。这种中庸调和的文化立场及其创作实践虽然风靡了"过渡时代",但随着"五四"新文学运动中白话诗的兴起,梁氏"诗界革命"立即"落伍"。直到今天,仍有人对梁氏"诗界革命"的"不彻底"性颇有微词,有人认为:"很显然,梁启超的'诗界革命'的要旨,其实只有两层意思:一是根本原则:革精神而不革形式;二是途径、方法和目标:以旧风格含新意境(新理想)。这就意味着,梁启超乃是主张在不触动中国传统的诗学体系的前提下,仅以思想内容上的时代性色彩予以改造。应该说,这样的折中意见,其意义主要体现在政治方面——对于封建主义主流诗坛的某种批评,而就文学——诗歌本身来说,积极作用不大,也就无法真正引导中国传统诗风的变革,相反,也为向旧文学——诗歌的妥协留下缝隙。"[1] 还有人从创作角度批评梁启超:"他基本上是沿着一条从挣脱传统到复归传统的路走过来的……其惰性也更顽固地左右着诗人的创作。"[2]

显然,这种看法是 20 世纪流行的"革命思维"的体现。试想,若以意大利"商籁体"、英诗韵律、世界语文字进行中国诗歌革命,固然能够充分体现"与传统势力抗争到底"并彻底决裂的革命精神,但这种"彻底"的革命能创造出什么样的"中国新诗",实在不敢想象。首先,任何变革都是立足于自身传统,沿着传统的既定轨道延伸、展开,任何"革命"都以"继承"为前提。其次,中国古典诗歌已有三千年历史,其独特的民族形式和美学格调,早已凝结成中华民族稳固的审美心理定式,任何对它强行扭曲和草率否定的文学革命都不可能获得真正成功。特定的民族艺术形式在熔铸了一个民族的审美心理结构之后,便会随之

---

[1] 敏泽主编:《中国文学思想史》下卷,湖南教育出版社,2004 年版,第 612 页。
[2] 夏晓虹:《觉世与传世——梁启超的文学道路》,中华书局,2006 年版,第 104 页。

代代相传,超越历史隧道,获得永恒魅力。"诗界革命"未拿传统开刀,正是时贤明确的文化意识和自觉的历史意识的体现。再次,按照进化论原理,清末以梁、黄(遵宪)为领袖的"诗界革命"是文学发展由古语进化到俗语的历史环节,它本身有着毋庸置疑的历史必然性与合理性。"五四"白话诗运动只能在继承传统文学的基础上进行合理的革命,而绝不能作"非此即彼"的否定。最后,"以旧风格含新意境"的梁氏"诗界革命"和与传统决裂的"五四"新诗运动之间,既是历史的承传关系,又是审美世界的空间并列关系。"五四"以后迄今,中国古典诗词仍是中华民族审美园地的"经典形式",为全民族崇奉且创作代不乏人。

陈平原在论述清末"新小说"的困境时曾这样写道:"新小说家的窘境在于:后退两步,不如吴敬梓、曹雪芹对传统章回小说的驾驭能力;前进两步,又不如鲁迅、茅盾对西方长、短篇小说的了解水平。卡在这'古今'、'中外'交汇的骨节眼上,新小说无论从哪个角度来看都显得不成熟,粗糙生硬。可也正是这古今小说、中外小说第一次碰撞爆发的火花,照亮了艺术上相当粗糙的新小说,使其获得某种后代作品很难企及的特殊的历史价值。"[1]

这所谓"后代作品很难企及的特殊的历史价值",就是在那急遽解构与急遽重组的特殊时期,"继承"与"西化"两股力量在中国社会转型的现实需要下相互作用,形成种种合力,对中国文学传统进行创造性转化,从而使中国文学在粗鄙无序的表象下聚集了历史蜕变的"爆发力"。这不仅表现于小说,也体现在其他文学领域。此前和此后的中国文学都没有晚清文学那样经历着"本土"与"西潮"的全面碰撞,作家们也未遭受晚清作家所体验的新—旧对立、"本土"与"域外"杂陈下那种饥不择食式挑选、拼接与组合,以至于形成了普遍的创作心理定式:既要体现"西洋"的新异,又要符合大众口味;在杂乱无序中探求

---

[1] 陈平原:《陈平原小说史论集》(中),河北人民出版社,1997年版,第593—594页。

新的创作模式和美学趣味，以至于王德威认为：晚清文学"现代性"的首要表现，就是在外来文学刺激下形成的"中国文学传统之内一种生生不息的创造力"。[1] 正是这种多种因素急遽交融、重组而形成的"创造力"，决定了20世纪中国文学的基本面貌。以显在的外来因素激发本土文学传统的现代转化，并在转化过程中逐步实现潜在的"化西"，则是中国文学"继承—借鉴"现代传统的基本模式。陈平原曾谈到晚清新小说家和整个20世纪中国作家面临着相同的三大难题，正是这三大难题把两者牢牢地拴在一起：

> 如何在政治思潮与商品化倾向的冲击下，保持小说创作的独立品格，这对于经常在政治化与娱乐化之间走钢丝的20世纪中国小说家来说，是个不大好攻克的堡垒；如何克服"中化"或者"西化"的简单化倾向，通过转化传统而不是"认同"或者"决裂"传统来实现小说艺术的革新和发展，这也是好几代作家都在思考的难题；至于如何创造新的小说文体和叙事方式，以便更准确更有效地表达其审美感受，更是20世纪中国每代作家苦苦探求的艺术奥秘。[2]

实际上，如何在"中化"与"西化"之间，或者说在"继承"与"借鉴"之间寻求最合适的交会处、连接点，从而激发文学传统的"创造性转化"，才是具有本体意义的时代主题。其他各方面都是具体现象，取决于"中—西"两面的互动及其具体走向。

纵观"五四"新文学运动，其"继承"与"借鉴"的辩证关系表现为：把以外国文学为榜样创造中国新文学作为大前提，自觉地走"全盘西化"之路；随着新文学运动的深入和对创作实践的反思，继承本民族

---

[1] 王德威：《被压抑的现代性——晚清小说新论》，宋伟杰译，北京大学出版社，2005年版，第25页。
[2] 陈平原：《陈平原小说史论集》（中），河北人民出版社，1997年版，第608页。

优良传统越来越成为作家们的自觉意识；在学习外国文学中悄然回归传统，两者不同的互动关系，成为每个文学流派、文学社团和作家们艺术个性形成的决定性因素，以至于在很大程度上决定着思潮的兴衰、社团的走向、作家的成长道路及其最终艺术成就和历史地位。

陈独秀与胡适作为"五四"新文化运动精神领袖，其以"继承—借鉴"为枢纽的新文学观及其具体建设方案，同样来自他们各自的文化观、历史观。作为革命家的陈独秀，遵循着非A即B的革命思维模式，全盘否定中国传统文学，企图以西洋文学的移植而代之。留学美国、深受西方文化沐浴的胡适则在"全盘西化"旗帜下，客观上为中国文学传统留下了"复兴"的空间，而且其进化的历史观和平民主义文化立场，也为中国新文学的民族化道路埋下了伏笔。以外国文学为榜样，改造中国文学，则是"五四"新文学运动在倡导期共同的思路。然而，理论倡导之后，随着文学创作的逐步展开，"继承"成为每个文学社团和作家都无法回避的现实问题。

陈独秀分别于1904年3月和1915年9月创办《安徽俗话报》和《青年杂志》，以革命家身份从事新文化建设工作。在《法兰西人与近世文明》、《东西民族根本思想之差异》等系列文章中，对西洋文明的全盘肯定和对东洋文明的全盘否定，斩钉截铁，毫不含糊。在历史观上，他武断宣称世界历史将以1916年为界，前此一切当以古代史目之，一切皆死；此后一切为"现代"开端，一切新生。以此为时间之界，"老年"与"青年"、"反动"与"进步"，阵线分明。前者全都在扑杀之列。[1]在政治观上，他在《吾人最后之觉悟》、《驳康有为致总统总理书》、《宪法与孔教》、《孔子之道与现代生活》、《袁世凯复活》等系列文章中，反复论述孔教与立宪政治之对立，孔子之道与现代生活格格不入；大声疾呼输入西洋式社会国家之基础，抛弃与之相抵牾的孔教。这种非此即彼模式下的文化价值观、历史观与政治观延伸到文学革新，就自然形成他

---

[1] 陈独秀：《一九一六年》，任建树等编：《陈独秀著作选编》第一卷，上海人民出版社，2010年版，第198页。

非此即彼的"文学革命"观：全盘否定中国旧文学，以欧洲近世文学为楷模创造中国新文学。于是，中国新文学不仅在历史发展阶段上与传统文学一刀两断，而且更在精神上与民族文化传统势不两立。

在《青年杂志》创刊之初，陈独秀就关注到文艺问题。他在第一卷第三号、第四号刊载的《现代欧洲文艺史谭》及续文，已经表露了中国新文学建设的"外索"倾向。其《文学革命论》提出著名的"三大主义"，否定了自《诗经》、《楚辞》以降几乎所有中国传统文学，尤其对明之前、后七子及桐城派"归、方、刘、姚"，更斥之为"十八妖魔"。与此同时，陈独秀列出了自己心目中"新文学"的楷模：

> 予爱卢梭、巴士特之法兰西，予尤爱虞哥、左拉之法兰西；予爱康德、赫克尔之德意志，予尤爱桂特郝、卜特曼之德意志；予爱倍根、达尔文之英吉利，予尤爱狄铿士、王尔德之英吉利。

陈独秀的文学革命立场得到钱玄同等激进分子的声援。钱玄同在《新青年》上刊载了他与胡适、陈独秀等人讨论文学革命问题的诸多通信。在与胡适的通信中声称："中国今日以前的小说，都该退居到历史的地位；从今日以后，要讲有价值的小说，第一步是译，第二步是新做。"[1] 他甚至以极其傲视的姿态泛称中国传统文学为"选学妖孽"、"桐城谬种"。[2] 这一形象称谓在各种公开场合为新文学阵营频频引述，"一时远近流传"。钱玄同还和陈独秀、刘半农一起，发动了对中国传统戏曲的攻击。不仅如此，钱玄同更提出一个惊世骇俗的主张：废除汉文，以世界语代之。因为两千多年来的中国传统文化全是用汉文记录书写。[3] 这种唯极端是趋的决绝态度，陈独秀形象地比喻为"用石条压驼背"式的文化革命。

---

[1] 季羡林主编：《胡适全集》第1卷，安徽教育出版社，2003年版，第50—51页。
[2] 季羡林主编：《胡适全集》第1卷，安徽教育出版社，2003年版，第49页。
[3] 钱玄同：《中国今后之文字问题》，《新青年》，1918年4月15日，第四卷第四号。

以陈独秀、钱玄同等为代表的极端派虽咄咄逼人，但因其多为愤激情绪的表达，缺少理性精神与科学分析，其谬误与偏颇终难以为社会公众所接受，一时间掀起社会舆论的轩然大波，遭到许多社会读者的质疑和反对。其社会文化意义表现在对所谓"守旧愚昧"的社会起到振聋发聩的警醒作用。而对现代中国新文化与新文学建设产生实质性深远影响的，则是以胡适为代表的"西化派"文化主张。

深受西方文化耳濡目染的胡适，对中国新文化建设的基本理念是"西化"或"全盘西化"。但胡适派的"西化"之路不是陈—钱派非A即B、全盘移植式的"西化"。他的"西化"之路以进化论历史观为依据，在承认中国传统文化、传统文学固有文化意义的前提下，以西方文化精神对中国传统文化进行全面改造，从而使传统诸多内涵或消亡，或焕发新的生机。这种"改造"过程，也就是"继承"与"创新"相辅相成的过程。为避免人们的误解，30年代初，胡适将自己的"全盘西化"论更改为"充分世界化"，以与陈序经"全盘西化"论划清界限。在《文学进化观念与戏剧改良》一文中，胡适在具体比较了中西文艺美学和艺术特色之后宣称：借西方的"少年血性"化中国文学的"暮气"，使之重现生机。[1] 建议"赶紧多多的翻译西洋的文学名著做我们的模范"，因为"西洋的文学方法，比我们的文学，实在完备得多，高明得多，不可不取例"。[2] 因此，胡适的"西化"本质上是以西方文化与文学精神改造中国传统，使中国传统得以现代转化，同时在转化中实现传承。通过"改造"这一关键环节，使借鉴（"西化"）与继承辩证统一。这与清末以来文学革命的基本思路是一脉相承的，从而使两个历史时期呈现着共同的时代主题。

胡适新文学建设继承—借鉴辩证统一的基本思路来源于他的新文化

---

[1] 胡适：《文学进化观念与戏剧改良》，季羡林主编：《胡适全集》第1卷，安徽教育出版社，2003年版，第150页。
[2] 胡适：《建设的文学革命论》，季羡林主编：《胡适全集》第1卷，安徽教育出版社，2003年版，第66页。

建设方案。1919年12月1日,他在《新青年》第七卷第一号发表《新思潮的意义》一文,对几年来"五四"新文化运动基本原则和宗旨作了系统的理论阐述。他开宗明义,概括新文化运动("新思潮")的内容与实质:研究问题,输入学理,整理国故,再造文明。其根本意义就是一种新的态度,即评判的态度——"重新估定一切价值"。它首先表现在两个方面:文化人以清醒的主体意识面对中国传统文化与社会现实,自觉地学习借鉴西方现代文明成果,即"研究问题"、"输入学理"。"评判的态度"和能力,正是来自西方的学理。而"整理国故",则是自觉地以西方文化精神为依据为尺度,对中国传统文化进行梳理和改造。整理国故的过程,实质上就是"借鉴—继承—改造—转化"的辩证发展过程。而新思潮的唯一目的——再造文明,就是这一复杂过程的"完成时",其核心就是借西方文明之力,造现代中国文明主体。其实,"输入学理"(借鉴)与"整理国故"(改造)正是新文化建设的一体两面,也是新文学建设在"借鉴"与"继承"辩证关系互动中实现创造的具体表现。

第四节　继承与借鉴传统的现代发展

19世纪中后期,在中国民族生存危机背景下,西方文化也由表面的"坚船利炮"、"奇技淫巧"而全面切入中国传统文化肌体之中,其自然知识系统、社会科学体系、现代价值观念以及宗教信仰等,为中国人打开了一个奇异而充满生机的"西方世界"。中西文学由此相遇,并迅疾拉开接受与融汇的历史帷幕。从此,在本土传统与西方资源的交互作用下,文学的每一步发展,都取决于这两股力量的此消彼长的"历史角力"及其最终的"历史合力"。换句话说,取决于在特定文化语境中,中国作家对中—外两大文学与文化遗产的取舍与组合。这种文化格局对文学创作与接受心理根本性的规范与影响,逐步形成20世纪中国文学特有的继承—借鉴传统。

继承—借鉴传统萌芽于19、20世纪之交繁荣一时的翻译文学。在翻译家们"以中化西"、"以中解（理解）西"的本位文化立场以及"合中西二文为一片"的主观愿望中，孕育着"继承"与"借鉴"的基本因素。在清末民初的文学创作特别是蔚为大观的小说创作中，中国传统的体裁形式、语体形式、故事模式及价值观念等，与种种西洋图景、艺术手法及驳杂的"现代观念"，杂糅于一，形成光怪陆离而魅力独特的艺术长廊，成为中西文学交会融合之初不可重复的"历史瞬间"。梁启超发动和领导的"三界革命"运动逐渐引领时代风潮，以欧美近代文学改造中国旧文学，成为其基本思路或价值取向。随之兴起的"五四"新文化运动更在历史的惯性下，在"西化"路上大步迈进，"拿来主义"风行一时。但民族文学传统的强大力量，终使"五四"新文学先驱无法拔着自己的头发离开地球；"西化"狂涛下涌动的，是"继承"的暗流。"潜流"与"巨浪"，是继承—借鉴传统形成之初的基本格局，"外西内中"在某种意义上，概括了"五四"新文学建设文化资源的基本架构。

在中西文化剧烈冲突与全面交会、中国社会急剧变化背景下，20世纪中国文学"继承—借鉴"传统，也围绕着其基本主题，于不同时期呈现着不同风貌。具体而言，"五四"时代是着眼于"拿来"的时代，然而同时其选择的对象，又无不暗暗体现着中国社会的现实需求，对应着本土传统的潜在力量。30年代，中国文学思潮成多元态势，有着深厚中西文化素养的一代作家，以更加平和与理性的态度面对中西文化遗产与文学遗产。他们立足于切实的人生体验，遵循内在审美趣味，自主地汲取外国文学营养，并与民族文学传统相结合，使外来因素民族化，传统因素现代化。40年代，在民族解放战争和内战环境中，中国文学为更好地承担起固有的历史使命，在吸收外国文学因素的同时，更加注重发掘本民族优秀遗产，在30年代文学"民族化"基础上更加自觉地向本土传统认同，以致在特定政治文化环境中出现"民间化"趋势。50年代至70年代，在极"左"政治文化环境和闭关锁国条件下，中国文学既批判传统文化，又与西方文学遗产隔断了联系，越来越趋向于政治化,到"文化大革命"的浩劫年代,文学彻底地演变为阶级斗争的工具。70年代末至新世纪之交,在逐步挣脱极端政治束缚过程中,中国文学首先继承"五四"新文学及古代文学关注社会、关怀人生的优良传统。随后在新一轮"西潮"涌入的情况下,面对西方现代派文学汹涌澎湃的势力,中国文学再次敞开胸怀,全面吸纳,但始终把外来因素建立在中国民族传统深厚的土壤上,显示出前所未有的理性与成熟。随着新世纪的到来,中国文学以更加自信的姿态迈向"现代",走向世界。这也就意味着,在20世纪独特的历史条件与文化语境中形成的、全面而深刻影响中国文学发展的"继承—借鉴"传统,随着中国文学逐步融入世界而进入了"正常"的发展状态。

"五四"文学革命最早从诗歌开始。西方现代诗歌理念、审美原则及艺术手法,启发着新文学先驱们的创造思维。而这种"启发"又取决于其与中国诗歌传统的心理契合,以及在契合中实现对中国传统的更新改造,使之因"西化"而"现代化"。于是,中国新诗以"西化"的面目与体式,表达着民族的(传统的)审美意趣。

世纪之交,梁启超的"诗界革命"倡导以"旧风格含新意境"为最高美学原则,以传统体式表达现代生活与思想情感。"五四"文学革命之初,周作人、胡适等开始以白话译诗,表明中国新诗在西方诗歌影响下新的音节律式的形成。胡适于1917年初倡导文学革命直接的文化资源,是其留美期间风行一时的美国意象派诗歌潮流。胡适根据自己的体会加以改造,归纳为《文学改良刍议》之"八事"。他随后在日记中具体记录了对"意象派"诗歌的理解。[1]从美国意象派诗歌的"六条原理"到胡适文学改良的"八事",我们明显地看到其中的平行接受及其创造性转化的内在逻辑。引西方文化之火炬,照中国新文化建设之路。周作人同样在"舶来"的"白话文学"大旗下,远溯明清白话文学史,

---

[1] 胡适:《胡适留学日记》,《胡适全集》第28卷,安徽教育出版社,2003年版,第495—496页。

梳理出中国新文学的本土"源流"。[1] 他们"从概念的接受,到用这一概念小心在中国文学史上求证,然后以中国的历史事实为依据提出论点,体貌上掩去了影响的痕迹,将外来观念中国化而更易于为中国读者认可"。[2] "借鉴"依托"继承"而获得现实合法性与合理性,"继承"因"借鉴"而得以改头换面,或脱胎换骨,获得"现代性"。这成为中国文学继承—借鉴传统一以贯之的基本主题。

在"五四"个性解放运动高潮之际,浪漫主义诗潮应运而生。郭沫若在"相识"了泰戈尔、雪莱、拜伦、海涅、歌德等西方诗人之后,与美国浪漫主义诗人惠特曼产生了深刻的精神共鸣。惠特曼浪漫主义诗篇那贯穿其中"反抗"、"再生"与"创造"的思想情怀,使郭沫若青春勃发的思想情感从"郁积"状态骤然间火山爆发,迸发出"天狗"般的狂暴,凝结成反抗、激动、个性张扬的阳刚之美。同时,惠特曼浪漫主义精神也为郭沫若示范了"喷火的方式":"惠特曼的那种把一切的旧套摆脱干净了的诗风和五四时代的狂飙突进的精神十分合拍,我是彻底地为他那雄浑豪放的宏朗的调子所震荡了。"[3] 郭沫若自幼融化于血液中的《庄子》、《楚辞》、李白诗歌等本土古典浪漫主义艺术精神,以及"万物有灵"的本土文化传统,为其与惠特曼的精神共鸣,铸造了先在的接受主体。

20年代初小诗在中国文坛流行的直接原因,是新诗人对日本和歌与俳句和泰戈尔抒情小诗的自觉借鉴。周作人指出:"中国的新诗在各方面都受欧洲的影响,独有小诗仿佛是例外,因为他的来源是在东方

---

[1] 周作人:《中国新文学的源流》,钟叔河编订:《周作人散文全集》第6卷,广西师范大学出版社,2009年版。
[2] 范伯群、朱栋霖主编:《1898—1949中外文学比较史》上卷,江苏教育出版社,2007年版,第326页。
[3] 郭沫若:《我的作诗的经过》,《郭沫若全集》文学编第16卷,人民文学出版社,1989年版,第216页。

的:这里边又有两种潮流,便是印度与日本。"[1]和歌与俳句独特的句式与音节,打破中国古典诗词格律束缚而又颇近其型,因而湖畔诗社诸人的抒情诗深得其味。泰戈尔的《新月集》、《飞鸟集》等抒情短章,以天人之谐、人类之情,构建一座东方式"爱的哲学",抚慰了梦醒后寻觅人生之路的中国青年的心,最终凝结为冰心笔下"童真、母爱、自然"三位一体的大爱境界。而当时正被扬弃的中国诗学传统——自《诗经》以来绵绵不绝的抒情小诗传统,则提供着适宜的审美心理结构,于是中外"合力",成就了一个有声有色的小诗流行的时代。

新月派探索和创制的新格律诗体,代表着中国新诗的规范和成熟形态,深深地影响着20世纪中国新诗的发展。一方面,徐志摩、闻一多、朱湘、梁宗岱等人,自觉地接受英国维多利亚时代浪漫主义诗风的沐浴,在思想意蕴上颂扬心灵自由、人性解放,憧憬万物和谐;另一方面,内敛节制的抒情原则,把维多利亚诗歌风范与中国"乐而不淫,哀而不伤"美学传统融会贯通,"三美"形式更是中国古典诗歌格律规范在西方古典格律"共振"下成功的"现代化"尝试。在此基础上,新月派大家再吸收艾略特、燕卜荪、奥登等英美现代派诗歌大师艺术精神,使新格律诗突破抒情性与形式美范畴,向象征与思辨方向迈进。新格律体式成为中国新诗经典模式,影响整个20世纪的现代新诗创作,正是取决于这种典型的"中西合璧"美学精神与艺术范式。

中国象征主义诗歌潮流同样经历了借鉴—继承传统之"正(模仿与吸收)—反(以传统潜在地改造)—合('西化'的新传统)"的发展轨迹。"五四"初期,现代象征主义作为具体的创作方法,被鲁迅、周作人等文学先驱进行了较为成功的模仿。1925年11月李金发的《微雨》在中国出版,标志着中国人自觉引进与借鉴的开始。创始于波德莱尔的法国象征主义诗歌的文学母题——现代资本主义文明下的冷漠与孤独、

---

[1] 周作人:《论小诗》,钟叔河编订:《周作人散文全集》第2卷,广西师范大学出版社,2009年版,第555页。

痛苦与绝望、丑恶与死亡，成为在礼教压迫下"梦醒后无路可走"的中国诗人热情模仿的情感与思想基础。因此，李金发轻而易举地把波德莱尔诗歌的"死亡"中心意象及魏尔伦、兰波、马拉美等人的艺术精神，移植到自己的作品中，以"弃妇"、"枯骨"、"坟墓"等意象，实现了"拿来"；早期法国象征主义诗歌在人生哲学意义上对社会与人生的绝望，则转化为中国世俗化文化语境中具体的人生不幸与痛苦。而李金发对美妙和谐大自然的由衷赞美，对男女情爱的诗意描绘，在怪诞、丑陋的现实世界中，创造出一种色调明媚、温馨和谐的人生境界。这正是中国传统文化所憧憬的永恒境界的艺术展现。

30 年代的戴望舒同步吸收 19 世纪到 20 世纪西方现代主义诗歌各流派艺术成果，尤其是法国后期象征诗歌与美国意象派诗歌精华，使之与中国古典诗歌艺术传统尤其是晚唐风韵相融合，凝结成民族风情与现代气质互为表里的美学精神。在民族文化心理规范下，戴望舒摒弃了波德莱尔等象征派先驱以死亡、丑恶、绝望、扭曲为核心意象的审丑情结，把艾略特的"荒原"意识与晚唐朦胧感伤情调有机结合，抒写着现代都市文明中的精神怀乡病，表达着热爱人生而不断超越的中国生存哲学；雨伞、雨巷、丁香、烟水、残阳等中国古典艺术意象，创造着清新明丽、蕴含隽永的中国诗歌意境。西方的"亲切与暗示"和中国古典的"哀而不伤"美学精神，完美地融汇于朦胧温柔的晚唐风韵，形成独具中国民族风情的"雨巷境界"。戴望舒成为 30 年代中国读者热爱的"雨巷诗人"，表明现代派诗歌民族化模式及其社会审美心理定式的凝成。

戴望舒和谐温馨、朦胧感伤的民族化之路至"汉园三诗人"（卞之琳、何其芳、李广田），又经历了智性化、哲理化与非个人化的"现代矫正"，初步形成蕴含民族传统于现代诗型的成熟形态。九叶诗人的创作正是在这一路向上实现"中西合璧"、传统与现代全面接轨，开创 40 年代中国现代主义诗歌成熟与繁荣局面。艾青曾精炼地概括九叶诗派的总体特征："接受了新诗的现实主义传统，采取欧美现代派的表现技巧，刻画了经过战争大动乱之后的社会现象。"[1] 选取富有民族特征的象征意象（月光、黄土、稻谷、海潮等），通过各种暗示、隐喻，把深刻的哲理与独到的人生体悟融于可感可触的特定境界，表现对国家前途、民族命运的深切关怀之情。[2] 在这里，个体与民族、与时代融为一体，体现着东方的社会价值观与人生观；寓抒情于哲理，寓哲理于中国意象，显示着西方现代主义诗歌美学精神二十年间中国化过程的"完成时"形态。

40年代的西北延安地区，到50至70年代的中国大陆，在现实政治力量的干预下，新诗创作与中外诗歌艺术资源及传统断绝关系，走上以"民歌"为唯一载体的自我禁锢道路。直到80年代，以"朦胧诗"为开端，中国新诗重新与西方现代主义艺术接轨并很快取得丰硕成果。然而，对现实政治的批判，对芸芸众生生存状态的关怀，使中国大陆各类"现代派"诗歌创作主流，始终洋溢着中国固有的"为国为民"现实主义精神。"九叶诗派"正是在此时被"发掘"出来并引起广泛的关注，正是这一现代主义诗歌美学"中国化"传统的历史再现。

在中国传统文学中，小说是没有资格进入"文学"殿堂的"稗官野史"，其在近代思想启蒙运动中因切近的社会功利性而上升到"文学之最上乘"地位。小说与诗歌、戏剧等文体的成长道路一样，外来因素的刺激，使之走上疏离传统的"西化"之路。但本土文学传统的惯性力量与切近的时代课题，使得对外国文学的任何模仿与选择，都受制于自身需要的内在逻辑。因此，以"五四"为逻辑起点，小说领域继承—借鉴传统的发展变迁，也呈现着西化—回归—综合创新历史运动轨迹。

鲁迅是"五四"新文学现实主义小说大潮的主要开创者。早年鲁迅流连于"林译小说"新奇的西方社会，醉心于凡尔纳等的科幻世界。在"五四"之初个性解放浪潮中曾热烈推崇拜伦、雪莱等浪漫主义诗人，

---

[1] 艾青：《中国新诗六十年》，《文艺研究》，1980年第5期。
[2] 如陈敬容：《渡河者》，辛笛：《风景》、《航》，穆旦：《赞美》，杜运燮：《滇缅公路》，等等。

热情介绍易卜生主义。但对中国社会人生和愚弱国民性的深切关注,使鲁迅很快在俄罗斯及东欧被压迫民族现实主义文学中获得真正的思想共识与情感共鸣。俄罗斯文学积极关注人生的现实主义精神与关怀下层民众不幸命运的人道主义情怀,启发了鲁迅的创作灵感,使其"沉睡"的艺术潜能得以尽情释放。他说:"俄国的文学,从尼古拉二世时候以来,就是'为人生'的,无论它的主意是在探究,或在解决,或者堕入神秘,沦于颓唐,而其主流还是一个:为人生。"[1]在他所接触的诸多外国小说中,"尤其是俄国,波兰和巴尔干诸小国的,才明白了世界上也有这许多和我们的劳苦大众同一命运的人,而有些作家正在为此而呼号,而战斗。而历来所见的农村之类的景况,也更加分明地再现于我的眼前。偶然得到一个可写文章的机会,我便将所谓上流社会的堕落和下层社会的不幸,陆续用短篇小说的形式发表出来了"[2]。作为俄国批判现实主义文学奠基人的果戈理,其作品对俄国农奴制度和沙皇专制政治的批判,全面而彻底,对专制制度下国民劣根性的剖析,极其深刻。这正是鲁迅推崇果戈理的原因:"他们都极为敏感,对事物有种冷意的洞悉力,笔端含着幽婉而肃杀的气息,直逼生活的隐秘。而且都不是爱怜者的悲悯,常常是跳将出来,以俯视的眼光,嘲笑了对象世界。他们都有抒情的笔致,但总是节制着,清醒地看出人性的底色。"[3]契诃夫等人对"不幸"而又"不争"的小人物的着力描绘,转化为鲁迅小说艺术世界中阿Q、孔乙己、祥林嫂等可悲可叹的被奴役者,转化为鲁迅"哀其不幸,怒其不争"的人道主义情怀。陀思妥耶夫斯基对病态小人物心理精细的剖析,启发着鲁迅对笔下的人物进行入木三分的"画灵魂"。俄国安特莱夫心灵解剖中的阴冷与波兰显克微支绝望中的幽默,使得鲁迅与果戈理的辛辣嘲讽相疏离,而在近乎绝望的阴郁中显示大智者"含

---

[1] 鲁迅:《〈竖琴〉前记》,《鲁迅全集》第4卷,人民文学出版社,2005年版,第443页。
[2] 鲁迅:《英译本〈短篇小说选集〉自序》,《鲁迅全集》第7卷,人民文学出版社,2005年版,第411页。
[3] 孙郁:《鲁迅与果戈理遗产的几个问题》,《文学评论》,2013年第3期。

泪的微笑"。当鲁迅把这些艺术养分凝结于自己的作品时，一方面以中国传统意象把果戈理笔下广阔的俄罗斯社会舞台中国化，一方面融合俄罗斯诸多作家多样的现实主义风格。这不仅使鲁迅中国化了的艺术世界比果戈理的更加"忧愤深广"，艺术风格上也更显示中国的"中和"与"节制"美学原则。这种显取法乎"外"，暗凝结于"中"的融合轨迹，成为"五四"新文学继承—借鉴传统主题的基本内涵。

鲁迅小说创作以其巨大的社会影响，为文学研究会"为人生"现实主义文学大潮的形成，显示毋庸置疑的示范效应。文学研究会在成立之初，就大力介绍西方各国文学作品以为中国作家学习的范本，在其译介的近四十个国家的文学作品中，俄国与东欧诸小国文学作品成为重点介绍的对象，先后出《俄国文学研究号》、《被损害民族的文学号》等专号。在此，叶圣陶成功地移植了契诃夫凡庸卑微的"小人物"悲喜剧，冰心把泰戈尔"爱的哲学"融汇于中国古典意境，许地山以佛的情怀谛视现实人生，王统照在欧洲浪漫主义文化背景下表现着他源于现实人生的人道情怀与美的憧憬。这不同方向的"拿来"，最终都归结为"五四"思想启蒙时代中国民族文学的母题：为人生。

以创造社为主体，几乎与文学研究会"为人生文学"同步的浪漫主义小说思潮，同样是中—外文学浪漫抒情文学营养经"时代的苦闷"的"发酵"产物。郁达夫、郭沫若、倪贻德、周全平、张资平、叶灵凤等，都经历着这相同或相近的创作道路。以郁达夫为例：少年郁达夫先是经历了中国古典言情文学的影响，从《石头记》、《桃花扇》、《燕子笺》开始，到《西湖佳话》、《花月痕》等近代中国鸳鸯蝴蝶派小说"哀情"的洗礼，熏陶了郁达夫多情善感的性情；中国社会礼教压迫与日本社会的民族歧视，使这种多情善感愈加郁积，在"五四"思想启蒙时代，升华为"时代的苦闷"。留学期间，他接触到上千部欧美各国小说尤其是浪漫主义小说，开始模仿写作，终于催生《沉沦》。[1] 尼采的超人哲学，

---

[1] 郁达夫：《五六年来创作生活的回顾》，吴秀明主编：《郁达夫全集》第10卷，浙江大学出版社，2007年版。

拜伦、雪莱大胆反叛与积极进取的浪漫主义精神，新浪漫主义文学愤世嫉俗的荒诞美，以及日本"私小说"细微的性心理世界，凝结成郁达夫倨傲反抗与颓废感伤的双重人格。卢梭直率的告白与漂泊情怀，与郁达夫的人生体悟形成强烈的心理共振，最终转化为郁达夫浪漫感伤小说的"自叙传"特质及其一泻无余的情愫。而屠格涅夫笔下的"零余者"形象，经郁达夫从社会身份到精神气质的中国化改造，成为不可重复的"中国形象"系列。郭沫若及其后"浪漫的一代"作家，无不是在郁达夫式的道路上，推动浪漫主义小说的发展。

　　30年代的小说创作，作家们各有其外国文学背景，将所借鉴的外国文学资源与中国文学传统融汇于深切的现实人生体验之中，在借鉴与继承辩证统一中趋向"回归"，开始显示出鲜明的民族特色。巴金的《激流三部曲》，正是在左拉《卢贡·马卡尔家族》等法国家族小说启发下创作的，然对《红楼梦》的思想主题及其特有的"中国叙事"传统的继承，使《激流三部曲》成为纯正的中国小说。沈从文在希腊文化精神熏陶下讴歌原始古朴的人性，但湘西山水自然神韵、道家的超然胸襟与佛家的悲悯情怀，使"湘西小说"在温馨委婉的叙述中，洋溢着浓浓的中国风情。李劼人的三部曲（《死水微澜》、《暴风雨前》、《大波》）脱胎于法国"大河小说"，然其内在精神，却是中国的文史传统。海派小说借"洋"自"新"，却在"洋装"包裹下处处融进中国元素。六朝志怪形象，唐宋传奇故事，本土的仙人鬼魂境界在大上海十里洋场肆意"显灵"。"新感觉派"圣手们，更是直接取法欧洲现代派小说技巧，抒写30年代急遽都市化过程中中国芸芸众生的生存困窘。施蛰存及其后的张爱玲，把意识流、精神分析等西方现代派艺术手法融进由中国人物、中国庭院、中国风情组成的"中国故事"叙述元素中，在此，"中国特色"决定了作品的审美价值。"五四"时代拼命追求的"西化"被显在的民族化取代。

　　30年代末至40年代直到70年代，中国小说继承—借鉴传统在外在政治力量强势介入下，发生重大"裂变"。在西北延安地区，在文艺界

"整风运动"和《讲话》精神的强力规范下,小说创作与其他文学体裁一样,从政治意义上摒弃西方文学资源,自觉地与"五四"新文学传统拉开距离,仅仅从民间文艺汲取养料,以建立纯粹的"工农兵文学",使文学完全成为为革命战争服务的工具。在拒绝一切外来因素情况下,所谓"继承",也就失去了其中应有的"创新"内涵,成了单纯的模仿与延续。这种与世隔绝的自我复制在中国大陆一直延续到70年代末改革开放之前。在改革开放、思想解放新时代,中国大陆文学首先从"五四"新文学及传统中获得思想与艺术资源。伤痕文学、反思文学、寻根文学等,再现着"五四"文学人的解放时代主题。随着国门的逐步打开,西方现代派文学再次以共时态潮水般涌进中国,为正在反思历史、高扬人的价值与尊严的传统现实主义文学提供了广阔的艺术空间。于是,"借鉴"又取代"继承",成为显在的时代主题。由王蒙意识流、刘索拉荒诞小说开其端,80年代中后期,"先锋小说"大潮兴起,马原、洪峰、余华、格非、莫言、残雪、苏童、扎西达娃等重量级作家,在创作中对西方现代主义艺术精神进行全方位吸纳与大胆试验,一时间形成中国文坛光怪陆离的"看不懂"奇观。其中,莫言、余华、苏童及后来的阿来等作家,因成功地把现代派艺术精神与中国传统的志怪传奇及本土宗教意识有机结合,而取得标志性成果。这些作品外在形态上是西方的,内在审美意蕴、思想意蕴是中国的。

在20世纪的中国,以京剧为代表的中国传统戏曲艺术虽然拥有广泛的群众基础,清末民初之际更是走向辉煌,但"五四"新文学运动对之进行全面而彻底的批判与否定。清末由西方传入的话剧遂成为现代中国戏剧的"正宗"和文学史的"主角",时称"新剧"、"文明戏"。因此,20世纪中国戏剧艺术领域的所谓继承—借鉴传统的基本主题,就是话剧艺术的横向移植及其在中国文化语境中逐步"中国化"过程。

1906年,东京中国留学生成立的春柳社先后演出根据"林译小说"改编的《茶花女》和《黑奴吁天录》。其后任天知的进化团在国内改编上演大量剧目,多出于宣传革命的功利目的。为迎合中国观众传统审美趣味，早期话剧在艺术形式上随意穿插中国传统戏曲唱腔、念白、程式化表演、角色行当等艺术元素，中西混杂。同时，在许多改编上演的莎士比亚等欧美戏剧中，人物形象、生活场景、风土人情、价值观念等因素大量中国化。这种全新的外来艺术形式在中国顺利"落脚"，可谓中国现代话剧引进之初的特定形式。

"五四"新文学运动之初，钱玄同、刘半农、胡适、周作人等戏剧艺术"门外汉"们，发动了对中国传统戏曲艺术彻底的批判，把中国旧戏视为传统文化的"遗形物"，强烈主张引进西洋话剧以建设中国现代戏剧艺术。于是，在"全盘西化"风潮下，西方话剧取代中国传统戏曲，成为现代中国戏剧艺术形式。剧作家们悉心模仿西方经典作品，追随西方戏剧艺术思潮，创作出幼稚而"正宗"的现代话剧。1919年，胡适模仿易卜生《娜拉》创作《终身大事》，并撰文大力倡导"易卜生主义"，"五四"文坛遂出现大批以仿制《娜拉》为时髦的"娜拉剧"，形成现实主义戏剧热潮。与此同时，在个性解放形式下，浪漫主义戏剧也兴盛起来，它的导师，则是多元化的来源，如德国的歌德、席勒，英国的莎士比亚、王尔德，以及爱尔兰、日本等国的浪漫主义戏剧。欧美浪漫主义戏剧强烈的抒情性，使得郭沫若、田汉、熊佛西、欧阳予倩等一代年轻剧作家找到了宣泄时代情绪的突破口，大批浪漫主义历史剧作，如郭沫若《三个叛逆的女性》，欧阳予倩的《潘金莲》，袁昌英的《孔雀东南飞》，顾一樵《荆轲》、《西施》，等等，借古人衣貌，抒发现代情怀；在王尔德等西方唯美主义美学精神的熏陶下，田汉、白薇、王独清等人的浪漫主义悲剧，洋溢着梦幻、神秘、华美、纯净的气息；悲苦人生中的精神流浪与唯美追求，则植根于"五四"一代"梦醒了无路可走"的精神贵族痛苦的人生体验。西方戏剧艺术的美学精神，中国社会现实的人生痛苦，培育出20年代中国文坛不可重复的浪漫主义艺术奇葩。幼稚而精致，肤浅而真诚。同时，欧美现代主义戏剧各种流派也如潮水般进入中国，作为被视为代表世界艺术潮头的舶来品，其被模仿的势头超过当时现实主义与浪漫主义戏剧思潮。这种以现代非理性哲学为美学基础、反写实主义的戏剧思潮,"五四"人称为新浪漫主义。其传入中国的主要流派,有以梅特林克、霍普特曼为代表的象征主义戏剧,王尔德、邓南遮为代表的唯美主义戏剧,斯特林堡为代表的表现主义戏剧,施尼茨勒、倍那文德等为代表的精神分析剧,皮兰德娄为代表的荒诞派戏剧等。[1]"五四"剧作家们对这一庞大而纷杂的艺术新天地的模仿是直截了当的。如洪深的《赵阎王》直接借鉴美国表现主义戏剧作家奥尼尔的名剧《琼斯王》象征手法的心理展示,袁昌英的《孔雀东南飞》全面移植西方心理分析、意识流艺术手法。斯特林堡的《鬼魂奏鸣曲》的神秘象征手法更是被诸多"五四"作家仿效。更多的"五四"新剧作家则根据创作需要,把现代主义戏剧各种流派美学原则与艺术手法巧妙融通,较为自如地表达作者的旨意,显示着借鉴过程中的"创造"。总之,西方的美学精神与艺术手法,中国传统文学的叙述方式与现实社会的思想感情,成为"五四"时期各类艺术"西化"潮流下继承—借鉴传统的基本主题。

30年代,在国内社会政治革命和中外文化深入交流的时代背景下,继承—借鉴传统逐步由外在"思潮"内化为作家们的思维模式与创作心态,成为规范戏剧创作的潜在力量。作家们不再是"五四"时代"跟风"式的引进与模仿,而是以审视的眼光、研究的态度,自主"拿来"。首先,戏剧创作思潮由风靡社会的浪漫主义、新浪漫主义转向现实主义,这一艺术思潮转向本身,就不再是西方戏剧潮流的"引领",而是中国现实社会需要的结果;各种社会矛盾和政治革命的发展,需要戏剧艺术与其他艺术一样,直面现实人生,于是"五四"式社会问题剧、普罗列塔利亚戏剧、人生派戏剧等,脱颖而出。这种趋势正是中国文艺直面现实优良传统的体现。其必然的发展方向,就是在全面吸收外因的同时,向民族文化传统回归,以中国作风、中国气派容纳各种外来因素;题材上立足于中国本土社会生活,作品主题、人物形象、思想气质、生

---

[1] 范伯群、朱栋霖主编:《1898—1949中外文学比较史》上卷,江苏教育出版社,2007年版,第404—406页。

活场景及矛盾冲突，等等，都是中国的；艺术形式与美学特征，则是融合中外、有机统一的。总之，在现实社会生活与民族文化传统主体上全面吸纳，以中化西。曹禺的《雷雨》、《日出》、《原野》、《北京人》，夏衍的《上海屋檐下》，田汉的《名优之死》、《回春之曲》，李健吾《这不过是春天》等一大批光耀20世纪中国文学史的经典剧作的出现及其成功演出，正是继承—借鉴达到这一完美的辩证统一境界的成果。

曹禺的戏剧创作可以说是中外艺术营养融会贯通的典型体现。大学求学期间，曹禺就系统研读了从古希腊悲剧到莎士比亚戏剧直到20世纪各种流派剧作，对西方戏剧艺术的发展历程了如指掌。同时，其剧本创作的直接推动力，则来自他切身的生活体验及对中国历史文化的深刻反思。以《雷雨》为例，中国的民族生活、文化气质与西方戏剧美学精神及表现手法，构成了其艺术创作思维模式的"体—用"格局。就前者而言，周、鲁两家三十年错综复杂的矛盾纠葛与恩怨、主要人物的悲欢离合、中华民族传统的人生哲学、"五四"以后的时代风潮及难以把握的历史脉搏，构成作品激动人心的内涵。但同时，西方悲剧美学传统中的命运悲剧、性格悲剧及现代社会悲剧精神，几乎不露痕迹地融进中国民族生活之中，使得中国传统的"宿命"意识与希腊民族的"命运"观实现了历史性的对话。作品中无处不在的抒情性，既有莎士比亚戏剧的艺术气质，也蕴含着中国传统戏曲的抒情特质。而特定的时空安排与矛盾冲突的环环相扣，则是法国古典主义戏剧美学原则成功的中国化。《原野》的"复仇"主题、人物形象、生活场景等，是纯粹中国的，但作品对主人公那惊心动魄的潜意识展示与剖析，则是西方表现主义的；剧中"树林"、"铁道"、"镣铐"、"鬼魂"等意象，使得《原野》以中国式的象征意蕴实现对奥尼尔《琼斯王》的成功借鉴与吸收。《日出》、《北京人》等剧，无不在中国式写实场景与思想感情的表达中蕴含着西方象征意象。贯穿各剧之中的"出走"意象，更使曹禺剧作带上鲜明的现代主义色彩。

40年代，在民族解放战争与内战背景下，中国现代话剧感应着时代脉搏而兴盛。抗战时期也是一个继承"五四"思想传统、深入展开政治批判与思想文化启蒙的伟大时代。因而"五四"时期浪漫主义艺术精神重新高涨。郭沫若、阳翰笙、钱杏邨等人的浪漫主义剧作大放异彩。中外文化资源及艺术营养产生的"合力",依然是推动这一艺术实践走向辉煌的内在动力。一方面,中国以史为鉴借古讽今的文化传统,成为40年代历史剧繁荣的本土文化背景,"五四"时期浪漫主义历史剧的创作是其直接的艺术背景。另一方面,对外国浪漫主义艺术遗产的吸收借鉴,则启发着剧作家们的审美意识,提供具体的艺术手法。郭沫若生活的40年代的中国社会与18世纪歌德、席勒所处的德国狂飙突进浪漫时代形成全面的对应。当时的歌德、席勒等浪漫主义剧作家,并不看重所谓"历史真实",而是借历史躯壳,表达时代精神与个人情怀,显示着强烈的主观性。郭沫若在"五四"时期就翻译歌德、席勒的作品,承认自己的诗剧受到歌德的影响。至40年代,这些浪漫主义戏剧美学精神终于凝成郭沫若"失事求似"创作原则。在他的六部大型历史剧中,他根据表达"时代的愤怒"与个人情怀需要,对人物形象、故事情节、生活场景以及语言风格等方面,进行了富有个人气质的重新设计;莎士比亚式的个人倾诉与独白,也化作《屈原》中《雷电颂》式的感情宣泄。于是,"中外合力"成就了40年代浪漫主义历史剧的辉煌。而内战背景下讽刺喜剧的流行,则有着俄国政治讽刺剧与英国生活喜剧的影子。例如陈白尘的《升官图》与果戈理的《钦差大臣》就在主题与艺术风格上呈现出某种对应关系。

50年代底至70年代,大陆戏剧创作与其他文体一样,走向自我封闭道路。80年代中期以后,中国戏剧又经历着西方现代主义戏剧的重新洗礼。在较为宽松的政治环境中,剧作家们自主"拿来",民族性与现代性在更高层面上相融合,使得西方现代主义戏剧又在中国舞台上风行一时。然而,它最终因与中华民族千年凝结的戏剧艺术审美心理有着较大距离,至世纪末便呈衰落趋势,无法成为中国戏剧艺术发展的主流。

鲁迅在谈到"五四"新文学运动时期散文小品的创作成绩时指出："散文小品的成功,几乎在小说戏曲和诗歌之上。"[1] 在新文学运动中,散文创作可谓数量众多,流派纷呈,千姿百态;不仅是小品,政治性的杂文和抒情写景散文同样取得了不亚于诗歌与现代戏剧的成就。各类现代散文几乎从其诞生之日,就达到成熟地步,而不像其他文体,经历了"五四"十年的从"不成熟"向"成熟"的发展过程。

造成这种情况的主要原因,是中国现代散文的成长与变迁,与古代散文一脉相承。中国传统散文虽然与诗词一样,高居于中国传统文学殿堂的至尊地位,成为官僚士大夫阶层政治身份与文化修养的标志,很大程度上成为贵族文学的组成部分。它以贴近生活、富于世俗情趣的审美特性,以表达精深思想内涵、传递复杂知识信息的文体形式,超越了其他文学体裁,发挥着全方位的社会功能。从《尚书》到《左传》、《国语》再到汉司马迁的历史散文;从秦汉到唐宋八大家的政论散文,无不表现出中国传统散文无可替代的社会政治功效。六朝至明清五彩缤纷的山水游记与性灵小品那天人合一、庄禅融会的空灵境界,组成中华民族悠久的审美历史画卷,凝结成一脉相传的精神传统。它虽经历了清末西风东渐下的历史激荡,但这种审美传统及其民族文化心理却完好地实现了"古典"向"现代"的历史过渡,因而在"现代"外包装中潜在地规范着"五四"新文学散文的创作。周作人反复强调,在散文领域"明末的新文学运动"与"五四"新文学运动之间的"源流"关系。[2] 这在视传统文学为"妖孽"、"谬种"的历史氛围中,是很不寻常的。这与胡适、陈独秀等人于诗歌、小说、戏剧领域中强调以西洋文学为榜样和全面"拿来"的价值取向,形成鲜明对比。

因此,与其他文学体裁在中—外文学传统力量的"角力"下经历着

---

[1] 鲁迅:《小品文的危机》,《鲁迅全集》第4卷,人民文学出版社,2005年版,第592页。
[2] 周作人:《中国新文学的源流(五):文学革命运动》,钟叔河编订:《周作人散文全集》第6卷,广西师范大学出版社,2009年版。

"西化—回归—综合创新"的总体发展路径不同,中国现代散文总体上立足于民族传统,不断吸取、融合外国文学因素以丰富自己;在民族传统基石上,走着一条稳固的"现代化"之路。

中国新文学运动中现代散文的创作并产生巨大影响,无疑是以政论性散文的风靡为起始。1918年4月,《新青年》设立"随感录"栏目,专门刊载杂文作品。随后,《每周评论》、《新社会》、《国民日报》副刊《觉悟》等进步报刊纷纷设立"随感录"或"杂感"、"评坛"等栏目,刊载进行社会政治与文化批判的政论散文,"杂文"成为对中国社会影响深广的"时代文体"。经20年代的《语丝》、《莽原》,30年代的《萌芽》、《太白》、《骆驼草》、《水星》、《论语》等著名阵地,直到40年代初"孤岛"盛行一时的"鲁迅风"、西北延安地区昙花一现的杂文风潮,现代杂文创作形成其优良传统:思想上以独立之人格、自觉之使命感,进行严厉的社会与文化批判,使杂文成为"匕首"、"投枪";艺术上立足于民族传统,广采博纳。就前者言,中国政论散文之源可上溯至《尚书》,从春秋战国之诸子散文、两汉政论大文、唐宋八大家,直至明清讽喻之文,早已形成一种直面人生、干预政治、刚正不阿的思想传统。近世,王韬、郑观应,特别是梁启超等时代巨子那挥洒自如、活泼犀利的皇皇政论,成为"五四"杂文直接的思想与文化资源。梁启超被"五四"先驱们共同视为"创造新文学之一人",[1]成为唯一被认可的前"五四"时代新文学先驱。梁氏"笔锋常带情感"的"新文体",在"五四"新文学运动倡导者的一致推崇下,转化为《新青年》犀利泼辣的现代杂文。作为"五四"杂文最有影响的作家,鲁迅还受到日本作家夏目漱石的深刻影响。夏目漱石以及厨川白村等以政论散文从事社会与政治—文化批判的姿态,对鲁迅的创作从语言风格、思维模式等产生全方位的示范作用。经鲁迅及《语丝》作家群体的艺术实践,批判与战斗几乎成为杂文的"专利"。在艺术上,中国本土犀利泼辣、爱憎分明的传统

---

[1] 钱玄同:《寄陈独秀》,季羡林主编:《胡适全集》第1卷,安徽教育出版社,2003年版,第25页。

与明清散文中的"性灵"及个性张扬的现代精神融为一体,有机融合外在"幽默",形成中国现代杂文千姿百态中一以贯之的美学品格:铺张扬厉、嬉笑怒骂,不拘一格。

即景抒情散文同样沿着中国民族传统之路,以不同的"拿来"显示多彩的风格,而又始终在多样中显示共同的文化精神。朱自清、冰心,以其诗画结合、情景交融、温婉含蓄表现出共同的民族风范。许地山超越世俗的"空灵"与丰子恺市井里巷的清静淡泊,无不是中国式人生哲学的津津乐道。民族情怀与文化传统,在他们笔下得到充分展现。只是在不知不觉中,他们以西方现代人道主义价值观念,对中国人文传统进行了"现代化"改造。

独语体散文则为西方传入的现代派散文形式,以显在的西方现代派艺术形式与美学精神,潜在地容纳中国传统散文艺术趣味,鲁迅的《野草》可谓成功试验的典范。《野草》中的诸多意象,如"黑夜"、"枯骨"、"坟墓"、"老妇"等弥散着阴冷气息;作为20年代鲁迅"苦闷的象征",《野草》的独特意象与阴冷意境,与波特莱尔《恶之花》相对应,鲁迅本人亦多次谈到他对波特莱尔现代派艺术的深切感受。屠格涅夫散文诗中的意境美,则使《野草》于阴冷中蕴含微微诗意。《野草》中九篇作品的"梦境",来自他所喜欢的屠格涅夫与夏目漱石作品中的"梦境"。那充满世俗情趣的场景,那情景交融中的诗意美,尤其是贯穿其中的主题:执着人生,于绝望中韧性战斗、绝不放弃的精神,是中国传统文学诗意美与"五四"觉醒时代人文精神的艺术展现。30年代以后,以何其芳为代表的现代派作家群体的"独语"散文,则与现代派诗歌同步,由抒情而哲理,洋溢着庄禅之意趣;由"哲理"而参悟人生,而非西方现代派艺术的痛苦、绝望与扭曲。总之,西方的艺术外衣,中国的审美意蕴。两者的水乳交融,显示了独语体散文的成熟境界。

在中国现代散文发展史上,最典型地体现中西合璧、传统与现代结合,形成民族性与时代性完美融合的文体,是小品散文的创作。它的辉煌成就首先归结为周作人在"五四"新文学之初的大力提倡及其后成功的创作示范。30年代至40年代，梁遇春、林语堂、梁实秋、俞平伯、丰子恺等一大批"学院派"作家，各以其中西文化背景为依托，创作出各具风范的经典之作，使明清性灵与欧西风度融汇得天衣无缝，形成一种绵绵不绝的创作传统。中间虽经三十年的"断裂"，80年代以后，在又一次"人的发现"中，这种雍容自适的文体又以"随笔"之名风靡整个大江南北。

1918年，胡适在大力提倡以西洋文学作模范建设中国新文学的《建设的文学革命论》中，认为只有在散文创作上，"我们的古文家至多比得上英国的培根（Bacon）和法国的孟太恩（Montaigne）"，这应该是最早把中国传统散文与近代英法小品散文相对比之论。[1] 真正以自觉的学理态度把明清小品与英法 Essay 对应对比，主张融合二者以创建中国现代"美文"的，是周作人。与胡适一样，在"五四"新文学运动之初，周作人就在"西化"潮流中，把中国古代白话文学，尤其是明清文人小品，看作中国新文学建设深厚的本土资源，强调中国新文学与之在思想与美学传统上的一脉相承。20年代初，周作人在经营"自己的园地"之际，就注意到英法"美文"与中国传统小品散文美学精神上的内在相通性，在此基础上大力提倡"美文"。[2] 他认为中国新文学的源流"是公安派与英国的小品文两者所合成"的。[3] 正是在这一认识基础上，周作人才在其文学演讲稿《中国新文学的源流》中，大谈明清散文与"五四"新文学之间的"源流"关系。随着对英法 Essay 的发现与自觉引进，融汇两者相通的审美趣味，在后者的"示范"与"启发"下，创造中国现代散文，就成为这一领域继承—借鉴传统生长的土壤及其主题的基本内涵。由早期不自觉地"继承"到20年代以后自觉"借

---

[1] 季羡林主编：《胡适全集》第1卷，安徽教育出版社，2003年版，第66页。
[2] 周作人：《美文》，钟叔河编订：《周作人散文全集》第2卷，广西师范大学出版社，2009年版，第356页。周作人创造的"美文"一词没有流传开，最终被普遍使用的是"小品文"一词。
[3] 周作人：《〈燕知草〉跋》，钟叔河编订：《周作人散文全集》第5卷，广西师范大学出版社，2009年版，第519页。

鉴"与潜在"继承"之辩证统一,是这一传统基本主题具体的演变轨迹。

晚明小品散文以公安派袁宏道诸人的创作正式登上历史舞台,中经竟陵派钟惺、王思任以及李贽等人,至清初张岱集大成,成为中国文学史上一朵艺术奇葩。晚明小品"体制通常比较短小,文字喜好轻灵、隽永,多表现活泼新鲜的生活感受,属于议论的文章,也避免从正面论说严肃的道理,而偏重于思想的机智,讲究情绪、韵致,有不少带有诙谐的特点"。[1]透过如火如荼的思想革命浪潮,周作人看到"五四"新文学创作与晚明"性灵"文学思潮美学精神上内在的传承关系。[2]他本人的散文创作深受晚明性灵小品的全面浸淫,在性灵文学继承传统意义上说,可比于张岱。虽然受到英法Essay雍容节制和日本现代散文淡泊超然、温和内敛东方美学精神的影响,但总体看,周作人是在开放的眼光下继承中国传统,形成其平和冲淡、含蓄隽永、娓娓亲切的"中国风韵"的。他在小品中以中国的诗、酒、茶、船等意象,对这种自由闲淡的艺术人生作了很多描述。

周作人的大力倡导,引发20年代后期中国知识阶层学习英法Essay的热情,他们以其文化背景与个人趣味,各取所需,兴起30—40年代的创作热潮,成就了中国现代散文百花园中一种新文体。"五四"之后,"借鉴"成为这一领域显在的主题,在模仿、引进过程中,有人对英国随笔的美学特征作了概括:"其一,个人的,坦白的态度;其二,闲适,恳切的格调;其三,内容以日常的形态,意想,或各自的情感与经历为宜。而最真的小品文家所写的最美的小品文则以可爱的人格为主体,再

---

[1] 章培恒、骆玉明主编:《中国文学史》下卷,复旦大学出版社,1996年版,第299页。
[2] 周作人在《中国新文学的源流》中指出:"在那一次的文学运动,和民国以来的这次文学革命运动,很有些相像的地方。两次的主张和趋势,几乎都很相同。更奇怪的是,有许多作品也都很相似。胡适之、冰心和徐志摩的作品,很像公安派的,清新透明而味道不甚深厚。……和竟陵派相似的是俞平伯和废名两人……并不读竟陵派的书籍,他们的相似完全是无意中的巧合。从此,也更可见出明末和现今两次文学运动的趋向是怎样的相同了。"钟叔河编订:《周作人散文全集》第6卷,广西师范大学出版社,2009年版,第71—72页。

由这人格流露出来的文调做作者与读者中间的媒介。"[1]这与厨川白村所描述的东方情调可谓异曲同工之妙。东西方美学情趣,共同孕育了30年代的中国小品文。

英年早逝的梁遇春因陶醉于英国Essay,刻意模仿查尔斯·兰姆而被称为"中国的爱利亚"。那细腻平淡的絮语风格,于平常生活中体味人生感悟,深得英国随笔三昧。林语堂的性灵小品"以自我为中心,以闲适为格调"便是植根于明清小品的写照。林语堂把英国Essay中的humor译成"幽默",引进中国,作为性灵小品新的美学精神,融进中国现代散文。他认为:"幽默本是人生之一部分,所以一国的文化,到了相当程度,必有幽默的文学出现。"[2]"现代西洋幽默小品极多……大半笔调皆极轻快,以清新自然为主。其所以别于中国之游戏文字,就是幽默并未一味荒唐,既没有道学气味,也没有小丑气味,是庄谐并出,自自然然畅谈社会与人生,读之不觉其矫揉造作,故亦不厌。"[3]谑而不虐,以雍容之态、悲悯情怀,道人世万象,抒真情至性,这是英国绅士文化对中国传统士大夫情趣的"现代化改造"。因而,林氏"幽默"理论及其影响甚广的性灵小品便于传统情趣中带有欧西精英阶层的"牛油气"。[4]而梁实秋的《雅舍小品》则以中国小品文字的简洁明快及抒情达意的散淡内敛,把"性灵之趣"与"Essay之风"融合得天衣无缝,成为中国现代小品散文中的精品。所谓"继承"与"借鉴"在此已完全融为一体。

20世纪中国文学各个领域,其继承—借鉴传统基本主题的变迁呈

---

[1] 方重:《英国小品文的演进与艺术》,范伯群、朱栋霖主编:《1898—1949中外文学比较史》下卷,江苏教育出版社,2007年版,第305页。
[2] 林语堂:《论幽默》,张明高、范桥编:《林语堂文选》(下),中国广播电视出版社,1990年版,第79页。
[3] 林语堂:《论幽默》,张明高、范桥编:《林语堂文选》(下),中国广播电视出版社,1990年版,第85页。
[4] 郁达夫:《新文学大系·散文二集·导言》,刘运峰编:《1917—1927中国新文学大系导言集》,天津人民出版社,2009年版,第141页。

现出纷繁复杂、千姿百态之势，但总体看，大致可勾勒出"西化—回归—综合"的总路向。其中"西化"的方向及程度，取决于中国社会的现实需要与民族传统的潜在规范；"回归"之路意味着西方传统的中国化—中国传统的现代化这一体两面的相辅相成；"综合"即意味着新的文化结构与心理定式的凝结。而这整个过程的每一步，都通过"创新"来实现。这，也就是20世纪中国文学发展的根本动力。

第六章
艺术—美学传统之一：现实主义传统

文学传统主要由思想传统与美学传统这两大部分构成。本书前此所论，为中国文学现代传统的思想传统。近代中国在西方经济、军事侵略及文化的猛烈冲击下，在民族与文化的双重危机中艰难回应，缓慢而曲折地实现经济、社会与文化的现代转型。无数现实问题在世纪之交表现为具有辩证关系的两大时代诉求：现代民族国家诉求和人的解放诉求。富有关注现实、关怀民生优良传统的中国文学，全面参与了中国文化与中华民族精神世界历史性转变的伟大时代工程，再次肩负起它固有的社会与历史使命，并在这伟大的文化工程中实现着自身的现代转型。

在积极主动参与建设现代民族国家与实现人的解放历史诉求过程中，中国文学逐步形成两大核心传统：政治化传统与个性主义传统。前者源于中国本土文学固有传统而在新的文化语境中呈现出新的精神风貌，后者主要来自西方现代文化精神的熏陶而展现出以天下兴亡为己任的民族特色。两者互为因果，形成富有中国特色的文化张力，决定了中国现代文学基本精神面貌。在此基础上，又自然而然地派生出两个次传统：大众化传统和继承—借鉴传统。

美学传统与思想传统互为表里，有怎样的时代诉求、思想运动，就会出现怎样的文艺思潮、美学精神；美学精神与文艺思潮则是时代精神、人文诉求社会运动的直接表现。因此，现代中国文学思想传统的酝酿、形成与发展过程，往往同时也就意味着相应的文艺思潮与美学精神的兴起与发展变迁历程。中国文学关注人生、主动承担思想启蒙、改造社会、参与政治文明构建的思想传统，使得现实主义思潮在20世纪中国文学发展历程中源远流长，处于核心地位。虽几经重大蜕变，却始终决定着新时代中国民族文学的基本风貌。个性解放思潮与思想传统最终凝结为高扬自我、反抗思想禁锢与社会压迫的浪漫主义美学传统。以高扬个体价值、彰显人的尊严、追求个人幸福，同时关怀天下苍生的中国式个性主义精神，使中国现代浪漫主义美学传统成为中国现代文学园地中充满新人文魅力的奇葩，显示出中西文化交会结出的崭新历史成果。两者相辅相成，建构起中国现代文学美学园地大格局。以象征主义为代表的现代主义艺术思潮和美学精神，来自西方现代派文学精神的培育，在20世纪前半期的中国，由于封建礼教的严苛，社会动荡尤其是资本主义文明的初兴给个人造成的生存的艰难和精神的压抑而获得了它丰厚的生长土壤。从鲁迅的《野草》、新感觉派小说、何其芳"画梦"散文、戴望舒"现代派"诗歌，直到"汉园诗人"、"九叶诗人"，虽不占主流地位，却在特定知识分子读者圈中显示出它的生命力和历史必然性。它是"人的觉醒"、个性解放在新的社会、经济与政治环境中的另一种美学呈现。而以学衡派、新月派为代表的古典主义艺术思潮及其凝结的古典主义美学精神，则是西方白璧德人文主义哲学与中国传统士大夫审美情趣在20世纪中国文化土壤中结合的产物。它如一脉溪流，似乎没有对中国社会产生什么影响，却是中华民族传统精英文化精神在"中西合璧"后的发扬光大。在通俗化、大众化甚至商品化的20世纪文化环境中，它必将成为中国现代文化、现代文学大厦核心价值层面不可缺少的组成部分。

第一节 现实主义的界定及其文学史意义

在考察中国现代文学的现实主义文学传统之前，明确"现实主义"的特定内涵及其外在表现形态非常有必要，因为对"现实主义"特质的不同理解，往往导致同一论题的研究结果大相径庭。

温儒敏在《新文学现实主义的流变》一书中开门见山，对现实主义的基本精神或本质作了界定。他认为，在中外学术界众多乃至混乱的界定中，"大致说来，现实主义可以看做是一种正视现实的创作精神，或理解为一种如实反映生活的创作方法，也有的用来指一种特定的文学思潮。……作为一般的现实主义创作精神或方法，在传统文学中就已经存在；而现实主义文学思潮则完全是现代的产物，在我国，是'五四'新文化运动之后才出现的现代文化意识的一部分。它主要并非由古代文学的传统延伸发展而来，尽管不难寻出其间的某些历史联系；它基本上是在对外国文学横向吸收和改造中所形成的新的文学思潮，可以说是世界性现实主义思潮传入的结果"。[1] 这一判断正确地揭示了现代中国文学现实主义传统与古代中国文学现实主义传统的联系与区别，强调了中国现代现实主义文学传统的域外文化源头。但是另一方面，中国现代现实主义文学从其向域外"盗火"开始，到输入过程中的选择与变异，直至在本土的扎根及其成长壮大、蔚为大观的精神风貌，无不受制于中国两千多年源自儒家文以载道、为国为民为人生的文学观念。因此，对于本土传统的发掘，是我们认识"现代"不可缺少的一把钥匙，一个参照。

现实主义与浪漫主义等文艺上的其他各种"主义"一样，从形而下的外在表现形式看，可以归结为具体的"创作方法"。然而，其美学特质，却是艺术地把握现实生活与人内在精神的独特模式，是一种美学精神。现实主义美学精神首先表现在以社会生活的本来面目描写社会生

---

[1] 温儒敏：《新文学现实主义的流变》，北京大学出版社，2007年版，第1—2页。

活,即摄取生活的"原生态",古希腊文艺理论通称为对现实的"摹仿"。在此基础上,恩格斯概括出了现实主义的经典定义:"现实主义的意思是,除细节的真实外,还要真实地再现典型环境中的典型人物。"主人公的思想性格与生活的时代环境呈现互动关系,否则就不是"充分的现实主义"。但真实地再现特定历史中的时代精神及发展趋势,以至于它"甚至可以违背作者的见解而表露出来"。[1] 在这里,写什么,批判什么,赞扬什么,并不是恩格斯特别注意的,而"真实性"与"典型性"才是恩格斯强调的现实主义艺术精神的精髓。20世纪以来,随着西方现代主义文学的兴起,现实主义也呈开放之势,表现出各种具体形态。但真实性与典型性,则作为现实主义艺术精神的本质特性,呈现在各种形态的新现实主义文学流派中。

现实主义作为贯穿始终的文学主潮,在各个阶段以不同的外在形态,表现出深厚的"写实"传统。尽管存在种种"偏至"现象,但在"为人生"的前提下,关怀现实、写实求真,成为其基本的美学精神。杨春时在《现代性与中国文学思潮》一书中对此提出了不同看法。他从批判资本主义文明为文学"现代性"特质的基本立场出发,认定中国现实主义文学思潮主要存在于20世纪30—40年代,而再现于80—90年代。同时以"中国现实主义的多元特质"为视域,把大量现实主义文学创作排除于"纯粹的"现实主义思潮之外,从而得出完全不同的结论。

杨春时首先认定大多数人关于现实主义是中国现代文学主潮的看法之谬,是由于对现实主义本质的误读。实际上,"现实主义是中国现代历史上最弱小的文学思潮,它从来没有成为主流;五四文学和革命文学也不是现实主义,而是启蒙主义和革命古典主义"。因为:

> 现实主义文学思潮是文学对现代性带来的社会问题的揭露和批判,它以人道主义立场批判资本主义社会关系下人与人之间的对

---

[1] 恩格斯:《致玛·哈克奈斯》,陆梅林辑注:《马克思恩格斯论文学与艺术》(一),人民文学出版社,1982年版,第188—189页。

立，人的堕落和苦难，同情小人物的命运，呼吁人类之爱，以化解社会矛盾。欧洲的现实主义发生于19世纪中叶至19世纪末，其时现代性已经获得了胜利，而其负面性开始突出显现，特别是在社会关系领域更为严重。因此，文学就在社会领域开展了对现代性的反思、批判，产生了现实主义文学思潮。[1]

从此著的整个理论体系看，他是以"现代性"为核心价值尺度，以欧洲文学发展历史进程为立论依据，来看待整个现代文学史的。他对现实主义的界定，是以对资本主义文明"现代性"批判为特定内容，以19世纪欧洲批判现实主义为标准的。这样一来，凡在具体内容上不是针对资本主义文明"现代性"批判的文学，都被排斥在"现实主义"范畴之外。于是，"现实主义"的本质不但不是一种美学精神，甚至也不再具有方法论意义，而仅是与资本主义文明共存的文学现象。

> 中国的现实主义发生于五四启蒙主义文学高潮消退之后，其时中国社会已经步入官僚资本主义，虽然农村主要还是封建主义，但是在一些大中城市，资本主义关系已经有一定程度的发展。在这种历史条件下，对资本主义社会关系的批判也随之发生；加之从西方引进了现实主义，就产生了中国的现实主义文学思潮。现实主义区别于启蒙主义，在于它是对城市资本主义文明（虽然在中国很弱小，但毕竟发生了；虽然它是带有封建性的、畸形的，但毕竟打上了现代性的印记）的批判，而不是对农村封建主义的批判；是对资本主义金钱关系的批判，而不是对封建主义宗法礼教的批判。但是，由于中国是半封建半殖民地的官僚资本主义社会，建立现代民族国家的社会革命任务，批判封建主义、争取现代性的启蒙任务以及批判资本主义、反思现代性的任务同时存在，因此现实主义也必

---

[1] 杨春时：《现代性与中国文学思潮》，生活·读书·新知三联书店，2009年版，第242页。

然与启蒙主义、革命古典主义以及现代主义等纠缠在一起。同时，由于中国社会发展的基本问题是实现现代民族国家和现代性，而这个历史任务长期没有得到解决，因此中国文学思潮的主流就是革命古典主义和启蒙主义，整个20世纪中国文学就是启蒙主义与革命古典主义交替主导的历史，而现实主义以及其他反现代性文学思潮长期处于边缘状态。这就是中国现实主义的基本状况。[1]

在这幅历史地图中，中国现实主义文学发生、发展的第一阶段晚至30年代，因为这时老舍、曹禺、茅盾、夏衍、叶圣陶等作家的作品才纷纷开展对沿海城市资本主义文明的批判。40年代是现实主义发展的第二阶段，以张爱玲、钱钟书为代表的"后现实主义"对现代都市生活导致的人性的扭曲进行了更深入的揭示。50年代以后，由于中国大陆消灭了资本主义制度，现实主义便失去了生存的土壤。"五四"文学由于把矛头指向封建主义而非资本主义文明，便只能成为"启蒙文学"而不属于现实主义文学。至于近三千年小农经济条件下的中国古典文学，按照杨春时的逻辑，更是不可能找到现实主义的踪影。因此，由于中国现代性的后发性，中国的现代性一直没有真正实现。作为以批判现代性为特质的现实主义便缺乏适宜的社会土壤，得不到充分发展。于是大量的文学现象使现实主义因素与启蒙文学、革命古典主义文学、现代主义、后现代主义文学等杂糅纠缠。这造成中国现代文学史上"经典现实主义的缺席，或者说中国现实主义的非典型性"，"而且，这种非经典型的现实主义也从来没有成为任何一个时期的文学主潮"。[2]

杨春时的"现代性角度"构建了他的理论体系，却把"现实主义"囚禁到极其狭小的一隅，使它失去了文学发展史上的普遍性意义。他把

---

[1] 杨春时：《现代性与中国文学思潮》，生活·读书·新知三联书店，2009年版，第242—243页。
[2] 杨春时：《现代性与中国文学思潮》，生活·读书·新知三联书店，2009年版，第251页。

"现实主义"贬为针对人类特定历史阶段文明形态的批判工具，否认它是一种具有外在超越性的美学品格。因而这种"现代性角度"下的中国现代文学思潮发展历程，也就不可避免地与艺术规律及人们的审美经验相去甚远了。

而当我们把"现实主义"（包括其他"主义"）看作超越时空而又具有开放性与包容性的特定审美形态时，就会看到，由于审美意识的民族性、延续性与稳固性，它作为主潮，在各个阶段以不同形态贯穿于20世纪中国文学发展始终，既与中国古代文学现实精神一脉相承，又在新的文化语境和时代精神陶冶下，形成自己崭新的现实主义美学传统。

第二节 现代中国文学现实主义美学精神的滥觞

现代中国文学现实主义美学精神滥觞于19世纪后期"西风东渐"文化背景中，它继承中国古代文学的现实主义传统，同时更在与西洋文学的全面接触中，接受了新的价值观念、文化精神及艺术营养，形成新的艺术精神，从而开创了中国文学新的审美传统。

在中国三千年的古代文学发展史上，现实主义艺术精神作为强有力的文学传统，延绵不绝，决定了中国民族文学的美学精神和基本价值取向：关注社会、关怀民生。这种精神源于上古中国人对"文学"特性的基本看法："文学"活动决非现代意义上的单纯的审美活动，而是融教化、审美、内政、外交于一炉的社会活动。作为现实主义艺术精神源头的《诗经》，具有观民风察时政、行教化笃人伦等综合性社会功能。西周时期，天子派"行人"采诗以行政，就是典型表现，由此形成儒家"诗教"学说，凝结为"文以载道"文学传统。同时，中国世俗性文化精神使得中国传统文学以描写"世情"、"人情"为尚，对"怪、力、乱、神"之类缺乏由衷兴趣，也使得中国传统文学表现出鲜明的现实主义艺术气质。然而，这种古典现实主义在描绘现实社会生活的同时，往往更注重"以文教化"，借文学描写之"实"以达到传播儒家思想，维护人伦与社会秩序之功。因此，在真善统一中常常以善为真，而并非都是现实生活的真实写照，这是中国古代文学现实主义的基本特性。但它却成为新的历史条件下中国文学现实主义新传统形成的文化资源和强大的精神动力。19世纪50—70年代的传教士文学既是中国以"载道"、"教化"为灵魂的古典现实主义传统的终结形式，又为现代国人接受西方文学现实主义艺术精神作了必要的心理准备。

首先，20世纪初中国现实主义文学思潮的直接源头，是19、20世纪之交梁启超发动的"三界革命"以及翻译文学对西方现实主义文学的介绍。其前后流行的"科学主义"思潮则为文学的"写实"之风提供了哲学基础，风行一时的"新小说"则为中国化的写实主义风潮作了颇为成功的艺术实践。

学术界一般认为，近代最早提出文学的"写实"概念的是梁启超。在小说界革命宣言书《论小说与群治之关系》中，他根据题材之异把小说创作分为两大派："常导人游于他境界，而变换其常触常受之空气"，满足人们幻想与好奇之心的，为"理想派小说"；而当人们困于现实各种现象，常若知其然而不知其所以然，"欲摹写其情状，而心不能自喻，口不能自宣，笔不能自传"之际，"有人焉和盘托出，彻底而发露之，则拍案叫绝曰：'善哉善哉！如是如是！'所谓'夫子言之，于我心有戚戚焉'。感人之深，莫此为甚"，此为"写实派小说"。梁启超虽从读者审美心理角度言之，但显然道出"写实派小说"的主要特征：摹写社会情状，启迪读者思想。其本质在写实，其功能在思想启蒙。从思想革命出发，梁启超充分肯定了"写实"的价值。他以其《新中国未来记》倡导的政治小说，以及其后兴起的社会小说、谴责小说风靡清末文坛，读者趋之若鹜，显示了现实主义文学面对现实人生，揭发社会问题特质的强大生命力。

其次是当时正欣欣向荣的翻译文学，为中国作家和广大读者提供了直观的现实主义文学摹本。以"林译小说"为代表，翻译作品中的绝大多数为19世纪欧美现实主义文学，不管译者如何"误读"、"误译"，如何从语言到情节到价值取向的"中国化",欧美现实主义文学的基本特征与风貌还是透过种种曲折展现在中国读者面前,使国人领略其神韵。尤其是林纾,较为深刻地领会了近代欧美现实主义文学特质与美学精神,通过译序、跋语等途径,自觉地向中国公众描述西方现实主义文学,并与中国传统现实主义文学进行比较。因而,林纾成为近代西方现实主义文学在中国的最早介绍人。在《孝女耐儿传》序中,林纾以其读惯了中国文史经典的眼光,高度赞扬英国作家迭更司(狄更斯)"扫荡名士美人之局,专为下等社会写照"的现实主义笔墨,正是近代欧美现实主义文学与中国古典文学在审美标准和社会价值取向上的根本差异。把文学创作从"忠臣、孝子、义夫、节妇"之类型化题材转向"刻划市井卑污龌龊之事","专写下等社会家常之事",[1] 正是由"贵族文学"转向"平民文学",由古典现实主义转向现代现实主义的标志。林纾不仅是介绍西洋文学的第一人、中国比较文学建设的第一人,也是取法西洋在中国倡导现实主义文学的第一人。"林译小说"以其巨大的社会影响不仅潜移默化地改变着中国千百万普通读者的文学观念和审美情趣,更陶冶了"五四"新文化运动先驱们的思想情趣。胡适、陈独秀、周氏兄弟等人的新文学建设理论,都可以通过他们对"林译小说"不约而同的嗜好和赞扬,搭建起历史传承的桥梁。

当然,现实主义文学的意义并不是"为写实而写实",而是通过"写实"暴露社会弊端,引起公众特别是当政者注意,以促政治变革,推动社会进步,国家富强。林纾在《贼史》序中,就大力宣扬迭更司现实主义小说的社会批判与警示意义,期望通过小说的揭露,让执政者了解社会积弊,大众正视身边的陋习,而上下加以革除。显然,这又与梁启超以"小说界革命"达思想启蒙之目的不谋而合了。

有学者注意到,20世纪初中国现实主义大潮的兴起,还有一个长期被人忽视的"原动力",那就是19世纪后期进入中国的科学及中国人

---

[1] 钱谷融主编:《林琴南书话》,吴俊标校,浙江人民出版社,1999年版,第77—78页。

逐步形成的"科学观"。世纪之交盛行的"科学主义"乃至"科学万能"论，成为20世纪现实主义文学大潮兴盛的重要思想资源，它促使中国文学主潮沿着"写实"的方向发展。

西方现代自然科学自晚明由传教士带入中国。鸦片战争之后，物理、化学、地理、天文、数学等自然科学门类以"西学"面目再次大规模登陆中国。然而中国人历来重道轻技，只把西方技术视为富国强兵之"道"，以此发展现代军事与现代工业。甲午战败后，随着西方社会科学的大量引进，国人文化反思的逐步深入，人们慢慢领会到西方具体科技知识背后的价值系统，科学遂由"技"、"术"升华到"道"的地位。科学意识有史以来第一次成为中国文化价值系统中的重要组成部分，一是形成了"科学万能"社会心理，二是为强劲不衰的进化论提供了有力的思想基础，三是为"写实"文学思潮的兴盛奠定哲学基础。

在科学崇拜与思想启蒙相互辉映的19、20世纪之交，小说在肩负"开启民智"、"移风易俗"历史任务的同时，其"写实"特性也越来越被重视，从而形成对传统小说题材和审美趣味的冲击。早在1897年，邱炜萲就明确表示："小说家言，必以纪实研理，足资考核为正宗。其余谈狐说鬼，言情道俗，不过取备消闲，犹贤博弈而已，固未可与纪实研理者絜长而较短也。"[1]随后，管达如在《说小说》长文中，通过中西小说的对比，阐述了他科学主义视野下的"写实"理论：

> 中国小说之所短，第一事即在不合实际。无论何事，读其纸上所述，一若著者曾经身历，情景逼真者然，然按之实际，则无一能合者。此由吾国社会，缺于核实之思想，凡事皆不重实验致之也。西洋则不然。彼其国之科学，已极发达，又其国民崇尚实际，凡事皆重实验，故决无容著述家向壁虚造之余地。著小说者，于社会上之一事一物，皆不能不留心观察，其关涉各种科学处，亦不能作外

---

[1] 邱炜萲：《小说》，陈平原、夏晓虹编：《二十世纪中国小说理论资料》第1卷，北京大学出版社，1997年版，第30页。

行语焉。夫小说者，社会之反映也，若凡事皆可向壁虚造，则与社会实际之情形，全不相合，失其本旨矣。[1]

小说内容须与客观实际生活相对应，否则便不"科学"，不是"写实"。在此指导思想下，20世纪初，以社会小说、谴责小说为代表的写实文学潮流迅速兴盛。

在世纪之交科学主义大潮下，还是有人针对科学实证式的"写实"倾向发表了不同的见解，阐述了"写实"与"写意"，科学摹拟与审美创造的辩证关系。成之在《小说丛话》一文中认为：

> 小说之性质，果何如耶？为之说者曰："小说者，社会现象之反映也。"曰"人间生活状态之描写也"。此其说固未尝不含一面之真理；然一考诸文学之性质，而有以知其说之不完也。何则？凡号称美术者，决无专以摹拟为能事者也。专以摹拟为能事者，极其技，不过能与实物等耳。世界上亦既有实物矣，而何取乎更造为？……夫美术者，人类之美的性质之表现于实际者也。美的性质之表现于实际者，谓之美的制作。

成之认为"美的制作"过程可分为"四种阶级"，也就是由低级到高级四种艺术境界：一曰模仿，即艺术家对现实美外形的模拟；二曰选择，即"去物之不美之点而存其美点之谓也"，即艺术的典型化过程；三曰"想化"，即在现实美的启发下，展开自由的联想与想象，于脑海中凝成更加完美、更具典型性的形象或境界；最后，艺术家把自由想象之物通过具体艺术手段进行物化，"表现之于实际"，则谓之"创造"。因此，成之认为："美的制作者，非摹拟外物之谓，而表现吾人所想象之美之谓也。吾人所想象之美的现象之表现，则吾人之美的性质之表现

---

[1] 管达如：《说小说》，陈平原、夏晓虹编：《二十世纪中国小说理论资料》第1卷，北京大学出版社，1997年版，第407—408页。

也。"在此论证基础上,他表述了自己对小说性质的认识:

> 小说者,第二人间之创造也。第二人间之创造者,人类能离乎现社会之外而为想象,因能以想化之力,造出第二之社会之谓也。明乎此,而小说与社会之关系,亦从可知矣。[1]

与此同时,黄人、徐念慈尤其是王国维,在注意小说与社会改良关系的同时,注重小说作为一种文学体裁所具有的艺术创造与审美特质,认为"小说者,文学之倾于美的方面之一种也"。[2]"所谓小说者,殆合理想美学、感情美学,而居其最上乘者乎?"[3] 王国维更是自觉运用近代西方文艺观念和美学原理剖析文艺作品的审美特质。然而这些文艺思想和理论建设,根本无法影响当时以小说"新民"、"新社会"、"新国家"的政治功利社会思潮,影响不了当时"新小说"直面社会、以"真"为尚的"写实"倾向。

新小说"写实"时尚的兴起还有两个重要原因,它比"科学万能"思想对文学创作的影响直接而深入得多。其一,当时深受欧风美雨浸润的上海地区,尤其是各西方列强的租界内,清廷政治势力难以干预,社会生活在很大程度上呈现出法制保障、言论与出版自由的新局面。这鼓励了中国作家充分利用这一社会权利,直面中国的腐败政治与社会积弊,痛快淋漓地揭发之,谩骂之,因而梁启超等思想家才如此看重小说不可替代的社会批判与思想启蒙功能。其二,现代报刊的大量创办,传媒事业的迅速兴盛,市民读者群的壮大,也为小说的繁荣提供了丰厚的社会土壤。各类报刊多以连载小说吸引读者,扩大发行量;小说作者亦

---

[1] 成之:《小说丛话》,陈平原、夏晓虹编:《二十世纪中国小说理论资料》第1卷,北京大学出版社,1997年版,第439—440页。
[2] 黄人:《〈小说林〉发刊词》,陈平原、夏晓虹编:《二十世纪中国小说理论资料》第1卷,北京大学出版社,1997年版,第254页。
[3] 徐念慈:《小说林缘起》,陈平原、夏晓虹编:《二十世纪中国小说理论资料》第1卷,北京大学出版社,1997年版,第255页。

多是报刊编辑与小说作家的合二为一,真实的社会新闻往往略微加工而进入文学作品,便是普遍的现象。于是,文学与新闻的互渗,就成为清末新小说创作的独特景观,李伯元、吴趼人、包天笑等名家的小说,大都是这样创作出来的。

综上所述,思想启蒙的政治诉求、翻译文学带来的新文学观念与审美标准、科学意识下的文学创作、相对宽松的社会环境和走向兴盛的现代传媒事业的历史合力,推动了清末"新小说"走向繁荣。"新小说"处于中西、古今交会的十字路口,勇于除旧布新,大胆借鉴创新,思想或许杂芜、艺术不免粗糙,却是中国文学尤其是中国小说走向现代化的起点。它的发展轨迹由政治小说而社会小说,最终以鲁迅命名的"谴责小说"风靡中国社会,对20世纪中国小说创作产生了深远的影响。它对"五四"文学最根本的影响,正是它以"写实"为表征的现实主义文学精神。

"新小说"写实主义精神首先表现在它的"社会问题"意识。思想革命的落脚点必然是启蒙者引导民众正确认识社会、认识历史、认识自身、培育国民的理性精神。因此,梁启超在批判中国传统小说"状元宰相"、"江湖盗贼"、"妖巫狐鬼"等陈腐思想意识的同时,大力呼吁新小说全面描写现实社会、思考人生问题。在其影响下,纷纷出现的大量社会小说的创作都把关注社会问题作为描写的对象。如《文明小史》(李伯元)全面展示中西文化冲突中的种种社会问题,《扫迷帚》(壮者)、《瞎骗奇闻》(茧叟)、《玉佛缘》(嘿生)等关注破除迷信、移风易俗问题,《黄绣球》(颐琐)倡导女权,鼓吹妇女解放,被阿英誉为"当时妇女问题小说的最好作品"。[1] 以《官场现形记》(李伯元)为代表的谴责小说则全面揭露中国官场、商场及洋场的种种腐败与丑恶现象,罗列出各类社会问题。《老残游记》(刘鹗)更是展示了我国官僚体制的痼疾,具有振聋发聩的社会反响。"社会问题"意识使作家在创作过程中

---

[1] 阿英:《晚清小说史》,《阿英全集》第8卷,安徽教育出版社,2003年版,第112页。

始终把社会与人生作为关注的焦点，这是现实主义最基本的品质。

而"新小说"以真人真事、社会新闻改头换面融入创作之风，不但使"写实主义"陷于庸俗，而且使之停留在生活表象的罗列和社会丑恶的展览上，缺乏人性的深度开掘和社会本质的高度概括，从而使"新小说"虽不乏认识价值却缺少审美因素。鲁迅在《中国小说史略》中对之有精当的批评。

总之，清末"新小说"不仅是 20 世纪现代小说的雏形，也是现代现实主义文学主潮的源头。"五四"新文学运动"为人生"的文学大潮，把"新小说"倡导的"写实"风尚真正升华到成熟的现实主义高度，孕育了 20 世纪中国现实主义文学传统。

第三节　"五四"为人生文学思潮与现实主义文学传统的酝酿

"五四"新文化运动及其新文学运动与清末民初思想启蒙运动及其"三界革命"运动，是一脉相承的思想与文化革新运动。它们反映的是相同的历史主题与时代诉求。这使"五四"新文学运动一开始就呈现出更激进的战斗姿态，其"为人生"的文学运动也真正建立在现代文艺理论和美学原则上。

1915 年 8 月，在美国留学的胡适写下《读白居易与元九书》一文，他认为唐代文学"大率可分为二派：一为理想主义（Idealism），一为实际主义（Realism）"，大致相当于今人所谓的浪漫主义和现实主义。理想派文学以理想为主，不为眼前真境所拘囿。而实际主义者，则"以事物之真实境状为主，以为文者，所以写真、纪实、昭信、状物，而不可苟者也。是故其为文也，即物而状之，即事而纪之；不隐恶而扬善，不取美而遗丑；是则是，非则非。举凡是非、美恶、疾苦、欢乐之境，一本乎事物之固然，而不以作者心境之去取，渲染影响之。是实际派之文学也"。[1]

胡适对现实主义文学特质的理解虽还以"写真"为本,但已与清末小说直接展览社会丑恶、缺少审美洗礼的"真"有了实质性区别,更加接近近代西方对现实主义的一般界定。

在早年与陈独秀讨论文学革命问题的通信中,胡适就认为中国文学堕落之总因,可用"文胜质"一语包之:"文胜质者,有形式而无精神,貌似而神亏之谓也。"[2]在随后的文学革命宣言《文学改良刍议》中,胡适系统地重申文学改良之"八事",首要者即"须言之有物"。这虽然是各种文学潮流健康发展的基本要素,但对以描写现实生活为主的现实主义文学来说,具有根本性意义。深受此启发的陈独秀在《文学革命论》中,视文学革命为社会与政治革命的有力工具,大声疾呼建设"国民文学"、"写实文学"、"社会文学",其实一也,即从不同侧面呼唤建立为社会为人生的现实主义文学,以"写实"为新文学发展的基本方向。因此,"五四"文学革命两篇振聋发聩的宣言书,中心议题就是推倒"文胜质"的古典文学,建设面对现实人生、推动社会进步的现实主义文学。

新文化运动正式拉开大幕的1915年,作为思想家和社会革命家的陈独秀在《青年杂志》上发表《今日之教育方针》,在科学主义的文化语境下,倡导以现实主义代替不切实际的宗教迷信,正视现实人生,"现实主义,诚今世贫弱国民教育之第一方针矣":

> 唯其尊现实也,则人治兴焉,迷信斩焉:此近世欧洲之时代精神也。此精神磅礴无所不至:见之伦理道德者,为乐利主义;见之政治者,为最大多数幸福主义;见之哲学者,曰经验论,曰唯物论;见之宗教者,曰无神论;见之文学美术者,曰写实主义,曰自

---

[1] 季羡林主编:《胡适全集》第28卷,安徽教育出版社,2003年版,第213页。
[2] 胡适:《寄陈独秀》,季羡林主编:《胡适全集》第1卷,安徽教育出版社,2003年版,第3页。

然主义。[1]

从大的时代精神出发，陈独秀论证了文学艺术上写实主义崛起的必然性，虽然陈独秀当时所理解的"写实主义"、"自然主义"与美学精神意义上的现实主义还有很大的区别，但"面对现实人生"则是形形色色推崇"写实主义"者的共识。新文学运动的倡导者们不约而同地注意到写实主义并把它看作中国新文学建设的必由之路，除了深厚的古典文学传统外，当时的现实需要是直接的原因，写实主义作为20世纪中国文学主潮的兴起并形成深厚的现代传统，是历史的必然。

同样在1915年，陈独秀在《现代欧洲文艺史谭》一文中，根据时下流行的进化论思想，描述近代欧洲文艺思潮的变迁轨迹，为中国即将兴起的现实主义文学潮流张目：

> 欧洲文艺思想之变迁，由古典主义（Classicalism）一变而为理想主义（Romanticism），此在十八十九世纪之交。……十九世纪之末，科学大兴，宇宙人生之真相，日益暴露，所谓赤裸时代，所谓揭开假面时代，喧传欧土，自古相传之旧道德、旧思想、旧制度，一切破坏。文学艺术，亦顺此潮流，由理想主义，再变而为写实主义（Realism），更进而为自然主义（Naturalism）。
>
> 自然主义，唱于十九世纪法兰西之文坛，而左喇（Emile Zola）为之魁。……此派文艺家所信之真理，凡属自然现象，莫不有艺术之价值，梦想理想之人生，不若取夫世事人情，诚实描写之有以发挥真美也。故左氏之所造作，欲发挥宇宙人生之真精神真现象，于世间猥亵之心意，不德之行为，诚实胪列，举凡古来之传说，当世之讥评，一切无所顾忌，诚世界文豪中大胆有为之士也。[2]

---

[1] 陈独秀：《今日之教育方针》，任建树等编：《陈独秀著作选编》第一卷，上海人民出版社，2010年版，第172页。
[2] 任建树等编：《陈独秀著作选编》第一卷，上海人民出版社，2010年版，第182页。

进化论成为当时人们观察、评判一切社会与历史现象的准绳，对于文学史的把握也不例外。在梁启超和胡适那里，进化论表现为文言向白话的转化历史，而在陈独秀眼中，文学的进化历程就是各种文学思潮的线型交替过程。在他看来，19世纪末的科学大兴，导致欧洲文学潮流由理想主义向写实主义的转变。而科学观指导下的以"求真"为宗旨的写实主义必然又向更高的真善真美境界发展。这种在"真"的基础上凝聚了人类社会美善统一、高尚之人生艺术境界，正是自然主义文学的理想境界。而这不仅取决于左拉式艺术家对真理的追求，更取决于其时理想艺术境界超凡脱俗的崇奉与信守。相对于"新小说"庸俗肤浅的"写真"追求，这是美学理想的历史性进步。

胡适、陈独秀文学革命的倡导立刻引发社会各界广泛的注意，赞成与反对者各半。一时间议论蜂起，形成社会舆论。1918年，胡适又发表探讨新文学建设方案的长文《建设的文学革命论》，引起文化界的广泛兴趣。该文在回顾中外文学发展史的基础上，归纳出创造新文学的三个步骤：工具、方法、创造。新文学创造的"方法"，首要的就是"收集材料的方法"，具体表现在：

（甲）推广材料的区域　官场妓院与龌龊社会三个区域，决不够采用。即如今日的贫民社会，如工厂之男女工人，人力车夫，内地农家，各处大负贩及小店铺，一切痛苦情形，都不曾在文学上占一位置。并且今日新旧文明相接触，一切家庭惨变，婚姻苦痛，女子之位置，教育之不适宜……种种问题，都可供文学的材料。

（乙）注重实地的观察和个人的经验　现今文人的材料大都是关了门虚造出来的，或是间接又间接的得来的，因此我们读这种小说，总觉得浮泛敷衍，不痛不痒的，没有一毫精采。真正文学家的材料大概都有"实地的观察和个人自己的经验"做个根底。不能作实地的观察，便不能做文学家；全没有个人的经验，也不能做文学家。

（丙）要用周密的理想作观察经验的补助　实地的观察和个人的经验，固是极重要，但是也不能全靠这两件。……个人所经验的，所观察的，究竟有限。所以必须有活泼精细的理想（Imagination），把观察经验的材料，一一的体会出来，一一的整理如式，一一的组织完全；从已知的推想未知的，从经验过的推想到不曾经验过的，从可观察的推想到不可观察的。这才是文学家的本领。[1]

以上三点"方法"，可以说较为准确、全面地概括了现实主义文学的基本美学特性。一、"推广材料的区域"意味着文学直面现实社会，直面种种人生痛苦。这与林纾热心介绍的"扫荡美人名士之局，专为下等社会写照"的欧美现实主义文学精神一脉相承，从而与帝王将相、才子佳人小说大相径庭，与"诲淫诲盗"小说划清了界限，显示了现代文学的人道主义情怀。二、"实地的观察和个人的经验"则意味着艺术家面对现实生活的价值判断与审美体验，从而实现由客观素材向艺术题材的转化。三、"周密的理想"意味着作家通过复杂的审美再创造，把客观材料典型化，创造出凝结作家审美意识和人类理想的"第二世界"。可以说，这一现实主义理论表述集中体现了"五四"文学革命之初"为人生"艺术大潮的美学理想。

促成"五四"新文学运动"为人生"现实主义文学大潮的另一个重要因素，是当时为胡适极力鼓吹、受新文学阵营和广大读者一致推崇的挪威作家易卜生的社会问题剧。易卜生在其戏剧作品中大胆揭露挪威社会的痼疾，倡导具有个人自由意志和社会责任感的个人主义，通过个人"独战"社会的英雄行为实现人的解放和社会进步。易卜生戏剧在"五四"时期传入中国，引起巨大的社会反响。独战庸众，做中国的"娜拉"，成为当时思想界和广大青年的时尚，成为中国社会个性解放浪潮兴起和发展的巨大思想资源和精神力量。易卜生的个性主义建立在正视

---

[1] 季羡林主编：《胡适全集》第1卷，安徽教育出版社，2003年版，第63—64页。

社会、直面人生的大前提下,因而他的作品又成为现实主义文学的经典。于是胡适在《易卜生主义》长文中开门见山:"易卜生的文学,易卜生的人生观,只是一个写实主义。……易卜生的长处,只在他肯说老实话,只在他能把社会种种腐败龌龊的实在情形写出来叫大家仔细看。"[1]"易卜生把家庭社会的实在情形都写了出来,叫人看了动心,叫人看了觉得我们的家庭社会原来是如此黑暗腐败,叫人看了觉得家庭社会真正不得不维新革命——这就是'易卜生主义'。"[2]

这种易卜生式的写实主义,不仅是正视现实的文学,更是自由意志、反抗精神的体现,是思想启蒙必不可少的前提。它虽然还没有达到写实主义文学核心层面——典型化的理论高度,创作上也少有经典型作品,但是,为社会进步、人生幸福而勇于直面现实,正是写实主义文学的基本特质。鲁迅出于思想启蒙、反抗现实之目的,痛斥不敢正视现实的"瞒和骗"文学,呼唤大胆看取并描写人生的"凶猛的闯将出现"。他写道:

> 中国人向来因为不敢正视人生,只好瞒和骗,由此也生出瞒和骗的文艺来,由这文艺,更令中国人更深地陷入瞒和骗的大泽中,甚而至于已经自己不觉得。世界日日改变,我们的作家取下假面,真诚地,深入地,大胆地看取人生并且写出他的血和肉来的时候早到了;早就应该有一片崭新的文场,早就应该有几个凶猛的闯将![3]

而与胡适、鲁迅等许多新文学倡导者敢于"直面人生"的写实主义

---

[1] 胡适:《易卜生主义》,季羡林主编:《胡适全集》第1卷,安徽教育出版社,2003年版,第600页。
[2] 胡适:《易卜生主义》,季羡林主编:《胡适全集》第1卷,安徽教育出版社,2003年版,第612页。
[3] 鲁迅:《论睁了眼看》,《鲁迅全集》第1卷,人民文学出版社,2005年版,第254—255页。

理论不同的是，周作人从"人的文学"高度阐述了他的新文学观，从而显示出"五四"新文学写实主义理论的深化。在《人的文学》中，周作人开门见山提出自己的新文学观："我们现在应该提倡的新文学，简单的说一句，是'人的文学'。应该排斥的，便是反对的非人的文学。"[1]他认为，"五四"时代，是"人"的发现时代，作为"从动物进化的人类"有两个本质要点：一、"从动物"进化的；二、从动物"进化"的。因而人的本质，便是兽性遗传与"高尚和平"的神性的有机结合。符合人性的生活"便是人的灵肉二重的生活"。[2]这也就是人道主义的精神实质。作为"一种个人主义的人间本位主义"，它同时更表现为爱己与爱人、利己与利他的有机结合。因而，周作人对"新文学"的本质与内涵作了精彩的概括："用这人道主义为本，对于人生诸问题，加以记录研究的文字，便谓之人的文学。其中又可以分作两项，（一）是正面的，写这理想生活，或人间上达的可能性；（二）是侧面的，写人的平常生活，或非人的生活，都很可以供研究之用。这类著作，分量最多，也最重要。因为我们可以因此明白人生实在的情状，与理想生活比较出差异与改善的方法。"[3]

周作人关于"人的文学"的意义在于：它突破了长期以来人们着眼于现实主义文学"写实"的束缚，也超越了社会政治功利性的局限，而以体现人性内涵的人道主义作为"写实"的价值尺度，揭示出现实主义文学内在的人文精神。同样写社会的丑恶、非人的生活，有了人道主义的人文关怀，便是体现现实主义人文精神的"人的文学"；若一味展览丑恶或人的肉欲，便是"非人的文学"。这种以人道主义为本，追求理想人生的写实文学理论，可以说真正揭示了"五四"文学革命之初写实

---

[1] 周作人：《人的文学》，钟叔河编订：《周作人散文全集》第2卷，广西师范大学出版社，2009年版，第85页。
[2] 周作人：《人的文学》，钟叔河编订：《周作人散文全集》第2卷，广西师范大学出版社，2009年版，第86—87页。
[3] 周作人：《人的文学》，钟叔河编订：《周作人散文全集》第2卷，广西师范大学出版社，2009年版，第88页。

主义潮流的本质,揭示了"为人生的艺术"的美学精神。它成为几年后第一个新文学社团"文学研究会"现实主义文学主张及其创作实践的主要理论依据。正是在这一理论视野下,考察近代俄国现实主义文学的发展,周作人预言中国新文学未来必然是社会的、人生的写实主义文学。[1] 而以"文学研究会"为主要阵地的现实主义文学大潮迅速成为中国文坛主潮,并对20世纪文学的发展路向与精神风貌产生深远的影响,证明了周作人理论预见的正确性。

"五四"新文学运动脱胎于新文化运动的思想革命运动,因而,"为人生"的文学自然成为胡适、陈独秀、鲁迅、周作人等领袖人物首先关注的对象。出于思想启蒙和社会改造的政治目的,他们以新青年社团及《新青年》杂志为主阵地,大力倡导现实主义文学。由于《新青年》杂志及北大新文化社团引领潮头的地位和一呼百应的社会感召力,他们对以现实主义美学精神为本质的新文学的理论倡导得到"新潮社"及后来的文学研究会等文学社团的积极响应,使这一文学倡导迅速成为强劲的创作思潮。而以鲁迅等为代表的新文学作家的创作,数量固然有限,却以其作品为20世纪中国现实主义文学的成长与成熟,提供了历史性的典范,从而开创了中国现实主义文学的历史新纪元。

新诗的探讨与试验,是"五四"新文学运动最早见实绩的领域。胡适是真正意义上中国现代新诗的开创者,早在美国留学期间,他就以"作诗如作文"的口号,要求中国现代诗歌突破古典诗词格律和文言的束缚,以口语入诗,实现诗体的大解放。他以难能可贵的勇气率先"试验",相对于梁启超"以旧形式含新意境"的美学原则,这既是一种新的诗歌革新途径,也是一种时代性的超越。在胡适的不懈努力下,文学革命之初,以《新青年》为阵地,汇集了胡适、刘半农、周作人、俞平伯、沈尹默、康白情、刘大白等创作精英。1917年2月,以《新青年》刊载胡适的《蝴蝶》等八

---

[1] 周作人:《文学上的俄国与中国》,钟叔河编订:《周作人散文全集》第2卷,广西师范大学出版社,2009年版。

首白话诗为标志，现代中国白话新诗正式登上历史舞台。[1] 1920年3月，胡适出版《尝试集》，是中国新诗最早的个人专集，立即风靡全国，多次再版，在广大读者尤其是青年学生群体中产生巨大影响，其诗歌体例竟被读者和文学史家称为"胡适之体"。

在胡适影响下，早期的白话新诗普遍表现出鲜明的写实色彩和强烈的平民精神。刘半农的《相隔一层纸》、《学徒苦》、《卖萝卜人》，刘大白的《田主来》、《卖布谣》，周作人的《两个扫雪的人》，沈尹默的《三弦》，康白情的《草儿在前》，等等，都是广有社会影响的描写劳动人民疾苦的经典型作品，以至于描写下层社会成为文坛风气。中国古代文学亦有不少悯农诗、别离诗等，但多以儒家"民本"思想提醒统治者实行"仁政"，以维护统治。这类古典现实主义诗作的价值主要在于特定思想观念和"题材"意义。而《新青年》白话诗的"写实"，不仅出于现代人道主义精神，更在于它由此逐步形成具有本体意义的美学精神。正由于此，它真正开创了20世纪中国新诗及整个中国文学现实主义艺术精神新纪元。此后，不管是浪漫主义的郭沫若，古典意趣的闻一多、徐志摩，还是象征主义诸流派诗人，面对现实社会，关注悲喜人生，都成为根本性的"中国特色"。

从《新青年》时期到抗战最艰苦的40年代，散文创作一直是个性鲜明、流派纷呈的文学园地。然而产生最大社会影响、取得最佳文学成绩而始终成为中国现代散文王国主流的，则是以"杂文"为代表的各类议论性散文。在"五四"时代思想启蒙、20—30年代政治运动和30—40年代抗日救亡的历史背景下，政论性散文因其对现实人生、社会政治施以"匕首"、"投枪"式犀利杀伤力与批判力，始终成为各派文学社团散文创作的热点。其思想与艺术渊源，便是世纪之交以来尤其是"五四"文学

---

[1] 1897年，林纾出版的白话诗集《闽中新乐府》，为我国更早的现代白话诗作。由于该作主要流行于福建一隅的民间，未进入中国主流社会发生全局性影响，创作动机也主要在于以白话诗作为对幼童进行思想启蒙和知识传授的适宜工具，而未有革新诗歌的自觉意识，因而在现代中国文学革命历程中难以成为标志性事件。

革命以来强劲的现实主义文学传统。也正是这一传统，使"五四"以后政论性散文创作形成了一条十分清晰、绵绵不绝的发展线索。有文学史家对此作过这样的概述：

> 杂文一般短小精悍，易于出手，多在报刊上应时刊发，适合作社会批评的武器，所以先驱者最先广泛使用，"对于中国的社会，文明，都毫无忌惮地加以批评"。而且又都倾注了探求新的社会理想的激情。……最引人注意的还是《新青年》"随感录"作家群。他们大都是新文化运动的倡导者，其中有李大钊、陈独秀、刘半农、钱玄同、周作人等，而以鲁迅的杂文最具代表性。这个作家群奠定了杂文在中国现代散文史上的地位，而且影响所及，自《新青年》到《莽原》、《语丝》，直至30年代以后的《萌芽》、《太白》、《中流》，可以找出一条发展轨迹。[1]

杂文，连同其社会—文化批判的现实主义传统，皆发源于《新青年》杂志。以思想启蒙、社会—文化批判促政治进步为宗旨的《新青年》创刊后，刊登大量思想敏锐激情澎湃的议论性散文，引起社会公众的兴趣，成为中国现代散文领域一个闪亮的"增长点"。1918年4月，为更好地适应反封建思想革命需要，主编陈独秀在《新青年》第四卷第四号上开辟"随感录"栏目，专门刊载短小犀利的杂感。陈独秀同时也是很有影响的杂感作者，其大量的短论切中时弊，振聋发聩。鲁迅等新文化先驱者的各类"杂感"前呼后应，纷纷登场，一时间产生极大的社会反响，以至于杂文在某种程度上成为标志性的时代文体。社会批判意识、干预政治热情在散文创作中空前高涨，《每周评论》、《民国日报》副刊《觉悟》等广有影响的报刊亦纷纷仿效，开辟"随感录"、"杂感"等栏目，以散文从事社会与文化批判，成为广大读者关注的焦点。"五

---

[1] 钱理群、温儒敏、吴福辉：《中国现代文学三十年》，北京大学出版社，1998年版，第148页。

四"散文园地虽然争奇斗艳，但《新青年》"随感录"开创的社会—文化批判意识，始终引领着散文创作的潮流，居于散文园地的"主流"地位，从此形成一条思想潮流延传下去。

《新青年》团体分化后，鲁迅支持的莽原社继承这一优良传统，并以此显示出自己的特色。但真正使这一传统发扬光大、显示出新的时代特色的，是20年代后期《语丝》社的杂文创作。

由《新青年》团体的主要干将组成、活跃于20年代中后期的语丝社，继承和发扬"五四"时代毫不妥协的反封建战斗精神，在新的时代环境中，自觉地以杂文为武器，进行社会与文化批评。语丝发刊词表明了他们的办刊宗旨：

> 我们几个人发起这个周刊，并没有什么野心和奢望。我们只觉得现在中国的生活太枯燥，思想界太是沉闷，感到一种不愉快，想说几句话，所以创刊这张小报，作自由发表的地方。……
>
> 我们并没有什么主义要宣传，对于政治经济问题也没有什么兴趣，我们所想做的只是想冲破一点中国的生活和思想界的昏浊停滞的空气。我们个人的思想尽自不同，但对于一切专断与卑劣之反抗则没有差异。[1]

由周作人起草的《语丝》发刊词以沉稳的语调，表达了语丝同人内在的社会责任感和干预现实政治的"野心"。如果说散文领域的现实主义传统萌芽与初步奠定于《新青年》时期，那么，其发扬光大、形成新的时代特色和更广泛的社会感召力，则在《语丝》时代。这主要表现为两点。一、《新青年》时代的"杂感"以反封建的思想革命为主要任务，以思想力量取胜。《语丝》时代，杂文的战斗对象不仅是"虚"的思想敌人，更主要是实实在在的拿枪的敌人。《语丝》同人不仅以杂文进行文化批判，更主要以此

---

[1]《〈语丝〉发刊词》，贾植芳主编：《中国现代文学社团流派》上卷，江苏教育出版社，1989年版，第373页。

进行社会批判与政治斗争。20年代的中国北方相继沦为各派军阀和日本侵略势力的黑暗统治下,在"女师大事件"、"三一八惨案"中,在"奉张"残害共产党人和进步报人的残暴行径中,周氏兄弟、林语堂等"语丝"干将们冒着生命危险,以杂文为武器,与武装到牙齿的现实敌人进行短兵相接的斗争,让敌人各种卑劣与残暴行径暴露于天下。在20年代极其黑暗的北方,《语丝》成为同反动军阀及日本侵略势力坚决斗争的主要阵地,以致其主要成员最终在敌人的"通缉"下纷纷被迫南下逃亡。这种毫不妥协的战斗姿态无疑是"五四"精神的继承与发扬,是《新青年》团体开创的以社会—文化批判为主旨的现实主义文学传统的延续与强化。二、在与敌人短兵相接的战斗中,语丝社最终形成独特的"语丝文体"。它"任意而谈,无所顾忌",[1] 具体表现为犀利泼辣、庄谐并出、嬉笑怒骂,不拘一格。这种"语丝文体"的幽默泼辣特质以其成功的写作实践和巨大的社会轰动效应,被公认为杂文艺术的基本美学精神,内化为人们的审美心理模式。杂文创作历程表明,在共同的价值标准下,现实主义精神显示出多元化艺术形式。

抗战最艰苦的40年代,杂文创作在传统的感召下,更表现出不畏强暴、短兵相接的战斗精神和一贯的美学特质。在国统区,茅盾、聂绀弩、夏衍、冯雪峰等作家群,以杂文揭露社会与政治的腐败。在"孤岛",杂文在"鲁迅风"大旗下揭露日寇暴行及汉奸可耻嘴脸,更是蓬勃兴盛,产生了广泛的社会影响。在革命根据地,现代杂文的深厚传统也使得杂文创作风行一时,来自全国各地的丁玲、萧军、艾青、王实味等人,在现代文学批判传统的潜移默化下,不约而同地发表了大量针砭现实的犀利之作。50年代以后,在新的政治环境下,"匕首"、"投枪"式的杂文创作走到了尽头。怨而不怒、寓颂于刺,成为杂文创作的主调。

与新诗、杂文创作相比,"五四"新文学运动中的小说创作起步稍

---

[1] 鲁迅:《我和〈语丝〉的始终》,《鲁迅全集》第4卷,人民文学出版社,2005年版,第171页。

晚，然而后来居上，迅速蔚为大观。在现实主义文学大潮之中，小说的成就及其对公众审美心理的影响，堪称举足轻重。具体而言，它发端于鲁迅，以《新青年》为主阵地，系立即产生轰动性社会影响的个人创作。广大读者对鲁迅作品的喜爱和推崇，使鲁迅开创的现实主义文学有了深厚的社会心理基础。文学研究会的崛起及引领全国文坛的"盟主"姿态，使"为人生"的现实主义文学迅速成为主潮。"乡土文学"继而使之深化，标志着现实主义文学思想与艺术走向成熟，从而构成现实主义文学思潮向文学传统凝结的一个关键历史时期。

鲁迅在《〈中国新文学大系〉小说二集序》中回顾"五四"时期的小说创作时写到：早期《新青年》"其实是一个论议的刊物，所以创作并不怎样著重，比较旺盛的只有白话诗；至于戏曲和小说，也依然大抵是翻译"。"在这里发表了创作的短篇小说的，是鲁迅。从一九一八年五月起，《狂人日记》，《孔乙己》，《药》等，陆续的出现了，算是显示了'文学革命'的实绩，又因那时的认为'表现的深切和格式的特别'，颇激动了一部分青年读者的心。""从《新青年》上，此外也没有养成什么小说的作家。"[1] 这是符合实情的。

鲁迅在中国现代小说史上占有独特地位。首先，他为数不多的小说不仅是"五四"文学革命在小说领域的最早实绩，也是20世纪中国现代小说的源头。其次，鲁迅小说以巨大而深远的社会影响和典范效应，成为20世纪中国现实主义文学思潮及文学传统的精神源泉，或者说，鲁迅小说以其独特的思想力量与艺术成就，开启了中国现实主义文学的发展历程，使之成为蕴含其他文学思潮与传统的"世纪主潮"。最后，鲁迅小说以其犀利的笔触，深刻的思想与独特的艺术，成为20世纪中国现实主义文学的丰碑，其所达到的思想高度，"五四"以来的20世纪作家中，迄今未有超越者。在回顾自己创作的"来由"时，鲁迅写道：

---

[1] 鲁迅：《〈中国新文学大系〉小说二集序》，《鲁迅全集》第6卷，人民文学出版社，2005年版，第246—247页。

> 说到"为什么"做小说罢,我仍抱着十多年前的"启蒙主义",以为必须是"为人生",而且要改良这人生。我深恶先前的称小说为"闲书",而且将"为艺术的艺术",看作不过是"消闲"的新式的别号。所以我的取材,多采自病态社会的不幸的人们中,意思是在揭出病苦,引起疗救的注意。
>
> ……
>
> 所写的事迹,大抵有一点见过或听到过的缘由,但决不全用这事实,只是采取一端,加以改造,或生发开去,到足以几乎完全发表我的意思为止。人物的模特儿也一样,没有专用过一个人,往往嘴在浙江,脸在北京,衣服在山西,是一个拼凑起来的脚色。[1]

由此可知,一、鲁迅创作小说的动机,源自清末至"五四"时期的思想启蒙、改良人生这一时代精神,出自"揭出病苦,引起疗救的注意"的清醒意识。这决定了鲁迅小说以其深刻的思想意义独步文坛。二、鲁迅小说的取材多来自"病态社会的不幸的人们中",又与梁启超、林纾、胡适、陈独秀等人在西方现实主义文学启发下的文学主张一脉相承,是现代现实主义理论倡导的成功实践。三、鲁迅小说由"启蒙主义"而决定其"写实主义",超越了科学主义意识下的为写实而写实,庸俗地展览社会丑恶的局限,是在"思想"与"审美"统摄下的艺术再创造,从而在小说实践中初步体现出现实主义文学"典型化"美学原则,使现实主义的"写实"产生了质的飞跃,20世纪现实主义文学传统由此萌芽与成长。

鲁迅小说现实主义特质首先表现在思想深度上。深受俄国批判现实主义文学尤其是契诃夫、果戈理等文学大师的影响,鲁迅以睿智的目光洞穿中国历史。在开山之作《狂人日记》中,他以超越时代的"狂人"视角发现所谓四千年的中国文明史实际上是一部"吃人的历史",布满

---

[1] 鲁迅:《我怎么做起小说来》,《鲁迅全集》第4卷,人民文学出版社,2005年版,第526—527页。

"仁义道德"字样的史书深处就是"吃人"两个字。广大读者跟着狂人产生昏梦惊醒之感,对中国文明史开始了前所未有的理性审视。吴虞在《新青年》上发表文章感慨:"我觉得他这日记,把吃人的内容和仁义道德的表面看得清清楚楚。那些戴着礼教假面具吃人的滑头伎俩,都被他把黑幕揭破了。"[1]从此,"吃人的历史"、"吃人的礼教"成为"五四"时代乃至20世纪中国社会—文化运动的关键词。中国以反对封建压迫、追求个性解放为主旨的文学创作,几乎全是以《狂人日记》的文化理念为基点的,其思想深度表现在透过纷繁假象直达社会生活本质。以鲁迅的历史与文化眼光看去,一场轰轰烈烈、震撼人心的辛亥革命,实质上就是"未庄式革命",阿Q投奔革命的喜剧与假洋鬼子尼姑庵革命的闹剧,实际上显示了这场历史喜剧表象下的文化悲剧。一场看似天翻地覆的社会革命,在中国广大农村,不过是"剪辫子"与否的"风波"。在辛亥革命十周年之际,鲁迅以入木三分的笔墨,画出了它真实的历史面目。

其次,鲁迅小说现实主义特质表现在对"上流社会的堕落与下层社会的不幸"的着力描写上。而这种描写不再是对社会丑恶现象的罗列与展览,而是对人的灵魂世界的倾力透视。鲁迅把陀思妥耶夫斯基和安德烈耶夫小说对不幸的人们麻木愚钝灵魂严厉拷问的艺术精神借取到自己的作品中,在中国社会背景和美学精神的统一中,形成了特有的"画眼睛"镜头和阴冷沉郁的艺术风格。上流社会的吃人本质与堕落,集中体现在作者对其代表人物伪善面目下卑污灵魂的巧妙揭露上。而"下层社会的不幸"不是停留在对人们物质生活的贫困和人生灾变等人生表象上,而是着力揭示由精神的病态造成的悲剧人生。它集中在愚昧的农民和初步觉醒的小知识分子两大群体形象上,这是鲁迅小说现实主义精神的又一体现。

农民和知识分子形象系列是鲁迅对中国现代文学的独特贡献。在鲁

---

[1] 吴虞:《吃人与礼教》,《吴虞文录》,黄山书社,2008年版,第27页。

迅笔下，农民的不幸人生是思想的愚昧、精神的麻木及由此造成的被损害却不自觉的人生悲剧，以及"非人"世界得以维持延续的民族悲剧，阿Q的精神胜利法可以说是全民族病态精神的艺术展现。这是20世纪中国现实主义文学最伟大的成就之一。20世纪中国现实主义文学不管有着怎样的幼稚与粗糙，其历史感与文化意蕴的自觉追求则是其独特传统的重要特质。这一特质，正是来自鲁迅。祥林嫂以愚昧对抗精神摧残，只能以愚昧中的挣扎而终；华老栓以蘸有革命者鲜血的人血馒头给儿子治病，使我们看到整个民族至死不悟的历史悲凉；中年闰土一声"老爷"的呼唤，道出了两千年封建专制造成的民族性的奴性人格；阿Q的"革命畅想曲"以轻喜剧的特写镜头，便揭示出愚昧社会中现代中国革命庄严神圣面目下的历史尴尬；陈士诚的"家世"与孔乙己的"长衫"，更是我们民族萎缩灵魂世界的精彩勾勒。对于那些初步觉醒的小知识分子，吕纬甫、魏连殳、涓生、子君等，鲁迅在描写了他们不同的悲剧人生的同时，以"人生最苦痛的是梦醒了无路可以走"的感慨，代表了那个时代启蒙思想家最深刻的生命体验、情感体验，对人生困境的独到认识："做梦的人是幸福的；倘没有看出可走的路，最要紧的是不要去惊醒他。"[1] 这已经远远超越了现实主义美学意义上的"写实"范畴。鲁迅的出现，表明中国现代文学现实主义在起始就达到了"世纪之巅"的思想高度，由此奠定了现实主义作为20世纪中国文学主潮的稳固地位。鲁迅小说所显示的思想的丰富性、深刻性与艺术的独创性，既是个人现象，更是清末以来思想革命运动的历史成果和中国文学"载道"传统、外国文学全面影响等"历史合力"的必然结果。

鲁迅开放性现实主义创作在"一篇有一篇的新形式"的表象下，首先表现出现实主义与象征主义的有机结合，这种有机结合或表现为两者在作品中全面融合，互为表里，达到水乳交融之境；或在"写实"艺术世界中以具体意象呈"象征"之意，或者两者兼而有之。被视为中国现

---

[1] 鲁迅：《娜拉走后怎样》，《鲁迅全集》第1卷，人民文学出版社，2005年版，第166页。在《呐喊·自序》中，鲁迅以"铁屋"为喻，表达了同样的意思。

代小说开山之作的《狂人日记》，就是两者完美结合的典范。作品艺术世界的全部意象即狂人眼中的世界，无疑是象征主义的。每个象征意象都是中国历史特定文化密码的代表。但"狂人"那独特的心理活动，洋溢在作品中的特定情感氛围，却是典型的现实主义的，是现实生活及各种社会心态的艺术折射。"狂人"那对中国"吃人"历史的精彩议论和"不准吃人"的愤怒警告，更是现实社会思想斗争的真实反映。《药》中的人血馒头和小栓坟头上的那一圈小花，分别作为广大民众愚昧和悲剧命运以及中华民族渺茫希望的象征意象。同时，华、夏两家各自的悲剧命运尤其是悲剧性的相互关联，则超越了具体姓氏与家族，在根本意义上暗示了中华民族的悲剧命运。至于《在酒楼上》的"雪"、"栀子花"，《风波》中的"辫子"，《伤逝》中的"阿随"，乃至《阿Q正传》中阿Q的无名无姓，等等，无不体现出超越性的象征内涵。其次，鲁迅小说现实主义开放性还表现在"写实"基础上的浪漫主义美学精神。正是这种美学精神的有机渗入，使鲁迅小说在冷峻的描绘中洋溢着或浓或淡的诗意美。散文化结构与主观抒情的有机结合，是鲁迅《伤逝》的成功尝试。《社戏》中对一群天真烂漫的儿童夜乘航船看戏、与大自然融为一体的风俗画描绘，无不渗透着作家对田园农家、纯真人性的由衷热爱与赞美之情。最后，通过"画眼睛"的方法，以瞬间的闪念和精彩的外在细节，对人物的内心世界特别是潜意识世界进行准确而有深度的开掘，揭示数千年封建文化对人们心灵的扭曲与奴性人格的塑造。这一切使鲁迅小说的现实主义不仅以外在"写实"取胜，更以前所未有的精神分析开创中国小说心灵世界的艺术新天地，达到同时代人难以企及的人性深度。

20世纪中国文学尤其是小说的现实主义大潮的形成及其传统的最终凝结，无疑源自《新青年》，而这，又主要体现在鲁迅的文学成就上。第一，鲁迅以个人之功，以为数不多的典范性创作，开创了20世纪中国小说现实主义潮头。第二，鲁迅的小说创作及无与伦比的思想深度和后人难以企及的艺术成就，成为20世纪中国小说创作的历史丰碑。"五四"落潮之后，鲁迅在"彷徨"中把文学创作的重点逐渐转向散文与杂文，而与此同时，深受鲁迅影响的新一代作家群体，则以自己相对幼稚的创作，推动现实主义文学走向繁荣，取得引领文学潮流的显著地位。接续这一文学领袖地位而成功开创现实主义文学大潮并使其最终成为中国现代文学优良传统的，是文学研究会。

文学研究会不仅在中国现实主义发展历程中有着特殊地位，在整个新文学运动中都有着举足轻重的地位。1921年1月文学研究会的成立，标志着新文学运动正式从"五四"新文化运动中分离出来，标志着新文学运动由侧重"破坏"转向着力"建设"。它在人员构成上与《新青年》社团有着密切联系，更在思想上与之有着一脉相承的关系。它在《新青年》社团解体之际应运而生，填补了中国思想文化领域的空白，沿着《新青年》开创的启蒙主义文学道路，成为新文学发展的领导力量，出色地完成了它的历史使命。首先，它自觉地以新文学运动领导者自居，以明确的章程、严密的组织建设，很好地实现了对全国作家队伍、文学刊物等文学资源的整合，使新文学的发展在全国范围内有序地开展起来。其次，文学研究会以其雄厚的创作势力和占据主流地位的创作成就，在20年代引领着新文学的发展方向，主导着新文学的思想与艺术风貌。"文学研究会是五四新文学运动中影响最大的文学社团，受其影响的不仅仅是新文学运动中的青年和社团，更渐渐化成一种精神传统对中国现代文学发生了重要的作用。我们从文学研究会的这些精神特性中不免可以窥视到一些五四以来的精神传统。"[1] 所谓文学研究会的"精神特性"，即：文学是思想启蒙的有效工具，作家肩负着艰巨的历史使命，文学是一项严肃的社会工作；文学不仅为社会，为人生，也为革命和政治服务；文学创作应该在统一的社会组织下为着共同的社会与人生目标而努力。《文学研究会宣言》明确表示其文学的基本价值观念："我们相信文学是一种工作，而且又是于人生很切要的一种工作，治文学的人也当以这事为终身的事业，正同劳农一样。"显然，文学研究会接过

---

[1] 石曙萍：《知识分子的岗位与追求：文学研究会研究》，东方出版中心，2006年版，第31页。

了《新青年》团体建设"社会文学"、"写实文学"、"国民文学"的口号,而形成了"为人生的文学"观念。它以人道主义为灵魂,以平民意识为方向,以写真求实为艺术精神,把文学创作与社会人生密切结合起来。文学研究会理论家沈雁冰指出:"文学的目的是综合地表现人生,不论是用写实的方法,是用象征比譬的方法,其目的总是表现人生,扩大人类的喜悦与同情,有时代的特色做它的背景。……自然,文学作品中的人也有思想,也有情感,但这些思想和情感一定确是属于民众的,属于全人类的,而不是作者个人的。"[1] 另一位理论家与社会活动家郑振铎更注重文学描写社会下层广大民众血和泪的生活,他主张:"我们现在需要血的文学和泪的文学似乎要比'雍容尔雅'、'吟风啸月'的作品甚些吧。'雍容尔雅'、'吟风啸月'的作品,诚然有时能以天然美来安慰我们的被扰乱的灵魂与苦闷的心神,然而在此到处是榛棘、是悲惨、是枪声炮影的世界上,我们的被扰的灵魂与苦闷的心神,恐总非它们所能安慰得了的吧。"[2] 由于这种大体一致的"为人生的艺术"价值取向,《〈小说月报〉改革宣言》就明确表示:"同人以为写实主义在今日尚有切实介绍之必要。"因而文学研究会就成为推动20年代中国现实主义文学大潮的主力军,而20年代以"问题小说"、"为人生小说"、"乡土文学"等形式出现的写实主义潮流,则是它的种种表现形态。关于"五四"以后中国现实主义文学的性质极其形态,有学者作了这样概述:

  现实主义最初向中国小说家们展示其魅力的,并不是它那作为本质特征的"典型"说,而是并不能显示其本质个性的一些"流行"观念,例如"为人生"观念、真实性观念等。人生意识、真实观念虽与现实主义有着十分紧密的关系,却并不单为现实主义所独

---

[1] 茅盾:《茅盾全集》第18卷,人民文学出版社,1989年版,第61页。
[2] 郑振铎:《血和泪的文学》,陆荣椿编选:《郑振铎选集》下册,福建人民出版社,1984年版,第1079页。

有；但"五四"新文学家在认定现实主义是最为先进、最值得推崇的文学形态时，他们所秉持的学术依据又是人生意识和真实观念的强调，因而"五四"现实主义的观念形态便以"人生"和"真实"为突出标志。这种形态的现实主义观念在小说创作上造成的实际影响就是围绕着人生描写的两大板块："问题小说"与"血和泪"小说。[1]

如果说鲁迅的小说标志了中国现代文学现实主义主潮思想上的高起点和艺术上的典范性，那么，以文学研究会作家群为主体的"五四"新文学作家的创作及其深广的社会影响，则标志着起始阶段现实主义文学的基本特质和风貌。它首先表现为以客观真实为标志的"社会问题"小说的流行。

"问题小说"兴起于1919年"五四"新文学运动高涨之际。其时，鲁迅在《新青年》上相继发表《狂人日记》、《孔乙己》、《药》等经典之作，引起巨大的社会反响。《民国日报》副刊《觉悟》、改革后的《小说月报》、《新潮》等报刊纷纷开辟专栏，发表白话小说，而揭示种种社会与人生问题以引起疗救的注意，则是其共同的创作动机。鲁迅在谈到自己的创作动机时就说过，他将"上流社会的堕落和下层社会的不幸，陆续用短篇小说的形式发表出来了。原意其实只不过想将这示给读者，提出一些问题而已，并不是为了当时的文学家之所谓艺术"。[2] 他的每一篇小说之所以能激起巨大的社会震动及读者的热烈讨论，就因为它们揭示了重大的社会与文化问题。然而其对中国社会与人生、文化与历史那直达本质的穿透力，又使他独立于肤浅而幼稚的"问题小说"思潮。同时，"五四"思想启蒙运动促进了广大知识青年思想的觉醒，形成了

---

[1] 范伯群、朱栋霖主编：《1898—1949中外文学比较史》上卷，江苏教育出版社，2007年版，第224—225页。
[2] 鲁迅：《英译本〈短篇小说选集〉自序》，《鲁迅全集》第7卷，人民文学出版社，2005年版，第411—412页。

"思考的一代",他们的思想"渐渐的转移,趋重于哲学方面,人生观方面。也像俄国新思想运动中的烦闷时代似的。'烦闷究竟是什么?不知道。'"[1] 而北欧易卜生戏剧、俄罗斯现实主义文学及日本"问题小说"的影响,也造成了新文学对现实人生的关注。周作人认为:中国传统文学中只有"教训小说"而没有"问题小说","问题小说,是近代平民文学的出产物"。[2] 就历史发展的逻辑而言,20世纪中国现实主义文学潮流,正式起步于"五四"时代的"问题小说"。

新文学运动之初,《新潮》、《民国日报》副刊《觉悟》等发表的许多白话新小说都显示出"问题小说"特质。1919年,冰心在《晨报》副刊上发表《斯人独憔悴》,引起广泛的社会反响,标志着"问题小说"思潮的正式形成。随后冰心连续发表十多篇"问题小说",引起文坛的广泛关注。文学研究会成立之初的大力提倡,更是推动"问题小说"创作迈向高潮。庐隐、王统照、许地山、叶圣陶等新秀,纷纷以自己的观察与思考,在各自作品中揭示了他们认为切要的社会与人生问题。但"问题小说"大都停留在现象的描叙上,未能深入挖掘其根源,剖析其本质。有时候作家试图开出疗治的药方,但又表现出涉世未深的青年男女作家的天真。冰心等人试图在作品中探索人生哲理,但同样由于人生阅历和思想历练的不足,其作品中的哲理往往是敏锐的观察所形成的一些零碎的随感。从严格的美学意义上说,"问题小说"不过是现实主义文学的幼稚形态,谈不上情节和人物形象的典型化。尽管存在这些艺术上的粗糙与不成熟,但它的时代意义却是明显的:由于自觉地追求作品的哲理性,作者借小说发表自己的思想,"这既不同于现实主义的客观描写,也不同于古典小说的教训主义专门宣讲陈旧的道德教条。因此它在我国小说发展史上是有新颖之处的"。[3] 从美学传统上讲,这"新颖

---

[1] 瞿秋白:《饿乡纪程·四》,《瞿秋白文集》(一),人民文学出版社,1953年版,第24页。
[2] 周作人:《中国小说里的男女问题》,钟叔河编订:《周作人散文全集》第2卷,广西师范大学出版社,2009年版,第106页。
[3] 杨义:《中国现代小说史》第1卷,人民文学出版社,1998年版,第231页。

之处"就是以关注社会生活，表达思想情感，探求人生哲理而与古代的"载道"文学，与清末展览式的"写实小说"划清了界限，而正式启动了20世纪中国现实主义文学思潮及其新传统凝定的历史步伐。

由具体社会问题深入下去而求"人生是什么"、"人生的意义是什么"等终极性问题，"问题写实"便发展到"人生小说"。"为人生"是文学研究会成员各具特色的理论与创作实践所共同尊奉的文学理念，它是"五四"新文学运动先驱胡适、陈独秀、周作人、鲁迅等"写实主义"理论倡导和成功实践的继承。同时，它又借助文学研究会全国性的领导地位而产生全局性影响，无形地指导和规范着大部分作家的创作。如果说胡适、陈独秀的倡导具有开创意义，鲁迅的艺术成就起到了支撑和示范作用，那么，文学研究会则在"为人生"大旗下团结了大部分的优秀作家，以五彩缤纷的艺术创作切实开创了中国现代文学的现实主义文学大潮。这一大潮的深远影响表现在：此后各种"写实"文学思潮与流派的成长与发展，大都以回溯20年代"为人生"文学开始，在承传其面向现实艺术精神的前提下争奇斗艳，即使在浪漫主义、象征主义、唯美主义等各种现代文学思潮中，"现实"精神也成为其共通的美学因素。一言以蔽之，以文学研究会为中坚的20年代"为人生"文学，奠定了20世纪中国现实主义文学作为主潮的基石，成为20世纪现实主义文学传统形成与流变的现实起点。

"为人生"只是较为抽象或空泛地表达了文学的社会意义和美学精神，反封建的思想启蒙是其主旨，而其具体内涵则是丰富多彩的。早先周作人倡导的"为人生的艺术"是建立在个性主义、人道主义基础上的"人的文学"。这种文学是思想解放与艺术人生的有机统一。郑振铎则从审美角度强调新文学的使命在于"扩大或深邃人们的同情与慰藉，并提高人们的精神"。[1] 他认为："文学中也含有哲理，有时也带有教训主

---

[1] 郑振铎：《文学的使命》，《郑振铎文集》第4卷，人民文学出版社，1985年版，第315页。

义，或宣传一种理想或主义的色彩，但却决不是文学的原始的目的。"[1] 即使是"血与泪"的革命文学，也需要以"感情之火"作为内在动力，因为"革命天然是感情的事"。[2] 文学研究会的理论中坚茅盾，早先在"五四"文化语境下推崇以"实地观察"与"客观描写"为特征的自然主义文学。他在文学研究会提倡的表现人性，指导人生，改造社会的现实主义文学观的基础上，更是大力强调文学与社会革命的密切关系，强调新文学要"激励民气"、"担当唤醒民众而给他们力量的重大责任"。随后进一步强调文学的阶级性，提倡无产阶级艺术。[3] 与理论建设大致同步，20年代的现实主义文学创作在蜕变中逐步巩固了它作为20世纪中国文学主潮地位，对30年代以后写实文学产生了权威性、示范性影响。

文学研究会成立之初，一批才华横溢的中青年作家以其各具特色的小说创作，满足了广大读者的阅读期待，形成了具有全国性影响的"思潮"。这个时期，思想启蒙运动与个性解放浪潮，使得"梦醒了"的作家们有着太多的"苦闷"急需倾诉，中国文学传统、进化论思维尤其是急切的现实需要，使得这些作家们最终都在"为人生"的旗帜下走到一起，凝成引领时代步伐的强大文学思潮。

"为人生"的现实主义思潮是在"彷徨"的时代氛围和社会心态下拉开序幕的。随着"五四"思想启蒙运动的深入发展，人们自我意识的逐渐增强，对社会、人生真实形态认识的深化，觉醒的人们意识到"铁屋"的难以破毁，理想的难以企及。于是，"五四"新文学运动初期以"呐喊"为标志的勇于抗争社会、关注现实具体问题的"易卜生主义"，开始转向心灵世界的开掘和艺术展现。人生体验与精神诉求成为此时小

---

[1] 郑振铎：《新文学观的建设》，陆荣椿编选：《郑振铎选集》下册，福建人民出版社，1984年版，第1089—1090页。

[2] 郑振铎：《文学与革命》，陆荣椿编选：《郑振铎选集》下册，福建人民出版社，1984年版，第1082页。

[3] 茅盾：《"大转变时期"何时来呢?》、《论无产阶级艺术》、《文学者的新使命》，《茅盾全集》第18卷，人民文学出版社，1989年版。

说创作的主旋律。鲁迅《呐喊》之后的《彷徨》、郭沫若《女神》之后的《星空》、郁达夫引领"彷徨"潮流出手就轰动社会的《沉沦》，成为这一时代转向的标志。梦醒了无路可走的"苦痛"，绝望之中的挣扎与抗争以及沉沦、颓废中的不甘于求索，构成了这一时代风貌的基本内容。

鲁迅小说集《彷徨》之名实际上成为20年代中期新文学创作的"关键词"，其中的《在酒楼上》、《伤逝》等作品，是最富有鲁迅个人生命气息的经典之作。鲁迅深入一代知识分子心灵世界，通过对他们（实际上也是作者自己）孤苦灵魂的探求与拷问，寻求人生意义，反思时代潮流，忧郁和感伤从中弥漫开来。在此浓重的忧郁氛围中，先前那种外在的经典场景与传神细节，转为娓娓倾诉，心灵世界的真实取代外在生活逻辑的真实，成为"五四"新文学创作中现实主义精神的新风貌。与此同步的，是文学研究会作家群体的创作由"社会问题"的揭示向主观抒情的过渡。在他们的作品中，心灵的写实取代了外在生活形态的写实。这一趋向的内在动力，是作家大多信奉的"爱"与"美"的救世良方。

冰心从小深受基督教"博爱"思想影响，又接受了泰戈尔泛爱哲学的洗礼，因而她以博大而万能的"爱"来解决各种现实问题，化解人生困苦与迷茫。她作品中的艺术世界，可以说是远离现实生活逻辑的纯净思想境界与情感境界，充溢其中的是人物心灵的真实、爱的逻辑以及泰戈尔式的"超卓的哲理"。在早期的《世界上有的是快乐……光明》中，曾经的热血青年凌瑜准备在海边自杀，被两个天真烂漫儿童一番充满哲理的劝慰，便重新振作精神，迈出人生的新步伐。《超人》中面对虚伪社会感受孤苦人生的何彬，更是在"母爱"记忆的激发下，发生了传奇般的情感剧变，一夜之间由冷漠的"超人"变为"爱的使者"。在其姊妹篇《悟》中，主人公星如的思想矛盾及其变迁过程，就是作者"爱的哲学"传声筒，那一幅幅充满象征意味的生活画面与自然风景，就是"爱的哲学"的感性显现。冰心的泛爱小说，缺乏具有生活气息的客观描写，缺乏外在生活逻辑，也谈不上真正的心理活动逻辑，而是在童话般的主观境界中倾诉着真实的情感意绪，表达着抽象的"人生哲理"。不管是具体内容还是艺术手法，都很难说得上是"现实主义"的。然而，贯穿其诸多泛爱小说的，是情感诉求的真实性。正是这种"爱"的情感渴求，获得广泛的社会反响。而它的美学精神，正是对社会、对人生的强烈关注。这种"为人生"的现实主义美学精神，使冰心那充满浪漫情怀的泛爱小说，作为现代中国现实主义文学传统形成过程中的"经典形式"之一而产生长远影响。

与冰心齐名的庐隐，因人生坎坷，命运多舛，其作品以自叙传素材、通信和日记形式，弥漫着浓重的浪漫抒情意韵，因而不少研究者把她归入郁达夫式的浪漫主义作家之列。她的小说并不注重客观描写，而是以感伤的笔调尽情宣泄面对虚伪社会与孤苦人生的悲哀，倾诉着"梦醒了无路可走"的时代痛苦，并在这种近乎绝望的苦痛中走向愤激与颓废。《或人的悲哀》中的亚侠痛感人间的虚伪、冷漠而颓废、绝望，但正是作品中"'人生是什么'的焦灼而苦闷的呼问在她的作品中就成了主调"。[1] 这一形而上的发问，使其小说在审美价值取向上最终归为现实主义大范畴。《海滨故人》作为其浪漫感伤小说的代表作，主人公露莎的种种苦闷都来自理想与现实的巨大落差，"人生到底作什么"这一面对现实的哲学困惑，在"梦醒了无路可走"困境中坚韧不拔的追问与寻觅，构成了"五四"文学主题及其时代精神。因此，不管作品在形式上怎样的浪漫抒情，清醒地面对现实，执着地追寻人生意义，则是与当时的创作思潮完全吻合的现实主义美学特质。与庐隐同时代的冯沅君等人的浪漫抒情作品，体现出同样的美学特质。

同样以"问题小说"起家的王统照，其早期小说充满着关怀社会与民生的强烈的人道主义情怀，但他在艺术手法上也同样没有走"写实"的路子，而是以超越现实的理想化的"美"与"爱"的神奇力量来陶冶

---

[1] 茅盾：《中国新文学大系·〈小说一集〉导言》，《茅盾全集》第20卷，人民文学出版社，1990年版，第476页。

人性，改造社会，因而他的小说具有鲜明的象征色彩，表现出哲理沉思与诗化倾向。显然，这是对"五四"以来以"爱"为表征的人道主义精神的神化，带有浓厚的主观意愿。但正如杨义指出的，其所以如此，根本原因在于"不满于社会的混浊，又无力去改造混浊的社会，只好凭借空幻的人生理想，去'提高人类的思想，及调节人类的感情'，这就是他在小说中正面描写'爱'与'美'之伟力的审美动机"。[1]因此，不管外在的象征与抒情意味多么浓重，"为人生"是其内在的美学精神与写作动机。有学者指出，王统照等文学研究会作家的创作现象是"五四"初期现代小说现实主义"不够纯正"[2]的表现，是向其后"纯正"的现实主义文学的过渡形态。广义而言，任何文学创作的宗旨都是关注社会与人生，但对具体现实社会问题的具体关注，则凝成文学研究会早期诸多小说"非写实"外衣下的现实主义精神。到30年代，文学研究会作家的创作都不约而同地开始向"纯正"的现实主义文学迈进。

在20年代"为人生"小说创作潮流中，最为奇特的是许地山。夏志清称他"生性是个传奇故事作家"，认为"他大部分的早期作品很难说得上符合短篇小说的格式，倒是跟通俗的佛教故事和中古的基督教传奇很相近"。[3]国内学者也认为"许地山早期小说最引人注目的特色是它的传奇性，可以说他是我国现代文学开端期第一个，而且是唯一的一个传奇小说家。这种传奇小说具有鲜明的浪漫主义特色"。[4]他被学术界普遍视为浪漫传奇作家。许地山小说的浪漫与传奇色彩，一是来自南亚、东南亚一带风光绮丽的异域风情，二是在宗教氛围下男女人生传奇故事，这使他的小说具有鲜明的超世俗、非写实、朦胧华美的特点。然而在美学精神上，他的小说既非真正西方式的浪漫传奇，也不是宣扬教义的宗教文学，而是密切关注现实社会的"为人生文学"。绝大部分作

---

[1] 杨义：《中国现代小说史》第1卷，人民文学出版社，1998年版，第348—349页。
[2] 钱理群、温儒敏、吴福辉：《中国现代文学三十年》，北京大学出版社，1998年版，第64页。
[3] 夏志清：《中国现代小说史》，刘绍铭等译，复旦大学出版社，2005年版，第62页。
[4] 杨义：《中国现代小说史》第1卷，人民文学出版社，1998年版，第374页。

品所关注的，仍是苦难现实中的人生命运尤其是妇女命运。同时，作家以佛教隐忍慈悲、基督教的博爱、道家的超然无为，表达了超越世俗的旷达情怀。这与鲁迅的《呐喊》与《彷徨》、冰心的《母爱》、庐隐的愤激、郁达夫的忧郁与颓废等，都是"梦醒"之后面对现实的人生态度、人生哲学。作品中洋溢的纯洁的"女性崇拜"，是"五四"新文学人道主义精神的别一种显现。因而，许地山的小说在浪漫传奇表象下，在宗教意韵中，传达着"为人生"的现实主义精神。

20年代初的小说创作，呈现出以文学研究会作家为主体、以现实主义为主潮的大格局。也就是说，文学研究会开创的"为人生"文学大潮主导了当时和以后中国文学的基本风貌和走向。然而在艺术的表象上，文学研究会大部分作家的作品恰恰表现出主观抒情、娓娓"布道"、浪漫传奇的非写实艺术风貌，文学研究会主要作家的艺术风格更接近于当时处于边缘地位的创造社浪漫主义风格，因而被视为"不够纯正"或"不充分"的现实主义。有的学者以审美特质的"开放性"来把握此期"为人生"文学特性，即"以现实主义为基础，浪漫主义、唯美主义、象征主义诸多因素交汇一体"。[1]可以说是准确把握了问题的关键。正是这一共同的美学精神，使"为人生"文学在中国现实主义文学传统的成长与凝结历程中具有承前启后的地位：它让后世作家们一致认识到，不管遵循怎样的审美原则，交融怎样的艺术手法，"为人生"是文学的宗旨，不着眼于现实社会与苦乐人生的文学是没有价值的。这一观念之深入人心，不仅表现在为写实派作家所崇奉，也表现在它全面渗透到此后浪漫主义、唯美主义、象征主义等文学创作思潮中，20年代田汉唯美主义戏剧和40年代"九叶诗人"的诗歌创作就是典型体现。

早期"为人生"文学大潮之所以在审美意韵和艺术表现上呈现出写实性不强然而多样化的倾向，首先在于作家们作为第一代"梦醒者"面对现实社会而急于倾诉的"时代苦闷"。其次，"五四"新文学运动以

---

[1] 范伯群、朱栋霖主编：《1898—1949中外文学比较史》上卷，江苏教育出版社，2007年版，第234页。

来，近代西方历时性的象征主义、唯美主义、浪漫主义、写实主义等文学思潮，作为共时性的外国文学资源蜂拥而至，幼稚而急切的新文学作家群根本没有功夫对之进行必要的领会、选择、改造与吸收，而是凭借具体需要，随意"拿来"，作为发表自己"意见"的工具。这使得文学研究会作家群体的创作以"驳杂"的艺术旨趣表达着共同的时代精神——为人生！可以这样说，这种"开放性"的"为人生"小说大潮，为20世纪中国文学现实主义传统的形成，确立了根本性的美学原则，奠定了广泛而稳固的创作心理基础。

与此同时，"为人生"文学大潮还有一条"纯正"和"充分"的写实艺术道路，它在"五四"新文学运动之初由鲁迅开其端，20年代经叶圣陶和"乡土文学"作家群成功的艺术实践及其广泛的社会影响，到30年代蔚为大观，成为20世纪中国现实主义文学的"经典形式"。

"五四"新文学运动之初，出于思想启蒙的时代需要，陈独秀、胡适等纷纷倡导文学创作的"写实主义"、"易卜生主义"，要求作家以"写实"手法直面社会人生。鲁迅的小说创作成为对这一文学倡导最早也最为成功的艺术实践。《狂人日记》虽以"象征主义"取胜，但作家对"狂人"精神世界的深切描绘，震撼人心。其诸多作品虽不时有精彩象征意象出现，但总体看，他的小说以超越时空的艺术典型系列，以外在细节与内在心灵的传神描绘，以独到的历史发现与深刻的思想见解，成为现代现实主义文学的典范之作。

随着"彷徨"时期的很快到来，浪漫抒情一时间成为文学研究会开创的"为人生"文学大潮的主要艺术形式，而叶圣陶则以典型的写实性主义，成为这个时期现实主义文学创作的"标准式样"。叶圣陶和文学研究会的许多文学新人一样，从"社会问题小说"入手走上文坛。社会阅历的丰富、生活体验的深切、关注现实人生及其审美价值取向，使他把文学创作关注的焦点始终对准形而下的具体生活情形，对准其中的芸芸众生，而没有流于"人生意义是什么"之类形而上的憧憬与感伤。同时，他和鲁迅一样，在艺术上更多地受到俄罗斯现实主义文学的影响，陀思妥耶夫斯基笔下那被侮辱被损害的人物形象系列，契诃夫对社会下层各色人等的描写，对病态与不幸的人们的讽刺，都在叶圣陶小说中留下清晰的印记。因此，叶圣陶走着一条冷静观察与客观描写相结合、融批判与讽刺于一炉的现实主义创作道路。他把艺术镜头对准中国中小学教育界与小市民社会，精彩地描绘出一幅幅庸碌卑琐的生活画面及在屈辱与无奈中苟活的社会众生相。茅盾用"灰色人生"准确地概括了叶圣陶小说的题材特征，他写道："要是有人问道：第一个'十年'中反映着小市民智识分子的灰色生活的，是哪一位作家的作品呢？我的回答是叶绍钧！"[1]叶圣陶在回顾自己的创作时也说道："现在回头想一下，我似乎没有写什么自己不怎么清楚的事情。换句话说，空想的东西我写不来，倒不是硬要戒绝空想。我在城市里住，我在乡镇里住，看见一些事情，我就写那些。我当教师，接触一些教育界的情形，我就写那些。中国革命逐渐发展，我粗浅的见到一些，我就写那些。小说里的人物差不多全是知识分子跟小市民，因为我不了解工农大众，也不了解富商巨贾跟官僚，只有知识分子跟小市民比较熟悉。"[2]因而，他自觉地远离"生活哲理"、"人生意义"之类的"五四玄想"，集中笔墨描写自己熟悉的人和事；着眼于准确再现生活本身及其精彩的细节；作品讲究结构的严谨，画龙点睛处蕴含无穷意味；对生活与人物的评点与批评，也寄寓于精彩的字里行间。总之，叶圣陶的小说标志着20年代以文学研究会为主要载体的现实主义文学外在艺术形式与内在美学精神的完美统一，或者说外在"写实"与内在"评判"的高度统一。它承接鲁迅的艺术道路，超越清末民初为写实而写实和20年代初以"感伤"代写实的偏颇，代表了中国现代文学现实主义传统开创阶段的"经典形式"。此后，寓批判于抒情、于写实，成为中国现代文学现实主义传统的基本艺术特质。

---

[1] 茅盾：《〈中国新文学大系·小说一集〉导言》，《茅盾全集》第20卷，人民文学出版社，1990年版，第480页。
[2] 新文学选集编辑委员会编辑：《叶圣陶选集·自序》，开明书店，1951年版，第8页。

伴随着叶圣陶写实小说的，是产生了广泛社会影响的"乡土文学"思潮的兴起。"乡土文学"是20世纪20年代一批来自全国各地农村的青年作家，以北京为中心，以回忆故乡农村生活为题材的小说作品。鲁迅在《中国新文学大系·小说二集序》中对乡土文学思潮作了简要描述："凡在北京用笔写出他的胸臆来的人们，无论他自称为用主观或客观，其实往往是乡土文学，从北京这方面说，则是侨寓文学的作者。……侨寓的只是作者自己，却不是这作者所写的文章，因此也只见隐现着乡愁，很难有异域情调来开拓读者的心胸，或者炫耀他的眼界。"乡土文学的"写实"特色及其深广的社会影响，标志着现实主义文学的创作实践向内在社会审美心态的凝结趋势。而这，正是现实主义作为文学传统得以形成和稳固的社会心理基础。

一个值得注意的现象是：以小说为载体的乡土文学是悄然而兴、自然成长的。首先，它不像清末"新小说"、"五四"新文学等文学思潮的兴起，总是以大张旗鼓的理论倡导开道，以幼稚的艺术实践勉力支撑，表现出人为移植、缺乏坚实社会心理基础的特点。它在默默无闻中以厚重的艺术成就引起社会的关注进而引发强烈共鸣，进而影响文坛走向。其次，乡土文学作家群分属于不同的文学社团，并没有形成统一的组织和自觉的创作理论，却表现出相近的审美趣味，显示了现实主义作为文学主潮，其创作队伍的广泛性与社会影响的涵盖性。乡土文学的"油然而生"到"蔚为大观"，由诸多具有历史必然性的原因促成，表明现实主义文学深厚的社会基础。首先是历史大背景。"它们在当时出现的文学背景，是因'五四'小说艺术发展的内在规律与读者欣赏心理的进步，要求着艺术上的突破。假如说，在'五四'的高潮时期，读者对小说的思想要求多于对生活形象的要求，那么，到了'五四'的退潮时期，读者对表现和发泄自己的苦闷情绪的要求就更为强烈，希望在作品中能够看到更广阔的社会人生，看到生活在其间的人的命运与性格的非

'观念化'的,更个性化的真实描绘。"[1]

乡土文学直接的艺术渊源,是鲁迅的农村题材小说创作。《故乡》、《社戏》、《祝福》、《风波》、《明天》等,是现代文学史上最早把笔触伸向广大农村、着力描绘农民形象的作品,实际上成为中国现代乡土文学思潮的开创性、奠基性创作。这些作品不管在思想启蒙的深刻性与独特性上,还是在描叙的真切性与凝重性上,都成为乡土文学作家们艺术实践的经典型范式。许钦文、王鲁彦、台静农等人与鲁迅交往密切,得到鲁迅的大力提倡与指导,他们自觉地模仿鲁迅乡土小说的厚重与冷峻,从而在文学研究会浪漫抒情之风弥漫文坛之时,承传着启蒙主义思想传统下的"写实"精神,最终在20年代成为现实主义艺术的"经典模式",而对后世产生着深远影响。鲁迅为之取名"乡土文学"并热情向读者介绍,引为同道,显示了两者之间的内在艺术源流关系。

乡土文学的出现是"为人生"现实主义文学大潮深入发展的必然结果。"五四"新文学运动之初,现实主义文学关注的是封建礼教背景下思想启蒙与人的解放,作为城镇知识分子出身的作家创作,多描写自己身边的人和事,艺术视野相对狭窄;乡土文学作家群使现实主义创作视野由城镇扩展到广大农村,伸展到全国穷乡僻壤,关注占人口绝大多数的农民的生活和命运。这就使现实主义文学对社会生活的涵盖面及其艺术表现力产生质的飞跃:在一个农村人口占极大比重的国度,只有把广大农村和农民纳入艺术视野,才能真正谈得上文学的"现实性"。这一点,正是由乡土文学完成的。

最后,与鲁迅及"五四"新文学先驱们相同的是,乡土文学作家群体在吸收外国文学营养时,深受俄罗斯和东欧现实主义文学的影响。托尔斯泰、屠格涅夫、契诃夫、柯罗连科、显克维支等人对封闭落后的乡村社会生活的精彩描写和农民人生苦难及不幸命运的关怀,与作家们各自的生活经历及人生体验产生共鸣,促使他们把关注各自家乡父老乡亲

---

[1] 钱理群、温儒敏、吴福辉:《中国现代文学三十年》,北京大学出版社,1998年版,第67页。

的人生命运作为文学创作的严肃使命。

乡土文学贡献突出，最终奠定了中国现实主义文学传统成长的深厚土壤。思想上，乡土文学继承和发扬了鲁迅以来"五四"新文学思想启蒙优良传统，着重表现农民生活的贫困尤其是精神的愚昧，以及由此造成的种种人生的不幸；深切表现下层社会小人物的生存状态和人生愿望，由此体现出作家真诚的人道主义情怀，成为20世纪中国现实主义文学的优良传统。艺术上，乡土文学以写实性与典型性，使"为人生"的现实主义基本精神与"典型再现"的美学特质实现了高度统一，凝结成传承现实主义传统的经典型美学形态：鲁迅超越了清末民初"新小说"或为"新民"而描摹现象，或为"谴责"而罗列展览社会丑恶的幼稚的"写实主义"与"自然主义"。在启蒙精神规范下，有机吸收象征主义等艺术手法，而通过画眼睛、画灵魂、传神的场景与细节描绘，显示了现实主义文学描摹的逼真性与加工改造生活原型的典型性。乡土文学继承和发扬鲁迅铸造的艺术精神，超越早期"为人生"派小说对现实生活浮光掠影、印象式的随意勾勒。不管是环境的描写，人物形象的描摹，细节的抓取，都栩栩如生，弥漫着浓郁的生活气息。这种逼真性还体现在乡土文学作品中鲜明的地方色彩。作家对于家乡自然风光、民情风俗的精雕细刻，显示出鲜明的民族特色。而环境、情节与人物形象的典型性，更是超越浪漫抒情式"为人生"文学的整体水准，显示出鲁迅式的冷峻、厚重与凝练。这使乡土文学现实主义"写实性"美学意义再升华到新的历史高度。

一言以蔽之，乡土文学在内容上承接鲁迅关怀民众、改造国民性的思想传统，使"为人生"的抽象主题落实到社会生活具体形态上。艺术上，以逼真的写实性与高度的典型性，使现实主义文学创作摆脱了审美形态与艺术手法的驳杂与随意状态，显示出现实主义文学美学特质与艺术精神的确定性，现代文学现实主义传统由此凝定。

第四节　现实主义文学传统的发展与变迁

文学要直面现实,揭发社会弊端,探求人生意义。鲁迅具有先锋意义、轰动性的创作实践,及时地为现实主义文学的发展提供了典范之作,深刻地影响了一代人的创作。文学研究会的"为人生"创作热潮,乡土文学那股润物无声的"感伤的故乡风",使现实主义文学在 20 年代蔚为大观。现实主义文学潮流逐渐超越五彩缤纷的浪漫抒情风潮,向冷峻写实方向凝聚,向典型环境营造与典型人物刻画的"经典"现实主义方向迈进。

小说自清末梁启超发动"小说界革命"以来,已成为中国文学艺苑的主要体裁;作为叙述性、再现性的主要艺术门类,自然成为现实主义文学传统传承与演变的主要领域。以文学研究会"为人生"小说和紧紧围绕它深入发展的"乡土文学"为枢纽,现实主义文学传统在 30 年代呈多元发展趋势,40 年代在此基本演进线索下向更加成熟、内向和博大厚重的方向深入,最终凝成具有民族特色和时代精神的现实主义传统。总之,30—40 年代,中国现实主义文学发展的总趋势是:在"为人生"思想取向和"写实"美学原则相辅相成的"共同主题"下,逐步成熟与深入发展。

具体而言,现实主义小说沿着以下不同路径齐头并进,相互渗透、逐步深化,凝铸了特定的美学原则与相应的社会审美心态:左翼文学运动及其诸多文学思潮使中国民族文学固有的"文以载道"、"以文教化"传统在现代文化语境下得到强化,形成强固乃至最终趋于极端的"文学为政治服务"的伪现实主义美学原则;以思想启蒙为核心价值的"为人生"小说经巴金、老舍等作家的成功艺术实践而发扬光大;"五四"以来的社会批判精神在延绵不断的讽刺小说的推波助澜中日益深刻与尖锐;最后,博大厚重的史诗品格追求与公众认同,成为现实主义文学传统深入人心的重要标志。

左翼文学运动是现代中国社会与政治革命运动的重要组成部分，也是中国现代文学政治化传统的开创者和有力推动者。它作为几乎贯穿20世纪的文学主潮，历史性地造就了20世纪中国文学的政治禀赋，同时也成为大量伪现实主义文学创作滋生的温床，给中国现代现实主义文学造成巨大损伤。左翼文学运动萌芽于文学研究会"为人生"文学，正式登场于20年代中后期的"革命文学"倡导，兴盛于30年代，50—70年代独霸文坛而走向极端，至80年代初走向衰落。它先后以"社会分析小说"、"左翼文学"、延安地区"工农兵文学"、"社会主义文学"等各种面目引领着中国现代文学现实主义传统的发展路向，影响着现实主义传统美学精神的变迁。

早在文学研究会成立之初，"为人生"文学大潮下就涌动着一股"左"倾暗流，其原动力就是具有共产党政治背景的沈雁冰利用主编《小说月报》之便，有意识地在"为人生"文学中逐步渗入革命文学因素。1921年以后，他陆续发表《文学与政治社会》、《"大转变时期"何时来呢?》、《论无产阶级艺术》等文章，公开倡导"无产阶级艺术"，认为中国新文学的实质是表现"被压迫民族与阶级的革命运动的精神"并"感召起更伟大更热烈的革命运动来的无产阶级文学"。因而，他的"为人生"实际上就不再是"五四"语境中的个性解放、人的解放，而是以"人生"为大旗探讨社会政治问题。他关注的新文学，既不是"五四"思想启蒙的时代课题，也不是借鉴西方以促其艺术性的提高，而是如何让新文学运动促进中国社会革命运动的发展。因而，在他的编辑下，《小说月报》从十二卷起，开始逐步加重刊载描写劳动人民苦难和阶级斗争的文学作品。他的继任者郑振铎则更加明确提倡表现阶级压迫与阶级斗争的"血与泪的文学"。而具有中共党员政治身份的作者也越来越多，最终在"为人生"文学大潮下形成一条强劲的"革命文学"潜流。[1]

随着"五四"浪漫感伤氛围的消退和革命运动的日益高涨，主流作

---

[1] 石曙萍:《知识分子的岗位与追求:文学研究会研究》，东方出版中心，2006年版，第84—105页。

家群的文学创作纷纷超越"美"与"爱"的憧憬,放弃主观抒情趣味,以客观冷静的态度关注社会现实。于是,承接着越来越强劲的"左"倾趋势,"为人生"文学开启了20—30年代现实主义文学的创作高峰。庐隐因英年早逝而永远被定格在"五四"浪漫感伤时代。冰心1926年自美归国后,目睹祖国黑暗混乱的现实,以《分》、《冬儿姑娘》等作品,由"泛爱"憧憬转而面对现实。王统照同时期也先后以《沉船》、《山雨》等作品走上"写实"的现实主义道路,尤其是1933年出版的《山雨》,作为以厚重坚实的笔墨描写中国北方农村萧条破产的力作,与茅盾的《子夜》同时引起巨大的社会反响。许地山也告别了充满异域风情和宗教氛围的前期创作,1928年以《在费总理的客厅里》开创了他"切实描写"的现实主义文学时代。《春桃》作为经典型佳作,在细腻入微、不动声色的描叙中隐藏着现实超越性的人性憧憬。至于叶圣陶,则在既定的"写实"道路上稳步前进:题材上逐步扩展,由狭小的教育界转向庸碌的小市民社会,转向以塑造勇敢抗争社会、投身革命的爱国士人形象为主调的创作,以《城中》、《抗争》、《一篇宣言》、《冥世别》、《夜》、《倪焕之》等作品,显示了"为人生"文学向"革命文学"的转变,而以《多收了三五斗》为代表,其艺术视野再由城镇扩大到广大农村,以其老道圆润的笔墨展示中国更宏观背景下的社会关系与阶级矛盾,从而与20年代风靡文坛的乡土文学潮流融汇。总之,文学研究会"为人生"文学主流作家群体在20年代末30年代初纷纷转向客观写实、冷峻批判,表明现实主义文学大潮不仅在"为人生"中心大旗下完成了思想与艺术的成熟,完成了艺术形态的最终定型,同时更完成了作家与整个社会审美心理的铸造,"真实"成为广大读者一致追求的艺术境界,从而开启了30—40年代多元化现实主义发展变迁的历史新阶段。而其内部"革命文学"潜流则成为20年代末左翼文学运动的原动力。

20年代以后,成长于"为人生"文学和乡土文学沃土的现实主义文学与社会革命运动日益密切结合。随着1928年"革命文学"论争,1932年"左联"的成立,左翼文学运动蓬勃展开,不仅成为30年代中国现实主义文学大潮的主流,也主导着整个30年代中国文学的发展方向。40年代在国内新的政治形势下,退居于西北"革命根据地"一隅,积聚新的能量,影响后世的文学走向。

30年代左翼文学的表现形态主要是茅盾开创的"社会剖析小说"和以"左联"为阵地、由浪漫主义转向"写实"的"革命文学"运动,它们凝成了30年代现实主义文学的主调。左翼文学运动经历了20年代中后期至30年代初期的"革命浪漫主义"和30—40年代以"社会剖析小说"为主流的"革命现实主义"两个历史阶段,前者以恶劣的政治化倾向给"五四"以来的现实主义文学的健康发展造成了不小的负面影响,后者则推动了现实主义传统在20年代"写实"基础上的深入发展,在审美内涵与艺术形态上达到了空前的成熟与完善,奠定了现实主义作为20世纪中国文学主潮与核心传统的坚实基础。

20年代中后期,"为人生"文学大潮内部革命文学因素的壮大,创造社、太阳社等青年文学社团革命激情的空前高涨,汇成汹涌澎湃的"革命文学"浪潮。然而,在日益激烈的国内政治革命和国际共产主义思潮的双重影响下,郭沫若、李初梨、冯乃超、钱杏邨等一批年轻的革命家以激进的文化立场倡导"革命文学",对"五四"以来正在形成中的现实主义传统发起挑战。首先,他们全面否定"五四"新文学传统,认为"五四"新文学是属于小资产阶级思想意趣的。个人主义、人道主义俱已过时,取而代之的将是以阶级觉悟和阶级斗争为主题的无产阶级文艺。因此,他们把鲁迅、茅盾、叶圣陶、郁达夫等"五四"新文学先驱,都当作"社会革命变革中的落伍者"、"有产者与小有产者代表"并加以否定,宣称"阿Q时代早已死去",鲁迅的全部创作已经失去了时代意义,乃至蛮横宣判鲁迅是"封建余孽"、"二重反革命人物"。而为创造无产阶级文艺之需要,"五四"以来的作家们都要"把自己再否定一遍",克服思想上的小资产阶级根性,树立无产阶级世界观。[1]同时,他们受以苏联为核心的国家无产阶级文学思潮的影响,把文学创作视为政治革命的组成部分,认为一切艺术都是宣传,都是政治的传声筒,阶级斗争的工具。因而,文学家必须彻底改造自己的思想,牢固树立无产阶级世界观;文学家首先必须是一个革命家。因此,20、30年代之交,"五四"以人为本,相对宽松自由的个性解放思潮被充满思想清算的政治化环境所取代,文学创作"直面人生"的"写实"传统,被政治化立场下的"写思想"取代。现实主义文学传统的发展链条出现了曲折。

伴随着革命文学倡导兴起的,是"革命罗曼蒂克"文学风潮,具体表现为"革命加恋爱"创作模式及其相应的公众接受心理。这种审美意趣萌发于20年代中期,茅盾的《蚀》三部曲可以说正式把两者作为小说创作的两大基础构件而付诸实践。蒋光慈以其《少年漂泊者》、《短裤党》、《野祭》、《菊芬》、《田野的风》(《咆哮了的土地》)等产生社会影响的代表作,为这一创作公式提供了"典范"之作。其后,洪灵菲、胡也频、华汉、戴平万、钱杏邨等一大批年轻的革命作家乃至不属于左翼文学队伍的巴金等人,各以其创作参与了这场有声有色而短暂的"革命罗曼蒂克"大合唱。"革命加恋爱"模式把"五四时代"与"革命时代"巧妙地连接在一起,"恋爱"是这一批自视克服了小资产阶级根性的革命作家那源自"五四"个性解放"小布尔"情调的新包装,"革命"则是"恋爱"的升华,是当年"梦醒了无路可走"的进步青年的理想人生与必然归宿,是"五四"时代的苦闷的总解答。然而,"革命罗曼蒂克"创作思潮对"五四"以来现实主义文学传统的背离与扭曲是显而易见的。在美学精神和艺术上,充斥作品的议论和空洞说教很大程度上代替

---

[1] 成仿吾:《从文学革命到革命文学》;李初梨:《怎样地建设革命文学》;杜荃(郭沫若):《文艺战线上的封建余孽》,麦克昂(郭沫若):《桌子的跳舞》;钱杏邨:《死去了的阿Q时代》;北京大学、北京师范大学、北京师范学院中文系中国现代文学教研室主编:《文学运动史料选》第2册,上海教育出版社,1979年版。

了对社会生活的生动描绘，人物作为思想的传声筒而苍白单调，失去了鲜活的生命气息。在思想倾向上，以"革命"作为对"爱情"的超越和否定，男主人公扮演着对不觉悟女性的灵魂拯救和思想教父角色，扮演着对"堕落女性"政治和道德审判官的角色，于是"革命罗曼蒂克"不仅使传统的男权意识以"革命"的名义再次膨胀，也是对个人主义价值观念的否定。因而是在妇女解放与个性解放双重意义上对"五四"精神的否定。因而，左翼文艺运动之初，"革命罗曼蒂克"思潮及其体现的"革命加恋爱"创作模式，相对于正在健康成长的"为人生"现实主义文学传统来说，是一种负面性的消解力量。

但左翼文艺运动理论家很快采取行动，遏制这一背离"五四"优良传统的创作倾向。1932年4月，借为重版的华汉《地泉》三部曲作序之机，茅盾、瞿秋白、钱杏邨、郑伯奇等人对"革命罗曼蒂克"创作倾向进行了深刻反思和严厉批评，彻底清算了日益泛滥的公式化、概念化弊端，这种背离现实主义基本精神的创作潮流开始消歇。

在此前后，左翼文艺队伍大力介绍国外革命文学运动中兴起的"先进"创作方法，企图纠正中国革命文学的偏颇，引导其健康发展。1928年，太阳社的林伯修翻译介绍了日本无产阶级文学理论家藏原惟人的"新写实主义"理论（又被称为"普罗列塔利亚写实主义"、"无产阶级写实主义"等）。藏原惟人所谓的"新写实主义"强调作家用阶级的观点观察、描写社会生活，是无产阶级世界观与写实主义方法的结合；文艺既要宣传先进的思想，又要忠实地再现现实生活。这成为当时创造社、太阳社及整个左翼文学运动的指导思想。但由于其中"无产阶级世界观"在创作实践中被大大强化，"新写实主义"理论无法克服革命文学创作中"革命罗曼蒂克"及公式化、标语口号化的偏颇。30年代初，"左联"又大力引进苏联"拉普"（俄罗斯无产阶级作家联盟）所谓"唯物辩证法的创作方法"，更加强调作家的无产阶级世界观是文学创作成败的关键。瞿秋白、茅盾等人正以此为早期武器，反省早期"革命罗曼蒂克"即"革命加恋爱"创作模式的谬误。"拉普"的"唯物辩证法的创作方法"遭苏联作协否定和批判后,"左联"又积极引进苏联的所谓"社会主义现实主义创作方法",强调了社会主义现实主义的"真实性"问题,及马克思恩格斯关于典型环境与典型性格等现实主义重大理论问题。

然而,外国文艺理论的照抄与横向移植并不能真正解决左翼文学运动背离现实主义文学精神的种种偏颇。30年代初,在左翼文学内部,一种全新的现实主义文学模式出现了——社会剖析小说。它标志着左翼革命现实主义文学开始走出短暂困境,迈上厚重与成熟的历史新高峰。其开创者,是文学研究会的理论中坚茅盾。

茅盾文学创作的贡献被当代权威文学史家称为"开创新的文学范式"。30年代中国现实主义文学的经典式样——社会剖析小说,正是在茅盾的率先实践和大力倡导下迅速崛起,并立即吸引主流作家争相模仿写作。茅盾的成功秘诀,在于他全面继承"五四"新文学"为人生"的思想传统和"写实主义"美学传统,而不是以一时的革命激情和时髦外国理论对"五四"新文学进行轻率否定。马克思主义的阶级观点和经济视角与忠实于社会生活的观察、描写相得益彰,使革命现实主义文学获得更为犀利的思想武器;对复杂社会关系的准确把握与典型人物的精心塑造,使革命现实主义文学充分体现出其应有的美学品格。因此,在茅盾那里,写实主义文学历史性地蜕变表现为:"'五四'文学的激情,它的张扬个性、离不开个人性的见闻感受的特质,被茅盾的大规模地、全景式地反映刚刚逝去不久的、甚至是正在发生中的社会现实,表现各种矛盾斗争中的阶级和人的创作气魄所代替。历史的巨大内容、宏伟的结构、客观的叙述,以及不断创造时代典型的努力,都是建筑在他的精细观察和运用一定的社会科学思想对社会生活进行分析之上的。"因而在题材上,社会剖析小说"不仅能够表现古老乡村的一隅,还能表现在西方资本主义工业文明的冲击下,处于急剧变动中的,正在走向现代化的都市生活",[1] 从而使中国现代小说大大拓展了反映社会生活和人的精神世界的广度与深度。这就标志着现实主义文学对"五四"时期"写实"文学、"为人生"文学的历史性跨越。而所谓"运用一定的社会科学思想对社会生活进行分析",也即作者自觉地运用马克思主义基本原理考察、分析中国社会,这使他的"精细观察"所得在创作过程中不免在不同程度上被加工成马克思主义基本原理的"证明材料",从而使其全部创作归入"革命现实主义"之列。1928年茅盾出版的《蚀》三部曲,创作意图是"要写现代青年在革命壮潮中所经过的三个时期"。由于作者把精细的观察、忠实的描写与自己切实的人生体验融为一体,而未明确地以"社会科学思想"作指导,使作品在社会生活和思想倾向的真实性上达到了前所未有的高度。作者坦诚地说:"《幻灭》等三篇只是时代的描写,是自己想能够如何忠实便如何忠实的时代描写;说它们是革命小说,那我就觉得很惭愧,因为我不能积极的指引一些什么。"[2] 由于这样,茅盾遭到左翼文学队伍的不公正批评与指责。但后世文学史家认为:"《蚀》从在中国革命中具有特殊重要地位的小资产阶级知识分子心灵历程的独特角度来反映大革命,丝毫不回避其中包含的深刻的历史教训,显示了茅盾对中国社会与中国革命的深刻认识、把握,以及清醒的现实主义精神。"[3]

继《蚀》与《虹》之后,茅盾陆续创作了《子夜》、《林家铺子》与"农村三部曲"等一系列具有社会轰动性的社会剖析小说精品,从而把写实主义文学创作推行成熟。"这些作品以其时代性的内容,史诗性的追求,理性化的叙事,社会剖析的艺术,创造了现实主义小说的一种新

---

[1] 钱理群、温儒敏、吴福辉:《中国现代文学三十年》,北京大学出版社,1998年版,第222—223页。
[2] 茅盾:《从牯岭到东京》,《茅盾全集》第19卷,人民文学出版社,1991年版,第181页。
[3] 钱理群、温儒敏、吴福辉:《中国现代文学三十年》,北京大学出版社,1998年版,第226页。

的叙事范型并影响深远。"[1]瞿秋白当年就断言《子夜》是"中国第一部写实主义的成功的长篇小说"。"一九三三年在将来的文学史上,没有疑问的要记录《子夜》的出版。"[2]《子夜》虽然在艺术上存在缺陷与不足,但它通过对以现代资本主义大都市上海为中心的中国社会全方位描写,对各阶级精神风貌及其相互关系的准确把握,对以吴荪甫为核心的各类艺术形象的成功塑造,尤其是通过对雄心勃勃的中国民族资本家吴荪甫远大志向、传奇经历及英雄末路的精彩描写,深刻揭示出20世纪中国现代化的迫切要求与中国政治社会与文化结构先天性不足的内在矛盾,并由此展示出一代昂扬向上的民族资产阶级在这一历史宿命下全力奋斗而难逃失败的人生悲剧、阶级悲剧。因而其描绘的恢宏性、主题的深刻性、艺术形象的典型性,在中国现实主义文学发展历程中,都具有典型意义。此后,"大规模"、"全方位"、"史诗性"品格,一直成为中国有抱负有才华的作家追求的目标。李劼人、老舍、路翎、梁斌、柳青、姚雪垠、陈忠实等,无不如此。这些作家虽各有其生活经历和外国文学背景,但《子夜》的示范作用无疑是最重要的直接因素。在《林家铺子》和"农村三部曲"中,茅盾以"窥一斑而知全豹"的艺术视角,把握中国社会"结构图","萧条"与"破产"结局,"屈服"或"反抗"的人生抉择,构成30—40年代中国现实主义文学冷峻与凝重的艺术风范。

　　从清末民初以记录社会新闻轶事、展览人世丑恶的"社会文学",到"五四"直面人生的写实主义文学,到20年代"为人生"文学,再到"革命罗曼蒂克",最后到"社会剖析小说"模式的形成,中国现实主义文学经历了漫长而曲折的发展过程。"社会剖析小说"既是这一历史运动的最终成果,同时更具有承前启后的里程碑意义:这一模式,不仅成为30年代左翼文学运动中一代作家队伍有意无意共同仿效的权威

---

[1] 严家炎主编:《二十世纪中国文学史》上册,高等教育出版社,2010年版,第334页。
[2] 瞿秋白:《〈子夜〉和国货年》,《瞿秋白文集》(一),人民文学出版社,1953年版,第438页。

式样,更成为以后各种风格的现实主义创作一致尊奉的美学原则。

在以《子夜》为摹本的"社会剖析小说"风靡社会的背景下,吴组缃、张天翼、丁玲、叶紫、沙汀、艾芜、蒋牧良等一大批"左联"新人登上文坛,以各自富有特色的创作,共同开创了30年代革命现实主义文学大潮,形成可以和"五四"文学并驾齐驱的30年代现实主义文学范式。吴组缃的《一千八百担》、《樊家铺》、《天下太平》等,深刻揭示了中国农村社会与经济关系的变动。张天翼、沙汀的小说展开了一幅幅中国市民社会生活长卷,其中人性的乖谬与人生的庸碌被刻画得惟妙惟肖。叶紫、丁玲笔下震撼人心的阶级斗争画卷,艾芜的南国传奇以阶级分析的艺术眼光,栩栩如生地描绘了被遗弃的人群独特的精神风貌和生存哲学。而以"二萧"为代表的"东北作家群",则以或冷峻或粗犷或散漫的笔墨,描绘了东北人民在生与死的界限上顽强抗争的悲壮人生图……总之,大规模社会画卷的描摹,典型环境与典型人物的精心塑造,深刻的思想意蕴,尤其是那来自"五四"文学传统的批判与启蒙意识,使30年代革命现实主义文学走向辉煌。

1937年抗日战争的全面爆发和40年代后期的解放战争,使现实主义文学获得了新的生活沃土:在新的社会环境下,现实主义传统得到进一步强化。具体表现为:一、继续着社会批判—思想启蒙时代主题并进一步强化;二、"写实"重心的转移:由外在"社会分析"逐步转向内在心理分析;三、史诗品格的自觉追求。

首先,从某种意义上说,"五四"新文学主要是从接受近代欧美批判现实主义文学和俄罗斯—东欧平民主义文学起步的。因此,从《新青年》时代到文学研究会"为人生"文学,再到革命现实主义文学,思想启蒙、关注民生与社会—文化批判,作为20世纪中国现实主义文学的优良传统,代代相传,成为绝大多数作家和读者共同崇奉的文学社会价值所在。抗战爆发之初,在民族意识急剧高涨和抗战速胜乐观情绪下,文学不约而同地自觉承担了唤起民众投身民族解放战争的神圣使命。然而随着抗战的失利和其背后社会积弊与政治腐败的逐步暴露,敏锐感应时代脉搏的现实主义文学迅速调整自己的价值立场,重新回到"现实批判"的轨道上去,只不过这种"现实批判"的重心由"左联"时期的政治批判转向全面的社会批判与文化反思。1938年4月,"左联"新秀张天翼在《文艺阵地》上发表短篇小说《华威先生》,首开抗战文学自我批判与反省先河,并激起广泛的社会反响与论争,但作品由此开创现实主义文学批判与讽刺的新局面。在国统区,以左翼文学新人为主体的作家们,以各自厚重、坚实的作品,使讽刺与暴露成为文学的时代主题。张天翼的灰色市民与官僚系列,沙汀的"三记"(《淘金记》、《困兽记》、《还乡记》)、路翎的《财主底儿女们》,等等,为那个时代留下精彩的世俗风情画。丁玲、艾青、何其芳、罗烽等一大批奔赴延安的知识分子把这种现实主义的批判精神带到那里。丁玲的《我在霞村的时候》、《在医院中》等小说,以及她与王实味、何其芳、艾青等人批评根据地社会阴暗面的杂文,则一定程度上引发了后来的"整风运动"。在严厉的政治斗争中,根据地现实主义文学原本就很弱小的批判精神,以王实味的死于非命、丁玲等人的"深刻反省"而烟消云散。在严酷的生存条件下,新的政治文化势力迅速而果断地清除了现实主义文学中的"异己"因素,这使得根据地文学最终蜕变为革命战争机器的"齿轮"与"螺丝钉"。与此同时,身在国统区的胡风继承和发扬自鲁迅以来的"五四"新文学启蒙与批判精神,从30年代开始,就坚持不懈地阐发他的"主观战斗精神"理论,强调作家的主观精神和审美感受对客观生活的"征服",坚持知识分子对广大民众思想启蒙的主体性地位。他于1948年写的《论现实主义的路》一书,是"五四"和"左联"以来革命现实主义文学启蒙—批判精神的全面表述,而与"工农兵文学"精神的要求针锋相对。这种文艺思想的尖锐对峙,以50年代规模空前、牵涉面空前、残酷程度空前的"批判胡风反革命集团"的政治运动告终,革命现实主义文学传统随之发生历史性蜕变。

与此相呼应的,是巴金、老舍以及以"二萧"为代表的东北作家群继承"五四"传统的启蒙文学。巴金的"激流三部曲",跨越左翼文学和抗战文学两个时期,把"五四"新文学奠定的个性主义、人道主义精神及写实主义传统发扬光大。老舍则在中西文化对比视野中,在民族危亡历史背景下,冷峻而深刻地剖析中国国民性,在30—40年代写实主义文学中延续和强化着鲁迅以来新文学改造国民性的思想传统。萧红的启蒙写作姿态更是得到晚年鲁迅的高度赞赏。这些各具特色的文学创作从不同侧面烘托着共同时代主题,显示出成熟的写实主义文学多元而一统的大格局。

其次,在美学精神上,30年代以后中国现实主义文学显示出"内化"的发展趋势。30年代初,茅盾开创的"社会剖析小说"大潮以对外在社会生活形态全方位描绘、对复杂社会关系的准确把握和人物形象的精心塑造为特征。而同时,柔石以《三姊妹》、《二月》等佳作,巴金以充满青春激情的《家》,延续了20年代浪漫抒情文学发展路向。30年代后期到40年代,巴金以《春》、《秋》、《憩园》、《寒夜》等力作,使现实主义笔触转向忧郁的主观抒情和对人物心理的细腻刻画。老舍也由早期的外在叙述与讽刺,逐步转向深沉的抒情和人物内心的开掘的《老张的哲学》、《赵子曰》、《二马》、《离婚》、《月牙儿》、《骆驼祥子》,直到《四世同堂》,清晰地显示出现实主义文学的"内化"轨迹。至钱钟书、张爱玲等,不但对人物内心世界的传神描绘常常代替了外在故事的叙述,而且以"精神分析"手法深入到人物潜意识世界。这不仅揭示着现实主义文学传统在美学精神上的发展演变轨迹,也表明现实主义文学整体上的成熟。

最后,史诗品格的自觉追求是现实主义文学传统强劲不衰的又一标志。"五四"时期和20年代,新文学在狭小的个人天地里追求个体的解放。茅盾的"社会剖析小说"之所以成为"新的文学式样",正在于其自觉地追求巨大的思想深度与广阔的历史内容的结合,追求全方位展现历史原貌。《子夜》的最初企图,就是囊括城乡的"大规模地描写中国社会现象",作品虽然最终未能实现作者的整体构想,但这种史诗品格的追求和创作实践本身,表明了现实主义文学发展的新高度和"写实"

传统的新境界。巴金的"激流三部曲"则在时间纵轴上完整地展现中国封建家族的兴衰历程。老舍洋洋八十万字的《四世同堂》,以小羊圈胡同为舞台,以小见大成为描绘北平沦陷区的"断代史"及人们的精神蜕变史,具有独一无二的认识作用。李劼人倾半生精力创作的"大河小说"三部曲(《死水微澜》、《暴风雨前》、《大波》),全面而完整地再现了从甲午战争到辛亥革命年间的中国历史风云,填补了"五四"以来新文学缺少历史巨著的空白,并且以民间舞台作为宏大而漫长的历史叙事内容,突破了传统历史小说以"帝王谱系"为叙事线索的局限,使作品具有新时代的美学精神。而且,"大河小说"的成功尝试,使现实主义文学在对于人类社会生活反映的深度和广度上,显示了无与伦比的优越性。随后,沙汀、路翎等人各以其创作,使40年代厚重而恢宏的现实主义文学,牢牢占据着文坛中心,现实主义文学传统由此得以进一步强化,成为中国现代文学的核心传统,深刻地影响着20世纪后半期中国文学的精神风貌。50—70年代文学创作的"史诗热",除了现实生活因素外,40年代的现实主义文学传统,是推动其发展的内在动力。

与20世纪"文学大宗"小说领域现实主义传统的发展变迁相对应的,是诗歌、散文和戏剧领域的现实主义文学传统的延续与变迁,它们在不同程度上同样深刻影响着现代中国文学的精神风貌。

如前所述,19、20世纪之交,梁启超、黄遵宪等先驱们的"诗界革命"的倡导及其影响一时的创作成果,无不充分体现着开启民智、激发志气、除旧布新的时代精神。"五四"新诗运动之初,胡适等人的白话诗以贴近生活、关怀民生、宣扬个性解放、批判封建意识而著称。它们前后相继,被后人视为中国诗歌发展的新纪元,从而奠定了20世纪中国诗歌直面人生的现实主义传统根基。

"五四"新文学运动高潮中,郭沫若以《女神》那充满激情与想象的浪漫主义精神真正实现了"新诗的飞扬",但随着诗人回国目睹黑暗的现实,很快就"从梦中惊醒了",感到"幻灭的悲哀",《星空》便是其面对现实人生而酿造的"苦味之杯"。同时期流行的以冰心、宗白华等为代表的"小诗",虽然表达的是"零碎的思想","稍纵即逝的灵感",但作品洋溢的对民生的关怀,对人道主义的呼唤,对人生哲理的追问,贯穿始终的"爱"的主题,无不是"五四"时代精神的感应。作品虽处处有个"我"在,但作品实质上并非个人化的,"我"不过是时代精神的代言人而已。20年代末期再次倡导诗歌革命的新月派主要成员,几乎都走着一条由浪漫主义而现实主义的成长道路。闻一多《红烛》中的浪漫想象让位于《死水》中对现实社会的强烈不满和诅咒,而爱国情怀是贯穿其中的一条红线。徐志摩虽以大量作品抒发其强烈的浪漫主义情怀,追逐"爱"与"美",但其内在动力,却是关怀现实,同情民生,反抗强权的人道主义情怀。《先生!先生!》、《庐山石工歌》等大量作品正是这种思想情怀的艺术表现,因而爱国情怀、人道主义与反封建精神,是徐志摩以及整个新月派诗人创作的共同主线。

中国现代诗歌的现实主义精神在革命诗歌中得到最为直白的表现。把诗歌作为革命斗争的有力武器,是革命文学思潮普遍的文学价值观,而关怀、同情被压迫的工农大众,号召以革命推翻旧世界,建立工农大众当家做主的新社会,则是20年代"普罗诗歌"潮流的共同主题。郭沫若以《前茅》、《恢复》标语口号式的诗作,呼唤革命高潮的到来。30年代,左联领导的以中国诗歌会为核心的"普罗"诗歌大潮,是与同时期的新月派、以戴望舒为代表的现代诗派鼎立的主流诗潮。蒋光慈、殷夫等革命诗人,各以其对中国革命现实生活的近距离描写,体现着革命诗歌的现实主义精神;"捉住现实",则是以蒲风为核心的中国诗歌会创作的共同尊奉的美学原则。为了更好地实现诗歌贴近民众、贴近生活,他们开展了诗歌大众化运动,大量以民歌、民谣、方言俗语入诗。为了更好地宣传革命思想,他们不惜以议论、口号入诗。因此,现实主义传统再次得到最大程度的强化;同时,现实主义美学也得到最直露、最粗俗的展示。

抗战前后出现的以臧克家、艾青、田间等为代表的乡土诗歌,为当时的诗坛带来浓郁的生活气息与泥土气息,它与20年代的"乡土文学"

一样，标志着诗歌领域现实主义的成熟及美学精神的确立。1933年，来自山东农村的臧克家出版第一部诗集《烙印》，最早给中国诗坛带来纯正而浓厚的现实主义风潮。他以丰厚的生活积累，着力描绘北方农村的衰败、凋敝与广大农民困苦而自安的生存状态，并在栩栩如生的艺术画面中，传达着面对苦难坚毅隐忍的人生态度。他继承新月派的形式严整和左翼诗歌关切现实的优点，以独特的意象，整饬的句式，生活的细节，精当的议论，充分显示形象含蓄、传神、凝练的艺术风格。朱自清认为，自臧克家以后，中国诗歌发展史上，"才有了有血有肉的以农村为题材的诗"。[1] 而艾青以《大堰河》、《北方》、《旷野》等诗集，同样直面中国广大农民的苦难人生。他以独特的意象、灰暗的色调、舒缓的节奏，尤其是那含而不露而又摄人心魄的"艾青式忧郁"，把浪漫主义的率性与现代派的含蓄，完美地融汇于现实主义诗性原则中，使时代精神与现实主义美学精神完美统一。艾青的诗歌作为影响一代人的典范之作，使现实主义传统在诗歌领域里获得主导地位。田间则以直面民族解放战争的血与火的战士姿态，以高亢的格调和进军的鼓点，鼓动人民投身抗战，使诗歌的政治鼓动性与艺术感染力相得益彰，从而使自己成为"时代的鼓手"。在抗战中成长起来的"七月诗派"，继承鲁迅"摩罗诗人"的反抗精神和中国诗歌会革命现实主义直面社会人生的优良传统，发挥胡风倡导的"主观战斗精神"，自觉地以诗歌为武器，投身于社会批判和民族解放战争。诗人们怀着高度的历史使命感，抒写伟大的抗战事业，歌唱中华民族坚强的生命意志和伟大理想，批判积郁于民族灵魂深处的历史污垢，抒发对民族命运的忧患情怀和坚定不移的爱国情怀。在直面现实的艺术画廊中，他们的诗歌表现出人格力量的高扬，主题精神的扩张，形成了感应时代神经，融汇多元艺术精神的开放形态的现实主义品格。"七月诗派"的创作，把中国诗歌的现实主义美学品味推向空前高度。

---

[1] 朱自清：《新诗杂话·新诗的进步》，朱乔森编：《朱自清全集》第2卷，江苏教育出版社，1996年版，第320页。

随着抗战的节节胜利及国内战争的爆发，中国诗歌现实主义精神的主题亦转向对现实政治的讽刺与揭露，高亢的民族颂歌被辛辣的政治讽刺诗所取代，臧克家、艾青、"七月派"诸多诗人以及袁水拍等人，纷纷以自己与黑暗现实短兵相接的诗作，与讽刺小说、讽刺戏剧一起，汇成40年代末国统区讽刺文学大潮，客观上参与了埋葬一个旧时代的宏伟历史工程。现实主义文学传统以新的面貌，在此时显示出它的战斗力量。

现实主义作为20世纪中国文学的核心传统，影响着中国文学的整体风貌，左右着中国文学的发展轨迹。同时它还全面渗透于浪漫主义、象征主义等其他文学流派的美学领域，使它们或浓或淡地染上"现实"色彩。40年代风靡一时的"九叶诗派"就是个典型。作为中国象征诗派发展的成熟阶段和成熟形态，"九叶诗派"的大多数作品不再拘泥于"象征"、"暗示"的个人象牙塔，而是强烈关注社会人生，关注内忧外患中的国家与民族的未来命运，把强烈的个人生命体验与国家民族生存状态紧密联系起来，追求社会与自我、时代与个体、外在现实与内心感受的完美统一，追求所谓"现实、象征、玄学"，亦即人生与诗意的完美结合，"现实表现于对当前世界人生的紧密把握，象征表现于暗示含蓄，玄学则表现于敏感多思、感情、意志的强烈结合及机智的不时流露"。[1] 在此，"现实"成了中国象征主义诗歌的首要因素，显示出中国现实主义文学传统强固的主流地位和对外全面渗透的态势。

1949年10月中华人民共和国成立，中国大陆的历史与文化进入了一个全新的时代——社会主义时代。20世纪的中国文学史也进入了"当代文学"历史阶段。被定性为"社会主义文学"的当代文学，作为社会主义革命事业有机组成部分，为当下的政治服务，成为它义不容辞的崇高使命。

在新的政治文化环境下，中国文学的现实主义传统从美学精神到外

---

[1] 袁可嘉：《半个世纪的脚印——袁可嘉诗文选》，人民文学出版社，1994年版，第52—53页。

在艺术形态,都经历了巨大的变化。当代中国文学现实主义传统由"五四"新文学"为人生"传统与20年代以来"革命文学"阶级战争传统两条线索构成基本内涵,它们之间的冲突与消长,形成发展变迁轨迹。后者自50年代初,直接继承延安"工农兵文学"传统,成长为承载官方意识形态的正统的社会主义文学。第一次全国文代会后,中国文学界开展了"社会主义现实主义"创作方法大讨论,并于1953年第二次全国文代会上确定为新中国文学创作和批评共同遵循的方法。1958年3月,毛泽东以党的最高领导人身份提出"革命现实主义和革命浪漫主义相结合"创作方法,周扬在第三次全国文代会上将"两结合"方法确定为社会主义文学艺术创作必须遵循的唯一正确的"方向"。在这一钦定的"现实主义"创作方法指导下,以官方意识形态审视,从革命战争题材的《保卫延安》、《红旗谱》、《日出》、《红岩》、《林海雪原》到合作化历史图景的《山乡巨变》、《创业史》;从郭小川雄浑高亢的《致青年公民》、贺敬之的《放声歌唱》到老舍欢快的《龙须沟》和凝重的《茶馆》等代表整个时代艺术风范的经典之作,无不生动地展现了"新民主主义革命"和"社会主义革命"激动人心的壮阔历史画卷,揭示了现代中国历史发展的必然规律。巨大的历史架构、精心塑造的英雄人物、革命图景中生活细节及民风民俗的描写等,显示了这个时代红色经典独特的审美价值。

由于"十七年"小说是被充分政治化的小说,而它被规定去反映的现实又是政治化的现实,因此,它反映的现实是被彻底地意识形态化了。小说所描写的现实是经过主流意识形态加工过的现实,而小说只有充分地反映了这种"高于"现实的理想现实(理念现实),才算真正发掘到了现实的本质,从而才能获得宏大叙事的效果。作为现实主义新的艺术形态,"十七年"的现实主义小说极大地提升了文学为政治服务的功能,而它的致命弱点也潜存于此,当政治走向变动后,就使忠实地反映它的文学成了它的牺牲品。

从50年代中期以后,至少从60年代初以后,被政治化的文学渐渐偏离现实主义的轨道,到极端政治化的十年浩劫时期,愈演愈烈的极"左"路线彻底地扭转了现实主义的航向,摧毁了现实主义的创作原则,文学进入了伪现实主义成为主流的阶段。其时的文学,"从其创作思想到审美原则都浸透了伪现实主义创作理论的特点。其特征是以虚假的理想主义来否定严峻的现实主义,以神化的英雄人物来扼杀人的正常个性,以封建通俗文艺的'大团圆'结构来取代'五四'新文学中确立起来的悲剧观念"。[1]

新时期小说一开始就恢复了以鲁迅为代表的"五四"新文学批判与启蒙的传统,标示了现实主义的复归。新时期现实主义小说的第一个创作潮流是伤痕小说。伤痕小说发轫于对一个漫长的噩梦般的悲剧时代的忧愤与批判、暴露与诉说。这一创作潮流是由历史所决定的,当悲剧性的十年浩劫刚刚过去,人们的第一个反应就是从悲剧的事实来认识悲剧的社会性和严重性。当普遍的社会意识和积怨针对悲剧而发时,伤痕小说就产生了。这一历史的规定性决定了伤痕小说总的思想倾向:用现实主义的手法揭示十年浩劫给社会、家庭、个人制造的种种悲剧,以及种种悲剧在人们心灵上刻下的伤痕至今成了社会的隐患。刘心武的《班主任》、《爱情的位置》、《醒来吧,弟弟》,莫伸的《窗口》,刘富道的《眼镜》,成一的《顶凌下种》,张有德的《辣椒》等作品,揭露十年浩劫制造的社会悲剧和个人悲剧在今天的隐患。沿着《班主任》等小说开拓的批判与启蒙之路,伤痕小说的思想锋芒又很快前伸,直指十年浩劫的残酷现实,写各种各样的悲剧是怎样产生的,虔诚善良的灵魂是怎样被扭曲的,正直正义的人是怎样受折磨的,悲剧年代是怎样颠倒黑白、在千千万万人心灵上刻下了深深的难以磨灭的伤痕,开路之作是卢新华的《伤痕》。继后,一大批此类作品纷纷涌现出来,如《大墙下的红玉兰》、《从森林里来的孩子》、《家庭悲剧》、《抱玉岩》、《我应该怎么办》、《爱的权利》、《姻缘》、《复婚》、《墓场与鲜花》、《灵魂的搏斗》等。这些小

---

[1] 陈思和:《中国新文学整体观》,上海文艺出版社,1987年版,第95页。

说描写了冤案、错案、株连、不幸给家庭、个人乃至整个社会造成的悲剧。

伤痕小说的批判精神，对于冲破思想禁锢年代所设置的种种禁区，推动全社会的思想解放，起到了先锋的作用。伤痕小说以"文化大革命"为历史界线，在不否定"文化大革命"的前提下写人的受难，写人的悲剧与心灵的伤痕。对待历史，它延续了政治的暴露与批判、道德的谴责与控诉的传统。在思想启蒙时期，这样的小说往往能产生巨大的震撼力，形成强烈的冲击波。但伤痕小说的局限性也是明显的，即它的政治批判与道德谴责还停留在情感的冲动上，仅仅达到暴露与声讨的目的，造成恸哭与倾诉的效果，还不能回答更复杂和更深刻的社会问题。

伤痕小说复归现实主义，继之而起的反思小说则深化了现实主义。反思小说在伤痕小说暴露与批判的基础上作深刻的历史"反思"，掀起了一次思想更深刻、影响更巨大更深远的文学创作潮流，标志着新时期小说的现实主义迈入了深化阶段。反思小说沿着伤痕小说批判的思路，由近及远、由表入里地追溯极"左"思潮的历史渊源及其危害，寻找悲剧产生的根源。反思小说因注入了思想探索的因素，首先从时间和空间方面突破了伤痕小说写"文革"十年的局限。"文革"的产生并不是偶然的，它是愈演愈烈的极"左"思潮发展到极致的必然。这种从科学的历史哲学的高度来反思历史的文学潮流，突破了伤痕小说写十年浩劫的历史界线，把反思的触角一直伸到五六十年代以至更远的年代，揭示了极"左"思想的历史渊源及其制造的种种悲剧。《啊!》、《夫妇》、《甜甜的刺莓》、《爬满青藤的木屋》等小说揭露恐怖的阶级斗争和政治迫害使整个社会变态、人异化。《天云山传奇》、《灵与肉》等小说反思反右扩大化后知识分子的悲惨命运。《剪辑错了的故事》、《犯人李铜钟的故事》等小说反思极"左"路线造成的浮夸风给中国农村带来的巨大灾难。《如意》、《杨花似雪》等小说探析封建血统论对人性、人道的摧残。《被爱情遗忘的角落》描写封闭与落后造成的爱情悲剧。《李顺大造屋》、《啊！古老的航道》、《芙蓉镇》等小说纵贯新中国成立以来三十年的历史,在披露极"左"路线和极"左"思潮给中国农村带来了一场场深重的灾难的同时,探索了极"左"思潮由来已久、具有普遍的规律性与可被指认的特征。

当反思小说心情沉重地反思悲剧的历史和历史的悲剧时,改革小说异军突起,纵横驰骋,写当前的社会改革。如果说,反思小说是对现实主义的深化,那么,改革小说则是对现实主义的拓展。正如伤痕小说与反思小说一样,改革小说也是对时代呼唤的一种政治性回答。1979年前后,国家把工作的重点转移到现代化建设上,在全国掀起了经济和政治改革的浪潮。现实社会的伟大转折呼唤着文学,改革小说应运而生,几乎与反思小说同时崛起。其发轫之作是蒋子龙的《乔厂长上任记》,这篇写城市工业改革的小说与《开拓者》(蒋子龙)、《跋涉者》(焦祖尧)、《三千万》(柯云路)、《改革者》(张锲)、《祸起萧墙》(水运宪)等作品形成了改革小说的第一道亮丽的风景线。这些作品直指城市旧的经济体制与现代化建设的矛盾,改革与反改革的两种力量的较量,着重描写改革的艰难与塑造改革者形象,从中映现出转折时期现实的特点。而长篇小说《沉重的翅膀》(张洁)、《花园街五号》(李国文)、《男人的风格》(张贤亮)等则发展了城市工业改革小说,它们尽管还着重描写改革的艰难,但已突破了两种思想、两种力量之争的写作模式,而将视角由经济、政治扩展到文化、伦理、道德诸方面的社会改革,展现了城市工业改革的恢宏画面。

改革小说一入乡村,就显现出另一番迷人的景象。当城市的乔厂长们大刀阔斧地进行改革时,乡村社会的变革则是"小荷才露尖尖角"。最早出现的农村改革小说《乡场上》、《陈奂生上城》、《黑娃照相》等,与其说它们是改革小说,不如说它们只是将社会变革作为背景,在这个背景上展开农民观念变化的描写。由于社会生活的迅速变化,一向渺小、可怜透顶的冯幺爸才敢得罪乡场上的贵妇人罗二娘,第一次挺直腰杆做人;刚刚摘掉"漏斗户主"帽子的陈奂生才能萌发享受精神生活的要求,经历了一次上城的奇遇;十八岁的黑娃才有机会破天荒地花钱照了一张彩照。以 1982 年发表的中篇小说《人生》为标志,农村改革小说有了很大的进步。《人生》、《鲁班的子孙》、《老人仓》、《河魂》、《小月前本》、《鸡窝洼的人家》、《腊月·正月》等小说分别从爱情、婚姻、家庭等角度切入生活,写当前农村历史性的社会变革中,两种文明的冲突,社会变革引起人们心理、观念和行为的变化,以及家庭结构、社会结构的变化。古老封闭而充满活力的乡村,一方面积淀着历史的惰性,另一方面又活跃着新的变革因素,纯朴诚实的农民在社会变革的冲击下,面临着新的生活选择。这些作品透视生活的角度不大,但蕴含着丰富的现实内容。

新时期以社会主流意识(社会主流思潮)为轴心,并具有批判性启蒙性的现实主义小说的最后一站是寻根小说。寻根小说的寻根意识与文化钻探,再度深化与扩展了现实主义。寻根文学于 1985 年正式打出旗号,实际的创作则可推至 1984 年。寻根文学产生的原因比较复杂,从文学方面来看,首先,最直接的原因是 1985 年韩少功、阿城、郑万隆、李杭育等作家提出寻根文学的口号,寻根文学才成为群体有意识的创作。其次,作家们受拉美文学的启发,拉美文学给中国作家展现了一个全新的世界,使他们从中看到了中国文学发展的方向。最后,80 年代初开始出现的风俗文化小说和随后产生的地域文化小说已经具备了寻根小说的一些特征,尤其是地域文化小说中的相当一部分作品已进入寻根小说行列,并成为寻根小说的代表作,如阿城的《棋王》、王兆军的《拂晓前的葬礼》、矫健的《河魂》等。到 1985 年,即使没有寻根文学口号的提出,寻根文学也会产生——实际上已产生。寻根文学口号的提出,则起到了点题与推波助澜的作用。从社会思潮方面来看,80 年代中期以前的社会思潮构成寻根文学产生的内在原因。一方面,当时波及整个学术界的文化讨论为寻根文学提供了"寻根"的意识和思想武器。文化讨论着眼于现实,从反省中国传统文化入手,从各个方面探索中国文化的构成与特性。其中,探索并解剖、批判中国文化的劣根性是一个重要的主题。而这,也无形地导引了寻根小说的创作方向。另一方面则是社会改革给文学创作提供了一个新的课题。在改革小说中，我们看到，社会改革时常遇到重重阻力，这些阻力中最大的阻力恰恰来自改革者自身，来自潜存在民族文化深层结构中的集体无意识力量。这些意识是作为消极力量出现的，寻根小说重要的思想指向之一，就是要表现并批判这些文化的劣根。从这一点看，寻根小说是对反思小说的反思意识的进一步深化。

关于文学寻根的理论表述也不一致。所谓寻根文学，顾名思义就是寻文学之根。韩少功对此作了明确的表述："文学有根，文学之根应深植于民族传统文化的土壤里，根不深，则叶难茂。""如果割断传统，失落气脉，老是从内地文学中'横移'一些主题和手法，势必是无源之水，很难有新的生机和生气。"[1]文学要发展，就必须找到自己的根。贾平凹的回答似有防止寻根文学被误解的意味，他重申：文学寻根是有针对性的，"寻根"并不是一种复旧和倒退，而是为了自立自强的需要。中国的文化悠久，它的哲学渗透于文化之中，文化培养了民族性格，性格又进一步发展、丰富了这种文化，这其中有相当好的东西，也有许多落后的东西，如何以现代的意识来审视这一切，开掘好的东西，赋予其现代的精神，而发展我们民族的文学，这是"寻根"的目的。[2]

但是，我们发现文学寻根的话题很快就改变了方向，变成文化寻根和政治的话题。寻根不是猎奇，而是要发现传统文化与当今文化形态的"同构"关系，找出它们的对应点，"以便扬弃其非人性的部分，放大其合乎人性的部分，最终达到彻底改造民族精神，建立一种崭新的文化形态的目的"[3]。换言之，寻根是力求揭示整个民族在文化深层结构上的心理素质，以寻找推动历史前进和文化更新的内在力量。"从新时期文学自身的发展来看，寻根文学的出现乃是由政治的批判、经济的思考推及文化的俯视，由改革的艰难推及民族命运的艰难，由民族生态推及民

---

[1] 韩少功：《文学的"根"》，《作家》，1985年4月号，第2—3页。
[2] 贾平凹：《贾平凹文集》，中国文联出版公司，1995年版，第334—335页。
[3] 陈骏涛：《寻"根"，一股新的文学潮头》，《青春》，1985年第11期，第57页。

族心态，由现在的处境推及从古至今的处境的结果。所以，它貌似跳开与眼前政治经济变革的胶着状态而追本溯源，不能简单地认为是背离现实，而是试图站在更高的综合立场上观照现实。"[1] 通过思考文化传统、文化心理来达到思考现实、思考改革的目的：重建中国文化，寻觅民族政治文化的出路；颠覆旧的政治文化秩序，建立新的政治文化秩序与经济秩序。

寻根文学是一次文学运动，做的却是文化的命题，意图达到的则是政治的目的。寻根小说繁富复杂，但它的许多重要作品如《爸爸爸》（韩少功）、《棋王》（阿城）、《拂晓前的葬礼》（王兆军）、《河魂》（矫健）、《钟鼓楼》（刘心武）、《五个女子和一根绳子》（叶蔚林）、《老井》（郑义）、《鸟树下》（叶椊）、《西藏，隐秘岁月》（扎西达娃）、《西藏，系在皮绳结上的魂》（扎西达娃）等，则将这一最主要的思想倾向表现得十分突出。

寻根小说走到1987年，新时期现实主义小说形成了两道风景线。大约从伤痕小说到寻根小说的前十年与从新写实小说到现实主义冲击波小说的后十年，新时期现实主义小说的艺术形态发生了变化，出现了新质。前十年的大多数现实主义小说是在传统现实主义艺术框架内的发展，只有少数吸纳了西方现代主义、后现代主义文学和拉美文学等文学的观念和艺术手法而创作的名为具有现代性或后现代性的新潮小说，而实为现实主义的小说，如以王蒙为代表的"意识流小说"、以扎西达娃为代表的魔幻现实主义小说，以及较多的荒诞小说，对现实主义有所突破与发展。它们的特点都是面对现实的政治、经济、文化和思想意识的要求来确定自己对中国当下社会的态度，对社会思潮与社会变革均表现出极大的热情，充满着自信、高昂的现实主义精神。它们既处于小说的中心地位，成为文学的主流，又处于社会意识形态的中心，承载着启蒙思想、反思历史、批判现实、推进社会前进的使命。

---

[1] 雷达：《民族灵魂的发现与重铸——新时期文学主潮论纲》，《文学评论》，1987年第1期，第26页。

80年代中期以后（约1986年以后），现实主义小说受到双重的颠覆，受到来自两方面力量的夹击。其一，80年代中期以后，中国社会的现实秩序基本确定，思想解放的任务告一段落，改革开放的国策已经渗透到了全民的意识之中，市场经济初步确立，社会价值中心转移，中国社会由传统向现代转型，即社会由以政治为中心向以经济为中心转型。经济成为社会的轴心，必然产生新型的社会关系。经济就其实质而言，是为人类创造"利"，提供物质价值。把几千年来中国人不屑一顾，甚至极力贬斥的"利"提升到兴国兴民与发展现代化的高度来对待，这是中国人面对现代世界做出的一次惊人的社会革命，它的意义绝不亚于一次社会制度的变革。不过，"利"容易俘获人心，刺激欲望，当经济与传统争夺社会的合法性地位，逐渐成为社会轴心，并支配社会生活时，另一种权力也同时产生，这就是商品拜物教与消费至上主义。它成为新的权力，一方面推动并创造着新的文明，一方面消解旧的意识形态权威，使自己成为新时代的主宰。"新的权力"迅速发展成为新的权威话语，它极力否定精神及其意义存在的可能性与必要性，一切都必须成为图解它的言说。在这种情况下，文学普遍降低了发掘"宏伟的意义"的兴趣，只能面对生活表象展开叙说。1988年王蒙发表《文学：失却轰动效应之后》一文，对社会及文学的这种历史性的变化做出了敏锐的揭示："人们变得日益务实以后，一个社会日益把注意力集中在经济建设、经济活动上而不是集中在政治动荡、政治变革和寻找新的救国救民的意识形态上的时候，对文学的热度会降温。"[1] 文学的意识形态功能明显弱化或被取消，只能改变角色位置和存在方式，从社会的中心退到社会的边缘，从崇高降到平面。其二，从80年代初开始，特别是从80年代中期以后，随着现代主义、后现代主义文学思潮的涌入和文学现代化的追求，一股反现实主义的思潮在文坛刮起，它们在先锋小说中得到最后的形式。先锋小说采取极端的形式，对传统文学尤其是现实主义文学进

---

[1] 王蒙：《王蒙文集》第6卷，华艺出版社，1993年版，第339页。

行颠覆，在解构一切、否定一切的同时走向无建构的运作。先锋小说在思想观念上极力拆除深度模式，否定权威话语，解构意识形态，消解中心、意义和确定性，削平价值，而抵达"无深度的平面"，使作品走向无中心化、不确定性、边缘性、无序性，以自己无价值的毁灭展示世界的荒诞和无价值。在艺术上，先锋小说同样采取怪异极端的形式，过度追求文本实验和语言操作。在先锋派作家看来，现实主义已经堕落，不再有青春焕发时期的纯洁性、崇高性与深刻性，现实主义形成的创作模式及其创作原则已经僵化，阻碍着文学的发展。因此，排除现实主义文学成了它充分扩张自己的一种策略性的行为。

在双重颠覆下，新时期现实主义小说从社会的中心退到社会的边缘，从文学的主要角色降至一般角色，从关注思想启蒙和社会变革转为关注普通人的生存状态，从反映现实、揭示现实本质到"原生态"般的描写现实，体验现实，从深度走向平面，从宏伟的叙事走向平面的书写。然而，正是这种全面的退却，开拓了新时期现实主义小说创作的新阶段。

新时期后十年的现实主义小说的新拓展从新写实小说开始。新写实小说是在寻根小说和先锋小说出现之后，悄然兴起并一直持续至今的一个善于发展自己的文学潮流。在文学主流消失、多元共存、杂语共生的90年代，新写实小说从现实的平面蔓延生长，将一种新的创作原则播撒开去，凡是它涉足的地方，都留下了它的种子；凡是与它相遇的文学，都享受了它平易谦和的善待。它具有再次召集一个时代的文学，并成为文坛新的霸主，执掌权威话语的可能性，但它无意于此；它持守的"原生态"、"平面化"、"民间化"的创作原则，无形中成为90年代文学的共语。只要看看90年代的新状态小说、新乡土小说、新市民小说、新历史小说、新都市小说、新生代小说，以及现实主义冲击波小说等，就会发现新写实小说的影子无处不在，其中不少的小说，实际上是它生出的新枝。

1987年是一个值得注意的年份，在这一年，新写实小说崛起。在

1985年小说新潮年里成长起来两位主角——寻根小说和先锋小说走到1987年时,发现由《塔铺》、《烦恼人生》、《风景》等小说托起的另一主角在冉冉升起。80年代后期,新写实小说、寻根小说、先锋小说三足鼎立,不过,此时的新写实小说刚刚崛起,充满活力,而寻根小说和先锋小说则由盛至衰。

新写实小说通常是和这些作品相联系的:《塔铺》、《单位》、《新兵连》、《官场》、《一地鸡毛》、《烦恼人生》、《不谈爱情》、《太阳出世》、《风景》、《白驹》、《祖父在父亲心中》、《狗日的粮食》、《白涡》、《伏羲伏羲》,等等。这些小说充分显示出与传统现实主义小说及新时期前十年的现实主义小说明显不同的艺术特征,表现为一种新的写作状态。人们看到了它们具有不同于以往现实主义的"新质"及其新的艺术特征,但对它归属的界定,却引起了争议。最早为新写实小说命名并对其性质进行界定的是大型文学刊物《钟山》。1989年第三期的《钟山》推出"新写实小说大联展",其卷首语指出:"所谓新写实小说,简单地说就是不同于历史上已有的现实主义,也不同于现代主义先锋派文学,而是近几年来小说创作低谷中出现的一种新的文学倾向。"王干在同时期的一篇文章中,对新写实小说的这种倾向作了更明确的表述:"我认为它们充分体现了一种后现实主义倾向。后现实主义实际上超越了现实主义和现代主义既有范畴,开辟了新的文学空间,代表一种新的价值取向。"王干是在后现代语境中为新写实小说定位的,他指出新写实小说体现了一种后现实主义倾向,而在论述中则完全将它们作为后现实主义来对待的。他将后现实主义与现实主义作比较,充分揭示了后现实主义所具有的后现代的特征,主要有三。其一,还原:诉诸生活本身。"后现实主义小说是通过对意义(主题观念)的消解,从而对生活进行纯粹的客观还原,以最大程度地接近生活的真实性。"其二,从情感的零度开始写作。"后现实主义要求逃避作家的主体情绪和主体意向,消解作家主体对作品文本进行干扰、控制的种种可能,以保证生活形态的真正还原,'从情感的零度开始写作',便是后现实主义所遵循的写作原则和采取的写作态度。"其三，作家和读者共同作业。在阅读关系上，现实主义要求读者接受，而后现实主义则要求与读者一起来完成小说。后现实主义要求与读者保持一种"对话"关系，要让读者参与小说世界构成的过程，与作家共同完成对生活的还原，而反对那种带有专制性质的"独白"。[1] 应该说，王干的论述是最切近新写实小说性质的。后来，不少学者从新写实小说与现实主义和现代主义的关系上来为它定位，例如，吴调公认为新写实小说是现实主义和现代主义交融的产物，"融现实主义与现代主义，在某种意义上说这就是新写实的崛起了"。[2] 而雷达则认为："它的主导倾向其实是对传统现实主义的叛逆和扬弃，又保存现实主义文学的写实优势，与其说它靠近传统现实主义，不如说它受现代主义文学的影响甚深，它是现实主义与现代主义相激荡的特异产物，中国化的产物。"[3] 也有人认为新写实小说是现实主义在新时期的复兴；新写实小说是现实主义在新的更高层次上的回归；新写实小说是对中国以往现实主义的反动和叛逆，是真正意义上的现实主义。丁永强详细地比较了新写实主义与现实主义不同的审美特征，认为新写实主义不是对现实主义的否定，而是在现实主义基础上发展起来的"一种新的创作原则"，虽然有别于传统现实主义，但同属于写实小说的大范畴之中。[4]

根据本书确定的原则，我们认为新写实小说是现实主义小说的一种新形态，一种具有后现代特性的现实主义。新写实小说悄悄地接过先锋小说的观念并将其转换成"客观事实的叙述"，纳入自然客观的写实语境中。新写实小说主张对生活进行"原生态"描写，悬置判断，感情零度介入，冷漠淡然地叙述历史和现实中的凡庸人事、灰色人生、无奈的生活、低调的情感。据此，可以说新写实小说是现代的肌质、写实的骨骼。新写实小说放弃经典现实主义的一些主要创作原则和创作方法，而

---

[1] 王干:《近期小说的后现实主义倾向》,《北京文学》, 1989 年第 6 期, 第 45—51 页。
[2] 吴调公:《从深沉心态看历史浸润》,《钟山》, 1990 年第 2 期, 第 164 页。
[3] 雷达:《现实主义艺术形态的更新》,《作家》, 1990 年第 2 期, 第 71 页。
[4] 丁永强:《现实主义与新写实主义》,《文艺理论研究》, 1991 年第 4 期。

追求平面书写、感情零度介入,注重对生活的还原,但这一切不足以说明新写实小说不会宏大叙事,也不足以据此指责它们对存在与人生缺乏关怀。恰恰相反,新写实小说对于现实与人生的书写,并不是纯粹的客观化的复制,它的"原生态"创作主张更多地表现为叙事策略,在似乎漫不经心的书写中达到对现实"平面"的超越而进入现实的"深度"。另外,它强调情感零度介入,形式上是作为创作原则提出来的,而更深层的动机则是接受以往现实主义文学创作的教训,警惕强大的意识形态话语对现实武断的定义,避免意义先验地进入现实,远离集体言说对现实的覆盖与取消。因此,它在指认现实的存在状态与人的生存状态时,不再像传统现实主义那样,对生活进行典型化处理,从而重新构造一个高于生活的理想化的现实。新写实小说始终坚守它那一套创作原则与叙事策略,在否定现实中指认现实,在指认现实中达到对现实的一种新解读。从这个意义上来说,新写实小说为现实主义小说提供了一种新的认识世界的观照方式,一种新的艺术形态。

几乎与新写实小说并起,直到 90 年代才逐渐形成一个大致相近的创作倾向的新历史小说,是新时期后十年的现实主义小说的一个不大不小的创作潮流。它能够从各种小说中被提升出来,是由其新的历史观来定义的。关于新历史小说的界定,我赞同这种观点:将新时期以来持不同于正统历史小说的历史观,以新历史观来描写历史的小说称为新历史小说。以这种界定为准,新历史小说可以从莫言的"红高粱系列"小说开始,继而有乔良的《灵旗》、李锐的《旧址》、余华的《呼喊与细雨》、尤凤伟的《石门夜话》、贾平凹的《白朗》、刘震云的《故乡天下黄花》、张炜的《家族》、陈忠实的《白鹿原》、莫言的《丰乳肥臀》等。新历史小说"新"之所在,主要体现在对政治目的论形成的正统的历史观的突破,而表现出一种民间历史观的特点:一、新历史小说与正统历史小说鲜明的政治意识形态不同,它表现了一种民间意识形态化的特点,从民间的立场看待历史。《故乡天下黄花》、《旧址》、《呼喊与细雨》、《家族》、《白鹿原》、《丰乳肥臀》等作品表现得尤为突出。这些小说大多写民国时期的历史和新中国成立初期至"文化大革命"的历史,对这两段历史,新历史小说突破了原有的意识形态对它们的结论,力图用民间的历史观重新审视历史,以接近历史的真实。二、新历史小说大胆突入政治目的论历史观形成的某些"遮蔽",将笔触楔入"正史"之外的"野史"之中,以求进一步揭开历史。《灵旗》、《石门夜话》、《白朗》、《晚雨》等属于这类作品。三、在新历史小说中,传统文化开始潜入小说的话语世界而成为支撑小说的精神内核,从而表现出对民间文化的旨趣。这方面最有代表性的作品是陈忠实的《白鹿原》。[1] 概言之,新历史小说的民间历史观开启了历史小说的新境界,拓展了现实主义小说的表现空间。

新历史小说具有后现代的解构特点,这一特点还可以从新时期小说的发展中见出。新历史小说与伤痕小说、反思小说、寻根小说都表现出了历史主义原则,但它们的历史观各不相同。伤痕小说和反思小说主要从政治和道德的角度批判过去主流意识形态的政治失误及其造成的恶果,寻根小说是一种深度的历史主义,意在解开深潜的文化原则。新历史小说则从民间历史观或客观历史观立场重新书写20世纪的中国历史,或消解乃至否定正统历史观对这段历史的不正确的判断,或突破正统历史小说固守的政治视角,将其延伸到民间视角,以扩大历史的内容,重新解读历史。

在思想观念层面,新历史小说吸收了寻根小说的文化意识、反思小说的反思意识、先锋小说和新写实小说的后现代解构意识及叙事策略。在艺术表现层面,新历史小说没有形成共同遵循的创作原则、创作方法,它的大多数作品居于各种形态的现实主义小说中,还不是一个充分独立的艺术体系。它像山间的云雾,散之则无,聚之成形,称它为一种新的文学潮流或文学思潮或许更合适。

"现实主义冲击波"小说也是现实主义文学潮流,而非现实主义小

---

[1] 这里的论述吸收了舒也的观点。舒也:《新历史小说:从突围到迷遁》,《文艺研究》,1997年第6期。

说新的艺术形态。但它与以往的现实主义小说和新写实小说又有所区别，从目前来看，将它概括为"现实主义冲击波"尤为准确形象。理由是："冲击波"小说没有构建新的艺术原则，它"蓄势发端于80年代末的'新写实'小说"。[1] 在艺术上它承继了新写实小说的两条最主要的创作原则：一是"原生态"描写原则，以达到对生活本相的客观还原，二是平调的叙事原则和世俗化的写实倾向。"冲击波"小说之"新"所在，主要表现在思想内容和意义层面上。其一，它直接描写社会转型期的社会现实，处于社会变革主潮之中的社会现状与人的存在状态。以谈歌、刘醒龙、何申、关仁山为代表的"冲击波"小说家，都具有直面当下社会现实的品格，他们的小说表现出了强烈的关注当前现实的思想倾向，而且把目光和笔触直接伸入到当前的社会改革之中，描写生存的艰难，以及人们对待艰难的态度。其二，它揭示了社会转型期道德关系出现的新变化，即在权力与经济利益的面前，道德主动地放弃抗争的权利；道德必须服从现实的经济利益，服从物质价值；人们不仅要面对这种现实，而且还要接受并适应这种现实。这些就是"现实主义冲击波"小说的突出特点，正是这些特点，把它与新写实小说和新时期前十年的现实主义小说区别开来。例如，《分享艰难》写乡镇干部的艰难，就很突出。西河镇党委书记孔太平是一位务实又能适应新形势的干部，一心想把工作做好。但面对转型期畸形的社会现实，他不得不违心地学会不道德。为了对人民负责，让教师和全镇干部有工资，让灾民有温饱，他必须学会钩心斗角、耍手段，甚至还要容忍道德败坏者犯罪，犯了罪后再替他们说情。西河镇的洪塔山是个流氓企业家，孔太平十分厌恶这个恶棍。但由于洪塔山经营的养殖场是全镇的经济支柱、镇财政收入的主要来源，因此，孔太平不敢得罪这位财神爷。当洪塔山的客户因嫖娼被派出所抓获带走后，孔太平不得不亲自出面，求派出所放人。他听说有人向公安局检举洪塔山的经济问题，便立即派人去疏通，了结了此案。

---

[1] 肖复兴、朱向前：《'96收获与'97展望——关于"现实主义小说回流"的对话》，《文艺报》，1997年3月4日。

更有甚者，当洪塔山强奸了他心爱的表妹后，他虽然"气疯了"，但最后还是忍气吞声，打了他一顿了事。他不想这样做，又只能这样做。他有他的苦衷，对于孔太平来说，最大的艰难莫过于经济上的贫困与老百姓的温饱。为了分享艰难，他就不能惩治洪塔山，否则全镇的经济就要垮台，经济一瘫痪，自己的政治前途也就终结了。现实让孔太平（又何止是孔太平！）钻进了悖论的怪圈，"对于罪犯的纵容与姑息现在成了对于人民负责的行为，而惩治罪犯倒是对于人民的不负责"。[1] 这真是一个让人哭笑不得的逻辑。

《大厂》的旨趣与《分享艰难》相同，写国有大中型企业在社会转型期的艰难与挣扎。小说写在市场经济条件下，常常是一些吃喝嫖赌、无恶不为的大客户决定着工厂的命运。为了工厂和工人的实际利益，工厂领导不得不违心地讨好他们，刻意逢迎，陪吃陪喝，甚至还为他们提供犯罪的机会（找妓女），而当他们真的犯了罪被公安局抓起来后，又要想尽办法把他们从公安局"请"出来。《年底》、《村支书》、《年前年后》、《九月还乡》、《学习微笑》、《黄坡秋景》、《扶贫》、《狗殇》等小说表现了大致相近的旨趣。

应该肯定，现实主义冲击波小说对转型期的社会现实的反映是真实的，它直面现实的品格，使经过了先锋小说的消解与新写实小说平面化处理的现实主义获得了强化，并形成了强劲的冲击波。所以，谢冕认为"冲击波"小说的兴起，"是对前几年新潮小说玄虚、飘浮和'古老'偏向的一种校正，也是对近年来相当多的作品极端个人化和不关心公众和社会偏向的一种校正"。[2] 我们似乎也可以说，现实主义冲击波小说是新时期现实主义文学创作的一次战略性转移，即从淡化现实走向直面现实，从现实的平面、社会的边缘走向现实的内里、社会的中心。这一汹涌兴起的现实主义浪潮，被文学史家以"开放的现实主义"或"后现实

---

[1] 陶东风：《艰难不是分享就可以度过的——"新现实主义小说"之我见》，《作家报》，1997年5月15日。
[2] 谢冕：《一个提醒与一份清醒》，《当代文坛报》，1997年2月5日。

主义"加以概括。它既是"五四"新文学"为人生"传统的延传，又是当代文学思潮综合创新的美学成果，再次显示了现实主义作为中国现代文学核心传统的独尊地位，并以此推动中国文学跨进新世纪。

现代中国文学的现实主义传统的凝成，一方面来自悠久而强大的本土文学传统，同时源自19世纪末西方写实主义文学精神的影响。在传统"教化"文学背景下，由中国近代启蒙运动和西方科学主义精神的合力作用，形成最初的"写实文学"概念，至20世纪初，"五四"科学精神和新一轮思想启蒙的结合，形成"为人生"写实主义文学大潮。它逐渐摆脱感伤抒情时代氛围的笼罩，以思想的深刻性与艺术上的典型性、细节的真实性，显示出其"经典"模式，从而以其与时代需求的密切结合而稳居20世纪中国文学"主潮"地位，并制约或影响着其他文学思潮的发展，集中体现着中国文学的民族风貌。50—70年代极"左"政治潮流下，现实主义文学产生分化：显在层面上，它逐渐沦为政治的工具；而"十七年"文学园地中昙花一现的批判思潮和人性思潮、"文革"时期的"地下写作"，显示了现实主义"直面"与"批判"的优良传统强大的内在生命力。70年代以后，这一优良传统成为现实主义文学崛起并成为新时期思想解放运动的有力推动者，再次承担了它在历史上屡次承担的社会使命——思想启蒙与社会改造，从而又一次完成了远远超出"文学"范围的历史任务，显示中国文学的民族特色。因此，20世纪中国文学的现实主义思潮始终成为文学主潮，其所凝结的文学传统也成为中国文学现代传统谱系中居于至尊地位和强劲辐射力与渗透力的核心传统。在它的辐射与渗透下，其他文学思潮及其传统，无不带上或浓或淡的"写实"色彩。

第七章
艺术—美学传统之二：浪漫主义传统

20世纪，浪漫主义一直被文学史家们视为与现实主义并驾齐驱的文学主潮，但实际上，由于20世纪中国社会革命浪潮的冲击和民族危亡的威胁，浪漫主义始终没能茁壮成长。社会的黑暗，民族的苦难，阶级的纷争，为"直面人生"的现实主义文学提供了取之不尽用之不竭的创作源泉，同时又压缩着个性张扬与情感自由的浪漫主义文学的生存空间，使之时常被边缘化。因而，作为仅次于现实主义的核心传统，尽管它与现实主义文学传统一道，孕育于19世纪末20世纪初，大张于"五四"新文学时期。然而，不管是在美学精神历史凝聚的厚重上，还是在社会影响的深度与广度上，浪漫主义文学传统都无法与现实主义比肩。

20世纪中国浪漫主义传统一方面源自中国古典文学中的浪漫主义精神遗产，同时孕育于19世纪末思想启蒙大潮下人的主体意识的觉醒和情感的解放这一社会文化环境。但其走向"现代化"，则直接来自"西风东渐"背景下近代欧洲浪漫主义文学精神——以个人主义为基石的自由精神与批判精神——的启发与示范，"五四"新文化运动与新文学运动从根本上铸造了20世纪中国浪漫主义文学传统的现代美学品格。20年代以后，在风云变幻的中国社会，浪漫主义文学几经起伏，几经扭曲，呈现出"夹缝中求生存"的态势，然而它始终以多副面孔、迥然异趣的形态，或隐或显地顽强延传，多舛的历史际遇使它成为中国文学现代传统中最具传奇和悲壮色彩的文学传统。

经过19、20世纪之交的社会文化运动，在"五四"个性解放浪潮中，以创造社为代表的浪漫主义文学思潮以彻底的反抗和情感的宣泄，高扬了浪漫主义的反抗精神。30年代，在社会革命汹涌澎湃的形势下，以废名、沈从文为代表的"京派文学"坚守文坛一隅，成为被主流文学批判与压制的非主流文学。它在优美和谐的自然和原始古朴的"湘西世界"中描绘着作家心目中理想的人生形式，表达着人类永恒的超越现实精神品格。在40年代硝烟弥漫的民族解放战争中，浪漫主义文学在现实关怀的民族传统下走向多元化，或借古讽今，反抗现实政治的黑暗，表达民族解放与个人自由意愿，或编织超现实的浪漫传奇，表达人类心灵中的美好祈愿，使得浪漫主义文学在多姿多彩的外在形态中表现出"自由"、"解放"的永恒主题。50—70年代浪漫主义遭受压抑与扭曲，80年代以后，以固守崇高理想为旗帜的浪漫主义文学再度兴盛。

第一节　近代欧洲浪漫主义文学运动

20世纪中国浪漫主义文学传统植根于传统文学和现代社会的文化土壤，然而其成长与成熟，却直接来自近代西方浪漫主义文学的启发和示范。

欧洲浪漫主义文学产生于18世纪末，兴盛于19世纪前期。反抗一切外在束缚，追求人的解放与自由，是贯穿始终、渗透于各种形态浪漫主义文学的共同主题。

欧洲浪漫主义文学的兴起与发展，大而言之，是近世欧洲文化辩证发展的特定形态或必然结果。14世纪兴起于南欧的文艺复兴运动以人性反抗神性，高扬人的感性欲望以反抗基督教对人性的压抑和扭曲，开启了人性解放新时代。人性的复苏引发了理性精神的高涨，在随后的启蒙运动中，法国的伏尔泰等启蒙思想家们，把理性抬高到至高无上的神圣地位，成为审判一切的万能标尺。理性，最终又反过来成为压抑人的自由天性、自由情感的异己力量。于是，摆脱"理性"束缚，追求个人自由和情感解放的浪漫主义思想运动与文学运动，在18世纪末的西欧各国先后兴起。

就具体情形看，欧洲浪漫主义的兴起是由诸多因素共同促成的。首先，法国大革命标榜"自由、平等、博爱"理念，成为现代社会个性解放的思想基础。然而，革命之后的严酷政治现实在使人们对革命失望的同时，激发对个人政治自由与精神自由的热切向往，以忧郁和感伤的情调表达着这种失望与向往，是浪漫主义文学产生的心理基础。其次，针对法国启蒙主义运动制造的"理性万能"神话，以及由此形成的"理性"对人的主体性压抑，以康德为代表的德国古典哲学通过对"现象"与"物自体"的严格区分，论证了人类理性在认识和评判外在世界上的有限性。但同时，通过论证人类"为自然立法"的先天能力，高扬了人类主体性的先在性，从而为浪漫主义奠定了哲学基础；通过高扬"个性"与"情感"，实现了对启蒙主义理性原则的历史性超越。最后，科学的进步与资本主义的发展，使人们日益感受到现代工业文明的异化力量。在现代大工业生产方式及其形成的阶级关系中，"人"逐步失去了社会主体性与自由的精神空间。于是，回归自然和以圣西门、傅里叶、欧文为代表的空想社会主义思潮兴起，前者摒弃现代工业文明模式，主张回归中世纪乡村牧歌式的自然生活状态，后者批判资本主义制度对人的经济剥削和人性的异化，主张消灭阶级对立和阶级压迫，建立人与人之间平等互助的理想社会。两者憧憬的具体目标不同，但向往人的自由与解放则是一致的。这成为各种形态的浪漫主义文学反抗与批判现实，憧憬自由与美好的理想境界的共同的出发点。

欧洲浪漫主义文学运动的先驱是卢梭，他的小说《新爱洛伊丝》通过对一段缠绵动人的爱情悲剧的描写，颂扬了人的纯真的爱情和高尚的道德，抨击了封建道德的虚伪及对人性的扭曲。其对内在感情的推崇和对大自然的憧憬，开浪漫主义文学创作先河。浪漫主义文学运动发端于英国和德国，随后传到法国和东欧、北美其他国家。英国"湖畔派"诗人寄情山水、发思古忧伤之情的诗作，雪莱、拜伦充满反抗与战斗精神的政治抒情诗，济慈的抒情诗与传奇小说；法国早期浪漫派对神秘与幻想境界的悉心描绘，海涅的战斗诗篇；法国浪漫主义大师雨果、大仲马、乔治·桑那颂扬人类之爱、描绘传奇人生、揭露教会罪恶的经典之作，以及俄国的普希金、莱蒙托夫，美国的欧文、爱伦·坡、惠特曼，等等，组成多声部的浪漫主义旋律，汇成深沉厚重而汹涌澎湃的文学潮流。

浪漫主义文学要求打破古典主义的种种束缚，自由抒发个人的内在情感；热情讴歌纯真美妙的自然，追求人性的完美与心灵的自由；抨击封建道德和现代资本主义文明对人性的压抑与扭曲；憧憬超现实的神奇与浪漫境界。总之，浪漫主义文学以其反抗外在束缚、追求人的个性与自由而显示时代精神。这种源自思想启蒙又超越"理性至上"的人文精神，在19世纪末20世纪初传到中国后，立即催生了思想启蒙和个性解放浪潮下的浪漫主义文学萌芽，并迅速发展成为波澜壮阔的"五四"浪漫主义文学大潮，由此孕育出20世纪中国文学富有时代精神与民族特色的浪漫主义文学传统。

第二节　现代中国浪漫主义文学的中外文化背景

具体而言，20世纪中国浪漫主义文学运动及其文学传统的形成，首先得益于17世纪以来近代中国文化新思潮的哺育。它主要由晚明个性思潮、前清人文思潮和晚清"新民"思潮汇成，形成影响深远、起起伏伏的三百年中国式思想启蒙历史征程。至19世纪末，在中西文化全面冲撞与交会的形势下，西方浪漫主义文学的洗礼，启动了本土浪漫主义文学思潮的"现代化"进程。

从广义看，中西方近代思想启蒙运动各自都是一个漫长的历史过程。欧洲的启蒙运动于14世纪南欧的"文艺复兴"发端,中经宗教改革等社会文化运动,至18世纪达到高潮。法国18世纪的思想启蒙运动是其历史成果的集中体现,它直接引发了浪漫主义文学运动的兴起。中国近代思想启蒙萌芽于14世纪元明之交,至17世纪形成声势浩大的"晚明思潮"。经前清的相对沉寂,到19世纪末,在欧洲启蒙思想的启发下重新崛起,形成20世纪前期"五四"思想启蒙运动。两者反抗斗争的对象,一为基督教神权,一为世俗君主专制政权,但反对极权,反对迷信,高扬人的尊严与主体精神,则基本一致。因而,由思想启蒙带来的人的情感的复苏与自我意识的觉醒,开启了文学上的浪漫主义运动。

从历史发展过程看,欧洲思想启蒙运动由浅层到深层,由局部到全方位,步步推进。因而,18—19世纪成为欧洲文化向"现代"大踏步迈进的辉煌时期。中国的思想启蒙和个性解放运动则在晚明达到辉煌,形成历史运动难以重复的"永恒魅力",而在随后严酷的君主专制政治环境下,时续时断。19世纪末的"新民"思潮因急切而片面的政治功利性而深广有限,所以,"五四"新文化运动的先驱胡适、周作人等,对晚明人文思潮情有独钟,乃至视"五四"新文化运动和新文学创作为其精神传人。

一、"晚明思潮"下人的解放

明清之际即晚明至清初时期,是中国传统文化模式走向终结、现代反传统社会文化思潮日益增强的历史蜕变时期。以人的解放为核心的"晚明思潮",是对后世产生深远影响、最有生气的社会文化思潮。尽管它始终伴随着颓废、放荡与堕落,但"人"毕竟开始从压抑人性的程朱理学中得到解放。现代中国个性解放历程,正是由此起步,一步一步走向健康发展道路的。这一蕴含着新的时代精神的文化思潮,在"西风"的不断吹拂下,成为20世纪中国浪漫主义文学兴起与蓬勃发展的深厚文化土壤。

商品经济的发展及其对中国传统经济结构的突破,是人的解放社会思潮的经济基础。自秦汉以来,政治上的君主专制,文化上的意识形态化的儒学的思想控制,与小农经济模式构成中国大一统帝国文明模式的稳定结构。商品经济在中国历史上虽有不同程度的发展,但始终作为小农经济模式的延伸和组成部分而存在,在历代统治者重农抑商经济政策下,商品经济从来没有获得独立发展的空间和相应的价值观念支撑。两宋以后,以东南沿海为核心,商品经济呈现出突破传统小农经济束缚而独立发展、改变整个社会经济结构的大趋势。随着工商业中心的纷纷出现,社会经济重心开始了缓慢的变迁。

城市工商业和商品经济的发展,开始全面冲击社会生活和人们的思想观念。首先,商人阶层经济地位和社会地位大幅度提升,士阶层则随着经济地位的下降而相对沦落,由此不仅改变着社会阶级结构,同时改变着人们的价值观念,拜金主义、追求奢华与享乐成为新的风尚。在放纵的享乐中实现情欲的满足而不是对外在抽象道德信条的承担,逐渐成为人们自我意识的出发点和日常生活的主题。于是,奢侈、狂狷与放诞之习,弥漫社会,从而成为"人的自觉"的社会土壤。其次,商品经济的独立发展和众多工商业城市的崛起,产生了新兴市民阶层。他们来自农村,逐步在生活和思想意识上疏离故土,随之形成自身的生活方式和价值观念,并对社会生活产生着越来越深广的影响。这对传统的乡村宗法制度及人们的宗法意识产生冲击。在迅速膨胀的市民阶层中,个性意识逐步增强,成为明代反叛纲常名教、个性解放的社会与思想基础。最后,男女两性的自由交往也成为社会时尚。秦楼楚馆深处,灯红酒绿之间,雅士名妓诗赋酬唱,醉生梦死而被引为佳话;日常生活中的男女自由交往与恋爱,冲击着传统的父母包办与媒妁之言,人性舒展的空间前所未有地为社会世俗默认。

哲学的突破不仅是"晚明思潮",也是近世中国文化蜕变与转型的深层因素。一言以蔽之,阳明心学把"天理"与"人欲"合二为一,建立起中国式人本主义哲学，从而开创中国哲学的新时代。近世中国各种形态的"人学"，无不以阳明心学为本土哲学基石和文化背景，它是中国现代浪漫主义文学运动不可忽视的"文化基因"。

宋明理学既标志着中国古典哲学的终结，又暗含着现代哲学思想的萌芽。程朱理学通过对"天理"的本体论证，通过对人性二重性的发生论的探讨，得出"存天理，灭人欲"的人生价值论，成为近千年来纲常名教压抑人性的总表述。然而几乎同时，在理学内部出现反叛——陆九渊的"心学"理论。在禅宗思想影响下，陆九渊反对朱熹把"理"视为外在于人的本源性精神实体，而认为"理"在人心之中，"吾心即是宇宙，宇宙即是吾心"。人心才是宇宙本体。朱熹"理本体"与陆九渊"心本体"的激烈论辩，标志着中国古典哲学的新路向。从此，"心本论"走上中国思想史大舞台。

王守仁的哲学体系，集心学之大成。"心本论从先秦思孟学派的'尽心知性知天'，唐代禅宗的'以心法起灭天地'到南宋陆九渊的'宇宙便是吾心，吾心便是宇宙'，都有较系统的理论观点；而把这些理论观点上升到心物、心理关系这一哲学基本问题的高度，并对之作出哲学论证的，则是王守仁。"[1] 王守仁"心即理"的哲学命题进一步突出人的心性的哲学本体意义，由此凝成"心外无物"、"心外无理"世界观。"理"不在客观世界，而在人心中，"理也者，心之条理也"，心之理发之于外，便万物呈现。因而"意之所在便是物"，人的主观精神乃世界万物及其"理"的源泉，人的"意念"决定了外在的一切。因而，从自身先天本性中求得"天理"、主观使客观"得其理"的"致良知"，成为阳明心学的宗旨。这与康德、黑格尔强调的人的先验主体结构"为自然立法"哲学理念具有内在一致性，都体现了思想启蒙运动中人的主体意识觉醒与高扬的时代要求。

阳明心学意味着理学内部的"异端"思想形成气候，它以"心即

---

[1] 萧萐父、李锦全主编：《中国哲学史纲要》，外文出版社，2000年版，第400页。

理"哲学命题高扬人的主体意识与精神自由,对程朱理学发起强有力的挑战,终于形成思想解放思潮,引发了晚明时期反传统、反正统的社会潮流,使其成为现代浪漫主义文学运动的思想渊源。

阳明后学中的泰州学派,明目张胆地以"异端"自居,以"狂禅"之气把阳明心学引发的社会风潮推向极端。他们在现实生活中蔑视纲常礼教,言行放荡不羁。在思想上否定天理,肯定人欲,高扬个性意识与主体精神。创始人王艮提出"百姓日用即道"的观点,并以后者作为评价前者的标准,认为"百姓日用条理处,即是圣人之条理处"。[1] 把圣人之道与百姓日用等同起来,对封建纲常伦理具有极大的消解意义。王艮还提出"安身立本"之说,强调个体的生存权利与社会尊严,表达了晚明社会士林阶层对自我价值的大胆肯定与追求。何心隐更明确提出声色欲望乃出于人的天性,是自然人性的正常表现。罗汝芳则提出"赤子之心"说,认为"天初生我,只是个赤子。赤子之心,浑然天理"。[2] 这就否定了对外在纲常礼教的盲目尊崇,高扬人的自我意识、主体意识。这一思想倾向经李贽、"三袁"等人的系统发挥,深刻影响着晚明社会的思想观念与审美意识,汇成影响深远的个性解放浪潮。

继承王学思想并将其推向极端的李贽,面对正统的纲常礼教,公然以"异端"自居,被当时社会正统势力视为"异端之尤"。李贽为人处世多违背社会道德规范,显示出狂放不羁的人格。他大胆破除人们对孔子的迷信,提出不以孔子的是非为是非。他认为"道"决非高高在上、压抑人性的纲常名教,而是人人具有、圣凡一致的自然本性。"穿衣吃饭,即是人伦物理",[3] 从而使自然人性成为道学的基础。

在此基础上,李贽从"心学"出发,发展了罗汝芳"赤子之心"说,提出"童心说":"童心者,真心也。……夫童心者,绝假纯真,最

---

[1] 黄宗羲:《明儒学案》卷32泰州学案一:《处世王心斋先生艮》,中华书局,1985年版,第715页。
[2] 黄宗羲:《明儒学案》卷34泰州学案三:《参政罗近溪先生汝芳》,中华书局,1985年版,第764页。
[3] 李贽:《焚书》卷一《答邓石阳》。

初一念之本心也。若失却童心，便失却真心，失却真人。"[1] 童心说源自阳明心学，但与其又有本质性区别。王守仁的"心"、"良知"本质上仍然是合乎"天理"的儒家道德规范，只是由于它由外在世界移入人心之中，故显示了人的主体能动性；"致良知"从根本上未能超越传统儒家"心性"之学。李贽的"童心"则指人的自然本性，它是未受假道学及社会伪善风气污染的天真纯朴的精神状态。而对纲常名教即所谓的"义理"知晓越多，"童心"就会丧失越多，社会上就会流行假人、假事、假文。故在文学创作上他竭力强调发自内心冲动的"真性情"："世之真能文者，比其初，皆非有意于为文也。其胸中有如许无状可怪之事，其喉间有如许欲吐而不敢吐之物，其口头又时时有许多欲语而莫可所以告语之处，蓄极积久，势不可遏。一旦见景生情，触目兴叹，夺他人之酒杯，浇自己之垒块，诉心中之不平，感数奇于千载。"[2] 因而，在文学创作和社会生活中，他把"情"升华到哲学本体地位，认为天下只有一个情，纲常名教亦以情为本。天地间万事万物，以男女结合为蕴化根本；而男女之情，便是自然之道的集中体现。他认为："盖声色之来，发于情性，由乎自然，是可以牵合矫强而致乎？故自然发于情性，则自然止乎礼义，非情性之外复有礼仪而可也。惟矫强乃失之，故以自然之为美耳，又非于情性之外复有所谓自然而然也。"[3] 批判了正统思想所谓"发乎情，止乎礼仪"而最终以"礼仪"否定"情"的滥调。他认为情性是人的天然本性自然而然的流露，礼仪即在其中，故情性不需再以外在"礼仪"的束缚。若以"礼仪"相加，则失"自然之义"，便是"假人"、"假文"。李贽由此充分肯定了文学创作中发自人的自然情性的"声色"本身的天然合理性。可见，李贽为个性自觉、个性解放，理直气壮地展开了大旗。

某种程度上说，是王守仁和李贽二人的"蝴蝶效应"，推动了晚明

---

[1] 李贽：《焚书》卷三《童心说》。
[2] 李贽：《焚书》卷三《杂说》。
[3] 李贽：《焚书》卷三《读律肤说》。

（或者说"明清之际"）以主体自觉、个性解放为内核的反传统社会思潮的兴起与发展。王守仁"心学"在陆九渊的基础上，建立起较为完整的理论体系，标志着理学内部思想革命的完成。正统的程朱理学博大精深，其基本精神是"圣人千言万语，只是教人明天理，灭人欲"，[1]从而确立了类似于中世纪欧洲基督教神学的思想权威地位，开始了中国封建社会"礼教杀人"的历史。陆王心学则把"天理"移入"人心"之中，使人成为宇宙自然之道和社会人伦之理的评判者。"人心"成为评判尺度，人于是成为社会与自然运动的"立法者"。这就不自觉地以人为万物的尺度，人的主体性被升华到本体地位，从而把人从礼教的桎梏中解放出来。这是中国历史上具有划时代意义的哲学革命、思想革命。中国近代和现代各种类型的人的解放、个性解放，各种面貌下的反传统思潮，都可回溯到陆王心学及其引发的"晚明思潮"。

王守仁的影响不仅在其心学体系本身的思想意义，还在于他通过讲学与交友，影响了一大批社会精英，形成一个庞大的特殊士林阶层。他们以其放诞不羁的言行，影响了数代人的审美情趣和价值取向。以泰州学派为代表的各派王学之后学，更以各自把王学的极端化，对放纵情欲、张扬自我的社会风潮起到引领和推波助澜的作用。王守仁实为"晚明思潮"的始作俑者。李贽以其建立于自然人性基础上的"童心说"，实现了对阳明心学的继承和扬弃并把它推向极端化：自然情性或声色之欲，成为衡量一切社会现象的尺度。而其言行的相得益彰，产生巨大社会反响，在遭到正统势力的斥责与迫害的同时，引发蔑视立法、纵欲放荡的社会风潮。

在这带有病态美、畸形美、泥沙俱下、鱼龙混杂的社会文化思潮中，肯定人的自然情性与生存权利，高扬人的主体意识与个性意识，倡导精神自由，成为这场中国式文艺复兴运动的主调。它开启了中国文学"尊情"、"崇情"热潮，最终成为现代中国浪漫主义文学运动的精神

---

[1] 朱熹：《朱子语类》卷十二，朱杰人、严佐之、刘永翔主编：《朱子全书》第14册，上海古籍出版社、安徽教育出版社，2002年版，第367页。

源泉。

在中国文化史上,没有哪个时代像晚明时代那样,在社会生活和文学创作中,把人的自然情性或者说"人欲",置于人生哲学的本体地位,极力张扬和推崇,形成波澜壮阔的"尊情"文学浪潮及审美趣味。后世的"崇情"风潮虽间或也有声有色,但在思想力度和社会影响的深广度上,则难以与晚明比肩。

从哲学与政治角度看,对"情"的极力推崇实质上就是对程朱理学"存天理,灭人欲"信条的公然挑战。从美学角度看,则是对儒家"中和之美"原则的突破。在理学盛行的情况下,晚明人通过把"情"提高到自然哲学与人生哲学的本体地位,在以"情"代"理"中实现对理学的否定。这是一次具有划时代意义的思想革命。在尊情者看来,情是宇宙自然的本质,它弥散于宇宙间,成为连接、融汇天地万物的纽带;宇宙的历史,就是一大"情史"。情又是生命之源,人作为天地之精灵,感情最为丰富;人而无情,则不成为人。"情教"乃是育人根本之道,男女之情欲,具有先天合理性与合法性,而成为社会人伦物理的内在本质。

在这种思想观念与审美风气下,"情性"成为文学的最高审美范畴。李贽之后,公安派"三袁"提出"性灵说",以"独抒性灵,不拘格套"概括其崇真尚情、独出心裁的文学精神。以钟(惺)、谭(元春)为代表的竟陵派,主张诗歌创作更为纯粹的"性灵说"。还有胡应麟、陆时雍等人的"神韵说"等,构成了晚明崇情尚性、不拘一格的审美风尚。性灵小品、率性诗歌、"三言二拍"、"四大奇书",展现出晚明社会空前活跃、五彩斑斓的精神世界。这其中男女之情最能体现个性解放时代精神和浪漫主义审美意趣。浪漫热烈的临川派及代表人物汤显祖,是这一时代主题的集中体现。汤显祖认为,大千世界的本质便是"情",真切的人生就是有情人生;因为"情"与生俱来,其最高境界是排除一切世俗因素乃至超越生死的"至情"。他说:"情不知所起,一往而深,生者可以死，死可以生。生而不可与死，死而不可复生者，皆非情之至也。"[1]他创作的《牡丹亭》，就是这种震撼人心的"至情"赞歌。《牡丹亭》立于时代精神制高点上，代表了明代浪漫主义文艺思想和艺术的最高成就，对后世产生了深远影响。汤显祖之所以能够成为一个时代个性解放潮流与浪漫主义艺术成就的标志性人物，正在于他的思想高度：他超越了当时各种自然人性论，及众多色情文学趣味，把"纯情"、"至情"视为最高人生境界和艺术境界。正如有人精辟评论的："这种生死不渝的真情正是明代审美文化的制高点，是当时人性所能达到的最高境界。作者把这种真情升华到价值观的高度，它实际上已超出了男女之爱的狭隘范畴，成为一种普遍的人类之爱，一种与封建理学相对立的爱的哲学。"[2]

明清易代之后，中国社会文化环境发生巨大变迁。一方面，清朝统治者为巩固其统治，大力提倡程朱理学而遏制任何异端思想，包括个性主义思想，使得整个社会文化环境重归传统。文学创作上集中体现这一文化变异的，是才子佳人小说的兴起。"理"重新成为"情"的监督者与评判者，"发乎情，止乎礼义"重新成为中和之美之体现，成为情爱小说共同遵循的基本原则。另一方面，清朝统治者及许多汉族士人有感于明代放诞之风导致世风日下而亡国的历史教训，开始提倡"经世致用"，重新注重文学的"教化"之功。现实主义文学思潮抬头，并成为新时代的文学主潮。因此，明代中后期声势浩大、影响深广的个性解放及浪漫主义文学思潮逐步衰落，"晚明思潮"落下了历史帷幕。

然而，"晚明思潮"并未断绝，它以"暗流"或"支流"的形式，在清初到清中叶一脉相传并悄然"中兴"。钱谦益、黄宗羲、王夫之、叶燮等人的文学理论，在对明人文学思想的"纠偏"中，给"情性"留下了宝贵的空间。李渔以其戏曲理论《闲情偶寄》和艳情小说创作，继

---

[1] 汤显祖：《牡丹亭记题词》，郭绍虞主编：《中国历代文论选》第3册，上海古籍出版社，1980年版，第152页。
[2] 王小舒：《中国审美文化史·元明清卷》，山东画报出版社，2000年版，第227页。

承和发扬了晚明的个性主义、浪漫主义文学传统，使之在"复古"的文化环境中潜滋暗长。王士禛的"神韵说"和袁枚的"性灵说"，则是对晚明社会与文学风潮直接而公开的彰显。尤其是袁枚，以其颇成体系的理论，富有特色的创作和率性任情、不拘礼法的言行，对士林风气和文学创作，产生了较大的影响，成为从晚明到现代个性解放及其浪漫主义文学传统延传与发扬的重要桥梁。

自明中叶以来，反叛传统便成为近世中国文化发展的新景观、新传统。与西方一样，"叛逆"成为中国近世和现代浪漫主义文学一脉相承的思想价值取向。在哲学与美学层面上，陆王心学和李贽的"童心说"，启动了反叛传统的"晚明思潮"。清初黄宗羲、顾炎武、王夫之、唐甄等一批思想家，对君主专制制度的批判，则使近世中国反传统思潮落实到政治层面，从而显示出比反对纲常名教更具实质性意义的历史进步。黄宗羲认为，当今社会的最大弊病是君主攫取公有之天下为个人之私产，进而危害天下苍生。他明确表示："古者以天下为主，君为客，凡君之所毕生而经营者，为天下也。今也以君为主，天下为客。凡天下之无地而得以安宁者，为君也。是以其未得之也，屠毒天下之肝脑，离散天下之子女，以博我一人之产业，曾不惨然，曰：'我固为子孙创业也。'其既得之也，敲剥天下之骨髓，离散天下之子女，以奉我一人之淫乐，视为当然。曰：'此我产业之花息也。'然则，为天下之大害者，君而已矣！"[1]

把君主视为"天下之大害"，可谓击中了数千年君主专制制度的要害，代表了近世中国反传统思潮最具现代意义的思想成果。清初否定君主专制制度的启蒙思想，虽然不可能产生广泛的社会影响，形成有声有色的社会思潮，但足以代表近世中国思想与文化的最高成就，具有里程碑式的意义。这一激烈的反传统思想，成为现代中国反传统和个性解放思潮深层的思想文化资源。毫无疑问，以反传统为基本特征的"五四"

---

[1] 黄宗羲：《明夷待访录·原君》，中华书局，2011年版，第8页。

浪漫主义文学思潮的兴起与蓬勃发展,也是它的思想营养滋润的历史成果。

二、晚清思想启蒙与"崇情"文学思潮

鸦片战争前后,随着清王朝社会危机的加深,社会上出现一批胸怀大局的思想家。他们通过尖锐的社会与文化批判,倡导社会改革和向西方学习,推动经世致用思潮的兴起,同时推动着新一轮思想解放和个性解放思潮涌动。龚自珍期望通过社会改革,打破"万马齐喑"的沉闷局面,创造一个"不拘一格降人才"的社会环境。他继承李贽自然人性论思想,认为人的自然情性和私情具有天然的合理性,自古而然。他的《病梅馆记》是一篇批判社会对人性的扭曲、摧残,倡导个性解放,影响深广的力作。梁启超等一批近世思想启蒙运动开创者,无不深受龚自珍的影响。龚自珍实为晚清思想解放社会思潮的先驱。鸦片战争以后,魏源最早提出"师夷长技以制夷"的主张,为近代"学习西方"文化思潮,奠定了最初的思想基础。林则徐以实际行动表达了中华民族"走向世界"的历史选择。因而,解放思想、学习西方,成为汹涌澎湃的时代潮流。这一时代潮流为现代中国文学的成长,提供了全新的视野和文化土壤。

维新变法失败后,康有为、梁启超等人成为清末思想启蒙运动的实际领袖,人性解放和现代国民的培育,是其历史主线。康有为在"变法"思想框架下鼓吹人性解放,否定宋儒的理欲之辨,充分肯定建立在自然本性基础上的各种"人欲"。他更以西方的天赋人权思想为武器,论证人追求自身利益、个体幸福和全面发展愿望的天然合理性,为现代中国个性解放思潮奠定了现代思想基础。而系统地介绍和宣扬近代西方社会科学与人文精神第一人的严复,把"自由"作为立国、强国的根基,归纳出"自由为体,民主为用"基本原则。他以卢梭天赋人权思想为依据,系统论述了人的精神自由与人格独立在现代国民养成与现代民族国家建设上的根本意义。在个人权利与国家权利关系上,他虽然对西

方式个人主义观念有所保留,从而把约翰·斯图亚特·密尔的《论自由》译为《群己权界论》,但充分肯定先天个人权利,则是中国思想史上从未有过的。它标志着晚明以来以人的解放为核心的思想解放运动在西方新观念的支援下,实现了历史性的飞跃,并使之成为现代中国思想文化运动的"原动力"。

始终以"新民"作为旗帜的梁启超,被视为19、20世纪之交中国思想启蒙运动的精神领袖。他认为"新民为今日中国第一急务"。[1]"新民"的目的在于现代民族国家诉求而非近代西方个人的解放,因而他的"新民"运动基本内容由"独立"与"合群"两种相反相成的"德性"有机构成。前者培育的是具有独立人格和自由精神的现代国民"小我",为"私德"范畴;后者造就的是能够自我约束、自觉维护民族利益的国民"大我",为"公德"范畴。"小我"要屈从"大我","私德"服从"公德",最终形成国人的爱国意识和民族精神,从而建设团结富强的现代民族国家。这既是迫切的现实需要,也是深厚民族文化传统的体现。这种以现代民族国家建设为宗旨的"人"的建设思路,与"五四"时代个性解放大潮下陈独秀的"政治"宗旨暗合,它既成为20世纪中国浪漫主义文学个性张扬的原动力,又成为"革命"名义下各种伪浪漫主义滋生的土壤。

在"新民"大潮下,章炳麟、谭嗣同、刘师培、夏曾佑、柳亚子等一大批中国思想界先驱,竭力鼓吹人的解放,形成高亢的时代大合唱。他们纵情高论,意气昂扬,出语惊人,言尚偏激;动辄潸然泪下,每每搥胸顿足。这种士林风貌,本身就呈现出放纵情怀、张扬个性的时代精神。对情的推崇和情的泛滥,直接把20世纪中国浪漫主义文学推上历史舞台。

表现在文学思潮上,19世纪中叶至20世纪初的中国文坛,则是典型的尊情、崇情乃至滥情时代。"晚明思潮"尊情与崇情的主题,主要

---

[1] 梁启超:《新民说·新民为今日中国第一急务》,张兴品主编:《梁启超全集》第2册,北京出版社,1999年版,第655页。

表现为以男女之情为核心，反对礼教压迫，高扬自然人性，体现为自然人性的解放。鸦片战争前后，中国文学思潮"情"的高涨，不仅延续着人性解放的历史主题，更在于中国空前的民族与文化的深重危机，造成人们普遍的心理危机。这种危机感的表露，就是中国社会普遍的多愁善感，对各种现象过敏性的情绪反应，而"哭泣"，成为这种时代情绪的象征。刘鹗的《老残游记》正是这种感时伤怀之作，其《自序》正是"哭泣时代宣言书"：

  盖哭泣者，灵性之现象也，有一分灵性即有一分哭泣，而际遇之顺逆不与焉。……

  《离骚》为屈大夫之哭泣，《庄子》为蒙叟之哭泣，《史记》为太史公之哭泣，《草堂诗集》为杜工部之哭泣，李后主以词哭，八大山人以画哭，王实甫寄哭泣于《西厢》，曹雪芹寄哭泣于《红楼梦》。……

  吾人生今之时，有身世之感情，有家国之感情，有社会之感情，有种教之感情；其感情愈深者，其哭泣愈痛：此鸿都百炼生所以有《老残游记》之作也。

  棋局已残，吾人将老，欲不哭泣也得乎？吾知海内千芳，人间万艳，必有与吾同哭同悲者焉。[1]

与此同时，吴趼人出版《吴趼人哭》小品文集，以"哭"表达其对现代社会的愤激和时代的伤感。其一则云："吴趼人何为而哭也？天下事有极可怒者，有极可哀者，更有怒之无可容其怒，哀之又不仅止于哀者，则惟哭之而已。泚笔记之，当不觉涕泗之横流也。呜呼！天下可哭之事，宁独此耶？此特百十千万之一耳！掩面大嚎。"[2] 面对福建水师

---

[1] 舒芜等编撰：《近代文论选》（上），人民文学出版社，1999年版，第214—215页。
[2] 郭延礼：《中国近代文学发展史》第2卷，山东教育出版社，1991年版，第1236—1237页。

在马尾海战中的覆没和康梁维新变法运动的失败,林纾以号啕痛哭表达其"时代的哀痛"。在译述《巴黎茶花女遗事》和《黑奴吁天录》过程中,每至缠绵凄恻或忧愤伤心之处,林纾等人总是情不自禁,相对而泣。两书的出版,轰动社会,海内读者同声一哭,严复以"可怜一卷《茶花女》,断尽支那荡子肠"的诗句,描述这种社会奇观。在个性张扬与情感解放背景下,家国情仇的复杂交织及随意释放,最终形成了中国现代史上这富有魅力、不可重复的"哭泣时代"。"情"的恣肆与泛滥,既是社会生活中个体意识的萌芽,也是现代浪漫主义文学的"原动力"。

清末文学极力张扬的"情",已非晚明时代以自然人性为基础的男女之情,而是家国之情,社会人伦之情。它于无形中排除了自然人性这一人性解放的基石,极力调和情—理矛盾和冲突,重新回到"发乎情,止乎礼义"老路上去。吴趼人的创作和理论可谓这一时代精神的典型表现。他的《恨海》、《劫余灰》等小说,以融汇了"理"的天地之情来消解"儿女之情":那天地之情"对于国君施展起来便是忠,对于父母施展起来便是孝,对于子女施展起来便是慈,对于朋友施展起来便是义。可见忠孝大节,无不是从情字生出来的。至于那儿女之情,只可叫做痴;更有那不必用情,不应用情,他却浪用其情的,那个只可叫做魔"。[1] 最为流行的"写情"模式,是林纾式的"拾取当时战局,纬以美人壮士",[2] 又以历史风云消解男女私情。

然而,在世纪之交,中国文学又在突破这种"写情"模式,使"尊情"思潮悄然发生质变。其一,以自然人性为基础,突破传统礼教束缚的"儿女私情",重新获得认可,引发广大读者强烈的感情共鸣。林纾译述的《巴黎茶花女遗事》和《迦茵小传》引起巨大的社会反响,典型地体现了这种社会审美意识的时代变迁。这一趋势到苏曼殊和徐枕亚的浪漫抒情小说及其社会轰动效应,终于开创了现代浪漫主义文学的新局

---

[1] 吴趼人:《恨海》第一回。
[2] 林纾:《劫外昙花·序》,陈平原、夏晓虹编:《二十世纪中国小说理论资料》第1卷,北京大学出版社,1997年版,第512页。

面。其二,民初之际,纯粹的言情小说风靡文坛,且种类繁多,哀情、艳情、惨情、怨情、苦情、孽情、奇情、侠情等等,不但集中在儿女私情上做文章,更在于审美趣味发生了历史性转变:由传统的大团圆一变而为"悲惨世界"。从此,悲剧成为时代主调。"五四"浪漫主义文学思潮,正是在这一历史阶段上起步的。

因此可以说,清末民初的"泛情思潮"一方面是晚明清初以来个性解放中"尊情"思潮的历史延续,一方面,在中西交会的新的文化语境中,成为20世纪中国浪漫主义文学的先声和雏形。它直接推动了"五四"浪漫主义文学的兴起,并成为全面影响其美学精神的文学资源和文化背景。

在这一时期,最具深广影响力、最具里程碑意义的,是苏曼殊和徐枕亚的文学创作。前者不仅是20世纪中国文学真正的"浪漫抒情第一人",而且其文学作品在一定程度上奠定了"五四"浪漫抒情文学(小说)基本范式。后者则以其汪洋恣肆的"哀情",赚得无数读者的眼泪,实现了中国人情感的大解放。

苏曼殊(1884—1918),字子谷,原名玄瑛,出家后法名曼殊。原籍广东香山,出生于日本一个华侨富商家庭。他是父亲与一位日本女子的私生子,从小颠沛于出生地与故乡之间,受尽歧视与虐待。十二岁剃发出家,旋因犯戒被逐。这期间到日本寻母、求学,饱尝辛酸而再归佛门。他身披袈裟而与数名女子情意缠绵,生死相恋;放纵食色之欲,洒脱不羁。投身革命,颇显英雄本色。他热爱人生,胸怀理想却饱尝磨难,遁入空门欲求解脱然多情善感,尘缘难断。这就造成他在出世与恋世之间徘徊,多情与绝情之际痛苦,从而获得"情僧"雅号。而从根本上说,托身禅寺,不过是他解脱尘烦的权宜之计,他的内在精神与情怀,则始终是一个典型的浪漫主义者,真诚率性,自由放任。

20世纪初,以拜伦、雪莱为代表的西方近代浪漫主义文学传入中国,对中国人的精神气质产生了影响。苏曼殊和梁启超、马君武等人一起,成为最早的译介者,而苏曼殊由于思想的敏锐与情感的丰富细腻,其译作比注重"新民"的梁启超等人更在美学品格上得原作之精髓。中国古典诗歌形式与西方近代浪漫主义精神的完美融合，使其独具魅力。在翻译过程中，拜伦的热烈高亢与雪莱的温润恬静相得益彰，融入苏曼殊情感世界、心灵深处。拜伦的《赞大海》、《哀希腊》、《去国行》，雪莱的《冬日》等浪漫主义名篇，经其几乎完美的译述，为中国读者所知。郁达夫这样评价他的文学创作："他的译诗，比他自作的诗好，他的诗比他的画好，他的画比他的小说好。"[1]

苏曼殊本人因极其喜爱拜伦和雪莱的诗作而被称为"灵界诗翁"。他的《题〈拜伦集〉》云："秋风海上已黄昏，独向遗编吊拜伦。词客飘蓬君与我，可能异域为招魂。"其《本事诗》云："丹顿裴伦是我师，才如江海命如丝。朱弦休为佳人绝，孤愤酸情欲语谁？"他非常推崇这两位浪漫主义诗人，把他们引为知己。苏曼殊不仅是现代中国最早译介以拜伦、雪莱为代表的西方浪漫主义文学者之一，他把拜伦的豪迈热烈与雪莱的恬静柔美有机统一，形成自己雄浑豪迈而潇洒轻灵的浪漫主义诗风。雄浑豪迈更多地表现在他充满燕赵悲歌式的英雄主义诗篇中：

  蹈海鲁连不帝秦，茫茫烟水着浮身。
  国民孤愤英雄泪，洒上鲛绡赠故人。

  海天龙战血玄黄，披发长歌览大荒。
  易水萧萧人去也，一天明月白如霜。（《以诗并画留别汤国顿二首》）

潇洒轻灵主要体现在人生感喟和儿女幽情的诗作中：

  春水难量旧恨盈，桃腮檀口坐吹笙。

---

[1] 郁达夫：《杂评曼殊的作品》，吴秀明主编：《郁达夫全集》第10卷，浙江大学出版社，2007年版，第280—281页。

华严瀑布高千尺,未及卿卿爱我情。(《本事诗》第五)

相怜病骨轻于蝶,梦入罗浮万里云。
赠尔多情书一卷,他年重拾石榴裙。(《本事诗》第七)

苏曼殊的小说以《断鸿零雁记》为代表,有《绛纱记》、《焚剑记》、《碎簪记》、《非梦记》和未完成的《天涯红泪记》。作品多以一男二女模式,展开小儿女缠绵凄恻的爱情故事,人物形象、故事情节及情感意绪,带有鲜明的作者生活痕迹,可以看作其诗作内涵的艺术展现。《绛纱记》写薛梦珠与谢秋云之间的生死爱情,面对秋云的爱,梦珠因心中"难言之痛"而无法接受,竟遁入空门。待秋云千辛万苦找到他时,他已在无量寺坐化,怀中却珍藏着秋云所赠绛纱。《碎簪记》中庄湜与灵芳真诚相爱,其叔父逼迫庄湜移情莲佩。庄湜与灵芳挚爱不渝,莲佩亦倾心庄湜。叔父怒碎庄湜与灵芳的定情之物玉簪,三人最终皆殉情而死。《非梦记》中主人公海琴与老师之女薇香相爱、订婚,海琴婶母刘氏从中作梗,耍尽欺骗手段撮合海琴与凤娴,造成误会丛生。三人情感波澜起伏,最终薇香投河殉情,海琴剃发出家,凤娴独守清灯。《焚剑记》写清末年间独孤粲与刘阿兰的爱情悲剧,既是恶亲破坏所致,也是乱世所造。

《断鸿零雁记》无论是人物形象、情节结构,还是感情格调,作为苏曼殊的代表作,堪称民初浪漫主义文学的奠基之作。小说主人公三郎出生于日本,出生不久被母亲送到中国,寄养在义父家中。义父去世,他陷入悲惨境地,不得已出家做了和尚。一次出外化缘,偶遇乳娘及未婚妻雪梅。从乳娘口中,他得知生母尚在日本。雪梅被父亲悔婚,但对三郎还是一往情深,资助他东渡日本寻母。三郎到日本与母亲团聚,遇到才貌双全的表姐静子,两人陷入爱河。同时三郎也陷入痛苦之中,一方面念及雪梅的爱情,一方面又在佛教戒律与世俗情爱之间徘徊。最后狠心地拒绝静子的爱情,带着难言的伤痛回到中国,却又惊悉雪梅因忠贞于爱情,已经绝食而亡。三郎千里迢迢赶往雪梅故乡凭吊恋人,斜阳荒草中,已无法找到雪梅坟墓,主人公唯有"弥天幽愤","难言之恫"。

首先,苏曼殊的系列小说尤其是代表作《断鸿零雁记》,在中国现代叙事文学发展史上具有革命性意义:整体性地颠覆了中国传统小说的叙事模式及其相应的文学观念。它不再像传统小说那样,以完整的情节描叙外在的生活样态,而以主观抒情实现了小说的主观化、诗意化、散文化的历史性转变。这既是中国小说在由传统向现代的转化过程中"现代性"的主要体现,也是20世纪中国浪漫主义文学发端的里程碑。主人公缠绵悱恻之情,一是来自世俗爱情的相爱不成,两位爱人之间的艰难选择,而根本的"难言之恫",则是佛门戒律与自然人性欲求之间的尖锐矛盾。这些幽深而复杂的难言之情不是来自某种外在的教条和理念的规范,而是两难中本真的生命体验。正如其诗所云:"乌舍凌波肌似雪,亲持红叶索题诗。还卿一钵无情泪,恨不相逢未剃时。"(《本事诗》第六)"碧玉莫愁身世贱,同乡仙子独销魂。袈裟点点疑樱瓣,半是脂痕半泪痕。"(《本事诗》第八)种种人生悲欢与无奈,最终凝结为难以诉说的情怀:"契阔死生君莫问,行云流水一孤僧。无端狂笑无端哭,纵有欢肠已似冰!"(《过若松町有感示仲兄》)这种发自抒情主人公心灵深处的情怀,正是浪漫主义文学的本质特征。

其次,苏曼殊的小说具有鲜明的自叙传性质。《断鸿零雁记》基本情节就是作家本人经历的艺术再现。其他作品中的人物形象及诸多故事情节,皆有作者真实的影子。"自叙传"正是欧洲浪漫主义文学的一大特征,卢梭的《新爱洛伊丝》、《忏悔录》就是典型的自叙传作品。苏曼殊小说开中国"自叙传"小说先河,而"自叙传"正是以个人主义为哲学基石的浪漫主义文学的又一重要特征。这恰被"五四"时期创造社作家和一部分文学研究会作家继承和发扬,形成"五四"文学独特的艺术风景线。

最后,苏曼殊的诸多小说,贯穿着一个凝聚时代精神的艺术形象——飘零者形象。以《断鸿零雁记》中的三郎为典型,他笔下的主人公们大都是外在生活和内在精神的"流浪者":在现实生活中,主人公们或处于弱势地位,被世俗的人们肆意欺凌;或因个性气质,人生追求不见容于社会而被排斥,落入孤苦无依境地。他们又通过主动的自我放逐,从世俗社会轨道上退出,顽强保持自己精神的独立,保持一个真实的自我。这往往又使自己陷入经济的贫困而倍感人生的无奈,而无奈的人生境遇又引发感情或人生坐标的两难抉择,从而陷入精神的孤苦。总之,生活与精神双重的流浪者与孤苦者,是苏曼殊对中国现代文学的独特贡献。这一形象,正是浪漫主义文学个性意识与主观抒情的艺术载体。它作为现代文学创作传统,被"五四"新文学全面继承,化为鲁迅笔下的"狂人"、"吕纬甫"、"魏连殳"、"史涓生",庐隐笔下的"露莎"等启蒙时代的"孤独者"形象,更泛化为"异军突起"的创造社诸作家所开创的浪漫主义文学大潮中,具有共同时代精神特征的"零余者"形象系列。从某种意义上说,"五四"时期浪漫主义文学大潮的共同主题,就是这群患有时代忧郁病和孤独症的"零余者"的内心独白和感伤倾诉组成的"时代歌声"。

显而易见,苏曼殊的浪漫抒情文学尤其是小说创作,为他所生活的时代提供了新的文学范式,与"五四"文学特别是浪漫主义文学大潮之间有着直接的因缘关系。钱玄同在与陈独秀、胡适等讨论新文学建设的通信中,把苏曼殊与梁启超一同视为超出其时代的新文学开创者:"曼殊上人思想高洁,所为小说,足为新文学之始基乎。""梁任公先生实为近来创造新文学之一人……鄙意论现代文学之革新,必数及梁先生。"[1]而创造社成员对苏曼殊的文学地位及创造社与苏曼殊之间的文学关系也有中肯的评价:"以老的形式始创中国近世罗曼主义文艺者,就是曼殊;而曼殊的文艺,跳了一个大的间隔,接上创造社罗曼主义运动。"[2]

---

[1] 季羡林主编:《胡适全集》第1卷,安徽教育出版社,2003年版,第24—25页。
[2] 转引自陈国恩:《浪漫主义与20世纪中国文学》,安徽教育出版社,2000年版,第33页。

这个所谓"大的间隔"，应该指创造社浪漫主义文学兴起前的鸳鸯蝴蝶派小说和"五四"初期以《新青年》为主阵地的启蒙主义文学。而实际上，此期的鸳鸯蝴蝶派文学正以"哀情"、"惨情"、"艳情"等名目繁杂之"情"，使整个文坛涕泪横流，香尸遍地。但其浓烈的主观抒情（包括大量矫情）却为此后浪漫主义文学的骤然兴起并蔚为壮观地发展，准备了充分的审美心理基础及文本的美学范式。在鸳鸯蝴蝶派小说创作方面，徐枕亚的《玉梨魂》、吴双热的《孽冤镜》、李定夷的《霣玉怨》三大哀情小说鼎足而立，推动清末言情小说趋向纯化、雅化，为"五四"以后的浪漫主义文学推波助澜。在启蒙主义文学创作方面，"五四"新文学先驱们在"呐喊"之后的集体"彷徨"，也是浪漫主义文学兴起与发展的社会与文化背景。

与苏曼殊呈珠联璧合之趣的是徐枕亚的《玉梨魂》，两者具有相当的文学史意义。首先，两者一写和尚谈情，一写寡妇恋爱，都是当时中国社会最为敏感的道德禁区。以诗意笔墨，大胆描写自然人性欲求，表达人性解放的时代心声，引发爆炸式社会反响。其次，两者都实现了中国小说文本由客观叙事向主观抒情的历史性转变，开中国现代浪漫抒情小说之先河。

《玉梨魂》和苏曼殊的小说一道，都有着不容置疑的革命性、开创性意义。《玉梨魂》标志着在"西风东渐"的文化背景下，近代中国数百年漫长而曲折的人性解放历程，终于突破坚固的"历史瓶颈"，汇入汹涌澎湃的现代历史大潮。明末清初之际，在复古之余思潮高涨、程朱理学重新成为官方意识形态的历史情形下，晚明个性解放浪潮被抑制，"发乎情，止乎礼义"重新成为男女之情的戒律。此时，以理制情的才子佳人小说成为时代的标准文本。晚明以来，冯梦龙情融于理的"情教"说成为社会的审美准则，至吴趼人的"情教"理论，"情"与"理"互为表里，合而为一，而人的自然性情则被视为必须规范和制约的"魔"，失去了合理性与合法性。《玉梨魂》大胆突破了这种"情教"理论的桎梏，标志着人性解放和审美风尚的新的历史开端：在西方现代人文主义精神启迪下，《玉梨魂》继《西厢记》、《牡丹亭》、《红楼梦》之后，公开为被"泛情哲学"所排斥的男女之"情魔"正名，标志着中国人性解放历程由古典阶段的终结向现代历史的迈进。作品在"纯情"表象下以眼泪鼻涕为动力，大肆渲染久被压抑的"人"的感性欲望，着力描写发自人的自然本性的儿女私情、男女之爱，展示人的情感渴求的合理性与合法性。它以肆无忌惮的情欲"核裂变"，承担并完成了激发现代中国人重新回到情感解放道路上，在新的历史条件下重新起步的历史重任。与此相关的，是《玉梨魂》以华美的骈文骊句，缠绵悱恻的主观抒情，实现了小说文体革命性转变，并由此引发社会读者强烈的感情共鸣，最终引发"哀情小说"热潮，开创了文坛阴柔秾艳的审美风尚，成为"鸳鸯蝴蝶派"的发端之作，徐枕亚本人也被后世文学史家视为该派的始祖。

《玉梨魂》的审美情趣尽管与现在的读者产生了相当大的距离，但它无疑是20世纪初产生深广的社会影响的经典文本之一。1912年在《民权报》上连载时，作品就已轰动社会。1913年单行本发行后，在青年读者中激起极大反响，再版、三版至若干版，销量达三十万册左右。上海明星影片公司把它改编成电影，继而又改编成新剧上演，观众如潮。因此，《玉梨魂》在现代中国文学史上开创了一个审美新时代。而更深远的意义是，徐枕亚创作的"情感启蒙"之功，为"五四"浪漫主义文学的兴起及其传统的凝定，聚集了充分的社会心理能量，奠定了现代审美心理结构。"五四"新文化运动兴起后，那些"梦醒了无路可走"的人们，正是在这一情感趋向下，把浪漫主义文学迅速推向高潮。

第三节 "五四"个性解放与浪漫主义文学传统的形成

从某种意义上说，"五四"新文化运动是现代中国浪漫主义文学运动的文化酵母，而浪漫主义文学运动，则是"五四"精神的艺术展现。两者共同的文化精神是：反抗外在异己力量对人性的压抑和扭曲，实现人的彻底解放。在自然人性基础上追求灵肉和谐一致的"人"的生活，在个人主义基础上实现精神自由与人格独立。这一点中西方浪漫主义文学有着高度的一致性，所不同的是，西方浪漫主义文学运动反抗的对象是中世纪基督教、近代理性至上、科学万能神话及新兴资本主义文明对人性的压抑；中国新文化运动孕育出的浪漫主义文学大潮反抗的，是程朱理学及其具体体现——戕害人性的礼教。中国浪漫主义文学具有悠久而深厚的本土文化资源。明清之际，它在经过一个发展历程后，因无力突破传统的束缚而趋衰落。在清末民初"西风东渐"文化背景下复苏，它经过了"犹抱琵琶半遮面"的情感解放阶段，实现了人性的苏醒。运用新的思想武器，秉承新的价值观念，"五四"新文化运动的先驱们把现代中国人的解放运动推向新的历史阶段——由感性的苏醒实现思想解放与伦理革命，从而使这场新文化运动趋向深入。正是在此背景下，中国浪漫主义文学由涓涓细流而汹涌澎湃，在中国文学史上第一次形成波澜壮阔的文学大潮。

但现代中国浪漫主义文学思潮未能像18世纪末到19世纪欧洲浪漫主义文学运动那样，在特定历史时期独占鳌头，它始终与中国另一个更为强劲的文学传统——现实主义文学传统相消长，几起几落，曲折发展。这首先由现代中国特殊时代需求造成。近代中国，反抗"礼教"压迫的人性解放诉求与改良政治、改造社会的现代民族国家诉求交织在一起，形成所谓"启蒙—救亡"的时代二重奏。这一特殊的环境不仅孕育出有声有色的浪漫主义文学运动，更是中国文学固有的"教化"传统在新的时代需求下发扬光大，形成强劲的现实主义文学大潮，凝结成渗入中国文学各个角落的现实主义传统。其次是由于近代欧洲历时性的文学思潮以共时性形态传入中国，使得20世纪初的中国文坛上，现实主义、浪漫主义、现代主义、古典主义百花争艳、相互交织。最后，由于民族救亡的严峻形势和政治运动对文学的全面利用与强行干预，浪漫主义文学不仅经常受到现实主义文学强大潮流的冲击，被挤压到"非主流"地位，本身还往往遭受扭曲，形成被人诟病的"伪浪漫主义"文学。浪漫主义文学这种几度起伏、兴衰，表明它在20世纪中国社会的生存环境远较一百多年前欧洲浪漫主义文学恶劣，同时也折射出一个现实问题：现代中国"人的解放"历史任务远没有完成。从某种程度上说，现代中国浪漫主义文学运动的兴衰与蜕变，是"人的解放"运动的"晴雨表"。

个性解放与个人主义是浪漫主义文学的哲学基础。中国浪漫主义文学之所以在"五四"时期蔚为大观，首先就在于"五四"新文化运动的个人主义精神。新文化运动之初，陈独秀就在《青年杂志》上撰文，通过东西方文化对比，赞扬西洋民族"纯粹个人主义之大精神"，批判东洋民族家族主义对个人的压抑，为个性解放运动张目。[1] 胡适在《易卜生主义》等文中更是大力倡导"易卜生主义"，宣扬以"自由意志"和社会责任为根基的独立人格对现代社会与现代民族国家建设的根本意义。周作人通过系统阐发建立在个人主义基础上的"灵肉和谐一致"的生活，指出了"五四"新文学正确的发展方向。总之，以自然人性与自由意志相融合而凝成的独立、健全的人格模式，是"五四"新文学追求的最高目标。这正是浪漫主义文学起步与成长的基石。

在"五四"新文化运动先驱行列里，鲁迅的性情最鲜明地表现出浪漫主义气质。他的思想，不仅来自西方先哲的启迪，更凝结自其独特的生命体验。因而，在"五四"新文化运动兴起前后，鲁迅便以独特的视角，阐发了他个性解放的思想。他以建立在尼采"超人"哲学基础上的个人主义哲学，通过大力呼唤"摩罗诗人"，呼唤中国浪漫主义文学的诞生。在《文化偏至论》中，他回顾近代西方各国富强之路，指出中华民族新生的根本"道术"，在于"尊个性而张精神"，[2] 国家强盛的根基，不是物质与科技，而是建立在少数社会精英个性主义基础上的民族精神的高扬。因而，青年鲁迅主张"剖物质而张灵明，任个人而排众数"，呼唤民族的"超人"诞生。他以英雄主义情怀宣称："惟超人出，

---

[1] 陈独秀：《东西民族根本思想之差异》，任建树等编：《陈独秀著作选编》第1卷，上海人民出版社，2010年版，第193页。
[2] 鲁迅：《文化偏至论》，《鲁迅全集》第1卷，人民文学出版社，2005年版，第58页。

世乃太平。苟不能然，则在英哲。……与其抑英哲以就凡庸，曷若置众人而希英哲？则多数之说，谬不中经，个性之尊，所当张大，盖撄之是非利害，已不待繁言深虑而可知矣。"[1] 这种个性至上、精神至上的"超人"哲学，正是浪漫主义文学的哲学基础。在《摩罗诗力说》中，鲁迅更是通过对近代欧美"摩罗诗人"拜伦、雪莱、密茨凯维支、普希金、莱蒙托夫等的评述，高度赞扬他们勇于反抗一切压迫，为个性解放、社会解放、民族解放起而抗争的英雄品格。由此而把他们喻为"立意在反抗，指归在动作"，[2] 为各国反动势力所仇视的"摩罗诗人"，视其为欧洲19世纪前期"精神界之战士"、"精神界之伟人"。而他们的作品，正是其个性精神、民族血性的艺术再现。反观中国，自古及今，这种凭一腔热血，挺而反抗，死而后已的英雄气概，真是寥若晨星。即便洁身傲俗如屈原者，在鲁迅看来，亦难称得上有"摩罗"精神。由于社会上下热衷于"实利"，无崇高之理想，缺少以个性精神、英雄品格为内核的"摩罗"人格，中国文学自古以来，就缺乏震撼人心的"伟美之声"。他赞扬为希腊民族独立事业而献身的拜伦的"摩罗"精神："故怀抱不平，突突上发，则倨傲纵逸，不恤人言，破坏复仇，无所顾忌，而义侠之性，亦即伏此烈火之中，重独立而爱自繇，苟奴隶立其前，必衷悲而疾视，衷悲所以哀其不幸，疾视所以怒其不争。"[3] 而纵观近代欧美各国真正的"摩罗诗人"："无不刚健不挠，抱诚守真；不取媚于群，以随顺旧俗；发为雄声，以起其国人之新生，而大其国于天下。"[4] 热切盼望具有古老文明的祖国同样能起此"新声"，奋发图强。而其前提则在于中国拥有自己的"精神界之战士"，"今索诸中国，为精神界之战士者安在"？[5] 青年鲁迅的上述言论尽管在当时并未产生多大

---

[1] 鲁迅：《文化偏至论》，《鲁迅全集》第1卷，人民文学出版社，2005年版，第53—54页。
[2] 鲁迅：《摩罗诗力说》，《鲁迅全集》第1卷，人民文学出版社，2005年版，第68页。
[3] 鲁迅：《摩罗诗力说》，《鲁迅全集》第1卷，人民文学出版社，2005年版，第82页。
[4] 鲁迅：《摩罗诗力说》，《鲁迅全集》第1卷，人民文学出版社，2005年版，第101页。
[5] 鲁迅：《摩罗诗力说》，《鲁迅全集》第1卷，人民文学出版社，2005年版，第102页。

的社会影响，它的意义在于：这种对"摩罗诗人"的呼唤，既是时代精神的呼唤，又是作者自身人格的写照。十年之后，鲁迅以其出手不凡的文学创作掀开了"五四"新文学运动的历史帷幕，同时也以精湛的艺术，于新文学运动之初，就树立了一座"立意在反抗，指归在动作"的"摩罗诗人"历史丰碑。一般认为，创造社的郁达夫、郭沫若诸人开创了"五四"浪漫主义文学大潮，其实，浪漫抒情是整个"五四"文学共同的审美情趣。早期文学研究会的创作亦被浸润乃至淹没其中，而"五四"文学浪漫抒情潮头的首创者，无疑是鲁迅。

觉醒后的呐喊反抗与失败中的彷徨忧伤，构成"五四"新文学时代情绪的二重奏。鲁迅的《呐喊》、《彷徨》，在奠定了现代中国现实主义文学基石的同时，也奠定了现代中国浪漫主义文学的感情基调。它一方面影响到《新青年》团体、乡土文学的现实主义创作基调，同时与"异军突起"的创造社作家惊世骇俗的直抒胸臆相呼应，汇成浪漫主义文学的时代和声。

鲁迅的第一篇白话小说《狂人日记》被视为中国现代白话小说的开山之作。它以思想的深刻与艺术的独创，引发社会轰动性反响。在美学精神上，它与其说是象征主义与现实主义的结合，不如说是象征主义与浪漫主义的结合。因为在完整而明晰的象征世界中，作者的兴奋点并不在于描写外在的社会生活内容，而是集中表现"狂人"在发狂——思想觉醒之后独特的心态及决绝的反抗精神。那"从来如此，便对么"的勇敢发问，那对中国四千年"吃人"历史的深刻洞悉，那对吃人者的愤怒警告，那"救救孩子"的深切呼唤，尤其是"梦醒之后无路可走"的绝望等，都使这篇小说显示出浪漫主义战斗精神。这是近代"摩罗诗人"的呐喊在中国大地上的第一声回音。

此后，鲁迅小说在现实主义的真切与冷峻中大多融注了或浓或淡的抒情成分，构成其艺术特征的重要内涵，以至于后世学者多把鲁迅小说视为"诗化小说"。其感情格调主要表现为两大倾向，一是由"呐喊"而"彷徨"，深切抒发"彷徨者"的惶惑忧伤与"孤独者"的决绝傲世。

前者如《在酒楼上》,作者以忧伤的抒情笔墨抒写着灵魂深处那个真实的自己——吕纬甫,与现实中那个不甘失败的自己的倾心对话。虽然深冬的"废园"里,那雪中明得如火的山茶花,依然愤怒而傲慢地蔑视着颓败的世俗,早醒者的孤独与精神漂泊沉重而痛苦:"北方固不是我的旧乡,但南来又只能算一个客子,无论那边的干雪怎样纷飞,这里的柔雪又怎样的依恋,于我都没有什么关系了。"《孤独者》中的魏连殳,面对无法破毁的黑暗社会而发出绝望的长嚎,更是中国式反抗者以生命为代价作绝望抗争的惊心动魄的艺术写照。《伤逝》中那与叙述水乳交融的浓重抒情,《故乡》首尾的那份凄凉与憧憬,《药》中夏瑜坟头上的花圈,等等,无不生动地显现出作者浓重的时代忧伤与美好情怀,而《社戏》那散淡的笔墨,纯净的意境,淳朴道德人性,则充满着田园牧歌般诗情画意,30年代沈从文笔下的"湘西世界"与之有着异曲同工之妙。而当这些"诗化"意韵最终被视为新文学创作的"典范"时,新文学创作的美学原则开始显现,浪漫主义美学精神便在其中悄然凝结。

鲁迅小说虽历来被视为20世纪中国现实主义文学的开山之作,然而其中那决绝反叛、浓郁的感伤及优美意境,使作品艺术境界洋溢着浪漫主义美学意韵,从而在启蒙主题下荡漾着激昂、忧伤的时代情绪。在鲁迅小说的示范和个性解放时代潮流下,作为主潮的现实主义文学,从"问题小说"到"人生小说"再到"乡土文学",除极少数作家(如叶圣陶)外,无不洋溢着风格各异的主观抒情意韵,呈现出浪漫情调。即使以客观、凝重为特征的乡土文学思潮,也以"感伤的故乡风"染上浪漫主义色彩。直到20年代末30年代初,现实主义文学才陆续呈现出"纯"的面目来。换句话说,在个人主义与现代民族国家建设双重诉求相互交织的时代主题下,浪漫主义文学由两条途径产生:一是由现实主义文学思潮的"母体"中萌芽、成长,如鲁迅及其开创的现实主义文学主潮,那浓重的抒情色彩对浪漫主义的孕育;二是清末民初以来"尊情"文学传统的直接促发,"异军突起"的创造社就是这条线索中承前启后的决定性力量。

20世纪中国文学的浪漫主义大潮是由创造社的创作激发兴起的。创造社不仅使浪漫主义文学第一次作为"潮流"涌起于中国文坛，还由于对传统的继承和对西方的自觉而全面的借鉴，形成自己的哲学与美学思想，从而得以形成强大的文学传统。因此，在20世纪中国浪漫主义文学的发展及其文学传统的形成上，创造社具有继往开来的意义。

创造社之所以能够从日本闯回国内，造成浪漫主义"异军突起"的壮观景象，原因是多方面的。客观上，是时代造就英雄。"五四"新文化运动是"破旧立新"的激进的思想文化运动，其极力高扬个性、毫不妥协反传统的革命精神本身，就是"摩罗诗人"诞生、浪漫主义成长适宜而丰厚的文化沃土。尽管囿于思想启蒙与政治革命情绪，陈独秀、胡适、周作人等新文化领袖一再提倡"写实主义"，提倡描写人生的"社会文学"，但在个人主义哲学基石上掀起的个性解放浪潮却为浪漫主义文学的成长提供了社会与文化环境。青年鲁迅首先呼唤的是"摩罗诗人"而非"易卜生主义"，因而"五四"新文学整体上弥漫着浓郁的"愤激"、"感伤"的个人情绪，以致后世文学史家把此时的现实主义文学视为"不纯粹"、"不完全"的现实主义。在此情形下，创造社感应着时代神经呼啸而出，开创浪漫主义文学大潮，成为20世纪中国浪漫主义文学的实际奠基者，就是顺理成章的事了。

感觉的复苏，情感的解放，思想的觉悟，在此基础上形成鲜明的个性和强力人格。这种冲动性气质和人格模式在与现实人生的激烈冲突中，才情勃发，谱写出振聋发聩、传之后世的浪漫主义诗篇。郑伯奇分析了他们个性气质的形成及其对浪漫主义文学创作的影响："创造社的作家倾向到浪漫主义和这一系统的思想并不是没有原故的。第一，他们都是在外国住得很久，对于外国的（资本主义的）缺点和中国的（次殖民地）病痛都看得比较清楚；他们感受到两重失望，两重痛苦。对于现社会发生厌倦憎恶。而国内国外所加给他们的重重压迫只坚强了他们反抗的心情。第二，因为他们在外国住得很久，对于祖国便常生起一种怀乡病；而回国以后的种种失望，更使他们感到空虚。未回国以前，他们是悲哀怀念；既回国以后，他们又变成悲愤激越；便是这个道理。第三，因为他们在国外住得长久，当时外国流行的思想自然会影响到他们。哲学上，理知主义的破产；文学上，自然主义的失败，这也使他们走上了反理知主义的浪漫主义的道路上去。"[1] 青春的萌动、新思想的启发，留学中饱尝民族歧视等人生经历，铸造了创造社诸作家鲜明的浪漫气质，表现为张扬的个性、丰富的情感和肆意冲动。个人的青春诉求与国家民族富强诉求融为一体，汇成时代主旋律。

由于这种人生经历及由此形成的个性气质，使其文学创作呈现出主观抒情的共同倾向。郭沫若在创造社成立之初就表示："我们的主义，我们的思想，并不相同，也并不必强求相同。我们所同的，只是本着我们内心的要求，从事于文艺的活动罢了。"[2] 这"内心的要求"，实质上就是本着内在本心的冲动，本着"直觉"、"灵感"、"天才"而来的"自我表现"。而这，恰恰是各种风格的浪漫主义文学共通的美学特质。郁达夫的"文学作品，都是作家的自叙传"[3] 的经典论述，可以说在很大程度上代表了创造社"自我表现"文艺观，概括出"五四"浪漫主义小说的重要特征之一。大胆而坦诚的自我暴露，又源自内在情绪与情感的冲动，"情之所发，不怕山的高，海的深，就是拔山倒海，也有所不辞"。[4] "正如人感到了痛苦的时候，不得不叫一声一样，又哪能顾得这叫出来的一声，是低音还是高音？"[5] 内在情绪和情感的自然宣泄，成为创造社诸人以及几乎整个"五四"浪漫主义文学大潮共同的美

---

[1] 郑伯奇：《中国新文学大系·小说三集·导言》，刘运峰编：《1917—1927 中国新文学大系导言集》，天津人民出版社，2009 年版，第 102—103 页。

[2] 郭沫若：《编辑余谈》，北京大学、北京师范大学、北京师范学院中文系中国现代文学教研室主编：《文学运动史料选》第 1 册，上海教育出版社，1979 年版，第 209 页。

[3] 郁达夫：《五六年来创作生活的回顾》，吴秀明主编：《郁达夫全集》第 10 卷，浙江大学出版社，2007 年版，第 312 页。

[4] 郁达夫：《文学概说》，吴秀明主编：《郁达夫全集》第 10 卷，浙江大学出版社，2007 年版，第 333 页。

[5] 郁达夫：《忏余独白》，吴秀明主编：《郁达夫全集》第 10 卷，浙江大学出版社，2007 年版，第 499 页。

学精神。

郭沫若在谈到自己的创作历程时曾说:"我回顾我所走过了的半生行路,都是一任我自己的冲动在那里奔驰;我便作起诗来,也任我一己的冲动在那里跳跃。我在一有冲动的时候,就好像一匹奔马,我在冲动窒息了的时候,又好像一只死了的河豚。"[1]所以,当他写作《地球,我的母亲》时,竟在地上打滚,反复亲吻大地母亲。在杭州的雷峰塔下,面对那位挥锄辛苦劳作的农人,他情不能禁,汹涌的感情使他冲动着要跪在老农面前,"把他脚上的黄泥舔个干净",真诚地喊他一声"爹"!(《西湖纪游》)在《凤凰涅槃》创作中,激情的迸发使他无法自制,《凤凰更生歌》一章竟洋洋洒洒绵延十五小节。至于郁达夫的创作,尤其是前期的"自我小说",几乎篇篇都是在不可抑制的自叹自怜中完成的。性的苦闷,人生的苦闷,一泻千里,在惊世骇俗的描写中自画出一个时代的"零余人"形象。

这种多情善感的个性气质及"自我表现"的文艺观的形成,与他们深受中外文艺思想尤其是近代西方浪漫主义文艺思潮的影响密切相关。郭沫若从小在中国古典诗歌艺术世界里,深受屈原、李白等浪漫主义艺术大师的熏陶,加上优越的生活环境,养成他豪放不羁、浪漫多情的秉性。庄子哲学的影响在近代欧洲泛神论哲学的"发酵"下,形成独特的浪漫主义精神。郭沫若谈自己的泛神论思想时说:"泛神便是无神。一切的自然只是神的表现,自我也只是神的表现。我即是神,一切自然都是自我的表现。"[2]这种中西合璧式的泛神论艺术观,凝成郭沫若张扬自我、破坏偶像而最终万物和谐的浪漫主义气质。

郭沫若的任性、浪漫气质使他走上文坛之际就被西方浪漫主义艺术世界所吸引。泰戈尔诗歌的自然、恬静先引起他的情感共鸣,随后,海

---

[1] 郭沫若:《论国内的评坛及我对于创作上的态度》,《郭沫若全集》文学编第15卷,人民文学出版社,1982年版,第225—226页。
[2] 郭沫若:《少年维特之烦恼·序引》,《郭沫若全集》文学编第15卷,人民文学出版社,1982年版,第311页。

涅的清新明丽和拜伦的雄浑恢宏，都使他感受到纯真情感的诗美。歌德作品中充分体现的真诚和热烈表现自我的艺术情怀，则使郭沫若更深刻体会到德国"狂飙运动"的浪漫主义艺术特性，并从中发现自我。而对郭沫若浪漫主义诗风影响最大的，是19世纪末叶美国诗人惠特曼。惠特曼鼓吹个性解放，歌颂自由、平等、博爱的思想情怀及其热烈、粗犷、豪放的诗风，终于引发了郭沫若积郁已久的诗情喷薄而出。他后来深有感触地说："当我接近惠特曼的《草叶集》的时候，正是五四运动发动的那一年，个人的郁积，民族的郁积，在这时找出了喷火口，也找到了喷火的方式，我在那时差不多是狂了。"[1]"惠特曼的那种把一切的旧套摆脱干净了的诗风和五四时代的暴飙突进的精神十分合拍，我是彻底地为他那雄浑的豪放的宏朗的调子所动荡了。"[2]这种"合拍"与"震荡"的结果，就是1921年《女神》的出版。

　　作为中国现代浪漫抒情小说大潮的主要开创者，郁达夫同样受欧美浪漫主义文学的全面影响。以拜伦、雪莱、歌德为代表的早期浪漫主义文学那强烈的个性精神、昂扬的进取精神和彻底的叛逆精神，构成郁达夫浪漫抒情小说潜在的思想价值取向。卢梭反抗旧势力的包围和迫害而采取的赤裸裸的自我告白，那决不妥协的孤苦情怀以及为保持人性纯真而"回归自然"的美好情怀，都引发郁达夫的深深共鸣，以至于他以卢梭未竟事业的传人自居。同时，欧洲世纪末颓废感伤情调，日本"私小说"对自然人性的展览，以及俄罗斯文学中独特的"零余人"形象，都与郁达夫弱国子民心态相共振，使其"自我表现"中弥漫着颓废感伤情调，构成"五四"浪漫主义文学二重奏中的主要音符。在时代的感召、个人的经历和西方浪漫主义文学的影响下，创造社诸君一举开创了20世纪中国浪漫主义文学的第一个潮头。"五四"时期，它由郭沫若雄浑高亢的反叛之诗和郁达夫颓废感伤的抒情小说组成双峰并峙的时代丰

---

[1] 郭沫若：《序我的诗》，《郭沫若论创作》，上海文艺出版社，1983年版，第213页。
[2] 郭沫若：《我的作诗的经过》，《郭沫若论创作》，上海文艺出版社，1983年版，第204页。

碑。20年代中后期，又涌现出新的旋律：清纯真率的情爱之歌。而它们从不同角度表现出时代精神以及浪漫主义精神的主题：人的觉醒与个性解放。

1921年8月，郭沫若的新诗集《女神》出版，《女神》的出版，不仅意味着鲁迅十四年前热切呼唤的中国"摩罗诗人"正式诞生，迈上中国新文学殿堂，还标志着"五四"浪漫主义文学大潮由此兴起，中国新文学浪漫主义传统也由此生成。具体而言，《女神》对于我国20世纪浪漫主义文学的意义在于：在开创浪漫主义文学大潮的同时，奠定了浪漫主义文学传统的思想意义与美学品格，成为此后我国各种形态浪漫主义文学共同尊奉的美学精神。

这种美学精神具体表现在：反抗—破坏、创造—再生的革命精神，张扬自我的个性精神以及想象与创新的艺术精神。这正是"五四"时代精神的艺术展现。在《女神》产生强烈的社会影响之后，闻一多高度评价了《女神》的意义："若讲新诗，郭沫若君底诗才配称新呢！不独艺术上他的作品与旧诗词相去最远，最要紧的是他的精神完全是时代的精神——二十世纪底时代的精神。有人讲文艺作品是时代底产儿。《女神》真不愧为时代底一个肖子。"[1]

这种时代精神首先表现为彻底的反抗精神、破坏与创造精神，此为除旧立新的历史关头，中华民族最急需、最宝贵的革命精神。积压千年的苦闷要宣泄，黑暗的"铁屋"要破毁，时代已在等待全民族总爆发的那一刻。郭沫若的《女神》，不仅成为个人郁积的喷火口，更成为整个民族痛苦灵魂的喷火口。"'五四'后之中国青年，他们的烦恼悲哀真像火一样烧着，潮一样涌着，他们觉得这'冷酷如铁'、'黑暗如漆'、'腥秽如血'的宇宙真一秒钟也羁留不得了。他们厌这世界，也厌他们自己。于是急躁者归于自杀，忍耐者力图革新。革新者又觉得意志总敌不住冲动，则抖擞起来，又跌倒下去了……他们的心里只塞满了叫不出的

---

[1] 闻一多：《〈女神〉之时代精神》，《闻一多全集》第3册，生活·读书·新知三联书店，1982年版，第351页。

苦，喊不尽的哀。他们的心快塞破了，忽地一个人用海涛底音调，雷霆底声响替他们全盘唱出来了。这个人便是郭沫若，他所唱的就是《女神》。"[1] 反抗、破坏、创造、再生，作为思想与抒情的核心线索，贯穿于《女神》，使其迸发出雄强的时代呐喊，凝成震撼人心的"力"之美。《女神之再生》以女娲炼五色石补天之神话，充满激情地揭示出破毁旧世界、创造新世界的时代主题。《凤凰涅槃》借凤凰集香木自焚，复从死灰中更生的神话故事，强烈表达了新青年和整个民族"火中更生"的时代祈愿。诗人高呼要破除一切偶像（《梅花树下的醉歌》），热情歌颂勇于反叛社会的匪徒（《匪徒颂》），歌颂掀翻旧世界，创造新世界的"力"（《立在地球边上放号》）。这种雄强之声，阳刚之美，使一个全新的中国"摩罗诗人"形象呼啸而出，从而开创中国浪漫主义文学新纪元。

与这种破坏—创造革命精神互为表里、相辅相成的，是思想上彻底觉醒、顶天立地的"自我"形象。我"立在地球边上放号"（《立在地球边上放号》），"一切的偶像都在我面前毁破"（《梅花树下的醉歌》），"天上的太阳也在向我低头"（《金字塔》），"我飞奔，我狂叫，我燃烧"，"我把全宇宙来吞了"（《天狗》），"我效法造化底精神，我自由创造，自由地表现我自己。我创造尊严的山岳、宏伟的海洋，我创造日月星辰，我驰骋风云雷雨，我萃之虽仅限于我一身，放之则可泛滥乎宇宙"（《湘累》）。这个顶天立地，破坏创造，自由驰骋，自我崇拜的自我形象，正是"五四"反叛礼教、个性解放时代精神的艺术展现，也是浪漫主义文学的基本精神所在。这一形象是以往文学作品所没有的，这是郭沫若对中国现代文学的独特贡献。胡适、刘半农、沈尹默、刘大白等白话新诗的开创者的笔调，虽有了个性的觉醒和个人意志的伸张，但与郭沫若这种冲贯宇宙的"狂人"形象相比，显然还不属于新纪元开创者的"大我"形象。郭沫若以极度夸张的美学形态对个性的张扬与赞

---

[1] 闻一多：《〈女神〉之时代精神》，《闻一多全集》第3册，生活·读书·新知三联书店，1982年版，第357页。

美,标志着中国文学一种新的美学精神——浪漫主义精神的诞生。

飞扬的诗情,奇特的想象和自由奔放的体式,是郭沫若对我国浪漫主义文学美学形式的开创性贡献。早在1920年,他在《论诗三札》一文中就较为系统地阐述了自己的诗歌美学。他把诗歌艺术特性概括为如下公式:诗=(直觉+情调+想象)+(适当的文字)。他认为,"诗人的利器是纯粹的直观","诗的本质专在抒情","诗人的心境譬如一湾清澄的海水,没有风的时候,便静止着如像一张明镜,宇宙万汇的印象都涵映在里面……这风便是所谓的直觉、灵感(Inspiration),这起了的波浪便是高涨着的情调。这活动着的印象便是徂徕着的想象"。[1]他把直觉与灵感相等同,突出了诗歌的情感与想象。因此,《女神》作为我国现代浪漫主义文学的奠基之作,首先就在于那火山爆发般的激情,大气磅礴的格调,充分体现"五四"那狂飙突进的时代精神。那飞奔狂叫的天狗,那火中更生的凤凰,那把宇宙推倒、把地球掀翻的"力"之歌,淋漓尽致地宣泄了作者长期郁积的情感。而那雄浑奔放的阳刚之美本身,也就意味着中国抒情文学新时代的来临。其次,奇特的想象,又以内在激情为动力,真正实现了新诗的飞扬。中国传统的万物有灵观与西方近代泛神论,激发了郭沫若无限的想象,使诗人把宇宙自然拟人化,情感化,形成奇妙的想象境界。这是浪漫主义突出的美学品质之一,郭沫若超越前人,正在于此。《女神》作为我国现代浪漫主义文学典范之作,影响着后世创作,也在于此。最后,激情的飞扬与想象的驰骋引发"诗体大解放",使《女神》真正成为不拘一格的自由体诗。郭沫若强调诗歌是人内在感情的"自然流露",反对外在形式的束缚,崇尚"绝端的自由,绝端的自主",因而,"诗体大解放"实际上是人的个性大解放、情思大解放的外在标志。

如果说郭沫若以激昂高亢的音符,奏响反叛与张扬的时代主旋律,奠定了我国现代浪漫主义潮头的美学基调,那么郁达夫则以低回忧伤情

---

[1] 郭沫若:《论诗三札》,《郭沫若论创作》,上海文艺出版社,1983年版,第204页。

调把民初以来"尊情"思潮推向高潮,正式开启了20世纪中国浪漫抒情小说大潮。郭沫若诗情的勃发与自我的张扬,艺术地展现着人们觉醒之际反抗、呐喊和美好憧憬,郁达夫的感伤颓废意味着人们"梦醒之后无路可走"的苦痛。觉醒时刻的呐喊与觉醒之后的面对,是"五四"新文化运动先驱们精神世界普遍的发展轨迹。郭沫若飞扬的诗情与郁达夫颓伤的倾诉,构成中国浪漫主义文学的双重主题,同时,两者又呈历时性的深化关系。因而,郁达夫的感伤潮头迅速取代《女神》的高亢,连郭沫若本人,也很快以《星空》及感伤抒情小说,汇入这情感潮头之中。

由郁达夫小说集《沉沦》开创的"五四"浪漫主义小说大潮,是"五四"个性解放运动中"人"的觉醒的直接产物。由于个性气质、人生阅历和思想资源的差异,创造社诸君与鲁迅等新文化运动先驱"人"的觉醒的精神境界、具体内涵及其表露的人生情趣,是有很大区别的。鲁迅在《狂人日记》中首次艺术地再现了"狂人"觉醒时的精神状态,在切身感受到"吃人"社会的冷漠和对自身的包围与威胁时,以强者姿态,孤军奋战,发出"从来如此,便对么"的历史性发问,在困境之中仍倔强地发出"救救孩子"的呼声,这是一个对黑暗社会作绝望抗战的战士形象。在小说中,鲁迅以哲人之思,通过吕纬甫(《在酒楼上》)的哀叹,抒写时代早醒儿反抗—失败—无奈的人生悲剧,揭示出"梦醒了无路可走"的生存本质。但鲁迅仍让"孤独者"在围困中发出狼一般悲愤的嚎叫,以自戕方式作绝望抗争(《孤独者》)。散文诗集《野草》集中表现在"绝望"的生命体验中"反抗绝望"的生命哲学,在诗情与哲思的完美结合中完成了"战士"品格的铸造。

而在精神气质上,创造社诸君在作品中抒写的,是凡人的觉醒。他们叙写自身的弱小与可怜,张着含泪的双眼,哭诉自己的不幸;虽有反抗的呐喊,但更多是颓唐的哀叹。作者以"零余者"自居,某种程度上,

"20世纪初期中国的浪漫小说,就是一群'零余者'感伤的独白"。[1]

郁达夫小说从两个方面显示了"五四"浪漫小说特质:对性的苦闷、对生的痛苦倾诉,形式上把主观抒情全面融入小说,造成弥漫一个时代的小说美学情趣。这两方面与苏曼殊、徐枕亚代表的清末民初浪漫抒情小说都有着内在继承关系,但郁达夫把苏曼殊刻意隐藏、含而不露的东西尽情倾诉,使其浪漫抒情小说具有鲜明的时代特色,引发社会轩然大波,从而成为20世纪中国浪漫抒情文学真正的开山。

1921年10月,《沉沦》作为创造社丛书之一,由上海泰东书局出版,作为"五四"新文学运动以来出版的第一部短篇小说集,作品以惊人的取材和大胆的袒露,引发社会强烈的反响和广泛的争议。集中的三篇小说,主人公作为留学日本的中国青年,思想的觉醒使他们敏锐地感知到生存的困境。性的压抑、经济的压迫、日本的民族歧视等因素的共同"发酵",形成他们"时代的苦闷"。这是郁达夫以后浪漫抒情小说的共同主题:"它集中地写'穷'写'色',即描写青年知识界的经济生活和爱情生活。由于社会的金钱势力的压迫和封建礼教的束缚,这两个问题成了青年知识界个性解放的切要问题,浪漫抒情小说正是在抒写'性的苦闷'和'生的苦闷'中,抒发了时代的苦闷和人生的苦闷。他们不单纯是为叫穷而写穷,为慕色而写色,他们的积极之处在于从'穷'与'色'这两种题材中,写出了个人情绪、时代思潮和民族灾难的多种因素的交融。"[2]敏感多疑、意志薄弱的主人公们,最终多在自叹自怜中由愤世嫉俗而颓废感伤,在酒色之中沉沦。郁达夫这样回顾自己写作时的心境:"眼看到的故国的陆沉,身受到的异乡的屈辱,与夫所感所思,所经所历的一切,剔括起来没有一点不是失望,没有一处不是忧伤,同初丧了夫主的少妇一般,毫无气力,毫无勇毅,哀哀切切,悲鸣出来

---

[1] 杨联芬:《中国现代小说导论》,北京师范大学出版社,2010年版,第65页。
[2] 杨义:《中国现代小说史》第1卷,人民文学出版社,1998年版,第532页。

的，就是那一卷当时很惹起了许多非难的《沉沦》。"[1]

《沉沦》出版后，其直露的男女性爱描写立即引发社会的强烈反响，思想守旧的读者攻击《沉沦》"诲淫"，而广大新青年读者多感同身受，思想与情感上产生强烈共鸣。对于守旧者的攻击，周作人特地在北京《晨报》副刊上发表文章，为郁达夫辩护，认为《沉沦》充其量属于那种所谓"不端方"的文字，而根本不是"诲淫"的色情文学。[2] 作品很忠实地写出了现代人共同的人生苦闷："生的意志与现实之冲突。"因此，"沉沦是一件艺术的作品"。[3] 对于郁达夫作品在广大青年读者中的影响，沈从文曾有生动的分析："郁达夫在他作品中，提出的当前一个重要问题。'名誉、金钱、女人，取联盟样子，攻击我这零落孤独的人……'这一句话把青年人心说软了。"因此，"郁达夫，这个名字从《创造周报》上出现，不久以后成为一切年青人最熟习的名字了。人人皆觉得郁达夫是个可怜的人，是个朋友，因为人人皆可从他作品中，发现自己的模样"。[4] 对《沉沦》的社会反响，郁达夫本人回忆道：1921年秋，"《沉沦》印成了一本单行本出世，社会上因为还看不惯这一种畸形的新书，所受的讥评嘲骂，也不知有几十百次。后来周作人先生，在北京的《晨报》副刊上写了一篇为我申辩的文章，一般骂我诲淫，骂我造作的文坛壮士，才稍稍收敛了他们痛骂的雄词。过后两三年，《沉沦》竟受了一班青年病者的热爱，销行到了贰万余册"。[5] 中国"零余者"的独特形象及其落魄心理的真切描绘，在广大青年读者中引起共鸣。一

---

[1] 郁达夫：《忏余独白》，吴秀明主编：《郁达夫全集》第10卷，浙江大学出版社，2007年版，第499页。
[2] 周作人：《沉沦》，钟叔河编订：《周作人散文全集》第2卷，广西师范大学出版社，2009年版，第537页。
[3] 周作人：《沉沦》，钟叔河编订：《周作人散文全集》第2卷，广西师范大学出版社，2009年版，第538—539页。
[4] 沈从文：《论中国创作小说》，《沈从文全集》第16卷，北岳文艺出版社，2009年版，第207页。
[5] 郁达夫：《〈鸡肋集〉题辞》，吴秀明主编：《郁达夫全集》第10卷，浙江大学出版社，2007年版，第301页。

时间，仿作者蜂起，形成影响更加深广的创作潮流，奠定了浪漫抒情小说在中国现代文学史上的里程碑地位。

强烈的主观性是郁达夫浪漫抒情小说对中国小说体式的创新。中国传统小说具有题材和视角上的外在性、结构上的唯故事性及主旨上的教化性突出特点。主观抒情历来与小说无缘，郁达夫的小说则开中国浪漫主义小说新范式，它主要表现在自叙传性质、彻底袒露及抒情等方面。

题材的自叙传性质使小说表现对象由外在生活转向"自我"，这是郁达夫小说创作主观性特质的根本性因素。对此，郁达夫有句直言不讳的名言："我觉得'文学作品，都是作家的自叙传'这一句话，是千真万真的。"[1] 这种小说以自我为中心，正是个性解放时代浪漫主义小说的首要特质。其小说主人公"他"、"Y君"、"于质夫"等，具体人生故事或许不与作家人生经历相合，但其穷愁潦倒的人生轨迹尤其是敏感多疑、自怨自艾、自尊而颓废的心理状态、个性气质，与作者则是对应的。此后，处处有个"我"在，为中国浪漫主义文学的共同特征。同时，受卢梭《忏悔录》和日本"私小说"的影响，郁达夫在作品中大胆袒露，在很大程度上与自身相吻合的主人公灵魂深处的性意识、性心理、真切的爱欲渴求及一切微妙心态，把一个真实的"自我"赤裸裸地暴露出来。这种不顾一切的自我暴露，既揭示出人性本真面目，又在这种揭露中包含着对纯真境界的渴望。因而，内在情感的抒发，成为郁达夫小说结构因素及情节发展的内在动力，从而奠定了我国现代浪漫抒情文学的思想与美学基础。

如果说苏曼殊、徐枕亚的浪漫抒情小说引发读者强烈的感情共鸣，成为现代中国浪漫抒情小说的先驱，那么，郁达夫的浪漫感伤小说不但通过抒写"时代的苦闷"，激发更加强烈的社会反响，而且在新文学背景下，效仿者纷起，形成一支可观的创作队伍，从而真正形成浪漫主义文学大潮。"感伤"呼应着鲁迅式的"彷徨"、冰心式的"忧愁"、庐隐

---

[1] 郁达夫：《五六年来创作生活的回顾》，吴秀明主编：《郁达夫全集》第10卷，浙江大学出版社，2007年版，第312页。

式的"愤激",汇成"五四"时代思想—审美意趣。在创作热潮迅速涌起之际,经过众多青年作家的模仿和广大读者的喜爱,郁达夫的小说美学因素("零余者"意识、感伤颓废、大胆袒露、散漫抒情等),开始凝结为社会性审美范式,成为浪漫主义文学成长及其传统凝成的文化心理沃土。

浪漫抒情小说创作队伍以创造社郭沫若、张资平、倪贻德、周全平、陶晶孙、叶灵凤、冯沅君等作家为中坚,文学研究会的庐隐、王以仁、滕固,沉钟社的陈翔鹤、林如稷等作家,亦加入此创作潮流,他们以不同的情调、不同的色彩、不同的憧憬,汇成感伤、唯美、浪漫的审美思潮。郭沫若的小说被郑伯奇分为"身边小说"和"寄托小说"两种,[1]"身边小说"即郁达夫式的自叙传小说。郭沫若的自叙传小说同样有着郁达夫式的"零余者"形象,有着小知识分子穷愁人生痛苦的娓娓倾诉,他的《漂流三部曲》、《行路难》等写日本留学生爱牟穷愁潦倒及其内心的焦虑。不同的是,作品虽有郁达夫式的自叹自怜,却少了郁达夫的颓废情调。《残春》、《落叶》、《叶罗提之墓》、《喀尔美萝姑娘》等一类小说,写青年主人公们的情爱与性爱心理,作品多有唯美色彩而淡化了直露的性心理展示。王以仁、倪贻德、陶晶孙、冯沅君、庐隐等人生坎坷的青年作家,其作品浓重的感伤与颓废,从不同角度、不同侧面再现了郁达夫式的审美情调。有着"十里洋场"文化背景的张资平、叶灵凤、滕固等人,或在多角恋爱的编织中展示自然人性,描绘理想世界;或在现代都市与传统"志怪"的奇妙结合中传达人生感悟,等等,审美情趣可谓千姿百态。但以感情的倾诉为动力、为结构,表达个性解放愿望,表达对自由、美好人生的向往与憧憬,则是"五四"浪漫主义文学共同的时代主题与美学精神。

"五四"浪漫抒情小说在美学情趣上强调感情的直接宣泄,作者内心积郁的人生苦痛使他们只求"真实"的倾诉而不是艺术化地"表现"。

---

[1] 郑伯奇:《中国新文学大系·小说三集·导言》,刘运峰编:《1917—1927 中国新文学大系导言集》,天津人民出版社,2009 年版,第 104 页。

正如郁达夫所说："写《沉沦》的时候，在感情上是一点儿也没有勉强的影子映着的；我只觉得不得不写，又觉得只能照那么地写，什么技巧不技巧，词句不词句，都一概不管，正如人感到了痛苦的时候，不得不叫一声一样，又哪能顾得这叫出来的一声，是低音还是高音？"[1] 于是，只管"真实"地把内心积郁倾泻而出，不顾这宣泄本身是否艺术化的"表现"，是否具有美学价值。正如萧乾后来尖锐批评的那样："'五四'浪漫抒情文坛简直成了'疯人院'！""烦闷的就扯开喉咙呼啸一阵；害歇斯底里的就发出刺耳的笑声；穷的就跳着脚嚷出自己的需要；那有着性的苦闷的，竟在大庭广众之下把衣服脱个精光。"[2] 一针见血地点出了"五四"浪漫抒情文学美学价值上的缺憾。这实际上是那特定时代氛围中，初生的浪漫主义文学思潮的幼稚形态。到了 20 年代中后期至 30 年代，浪漫主义文学有了成熟的美学形态，它主要表现在湖畔诗人与新月诗人的新诗创作上。

从 20 年代初开始，就在郭沫若激昂的呐喊和郁达夫感伤倾诉的二重奏下，新的浪漫主义美学精神在诗坛上悄然兴起，很快产生影响，形成浪漫主义文学新形态，我们可以称之为"纯情之歌"。它主要由 20 年代初的"湖畔诗人"、冯至及随后引领诗坛风骚的新月派诗人群体汇合而成，从而使"五四"以来的浪漫主义文学大潮开始呈现出走向精致和成熟的趋势。

20 年代初，短短几年里，"五四"新文化运动以摧枯拉朽之势，扫荡了中国思想界顽固保守之气，社会精神面貌发生了巨大变化。社会保守势力虽仍然很强大，但新、旧势力之间那种短兵相接的冲突开始舒缓下来；早醒者那孤愤、颓废和绝望的人生悲剧似乎也成为过去，精神获得彻底解放的一代少年，以自然纯真的心态，纵情放歌，大胆抒写自然人性的苏醒，表现纯洁而热烈的男女之爱，展现青春时代一切美好情

---

[1] 郁达夫：《忏余独白》，吴秀明主编：《郁达夫全集》第 10 卷，浙江大学出版社，2007 年版，第 499 页。
[2] 萧乾：《理想与出路》，《萧乾选集》第 4 卷，四川人民出版社，1984 年版，第 35 页。

怀,是这股"纯情之歌"浪漫思潮的共同主题。

"湖畔诗社"诸人的创作引发了20年代的"情歌"浪潮。1922年3月,汪静之、冯雪峰、潘漠华、应修人等浙江第一师范学校的师生,在杭州成立"湖畔诗社",四位主要成员在诗社成立之际出版新诗合集《湖畔》。同年8月,汪静之出版个人诗集《蕙的风》,在广大读者中产生极大反响,先后五次再版,销量达两万余册。销行量之大,影响之广,仅次于胡适的《尝试集》和郭沫若的《女神》。可以说,《蕙的风》及"湖畔诗社",创造了"五四"浪漫主义文学美学精神的新形态,因而开创"五四"浪漫主义文学思潮的新阶段。

"湖畔诗社"诗人群既缺少"五四"先辈们深切的人生体验和思想深度,又不具备同时代和稍后的新月派干将们深厚的中西方文学功底及美学修养,也没有"早醒者"们与生俱来的传统负担,而仅是沐浴着"五四"个性解放时代精神,自然人性极度张扬;青春的萌动使他们无所畏惧。因此,大胆抒写少年人的爱欲心理,恣意歌唱心中美好的爱情,直率表现对心中情人惊世骇俗的追求,是这股"情歌"浪潮的共同主题。汪静之《过伊家门外》以其罕见的大胆直率引发社会的轩然大波,造成新旧社会势力之间骤然的激烈论战。《蕙的风》、《伊底眼》都以明丽的意象和传神的心理描写,艺术地传达出情窦萌发的少年人自然纯真的人性美。应修人的《妹妹你是水》、《新柳》、《小小儿的请求》、《邻家》、《偷寄》等,传情达意,清细婉转。冯雪峰、潘漠华各以独特的风格,精彩地表现一代少年不可遏制的爱情欲求。

由于从切身感受出发,从自然人性出发,"湖畔诗社"诗人群体在各异的风格中表现出天真、单纯、情浓、质朴的美学特征。这样,"湖畔诗社"从两个方面开创了"五四"浪漫主义文学的新局面:开拓了中国文学的爱情题材,充分表现率真而清浅的美学风格。这股清新纯真之风也得到了胡适、周作人、鲁迅等"五四"新文学运动先驱们的一致肯定。

"湖畔诗社"引发的社会争论,源自一位叫胡梦华的读者发表文章,他批评汪静之的诗作满纸是性爱诗句，称这是"故意公布自己兽性冲动和挑拨人们不道德行为"的轻薄、堕落之作。鲁迅、周作人、胡适等纷纷发表文章，为汪静之辩护，维护"五四"新文学运动成果和新文化运动基本价值观。但同时，作为新文学阵营的闻一多却私下对友人表示："《蕙的风》只可以挂在'一师校第二厕所'底墙上给没带草纸的人救急……便是我也要骂他诲淫……我骂他只诲淫而无诗。"[1] 可见"湖畔诗社"这种全新的浪漫主义审美情趣对当时社会文化心理的猛烈冲击。正是这种自然、率真、从容、唯美的浪漫精神，酝酿出30年代浪漫主义美学新形态。

同时期冯至的诗作在题材上同样以抒写纯真浪漫爱情为主题。但他的爱情诗少了少年人基于自然人性的大胆热烈，而是通过优美意象、巧妙暗示、恰当修辞、娓娓述说，向读者传递那幽深微妙的爱欲心理，显示出鲜明的意境美、含蓄美与节制美，而其"沉思"性又显示出抒情的哲理性。《我是一条小河》、《蛇》等都是佳作。冯至的创作标志着中国古典诗歌韵律与欧洲十四行诗体相结合中委婉含蓄、整饬有度浪漫主义美学范式的凝结。鲁迅称赞冯至是"中国最为杰出的抒情诗人"是有道理的。遗憾的是，由于"五四"新文化的"青春"特质与热烈情调仍然弥漫于社会，左右了觉醒一代的审美意识，这种深沉含蓄的审美情趣没有能够产生应有的广泛社会影响。被青春冲动激动着的广大青年似乎更容易"跟着感觉走"，直到新月派"新格律"体式及其节制含蓄的审美情趣的出现，才表明"五四"浪漫主义诗歌成熟形态的闪亮登场。

新月诗派出现于20年代中期的北京。1923年，徐志摩自英国留学回国，次年在北京组织"新月俱乐部"文学沙龙。1926年上半年，在徐志摩兼任《晨报》副刊《诗镌》主编期间，闻一多、胡适、陈西滢等立志改革中国新诗的骨干聚集一堂，形成新月诗派，主要成员还有朱湘、饶孟侃、孙大雨、刘梦苇、陈梦家、林徽因等。新月派力挽"五四"白

---

[1] 闻一多：《致梁实秋》，《闻一多全集》第3册，生活·读书·新知三联书店，1982年版，第609—610页。

话诗散漫直白之弊，以使新诗走上规范化的健康之路，并以其浪漫主义艺术气质及其巨大的社会影响，形成了中国浪漫主义文学传统的基本精神。

多重的抒情主题，洒脱自由的艺术情调，以及使新诗面目焕然一新的"新格律"形式，使新月诗派在20年代中后期独步中国新诗坛，成为"五四"文学浪漫主义传统的集中体现者。徐志摩、闻一多、朱湘、林徽因等新月诗派代表诗人既不是郭沫若、郁达夫式的早期思想觉醒者和社会"零余者"，也不是"湖畔诗社"群体那自然人性刚刚萌动、勃发的美少年，而是留学英美的现代绅士。他们眼界开阔，人生阅历丰厚，尤其在艺术修养上，他们既深受中国古典艺术精神的熏陶，又亲历西方世界，接受了西方现代唯美主义、浪漫主义等艺术思潮的影响，形成中西合璧式的艺术情趣。而在理想上，他们全面接受了西方社会主流价值观念，形成诗歌创作的多重主题。首先，强烈的爱国主义情怀使新月诗人迸发出意蕴深厚的诗情和丰富的想象力，构成浪漫抒情世界的重要内容。闻一多在这方面表现得尤其突出，《太阳吟》、《忆菊》、《祈祷》、《发现》等脍炙人口的佳作，在奇特的想象世界，以不同的情感基调，尽情抒发他对祖国无限的思念、热爱，来表达对祖国和人民命运的无限关切之情，感人至深。闻一多在比较自己和"五四"时代的浪漫诗人郭沫若的爱国主义精神时曾说，郭沫若热烈歌颂的祖国，是经过"五四"时代精神洗礼的有进取气象的祖国，犹如"年青的女郎"焕发出无限魅力，而自己歌颂的祖国，是具有五千年悠久历史、灿烂文化的古国。在祈盼祖国焕发新的时代精神的同时，更表现出强烈的民族自尊心与自豪感。朱湘、徐志摩、林徽因等人则通过人道主义情怀的抒写，表达出对祖国和人民的关爱之情。

其次，对西方现代文明的憧憬，对现代民主政治和自由主义的向往，构成新月派诗人又一个十分突出的思想意蕴和美学理想，构成其浪漫主义文学迷人的基本美学元素。徐志摩作为一个热情的理想主义者，终身祈盼把英国式的民主政治移植到中国，终身追求爱、自由、美，向往英国绅士风度及其生活方式。他曾坦诚告白:"就我个人说,我的眼是康桥教我睁的,我的求知欲是康桥给我拨动的,我的自我意识是康桥给我胚胎的。"[1] 康桥,构筑了他的政治理想乃至整个人生理想。所以他在作品中大量讴歌西方世界的文化"明星",但当他终于意识到西方文明不可能在中国大地上结出理想的果实时,便以浅唱低吟,表达他那"轻烟式的伤感":"轻轻的我走了,正如我轻轻的来,我轻轻的招手,作别西天的云彩。"

这种清淡飘逸、温润婉转的情调,与其纯美、自由的理想境界融为一体,集中体现出新月派浪漫主义风貌。这也正是20年代"五四"高潮过去,社会政治革命浪潮尚未兴起之际,中国温柔敦厚的古典诗情与英国现代矜持高雅绅士风度的美妙结合。

而徐志摩的爱情诗,一方面与"湖畔诗社"具有异曲同工之妙,真挚、热烈,表现出身心完全解放的一代新人那潇洒、乐观的精神气度,同时洋溢着温馨、轻柔、含蓄多情的意韵。如《沙扬娜拉一首——赠日本女郎》:

> 最是那一低头的温柔,
> 像一朵水莲花不胜凉风的娇羞,
> 道一声珍重,道一声珍重,
> 那一声珍重里有蜜甜的忧愁——
> 沙扬娜拉!

徐志摩大量的爱情诗如《雪花的快乐》、《落叶小唱》、《这是一个懦怯的世界》、《偶然》、《海韵》、《云游》等等,不仅以开放的胸襟、洒脱的气度、天真的性情,写出恋爱主人公充满幸福的爱情生活,更以诗情洋溢的笔调,大胆讴歌现代青年男女之间超越婚姻与家庭的两性关系;

---

[1] 徐志摩:《巴黎的鳞爪·吸烟与文化》,《徐志摩文集》(四),商务印书馆,1983年版,第132页。

温馨纯洁的男女友情，充分表现出人性的完美与人生的自由，艺术地展现出人性获得解放后的潇洒与幸福——它往往与现实中的传统道德有些冲突，却是浪漫主义文学所追求的最高理想境界。朱湘虽饱受现实生活的磨难，却在磨难中充分放飞自由的灵魂，使之在唯美的艺术王国里尽情翱翔。因此，他那排除了现实苦难与丑恶的艺术王国，恬静、典雅、缠绵而有节制，代表作《采莲曲》、《摇篮歌》、《恳求》等，都洋溢着清纯之美。闻一多抒写自己的内在情怀，表现出凝重、华美的风格，意象的叠加、色彩的艳丽与感情的节制，与"五四"时期郭沫若、郁达夫的狂泻感情，湖畔诗人无所顾忌、纵情放歌，显示出很大的差异。不管是徐志摩的潇洒飘逸，朱湘的恬静典雅，还是闻一多的深沉华美，都一致体现出新月诗人整饬有度、委婉含蓄的共同特点。

新月诗人独步20年代新诗坛，其代表人物各自以其独特的个性气质和美学风范，影响着大批的新诗人，影响着社会的审美风尚。林徽因、孙大雨、陈梦家等新秀，把"新月"艺术精神在30年代传承和发扬开来。同时，新月诗人倡导的"三美"理论，"理性节制情感"的诗学原则，与作品的审美意蕴及感情节奏融为一体，浑然天成，潜在地构建了人们的审美心理结构。这使得新月派审美情趣和诗学原则在很大程度上，成为30年代以后中国新诗坛各流派共同遵循的美学原则。而其特定的浪漫主义精神，也就作为新诗传统在20世纪发扬光大。

从"五四"初期创造社汪洋恣肆的浪漫感伤，到20年代初湖畔诗人的青春放歌，再到冯至、新月诗人蕴含深厚的委婉抒情，"五四"浪漫主义文学潮流一波接一波，在中国文学史上第一次形成具有全面影响的独立的文学潮流，在不同形态下蕴含着共同的时代主题：个性张扬、人性解放。至20年代后期，随着社会革命和民族解放战争的相继到来，中国社会与文化环境发生了极大变化，使以个性解放为时代精神的浪漫主义文学失去了适宜的土壤。但它并没有消失，而是围绕着"个性"与"人性"的共同主题，以新的面目，在新的文学格局中继续展示它独特的魅力，从而使浪漫主义文学传统在变异中延传与发展。

第四节 浪漫主义传统的延传与变异

"五四"浪漫主义文学先后呈现出三大抒情基调：郭沫若火山爆发式的反抗，显示出拜伦式"摩罗诗人"的阳刚之美；郁达夫式的感伤倾诉，抒发"梦醒了无路可走"的"零余人"的悲哀；从湖畔诗社到新月社那率真热烈、典雅节制的"青春颂歌"。尽情抒发个人情怀以寻求精神的自由，大胆张扬自我以表达反抗社会之姿，则是"五四"浪漫主义文学的共同主题，构成了20世纪中国浪漫主义文学思想倾向与美学精神的基本内涵。

20年代中后期革命文学运动的兴起及文学主题的全面转向，标志着"五四"浪漫主义文学潮流的退潮；无产阶级革命文学运动成为文坛的主流，左右着中国文学的基本格局。浪漫主义文学迅速退潮但并未消失，它退居文坛一隅，在不同的历史时期，以不同的面目、不同的美学精神，延传着"五四"浪漫主义文学张扬个性，追求精神自由的总主题。在20世纪，它起起伏伏，在三个历史时期以三种美学形态，展现着现代中国浪漫主义文学传统的延传与流变：30年代以"京派文学"为代表，以和谐自然、完美人性为审美理想的浪漫主义文学思潮；40年代以传奇人生、浪漫际遇为核心的"新浪漫主义"；80年代末以后，拒绝功利庸俗、憧憬英雄人生的"英雄浪漫主义"思潮。

一、革命文学的兴起与浪漫主义文学潮流的消退

20年代中后期，以"五卅惨案"和国民党领导的北伐战争为标志，反帝反封建的社会革命运动兴起，社会阶级战争代替个性解放对传统价值体系的反抗，成为社会主要矛盾。文学上，倡导阶级战争、阶级解放的"革命文学"迅速兴起，代替"五四"新文学而成为主流文学，"左联"就是全中国革命文学运动的总指挥部。"五四"新文学失去一统天

下的号召力,其独具魅力的浪漫主义文学潮流随之走向"终结"。

最早对"五四"新文学进行清算并成为这股"左"倾思潮主力军的,是创造社、太阳社及部分早期共产党文艺理论家。他们把"五四"新文学视为正在没落下去的"有产者"和"小有产者"文学,而《新青年》从西方请来的"赛先生"、"德先生",在他们眼中也成为"资本主义意识的代表"。在他们看来,当时的中国和世界,无产阶级与资本主义的斗争已不可阻挡,文学上也是资产阶级文学和小资产阶级文学与无产阶级文学的尖锐对立。在这种情形下,"谁也不许站在中间。你到这边来,或者到那边去"。[1] 因此,他们发动了对"五四"新文学运动声势浩大的攻击。除创造社诸君外,鲁迅、郁达夫、冰心等"五四"作家,全是被否定和批判的对象。他们集中火力攻击鲁迅,称鲁迅为"时代的落伍者","是资本主义以前的一个封建余孽",因此,"是二重性的反革命的人物"。[2]

1920年,郭沫若发表《革命与文学》一文宣称,革命时代只能有一种文学,那就是革命文学。而革命文学是在不断彻底否定前期革命文学的前提下产生的:"前一个时代有革命文学出现,而在后一个时代又有革革命文学出现,更后一个时代又有革革革命文学出现了。"如此推断,当下的革命文学的性质为:"在精神上是彻底表同情于无产阶级的社会主义的文艺,在形式上是彻底反对浪漫主义的写实主义的文艺。这种文艺,在我们现代要算是最新最进步的革命文学了。"[3] 把否定浪漫主义作为革命文学产生的前提,冯乃超、成仿吾、李初梨、蒋光慈、钱杏邨

---

[1] 成仿吾:《从文学革命到革命文学》,北京大学、北京师范大学、北京师范学院中文系中国现代文学教研室主编:《文学运动史料选》第2册,上海教育出版社,1979年版,第21页。

[2] 冯乃超:《艺术与社会生活》,钱杏邨:《死去了的阿Q时代》,杜荃:《文艺战线上的封建余孽——批评鲁迅的〈我的态度气量和年纪〉》,北京大学、北京师范大学、北京师范学院中文系中国现代文学教研室主编:《文学运动史料选》第2册,上海教育出版社,1979年版。

[3] 郭沫若:《革命与文学》,北京大学、北京师范大学、北京师范学院中文系中国现代文学教研室主编:《文学运动史料选》第1册,上海教育出版社,1979年版,第444页。

等人激进的革命文学理论都以相近的观点、不同的视角,展开了对"五四"新文学及作家的围攻。

仅仅几年前还以个性的张扬掀起中国第一个浪漫主义文学大潮的创造社,此时反戈一击,以彻底否定浪漫主义文学来倡导革命文学。此中的心理与思想逻辑我们暂不作深入分析,但对正在有声有色向前发展的"五四"浪漫主义文学显然是个沉重打击,浪漫主义文学不仅在思想倾向和美学价值上遭到彻底否定,同时也因最基本的作家队伍的反叛而失去了生存和发展的现实基础。于是,滚滚浪潮很快消退为涓涓细流,退出了历史舞台的中心。此时,只有少数"散兵游勇"仍然坚守着"五四"文学立场,丁玲是其中的杰出代表,她在左翼文学运动兴起之初,独步文坛,创作出大量具有浓厚"五四"个人主义色彩的小说。到1929年末,她先后出版《在黑暗中》、《自杀日记》、《一个女人》三部短篇小说集,产生很大社会反响。其中《莎菲女士的日记》,无论从哪个方面看,都堪称"五四"个性解放文学的经典之作。

伴随着创造社、太阳社等革命文学团体对"五四"新文学的全面否定和批判的,是所谓的"革命浪漫主义文学"或称"革命罗曼蒂克"。然而,在阶级战争语境中,"革命"统辖着"爱情",男女主人公之"相爱",不是双方独立自主的自然人性和人生志趣的相互吸引,相互爱慕,而是基于阶级意识下双方的"志同道合"。双方能否成为伴侣,完全取决于他们是否有着共同的"革命理想",或者革命的一方对另一方成功的"思想改造"。再次,人的主体性消失了,丰富的人性内涵简单化为几个政治概念,"爱情"的原意被完全扭曲,主人公的"爱情"生活实质上就是双方政治上"志同道合"人生观的"浪漫"演绎。因此,所谓"革命浪漫主义",实质上与人的解放、精神的自由、诗意人生等基本内涵风马牛不相及,与"浪漫主义"美学精神毫无共同的基础。因此,它在引起部分追求进步的青年读者一阵兴奋和骚动之后,就遭到厌弃,左翼阵营很快抛弃了它。

此时,真正承接"五四"浪漫主义基本精神而别开生面、开创我国

30年代浪漫主义文学新思潮的，是以京派文学团体为主的边缘作家群。

二、禅意与自然：返璞归真的精神家园

近代欧洲浪漫主义运动，是在人的解放与精神自由基本主题之下的多声部大合唱。其中既有拜伦、普希金式的决绝叛逆与反抗，也有英国"湖畔诗人"回归纯真自然的娓娓吟唱，还有法国浪漫主义文学的政治激情与传奇故事。如果说"五四"浪漫主义文学表现出"摩罗诗人"的大胆反叛与梦醒者感伤倾诉的个性主义时代主题，那么，30年代形成的京派文学，则以回归自然的田园牧歌，表达了对现代工业文明的摒弃，对人类精神家园的寻觅与赞颂。

实际上，欧洲浪漫主义文化运动与文学运动，正是兴起于对启蒙运动以来绝对理性的反拨，对封建专制制度的政治压迫和现代工业文明对人的束缚及人性的扭曲，而要求恢复人的天然情感、自然本性，要求建立与自然和谐相处的诗意生活。总之，解除一切外在压抑，恢复天人和谐及人的身心和谐。卢梭正是因为首先大力倡导人率真天性、真实情感和回归自然，而被英国哲学家罗素称为欧洲"浪漫主义运动之父"。[1] 其后的浪漫主义运动中，不管是激荡地反抗呐喊，还是宁静地回归自然，其思想无不来自卢梭。在20世纪欧亚大陆社会政治革命话语背景下，前者曾被称为"积极浪漫主义"，后者曾被定为"消极浪漫主义"。显然，京派文学作家们精心营构的"竹林"、"禅意"、"湘西世界"，应属于所谓"消极浪漫主义"范畴。然而，这种尖锐批评现代工业文明、有意避开政治纷争的田园世界，其价值取向本身，就包含着积极自主的选择与清醒的文化批判。

欧洲浪漫主义文学运动中，"回归自然"流派的主要文化资源，是中世纪的田园牧歌情趣。但中国京派文学的文化资源，则主要是老庄哲

---

[1] 罗素：《西方哲学史》下卷，马元德译，商务印书馆，1976年版，第225页。

学、禅宗意韵与田园山水诗歌传统,这一中国传统显然比欧洲田园牧歌传统悠久、深厚得多。因此,沈从文等京派文学主将虽受到外国浪漫主义文学的一些影响,但其基本精神,却是洋溢着浓重的"中国特色",这就是禅意与自然。"回归自然"这一浪漫主义文学主题,在以"天人合一"为基本精神的中国传统文化语境中常盛不衰,成为中国文学的基本主题之一。《诗经》、《楚辞》以来的中国诗歌的抒情叙事,总是在"人与自然"的意境中进行。自晋陶渊明田园诗、玄言诗成为一个独立品种,且日益焕发出无穷的魅力。"五四"新文学虽以批判"山林文学"等开始,但新文学作品中的"自然"情结仍是极其重要的审美因素。以胡适为代表的早期白话诗,作者的抒情方式基本上是传统的借景抒情,情景交融。郭沫若的《女神》、《星空》,尤其是《星空》,泛神论的影响使之始终把自然作为寄情载体,在对自然的拟人化、诗意化中创造奇妙绚丽的艺术世界。鲁迅的小说《故乡》、《社戏》、《在酒楼上》等,在富有诗意或寓意的特定自然画卷中借景抒情达意。庐隐、许地山、王统照、冰心、郁达夫(尤其是后二者)等作家,"自然"更是其作品不可或缺的审美因素:冰心借"大海"、"繁星"寄托寓意,郁达夫小说特别是20年代后期小说、散文,"自然"成为审美的主要载体,寓卢梭与中国田园于一体,自觉地表现出"回归自然"的意愿。周作人20年代成为"隐士"后,如数家珍地流连于中国山水画意,陶醉于农家乡风民俗,于现实的纷争喧嚣中,保存一方心灵净土。在"五四"高潮时期,这条意蕴深厚的浪漫主义流脉处于边缘状态,20年代中后期,在"五四"落潮的背景下,随着周作人向传统回归,废名作为乡土文学的"另类"登上文坛,这条流脉开始显出它独特的艺术魅力。30年代,中国文学由"五四"一统天下转向多元发展格局:左翼文学借社会政治革命运动之势,在"左联"的统一领导下,声势浩大,成为文坛主流;"五四"文学在革命文学阵营围攻下,退居一隅,但由于老舍、巴金、曹禺、"二萧"、丁玲等后起之秀奉献出数量众多、不断震动文坛的精品之作,仍然熠熠生辉,在很大程度上左右着公众的审美趣味。以"新感觉派"

为代表的 30 年代海派文学全面吸收西方现代派美学精神与艺术手法，以充满感官刺激的意象、节奏、语汇及其组成的特定艺术世界，描写现代都市人生，批判工业文明对人的压迫，对人性的扭曲。而在相对沉寂的北京，废名、沈从文、周作人、萧乾、靳以、凌叔华、李健吾等作家，以回归自然、追求完美人性与理想人生为宗旨，逐渐形成颇有声势的"京派文学"势力，中国 30 年代浪漫主义文学主要以京派文学圈为生长沃土，其基本美学风貌是"传统主义"、"原始主义"旨趣的艺术展现。显然，在 30 年代，浪漫主义思潮由新文学主流地位，退居中国文坛新格局之一隅，以新的美学风貌延续和发展。

作为京派文学的先驱，周作人在"五四"以后倡导艺术的独立性，强调艺术表现人性，伴随着他对传统文化的回归，散文创作由浮躁凌厉转向冲淡平和。文艺理论家朱光潜则通过审美心理距离说，成为京派文学远离社会喧嚣与政治纷争、营构精神家园的美学依据。废名 20 年代的小说创作，为京派文学在 30 年代的成长奠定了基础，而沈从文的创作，成为京派文学审美理想与艺术原则的典范。后起之秀的大量作品，最终成就了京派文学的历史地位。

京派文学以和谐纯朴的中国乡村为描写对象，热情讴歌原始古朴的山水及传统文化环境中恬淡、自由的生存状态，自由的人生形式及完美的人性，并以此批判现代都市文明对人性的压抑和扭曲。原始主义下的宁静和谐及其人生的完满自由，就是京派文学的最高审美理想。而这，也就是 30 年代中国浪漫主义文学的美学精神。

在中国现代文学史上，废名常被视为由"为人生派"引申出的"乡土文学"之别一种风格。而实际上，废名与"乡土写实"风马牛不相及，他认为文学创作的过程就是"梦梦"，而这梦境作为主观世界却是真实的。这种主观真实，就是世界的高度自由与和谐圆融，而具体景色、人物及情节，不过是主观精神的象征与载体。因而，其浪漫主义基本精神，就是超越现实的社会喧嚣、人生苦难，回归自然田园，在消弭物我的圆融境界体验人的精神完满与自由。而这种圆融、空灵的精神世界，正是废名自觉追求的禅的境界，亦是30年代中国浪漫主义文学富于民族特色的自由精神境界。废名20年代开始的小说创作，是30年代中国浪漫主义文学思潮的直接源头。

禅宗体现了佛教中国化的最高成就，它强调佛在心中，心即真如；强调不立文字，顿悟成佛。心起动念，便成对待；直下无心，本体自现。任凭心念自然生灭，物相随意流转来去而心如止水。废名小说的最高审美与哲学境界，即是这种绝对空灵与自由境界。因此，与西方中世纪田园牧歌情调不同的是，废名小说的艺术境界是象征的而非写实的，他笔下宁静和谐的"竹林"、"桃园"、"菱荡"、"桥"等，皆是他充分展示自由精神的象征世界。在此，是非、哀乐、贫富、荣辱乃至生死，都融而为一。《柚子》写人生的悲欢离合，生死轮转，淡淡的悲哀溢于篇中，而深层却流露着自然面对的达观。《浣衣母》通过李妈自然天成的仁爱之心，随遇而安的人生态度及其与丑恶世俗的尖锐对照，于淡淡的悲哀中表露出超越的人生哲学。《桃园》、《菱荡》、《河上柳》等篇皆是在诗情画意中蕴含着现实人生的悲哀，在悲哀中洋溢着豁达和精神超越。《竹林的故事》便是这人生哲学的诗意表达。竹林中的三姑娘，令我们想起沈从文笔下的翠翠、三三、夭夭等魅力女孩，成长于原始自然，无识无欲，以天然的善良秉性描画着平淡而温馨的人生。岁月悠悠，生生死死，但一切顺其自然，这便是人生至境。至于《桥》，作者并不是在描叙具体景色、具体人物、具体故事，而是在象征世界中娓娓传达作者圆融无碍的"空灵"感悟。在此境界中，人摆脱了现实世界的羁绊，获得了绝对自由，这种境界，佛家称"空"，道家曰"心斋"。

废名小说因浓郁的"禅意"及其圆融空灵境界而未能产生广泛的社会反响，其传统的遁世自娱态度使之具有鲜明的中国名士气味，而与现代意义上的浪漫主义有着一定的距离。但在现代浪漫主义文学发展与变迁历程中，废名的意义是不容忽视的。从某种程度上说，周作人最初倡导的审美与艺术独立，除其本人外，首先由废名认真贯彻，使之成为影响深远的美学原则。由废名而沈从文，终于形成恬淡、超越的审美理想。他以其美轮美奂的"湘西世界",正式开创了中国浪漫主义新形态——以返璞归真为途径的人的解放思潮。

沈从文生长于与黔、川交界的湖南省凤凰县乡村,这里,原生态的美丽山水给予沈从文潜移默化的美的熏陶;纯朴的乡风民俗,原始、蛮野的生命冲动,使沈从文从小就积淀了深厚的乡土情结。初步的现代教育,又使他与那浑蒙、无知和野蛮的生存状态产生了心理距离。当他带着湘西山水民风铸就的气质和眼光来到北京,切实感受到现代都市文明的冷漠及对人的种种束缚与压抑,他"乡下人"的意识立刻清醒了。于是在他的文化心理中,很快形成了"城市—乡下"的二元对立。"城市"与"乡下"不再是单纯的地理概念,而是"现代"与"原始"两种文明形态的代名词。

沈从文认为,衰老垂暮的中华民族急需再铸民族灵魂,重新焕发生机,返老还童。但它决不能走西方现代文明的道路,而只能摆脱现代城市文明施加于人的种种精神枷锁,重新回到原始古朴的乡野文明状态中,从那自由自在的生活方式中,从那原始的生命冲动中,去寻找、发掘民族的生机,在现实生存竞争中激发民族活力。因此,当"五四"作家笔下呈现着"启蒙—愚昧"的二元对立,革命作家笔下展现着革命—反革命的阶级战争时,"乡下人"沈从文的小说艺术世界中,却生动地描绘着城市—乡村两种文明形态的尖锐对立和鲜明对比。就在这对立和对比中,沈从文做出了自己的价值判断和文化选择。他认为:是否具有强力本能的生命冲动,是否具有健全、完美的人性,是一个民族能否重现生机的关键。

沈从文曾以"乡下人"的眼光坦率告白他对城市文明的否定:"城市中人生活太匆忙,太杂乱,耳朵眼睛接触声音光色过分疲劳,加之多睡眠不足,营养不足,遂俨然事事神经异常尖锐敏感,其实除了色欲意识和个人得失外,别的感觉官能都有点麻木不仁。这并非你们的过失,只是你们的不幸。造成你们不幸的是这一个现代社会。"[1] 同时，由《绅士的太太》、《八骏图》、《有学问的人》、《某夫妇》等系列作品组成的都市人生长卷，以人性为尺度，批判城市绅士社会和智识阶层人性被压抑被扭曲，生命萎缩，由此造成道德沦丧、生活虚伪。

与此同时，以完美人性的憧憬为审美理想，沈从文精心构造着他的"湘西世界"。他说："我要表现的本是一种'人生的形式'，一种优美、健康、自然，而又不悖乎人性的人生形式。"[2] 在湘西这块古老的土地上，"我只想造希腊小庙。选山地作基础，用坚硬石头堆砌它。精致，结实，匀称，形体虽小而不纤巧，是我理想的建筑。这种庙供奉的是'人性'"。[3] 古希腊民族那种雄强的生机和惊人的创造与扩张能量，正是基于身心的健康与个性的张扬，顺乎人性的自由人生形式。沈从文着意为中华民族奠定的，正是这块永远迸发生机的人性基石。"湘西世界"是沈从文精心打造的"希腊神庙"中国版。

"湘西世界"是原始乡村自由人生形式的艺术再现，它是沈从文为现实而建的"梦幻世界"。从这一点看，他和废名一样，都是在"梦梦"。"湘西世界"由两层梦幻世界构成，一是由《龙珠》、《媚金·豹子与那羊》、《神巫之爱》、《月下小景》等经典之作组建的绚丽夺目的神性王国。它们以神话、民间传说、佛经故事等为素材，展现出原始文明状态下最纯净、最美好的人生形式：由"爱"与"美"构成"神性"。男女主人公为爱而陶醉，而癫狂，为爱而毫不犹豫舍弃包括自身生命在内的一切的惊人之举，爱的过程中主人公对异性之美的疯狂崇拜与赞颂，都是作者人生与艺术之"梦"的精彩展现。在美（自由的情爱）和爱（狂放的性爱）的完美结合中，生活的浪漫纯真与生命的雄强活力，显示出无穷魅

---

[1] 沈从文：《从文小说习作选集·代序》，《从文自传》，人民文学出版社，1981年版，第121页。
[2] 沈从文：《从文小说习作选集·代序》，《从文自传》，人民文学出版社，1981年版，第121页。
[3] 沈从文：《从文小说习作选集·代序》，《从文自传》，人民文学出版社，1981年版，第119页。

力,这正是与现代都市人生形式形成鲜明对比的健全人生形式。

"湘西世界"的第二层面是"现实人生"。它实际上是作者在现实生活基础上升华的梦幻境界。作为"神性王国"的现实版,同样洋溢着梦幻的纯净与温馨,宁静与和谐。《三三》、《萧萧》、《阿黑小史》、《边城》、《柏子》、《会明》等系列作品,组成了这个自然无为的世界。这个世界首先映入我们眼帘的是原始形态的自然风光、蓝天白云、透迤的青山,尤其是依山顺势、清澈柔媚的流脉,无不显示出宁静和谐之美。其次,三三、萧萧、翠翠、夭夭等天真烂漫的少女,作为大自然怀抱中的小精灵,那浑然天成、自在无识的淳朴本性,正是神话传说中美妙神性的现实版本,给现代读者以彻底的灵魂涤荡、净化,给人以极大的审美享受。而更深一层,湘西社会那浸润在自然山水间纯真的性爱美、亲情美、世情美、世俗美等,全面地展现出湘西充满诗意的田园牧歌生活样式,从而表现出纯朴、和谐与自由的理想人生形式。

与此相关联的,是作者那散文化、诗意化的文体风格。沈从文有意地融山水风光、诗歌意境、乡风民俗于作品之中,使小说节奏舒缓,意蕴丰厚,充满诗情画意,形成了现代中国文学史上独特的小说文体形式,使新的审美意蕴、审美趣味与审美形式相映生辉。随着沈从文别具一格的小说渐渐风靡文坛,一大批青年作家群起效仿。萧乾、芦焚、凌叔华、汪曾祺等,各以其独特的艺术世界和艺术个性,汇成多姿多彩的田园乡土梦幻世界,在文坛上产生持续的影响。30年代,中国浪漫主义文学以京派文学团体为主阵地,在中国文学百花园中,它虽被左翼文学所排挤和否定,但仍占有重要一隅,以新的主题,新的美学风貌显示着它的存在与发展,中经四十年的断裂,至80年代汪曾祺发扬光大,重新风靡文坛,最终凝成"永恒的魅力"。

30年代京派文学的浪漫主义精神与"五四"文学浪漫主义精神既有着传承关系,又呈现出变异性。从前者看,"五四"浪漫主义文学基本主题是个性张扬下的反抗与倾诉,而京派文学的基本主题,是描绘梦幻世界,寻找精神家园。从自我表现到抒写梦幻,两者之间是传承与深化关系。其一脉相承的核心精神，是高扬自主意识，憧憬精神自由。两者之间的变异，首先表现在"五四"浪漫主义文学或表现出呐喊反抗的"摩罗"精神，或是内在情怀的肆意宣泄，总的风格是激荡的、粗犷的、进取的。30年代的浪漫主义则是以反现代性姿态出现，要求回归田园自然，在返璞归真中摆脱现实的压抑和束缚，实现精神的解放和人性的完满，因而，它表现出宁静、和谐、节制、飘逸的美学精神，与欧洲从卢梭到英国"湖畔诗人"的浪漫主义流脉有着更明显的相似性。其次，"五四"浪漫主义文学与西方浪漫主义文学之间有着显在的关联。从鲁迅对"摩罗诗人"的呼唤，到郭沫若《女神》中的"拜伦气"、"歌德气"、"惠特曼气"，再到郁达夫式浪漫抒情小说大潮所散发的"卢梭气"、"零余人"气息等，无不显示出欧洲浪漫主义文学的全面影响。京派文学的浪漫主义虽然在文化价值观上与欧洲"回归自然"潮流存在着明显的对应性，但其文化资源更多的来自本土。废名小说中的禅意自不待言，沈从文"湘西世界"的文化背景也是老庄哲学与本土山水诗文美学精神而不是华兹华斯式的英国情调。因此，京派文学的浪漫主义风貌更富有本土特色、民族风情，或者可以换句话说，京派文学的浪漫主义美学精神不但在基本主题上与"五四"浪漫主义殊途同归，而且由于文化资源的差异，其在民族化的道路上前进了一步——它实际上已充分显示了现代中国浪漫主义文学的民族特性。

三、政治呐喊与志异传奇：民族解放战争中浪漫主义的"复活"

"五四"时期，思想启蒙和情感解放，酿造出狂飙突进个性解放时代大潮，与"为人生"现实主义文学潮流呈双峰并峙、相辅相成之势。个性的张扬与情感的倾诉，是其文学主题。至20年代末和30年代，以阶级战争为标志，中国社会革命浪潮兴起，革命文学运动以反个人主义为前提而彻底否定"五四"新文学。个性解放浪漫主义文学急剧消歇，而以回归自然为宗旨、以完美人性为核心的京派文学浪漫思潮，在汹涌澎湃的革命文学浪潮中，以一隅之地，诗意化地展现其禅意与自然之趣，展现其精神的和谐自由。

然而，30年代后期，以卢沟桥事变为标志，抗日战争的全面爆发，不仅代替了国内阶级战争成为时代的新焦点，也进一步压缩了京派文学宁静和谐的生存空间。民族解放的迫切要求，社会的混乱与政治的黑暗，使时代郁积了太多的愤怒与渴望，全民族的内在情结需要迸发。在此背景下，郭沫若顺应时代要求，重新肯定浪漫主义主观抒情美学精神和个性主义思想价值。胡风则大力提倡其"主观战斗精神"及作家在创作中"自我扩张"理论，他虽然针对的是现实主义文学，但客观上给正在兴起的浪漫主义文学的主体性特性，作了理论铺垫。于是，在凝重、博大的现实主义文学大行其道的同时，浪漫主义文学又卷土重来，以新的形式、新的主题、新的美学精神风靡文坛，描绘出它在中国现代文学上又一个有声有色的十年历史画卷。

30年代末到40年代的浪漫主义思潮继承"五四"浪漫文学和京派文学个人主义、理想主义、主情主义等传统，使之在思想与美学精神上一脉相传的同时，又表现出时代的新特点。首先，40年代浪漫主义文学的创作主体，不像"五四"和30年代浪漫主义文学，以某个文学社团为主体、为中心，以此影响外围创作。它超越了具体的文艺团体，超越了特定地域，显示出某种程度的"泛化"。具体而言，它主要由风靡一时的历史剧创演、读者甚众的"新浪漫派小说"和在"革命根据地"颇有影响的"白洋淀"派构成。在创作主体、接受群体和影响范围上，都表现出明显的普遍性。与此相关的是主题和美学风格的多元性。与时代主题相对应，40年代浪漫主义文学表现出主题的多元性。具体而言，一是借古喻今，要求团结抗战和民主政治的政治浪漫主义或英雄浪漫主义。二是以异域浪漫传奇酿造新的美学情趣的传奇浪漫主义。三是抗战背景下，北方根据地农村的风情浪漫主义。其次，此期浪漫主义文学的一个共同特征，就是作品大都或多或少、或浓或淡，带上现实主义色彩。也就是说，绝大多数主观抒情、浪漫憧憬，都是由现实具体生活内容的激发而引起的,与"五四"浪漫主义反封建礼教、30 年代浪漫主义寻求民族新生之途相一致。40 年代浪漫主义文学尤其充满着关怀现实、忧国忧民的凝重情怀,因此在相当范围和程度上,与当时的现实主义文学是相互渗透的。郭沫若把浪漫主义视为现实主义文学侧重主观抒情的部分,由此不自觉地取消了浪漫主义文学的独立价值,也不是没有一点现实依据的。

　　大型历史剧的繁荣及其表现出的基本特点,在一定程度上代表了 40 年代多元化浪漫主义文学的主流。在中国现代文学史上,浪漫主义戏剧与现实主义戏剧一样,有着坚实的传统,历史剧更是为作家普遍喜爱。"五四"时期,郭沫若就已创作出《女神之再生》、《湘累》、《棠棣之花》、《三个叛逆的女性》等脍炙人口的诗剧。田汉以《梵峨嶙与蔷薇》、《湖上的悲剧》、《南归》、《获虎之夜》等剧作,使我国 20 年代带有唯美和现代派意韵的浪漫主义戏剧,异彩纷呈。至 30 年代初,现实主义成为戏剧创作的主流。抗战爆发促使借古喻今的历史剧重新繁荣,剧作家们纷纷以古人为代言人,抒发时代的情怀。1936 年,夏衍发表多幕剧《赛金花》和《秋瑾传》,拉开了 40 年代浪漫主义历史剧创作热潮的帷幕。30 年代后期至 40 年代,历史剧创作在"孤岛"和以重庆为中心的国统区迅速繁荣并产生强烈的社会反响,阿英的《碧血花》、《海国英雄》、《杨娥传》,于伶的《大明英烈传》等系列作品,形成"南明史剧"创作风潮。"天国史剧"由阳翰笙的《天国春秋》、《李秀成之死》,阿英的《洪宣娇》,欧阳予倩的《忠王李秀成》等佳作系列构成。郭沫若的六部大型历史剧(《棠棣之花》、《屈原》、《虎符》、《高渐离》、《孔雀胆》、《南冠草》)在国统区激起巨大的社会反响,标志着 40 年代历史剧创作的最高成就。其中前四部成为"战国史剧"的代表作。同时期其他作家的大量相近题材、不同风格的创作,从不同侧面、不同层次上,丰富着琳琅满目的艺术殿堂。

　　40 年代历史剧的浪漫主义美学品格的重要表现,不是强调"客观"、"真实"地再现历史原貌,给观众以具体的历史知识,而是借历史的外衣，通过古人口吻，抒发作者内在的激情，表达政治见解；因而，主观抒情成为作品的灵魂。这既是"五四"浪漫主义文学特别是以郭沫若、田汉为代表的浪漫主义戏剧美学传统的体现，也是现实政治的需要。当时中国面临的时代课题是：在日本帝国主义全面入侵、中华民族面临生死存亡的情形下，唤醒人民奋起抗战；在民族危亡关头，热切呼唤"民族的脊梁"，呼唤民族英雄的出现；反对专制，要求民主；反对内战，要求一致对外。因此，爱国主义、英雄主义和启蒙主义，作为浪漫激情下共同的思想线索，贯穿于全部作品中。题材的相对集中，表明了时代的需要和作家对时代的积极回应。"南明史剧"集中体现以民族大义为重、抗击外来入侵、宁死不屈的爱国主义精神。阿英《碧血花》中的葛嫩娘虽不过是一个秦淮歌妓，但出淤泥而不染，在清兵南下、民族危急之际，依然和爱人聚众抗清，兵败被俘，不屈就义。《杨娥传》描写滇南爱国女子杨娥深怀国仇家恨，锄奸抗暴，誓不屈服，最终饮恨而亡的抗争精神。《海国英雄》中，作者更是以饱满的政治热情，精心塑造民族英雄郑成功不畏挫折、不怕牺牲、坚持抗清到底的大无畏精神。总之，洋溢在"南明史剧"系列中的，是"民族的脊梁"们那感天地泣鬼神的民族气节与爱国情怀。"天国史剧"则反思民族精神污垢，热切呼唤停止内争，一致对外。阳翰笙《天国春秋》以沉痛的笔墨，描写太平天国后期洪秀全、杨秀清、韦昌辉、石达开之间，那令人痛心的相互猜疑终致骨肉相残的政治悲剧。作者在回忆这出戏的创作和演出盛况时说："一九四一年发生震惊中外的'皖南事变'，激起了全国人民的无比愤怒。为了控诉和谴责国民党反动派这一滔天罪行，揭露它破坏团结，准备对日寇妥协投降的罪恶阴谋，我写了《天国春秋》。"这出戏主题鲜明，政治激情澎湃于作品之中，观众心领神会，社会反响极其强烈，在演出过程中，观众对这个戏的针对性十分敏感，"每当剧中洪宣娇在觉醒后惊呼：'大敌当前，我们不该自相残杀！'时观众席中立即爆发出雷鸣般的掌声"。[1] 他的《李秀成之死》以同样的主题抒发作者的愤懑与渴望。以郭沫若为代表的"战国史剧",高度集中了当时的时代精神:团结抗暴,反对投降,呼唤民族英雄,反对专制强权,充分体现了"古为今用"创作原则。在谈到代表作《屈原》的创作动机时,他就以当时的政治形势为出发点:"无数的爱国青年、革命同志失踪了,关进了集中营。代表人民力量的中国共产党在陕北遭受着封锁,而在江南抵抗日本帝国主义的侵略最有功劳的中共所领导的八路军之外的另一支兄弟部队——新四军,遭了反动派的围剿而受到很大的损失。全中国进步的人们都感受着愤怒,因而我便把这时代的愤怒复活在屈原时代里去了。换句话说,我是借了屈原的时代来象征我们当时的时代。"[2]《棠棣之花》、《屈原》、《虎符》表达了团结抗战的时代愿望,热情呼唤中华民族伟岸英雄的出现。在谈到《棠棣之花》时,郭沫若明确指出其中的政治动机:"《棠棣之花》的政治气氛是以主张集合反对分裂为主题,这不用说是参合了一些主观的见解进去的。望合厌分是民国以来共同的希望,也是中国自有历史以来的历代人的希望。因为这种希望是古今共通的东西,我们可以据今推古,亦可以借古鉴今。"[3] 正是以借古鉴今之途径,以"历史"为艺术舞台,抒写作者时代的愤怒和强烈的政治激情,成就了40年代历史剧政治浪漫主义的美学特质。

正是这种政治浪漫主义美学精神,决定了40年代历史剧共同或相近的艺术特质:不以客观再现为务,而以主观抒情为主,表现出鲜明的"诗剧"色彩。在这方面,郭沫若的历史剧极具代表性。换句话说,郭沫若历史剧的艺术风貌,代表了40年代繁荣兴盛的历史剧创作的浪漫主义艺术精神。

与"五四"时代的诗剧相比,郭沫若40年代的历史剧是能供舞台

---

[1] 阳翰笙:《阳翰笙选集·自序》第2卷,四川人民出版社,1989年版,第4—5页。
[2] 郭沫若:《郭沫若论创作·序俄文译本史剧〈屈原〉》,上海文艺出版社,1983年版,第404页。
[3] 郭沫若:《我怎样写〈棠棣之花〉》,《郭沫若全集》文学编第6卷,人民文学出版社,1986年版,第277页。

演出的标准剧本,但和同期现实主义戏剧乃至其他浪漫主义戏剧相比,仍具有浓郁的"诗意"。这首先来自他的创作原则:"历史研究是'实事求是',史剧创作是'失事求似'。""史学家是发掘历史的精神,史剧家是发展历史的精神。"[1] 两组概念,精确地揭示了面对历史材料时,历史研究与艺术创作的根本区别:历史学家要充分尊重既往历史的客观真实性,力求还原其本来面目,艺术家则不必拘泥于具体史实,而应在史实基础上,充分融注主观思想感情,把既定的"历史的精神"改造发展成当下的时代精神和社会情绪的载体。对此,他曾阐述:"剧作家的任务是在把握历史的精神而不必为历史的事实所束缚。剧作家有他创作上的自由,他可以推翻历史的成案,对于既成事实加以新的解释,新的阐发,而具体地把真实的古代精神翻译到现代。"[2] 在《屈原》中,遭受人格羞辱与政治陷害的屈原以政治家的胸怀向楚怀王坦诚呼吁:"你要多替楚国的老百姓设想,多替中国的老百姓设想。老百姓都想过人的生活,老百姓都希望中国结束分裂的局面,形成大一统的山河。"这实际上就是作者代表人民向国民党当局的呼吁和抗议,因而引发观众和广大读者强烈的思想与情感共鸣是必然的。因而,郭沫若及其他剧作家们在创作中,根据自己的创作意图,对历史素材进行大胆的艺术虚构和加工,使人物设置、人物关系、人物思想性格、情节演进乃至语言风格等,都围绕着既定的创作意图来确定。因而,在一定程度上,40年代历史剧或浓或淡地带上"主题先行"或"时代传声筒"的色彩。其次,强烈的抒情性使郭沫若的诗剧成为"五四"时代"摩罗诗人"的战斗精神,以新的面貌、新的内涵在新的历史时期的重现。如在创作《屈原》过程中,郭沫若始终被燃烧的激情裹挟着,原初的构思完全被打破,全剧在数天时间内一气呵成:"各幕及各项情节差不多完全是在写作中逐

---

[1] 郭沫若:《历史·史剧·现实》,《郭沫若论创作》,上海文艺出版社,1983年版,第501页。
[2] 郭沫若:《我怎样写〈棠棣之花〉》,《郭沫若全集》文学编第6卷,人民文学出版社,1986年版,第277页。

渐涌出来的。不仅在写第一幕时还没有第二幕,就是第一幕如何结束,都没有完整的预念。实在也奇怪,自己的脑识就像水池开了闸一样,只是不断地涌出,涌到了平静为止。"[1]这种完全由激情推动的非理性状态,正是浪漫主义文学典型的创作状态。从拜伦、雪莱、华兹华斯、普希金到雨果、梅里美、惠特曼等,无不如此。中国的苏曼殊、徐枕亚、郭沫若、郁达夫直到湖畔诗人,创作中无不被内在激情所驾驭,在癫狂或陶醉状态中创作出激情洋溢摄人心魄的作品。

如果说繁荣的历史剧继承"五四"反抗、呐喊的传统,充分展现出以英雄主义为核心的政治浪漫主义精神,成为40年代浪漫主义文学主流,影响着人们的社会政治生活;那么,被后世也称为"新浪漫主义"的小说潮流,则以在野的姿态、民间立场,诉说着动乱年代的人间传奇,成为当时多元化浪漫主义思潮中仅次于历史剧创作的重要一"元"。这一浪漫主义文学派别的代表作家是徐訏和无名氏。

徐訏20年代后期在北京大学哲学系读书期间,对心理学、文学也有着浓厚兴趣,30年代中期赴法国留学,广泛接触西方哲学与文学,尤其是欧洲浪漫言情小说,在国内编刊期间进行富有浪漫传奇色彩的小说创作。1937年1月,他在上海发表中篇小说《鬼恋》,作品以奇特的故事与充满悬念的叙述,被誉为"鬼才"。随后,他在"孤岛"连续创作和发表了《阿拉伯海的女神》、《吉卜赛的诱惑》、《荒谬的英法海峡》、《精神病患者的悲歌》、《一家》、《英伦的雾》等充满异域与传奇情调的中长篇小说,引发广大读者浓厚的阅读兴趣。1943年春,徐訏在重庆《扫荡报》上连载长篇小说《风萧萧》,又引发社会的极大轰动,几乎到了"洛阳纸贵"地步。这一年也被称为"徐訏年"。徐訏遂开40年代小说新模式。另一青年记者卜乃夫在徐訏的影响下,以"无名氏"笔名先后发表中篇小说《北极风情画》和《塔里的女人》,两部哀感顽艳的浪漫传奇,又引起文坛热议。1944年底,他开始潜心创作"长河小说"

---

[1] 郭沫若:《我怎样写五幕史剧〈屈原〉》,《郭沫若全集》文学编第6卷,人民文学出版社,1986年版,第399页。

《无名书稿》,历经时代巨变,至 1960 年,在极其艰苦的条件下全部完成。《无名书稿》由《野兽·野兽·野兽》、《海艳》、《金色的蛇夜》、《死的岩层》、《开花在星云以外》、《创世纪大菩提》六部长篇小说组成,是中国现代文学史上不可多得的"奇书"。

徐訏、无名氏在 40 年代中国文坛上迅速走红,就像当年创造社之出现于"五四"文坛一样,可谓又一次"异军突起"。由于其题材的传奇性和审美趣味的秾丽与奇谲,而被后世称为"新浪漫派"。新浪漫派小说因与当时的政治和抗战以及"五四"思想启蒙主题都具有相当距离,因而没能像创造社浪漫抒情小说那样,成为时代的主流话语。

新浪漫派小说之所以能够在强大的主流话语下异军突起,风靡社会,首先在于作者在自觉"媚俗"原则和尺度下,把中外多元审美因素完美结合,融合成豪艳而异怪的艺术世界。其次,与当时的现实主义小说和浪漫主义剧作相比,新浪漫主义小说显然继承了"五四"文学自我表现的传统。作品首先要表达的,是作者的人生意趣,而这人生意趣不是来自当前政治的主流话语,而是个人深切的生活体验和美妙的人生憧憬。同时,作品又不似"五四"浪漫感伤小说那样一味述说个人不幸,而是面对广阔的社会生活,把人性欲求融于奇艳生活场景,把人们潜在欲求形象化。因此,新浪漫派小说表现出以下基本审美因素:一、男女奇恋。不仅男女身份之奇异,修养之高雅,而且邂逅、相恋无不奇特。二、传奇人生。恋爱主人公的人生故事充满云谲波诡,意外迭出,令人目不暇接。豪奢的生活方式与高雅的享乐,是其主要内容。三、异域风情。在陌生世界中上演跨国之恋的浪漫剧,尽情展现人生的自由与潇洒。四、意外结局。奇异之恋,浪漫之旅,几乎都超越了中国式的花好月圆结局。结局之奇,总引发读者以深思和人生体悟。徐訏的成名作《鬼恋》,构思具有明显的中国唐宋传奇里人—鬼、人—仙相会相恋的叙事模式。小说写"我"于月夜之下的上海城郊邂逅一自称女鬼的黑衣美女,并送她回家。此后,"我"与她数夜在阴森古宅中约会。伴随美酒香烟,谈人生,谈哲学,"我"陷入爱河。期年之后,当"我"白天找到其住宅时,开门老人告诉"我",她早年参加革命,因看破红尘而宁愿做"鬼",与世隔绝,已于三年前染疾而亡。人世渺茫如梦幻,留下的唯有这段超世脱俗的爱情。《风萧萧》以"我"和三个不同的神秘女子的感情纠葛为框架,以中、日、美三国间谍战为背景,融言情、谍战、政治、军事于一体,展开了一个个悬念迭出的传奇故事。其中既有温馨浪漫,又有惊心动魄的斗智斗勇,也有强烈的民族意识和政治愤激,可谓美学元素齐全,令人眼花缭乱。无名氏的爱情传奇淡化了"志怪"色彩而具有更沉痛的人生体悟和浓重的悲剧色彩,感情一泻千里,语言汪洋恣肆,则使其浪漫传奇别有摄人心魄之力。《北极风情画》描写二战时期,韩国革命者、抗日义勇军的林上校,随部队驻扎苏联西伯利亚一座小城,邂逅美丽纯真的波兰姑娘奥蕾莉亚。来自东西两个民族的青年男女一见钟情,狂热相爱。不幸的是,根据中俄政府协定,抗日义勇军全体官兵立即回国。在巨大的悲痛中,两人以惊世骇俗的疯狂享受他们仅剩的四天爱情,分手后,奥蕾莉亚自杀殉情。十年后,林上校如约在奥蕾莉亚殉情之日,登上华山,迎着北方刺骨的寒风,以凄厉的声音唱起他们当年离别之际共唱的《离别曲》,抒写着震撼人心的爱情传奇。《塔里的女人》则通过爱的失落与美的毁灭,表达着刻骨铭心的人生之痛和深层的人生哲理之思。

尽管新浪漫派小说在当时产生巨大的社会反响,成为经久不衰的畅销书,但由于它们在很大程度上疏离当时严峻的社会现实,疏离主流文学话语系统,再加上无名氏1949年后长期的"地下创作"经历,正统文学史家对其文学的文学史意义一直评价不高,"徐訏和无名氏的突出贡献,就是把传奇叙事摩登化了,就此而言,他们的小说可称为'摩登传奇'"。[1]"摩登传奇的成功崛起显著地标志着现代都市大众文学终于获得了符合其读者要求的摩登内容和摩登形式,有力地把新文学推进到它长期不屑而其实也无力掌握的读者群中,拓展到长期被旧派通俗文学

---

[1] 严家炎主编:《二十世纪中国文学史》中册,高等教育出版社,2010年版,第262页。

占据的文学市场。这也就够了，此外也就不必苛求也无可深求了。"[1]

这一评价只是承认新浪漫派小说在新文学通俗化道路上的"突出贡献"，其余则无。在抗战最为艰苦的岁月，在以反思传统文化，揭露社会政治黑暗为己任的现实主义和借古喻今、呼吁团结抗战的历史剧掌控着文坛主流话语权的情况下，新浪漫派小说却以其奇诡、热烈的浪漫故事，给广大读者开辟一片全新的审美天地；在对美好爱情和异域华丽典雅生活方式的憧憬与品味中，读者于现实生活中的种种焦虑得到有效缓解。在这"画饼充饥"式的精神抚慰中，人们重新领略到生活的美好，人生的诗意。这不仅仅是通俗文学的"休闲"效应，更在于它的"摩登"、"唯美"，而显示主流文学往往忽略的情感陶冶、提升审美趣味之功。

新浪漫派小说题材上的浪漫传奇特质与欧洲浪漫主义文学中雨果、梅里美、大仲马一脉有着异曲同工之妙。但对于中国浪漫主义文学传统来说，它又有着特别的重要意义：深受儒家"教化"传统支配的中国文学，严格说只有具体的浪漫文学作品，而缺少一条一脉相传的浪漫主义传统。20世纪以来的浪漫主义文学直接的文化资源，是西方近代浪漫主义文学。但在近代中国社会思潮和文化土壤里，浪漫主义文学发展是不够充分的。"五四"以个性解放为宗旨的浪漫抒情诗歌和小说，不但艺术上缺乏诗意美，而且多囿于个人具体境遇抒发"零余人"的自叹自怜，缺乏哲学与美学深度。30年代京派文学的原始主义艺术世界很大程度上是与"都市人生"相对立的，鲜明的现实批判色彩使之很难真正在美学理想上"飞扬"起来。40年代浪漫主义史剧，虽充满诗意美，但其根本精神则着眼于现实批判。新浪漫派小说的出现及风靡文坛，使中国的浪漫主义文学家族中产生一个新品种——现代传奇，其文学意义更在于：它并不是对应于明确的现实社会功利目的，而是完全出于自然人性欲望，出于精神活动的现实超越本能——超越不完美的现实生活，在主观艺术境界里放飞想象，让精神自由翱翔，从而获得极大的审美享

---

[1] 严家炎主编：《二十世纪中国文学史》中册，高等教育出版社，2010年版，第266页。

受。因而,这种超现实的浪漫传奇及其强烈的公众接受热情,表明中国浪漫主义文学在美学、在审美境界上实现了真正的"飞扬"。浪漫主义传统也开始滤除"杂质",显示出"纯粹"形态。甚至可以这样说,从民族文学传统和美学形态看,20世纪40年代的新浪漫传奇小说才是中国浪漫主义文学的"正宗"。

不仅如此,无名氏洋洋百万言的《无名书》,凝结了中国现代浪漫主义文学的思想与美学特质。主人公印蒂对那永无休止的人生真谛的追寻,艺术地再现了作者以儒释道为基石,以中西文化的融合为途径,建立人类新信仰的雄心壮志;那惊世骇俗的寻求真理与反叛传统之举,使之成为"圣人"与"魔鬼"的统一体,使我们联想到西方普罗米修斯和西绪弗斯神话,联想起歌德笔下的浮士德形象,从而领会其中"永远超越"的文化精神。这就是形而上层面的浪漫主义精神。"五四"新文学以来,我们从鲁迅小说"孤独者"形象系列中,从《野草》那"影的告别"、"死火"等独特意象中,从庐隐笔下主人公们"人生意义是什么"的不懈追问中,从曹禺戏剧中不断出现的"出走"意象中,都深切感受到了梦醒者形而上人生追问的精神魅力。这种"浮士德"精神,在无名氏的《无名书》中获得充分的艺术展现。因此可以说,40年代新浪漫主义,尤其是皇皇巨著《无名书》,成为中国20世纪浪漫主义文学在哲学与美学上走向顶峰的标志。应该说,现代中国文学浪漫主义的"正宗"传统凝结于此。

四、主体的苏醒与追寻:新时期浪漫主义文学思潮

从20世纪40年代末到70年代初,以追求个性解放与精神自由,反抗一切精神异化为特质的浪漫主义文学消失,流行不衰的是所谓的"革命浪漫主义"文学。

"革命浪漫主义"概念兴起于20年代末30年代初革命文学运动。1933年11月,周扬在《关于"社会主义的现实主义与革命的浪漫主

义"》一文中，正式阐释了"革命的浪漫主义"内涵。一言以蔽之，"革命浪漫主义"以否定个人主义为前提，把个人的"自我表现"、精神追寻视为小资产阶级世界观的表现，强调表现革命的理想与阶级的意志，也就是说，一切主观憧憬都必须与革命事业相关联，都必须体现革命经典所许诺的"光明的未来"。

  伴随着社会革命运动，"革命浪漫主义"在中国大陆起起伏伏存在近半个世纪，直到70年代中期新一轮思想解放运动兴起后消失。其所培育出的"革命文学"和"社会主义文学"成为20世纪中国文学艺苑中的独特景观。20年代末，以蒋光慈、胡也频、洪灵菲、丁玲等为代表的"革命罗曼蒂克"，以"革命"取消人的主体性，加之艺术质量的粗糙而昙花一现，被"革命现实主义"取代。到40年代，在西北和北方"革命根据地"，以"白洋淀"派的创作为标志，这种充满乐观主义精神的"革命浪漫主义"又颇为盛行。在孙犁的革命浪漫主义小说中，"白洋淀"迷人的自然风光与当地军民的和平劳动、战斗故事融为一体，形成特定的诗情画意。在这诗情画意中，作者着意描写一群劳动妇女的人情美和人性美，革命小夫妻之间的情趣美。而这一切，都被统辖到"革命精神"、"时代精神"这一总主题下。这里，没有战争的残酷，没有个人情感的倾诉（如《荷花淀》中，"夫妻话别"场景，女主人个人情感在闪现之际，就被作者及时熄灭）。不管是夫妻之间的打情骂俏，还是老交通员的英雄气概，最终都悄然指向一个隐秘的宗旨——以"人"之情为革命和革命政权作合法性论证。

  1949年后，中国当代文学以1942年《在延安文艺座谈会上的讲话》为指针，50年代以"社会主义现实主义"统一文学创作。1958年3月，毛泽东在一次党的会议上提出"革命现实主义和革命浪漫主义相结合"创作方法。经过一批权威理论家的深刻解读和阐释，"两结合"成为大陆社会主义文学的创作方法。在这一方法框架内，"现实"经"革命"理论规范迅速模式化，而"革命浪漫主义"却使"革命理想"插上随意翱翔的翅膀，创造了文学新神话。它指导了50年代"大跃进"中的

"新民歌运动",规定着50—60年代"英雄传奇"的创作,最后进一步凝结为"三突出"创作原则,创造出以八个"样板戏"为代表的"文革""红色经典"。在"气冲霄汉"的革命浪漫主义精神指引下,"革命英雄"层出不穷。然而,浪漫主义文学视为灵魂和生命的个人的主体性和精神自由境界,则被视为最"反动"的资产阶级世界观。直到70年代初思想解放运动重新兴起,"革命浪漫主义"热潮才开始冷却下来,随后迅速消失。以"人"的解放为宗旨的真正的浪漫主义文学潮流在中断三十年后,又以新的面貌开始了它新的进程。

70—80年代中国大陆浪漫主义文学思潮兴起的直接动力,是60—70年代"文革"时期悄然而起的"地下写作"。一批目睹动荡、饱经磨难的青年作家,成为新时代的"早醒者"。他们最早以冷峻的眼光、独立的思考,对这纷乱冷酷的年代进行判断,得出自己的结论。黄翔在"文革"高潮之际,创作出《野兽》、《火炬之歌》等诗篇,诅咒那"可憎年代",呼唤人性的真理。食指(郭路生)的《相信未来》在"革命浪漫主义"欢歌中表达了对那个"贫困"、"悲哀"、"失望"、"凄凉"时代的真实感受。张扬的小说《第二次握手》真实抒写了知识分子命运,表达了对祖国现代化前景关注的意愿。而"文革"末期北岛的《回答》一诗,则公开发出对非人道世界反叛的呐喊:面对人们早已深信不疑、习以为常的说教与世相,作者斩钉截铁地回答:"我——不——相——信!"

具有强烈自我意识和叛逆精神的"地下写作"的意义,就在于创作主体的觉醒及其内在真实情怀的抒发,成为催生新时代浪漫主义文学的关键。它与当年鲁迅笔下"狂人"的觉醒具有同等的历史意义。而这"地下写作"又直接催生了70年代末80年代初影响深远的"朦胧诗"文学运动。北岛、舒婷、顾城、多多等青年诗人的创作,一方面表现出强烈的主体意识、自我意识,抒发个人的真实情感,一方面自觉吸收西方现代派手法,因意蕴含蓄而被称为"朦胧诗"。"朦胧诗"受到文坛和社会的高度关注,被视为与主流文学迥然不同的"新的美学原则"的崛起。[1]同时也遭到许多人的批评。除"看不懂"外,主要集中于批评朦胧诗"散发出非常浓烈的小资产阶级的个人主义气味的美学思想",[2]由此引发激烈争论。

然而,"朦胧诗"所确立的"新的美学原则"终于开创了以"自我表现"为核心价值观念的浪漫主义文学新时代。"朦胧诗人"从个人主体意识和个体生命体验出发,真实地抒写"自我"的内在情怀与思想见解,高扬独立、自由人格,推崇个体价值,反对暴力和精神奴役,反对假、大、空的"英雄",憧憬人性化的平民世界。北岛在《宣告》一诗中宣告:"在没有英雄的年代里,我只想做一个人。"充分体现出个性主义、人道主义精神。"朦胧诗人"群体所追求的"美学原则",实际上是"五四"新文学运动推崇的"人的文学"、"平民文学"精神在新时期、新的政治环境中的再现。自我表现、大写的"个人",把"五四"新文学浪漫主义传统与"朦胧诗人"的"美学原则"连成一线,清晰地显示出两者之间一脉相承的源流关系。新时期浪漫主义文学思潮就在这一文化背景下应运而生。

新时期浪漫主义文学的主要载体,是风靡全国、影响深广的知青文学。知青作家群体大多出生于饥荒年代,成长于"文革"动乱年代,怀着崇高理想"上山下乡",在贫穷落后的农村耗去青春,最后在"返城大逃亡"中孑然一身,一无所有——没有青春,没有财产,没有身份。最终,没有了理想的支撑。于是,在献身理想与个体意识觉醒的巨大反差中,在人生百味的痛苦咀嚼中,抒发千般感慨,重新寻觅精神家园,铸造了新时期浪漫主义文学的美学殿堂。

由于特定的社会语境和文化背景,新时期浪漫主义文学表现出新的

---

[1] 谢冕:《在新的崛起面前》,《光明日报》,1980年5月7日;孙绍振:《新的美学原则在崛起》,《诗刊》,1981年第3期;徐敬亚:《崛起的诗群——评我国诗歌的现代倾向》,《当代文艺思潮》,1983年第1期。
[2] 程代熙:《评〈新的美学原则在崛起〉——与孙绍振同志商榷》,《诗刊》,1981年4月号。

特点。首先，在基本美学原则上，新时期浪漫主义文学全盘继承和发扬了"五四"新文学的浪漫主义传统，即以"自我表现"为美学特质，高扬个人的价值与尊严、人格的独立与精神的自由，反抗一切压抑人性、漠视人的权利与尊严的异化力量。这是"五四""人的文学"、"平民文学"精神在新时期的再度呈现。从北岛"我——不——相——信"的愤懑呐喊，到舒婷温婉忧伤的娓娓抒情，无不使人联想到郭沫若、冰心、庐隐、郁达夫截然不同的浪漫主义情调。中国20世纪浪漫主义文学传统由"五四"新文学正式确立，此后的革命罗曼蒂克、京派"湘西世界"、浪漫主义历史剧、新浪漫主义小说，直到"社会主义文学"的"两结合"等浪漫主义文学思潮，它们或是打着"五四"旗号而与"五四"精神背道而驰，或是在"五四"文学传统沐浴下表现着"人的解放"亚主题、新侧面，而没有哪个浪漫主义文学思潮像80—90年代浪漫主义文学那样全盘继承"五四"新文学"人"的主题，重新成为振聋发聩的时代主题。这一方面表明"五四"新文学运动作为20世纪中国文学发展的"轴心时代"那光照后世的巨大思想威力，一方面表明20世纪中国思想启蒙、个性解放历程的艰巨性、曲折性和长期性。这种"首尾呼应"的历史景观，也揭示了"五四"开辟的浪漫文学传统，在曲折发展中的一脉相传。

其次，新时期浪漫主义文学在情感力度上不及"五四"浪漫主义文学那样强烈，然而在思想深度上却显示了它的高起点。"五四"新文学的总主题，是人的觉醒与自然人性的张扬，其"呐喊"与"感伤"不脱离感性欲望层面，徘徊在"青春"的苦闷层面。原生态的情感宣泄往往使作品仅具文学史意义而鲜有永久的审美因素。像周氏兄弟那样在文学创作中深刻融汇人生体验与哲理之思，使作品成为"诗化哲学"的，实为凤毛麟角。新时期浪漫主义文学，从"文革"时期的"地下创作"到"摩罗诗人"群体的呈现，青年作家往往把内在激情化为哲理思辨，化为充满理性判断的娓娓述说；激情融于哲理，融于意象。食指的《相信未来》，北岛的《回答》、《宣告》，芒克的《天空》，舒婷的《致橡树》、

《祖国啊，我亲爱的祖国》，等等，都是这样。这表明，中国历史在60—70年代虽然似乎又回到了"五四"前夕，但饱经政治动乱与生活磨难的新一代，则以"五四少年"难以企及的成熟登上文坛，使"新的美学原则"在现身中国文坛之际，就以其深刻的思想与成熟的艺术形式超越了"五四"。

最后，新时期浪漫主义文学不像"五四"浪漫主义或30年代浪漫主义文学那样，集中体现在具体文学社团、作家群体、文学流派乃至"经典作家"身上，而是作为一种"美学精神"，一种浪漫主义气质，在特定时期内较为普遍性地渗透于各种风格与思想倾向的文学创作中。因此，新时期浪漫主义文学又表现出多重主题并存的格局，显示了新时期"人的解放"的不同侧面。具体表现在以下几个方面。

高张个体的价值与尊严，呼唤人道主义，反抗政治暴力和精神奴役。这是直接与"五四"新文学精神相对应的总主题，集中体现在"文革"时期的"地下创作"和70年代末"摩罗诗人"群体的创作中。这是新时期浪漫主义文学诞生的宣言书，是"五四"精神的重现。

英雄传奇。英雄主义曾是主流文学的主题之一，《保卫延安》、《林海雪原》、《红旗谱》、《红日》、《红岩》、《党费》、《粮食的故事》、《金光大道》、《艳阳天》及八个"革命样板戏"等大量作品，长期风靡大陆文坛与舞台，影响了数代人的成长，成为中国文学史上不可忽视的"红色经典"。然而，这些根据"两结合"甚至"三突出"原则创作的革命英雄传奇，人物形象皆是革命理念正反面的传声筒；传奇故事是革命神话的逻辑演绎。作品主旨全是革命与革命政权的合理性与合法性论证。因此，这种"英雄传奇"不是真正的"人"的本质力量的升华与憧憬。"文革"结束后，信仰危机弥漫全社会。在精神困惑中，人们道德下滑，唯利是图；甘于平庸，苟且偷生。整个民族缺乏阳刚之气与英雄情怀。梁晓声、张承志、邓刚等知青作家群体，在平庸的人文沙漠上，高扬英雄主义旗帜，企图以人的精神超越唤醒人的自尊，振奋民族精神。梁晓声的知青小说是此类英雄传奇的代表，《这是一片神奇的土地》描写一群知青不仅以青春，更以鲜血和生命，征服了满盖荒原。透过荒唐岁月中一代知青不可逃脱的悲剧命运，作者充分发掘了蕴藏在中国青年灵魂深处那不可抹杀的崇高理想，惊天地泣鬼神的英雄品格。《今夜有暴风雪》、《雪域》、《年轮》等长篇作品，完整记录了一代知青由下放到返城、由时代宠儿变成社会弃儿的人生故事，展示了他们力图超越现实、追寻精神解放的心路历程。张承志的小说思想意蕴非常丰富，但贯穿其中的一条主线，便是洋溢着粗犷的阳刚之美与豪迈的英雄气概。不管是《北方的河》中"我"对雄伟自然的感悟，或是《黑骏马》中主人公对平庸世俗的摒弃，还是《大坂》中的主人公以惊人的勇气和毅力翻越海拔4千米的冰山，都给人们以脱胎换骨的精神洗礼。梁晓声、张承志、邓刚等作家，以大自然为审美对象，但他们笔下的自然，不再是英国湖畔诗人和中国京派文人笔下的宁静优美、古朴淳厚的田园山水，而是西方美学理论中博大激荡的雄壮之美。张承志笔下的冰山草原，梁晓声笔下的北国荒原，邓刚笔下暴怒的大海，都在给人以灵魂的激荡与压抑之际，使人的精神受到英雄主义的洗礼，摆脱庸俗，升华到崇高而自由的境界。

寻觅精神家园。在全社会信仰失落，精神颓靡背景下，寻找精神家园，树立新的人文精神，成为新时期浪漫主义文学的重要主题与特征。寻求英雄品格，在雄伟壮阔的大自然中映照人类精神的崇高与博大，实际上是新时期浪漫主义文学寻求精神家园"形而上"的形态与境界。作家引导读者超越现实政治的荒谬、人生的苦难与卑琐，实现精神的升华。同时，作家们更通过作品主人公，寻找现实生活中失落的人生最宝贵的东西。张承志《北方的河》中，"我"在面对江河的流转与咆哮之际，体会人生意义。《黑骏马》中的白音宝力格，摆脱平庸、喧嚣而冷漠的都市人生，骑上象征草原民族精神与历史的黑骏马，回到阔别九年的草原，寻找被自己轻率抛弃的爱，以及被时代粗暴践踏的美好传统。《绿夜》、《金牧场》、《心灵史》等都是此类的"精神之旅"。史铁生《我的遥远的清平湾》、《山顶上的传说》、《命若琴弦》、《我与地坛》等作品，都以诗一般的语言表达人类对美好境界的永无止息的憧憬，对命运、对人生的积极思考与超越的达观境界，艺术地再现浪漫主义的最高精神境界。铁凝的《哦，香雪》、《没有纽扣的红衬衫》等系列作品，在轻盈的氛围中，表达着人们对现实困境的精神超越。

总之，新时期浪漫主义文学由特定的时代氛围，凝成普遍的浪漫主义精神，渗透于诸多作家的创作过程中，成为 70 年代末至 90 年代突出的文学现象。因此，它不像"五四"浪漫主义文学那样的情感张扬，而是对"五四"精神的直接继承。新时期浪漫主义文学另一个特点，就是与现代主义的密切结合。它从"朦胧诗"开始，就与现代派文学难解难分。随着 80 年代后期西方现代派文学的全面引进和中国现代主义文学的崛起，浪漫主义文学的美学精神中越来越浓地显示了现代派色彩，而最终融入现代派文学大潮。

现代中国浪漫主义文学传统由本土"尊情"文学传统和近代西方个性解放、思想自由文学传统，在近代中国思想启蒙社会文化环境中相互交融而成。"五四"浪漫主义文学的反抗权威、推崇个性、率意抒情，成为 20 世纪中国浪漫主义文学的一贯传统或基本主题。因此，某种意义上，在现代中国文化语境中，"五四"浪漫主义文学成为 20 世纪中国浪漫主义文学的"经典形式"。30 年代，在愈来愈激烈的社会革命浪潮中，以"原始主义"为价值取向的京派浪漫主义文学在文坛一隅，编织着原始古朴、和谐安详的"湘西世界"，寄托着自己超越现实的人文理想，"五四"的激荡转为湘西的宁静。40 年代，在民族解放战争背景下，浪漫主义文学思潮具体表现为主流文学的历史剧和非主流的新浪漫小说。前者以古讽今，洋溢着高昂的政治热情，后者则以超现实色彩的传奇故事，实现着人的精神的真正"飞扬"。在历经"革命浪漫主义"之后，于 70 年代末至 80 年代初，浪漫主义以与"五四"新文学一脉相承的时代主题闪亮回归，其鲜明的浪漫主义精神成为文学的特质。随后，在以解构为己任的现代主义文学思潮及感情零度介入的新写实主义大潮的冲击下，浪漫主义文学再次式微。但在充满希望的 21 世纪，浪漫主义文学必将随着新的人文思潮而再兴。

第八章
艺术—美学传统之三：现代主义传统

相对于20世纪中国文学诸多现代传统，中国现代主义文学传统的文学资源与文化背景，基本上来自西方，几乎完全是从西方文化土壤中横切过来的"舶来品"。中国文学现代传统中，没有哪一种传统像现代主义传统那样，具有如此鲜明的"现代性"与西方色彩。因而某种程度上可以这样说：20世纪中国现代主义文学传统，是一种完全移植西方的"新"传统，也是最鲜明而集中体现20世纪中国文学"现代化"意义的新传统。

第一节 西方现代主义文学

西语中"现代主义"（Modernism）又译作"现代派"。从语义看，它与"古代"、"古典"相对应，同时又不仅仅是个单纯的时间概念。作为20世纪欧美文学主潮的现代主义文学，思想文化背景复杂、流派众多、形态各异，对世界文学产生了深广的影响。

因此，"西方现代主义文学"是个难以概括的概念。中国学术界诸多学者根据自己的理解做出自己的界定。有人认为："现代主义一般是指产生于19世纪末20世纪初至20世纪中叶的一种文学思潮或流派,它还包括诸如后期象征主义、表现主义、未来主义、超现实主义、意识流小说等具体的文学现象和流派。现代主义文学是西方社会进入垄断资本主义和现代工业社会时期的产物,是动荡不安的20世纪欧美社会的时代精神的反映和表现。"[1]"二战"以后,西方现代主义文学发展到所谓"后现代主义"阶段,出现了存在主义文学、荒诞派戏剧、"垮掉的一代"、新小说派、黑色幽默、魔幻现实主义等流派。

袁可嘉对西方现代主义文学本质与特征作了一个描述性概论:"西方现代主义文学是指1890年至1950年间西方英、美、法、德、意五个主要资本主义国家一般称为象征主义、未来主义、意象主义、表现主义、意识流和超现实主义的文学,它在思想内容上以表现危机意识与变革意识为主,在艺术上以非写实主义手法为特征,强调主观想象和形式实验;在纵向上,它与古典主义、浪漫主义、现实主义相对而言,构成近代资产阶级文学中第四个大思潮;在横向上,它与唯美主义、象征主义、先锋主义、颓废主义和后现代主义都既有联系,也有区别。"[2]

现代主义文学的起讫时间,中外学术界也存在很大争议。欧美学术界有1870年说、1880年说、1890年说乃至1910年说,而其下限,则普遍认为在"二战"之后的1950年前后,以存在主义文学为过渡,进入后现代主义文学发展阶段。袁可嘉以后期象征主义文学为开端,把西方现代主义文学起讫时间确定在1890年至1950年。[3] 而在许多人看来,1857年波德莱尔的《恶之花》的出版,应视为西方现代主义文学诞生的标志。因为波德莱尔是法国早期象征诗派的始祖,而法国早期象征诗派被后世公认为西方现代主义文学各流派的"源头"。

现代主义文学的形成与发展,有其深刻的社会与思想文化背景。就社会背景看,19世纪末20世纪初,欧美各国垄断资本主义在表现出惊

---

[1] 曾艳兵:《西方后现代主义文学研究》,中国社会科学出版社,2006年版,第4—5页。
[2] 袁可嘉:《欧美现代派文学概论》,广西师范大学出版社,2003年版,第32页。
[3] 袁可嘉:《欧美现代派文学概论》,广西师范大学出版社,2003年版,第5页。

人的社会生产力的同时，也造成贫富的两极分化。人类生存环境的急剧恶化，特别是两次世界大战，造成空前的社会与信仰危机。现代科技使人失去主体性与自主性，造成人与自然、人与社会、人与人、人与自我的关系产生全面异化，整个社会充满着危机感，人生充满着荒诞感。于是，"丑恶"与"荒诞"成为西方现代派文学的主题。

从思想渊源看，西方现代派文学是欧美现代非理性哲学与现代心理学相结合的产物。17、18世纪英法启蒙运动制造了"理性万能"神话，康德则通过对人的理性认知能力与"物自体"——形而上的终极存在之间永恒的差异，论证了人的理性能力的有限性，打破"理性万能"神话，同时通过人的主体之先天认识形式的先验哲学理论，确立了人的认知形式的先天性，从而使人的主体具有了为客观世界的存在形式"立法"的资格与能力。于是，"真实"被赋予了主观性、先验性。此后，叔本华的唯意志哲学、尼采的权力意志哲学、柏格森的生命哲学等，都成为现代主义文学直接的思想基础。叔本华认为"世界是我的表象"，而表象是由人的意志决定的，即主观意志决定着客观存在。意志具体表现为各种欲望，而欲望总是无法得到满足，因而人生充满了痛苦与绝望。尼采继承和发展了叔本华唯意志论哲学，认为近代的理性至上压抑了人性，造成现代文明的衰落。他认为艺术活动的本质，就是以美的形式充分展现人的原始欲望与冲动。尼采哲学为现代主义文学的反传统、反理性及怀疑精神提供了思想依据。法国哲学家柏格森是现代生命哲学与直觉主义哲学的代表，他提出"创造进化论"哲学理念，认为人的生命冲动及其创化过程——绵延，构成世界及其存在的本质，因而靠显在层面上的"理性"，无法把握世界的本质或本质状态；只有靠与生命状态内在相通的直觉，才能深刻理解宇宙及其生命的真实存在。在现代心理学领域，美国心理学家威廉·詹姆斯特别强调人的非理性精神世界，认为人的最本真的深层意识活动过程，就像一条不断流动着的河流。他提出的"意识流"概念，成为现代意识流小说的理论依据。奥地利著名心理学家西格蒙德·弗洛伊德在现代心理学基础上开创精神分析学派，把人的心理结构分为显意识("超我",即代表良心、道德、理性)、前意识(即"自我",受现实原则支配而满足本能欲望)、潜意识(即"本我",也叫无意识,由本能欲望构成),人的潜意识受先天欲望支配,遵循快乐原则。人的梦境就是潜意识活动最完整、最自由的显现。而文学创作的实质,就是作家的潜意识——白日梦的艺术显现,是人的本能欲望的艺术升华。

由于上述特定的社会与思想文化背景,现代主义文学彰显出独异的特征。在思想上,西方现代主义文学思潮各流派对现代资本主义工业文明所造成的严重的社会危机与精神危机,对种种异化现象,作了细微的描绘,表达出迷惘、绝望与寻觅的时代主题。具体表现为:在人与社会的关系上,传统现实主义与浪漫主义作家往往以"社会人"的身份批判种种社会弊端,而现代主义文学作家主要以孤独的局外人身份,对压迫人的社会进行彻底的否定,带有鲜明的悲观绝望与虚无主义色彩;在人与人的关系上,传统文学把人定位于"社会关系中的人",现代主义文学则描绘出一幅幅冷漠无情、无法沟通的异化图景,彻底否定人的社会性与相互沟通的可能性;在人与自我的关系上,现代派作家对人的本质的确定性产生严重怀疑;在人与自然的关系上,现代派作家笔下的物质世界不再是18世纪浪漫主义作家笔下的那种温馨和谐、充满生机的自然,而是充满肮脏、腐朽与死亡气息的世界。

在艺术上,现代主义文学各派别重主观表现轻客观摹写,既彻底颠覆了统治欧洲两千多年的亚里士多德的"摹仿"说,亦非17、18世纪以来浪漫主义文学的直抒胸臆。具体而言,在表现对象上,强调表现人的内心世界,而且它们所表现的"心理现实主义"为人的原欲、本能、直觉,而非传统的显在心理描写;在表现方式上,现代派文学大多以"象征"为基本途径,以特定意象暗示主观思想、情绪、感觉,此即所谓的"思想直觉化";以怪诞的意象,荒诞的场景与情节表现现代世界的荒谬与现代人的荒诞感,这在后现代主义文学意象中尤为突出。

19世纪后期兴起于法国的象征诗派,是西方现代主义文学各派别的始祖。1857年波德莱尔出版惊世骇俗的诗集《恶之花》，成为法国象征诗派真正的开山祖。随后出现魏尔仑、马拉美、兰波等象征主义艺术大师。意象派诗歌于20世纪初兴起于英国伦敦，盛行于英美，被视为英美现代诗歌的开端。代表人物主要有庞德、艾米·洛威尔、艾略特等。意象派诗歌强调语言的通俗凝练，意象的具体明确，节奏的鲜明与韵律的和谐。未来主义文学流派是20世纪初至20年代诞生于意大利，由文学延至绘画、音乐、舞蹈、建筑等领域的文艺流派。创始人为意大利诗人马里内蒂。与西欧先进国家现代派文学不同，未来主义文艺以鲜明的理想主义色彩，赞颂现代工业文明的速度、力量与技术，面向未来，立志变革；在创作上表现出大胆的语言试验与革新。表现主义文学兴起于19世纪末20世纪初，最初发端于绘画艺术，随之扩展到戏剧，最终演变为文学运动。表现主义主张直面现实人生，抒写作家的主观感受与强烈激情；超越事物的表象而揭示其内在永恒品质。艺术上大量采用内心独白、梦境、潜意识等手法表现人物内在思想情感，而用象征手法表现社会和人生的荒诞性。表现主义文学思潮首先兴起于德国表现主义戏剧运动。瑞典戏剧大师斯特林堡（代表作《鬼魂奏鸣曲》等）为表现主义戏剧运动的早期代表，布莱希特以其戏剧理论凝结了表现主义美学原则。随后有美国剧作家尤金·奥尼尔等。奥地利的卡夫卡则是表现主义在小说领域的代表。意识流文学是流行于20世纪20—40年代英、法、美诸国的小说流派，柏格森的"直觉"理论、威廉·詹姆斯的"意识流"理论、弗洛伊德的精神分析学说等是其理论基础。它摒弃外在客观的物理时空与生活逻辑，深入描绘人的潜意识世界，从而展示人的本质特征及其无限丰富性。马赛尔·普鲁斯特的《追忆似水年华》、詹姆斯·乔伊斯的《尤利西斯》、弗吉尼亚·伍尔夫的《墙上的斑点》、《达罗威夫人》、威廉·福克纳的《喧哗与骚动》等，为享誉世界的意识流文学经典。出现于第一次世界大战后的法国超现实主义文学，也以其对传统的彻底反叛，对绝对自由的崇奉，对现实本质的独特把握及在艺术上的大胆创新，显示其现代派的本质。

产生于西方现代资本主义工业社会的现代主义文学，其社会基础与思想文化传统及其美学原则与中国文化传统及20世纪中国社会环境、时代主题迥然不同。近代中国社会基本上仍为传统农业社会，虽有自洋务运动以来现代民族工业的起步，但现代工业文明弊病远未严重到危害社会生活与人的精神世界地步；中国文化及其艺术精神在本质上虽有着鲜明的象征特质，但其诗意内涵与哲学精神与西方现代派艺术精神更是南辕北辙。因此，中国现代主义文学基本上可以说是全面移植到中国文化土壤上的西方现代文化之果，是唯一不具有中国文化根基的中国文学现代传统。因而从美学精神看，相对于其他中国文学的现代传统，中国现代主义文学思潮及其传统的凝结，是20世纪中国文学"现代化"最具代表性或典型意义的领域。

第二节　引进与尝试（1915—1924）

19、20世纪之交，中国文学思潮先后为清末梁启超发动的"三界革命"与"五四"文学革命两大高峰。现代主义文学作为现代欧美先锋文学思潮，则搭上这两班文学大潮的"顺风车"进入中国，被人自觉或不自觉地"拿来"运用到具体文学创作中去，30年代以后才获得部分适宜的文化环境，形成颇有影响的文学流派。但在整个20世纪，它始终没能取代传统的现实主义与浪漫主义文学，成为现代中国文学的主潮，其逐步凝结的文学传统也不可能成为20世纪中国文学的核心传统。这是由中国的时代主题与文学传统所决定的。

出于"新民"的政治需要，梁启超于世纪之交发动和领导了中国文学的"三界革命"，其以现实主义为精髓的"新小说"、"政治小说"风行一时。"诗界革命"倡导振奋民族精神的雄强之气与博大境界，蕴含了20世纪中国文学浪漫主义的萌芽。"五四"新文学运动之初，倡导者们同样出于思想启蒙而大力倡导写实主义；鲁迅与文学研究会及"乡土文学"的成功实践，奠定了现实主义文学传统的主流与核心地位，同时，浪漫主义小说、诗歌创作也是一波接一波，逐渐形成自己的传统。西方现代主义在中国的落地与成长，正是始自"五四"新文学运动。

西方现代非理性主义哲学的引介，成为西方现代主义文学在中国生长的"先声"。某种程度上说，大声疾呼开创中国历史文化新纪元的"五四"先驱们，与西方以"世纪末"情结为内核的现代哲学发生精神共振。所谓"世纪末"思潮，特指19世纪70—80年代至20世纪初流行于欧美的社会思潮。它既指以叔本华、尼采、柏格森和弗洛伊德等为代表的非理性哲学思潮，也包括以波德莱尔、王尔德、马拉美等为代表的现代主义文学思潮。两者对资本主义文明及整个人类文明前景怀有深深的怀疑与悲观，表现出绝望与颓废情绪。这正是"五四"新文学普遍存在的"彷徨"与"苦闷"的思想基础。

而引导"五四"作家的注意力由西方现代哲学思潮向现代文学思潮转移的，是对"新浪漫主义"概念及其美学精神的介绍。"新浪漫主义"虽有着欧美渊源，但中国作家对它的接受与信奉，则直接来自日本的厨川白村等人。1912年，厨川白村出版《近代文学十讲》，较为详细论述了欧美新浪漫主义的产生、演变及其特质。它泛指近代欧美种种反抗传统现实主义、自然主义的前期现代派文学思潮，在美学精神上可归结为"世纪末文学思潮"。"五四"作家怀着接受世界最新文艺思潮的热望来接受"新浪漫主义"文学，不及细辨其中的来龙去脉，成为中国现代主义文学成长最直接的文化土壤。

我们把"五四"新文学运动之初至20年代中期视为中国现代主义文学传统的萌发期，主要在于此时期在反对封建礼教与鼓吹个性解放的时代潮流下，新文学运动的兴奋点集中在写实主义与浪漫主义文学运动，西方现代主义文学主要是作为具体艺术手法被借鉴的，用于弥补两者艺术表现手法上的不足。大部分作家对它并未形成明确的文体意识，领会其美学精神。

鲁迅是中国现代小说的开创者，出于思想革命，改良人生的时代要求，鲁迅坚持现实主义创作原则，"真诚地、深入地、大胆地看取人生并且写出他的血和肉来"。[1] 但同时，鲁迅在全面借鉴西方现代派艺术手法上，是非常成功的，对后世文学创作更是具有典范意义的。象征主义与现实主义的全面融合，是鲁迅小说的突出特点。被视为中国现代小说开山之作的《狂人日记》，"意在暴露家族制度和礼教的弊害"。[2] 作品主人公特定的精神状态、人与人之间"吃"与"被吃"的社会关系，中国社会数千年的"吃人"历史，构成作品的现实主义特质。而"吃人"的寓意及"月亮"、"大哥"、"赵贵翁的狗"等系列意象，构建了作品完整而深刻的象征世界。《药》中的"华"、"夏"两家的悲惨故事，隐喻着中华民族整体的悲剧命运。《在酒楼上》的"我"与"吕纬甫"的沉痛对语，把"五四"后一代人难言的精神彷徨具象化，借助现代派文学手法，把"梦醒后无路可走"的人生虚无感作了精彩的诗意呈现。《长明灯》的整个故事，就是一篇反封建的寓言。至于隐含着象征意义的细节描写，在《呐喊》、《彷徨》各篇中更是随处可见。鲁迅的成功借鉴与试验，为中国小说开创了全新的"现代"模式。随着鲁迅小说在新青年读者群中的风靡，被广泛效仿，"象征主义"与中国小说开始结缘。

吸收弗洛伊德精神分析学说因素，深入人的潜意识世界，描写人的"本我"尤其是潜在性心理，鲁迅的借鉴同样是成功的。如"狂人"混乱的联想，阿Q在土谷祠里的"革命畅想曲"，四铭与老婆的逗趣等。郁达夫、郭沫若、张资平、叶灵凤等浪漫主义小说家们，更是自觉地借用弗洛伊德"力比多"理论，表现人性原欲。

在诗歌领域，中国文学的现代主义传统萌发于1915年左右胡适倡导的新诗运动，成长于其后的"五四"新文学运动，最终以1925年李金发《微雨》的出版为标志，完成其文学传统凝结的第一阶段。

英美意象派诗歌对中国新诗运动的影响在一定意义上体现出中西文化交流的互动关系。意象派诗人反对19世纪后期浪漫主义诗歌无节制

---

[1] 鲁迅：《论睁了眼看》，《鲁迅全集》第1卷，人民文学出版社，2005年版，第255页。
[2] 鲁迅：《〈中国新文学大系〉小说二集序》，《鲁迅全集》第6卷，人民文学出版社，2005年版，第247页。

的夸张、想象及情感的宣泄。庞德等代表人物一致认为，现代诗歌应以凝练的语言，简明的体式，尤其以凝聚丰富审美内涵的"意象"，含蓄传达思想与情感。庞德从中国古典诗词中充分领略到这些"现代因素"并推崇备至。胡适在美留学期间，正是意象派诗歌风靡欧美之际。1916年暑假前后，他明确表达了对包括意象派在内的欧美文学新思潮的赞赏。他的1916年12月25日日记摘录了《纽约时代·书刊评论》中《印象派诗人的六条原理》一文，并在文后明确表示"此派所主张与我所主张多相似之处"。[1] 他在《文学改良刍议》中提出的文学革命的"八事"与意象派诗歌基本原理多有相通之处，已为学界公认。他在翻译美国意象派诗人莎拉·蒂斯黛尔的《关不住了》时（原题《屋顶上》），深受英诗格律与句法的影响，宣称此为自己新诗成立的新纪元。1917年，胡适在《新青年》上发表白话诗八首，标志着中国现代新诗运动的正式开始。1920年他出版白话新诗第一集《尝试集》，成为中国新诗运动的圭臬。胡适之后，闻一多也在新诗创作中融进意象派艺术精神。自幼深受中国古典文学熏染的他，历来主张立足传统，借鉴西方，走中西合璧之路。留美期间，在深受西方浪漫主义与唯美主义诗风影响的同时，意象派诗歌中那浓厚的中国意韵，让他沉醉不已。桑德堡、佛莱契、蒂斯黛尔等意象派诗人的作品，使闻一多深深领会了节奏、意象、色彩、凝练等东方诗歌情韵。他的《红烛》在浪漫主义、唯美主义意韵中融入意象主义神韵。留美的朱湘同样由浪漫主义、唯美主义起始，而接受意象派影响，其《采莲曲》等诗作，正是以中国古典诗歌风貌，传达西方诗歌"现代"精神的经典之作。总之，英美意象派诗歌的创新与反叛精神、白话入诗与自由诗体、平民意识与"现代"题材，通过一批留美的中国文学革命领袖人物，影响了中国新诗的发展方向，铸造了中国新诗的基本美学精神。

"五四"新诗的主流，是狂飙突进的浪漫主义运动，郭沫若以其火

---

[1] 季羡林主编：《胡适全集》第28卷，安徽教育出版社，2003年版，第496页。

山爆发式的《女神》而被誉为"中国的惠特曼"。同时，泰戈尔的澄澈、宁静的东方之美，孕育了冰心的《繁星》、《春水》及郭沫若的《星空》等隽永秀丽之作。这些作品的一个共同点，就是自觉不自觉地借鉴西方现代派文学，尤其是象征主义、意象派、表现主义等艺术手法，表现自己反叛传统、追求个性解放之时代精神。这些具体艺术手法的成功借鉴，为20年代中后期现代主义文学的"文体自觉"奠定了基础。

值得注意的是，"五四"新戏剧创作对西方现代主义戏剧——史称新浪漫主义戏剧的引介不仅在数量上大大超过写实主义和浪漫主义，普遍自觉的艺术试验也在程度和范围上远超其他文学体裁。新浪漫主义戏剧的影响几乎渗透"五四"剧坛的各个角落，这使得新戏剧自诞生起，就普遍带有鲜明的"现代派"色彩与情调。此时被译介引入中国的戏剧流派，有以梅特林克、安德烈耶夫、霍普特曼为代表的象征主义戏剧，以王尔德、邓南遮等为代表的唯美主义戏剧，以汉生克洛佛、地桑、麦尼来等为代表的未来主义戏剧，以施尼茨勒、倍那文德等为代表的精神分析戏剧，以皮兰德娄等为代表的荒诞派戏剧，等等，可谓洋洋大观。据阿英《中国新文学大系·史料集》统计，"五四"时期出版外国戏剧集有七十六种，共一百一十五部。而其中新浪漫主义戏剧作品约占四分之三，这还不包括仅有文章介绍而无翻译的作品。[1] 本土各类仿作一时兴起，如洪深《赵阎王》，余上沅《塑像》，熊佛西《兰芝与仲卿》，袁昌英《孔雀东南飞》，欧阳予倩《潘金莲》，王独清《杨贵妃之死》、《貂蝉》，等等。尤其是田汉那充满唯美主义、象征主义情调的浪漫抒情之作，代表了20年代新浪漫主义戏剧的最高成就。新文学运动的思想启蒙，具体表现为反对封建礼教与倡导个性解放。辩证统一的时代主题决定了写实主义与浪漫主义在"五四"新文学建设中的主流地位，但现代派戏剧那独特的象征美学及新奇的艺术手法，精彩地展现了写实主义与浪漫主义所无法表达的思想意蕴，拓展和丰富了艺术天地。如洪深的

---

[1] 范伯群、朱栋霖主编：《1898—1949中外文学比较史》上卷，江苏教育出版社，2007年版，第405—406页。

《赵阎王》借鉴美国喜剧艺术大师奥尼尔的表现主义艺术手法,深度开掘出主人公的内心世界。袁昌英的《孔雀东南飞》,欧阳予倩的《潘金莲》,王独清的《杨贵妃之死》、《貂蝉》等借鉴精神分析手法,对历史人物与事件做出全新的解说。总的看,他们并没有达到"文体的自觉",仍属于借他人的艺术手法,诉自己的时代精神。

与现代戏剧形成鲜明对照的,是现代散文。"五四"以后的散文虽在思想意蕴、语言风格、谋篇布局上亦多受欧美与日本散文的影响,但总体看,更多的还是与中国传统散文美学精神一脉相承。特别是20年代周作人倡导"美文"及其后林语堂大力提倡性灵小品后,中国现代散文更直接与明清小品艺术接上了流脉,显示出浓浓的中国意韵。然而恰在此时,出现了一部典型的现代主义艺术精品——鲁迅的《野草》。《野草》创作于1924年至1926年间,正是"五四"新文化运动落潮、鲁迅陷于"彷徨"的思想危机时期。这种觉醒后的孤独、彷徨乃至"绝望",与西方资本主义社会人的异化状态中的精神危机,虽具体内涵不同,但产生深刻的"共振"。于是,波德莱尔《恶之花》中那愤世嫉俗与颓废沉沦的情调,转化为《野草》苦闷与彷徨的思想意趣,使其中的"死亡"、"坟墓"、"黑夜"、"梦"等意象成为主色调。柏格森的直觉主义、弗洛伊德的心理分析成为《野草》自我解剖的艺术利刃,安德烈耶夫又给《野草》的象征世界罩上一层"阴冷"氛围。而对鲁迅影响最大的,莫过于日本厨川白村的《苦闷的象征》。鲁迅在译介《苦闷的象征》时,自觉不自觉地接受了以象征主义为核心的现代主义文艺观。他借用厨川白村的话表示:"生命力受了压抑而生的苦闷懊恼乃是文艺的根柢,而其表现法乃是广义的象征主义。"[1]因而,《野草》在美学精神上,已不是具体借用西方现代派文学的艺术手法以丰富自己时代主题的表达,而是升华到生存哲学高度,表现"现代人"的生存困境与精神危机。因此,《野草》可谓中国现代散文领域里"异军突起"的现代主义文学经典,具

---

[1] 鲁迅:《〈苦闷的象征〉引言》,《鲁迅全集》第10卷,人民文学出版社,2005年版,第257页。

有鲜明的"个案"特性。30年代后期,出现了以何其芳《画梦录》为代表的"独语体"散文,丽尼、李广田、陆蠡等一批青年才俊,以意象的组合、独异的境界、跳跃的思绪,暗示人生的困境与独特的生存体验,形成中国现代主义散文创作的一个小小的高潮,但随即消失于抗战文学与革命文学汹涌的浪涛中。外在的现实政治走向与内在的美学传统,未能使现代主义文学精神在中国现代散文领域形成自己的"流脉"。

综上所述,20世纪20年代前期,是西方现代主义文学在中国的引介与模仿时期,各流派的基本理论及代表作品虽然被纷纷介绍进来,但本土作家们的艺术思维,总体上仍是借鉴域外新奇的艺术手法,以抒自己的胸中块垒,表达批判礼教、张扬个性的时代主题,而未能升华到哲学高度表达"现代人"的生存状态与精神危机。在对现代主义文学的引介与吸纳上,小说、戏剧领域相对活跃与自觉,而诗歌、散文领域却在20年代中后期出现了划时代的经典之作。李金发的《微雨》与鲁迅的《野草》,成为中国现代主义文学传统凝成之际的标志性作品。总的看,"五四"至20年代中期的文学创作对现代主义文学的借鉴,为20年代后期中国现代主义文学流派的正式诞生奠定了坚实的基础。

第三节 凝结与成熟(1924—1948)

20年代中期至40年代后期,是我国现代主义文学逐步走向成熟、文学传统逐步凝结的历史阶段。从纵向的历史发展看,它显示了模仿、本土化及成熟的完整历史过程:以李金发的《微雨》为代表,20年代的中国象征主义文学在幼稚的模拟中正式诞生,30年代以戴望舒为代表的"现代诗派"在民族化道路上取得历史性成果,与之并肩的是"新感觉派"小说、"独语体"散文及曹禺戏剧。1937年后,随着抗战的爆发,民族危机骤然加深,现实主义重新成为主流。然而西方现代主义文学却在"本土化"中继续发展。"九叶诗派"的辉煌,标志着中国象征派文学取得了与传统现实主义、浪漫主义鼎足而立的历史地位。40年代后期至 70 年代后期，由于政治与社会文化环境的巨大变迁，现代主义文学被打入冷宫，沦落到边缘地位。

诗歌是中国现代主义文学的主阵地。早在"五四"之初，《新青年》上发表的白话诗中，有些作品就不自觉地运用象征手法表达思想感情，如胡适的《鸽子》、《乌鸦》，沈尹默的《三弦》，周作人的《小河》，刘半农的《敲冰》，特别是《教我如何不想她》，成为那个时期具有象征意蕴的优秀白话诗作。也就在这个时期，鲁迅、周作人、沈雁冰、田汉等人，纷纷把波特莱尔、魏尔仑、兰波、王尔德等现代派艺术大师介绍给中国作家和读者。其结果是，现代主义美学精神逐步深入地渗透到各类文学创作中，特别是"五四"浪漫主义戏剧与新月派诗歌，整体上转向现代主义。

1925 年，在法国留学的李金发在中国出版诗集《微雨》，接着又出版《为幸福而歌》、《食客与凶年》。李金发不仅忍受着去国游子的孤独与思乡之苦，更作为弱国子民遭受着民族歧视的折磨，饱尝资本主义社会弱肉强食人际关系的伤害。这使他与波德莱尔、魏尔仑等早期象征主义大师的作品产生强烈的心理共鸣。《微雨》等诗作正是李金发此时精神痛苦的艺术结晶，在 20 世纪中国文学发展史上，它标志着中国象征诗派乃至现代主义文学的正式诞生；它结束了"五四"新文学在本土社会文学环境中对西方现代派文学雾里看花、枝节借鉴的创作历史。一种对中国传统诗歌美学具有反叛与否定意义的全新的诗学精神开始悄然成长：在审美情趣上，它不再是表现美好与和谐，而是抒写现代世界的丑陋、罪恶与人生的荒诞、虚无；艺术精神上，它既摒弃对外在现实的摹写，又反对传统的直抒胸臆，而突出人的主体意识与心灵世界，把现实生活表象看作心灵运动的"象征"，以特定意象暗示、对应人的精神及对生活的瞬间体味。审美内涵的朦胧宽泛、晦涩怪诞，成为早期法国象征诗歌共通的诗学原则。李金发正是通过自己的作品，对波德莱尔等象征主义艺术大师的忠实模仿，为中国现代文坛带来"原汁原味"的象征主义冲击波，引发文坛震荡。几乎所有新文学运动的知名人物都卷入对这一异域怪物的评说。其中既有胡适等新文学领袖的批评,更有周作人、鲁迅、宗白华、徐志摩、朱自清等人的热心推介。总之,李金发及其《微雨》的出现,是20年代中国诗坛又一次"异军突起",历史性地造成20世纪中国文坛现实主义、浪漫主义、现代主义三足鼎立的大格局。

深受法国早期象征主义诗歌影响的李金发,由于注重模仿而使其作品意象混乱、怪诞,语言欧化,意蕴晦涩难懂,而多受批评。他在随后的创作中开始尝试将西方象征主义基本特质与中国古典诗歌美学精神相融合,走中西合璧的民族化道路。他的诸多爱情诗与自然山水诗一反阴冷怪诞氛围,显示出温柔和谐、情趣盎然的美学品格。但真正沿着这个方向迈出重要一步的,是紧随李金发之后的王独清、穆木天、冯乃超、胡也频等组成的青年团体。留学法国的王独清以其《圣母像前》、《死前》、《威尼斯》等诗集,留学日本的穆木天、冯乃超分别以诗集《旅心》、《流亡者之歌》、《新的旅途》、《红纱灯》等,继续为中国读者移植西方象征主义诗歌,与开创者李金发在20年代末组成中国象征主义诗歌的大合唱。王独清深受拉马丁、魏尔仑、兰波等象征派先驱的影响,他综合他们的艺术精神,总结出现代诗歌完美的公式:(情+力)+(音+色)=诗,因而他的作品具有突出的音韵美与意象美。穆木天的作品注重意象的暗示与思维的跳跃,使诗歌具有外在结构美与内在韵律美。冯乃超的作品则表现出意境的朦胧,意蕴的含蓄,韵律的和谐,形式的整饬以及色彩的鲜明,表现出更明显向本土古典诗歌靠拢的倾向。"李金发为中国诗坛引进了象征主义诗歌的主体精神,他们则进一步丰富了中国初期象征派诗歌的表现手法。"[1] 尤其是在美学情趣上,他们向中国民族诗歌靠拢了一步,实现了李金发没能完全实现的意愿,为30年代现代派诗歌的崛起提供了颇有价值的艺术资源。

30年代以戴望舒为代表的现代派诗歌和以"新感觉派"为代表的

---

[1] 李林展:《中国现代主义文学史论》(上),中国书籍出版社,2010年版,第35页。

现代派小说的成熟，则标志着中国产生了严格意义上的现代主义文学流派，并在本土化、民族化道路上迈出决定性的步伐，初步完成了中国现代主义文学传统的凝结。具体标志是：第一，现代主义文学精神渗透于各类文体的创作，形成一种总体性的发展大势。戴望舒、卞之琳等的诗歌，新感觉派小说，曹禺等人的戏剧，何其芳等人的"独语体"散文，共同组成和谐共振的现代主义"时代大合唱"。第二，经典性作品迭出，成为后世文学创作不可回避的典范。这种永久性的示范地位正是特定"传统"精神感召力所在。第三，由移植、仿作而本土化、民族化，由艺术手法到诗学原则，形成鲜明的中国特色，是中国现代主义文学传统凝结的根本性标志。第四，文学阵地的普遍化。"五四"时期，现实主义与浪漫主义文学双峰并峙，各类文学报刊几乎都被两者所占领，偶有现代派文学的译介之作，也只能"见缝插针"式寻求生存。20年代末到30年代，现代派文学报刊可谓如雨后春笋，层出不穷，并很快在文学百花园中赢得独立的生存空间，在艺术大合唱中奏响自己的主旋律。1928年刘呐鸥等人在上海创办《无轨列车》，1930年刘呐鸥、施蛰存等创办《新文艺》，为现代派文学的最初摇篮。1932年，施蛰存主编的《现代》文学期刊创刊，中国现代派文学有了自己标志性的主阵地。它不仅确定了中国现代派文学之"现代"名称，更在于它团结了庞大的作家队伍，发表了现代派文学纲领性文献与大部分经典作品，最终成就了其独立的历史地位与深远的历史影响。随后在京、沪等地，现代派文学阵地蔚为大观，有广泛影响的主要有：北平的《文学季刊》、《水星》，上海的《诗歌月报》、《新诗》，南京的《文艺月刊》以及《现代诗风》、《星火》、《诗志》、《小雅》，等等。

　　20年代末，戴望舒在法国接触到西方现代主义文学。李金发所接受的主要是波德莱尔、魏尔仑、马拉美等早期象征主义大师的影响，戴望舒则主要接受后期象征派乃至现代主义各流派的全面影响。这使他的创作既与李金发呈现出不同的气质，又与李金发一脉相承，在前人的基础上开创新局面。"李金发的诗无论从正面还是从反面都给戴望舒的创作以有力影响。李金发初期的'怪'诗所进行的象征主义探索无疑给戴望舒很深印象,尽管这种印象是'神秘意味'和'看不懂',但在戴望舒直接阅读法国象征主义诗歌之后,他就将李金发的创作作为比较参照系。在这比较和参照之中,他不仅可以清楚地看到李诗所没有表现出的象征派的长处,而且可以借鉴其得失,比较容易地找到新诗发展的出路。"[1]戴望舒自觉地把法国象征主义美学原则与中国古典诗歌艺术特质和中国传统文化精神相结合,遂使西方象征主义在中国土地上获得了真正的生存权与发展空间,获得了参与中国文学现代传统铸造的话语权。

中国现代派诗歌的美学特质,就是所谓"现代诗情"与"现代诗形"的有机结合。就前者而言,戴望舒等人摒弃了李金发以"死亡"、"丑恶"为审美对象的颓废、绝望情绪,而在城市与乡村、传统与现代互动的社会文化环境中,抒写现代青年普遍的"都市怀乡病",抒写"孤独者"与"倦行人"在孤苦中的"感伤"、"无奈"与"颓废情绪",抒发现代人在失去精神坐标中的"乡愁"。同时,坚守理想的"寻梦者",在孤旅中终身苦寻。《雨巷》、《寻梦者》、《乐园鸟》等诗作,无不是这种"诗情"的艺术展现。它既是现代生活凝成的"现代情绪",也是我国古典文学游子情怀、乡愁郁结及家国意识的现代抒写。现代诗派的"现代诗形"首先表现在意象世界的中国化,其意象原型多用雨巷、雨伞、烟水、渔船、残阳、垂柳等中国传统艺术意象,且意象的叠加与组合、人与自然的浑然一体,形成和谐优美的中国古典意境;情感的抒发,更把象征主义的暗示与中国传统的情景交融、含蓄悠长、哀而不伤、华美有度完美结合,形成所谓"象征派的形式与古典派的内涵"相统一的美学品格。在诗歌韵律上,以《雨巷》和《我的记忆》为标志,戴望舒完成了从"诗的音乐性"到"诗的散文化"的自我跨越,在回归传统之后再突破传统的窠臼,最终实现诗歌的"现代化"。

在此基础上,卞之琳、何其芳、李广田、冯至、废名、林庚等青年

---

[1] 范伯群、朱栋霖主编:《1898—1949 中外文学比较史》下卷,江苏教育出版社,2007 年版,第 207 页。

诗人进一步将东西方诗歌美学精神相融合,把中国现代派诗歌向成熟的新高度推进。一是实现诗歌的哲理化,把抒情—暗示向"哲思"升华,使诗歌于亲切的画面与意境中蕴含无尽的哲理。卞之琳的《断章》、《距离的组织》等可谓经典之作。二是"抒情的非个人化"。抒情主人公在鲜明的意象背后,把现代西方的"亲切暗示"、朦胧宽泛的诗学意蕴与中国传统的"含蓄绵长"融合得天衣无缝。现代诗派这一中西合璧的诗学原则,或者说融时代精神与民族传统于一体的诗学传统,标志着其文学传统的"主题"历史性的升华,成为迄今为止中国现代主义诗歌创作难以超越的基本原则。

抗战爆发后,随着抗战文学的兴起,现代主义文学运动整体上衰落,但艺术与思想上却显示出新的特色。1942年,冯至出版《十四行集》,思想上超越狭隘的个人小天地,把个人的情绪与国家、民族命运结合起来,标志着40年代中国现代主义诗歌的新发展。随后,来自南北(上海、京津)两方、以"西南联大"为依托的诗人群体(辛笛、杭约赫、陈敬容、唐祈、唐湜、郑敏、穆旦、杜运燮、袁可嘉等),形成了颇有影响的现代派诗歌创作潮流。他们因1948年创办《中国新诗》杂志而被称为"中国新诗"派,又因1981年袁可嘉选编他们九人的诗作《九叶集》而被文学史家追认为"九叶诗派"。此派实际创作者还有冯至、卞之琳、闻一多、燕卜荪(英籍教师)等西南联大师生。九叶诗派(中国新诗派)在新的时代要求和社会文化环境中再次提出新诗的"现代化":在新诗特质上,他们反对30年代的"纯诗"论以及政治工具论,强调新诗的本质为人的生命体验与生活经验的诗性转化,因而他们突破个人抒情小天地,不再营构个体虚无缥缈的理想境界,而是面对社会现实,感受时代脉搏,表达自己对社会与人生的批判,自觉地承担起对国家、民族的历史责任。在感情表达方式上,反对情绪的直接宣泄,强调"智性"与"哲理",强调智性与感性的交融,思想与形象的融合,即抒情的哲理化,思想的知觉化,凝结成"现实、象征、玄学"相综合的诗学原则,以及由此提出"新诗戏剧化"原则,把传统的主观抒情客观化、意象化，从而使我国现代主义诗歌传统的"主题"在延续的基础上再次实现历史性蜕变，由个人的"哲理诗"转向对国家与民族的现实关怀。

在小说领域，中国现代主义文学成熟于新感觉派小说。新感觉派小说与现代派诗歌可谓两朵同源异形的现代主义文学之花：它们有着共同的西方艺术渊源，有着共同的文学阵地及创作队伍（刘呐鸥、穆时英、戴望舒、杜衡、何其芳、林庚、徐霞村等），共同从《无轨列车》、《新文艺》起家，最终以《现代》杂志为共同的家园发展壮大。30 年代中国现代主义文学范式成型，流派显现，成就卓著并垂范后世，正是以这两者的相互映衬、携手发展实现的。

中国新感觉派小说的开创者是刘呐鸥，他早年在日本生活与学习期间，受到法国都会主义小说和日本新感觉派小说的影响，同时受到西方现代派文学的广泛影响。以保尔·穆杭为代表的法国都会主义小说聚焦现代化大都市，通过夜总会、跑马场、咖啡厅、豪华宾馆、闹市街头等典型场景，充分展示现代都市的喧嚣、浮躁、速率、色彩，尤其是着意表现"都市男女"在人欲横流的自由天地里的享乐与放纵。形成于 20 年代中期的日本新感觉派小说（主要作家有川端康成、横光利一、片冈铁兵、中河与一等），也把艺术镜头对准城市文明中浮华的人生百态。在艺术上，他们更自觉地以主观新感觉描绘都市世界。这种"新感觉"，"就是从认识论上把感性、知性放在理性之上，在艺术表现上把表现主观感觉放在表现客观事物之上，在创作实践上把重视形式放在重视内容之上，强调从语言、艺术手法到文体上革新小说技巧。他们的作品常用新奇的文体和华美的词藻表示作者对客观事物独特的感觉和体验，并借助于象征、比喻、拟人、夸张等手法，将主观感觉投射到客观事物上，从而使主观感觉客体化，构成所谓的'新现实'"。[1] 刘呐鸥把它们融会贯通，短短几年的试验，便形成中国第一个现代主义小说流派——上

---

[1] 范伯群、朱栋霖主编：《1898—1949 中外文学比较史》下卷，江苏人民出版社，2007 年版，第 169 页。

海新感觉派。

1928年9月起,刘呐鸥、戴望舒、施蛰存等文友通过在上海《无轨列车》、《新文艺》、《现代》等文学阵地,很快聚集起一支包括叶灵凤、黑婴、杜衡等人的实力雄厚的创作队伍,中国新感觉派小说与现代诗派并肩登场。在中国小说史上,20世纪30年代的新感觉派小说筑造了中国小说全新形态,从美学本体意义上实现了中国小说的"现代化",开创了中国现代主义小说新传统。

从艺术形态看,"五四"新文学运动以西方文学为范本推动中国小说的"现代化",在传统的"故事"叙述之外,以"人物"为核心,引进写景抒情、心理描绘及短篇小说结构等"现代"因素。苏曼殊、徐枕亚、郁达夫及创造社等大批文学新人浪漫抒情小说的成功尝试,在另一方向上推动着中国小说的"现代化"。而30年代新感觉派小说的成熟,则成为中国小说"现代化"道路上的又一里程碑。它以现代人的生命体验为尺度,以主观感觉的客观化代替了传统的叙事逻辑,象征、暗示、"意识流"等成为新的叙事手法。一种从根本上区别于传统小说的"现代"小说模式正式登上历史舞台。

在思想意蕴上,中国新感觉派小说秉承西方现代派小说文学思想传统,呈现出鲜明的"现代"品格。中国本土小说思想传统,一是启蒙教化,二是历史演义,三是神怪狐仙,四是才子佳人,被梁启超视为造成国民愚陋、国家贫弱的罪魁祸首。"五四"新小说形成富于时代精神的新思想传统,但新的外衣下往往包裹着"启蒙"、"教化"陈年老酒。倒是创造社的浪漫感伤小说,揭开了人性真实面目的冰山一角,"颓废"中包含新因素。30年代,茅盾等人开创的"新的文学范式",但思想传统不外"五四"式思想启蒙与30年代社会革命,难以真正把握现代都市文明的精髓。刘呐鸥、穆时英、施蛰存等新感觉派小说大家的开创之功,正在于打破传统叙事模式,自如运用各种现代派叙事技巧,展示现代城市文明的速度与节奏、色彩与变幻、人欲的放纵、金钱魔力下社会的罪孽,现代都市文明生活原生态,得到客观、真实的描绘。

刘呐鸥的小说在跑马场、摩天楼、夜总会、霓虹灯迅速转换的浮光掠影中，突出都市男女在没有感情基础及道德自律下的性的游戏，在人性的堕落中揭示着人的灵魂的空虚与生存的荒诞。穆时英被誉为"中国新感觉派的圣手"，其因在于他生动展示光怪陆离的现代都市文明形态，展示现代科学的力量与速度以及都市男女性的游戏与肉的沉醉。《被当作消遣品的男子》、《圣处女的感情》、《某夫人》、《墨绿衫的小姐》等作品，无不精彩地描绘了人们感官放纵与精神颓废情调。但同时，他更多的作品如《上海的狐步舞》、《夜总会里的五个人》等则在这放荡与颓废表象下，深刻抒写都市文明的罪恶与人的生存困境、精神的迷失，进行冷峻的人性剖析与文化批判，从而显示主题的严肃与思想深度。而《夜》、《黑牡丹》、《CRAVENA》、《莲花落》等则在男女"邂逅"模式下，深切描写社会下层芸芸众生的孤苦与无奈。失去精神家园的"舞女"与"水手"在同病相怜中对"家"的深切呼唤与苦苦寻觅，更是与同一阵营的现代诗派"都市怀乡病"的"现代情绪"形成强烈共振，与戴望舒的《乐园鸟》、《单恋者》、《夜行者》等可谓异曲同工。他的《公墓》在孤独与忧伤氛围中尽情抒写纯爱与凄美，在梦幻般的境界中尽显人性的纯净与理想的美好。这不禁使人联系到戴望舒的《雨巷》、《寻梦者》。这种独特的"穆时英情调"使他的作品风靡上海滩，引来众多的模仿者，成为30年代中国现代主义小说的典范。

在施蛰存之前，"五四"新文学运动中的许多作家已经自觉不自觉地运用弗洛伊德的精神分析学说，如鲁迅的《狂人日记》及《故事新编》诸篇。创造社的郁达夫、郭沫若诸君同样有意识地借鉴心理分析手法以丰富自己的浪漫抒情小说。但总体看，"五四"十年小说创作，并未出现完全意义上的精神分析小说，更没有出现创作"思潮"。施蛰存在美学精神的根本意义上，全面移植西方精神分析小说，开创中国现代派小说新式样。在中国文学史上，施蛰存第一次自觉地从人的性本能、人的内在生命冲动，来展示复杂人性的本来面目。在"本我"与"超我"极其微妙、迅疾的转换中揭示人的多重人格，从而在政治、经济、道德、社会关系等传统视角之外，立足"人性"，开创"人学"新天地，内在地展开了"文学是人学"的丰富内涵。这是中国文学史上从未出现过的关于"人"的艺术视角。这使他成为20世纪中国心理分析小说毋庸置疑的"始祖"。而且，他的心理小说内在线索并非西方式混乱无序的意识流动，而是仍然保持着中国传统小说的完整故事情节，遵循着外在生活逻辑，这就使他在"移植"的同时，自觉不自觉地灌注了中国传统小说神韵，使中国的心理分析小说在诞生伊始，就与中国传统文化精神融为一体，显示出鲜明的民族特色。

1936年之后，随着《现代》杂志的停办，中国现代派文学团体逐渐解体。接着，抗日救亡运动兴起，国内政治斗争也日益激烈，关注社会、关注政治重新成为文学创作的兴奋点；现实主义及为抗战服务的浪漫主义文学（以新历史剧为代表）重新成为文坛主流。哲学意义上表现人生困境与现实荒谬的现代主义文学不可避免地衰落了。

总之，20世纪前期中国大陆地区现代主义文学，萌芽于"五四"新文学运动时期，肇始于20年代李金发的象征主义诗歌，形成于30年代都市化浪潮中的现代诗派与新感觉派小说，成熟于40年代以九叶诗派为标志的诗歌运动，步步推进，环环相扣。20年代对西方的模仿，30年代"都市怀乡病"及民族化方向的"纯诗"潮流，40年代诗歌的智性化与现实关怀，形成这一文学发展链条上的三重主题。现代主义逐步凝成具有鲜明中国特色、次于现实主义与浪漫主义文学传统的第三大文学传统。

第四节　衰落与边缘化（1949—1976）

40年代中期以后，随着抗日战争的日益艰难及后来的大规模内战，现代主义文学失去生存的社会文化土壤。尽管"九叶诗人"等现代派文学群体表现出强烈的民族意识、历史担当意识与现实关怀精神，但终不敌现实主义与浪漫主义文学传统异常强大的感召力量。中华人民共和国成立后，在极"左"政治环境与绝对的政治标准下，各文艺思潮也被进行"政治定位"，革命现实主义与革命浪漫主义的结合，被视为社会主义文学创作的最高原则，现代主义文学则被视为资产阶级文艺流派而被否定，遂告消亡。

50—70年代，中国现代主义文学运动由大陆转移到台湾与香港地区，于是在总体边缘化局面下呈现出局部的兴盛，使得中国现代主义文学传统在衰萎中"一线单传"并成为80年代中国大陆现代主义文学复兴的火种之一。

50年代，败退到台湾的国民党当局在"反共抗俄"意识形态下，大力推行官方的"战斗文学"，与之相对应的则是以赖和、杨逵、吴浊流、钟理和、钟肇政等为代表的乡土文学，以林海音、琦君、於梨华、谢冰莹等为代表的"怀乡文学"。与此同时，在台当局"反共复国"政策破产，台湾社会危机重重，特别是西方文化全面浸淫的大背景下，台湾地区的现代主义文学思潮有声有色地发展起来，成为20世纪中国现代主义文学发展历程上的重要环节。

台湾地区现代主义文学的主要成就体现在诗歌与小说上。1953年，曾以"路易士"为笔名，追随戴望舒创作现代诗的纪弦，在台湾创办《现代诗》杂志。1956年1月，纪弦、郑愁予、杨允达、叶泥等人在台北召开第一届现代诗人大会，宣布成立"现代诗派"，并在《现代诗》第三期封面上公布现代诗派的"六大信条"，宣称他们是"有所扬弃并发扬光大地包容了自波特莱尔以降一切新兴诗派之精神与要素的现代派"；认为"新诗乃是横的移植，而非纵的继承"，强调新诗从内容到形式的全面开拓，强调新诗之"知性"，"追求诗的纯粹性"。[1] 虽一再强调"横的移植"，但从其"信条"具体内容看，其现代诗歌理念与30年代大陆的现代诗派有着明显的承继关系。同年6月，覃子豪、余光中、钟鼎文等人成立蓝星诗社，创办《蓝星周刊》。两大诗社席卷了台湾地

---

[1] 严家炎主编：《二十世纪中国文学史》下册，高等教育出版社，2010年版，第145页。

区绝大部分诗人。前者在"西化"大方向下更多继承了 30 年代中国现代诗派的格调，后者则反对恶性西化，注重现实人生，重视民族精神，纳古典于现代，使民族传统现代化，现代主义与古典主义互为表里。台湾现代诗歌潮头正式兴起。

1954 年 10 月，洛夫、痖弦、张默等人成立"创世纪"诗社，出版《创世纪》诗刊。1959 年 4 月，"创世纪"诗社扩大阵地，吸收了台湾绝大多数知名诗人，成为台湾地区最有影响的现代派诗歌阵地。"创世纪"诗社推崇超现实主义美学理论，强调诗歌应表现人的梦境与潜意识，表现人的直觉，强调无意识写作。因而该派作品多奇异怪诞的意象，意识的自由跳跃，意蕴的晦涩难懂，从而把台湾现代主义诗歌运动推向高潮，引向极端化。

1956 年 9 月，夏济安主编的《文学杂志》创刊。该杂志在倡导发扬光大中国文学传统的同时，大力引介西方现代主义文学理论、文学流派、经典作品及批评方法等，为西方现代派文学进入台湾打开一扇窗户，因而吸引了余光中、白先勇、林海音、聂华苓、王文兴、陈若曦、欧阳子等一大批中青年作家，为他们的成长提供了适宜的平台，成为台湾现代主义小说成长的"摇篮"。随现代派诗歌崛起的现代派小说，某种意义上成为 50—60 年代台湾现代主义文学潮流的中坚，代表着其繁盛一时的局面。在美学精神上，如果说台湾现代派诗歌在中国传统基础上表现出更鲜明的"西化"色彩，那么台湾现代派小说主流则在审美精神上立足于中国文学传统，而全面借鉴西方现代派文学艺术技巧，为"传统"润饰上"现代"包装。大部分作家表现出中西合璧特色，这不仅呈现出台湾现代主义小说总体风貌，也可以说在一定程度上代表了 50—60 年代台湾现代主义文学的整体发展方向。

在此背景下，1960 年，白先勇等人创办《现代文学》杂志，标志着台湾现代主义小说思潮的形成。以它为核心阵地，聚集了白先勇、聂华苓、於梨华、王文兴、陈若曦、七等生、丛苏、施叔青等台湾地区最有影响的优秀作家。他们深受欧洲现代哲学尤其是存在主义哲学、非理性主义哲学、弗洛伊德精神分析学说影响，从人生哲学高度表现人生的荒诞与虚无，通过意识流等手法深入到人的潜意识世界，揭示人性的微妙、复杂；打破客观物质世界的时空逻辑，实现自由的时空转换。白先勇的《台北人》、王文兴的《家变》、七等生的《我爱黑眼珠》、聂华苓的《桑青与桃红》、於梨华的《又见棕榈，又见棕榈》等，都是这方面的优秀之作，代表了50—60年代台湾小说创作的主流。

以《台北人》、《纽约客》为精华的白先勇小说创作，可谓60年代台湾地区现代主义小说创作的"经典样式"。在文学主题或思想意蕴上，白先勇通过对"英雄末路"与"美人迟暮"双重主题的反复抒写，抒发了强烈的历史虚无感与文化乡愁，在"春花秋月"的华美外衣下蕴含着颓废与绝望的凄凉，从而成功地把西方现代派文学主题中国化。艺术上，则在中国古典小说审美原则下，引入象征、暗示、意识流等手法，在"中体西用"范式下实现小说现代化。《游园惊梦》、《思旧赋》等，堪称中国式现代主义小说的经典，对80年代以后中国大陆的各类先锋小说产生了重大影响。

50—60年代，现代主义文学在商业化、世俗化气息浓厚的香港地区也"一线单传"。1956年，倡导现代主义文学的《文艺新潮》创刊，成为香港现代主义文学发展的一块难得的阵地。刘以鬯成为香港现代派小说创作的代表人物。他借用意识流手法创作的长篇小说《酒徒》，在荒诞的想象世界中，蕴含着对现实社会的尖锐批判，于"荒诞"外衣下显示着中国文学一贯的现实主义精神。港、台现代主义文学遥相呼应，既有源自当代社会文化背景的现实性，更有源自中国文化与文学传统的共性。

60—70年代，现代主义文学思潮在台湾走向衰落，让位于新崛起的现实主义文学。但大陆在70年代末开始改革开放，这一文学传统在大陆得以接续并迅速发展，成就了20世纪中国现代主义文学最后的辉煌。

第五节 重兴与深化（1976—2000）

1977年以"天安门诗抄"运动为序幕的新时期文学运动，现代主义文学乘着思想解放的东风重新浮出，开始了其新的发展历程。它酝酿于70年代中期"文革"灾难最严重的时刻，以"朦胧诗"为重新崛起的先导，70、80年代之交正式登上历史舞台，至80年代末90年代初，蔚为大观，风靡文坛。随着世纪末民族文化的复兴与现实社会问题的日益尖锐，开放的"现实主义"崛起，中国现代主义文学思潮日趋衰落。在这一历史发展周期中，其影响之广、思想之深及艺术上的成熟，在20世纪中国现代主义文学发展史上，是无与伦比的。

新时期现代主义文学思潮兴起并走向辉煌，有着多重原因。首先，以"朦胧诗"为代表的中国现代主义文学自发地萌发于60—70年代灾难深重的"文革"时期。十年"文革"造成的民族灾难，促使"五四"以来中国社会第二次"觉醒"。少数"早醒者"面对现实的残酷与荒诞，不约而同以"地下文学"创作形式，表达自己的哀痛、反思与人生憧憬。而"五四"新文学为它的成长提供着强大的精神力量或价值支撑。因此，新时期中国现代主义文学思潮萌发于中国现实社会生活，继承的是20世纪前期新文学现实主义与人道主义思想传统。

其次，随着中国国门的逐步敞开，西方各种现代主义哲学思想再次蜂拥而入，象征主义、意象主义、意识流、未来主义、存在主义、黑色幽默、新小说、魔幻现实主义等欧美各现代主义与后现代主义文学流派，再次趁势纷纷在中国文坛登台亮相，汹涌澎湃的"西潮"给自发萌生的中国现代主义文学提供了适宜的文学观念与表现手法，促使它迅速成长。

再次，对"五四"现代派文学传统的重新"发现"，为新时期成长中的现代主义文学接续了文学传统。1981年，袁可嘉编辑出版《九叶集》，使深埋于地下近半个世纪的"九叶诗派"得以重新展现（"九叶诗派"这个名词本身就是 80 年代初对 40 年代现代主义诗歌运动的追认），使得驰骋诗坛的"朦胧诗人"及广大读者惊讶不已。顺此，人们逐步发现了 30 年代戴望舒、卞之琳之"现代派"，发现了 20 年代中国象征主义诗歌开创者李金发。在"西潮"背景下，新时期现代派诗歌运动更拥有了本土传统的"合法性"证明。

最后，80 年代中期以后，随着大陆与台湾政治关系的缓和及经济、文化交流的日益密切与深入，台、港文学，包括其 50—60 年代兴盛的现代主义文学对方兴未艾的大陆现代主义文学思潮产生深广影响，成为大陆成长中的现代主义文学的民族"知音"。

诗歌，就像 20 年代的大陆与 50 年代的台湾一样，由于其个人化及抒情性文体特征，再次充当了现代主义文学萌发与成长的"先锋"。"朦胧诗"出现于 70 年代末，是中国现代主义文学崛起的第一个"潮头"。"文革"的残酷与荒谬及其造成的深重民族灾难，使部分勤于思考的青年率先从理想主义狂热中逐渐冷静下来，开始清醒地面对现实。革命神话的破灭使他们迷惘、痛苦，陷入"梦醒了无路可走"的空前精神危机之中。于是他们把审视的目光转向自己真实的生命体验与内心感受，通过种种象征意象，通过种种隐喻和暗示，在自己创造的言说话语中，曲折、隐晦地表达自己的内心情怀。"它的发生不是在中外文化交流的繁盛时期，恰恰是在我国文艺道路最狭隘之时，在闭关锁国的禁锢年头。新倾向的主要力量——一批青年，在文化生活极其贫乏的境地里，甚至在中国的土地上总共没有几册外国诗集流传的情况下，零星地，然而是不约而同地写着相近的诗。"[1] 郭路生（食指）是这一地下诗潮的先驱者。1968 年 12 月 20 日，当他坐在下放农村的列车上，强烈地感受到前途渺茫的失落与母子离别的伤痛，写下《这是四点零八分的北京》。此后，他陆续写下《酒》、《灵魂》、《命运》等作品，表达对当前政治神话的怀疑和强烈的精神伤痛，抒写对历史与未来的独立思考。这些作品在

---

[1] 徐敬亚：《崛起的诗群——评中国诗歌的现代倾向》，《当代文艺思潮》，1983 年第 1 期，第 23 页。

广大知识青年中广为传抄，引发强烈的思想共鸣。随后越来越多的青年诗人如北岛、顾城、芒克、舒婷等加入到这个创作群体。他们的诗作多以象征、隐喻、暗示、梦幻等手法，曲折地表达着他们的怀疑、迷惘、反叛与求索，高扬人的价值与尊严，表现出"路漫漫其修远兮，吾将上下而求索"的中国式人文精神。现代诗潮兴起之际，既有北岛"我——不——相——信"（《回答》）的时代怒吼，更有食指"相信未来"（《相信未来》）的历史意识与理性精神的艺术展现。

1978年底，《今天》创刊（主要由北岛、芒克主编），中国现代派诗歌有了自己的主阵地。围绕它，很快聚集起一大批著名诗人，主要有北岛、舒婷、顾城、芒克、江河、杨炼、多多、梁小斌、徐敬亚等。它的意义在于：中国现代主义诗歌运动由地下走向公开，正式登上历史舞台，走向群体自觉，正式形成所谓的"朦胧诗派"，其历史地位堪比1925年李金发象征诗派的闪亮登场。诗人们创作出大量"朦胧诗"作品，不但在思想上延续着现代主义文学关注个体、关注人的生存状态的基本主题，而且在艺术上也取得了很高成就。代表作有北岛的《回答》、《宣告》、《古寺》，舒婷《致大海》、《致橡树》、《祖国呵，我亲爱的祖国》、《双桅船》、《神女峰》，顾城的《一代人》、《石壁》、《感觉》、《远和近》、《弧线》，芒克的《天空》，江河的《纪念碑》、《祖国呵，祖国》，杨炼的《黄金树》，多多的《北方的海》、《北方的声音》、《北方的夜》，等等。这些数量众多的经典之作及其社会影响，使"朦胧诗"在20世纪中国现代主义文学发展史上具有里程碑意义。

80年代中期，激烈的争论与理论探讨标志着"朦胧诗"运动由创作实践的繁荣发展到美学精神的自觉。"朦胧诗"以全新的审美原则与艺术手法，对传统现实主义诗歌（包括小说等其他文体）形成越来越强劲的冲击，引起一些诗人及文学批评家的批评。在这些批评中，章明的《令人气闷的"朦胧"》一文最具有代表性。作者指责新诗人们有意无意地把诗写得晦涩、怪癖，叫人似懂非懂，甚至百思不得其解。他把这种诗贬称为"朦胧体"。[1]"朦胧诗"之名便是由此而来。赞成者也不乏其人，代表性的文章有谢冕《在新的崛起面前》、孙绍振《新的美学原则在崛起》、徐敬亚《崛起的诗群——评中国诗歌的现代倾向》。[2]他们从美学原则高度肯定了"朦胧诗"的思想与艺术价值，明确了其在20世纪中国文学史上新的开创之功。

80年代中后期，随着"新生代诗"的兴起，"朦胧诗"逐步退出历史舞台中心，中国现代主义文学运动的主角，让位于一直与它同步前行的小说，而其内在的文学传统及其基本主题，则一脉相承。

在小说领域里，中国现代派文学的发展大致也可分为三个阶段：70年代末80年代初以意识流小说为代表的艺术手法借鉴阶段；80年代以"荒诞"为特质的"现代派"小说阶段；80年代中后期至90年代初，以叙事革命为标志的后现代小说，即"先锋小说"崛起阶段。

1977年以后，思想解放浪潮汹涌澎湃。对"文革"灾难的反思，对心灵创痛的倾诉，促使"伤痕文学"与"反思文学"的兴起；而对人的心灵的关注，推动着中国小说有意无意地由注重外在时空逻辑内倾到人的心灵时空，关注人的心理逻辑。这就为现代主义小说在中国的正式登场预备了创作的心理基础。现代主义小说于是继"朦胧诗"后迅速崛起。

70年代末到80年代中期，是现代主义小说兴起阶段。这一阶段的创作，是立足传统现实主义精神，借鉴西方现代派艺术手法，表达自身"时代的情绪"，重复着"五四"以后中国现代派文学"西方的面容，中国的精髓"模式。以王蒙为代表的"意识流"小说，宗璞等为代表的荒诞小说，韩少功等为代表的部分"寻根小说"，就是这一阶段"中国式现代派小说"的几种表现。

---

[1] 章明：《令人气闷的"朦胧"》，孔范今、施战军主编，路晓冰编选：《中国新时期文学思潮研究资料》（上），山东文艺出版社，2006年版，第124—129页。
[2] 《光明日报》，1980年5月7日；《诗刊》，1981年第3期；《当代文艺思潮》，1983年第1期。

70年代末，出现了最早的意识流小说，如王蒙的《布礼》、茹志鹃《剪辑错了的故事》、李陀的《自由落体》、李国文的《月食》等作品，自觉地借鉴西方意识流文学手法，通过主人公的自由联想、梦境、幻觉等，造成时空错置，显现对现实与历史的深刻反思。王蒙的《布礼》、《春之声》、《夜的眼》、《海的梦》、《风筝飘带》、《蝴蝶》、《杂色》等小说，代表了此期意识流小说创作的基本特色与最高成就。王蒙的这些小说之所以被称为"意识流小说"，是因为它们都采取了自由联想、回忆、内心独白等艺术手法来描写人物的内心生活及现实，具有意识流小说的一些显著特点。《春之声》写刚刚出国考察归来，回家乡探亲过年的科研干部岳之峰，坐在一列落后破旧令人不适的闷罐火车里的感受和遐思。《夜的眼》则写一位外省人，在贬逐二十年后重到一个城市参加文学座谈会。一天夜晚，他为了办一件公事出去托关系，一路上有一些所见所闻所感。《布礼》写备受冤屈伤害而对党始终忠贞不渝的共产党人钟亦成的心灵旅程，小说呈现的是钟亦成从1957年至1979年的若干段思想活动之流。但王蒙的小说又不是纯粹的西方式的意识流小说。西方经典性的意识流小说由外向里，向内收缩，一切导向内心。王蒙的意识流小说则由里向外，对社会现实的反映，集中在对人物心理的描写上，以此达到折射现实的目的。王蒙的意识流小说形是意识流的，而质却是现实主义的。他的小说不是西方意识流追求的那种对纯粹的个人化的下意识、潜意识的描写，而是现实的内容通过不受时空限制的心理活动重新聚集到一起。用作者的话来说，就是从某一点上伸出去很多放射线，伸出去，拉回来，又伸出去，瞬息万变，充分发挥联想的自由，扫描似的，一秒钟就可以有许多画面闪过。这些东西有一种内在的联系。这种内在的联系，就是表现我们国家和生活特有的转变。[1]

"意识流"小说极大地冲击着人们传统的审美心理定式，在中国文坛上引起强烈震荡，引发人们的争论与反思。与对"朦胧诗"的争论一

---

[1] 王蒙等：《夜的眼及其他》，花城出版社，1981年版，第228页。

样，文坛和理论界对"意识流"的关注与讨论也促进了人们对西方现代派小说的"文体自觉",推动着中国作家对它吸收与接纳的主动性与积极性。

荒诞派小说紧随"意识流"小说兴起。宗璞的短篇《我是谁》可说是中国"新时期"荒诞派小说最早的范本。作品通过女主人神经的错乱造成一系列的幻觉,揭示了"文革"把人变成"非人"的历史悲剧。作品有机融合了意识流、表现主义、荒诞派、存在主义等西方现代派艺术特质,使作品在更深广的精神层面与西方现代主义"接轨"。此后有宗璞的《蜗居》、《泥沼中的头颅》,谌容的《减去十岁》、《大公鸡的悲喜剧》,刘索拉的《你别无选择》等优秀之作,通过种种超现实描写,表现十年"文革"的荒谬人生。在西方现代主义文学全方位涌入的文化背景下,韩少功、郑义、贾平凹、阿城、李杭育、张承志、郑万隆、乌尔热图、扎西达娃等著名作家,在作品中全面融汇象征主义、魔幻现实主义、荒诞派、黑色幽默等现代派艺术精神,抒写对民族历史与文化的哲理思考,表达对祖国前途、民族命运的深切关怀之情。陈晓明对中国现代主义文学基本精神有一个总体评价,这一评价对这个时期的创作特点尤为恰当。他写道:

> 文学中的现代主义是在现实主义的总体性框架内表现出来的,因此它不具有真正的叛逆性,而更像是现实主义文学自身作出的一种创新努力。现代主义文学也从来没有越过主导文化的边界,它在正统文学史的叙事中,一直作为新时期文学的"新动向"的一个最有活力的侧面被叙述,从这里也可以看出当代现代主义的历史性质。……当代中国文学中出现的现代派固然是对西方现代思潮挑战的应对,但它也同时植根于时代思想意识的深处,是"文革"后的中国文学寻求思想突破的必然产物。……因此,如果用西方的现代主义为标准来衡量中国的现代派,就很难找到符合理想的样本。实际上,当代中国的现代主义是指那些吸取西方现代派作品的艺术特

征和表现手法,在艺术形式和思想意识方面对传统现实主义进行变革,从而产生创新的美学效果的作品。[1]

80年代中后期,随着国门的进一步开放,作家们拥有了开阔的国际视野和更新的文学观念。于是,各种新观念、新流派、新形式、新技巧相继登场,各领风骚,现代主义文学呈现出繁荣局面,也显示出更加鲜明的"西方"色彩。人生的痛苦与荒诞是其基本主题。刘索拉、徐星、残雪、莫言、乔梁、洪峰、陈染等青年作家,各以其独特视角和艺术趣味,显示着现代派文学这一发展趋势。

刘索拉的《你别无选择》、《蓝天绿海》、《寻找歌王》,徐星的《无主题变奏》等一批充满探索精神的作品,生动地描绘了一贯"正常"的荒诞人生,揭示人在异化世界中对"本我"的苦苦坚守。残雪则在美学精神与哲学观念上,深受表现主义、荒诞派及存在主义的影响,其《山上的小屋》、《苍老的浮云》、《黄泥街》、《天堂里的对话》等作品,以苍蝇、蚊子、老鼠、蜈蚣、蛆虫等西方式意象,描绘出一个肮脏、污秽的人类生存世界,而其中的人们则在冷漠中互相窥视,互相攻击。每个人都被恐惧与防范所折磨,人格极度扭曲,社会规范与伦理道德荡然无存。残雪以其作品中的独特意象世界与基本主题,实现了与西方现代派文学精神的高度契合。莫言的小说世界同样以大量的腐尸、畸形、病变、凶杀等,构成污血淋漓的"审丑"世界,对中国传统的审美模式形成巨大冲击。

在80年代中期现代派小说大潮中,兴起了一个新的潮头——具有文本试验性质的"先锋小说"。它实质上属于西方后现代主义文学范畴,代表作家有马原、洪峰、余华、苏童、格非、叶兆言、孙甘露、吕新、北村等。马原是先锋小说思潮先驱者。先锋小说采取极端的形式,对传统文学尤其是现实主义文学进行颠覆,在解构一切、否定一切的同时走

---

[1] 陈晓明:《中国当代文学主潮》,北京大学出版社,2009年版,第311页。

向无建构的运作。先锋小说在思想观念上极力拆除深度模式，否定权威话语，解构意识形态、消解中心、意义和确定性，削平价值，而抵达"无深度的平面"，使作品走向无中心、不确定性、边缘性、无序性，以自己无价值的毁灭展示世界的荒诞和无价值。在艺术上，先锋小说同样采取极端的形式，过度追求文本实验和语言操作。在先锋派作家看来，现实主义已经衰落，不再有青春焕发时期的纯洁性、崇高性和深刻性，现实主义形成的创作模式及其创作原则已经僵化，阻碍着文学的发展。因此，排除现实主义文学成为它充分扩张自己的一种策略性的行为。

80年代末，在方兴未艾的"新写实"小说和如日中天的通俗小说的有力竞争下，先锋小说开始呈现"边缘化"趋势，于是余华、苏童、格非等先锋小说大家开始促动先锋小说的自我转化，即向本土现实主义文学传统靠拢。其具体表现，就是重新注重故事情节的完整明晰，重视人物心灵的剖析，性格的塑造及人生命运的叙述，在对历史或现实生活形而上的把握中显示理性的透视，以重建思想深度。此期的代表作品有格非的《锦瑟》、《敌人》、《雨季的感觉》，北村的《施洗的河》、《张生的婚姻》、《伤逝》、《消失的人类》、《卓玛的爱情》，孙甘露的《呼吸》，洪峰的《和平年代》等。苏童、余华是这一创作潮流的佼佼者，代表了这一历史性转向的最高成就。苏童的《妻妾成群》、《米》，在特定历史画卷中剖析着近代国人的生活形态与幽深的人性世界。余华的《现实一种》、《世事如烟》、《爱情故事》、《在细雨中呼喊》等，在冷酷的人生故事叙述中深刻揭示人性的险恶与人生的荒诞。《活着》与《许三观卖血记》则在传统现实主义叙事框架中，开启了"苦难"小说的思潮，显示了传统现实主义震撼人心的力量。

90年代以后，随着诸多社会问题的日益突出，以"现实主义冲击波"为标志的现实主义文学思潮重新崛起。经过西方现代主义文学及各种本土文学思潮洗礼的"开放的现实主义"很快就显示了其固有的思想深度与艺术魅力，而成为20世纪末影响深广的文学潮流。新时期现代主义文学思潮，在经历了其"借鉴—西化—复归"的发展周期后，走向衰落。

新时期以来，中国现代主义戏剧也取得引人注目的成就，其发展轨迹几乎与现代派诗歌、小说同步。80年代初，在现实主义戏剧的汪洋大海中，出现了贾鸿源、马中骏、翟新华的《屋外有热流》，借鉴表现主义和超现实主义艺术手法表现现实生活。高行健的《绝对信号》、《车站》则表现出较鲜明的西方荒诞派色彩。80年代中期后，出现王培公的《WM（我们）》、陶俊的《魔方》等较为成功的试验品。刘树纲的《一个死者对生者的访问》则融汇西方现代主义文学艺术技巧，为荒诞派戏剧较为成功的作品。此外，产生较大影响的作品还有马中骏的《红房间 白房间 黑房间》、沙叶新的《寻找男子汉》和《耶稣·孔子·披头士列侬》等。总体上看，新时期现代派戏剧大多呈现出"中国的思想意蕴，西方的艺术技巧"格局。

综上所述，在中外古今复杂文化关系格局中，中国文学的"现代传统"显示出鲜明的特色。首先，从文化背景与历史意义看，中国文学现代传统的形成，多是横向移植于西方现代非理性哲学与现代主义、后现代主义文学之结果。纯粹的异域文化因素对本土传统文化精神及文学观念形成很大的冲击，在"向西方学习"的历史潮流中，西方现代主义文学在中国社会文化土壤中的全面移植，对推动中国文学审美意识与艺术形态的现代化，具有独特的历史意义。如果说启蒙—教化及其现实主义美学传统、个性解放及其浪漫主义文学传统乃至大众化文学传统，都具有各自深厚的本土文化根基，那么，它们之所以能够成为现代传统，原因在于它们在外来因素刺激下不同程度实现了本土文学传统的"创造性转化"。而现代主义传统的凝成，则呈现出更鲜明的异质因素。换句话说，从文学本体意义上看，20世纪中国文学"现代转型"的一个重要标志，是西方现代主义文学的成功移植与中国文学现代传统的形成。

其次，在西方现代主义文学横向移植及其文学传统凝结的过程中，同样回避不了一个根本性问题：外来文化因素与本土文学传统的关系。我们看到，西方现代主义文学在移植过程中，绝不可能"原汁原味"地生根、成长。它同样必须与中国民族文学传统相融合，寄生于中国民族文学"母胎"中，烙上"中国印记"，在促动中国文学"现代化"的同时，让自己不断"中国化"；或者说，外来因素自身的"中国化"是它得以推动中国文学"现代化"的前提条件。

最后，在20世纪中国文学三大美学传统中，现实主义传统自清末"三界革命"迄今，始终强劲不衰，牢牢占据着文坛的主流地位。浪漫主义传统常常与现实主义传统并驾齐驱，且在特定历史时期更是焕发出独特艺术魅力。而现代主义文学虽然在20世纪里的几个短暂的历史阶段中发展得有声有色，但总是随着社会政治环境的改变而兴衰不定，始终没有成为中国文学发展的主流，经常在"边缘地位"展示其迷人的风采。

参考文献

[1] 马克思,恩格斯. 马克思恩格斯选集 [M]. 北京:人民出版社,1995.

[2] 毛泽东. 毛泽东文集 [M]. 北京:人民出版社,1993—1999.

[3] E. 希尔斯. 论传统 [M]. 傅铿,吕乐,译. 上海:上海人民出版社,1991.

[4] 卡尔·雅斯贝斯. 历史的起源与目标 [M]. 魏楚雄,俞新天,译. 北京:华夏出版社,1989.

[5] 罗素. 西方哲学史 [M]. 马元德,译. 北京:商务印书馆,1976.

[6] 南京大学中国现代文学研究中心. 中国现代文学传统 [M]. 北京:人民文学出版社,2002.

[7] 温儒敏,陈晓明,等. 现代文学新传统及其当代阐释 [M]. 北京:北京大学出版社,2010.

[8] 高瑞泉. 中国现代精神传统 [M]. 上海:上海古籍出版社,2005.

[9] 李泽厚. 中国古代思想史论 [M]. 北京:人民出版社,1986.

[10] 李泽厚. 中国近代思想史论 [M]. 北京:人民出版社,1979.

[11] 李泽厚. 中国现代思想史论 [M]. 北京:东方出版社,1987.

［12］李泽厚．美的历程［M］．北京：文物出版社，1981．

［13］李泽厚，刘纲纪．中国美学史［M］．北京：中国社会科学出版社，1984，1987．

［14］敏泽．中国美学思想史［M］．北京：中国社会科学出版社，2007．

［15］北京大学哲学系美学教研室．中国美学史资料选编［M］．北京：中华书局，1980．

［16］蒋廷黻．中国近代史［M］．沈渭滨，导读．上海：上海古籍出版社，2006．

［17］袁进．中国文学的近代变革［M］．桂林：广西师范大学出版社，2006．

［18］熊月之．西学东渐与晚清社会［M］．上海：上海人民出版社，1994．

［19］陈旭麓．近代中国社会的新陈代谢［M］．上海：上海社会科学院出版社，2006．

［20］张枬，王忍之．辛亥革命前十年间时论选集［M］．北京：生活·读书·新知三联书店，1977．

［21］周策纵．五四运动：现代中国的思想革命［M］．周子平，等，译．南京：江苏人民出版社，1996．

［22］陈万雄．五四新文化的源流［M］．北京：生活·读书·新知三联书店，1997．

［23］林毓生．中国意识的危机——"五四"时期激烈的反传统主义［M］．穆善培，译．贵阳：贵州人民出版社，1986．

［24］高力克．五四的思想界［M］．上海：学林出版社，2003．

［25］柳诒徵．中国文化史［M］．长沙：岳麓书社，2010．

［26］叶曙明．重返五四现场［M］．北京：中国友谊出版公司，2009．

［27］张维青，高毅清．中国文化史［M］．济南：山东人民出版社，2002．

[28] 郭延礼. 中西文化碰撞与近代文学 [M]. 济南：山东教育出版社，1999.

[29] 郭延礼. 中国近代文学发展史 [M]. 济南：山东教育出版社，1991.

[30] 刘大杰. 中国文学发展史 [M]. 上海：上海古籍出版社，1982.

[31] 章培恒，骆玉明. 中国文学史 [M]. 上海：复旦大学出版社，1996.

[32] 赵家璧. 中国新文学大系（1917—1927）[M]. 上海：上海良友图书印刷公司，1935.

[33] 刘运峰. 1917—1927 中国新文学大系导言集 [M]. 天津：天津人民出版社，2009.

[34] 郭绍虞. 中国历代文论选 [M]. 上海：上海古籍出版社，1979，1980.

[35] 陈伯海. 近四百年中国文学思潮史 [M]. 上海：东方出版中心，1997.

[36] 阿英. 晚清小说史 [M]. 北京：东方出版社，1996.

[37] 欧阳健. 晚清小说史 [M]. 杭州：浙江古籍出版社，1997.

[38] 袁进. 中国小说的近代变革 [M]. 北京：中国社会科学出版社，1992.

[39] 韩南. 中国近代小说的兴起 [M]. 徐侠，译. 上海：上海教育出版社，2004.

[40] 温儒敏. 中国现代文学批评史 [M]. 北京：北京大学出版社，1993.

[41] 温儒敏. 文学史的视野 [M]. 北京：人民文学出版社，2003.

[42] 温儒敏. 新文学现实主义的流变 [M]. 北京：北京大学出版社，2007.

[43] 钱理群，温儒敏，吴福辉. 中国现代文学三十年 [M]. 北京：北京大学出版社，1998.

[44] 王晓明. 二十世纪中国文学史论［M］. 上海：东方出版中心，1997.

[45] 李欧梵. 中国现代文学与现代性十讲［M］. 上海：复旦大学出版社，2003.

[46] 宋剑华. 现代性与中国文学［M］. 济南：山东教育出版社，1999.

[47] 玛利安·高利克. 中国现代文学批评发生史（1917—1930）［M］. 陈圣生，张林杰，华利荣，译. 北京：社会科学文献出版社，1997.

[48] 夏志清. 中国现代小说史［M］. 刘绍铭，等，译. 上海：复旦大学出版社，2005.

[49] 夏志清. 新文学的传统［M］. 北京：新星出版社，2005.

[50] 丁帆. 中国乡土小说史［M］. 北京：北京大学出版社，2007.

[51] 杨春时. 现代性与中国文学思潮［M］. 北京：生活·读书·新知三联书店，2009.

[52] 刘卫国. 中国现代人道主义文学思潮研究［M］. 长沙：岳麓书社，2007.

[53] 王达敏. 中国当代人道主义文学思潮史［M］. 上海：上海人民出版社，2013.

[54] 范伯群，朱栋霖. 1898—1949中外文学比较史［M］. 南京：江苏教育出版社，2007.

[55] 王向远. 中日现代文学比较论［M］. 长沙：湖南教育出版社，1998.

[56] 王运熙，顾易生. 中国文学批评史新编［M］. 上海：复旦大学出版社，2001.

[57] 许道明. 中国现代文学批评史新编［M］. 上海：复旦大学出版社，2002.

[58] 龙泉明，陈国恩，等. 跨文化的传播与接受——20世纪中国

文学与外国文学的关系［M］．北京：人民文学出版社，2010．

［59］北京大学，北京师范大学，北京师范学院中文系中国现代文学教研室．文学运动史料选［M］．上海：上海教育出版社，1979．

［60］贾植芳．中国现代文学社团流派［M］．南京：江苏教育出版社，1989．

［61］陈平原，夏晓虹．二十世纪中国小说理论资料（第一卷）［M］．北京：北京大学出版社，1997．

［62］严家炎．二十世纪中国小说理论资料（第二卷）［M］．北京：北京大学出版社，1997．

［63］吴福辉．二十世纪中国小说理论资料（第三卷）［M］．北京：北京大学出版社，1997．

［64］钱理群．二十世纪中国小说理论资料（第四卷）［M］．北京：北京大学出版社，1997．

［65］洪子诚．二十世纪中国小说理论资料（第五卷）［M］．北京：北京大学出版社，1997．

［66］洪子诚．中国当代文学史·史料选［M］．武汉：长江文艺出版社，2002．

［67］孔范今，施战军，路晓冰．中国新时期文学思潮研究资料［M］．济南：山东文艺出版社，2006．

［68］孔范今，施战军，陈晨选．中国新时期文学史研究资料［M］．济南：山东文艺出版社，2006．

［69］汤志钧．康有为政论集［M］．北京：中华书局，1981．

［70］王栻．严复集［M］．北京：中华书局，1986．

［71］张品兴．梁启超全集［M］．北京：北京出版社，1999．

［72］梁启超．饮冰室合集［M］．北京：中华书局，1989．

［73］李华兴，吴嘉勋．梁启超选集［M］．上海：上海人民出版社，1984．

［74］丁文江，赵丰田．梁启超年谱长编［M］．上海：上海人民出

版社，1983.

[75] 朱维铮，姜义华. 章太炎选集（注释本）[M]. 上海：上海人民出版社，1981.

[76] 王国维. 观堂集林 [M]. 北京：中华书局，1959.

[77] 季羡林. 胡适全集 [M]. 合肥：安徽教育出版社，2003.

[78] 耿云志. 胡适论争集 [M]. 北京：中国社会科学出版社，1998.

[79] 格里德. 胡适与中国的文艺复兴 [M]. 鲁奇，译. 南京：江苏人民出版社，1993.

[80] 胡明. 正误交织陈独秀——思想的诠释与文化的评判 [M]. 北京：人民文学出版社，2004.

[81] 胡明. 胡适思想与中国文化 [M]. 桂林：广西师范大学出版社，2005.

[82] 曹而云. 白话文体与现代性——以胡适的白话文理论为个案 [M]. 北京：生活·读书·新知三联书店，2006.

[83] 任建树，等. 陈独秀著作选编 [M]. 上海：上海人民出版社，2010.

[84] 鲁迅. 鲁迅全集 [M]. 北京：人民文学出版社，2005.

[85] 钟叔河. 周作人散文全集 [M]. 桂林：广西师范大学出版社，2009.

[86] 李大钊. 李大钊文集 [M]. 北京：人民出版社，1984.

[87] 李大利. 李大钊选集 [M]. 北京：人民出版社，1959.

[88] 瞿秋白. 瞿秋白文集 [M]. 北京：人民文学出版社，1953.

[89] 郭沫若. 郭沫若全集·文学编 [M]. 北京：人民文学出版社，1982—1992.

[90] 茅盾. 茅盾全集 [M]. 北京：人民文学出版社，1984—1996.

[91] 吴秀明. 郁达夫全集 [M]. 杭州：浙江大学出版社，2007.

[92] 朱乔森. 朱自清全集 [M]. 南京：江苏教育出版社，1996.

[93] 沈从文. 沈从文全集 [M]. 太原：北岳文艺出版社，2009.

[94] 余英时. 余英时文集[M]. 桂林：广西师范大学出版社, 2006.

[95] 陈平原. 陈平原小说史论集[M]. 石家庄：河北人民出版社, 1997.

[96] 陈平原. 二十世纪中国小说史：第一卷（1897—1916）[M]. 北京：北京大学出版社, 1989.

[97] 杨义. 中国现代小说史[M]. 北京：人民文学出版社, 1986.

[98] 王德威. 被压抑的现代性——晚清小说新论[M]. 宋伟杰, 译. 北京：北京大学出版社, 2005.

[99] 石曙萍. 知识分子的岗位与追求：文学研究会研究[M]. 上海：东方出版中心, 2006.

[100] 朱晓进, 等. 非文学的世纪：20世纪中国文学与政治文化关系史论[M]. 南京：南京师范大学出版社, 2004.

[101] 朱晓进. 政治文化与中国二十世纪三十年代文学[M]. 北京：人民出版社, 2006.

[102] 李洁非, 杨劼. 解读延安——文学、知识分子和文化[M]. 北京：当代中国出版社, 2010.

附录一
忏悔意识演变与中国当代忏悔文学的兴起

一、问题的提出

研究中国当代忏悔文学，首先面临着令人十分尴尬的判断：中国文学缺乏忏悔意识，故而少有忏悔之作。经常与这个判断一并出现的判断还有"中国文化缺乏忏悔意识"、"中国人缺乏忏悔意识"等，这些判断已经成为学术界的共识。关于"中国文学缺乏忏悔意识"的问题，自"五四"新文化运动以来，不断有识力敏锐的学人和作家提出，特别是从20世纪80年代以来，对这一问题的关注已经由观点的提出而转向学术性研究，其中以刘再复、林岗历时十年合著的《罪与文学》[1]最为精深。

刘再复、林岗在《罪与文学》的《中文简体版序》和《导言》中直示要义：此著主旨是"探讨文学的灵魂维度与灵魂深度，批评中国文学的一个根本缺陷"。目的是从灵魂的视角即超越的视角反观中国的文化

---

[1]《罪与文学》有两个版本，一是香港牛津大学出版社2002年版，二是中信出版社2011年版。

和文学，特别是反观现当代文学。

进入研究视域，他们发现了一个惊人的秘密，即有着极为丰富的伦理思想体系并以其立世固国的中国传统文化，竟然缺乏灵魂叩问的资源。在以儒道为主干的中国文化体系中，儒家不关注灵魂的问题，孔子"祭神如神在"和"敬鬼神而远之"的态度，反映出他们对彼岸世界不感兴趣。孔子极端重视现实生活，所思所想都是此岸世界的问题，"他只确认一个世界，一个此岸的人的世界"。而儒家思想体系里的"自省"、"反省"，只是既定的道德秩序下的自我修正与调整，其中没有灵魂的挣扎和叩问。儒家的"吾日三省吾身"，"是一种君子式的反省，其反省的目标是远离小人，端正处世姿态，并不是灵魂的拯救"，故而没有彼岸世界远处的呼唤。从古至今的中国作家，可以从儒家思想中获得某些现实情感的力量，但不可能获得灵魂的充分资源。而老庄为代表的道家，以出世姿态做入世文章，叩问人的存在意义，尤其是庄子的怀疑精神和逍遥精神，助长和滋润了中国两千多年的隐逸文学和其他类型的个性生命文学。然而，庄子对存在意义的叩问是一种消极性和否定性的叩问。道家思想后来发展出一套"贵生"、"心齐"、"坐忘"的修炼模式，"更是淘空了内心的矛盾与对立，只让肉身伸延到不死不灭不忧不愁的神仙世界里，那里只有世俗之城，可一点儿也没有精神之城的影子"。受道家思想影响的诗人，会有潇洒，会有怀疑，甚至会有对现实人生的叩问，但不会有对灵魂的叩问和与灵魂的激烈搏斗。正是由于中国文化缺乏叩问灵魂的资源，数千年的中国文化缺乏灵魂论辩的维度，即缺乏源自灵魂维度的忏悔意识。

与此相应，中国两千多年的诗歌亦缺乏灵魂论辩的维度，其主流都是《离骚》的伸延与变奏，表层的牢骚怨恨很多，深层的内心对话很少；有现实人生的"法庭"，没有灵魂的"法庭"。中国小说，在《红楼梦》之前，亦缺乏灵魂的维度。刘再复、林岗对《红楼梦》宠爱有加，认为整个中国古代文学，唯有《红楼梦》是真正意义上的忏悔文学。他们特辟一章即第7章专论《红楼梦》的忏悔意识，称它是中国文学史上破天荒的一部奇书，一部伟大的忏悔录。[1] 实际上，二位作者所持观点是对王国维、胡适、鲁迅、俞平伯等人随感性看法的继承与发挥。但不是所有学人都持此论，比如夏志清，他对中国古代文学的评价就比较低。他以索福克勒斯、莎士比亚、托尔斯泰、陀思妥耶夫斯基诸翁的人道主义精神，反观中国文学，"我渐渐发现诗赋词曲古文，其最吸引人的地方还是辞藻之优美，对人生问题倒并没有作多少深入的探索，即以盛唐三大诗人而言，李白真想吃了药草成仙，谈不上有什么关怀人类的宗教感。王维那几首禅诗，主要也是自得其乐式的个人享受，看不出什么伟大的胸襟和抱负来。只有杜甫一人深得吾心，他诗篇里所表扬的不仅是忠君爱国的思想，也是真正儒家人道主义的精神"。在他看来，这些诗词文章虽非"非人的文学"，实在是人的气味太薄，"人间的冲突悲苦捕抓得太少了，人心的私奥处无意去探窥"，也算不上是"人的文学"。再反观中国传统小说，其宗教信仰逃不出"因果报应"、"万恶淫为首"这些粗浅的观点。大半传统小说里的宗教信仰，只能算是"迷信"；不少作品有其正视人生的写实性，也为其宗教思想所牵制而得不到充分的发挥。他特别指出《红楼梦》自有其比较脱俗的宗教思想，"但其倾向则为逃避人性，并非正视人生。贾宝玉面临的苦恼太多了，最后一走了之，既对不起已死的黛玉、晴雯，更对不住活着的宝钗、袭人。比起《卡拉马佐夫兄弟》里的阿利屋夏（Alyosha），《复活》里的涅赫留道夫（Nekhludoff）来，到最后贾宝玉只能算是自归灭绝的懦夫"。顺便一提，夏志清对中国现代文学的评价也不高，"我总觉得'同情'、'讽刺'兼重的中国现代小说不够伟大；它处理人世道德问题比较粗鲁，也状不出多少人的精神面貌来"。[2] 李建军亦有此论："《红楼梦》开卷第一回叙写那块'未用'的石头，'因见众石俱得补天，独自己无才，不得入选，遂自怨自愧，日夜悲哀'。《红楼梦》中人的逃路，

---

[1] 参见刘再复、林岗：《罪与文学》之《导言》和第7章，中信出版社2011年版。
[2] 夏志清：《中国现代小说史·中译本序》，刘绍铭等译，复旦大学出版社，2005年版，第11—14页；夏志清：《人的文学》，福建教育出版社，2010年版，第218页。

只不过是源于恐惧的逃避，只不过泥于自恋的解脱，至于忏悔，那是横竖都挨不上边儿的，因为，真正的忏悔，显示的是信心和力量、勇气和激情，而不是'自怨自愧'的哀怨和软弱；是被幸福感与希望之光照亮的回家之旅，而不是落荒而逃的弃家出走。"[1] 尽管夏志清说"拿富有宗教意义的西方名著尺度来衡量中国现代文学是不公平的，也是不必要的"，但他的判断还是潜含着"西方名著尺度"，他是以西方人道主义作为价值尺度来衡量中国文学的。中肯地说，包括刘再复在内的当代学人，在他们关于"中国文学缺乏忏悔意识"、"中国文化缺乏忏悔意识"、"中国人缺乏忏悔意识"等观点里，都或隐或显地立着一把西方人道主义及其忏悔意识的标尺。问题并不在于是否可以用"西方尺度"来衡量中国文学，而是要看到在这个尺度之下的判断隐去了哪些东西，发现了哪些东西？

接下来要追问的是，是什么原因导致中国文学缺乏忏悔意识？我注意到，参与这个问题讨论的学者，绝大多数都直接或间接地指向宗教原因：中国文学缺乏忏悔意识，最重要原因是中国没有西方基督教资源。作为西方文化三大来源之一的基督教文化（另两大文化资源是希腊文化和罗马文化），从它的伦理中发展出"原罪"概念，又从"原罪"概念中引出"忏悔"和"救赎"概念。这种宗教思想对西方的文学、文化、政治、经济、伦理乃至整个社会心理的影响很大，使得西方作家在创作中，有一个强有力的思想源头。以此比照，刘再复、林岗发觉，在没有原罪意识的大文化背景下，中国作家没有"罪"的观念，而表现在文学上，便是缺少罪感文学，缺少面对良知叩问灵魂和审判灵魂的文学。缺乏"罪感"、"负疚感"，也就是缺乏忏悔意识。即便描写"罪"，也是采取一种拒绝承担罪责的方式，其突出的表现是抓住"替罪羊"，把罪责推给不在场的"他者"，并形成了文学模式。比如，话本小说模式：罪在前世，罪不在我；谴责小说模式：罪在社会，罪不在我；革命小说模

---

[1] 李建军：《忏悔伦理与精神复活——论忏悔叙事的几种模式》，《小说评论》，2006年第6期，第11页。

式：罪在敌人，罪不在我；伤痕小说：罪在时代，罪不在我。[1] 往下续，反思小说模式：罪在极"左"路线，罪不在我；寻根小说模式：罪在传统，罪不在我；先锋小说模式：罪在荒诞现实，罪不在我；新写实小说模式：罪在僵化的制度，罪不在我；底层小说模式：罪在现代化，罪不在我；等等。把一切罪过都推给不在场的历史、传统、制度，以及大而无当的国家、民族、极"左"路线、阶级敌人以及"阴谋家"，说穿了，就是以"他者"来当"替罪羊"，而真正源自罪感的忏悔则逃遁了。

对忏悔伦理和忏悔叙事有着深入研究的李建军，指实中国文学缺乏忏悔意识，出示的亦是宗教原因。他作《忏悔伦理与精神复活——论忏悔叙事的几种模式》，其要义是：忏悔属于典型的基督教伦理，忏悔意识始于原罪意识即罪感意识，强烈的罪感意识和自觉的忏悔精神，使忏悔成为西方文学的一个永恒主题、一种源远流长的叙事模式。而中国正统文化从来就缺乏成熟的忏悔伦理和自觉的忏悔习惯，所以，在中国作家的作品里，就很少能够看到真正意义上的忏悔伦理及彻底意义上的忏悔行为。中国正统文化喜欢讲"省"，所谓"吾日三省吾身"、"日参省乎已，则明知而无过矣"，这不是现代意义上的"反省"，而不过是对自己一天的主要行为的自我检查和自我督察，以期使自己能够"闭心自慎，终不失过兮"，最终成为一个"唯吾德馨"、予圣自雄的"君子"。更不是灵魂维度的忏悔，真正意义上的忏悔，本质上是肯定性的行为，而不是否定性的行为；它不是指向消极的"解脱"，而是指向积极的完成和升华。总之，忏悔是希望，而不是绝望；是再生，而不是死亡；是担当，而不是逃避。[2] 作此论者还有李泽厚、陈思和、许纪霖等学者，[3] 此处一概不论。

---

[1] 刘再复、林岗：《罪与文学》，中信出版社，2011年版，第152—157页。
[2] 李建军：《忏悔伦理与精神复活——论忏悔叙事的几种模式》，《小说评论》，2006年第6期，第10—11页。
[3] 参见李泽厚：《该中国哲学登场了？》，上海译文出版社，2011年版；陈思和：《中国新文学发展中的忏悔意识》，《上海文学》，1986年第2期；许纪霖：《从中国的〈忏悔录〉看知识分子的心态与人格》，《读书》，1987年第1期。

事实上，导致中国文学缺乏忏悔意识的主因里已经包含着多种其他原因，比如中国文化的"自省"意识、拒绝承担罪责的心理、"替罪羊原则"，等等。与主因密切相关的重要原因至少有二：其一，中国太多乐感文化，少有罪感文化。"乐感文化"是李泽厚于1985年在一次题为《中国的智慧》的演讲中首次提出的概念，收录在《中国古代思想史论》中，名为《试谈中国的智慧》，后来在《华夏美学》、《论实用理性与乐感文化》和《论语今读》等著作中又有所发挥。"乐感文化"最大的特征是实用理性：

> 与西方"罪感文化"、日本"耻感文化"（从 Ruth Benedict 及某些日本学者说）相比较，以儒家为骨干的中国文化的特征或精神是"乐感文化"。"乐感文化"的关键在于它的"一个世界"（即此世间）的设定，即不谈论、不构想超越此间的形上世界（哲学）或天堂地狱（宗教）。它具体呈现为"实用理性"（思维方式或理论习惯）和"情感本体"（以此为生活真谛或人生归宿，或曰天地境界，即道德之上的准宗教体验）。"乐感文化""实用理性"乃华夏传统的精神核心。[1]

在《试谈中国的智慧》里，李泽厚从西方的"罪感文化"推及中国的"乐感文化"。基督教把痛苦视为"原罪的苦果"，人只有通过它才能赎罪，才能听到上帝的召唤，才能达到对上帝的皈依和从属，痛苦成了入圣超凡的解救之道。中国虽然有多种宗教，却没有这种高级的精神宗教，"中国的实用理性使人们较少去空想地追求精神的'天国'；从幻想成仙到求神拜佛，都只是为了现实地保持或追求世间的幸福和快乐"。《论语》首章首句便是"学而时习之，不亦说乎？有朋自远方来，不亦乐乎"？孔子还反复说"发愤忘食，乐以忘忧，不知老之将至云尔"、

---

[1] 李泽厚：《论语今读》，安徽文艺出版社，1998年版，第27—28页。

"饭疏食饮水、曲肱而枕之,乐亦在其中矣"(《论语·述而》)。这种精神不只是儒家的教义,更重要的是它已经成为中国人的普遍意识或潜意识,成为一种文化—心理结构或民族性格。中国人很少真正彻底的悲观主义,他们总是愿意乐观地眺望未来,在人生快乐中求得超越。[1] 于是,"从古代到今天,从上层精英到下层百姓,从春宫图到老寿星,从敬酒礼仪到行拳猜令('酒文化'),从促膝谈心到'摆龙门阵'('茶文化'),从食衣住行到性、健、寿、娱,都展示出中国文化在庆生、乐生、肯定生命和日常生存中去追寻幸福的情本体特征。尽管深知人死神灭,有如烟火,人生短促,人世无常,却仍然不畏空无而艰难生活"。[2]

这种讲实用、讲实际、讲实惠,以乐为生命意识和生存智慧的"乐感文化",其最大的缺陷是缺乏灵魂维度的精神导引,致使中国文学和中国文化缺乏罪感意识和忏悔意识。

其二,中国人的耻感意识压倒了罪感意识。"耻感"是中国人的道德基础,儒家强调"知耻"的重要性,"羞耻之心,义之端也"(《孟子·公孙丑》),并把"礼、义、廉、耻"作为四德,当做为人处世的根本。羞耻意识一旦转化为一个民族普遍遵循的道德准则,就会形成"耻感文化"。这个概念原本是美国当代文化人类学家本尼迪克特于"二战"结束前夕,在对大量二手材料分析之后,给日本文化类型下的定义。"耻感文化"与"罪感文化"是两种截然不同的意识,"真正的耻感文化靠外部的约束力来行善,而不像真正的罪感文化那样靠内心的服罪来行善。耻辱感是对他人批评的一种反应。一个人因受到公开嘲笑和摈斥,或者自以为受人嘲笑而感到耻辱,在任何一种情况下,耻辱感都将成为强大的约束力。但它要求有旁观者,至少是想象出来的旁观者。罪恶感并不如此。在一个荣誉意味着无愧于自己心目中的自我形象的民族

---

[1] 李泽厚:《中国古代思想史论》,人民出版社,1986年版,第308—311页。
[2] 李泽厚:《实用理性与乐感文化》,生活·读书·新知三联书店,2008年版,第101—102页。

中，一个人即使在无人知晓自己的不端行为的情况下，也会为罪恶感所烦恼，而且他的罪恶感确实可以通过供认其罪恶得到减轻"。[1]日本人重视耻辱感远胜于罪恶感，并以耻辱感作为行动的原动力。耻辱感在日本人的生活中所占据的首要地位，意味着每个人都注意公众对其行为的评判。他只需推测他人大概会下什么判断即可，然后以他人的判断来确定自己的行动方针。如果一个人不能按照明确规定的善行准则来行事，就是耻辱。本尼迪克特的分析中内含着宗教伦理思想，而孙隆基则用他那通俗的"二人对应关系"观点来分析中国人的耻感意识："'罪恶感'是不以人为主的，而是看事情本身对不对，亦即是以内省的方式审视有否违背自己的原则。如果有的话，即使并没有牵涉到另外一个人在内，心中也会感到不安。因此，比较容易不因人而异的原则性态度。"至于"羞耻感"，"则是以别人怎么想为主的，亦即是说：自己觉得事情该不该，是由于别人会怎么想。因此，怕对不起人的倾向，就会压倒怕对不起原则的倾向。……中国文化既然没有'超越界'，而唯一能超越具体化的世俗关系的'天理'也是理念化的'心'，因此，'羞耻感'在'良知系统'中的比重就远远地压倒了'罪恶感'"。[2]二位学者的研究对象不同，但得出的结论大致相同，即日本文化和中国文化里都是"耻感文化"压倒了"罪感文化"，相对而言，日本人的这种文化缺乏较中国人更明显也更严重。

  事实残酷，仅以上原因就足以让人绝望。既然如此，研究中国文学中的忏悔意识岂不成了伪命题？我要追问的是，难道中国人天生不会忏悔、天生缺乏忏悔意识？我想，一个天生不会忏悔或天生缺乏忏悔意识的民族，要么如同傻子一样无知，要么如同自然一样纯朴。说中国人天生不会忏悔或天生缺乏忏悔意识，我不相信！

  可出路在哪里呢？我一度陷入困境，一方面是学术界基于"现状事

---

[1] 本尼迪克特：《菊花与刀——日本文化的诸模式》，马小鹤、朱理胜译，浙江人民出版社，1987年版，第188页。
[2] 孙隆基：《中国文化的深层结构》，广西师范大学出版社，2004年版，第174—175页。

实"作出的否定性判断以问题终结的方式形成了学术屏障；另一方面是我怀疑这些否定性判断隐去了许多重要的信息，我想凭思力突破学术屏障，但苦于找不到一个能够撬开整个研究的突破口。

二、忏悔意识的起源

回到常识，是摩罗的《原罪意识与忏悔意识的起源及宗教学分析》一文，让我从 J. G. 弗雷泽、拉德克利—布朗等人类学家、民族学家的研究中找到了突破口，那就是：忏悔意识原本就是人与生俱来的一种基于本能的生命意识（摩罗称其为"精神意识"），一种存在于原始巫术之中又具有原始宗教伦理性质的意识。这个基于常识的发现，无论是对于人类学研究，还是对于包含忏悔文学在内的人文社会科学研究，都具有极为重要的价值。有了这个发现，我对人的忏悔意识有了新认识：忏悔意识并非是以基督教为文化传统的西方人的专利，而是远古时代所有原始人以及现代仍然处于原始水平的土著人的本能意识和生命观念，自然更是文明的现代人的人性本色。找到了学术的突破口、研究的逻辑起点，就意味着整个研究方向的改变。

忏悔意识起源于原始人，由于真正意义上的处于石器时代的原始人的忏悔意识不可考，人类学家、民族学家只能从现存的处于原始状态水平的土著部落中去考察。据此，法国社会学家列维—布留尔对人类学研究的"原始人"、"意识民族"有着明确的界定：

"原始"一语纯粹是个有条件的术语，对它不应当从字面上来理解。我们是把澳大利亚土著居民、菲吉人（Fuegians）、安达曼群岛的土著居民等这样一些民族叫做原始民族。当白种人开始和这些民族接触的时候，他们还不知道金属，他们的文明相当于石器时代的社会制度。因此，欧洲人所见到的这些人，与其说是我们的同时代人，还不如说是我们的新石器时代甚或旧石器时代的祖先的同时代人。他们之所以被叫做原始民族，其原因也就是在这里。但是，"原始"之意是极为相对的。如果我们考虑到地球上人类的悠久，那么，石器时代的人就根本不比我们原始多少。严格说来，关于原始人，我们几乎一无所知的。因此，必须注意，我们之所以仍旧采用"原始"一词，是因为它已经通用，便于使用，而却难于替换。[1]

本著所涉及的J.G.弗雷泽的《金枝——巫术与宗教之研究》、拉德考利夫—布朗的《安达曼岛人》、胡荣编译的《原始人目击记》、郑晓云的《最后的长房——基诺族父系大家庭与文化变迁》等著作，其研究对象，正是这种现存的"原始人"、"原始民族"。

我相信，摩罗极有可能是在领受了《金枝》的点化之功后，豁然开朗，明心洞见，一下子突破学术界的定见，从而越过《圣经》及基督教伦理而直达原罪意识和忏悔意识之源头。于是，摩文才有这样的起笔：中国学人论及原罪意识和忏悔意识时，总是把它们放在基督教背景下来讨论，因为在我们的知识领域内，这是基督教哲学中最重要的两个命题。但人类的罪性和罪的意识并非始于《圣经》，早在这之前，罪的意识就在原始先民之中生成，生成为非常普遍的文化心理。所以，决不可认为原罪意识和忏悔意识独属于基督教。不是的，哪里有人类，哪里就有生存的悲剧性命题，哪里同时也就具有原罪意识和忏悔意识。"我所企图强调的是，原罪论并不像有的神学家所认为的那样，离开了基督教的教义框架和历史框架就失去了意义。事实上，原罪论完全可以从基督教教义中抽离出来，发掘其普遍的宗教意义，甚至还可以进一步，将它泛化为具有普世意义的文化哲学问题。"用这种观点打量原罪意识和忏悔意识，就会还原历史真相："原罪意识作为人类的一种生存体验和精神意识不但早于奥古斯丁，甚至也远远早于基督教经典的诞生，它从人

---

[1] 列维—布留尔：《原始思维·作者给俄文版的序》，丁由译，商务印书馆，1981年版，第1页。

类诞生的第一时刻起就已经存在。"人类诞生的标志就是从禽兽族群中具有了超拔出来的种族觉醒，意识到了自己是人类。自从人类意识到自己是人类，他们为了争夺生存资源而采取的追猎捕杀就不仅仅出自本能，而且同时还具有反省自己行为的精神能力。"人类不堪原罪意识带给自己的重负，于是质疑意识进一步发展为忏悔意识。原罪意识与人类同时诞生，忏悔意识则与原罪意识同时诞生。所以，原罪意识和忏悔意识都是人与生俱来的十分普遍的精神意识。"[1]

原罪意识和忏悔意识从人类诞生的"第一时刻"就已经产生，是人与生俱来的生命意识，这种重大发现需要通过实证分析来坐实。

弗雷泽、布朗等人类学家认为：人类的原罪意识和忏悔意识首先起源于万物有灵观。布留尔虽然不赞成弗雷泽用万物有灵观来解释原始人的思维观念，但他对其的阐释是准确的："例如弗莱节尔的《金枝》就出色地显示了万物有灵论怎样解释原始社会集体中几乎是俯拾即得的、在我们的社会也还保留着许多痕迹的那些非常多的信仰和风俗。很容易看出，万物有灵论的假说包含两个连续的阶段。第一，原始人在梦中看见了死人和离别的人，和他们交谈，和他们厮杀，听见他们的声音，触摸着他们，他被梦中出现的这些幻象所惊讶，弄得心慌意乱，——他相信这些表象的客观实在性。……第二，他们想要解释那些使他们惊慑的自然现象，亦即确定这些现象的原因，于是立即把他们对自己的梦和幻觉的解释加以推广。他们在一切生物身上，在一切自然现象中，如同在他们自己身上，在同伴身上，在动物身上一样，统统见到了'灵魂'、'精灵'、'意向'。"[2] 万物有灵观体现了人类的灵魂观，同时也体现了他们对包括自己在内的所有物种平等看待的观念。既然万物平等，那么人类即便是为了生存之需要而将其他动植物当做生活资料，也就不能理直气壮，甚至常常有做贼心虚的感觉，觉得他们在平等的名义下对其他

---

[1] 摩罗：《原罪意识与忏悔意识的起源及宗教学分析》，《中国文化》，2007年第2期，第52页。
[2] 列维—布留尔：《原始思维》，丁由译，商务印书馆，1981年版，第10—11页。

动植物实施的不平等的捕杀砍伐是一种罪过，心怀一种"负疚感"、"负罪感"，这就是原罪意识和忏悔意识的起源。

导致原罪意识和忏悔意识产生的另一种观念，是原始人的原始宗教意识中具有主宰神（造物主）的观念。他们认为这个世界的运动变化和人类的命运均由某个或者某些神秘的神灵所创造所主宰，如果人类不尊重、不顺应主宰者的意志，就会受到惩罚。当一个人或一个部落相信他们的行为可能要得罪或已经得罪了神灵时，随着罪感意识的觉醒而进行献祭和禁忌。献祭是和解性的，禁忌是赎罪性的。于是，在世界各地的原始部落就产生了种种祭祀。

例一：英国人类学家拉德考利夫在《安达曼岛人》一书中，详细考察了印度次大陆之南的安达曼岛上原始土著居民的社会组织、仪式习俗、宗教与巫术信仰、神话传说，发现他们在雨季有三种禁忌：第一，不可焚烧或融化蜂蜡。第二，不可在早晨或傍晚蝉"唱歌"时杀死蝉，或者制造噪音，尤其是不可制造砍木头或敲木头的噪音。第三，不可吃某些食物，其中主要有榼藤子、鱼尾葵的芯、两种甘薯，以及某些可食用的根茎。[1] 这些禁忌与安达曼岛上的土著们的宗教信仰有关，他们认为天气和气候是由两个神话人物所控制，其中一个叫 Biliku，或 Bilik，或 Puluka。另一个叫 Tarai，或 Teriya，或 Daria。Biliku 是女性，住在东北方，与东北风有关；Tarai 是男性，住在西南方，与西南风有关。Biliku 不喜欢蜂蜡的气味，如果焚烧或融化蜂蜡就会触怒她。Biliku 在雨季需要吃榼藤子、鱼尾葵的芯、甘薯以及某些植物的根茎，如果人在这个季节也吃这些东西，就会极其危险。蝉是 Biliku 的孩子，它在唱歌的时候，要是谁弄出噪音，尤其是砍伐、折断或敲打木头的噪音，就会惹怒 Biliku，使她生气，其结果是受到她制造的暴风雨的惩罚。

例二：有事实证明，在原始部落里，凡是战斗后的归来者，尤其是手沾鲜血的杀人者，必须经过特定的禁忌仪式。在帝纹岛，每次军事远

---

[1] 拉德克利夫：《安达曼岛人》，梁粤译，广西师范大学出版社，2005年版，第110页。

征胜利归来,其统帅不得先回家,必须立即到特别为他准备的房子里,在那里住满两个月,洁净身心。在此期间,他不得与妻子同居,也不能自己进食,必须由他人喂他。遵守这些禁忌,是因为害怕被杀者的鬼魂。东非的巴格舒人,凡是杀人者,当天晚上一律不得回家过夜,只能在村里朋友家借宿。第二天,宰羊一只,取出羊的内脏涂抹胸口、右臂和头部,同时还把自己的孩子也叫来同样涂抹一遍,然后又用这些内脏涂抹门户两边,最后把剩下的内脏全部扔到屋顶上去。那一整天他都不能用手接触食物,必须用两根箸子夹着送进嘴里。赞比亚河北的安戈尼人,在征战中杀死过敌人的战士,回来后都要用灰涂抹身躯和脸部,把被杀害者的衣服披在自己身上,用树皮编的绳子套在自己的脖子上,尾端拖在肩上或胸前,这样穿三天。第四天拂晓跑遍全村,怪声呼叫,驱赶被杀者的灵魂。他们认为,如果不这样把鬼魂赶走,就会给家里人带来疾病和灾难。[1] 还有新几内亚部落、南非的有些部落、北美印第安人部落、大洋洲帕罗群岛部落等诸多部落,以及巴苏陀人、卡维兰多人、雅宾人、乔克图人、奥马哈人等原始土著人,其禁忌仪式与上述大同小异:洁净身体,隔离独居,禁欲,禁自食,用巫术驱赶鬼魂。如此这般,其原因是害怕被害者的亡魂附体侵扰乃至报复。

例三:我国云南省景洪市基诺山区的基诺族,信奉万物有灵的原始宗教,认为天有天神,地有地神,凡物皆有神。谷物丰收,打猎丰获是神的恩赐;反之,天灾人祸则是得罪了神灵之所至。于是,村寨中每年都要进行村寨神的祭祀活动,在耕作之前人们都要到地头杀一两只鸡祭祀山神或者地神,以乞求山神保佑人们能够有一个好的收成。在打猎之前要祭祀山神,乞求山神保佑人们能打到猎物。而打到大的猎物之后还要再次祭祀感谢山神的保佑。同时也要向山神谢罪,表示对山神的惊扰的歉意。如果是全寨性的狩猎活动,则要进行更大的祭祀。在出猎之前,要杀一只鸡,全体有猎枪人家的男人一起祭祀山神。在打到野牛、

---

[1] J.G.弗雷泽:《金枝——巫术与宗教之研究》上卷,汪培基、徐育新、张泽石译,商务印书馆,2013年版,第356—359页。

鹿等大的猎物的时候,要进行更大的祭祀。打到野牛的时候,参加围猎的人要马上向牛磕头,把身上带着的手镯等值钱的物品放在牛角上乞求牛神宽恕。当把野牛等大的动物抬回山寨的时候,全寨人都要在寨头下跪磕头,然后把牛头割下来供在桌子上再次磕头拜祭,还要请巫师来唱祭祀歌,祭祀完之后才能够分肉吃喝。基诺族每年将耕地上的树砍倒之后,全寨人一起"龙"(即"神的日子"之意)一天,此日全寨男女老少都不能下地劳动,只能在家做些家务事及手工活计,目的在于向被砍倒的树的树神道歉,不要让参加砍树的人生病。[1] 总之,祭祀是基诺族人通过巫术仪式传达出的原始宗教意识,内含着原罪意识和忏悔意识,在基诺族的精神世界中占有重要的地位。

如此看来,原罪意识和忏悔意识源于两种观念——"万物有灵观"或"万物平等观"和"惧神(魂灵)观"之下的两种意识——"负罪感"和"恐惧感"。二者性质有别,却都是以"罪感"作为共同的起点,并且相互包含。其区别,前者的"罪感"更多源于自觉意识,在万物平等观的主导下,对被猎杀砍伐的动植物表示尊敬和亏欠之情,以减轻来自内心的压力。很多原始土著都有这样的忏悔行为:在猎杀动物时,往往都要举行仪式,向动物表示歉意和忏悔。在砍伐大树之前对它说一些表示谢意并恳求原谅的话。大多数切罗基人除非不得已是不愿冒险杀死响尾蛇的,即便杀死了它也必须赎罪,请求蛇的魂灵原谅。堪察加人有一条原则,在杀死任何一个动物之前,都要向它请求原谅,求它不要生气。不仅如此,他们还要向它献上杉果等食物,使它觉得自己并不是一个牺牲品,而是宴会上的一个客人。后者的"罪感"更多源自外在压力,在恐惧神灵报复的心理作用下被迫产生忏悔行为。例如,科里亚克人猎杀熊并将其带回家时,妇女们出来迎接,打着火把跳舞。"熊皮连着熊头一起剥下来,有一个妇女披上熊皮跳舞,求熊不要生气,要对人们仁慈。同时,他们用一个木盆子向死熊献肉,说道:'吃吧,朋友!'

---

[1] 郑晓云:《最后的长房——基诺族父系大家庭与文化变迁》,云南人民出版社,2008年版,第12、105页。

而后举行仪式,送去死熊,或者说得准确一点,送走死熊的灵魂,让它回家去,还给它路上吃的粮食,布丁、驯鹿肉,都装在一个草袋子里。用草填满他的皮,带着围窝屋而走,然后就认为它向太阳升起的方向离去了。"仪式的目的是要保护人们,防止熊和它的同族愤怒,以保证将来猎熊的收获。美洲的印第安人把猎熊看成一件大事,猎熊之前长期斋戒洁净,"出发以前,他们向以前打猎中杀死的熊的魂魄奉献赎罪的祭品,求它们照顾猎人。杀了一只熊以后,猎人燃起烟斗,把它放到熊的嘴唇之间,让熊嘴里满是烟。然后,他请熊不要因为杀了它而生气,不要妨碍他以后打猎。尸首整个地烤着吃,一块肉也不能剩下。头则涂成红色和蓝色,挂在柱之上,由演说者对它讲话,极力称赞它"。[1] 未开化的原始人这样做,并非单纯地想同大型凶猛动物处好关系,表达对它们的尊敬,而是恐惧它们报复,在近乎讨好的行为中请求它们原谅,让它们的魂灵不要来伤害他们。严格地说,这种利己避害的原则不是现代意义上的忏悔,它必须以"负罪感"为前提,才能通向忏悔。从上述两种忏悔的案例中,可以看出二者各异并同时包含了对方,更多情况下,原始人的忏悔意识行为正是这二者的同构。当原始忏悔意识的"负罪感"和"惧神感"演变到基督教忏悔伦理中时,便形成"罪恶感"和"敬畏感"二项。

忏悔是忏悔主体对罪性的自觉,于是自我归罪,主动承担罪责,在忏悔中赎罪。弗雷泽在发现原始人的这种主动性忏悔习俗的同时,还发现原始人盛行的另一种忏悔习俗,即转罪。"把自己的罪孽和痛苦转嫁给别人,让别人替自己承担这一切,是野蛮人头脑中熟悉的观念。……于是他就根据这种观念行事,终于想出无数的坏主意,藉此把自己不愿承担的麻烦推给别人。总之,社会和思想发展水平较低的民族一般都理

---

[1] J. G. 弗雷泽:《金枝——巫术与宗教之研究》下卷,汪培基、徐育新、张泽石译,商务印书馆,2013年版,第818—819页。

解并运用这种找替身受罪的原则。"[1]

替别人承担罪责的对象可以是无生命的物体和有生命的动物,也可以是比动物更高级的人和神。当原始人用神作为替罪者时,或是神的偶像,或是"神性的人",即神是人类的替身。弗雷泽不厌其烦地列举了大量的田野调查案例,令人信服地证实"转罪—替罪"习俗在原始部落普遍存在。原谅我也不厌其烦地摘录其中极少的案例,以增强我们对原始人转罪习俗的了解。

将灾祸转嫁给无生命物体:弗雷泽说,狡猾自私的原始人用以解脱自己而转嫁给他者的办法简直五花八门。东印度某些岛屿上的人认为,有一个治疗癫痫病的办法,即用某种树叶抽打病人的脸,然后把树叶扔掉。他们认为这样就可以把病转给了树叶,随树叶一起被扔掉。巴伯尔群岛上,疲倦的人用石头敲打自己,认为这样就把自己身上的疲倦转给了石头。[2]

将灾祸转嫁给动物:一个摩尔人头痛时,常常把一只小羊或山羊打倒在地,认为这样就把头痛转给了羊。南非的卡福人,当别的治疗法无效时,土人有时就采用一种习惯做法,牵一只山羊到病人面前,把村里的罪过都向羊忏悔。有时把病人的血滴几滴到羊头上,然后把羊赶到没人住的地方。人们认为这样就把病转到羊身上了。在摩洛哥,最富有的摩尔人在自家的牲口圈里养了一头野猪,为的是把精灵和妖魔从马身上转到野猪身上。[3]

把罪转嫁给人:西伯利亚西部奥斯蒂亚人猎杀了一头熊的时候,他们砍掉它的头,挂在树上,然后围成一圈,向神灵礼拜。接着他们又走到尸首的近旁哭悼:"是谁杀死你的?是那些俄罗斯人!谁砍了你的头

---

[1] J.G.弗雷泽:《金枝——巫术与宗教之研究》下卷,汪培基、徐育新、张泽石译,商务印书馆,2013年版,第844页。

[2] J.G.弗雷泽:《金枝——巫术与宗教之研究》下卷,汪培基、徐育新、张泽石译,商务印书馆,2013年版,第845—846页。

[3] J.G.弗雷泽:《金枝——巫术与宗教之研究》下卷,汪培基、徐育新、张泽石译,商务印书馆,2013年版,第846页。

呀？是俄罗斯人的斧头！谁剥了你的皮呀？是俄罗斯人做的刀子！"西伯利亚东北部美洲印第安人之一族的利里亚克人杀了一只熊或一只狼时，他们剥去熊（狼）皮给他们之中的一个人穿上。然后围着披熊（狼）皮的人跳舞，说道：杀熊（狼）的不是他们，而是别人，通常说是俄罗斯人。[1]另一个非常典型的案例：在尼日河的奥尼沙城，为了消除当地的罪过，过去每年总是献出两个活人来祭祀。这两个人牺是大家出钱购买的。凡在过去一年中犯过纵火、盗窃、奸淫、巫蛊等大罪的人都要捐献二十八恩古卡，即两英镑略多一点。把收集起来的这些钱拿到本国内地购置两个有病的人来献祭，由一个从附近镇上雇来的人把他们处死。1853年2月27日，泰勒牧师见到过一个这样的人牺献祭。受难者是一位妇女，约莫十九、二十岁的年纪。人们让她脸朝地躺着活活地从王宫一直拖到河边，有两英里的距离，跟在她后面的人群喊道："邪恶！邪恶！"其意图是要"消除那里的罪过。用无情的方式拖着她的身体，好像他们一切邪恶的重担都这样带走了"！据说这类习俗至今仍在尼日尔河三角洲地带的许多部落中秘密流行，对英国政府的防范不予理睬。[2]

最后，把灾祸转嫁给神：把妖魔转移到神（神性的人或神兽）身上，然后把神杀掉，用这样的办法就可以把邪恶驱走。东高加索的阿尔巴尼亚人在月神庙里蓄养一批圣奴，其中有许多是神灵附体，代神预言的。这些人中如果有一个表现了出乎寻常的附灵或癫疯迹象，独自在树林里来回乱跑，大祭司就用圣绳把他捆起来，很优裕地养他一年。一年到期后，便给他涂上药膏去献祭。有一个人专杀人牺，他将一根神矛刺入人牺体内划破他的心脏，从他倒地的姿态可以得出国家福利好坏的预兆。然后把尸体搬到某个地方，所有的人都往上站，作为洁身的仪式。

---

[1] J.G.弗雷泽：《金枝——巫术与宗教之研究》下卷，汪培基、徐育新、张泽石译，商务印书馆，2013年版，第818页。
[2] J.G.弗雷泽：《金枝——巫术与宗教之研究》下卷，汪培基、徐育新、张泽石译，商务印书馆，2013年版，第888—889页。

这一点显然表明人们的罪转给了人牺,人牺成了替罪羊。[1]

这些仪式涉及转罪与转灾祸两个方面的内容。转罪与转灾祸的共同心理是恐惧感——恐惧罪、灾祸、痛苦附身侵害;二者的不同在于,转罪的前提是认为自己有罪,要忏悔赎罪,而转灾祸则主要体现为对妖魔鬼怪的驱赶。本文重点讨论转罪问题。

转罪的目的正如弗雷泽所说,是罪的主体不想承担与自己的罪相对应的责任和惩罚。这里,人们不愿看到的一幕悲剧又上演了:随着转罪的完成,另一场更为深重的罪恶由此而生。罪的主体将罪转嫁给他者时,实际上是旧罪未去,新罪又来。他让替身为他受罪之举,本身又是一种犯罪。据此,弗雷泽才说此举是野蛮的原始人的"坏主意"。

替罪应该有二义。一为主动替罪,二为被迫替罪。主动替罪是甘愿为他人受罪赎罪,历史上最著名的替罪者,无疑就是那位为人类受难而复活的基督耶稣。"耶稣既是神灵的化身,又是上帝的儿子,他是神与人的统一。历史上那些人牺都是神与人的统一体。只是,其他的人牺没有一部伟大的《圣经》作为他的背景来阐释他作为人牺的伟大意义。耶稣从《旧约》的背后走到前台来,借助《新约》拔地而起,成为万世景仰的救世主,成为为人类拯救良知,谋求福祉并承担一切罪责的解放者。在那个著名的十字架上,他流出的是鲜血,担起的是人类的一切罪,催生的是人类的良心和自由。"[2]而强迫他人替罪,渐渐形成一股恶流,一直流淌到人类有史以来的文明进程中,成为人类文明的一个败笔,对人的自尊心是一个沉重的打击。

---

[1] J. G. 弗雷泽:《金枝——巫术与宗教之研究》下卷,汪培基、徐育新、张泽石译,商务印书馆,2013年版,第891页。
[2] 摩罗:《原罪意识与忏悔意识的起源及宗教学分析》,《中国文化》,2007年第2期,第57页。

三、忏悔意识演变的西方路径

人类学提供的研究表明，原罪意识和忏悔意识普遍存在于原始先民的意识中，并非始于犹太教、基督教，更非犹太教、基督教所独有。因为有人类学极为丰富的研究成果的支持，摩罗才敢于如此断言："基督教中罪的意识和忏悔意识，并不是希伯来民族的独有体验，也不是当年接纳基督教为主流宗教的西方社会的独有体验，而是具有普世价值的人类共同的体验。也就是说，《圣经》所揭示的罪的意识和忏悔意识乃是地球上所有原始先民的共同体验。"[1]

起源于原始巫术及原始宗教中的原罪意识和忏悔意识融入人类文明的进程中之后，在不同的文化中有着不同的境遇及其不同的演变路径，产生出内含有别的忏悔意识和忏悔模式。在西方，随着原始巫术和原始宗教的融合而发展为天启宗教（亦称启示宗教）基督教之后，原始巫术的忏悔意识演变为宗教的忏悔意识，其中的罪感意识和忏悔意识成为基督教的核心伦理。特别是当基督教定于一尊而成为西方的主流文化之后，罪感意识和忏悔意识便成为西方社会占主导地位的精神价值。而在中国，随着社会文明的发展，这种源自原始巫术和原始宗教的罪感意识和忏悔意识不仅没有得到发展，反而被越来越丰富的人文主义所取代、所淹没，以致造成中国文化缺乏忏悔意识的状态。

忏悔意识在中西方演变的这种一盛一衰，与原始巫术是否发展为宗教，并且这种宗教能否成为主流文化的伦理观和价值观密切相关。也就是说，原始巫术只有发展为宗教并成为主流文化的组成部分时，忏悔意识才能超越原始巫术的定义而成为超越性的具有普世价值的宗教伦理。

由巫入教、巫教之别是如何发生、如何生成的？对于考察西方忏悔意识的演变、反观中国忏悔意识的变异及缺失，有着重要的启示意义。

---

[1] 摩罗：《原罪意识与忏悔意识的起源及宗教学分析》，《中国文化》，2007年第2期，第58页。

原始巫术考古

原始巫术与原始宗教就像一对孪生兄弟形影不离，你中有我，我中有你。弗雷泽说，在人类历史上巫术的出现要早于宗教，这是第一句话；第二句话，古代巫术是宗教产生的基础。弗雷泽根据事实作出的判断是正确的，他在《金枝》里出示的巫术事例，其中有些事例就包含着原始宗教的成分。但弗雷泽仍然在巫术与宗教之间作出区别，在本质上为二者划出一道鸿沟，认为巫术不是宗教。

既然巫术早于宗教，又是宗教赖以产生的基础，那么，对于这一始源性质的人类意识现象的研究就显得十分重要了。弗雷泽从巫术的生成机制中推演出巫术赖以建立的两个原则：第一是"同类相生"或果必同因，即"相似律"原则；第二是"物体一经互相接触，在中断实体接触后还会继续远距离的互相作用"，即"接触律"原则或"触染律"原则。巫术根据第一原则可以引申出："他能够仅仅通过模仿就实现任何他想做的事。"从第二原则出发，"他能通过一个物体来对一个人施加影响，只要该物体曾被那个人接触过，不论该物体是否为该人身体的一部分"。基于"相似律"的法术叫做"顺势巫术"或"模拟巫术"，基于"接触律"或"触染律"的法术叫做"接触巫术"。在弗雷泽看来，巫术只是错误地运用了人类最简单、最基本的思维方式，即"相似联想"或"接触联想"。"顺势巫术"是根据相似联想建立起来的，而"接触巫术"则是根据接触联想建立起来的。"顺势巫术"所犯的错误是把彼此相似的东西看成是一个东西，"接触巫术"所犯的错误是把互相接触过的东西看成总是保持接触的。但在实践中这两种巫术经常是合在一起进行的，或者更准确地说，"顺势巫术"或"模拟巫术"可以自己独立进行，而"接触巫术"则需要同时运用"顺势巫术"或"模拟巫术"才能进行。由于"顺势巫术"和"接触巫术"都被认为物体通过某种神秘的交感远距离的相互作用，即"通过一种我们看不见的'以太'把一物体的推动力传输给另一物体",弗雷泽便把这两种巫术都归于"交感巫术"这个总的名称之下。[1]

"顺势巫术"或"模拟巫术":在各种不同的时代,许多人都曾企图通过破坏或毁掉敌人的偶像来伤害或消灭他的敌人。他们相信,敌人将在其偶像受创伤的同时,本人也受到伤害,在偶像被毁掉的同时,本人也会死去。数千年前的古代印度、巴比伦、埃及以及希腊、罗马的巫师们都深知这一习俗;今天的澳大利亚、非洲和苏格兰的狡诈的、心怀歹意的人仍然采用这种法术。马来人有类似的法术:你如果想使某人死掉,首先就得收集他身上每个部分的代表物,如指甲、头发、眉毛、唾液等。然后从蜜蜂的空巢中取出蜂蜡,将它们黏在一起做成此人的蜡像,连续七个晚上将此蜡像放在灯焰上慢慢地烤化。烤时还要反复地说:"我烧的不是蜡啊!烧的是某某人的脾脏、心、肝!"在第七个晚上烧完蜡像之后,你要谋害的人就将死去。这种法术显然结合了"顺势巫术"和"接触巫术"的原则,因为所做的偶像是模仿了一个敌人(顺势巫术),而偶像身上的指甲、头发、眉毛、唾液等物又是曾经接触过他本人身体上的东西(接触巫术)。马来人法术的另一种形式更接近于奥吉布威印第安人的巫术:用空蜂巢中的蜡做一个大约一个脚印那么长的尸体模型,若刺偶像眼睛,敌人的眼睛就瞎了;若刺它的肚子,他就胃痛;若刺它脑袋,他就头痛;若刺它胸膛,他就胸口痛。如果你要杀死他,就从头顶往下戳穿偶像。然后用寿衣将它包裹起来,就像包裹真的尸体一样,向它祈祷,就如同向真的死者祈祷一样,再把它埋在你的仇敌肯定会踩得着的那条路中间。

这种以咒人和伤害为目的的巫术,克里斯蒂纳·拉娜称其为"黑巫术"。拉娜将原始社会的巫术分为两大类型:"白巫术"和"黑巫术"。"白巫术"特指以达到良善目的而施行的巫术,而"黑巫术"专指因充满仇恨的目的而施行的巫术。用于良善目的的"顺势巫术"或"模拟巫

---

[1] J.G.弗雷泽:《金枝——巫术与宗教之研究》上卷,汪培基、徐育新、张泽石译,商务印书馆,2013年版,第26—28页。

术"广泛存在于原始先民之中：在苏门答腊岛上的巴塔克人那里，一个不孕妇女为了怀胎生孩子，就制作一个木偶婴儿抱在膝上，相信这样会使她的愿望得到实现；在巴伯尔群岛，当一个女人想要生孩子时，她就请来一个多子的父亲为她向太阳神尤珀勒罗祈祷。为了获取丰足食物，许多图腾民族利用巫术仪式来增殖其图腾生物：在瓦拉蒙加部落里，白鹦鹉图腾的头人手执这种鸟的模拟像，模仿它求偶的刺耳鸣叫，用这种方式来求得白鹦鹉的繁殖；在阿伦塔部落里，白蛴螬图腾的男人们举行仪式来增殖蛴螬，其中一种仪式是用一场哑剧来描述这种已经发育完全的昆虫。英属哥伦比亚印第安人在鱼群应来的季节，请一位努特卡里男巫做一个游鱼，放在鱼群通常会来的水域中，同时举行仪式念诵祈求鱼群游来的祷告，这样，鱼群就会立即游来。卡利尔印第安人用陷阱捕杀貂鼠之前，用一根小棍子压在自己的脖子上，并睡在火旁大约十个晚上，认为这样就会使陷阱里的"套棍"自然地落在貂鼠的脖子上。马来人在用诱饵设套，等候捕捉鳄鱼时，必须十分细心地吃咖喱饭食，一般是在开始用餐时连续吞下三个米饭团，他们认为这样就可以帮助诱饵顺利通过鳄鱼的咽喉，从而将其捕捉。

根据"同类相生"的原则，用于良善目的的"顺势巫术"或"模拟巫术"，除上述的积极性规则外，还有消极性规则。它们告诉你的不只是应该做什么，还有不能做什么。"积极性规则是法术，消极性规则是禁忌。"积极的巫术或法术说："这样做就会发生什么事"，而消极的巫术或禁忌则说："别这样做，以免发生什么什么事"。"积极的巫术或法术的目的在于获得一个希望得到的结果，而消极的巫术或禁忌的目的则在于要避免不希望得到的结果。"[1]例如：爱斯基摩人的孩子被禁止玩"翻花篮"游戏，因为如果这么做了，在他们今后的生活中可能发生手指被渔叉缠住的事故；在喀尔巴阡山区的胡祖尔人那里，当猎人吃饭时，他的妻子是不可以纺纱的，否则猎物也会如纺锤一样转来转去，以

---

[1] J.G.弗雷泽：《金枝——巫术与宗教之研究》上卷，汪培基、徐育新、张泽石译，商务印书馆，2013年版，第38—39页。

致猎人难以击中它。出于同样的原因,在比拉斯普尔,当村长召集会议时,任何出席者不得转动纺锤,他们认为如果发生这种事情,他们的讨论就会如同纺锤一样转圈,永远得不到结果;在东印度群岛,任何人来到猎人的屋子时,必须一直进入而不得在门外徘徊,否则猎物将学他的样子在陷阱前面停下来并转身走开。由于类似原因,在中西里伯斯岛上的托拉查人那里,任何人不得在住有孕妇的房前站立或停留,因为这样的停留将推延孩子的出生;在苏门答腊各地,在这种情况下的妇女本人也不得站在门口或房前的台阶上,否则她将遭受难产之苦。第二节关于原始先民在"负罪感"和"恐惧感"的压力之下而产生的忏悔意识和忏悔行为的例证,大多数亦属于白巫术。

"接触巫术":最为大家熟悉的例子,莫过于那种被认为存在于人和他的身体某一部分(如指甲、头发、眉毛、唾液等)之间的感应魔力。我们在呈现以伤害为目的的"顺势巫术"时,已经初识了"接触巫术"的神奇,不妨再增加对它的认识。比如:在澳大利亚部落中,举行成年仪式时,把一个男孩的门牙敲掉一个或几个是常有之事,他们认为在这个男孩与他被敲掉的牙齿之间存在着一种交感关系。在新南威尔士的达林河畔的部落里,这种被敲掉的牙要放在树皮下面,而那棵树必须长在水边,如果树皮长起来盖住了这颗牙或这颗牙掉到水里,那就预示着一切平安无事;倘若这颗牙暴露出来且被蚂蚁爬过,当地的土著人就相信那位男孩必将害口腔病。在太平洋的拉拉通加岛上,一个幼儿的牙齿被拔掉后,再被扔到孩子家的屋顶上,这是因为在衰朽的草屋顶上肯定有老鼠窝,之所以要这么做,是因为当地人相信牙齿坚固锐利的老鼠会给这个幼儿换上新牙齿。"交感巫术"还会对受伤者实施法术,如果你打伤了一个人并为此感到歉疚时,你只要向那只打人的手上吐唾沫,受伤者的痛苦将立即得到缓解。如同"顺势巫术",这些例证都属于以达到良善为目的而进行的"白巫术"。同样,以达到伤害为目的而进行的"黑巫术"在接触巫术中也比比皆是。比如住在澳大利亚东南地区的土著人认为,他们只要把石英石、玻璃、骨头或木炭等物的锋利碎片放入一个人的脚印里，就可以使他跛足。他们也经常把自己的风湿病归因于有人对自己实施了这种巫术。同样的法术在世界许多地方被猎人用来捕获猎物：霍屯督（西南非洲的一个游牧民族）的猎人抓一把取自猎物足迹的土抛向空中，相信这样就会抓到它。而汤普森印第安人则经常对已经受伤的鹿的足迹施加法术，他们相信在施加法术之后，这只鹿已不可能走远并将很快死去。

至此，可以对原始巫术作出定性：巫术早于宗教；原始巫术遵循"相似律"原则和"接触律"原则生成"顺势巫术"或"模拟巫术"和"接触巫术"；巫术就其性质可分为以良善为目的的"白巫术"和以伤害为目的的"黑巫术"。

由巫入教、巫教之别

巫早于教，由巫入教才合历史逻辑，但在原始先民那里，原始巫术与原始宗教混存一体，或者说巫教同体、共生互为。硬要在二者之间作出区分，仍然能够发现原始巫术包含着明显的原始宗教成分，而原始宗教又具有原始巫术的种种特征。据此，弗雷泽说："巫术已染上并且掺和了某些宗教的色彩和成分"，因为这些事例"首先确认有神灵存在，并且还以祈祷和奉献供品来赢得神灵的庇护"。[1] 此处"宗教"应当作"原始宗教"解。这种神灵信仰的宗教色彩，即"人类学之父"泰勒所说的"万物有灵观"。泰勒认为："万物有灵观构成了处在人类最低阶段的部族的特点，它从此不断上升，在传播过程中发生深刻的变化，但自始至终保持着一种完整的连续性，进入高度发展的现代文化之中。……事实上，万物有灵观既构成了蒙昧人的哲学基础，同样也构成了文明民族的哲学基础。"万物有灵观基于两个主要的信条：第一条"包括各个生物的灵魂，这灵魂在肉体死亡或消灭之后能够继续存在"；第二条

---

[1] J.G. 弗雷泽：《金枝——巫术与宗教之研究》上卷，汪培基、徐育新、张泽石译，商务印书馆，2013年版，第88页。

"包括各个精灵本身，上升到威力强大的诸神行列"。因此，不能从高级宗教即天启宗教的学说来定义原始社会宗教，而是要把原始先民的宗教意识与"作为基础的深刻动机统一起来"，依靠这一主要来源，"简单地把神灵信仰判定为宗教的基本定义"。[1] 在原始宗教之前的"前宗教时期"，即原始巫术时期，巫术独自称大，人们主要通过各种法术对特定目标施加影响。此时的原始先民萌发的"万物有灵观"和"惧神（魂灵）观"还未以超自然观念为前提，也非将施术目标视作礼拜求告的对象，而是为了对其施加影响，甚至将其制服。而原始宗教，据考古发掘和对近存原始社会的考察表明，其中已经出现对自然体的信仰和崇拜的观念。"原始宗教于各特定时刻和场合所进行的相应活动，如砍地祭、举火祭、播种祭、收割祭、配种礼、接羔礼，以及各种季节性的祭祀等，实质皆如此。人类只有在这样的历史阶段，才产生对神灵进行礼拜求告的观念。"[2] 而对于被认为有害于人的魔鬼妖邪之类的超自然体，仍继续采取法术来对待的习俗。近存的原始宗教萨满教最能体现这种"巫教同体"的特征。

萨满教曾广泛流传于中国东北到西北边疆地区的许多民族中，鄂伦春、鄂温克、赫哲和达斡尔族到20世纪50年代尚保存该教的信仰。因为通古斯语称巫师为萨满，故得此称谓。通常泛指东起白令海峡、西迄斯堪的纳维亚拉普兰地区之间的整个亚欧两洲北部乌拉—阿尔泰语系各族人民信仰的该类宗教；也有广义借指今天世界各地原始社会土著民族信仰的原始宗教，特别是北美爱斯基摩人、印第安人和澳大利亚土人的原始宗教。萨满教信仰万物有灵，认为自然界的变化和人的生死祸福，均是各种精灵、鬼魂和神灵意志的表现。著名宗教学者约·阿·克雷维列夫对萨满教的特点作了这样的概况："萨满教作为宗教共通的一种现象，具有以下几个特征：一、有一个特定的社会团体——萨满，他

---

[1] 爱德华·泰勒：《原始文化——神话、哲学、宗教、语言、艺术和习俗发展之研究》，连树声译，广西师范大学出版社，2005年版，第347—350页。
[2] 《中国大百科全书·宗教》，中国大百科全书出版社，1988年版，第567页。

们的专业和职能就是在人们和超自然物（鬼怪）的世界之间起媒介作用；二、萨满的主要活动形式就是同鬼怪交往，以便从那里得到对在萨满那里寄名的人有利的结果；三、巫术是一出别具一格的独角戏，由萨满表演大量的情节，既有道白，又有唱腔；四、在巫术中，萨满通常进入神经兴奋状态，然后再转入入神状态；五、充当萨满这种角色的往往是些喜怒无常的人，甚至是些精神病患者。"[1] 克雷维列夫指出，萨满教的宗教信仰实际上是多鬼崇拜，相信通过萨满可以使人与鬼怪交往而产生一种崇拜。而萨满寻找鬼怪则必须通过巫术才能实现，萨满此时施行的法术通常有两种：一种是鬼怪附着在与之相好的萨满身上，于是，萨满就开始代表这个鬼怪说话和活动。二是萨满到鬼怪世界去会见他在这种场合所需要的那些鬼怪。当然，萨满本人的躯体还在原处，但他的灵魂或幽灵已远遁。

由巫入教（由原始巫术进入原始宗教），到巫教同体（原始巫术与原始宗教混存一体），再到巫教分离（巫术与历史宗教或天启宗教的分离），这是从巫术到宗教的演变线路。而起源于原始巫术的忏悔意识在这个演变过程中是如何发展的呢？至今没有这方面的研究，加之材料缺乏，很难梳理出一条清晰的演变线路，因此，我的分析和判断难免带有猜想与推测的成分。

第一条演变线路，宗教史研究基本给出了大致既合乎事实又合乎逻辑的描述，最终落在巫术与宗教之要义的比较上。或者从巫术与宗教之别的性质中推演出巫教分离，因为根据现存的巫术和宗教，不难推演出二者由合而分的演变线路。仍然以弗雷泽的研究为例。弗雷泽说我们在调查宗教与巫术的关系之前，先要提出自己关于宗教的概念。什么是宗教呢？尽管弗雷泽说要为它拟出一个人人都满意的定义显然是不可能的，但他还是给出了自己的解释："我说的宗教指的是：相信自然与人类生命的过程乃为一超人的力量所指导与控制的，并且这种超人的力量

---

[1] 约·阿·克雷维列夫：《宗教史》上卷，王先睿等译，中国社会科学出版社，1984年版，第35页。

是可以被邀宠或抚慰的。这样说来，宗教包含理论和实践两大部分，就是：对超人力量的信仰，以及讨其欢心、使其息怒的种种企图。这两者中，显然信仰在先，因为必须相信神的存在才会想要取悦于神。"（说明：此处"宗教"应作"历史宗教"或"天启宗教"解。历史宗教或天启宗教指产生于古代，中经各个历史阶段而流传至今的宗教。不包括虽产生于古代，但如今已不存在的宗教。）在历史宗教或天启宗教中，神是有意识、有人格的最高存在，是世界的创造者，又是统治世界的主宰者。宗教仪式的目的并非仅仅为了取悦于神（上帝），而是让人在这个过程中感受上帝的美好和神圣，进而以人类的柔弱心灵去模仿上帝的完美无缺。对宗教作出了这番理解后，弗雷泽推演出了从巫术到宗教的逻辑关系及二者之别：巫术早于宗教；巫术错误地应用了人类最简单、最基本的思维过程，即类似联想或接触联想，宗教却假定在大自然的可见的屏幕后面有一种超人的、有意识的、具有人格的神的存在；同宗教的无穷多样性、多变性相比，巫术信仰呈现了单一性、普遍性和永恒性。[1] 这种从巫术到宗教的基本概念推演出来的结论，已从澳大利亚土著民族的实例中得到证实。

综合学术界的研究成果，可对巫术与宗教之别作出如下解释：巫术是利用虚构的超自然力量来实现某种愿望的法术，是原始社会的信仰和后世天文、历算和宗教的起源。凡巫术，"其要义旨在借助于一种异己的幻觉力量（魔鬼）作用于被施巫者。这里有两个条件：一是巫士能够证明主人魔鬼赋予他（她）的一种神奇的力量；二是被施巫者的信仰。巫术表达的形式很多：如午夜聚合、向魔鬼礼拜、巫士奉命与信巫者'预表'等"。[2] "宗教是把支配人们日常生活的外部力量幻想地反映为超人间、超自然的力量的一种社会意识，以及由此而对之表示信仰和崇

---

[1] 参见 J. G. 弗雷泽：《金枝——巫术与宗教之研究》上卷，汪培基、徐育新、张泽石译，商务印书馆，2013年版，第90—100页。
[2] 克里斯蒂纳·拉娜：《巫术与宗教——公众信仰的政治学·译者自序》，刘靖华、周晓慧译，今日中国出版社，1992年版。

拜的行为,是综合这种意识和行为并使之规范化的社会体系。"[1]巫术借助人的力量通神,使唤神灵,而宗教不是差使神,在神的面前,人没有使唤神的资格,只有向神祈求;巫师用巫术影响鬼神,而教士则作为祭奠的专职人员来荣耀神;巫术强调超能力,专注于神功和奇迹等特异功能,宗教则强调伦理的力量;巫术的目的是奉祀鬼神及为人祈福禳灾,并兼事占卜、星历之术,宗教的目的是拯救人类的灵魂。

与第一条线路并进的第二条线路,即忏悔意识的演变线路,我的推测是:由巫入教、巫教同体,条件是只有用于良善目的的"白巫术"才有资格进入原始宗教,并转化为原始宗教特别是天启宗教的重要内容。而用于伤害目的的"黑巫术"则被越来越成熟的天启宗教所排斥,就连民间化的神秘意识(如鬼魂意识、冥界意识、泛灵意识等)和以仪式、风俗等为表现形式的行为事象(如巫术、方术、禁忌等),也在被摒弃之列。如天主教告解仪式,信徒在神职人员面前忏悔罪过的"告解"之前,必须先经过审查指引,其中审问自己有没有信过星座、流年运情、解梦、轮回转世、求神拜佛、看相、看掌、算命、看通胜、紫薇斗数、风水、盘仙、银仙、通灵(问米),以及各类占卜符咒等巫术。天主教"十诫"之第一诫就有"信兆头为吉凶,信异端邪神,做异端的事"的内容。起源于巫术之中的忏悔意识和忏悔行为,具有宗教伦理性质,自然成为"白巫术"中的精神风范。"白巫术"进入宗教,必受宗教对其的规范,随宗教的演变而演变,其中的大部分内容被逐渐淘汰或改造,唯有忏悔意识及蕴含其中的罪的意识、与万物平等的观念、对群体爱的观念、对神灵敬畏的情感,不断得到宗教的润泽而神圣化。典型者如基督教,它将从遥远年代一路走来的忏悔意识经典化,将其凝定成基督教全部教义的核心概念。

---

[1] 吕大吉:《关于宗教本质问题的思考》,《中国社会科学》,1987年第5期,第96页。

忏悔意识的宗教伦理化

忏悔意识在西方的演变，并成为普世性的宗教伦理，是由基督教所定义的。

有学者指出，基督教的产生与发展有多种原因促成，"在宗教渊源上，它与犹太教有着直接的血缘关系。在理论体系方面，它深受希腊及希腊化时期的文化和哲学的影响。……在制度文明方面，它与罗马帝国的战争、城市文明的发展、奴隶制度的解体、帝国宫廷的奢靡生活、民众的苦难生活等有着不可分割的关系"。[1] 这是学术界普遍认同的观点。据国外的东方文化学者的研究，认为基督教的形成还有一个非犹太教的宗教来源，那就是古代巴比伦——波斯帝国盛行的琐罗斯德教，俗称拜火教。

人类文明大多数从宗教开始，由自然宗教（原始宗教）向天启宗教（历史宗教）的演变。从宗教演化的过程来看，自然宗教（原始宗教）之后的天启宗教（历史宗教）大致可以分为几个类型：一是起源较早的琐罗斯德教、婆罗门教、神道教、犹太教等；二是起源于古代后期的佛教、基督教、伊斯兰教、道教等；三是产生于古代后期的摩尼教及产生于中世纪后期的锡克教等。琐罗斯德教是人类历史上最早的天启宗教之一，大约兴起于公元前7—公元前6世纪。公元前10世纪前后，米底亚人从里海来到波斯，在这里定居。公元前6世纪居鲁士崛起，建立了波斯帝国。公元前539年，居鲁士攻克巴比伦，成为这个地区的新主宰。从居鲁士二世起，琐罗斯德教成为波斯国教。琐罗斯德教在对原始宗教信仰进行改造的基础上，确认世间唯一值得信仰的最高神祇，是光明之神阿胡拉·马兹达。按照琐罗斯德教教义，阿胡拉·马兹达是至高无上的善神。他是自我创造、无所不知、全知全能、神圣不可及、超越人类

---

[1] 杜丽燕：《爱的福音：中世纪基督教人道主义》，华夏出版社，2005年版，第17页。

想象力的神。他是世间一切美德的集大成者,有七种特性集于一身,即光明、理性、正义、统治、虔诚、幸福、不朽。

琐罗斯德教的经典文献是《阿维斯塔》,其主要思想和教义集中于此。琐罗斯德教启示,万物由神创造。神造万物经过六天:第一天造水,第二天造火,第三天造地,第四天造植物,第五天造动物,第六天造人。人类的祖先最初为一男一女,他们居住的地方是人间乐园。由于人类堕落,神震怒,遂以洪水毁灭人类。神只对得宠的一人泄露天机,并教他造一只方舟,救自己和他所喜欢的人。洪水咆哮了七天七夜,大地完全淹没于水中。那个受神宠爱的人从此供奉造物主,受主恩惠,过着神一样的生活。这种神启之说被犹太教和基督教所吸收,经过改造而成为犹太教和基督教经典《圣经》的主要内容。其中蕴含着"原罪意识"和"救赎意识",在宗教伦理中,只要有此二项要义,就会蕴含或生成忏悔意识。

琐罗斯德教影响犹太教在先。在犹太人的"巴比伦之囚"时期(公元前587—公元前538年),琐罗斯德教直接影响犹太教,促成了犹太教的教义和成文经典的产生。公元前1世纪,琐罗斯德教传入罗马。罗马是一个尚武民族,他们靠武力征服了希腊、欧洲、亚洲,随着罗马共和国版图的扩大,特别是奥古斯都建立罗马帝国以来,被征服的民族及其大批战俘,为罗马帝国带来了多种不同的宗教信仰。而自罗马共和国以来,罗马统治者对宗教一直持宽容态度,允许这些进入罗马的外邦人拥有自己的信仰。在罗马帝国时期,琐罗斯德教作为被征服者的宗教,在民间有广泛的基础,至少在基督教成为罗马帝国的国教之前,它是罗马帝国境内最大的宗教,其教义直接渗透到早期基督教思想中。由此观之,在基督教产生之时,琐罗斯德教是通过影响犹太教而影响基督教的;在基督教早期,琐罗斯德教则直接与基督教相遇而对其进行渗透的。

基督教的直接源头是犹太教,产生于公元1世纪。起初,原始基督教是犹太教的一个下层教派,还没有同犹太教分开,处在犹太基督阶段。犹太教创立于公元前11世纪。犹太人古称希伯来人,希伯来民族初居西亚的美索不达米亚(幼发拉底河流域,现伊拉克境内),约公元前13世纪迁居迦南(今巴勒斯坦),当地人称他们为"希伯来人",意为"河那边的人",后逐渐成为犹太人的另一别称。又迁至埃及,极受法老王的虐待,酋长摩西率民回到巴勒斯坦。公元前11世纪建立以色列王国,创立犹太教。公元前993年,大卫王彻底击败非利士人,统一南北巴勒斯坦,建立犹太—以色列王国,建都耶路撒冷,至其子所罗门,国势强大。所罗门死,约公元前933年,国分为二,北部为以色列王国,南部为犹大王国。两国连年战争,公元前722年,以色列王国亡于亚述,犹大国臣服苟存。公元前7世纪末,亚述帝国衰落,埃及、巴比伦相继统治巴勒斯坦。公元前587年,新巴比伦国王尼布甲尼撒二世毁耶路撒冷,灭犹大王国,并将大部分居民掳往巴比伦。犹太人认为遭此灾难,乃是自己背叛雅赫维而另拜其他神祇所受的惩罚,唯有向雅赫维认罪祈求,方能重返家园。公元前538年波斯国王居鲁士占领巴比伦,释放犹太人,使其返巴勒斯坦,重建耶路撒冷。公元前4世纪,王国相继附属于马其顿、托勒密、赛琉西诸国,公元前63年并入罗马帝国版图。在凯撒时代,犹太人已经是都城人口中的主要分子,少数人早在公元前140年就来了,很多人都是公元前63年庞培战役后被掳至罗马的战俘。他们很快便获得了自由,部分是因为他们的勤劳节俭,或者是他们对宗教习俗的遵守,使他们的主人觉得有必要让他们获得自由。66—70年,犹太人掀起了革命,反对罗马政府。住在耶路撒冷的基督徒因为相信世界末日来临,对政治漠不关心,于是离开了耶路撒冷城而定居于约旦河对岸信奉异教并亲罗马的培拉城。"从那时候起,犹太教与基督教庇离。犹太人指责基督徒的叛逆及懦弱,而基督徒却为罗马皇帝提图斯拆毁圣殿而感到兴奋不已。"[1] 两教派之间的仇恨由此而生,并使双方更坚持自己的信仰。131—135年,犹太人继续举行了反罗马的大

---

[1] 威尔·杜兰特:《世界文明史》之《凯撒与基督》,台湾幼狮文化译,华夏出版社,2010年版,第594页。

起义,又被残酷镇压。罗马帝国统治时期,绝大多数犹太人被赶出住地,流散到世界各地。

犹太人长期受欺凌的苦难现实,使他们认为欺负他们的人固然有罪,而他们自己之所以受压迫,也是因为有罪的缘故,因此,他们仰望一位救世主来拯救他们,耶稣就在这种仰望期盼中降临;基督的降临是世界末日的来临和新世界的产生。他们认为基督降临于世是要对罪恶进行审判,使一切受苦受难的人脱离苦海。耶稣不仅是犹太人的救世主,也是一切受苦人的救世主。在宗教观念上,犹太民族的神祇雅赫维(基督教人读作"耶和华")逐渐被视为各民族的主宰,是天地间唯一的真神。当时同外族杂居的一部分犹太人,在宗教上逐渐忽视传统的仪式,并在犹太神学的基础上吸收了当时流行的天堂、地狱、灵魂不死等观念,东方宗教的一些仪式,以及希腊、罗马文化中的哲学思想,"新的世界宗教,即基督教,已经从普遍化了的东方神学、特别是犹太神学的庸俗化了的希腊哲学、特别是斯多葛派哲学的混合中悄悄地产生了"。[1]

1—5世纪,是基督教的形成时期。从犹太教分离出来的基督教,在早期带有非常鲜明的犹太教特色。他们承袭了犹太人的封闭性,形成了一个封闭的团体,在罗马帝国内俨然是一个"国中之国"。一支异己的力量出现在罗马帝国内,不能不引起统治者对其的监视。1—2世纪,罗马帝国对境内的各种宗教,只要对帝国的统治不构成威胁,一般情况下都采取宽容政策。但由于基督徒不敬罗马诸神并拒绝称皇帝为"主",又经常秘密举行爱宴和圣餐礼等,因而招致罗马当局的疑忌,进而遭到不同程度的歧视和迫害。一般说来,这期间罗马帝国对基督徒的迫害多属于偶发性和地区性的,并非帝国的既定政策。只是在249—260年和303—305年,即罗马皇帝德修斯、瓦勒里安、戴克里先和加勒里乌等在位时,才发生了几次全国性的严重迫害事件。在迫害达到最极端最残酷

---

[1] 恩格斯:《路德维希·费尔巴哈和德国古典哲学的终结》,《马克思恩格斯选集》第四卷,人民出版社,1972年版,第251页。

的时候，不仅基督徒遭迫害，就连信仰基督教也被视为犯法而遭受各种刑罚。这种大规模的迫害一直持续到305年，随着皇帝戴克里先的退位才终告结束。

4世纪，罗马帝国的统治发生危机，此时的基督教在罗马帝国内已经成为一种社会政治力量，世俗封建主为了巩固其统治，都懂得借助基督教的势力和影响为自己撑腰的重要性。在这种情况下，罗马帝国的统治者对基督教的政策发生了重大变化。311年，加勒里乌帝在临死之前与西部领袖君士坦丁和东部领袖李锡尼共同颁布了《宽容赦令》，宣布基督教有信仰的自由。313年君士坦丁和李锡尼这两位结成同盟的皇帝再度签署颁布了《米兰赦令》。这个赦令给予基督教的权利比加勒里乌帝的赦令更进了一步，结束了罗马帝国对基督教的迫害，从而使长期受迫害的基督教真正取得了合法性地位。君士坦丁及之后相继即位的皇帝，完成了把基督教立为国教的重任。380年，罗马皇帝狄奥多西一世确认基督教是罗马帝国唯一合法的宗教，继而使之成为罗马帝国的国教。与此同时，是官方对异教的迫害，其迫害的规模和程度有时比原先对基督教的迫害还要厉害。基督教成为罗马帝国的国教之日，正是异教灭亡之时。

基督教征服罗马帝国是它走入世界的第一步，然而，它的历史才刚刚开始。随着西罗马帝国的灭亡，基督教入主西方，进入了它最辉煌的时代。从3世纪开始，过着游牧生活，处于原始氏族社会阶段的日耳曼人开始民族大迁移，在武力入侵为主，其他渗透跟进的形式下进入罗马，经过两个世纪的反复斗争，日耳曼人终于在476年灭亡了西罗马帝国。

日耳曼人是罗马帝国的终结者。随着日耳曼人的入侵，罗马帝国的一切文明几乎被扫荡殆尽。入侵的日耳曼人是一群没有文化的蛮族，他们每到一处，掠夺财富，摧毁城市，大肆杀戮，曾经雄霸西方、傲视世界、繁华文明的罗马帝国，如今是满目荒凉，一片废墟。而在废墟之上，唯有基督教依然挺立。原来，在大规模入侵罗马帝国之前，日耳曼人中就有不少人皈依了基督教，因此，他们在占领罗马帝国的过程中，对基督教网开一面，从而使基督教得以幸存。

在废墟之上匆忙建立起来的日耳曼诸王国，充斥着愚昧落后，文明程度极其低下，唯有基督教徒是有教养的群体。此时的基督教徒，是王者师和民众眼中有教养的阶层，"目不识丁的日耳曼人的皇帝和贵族们，几乎是从学习第一个拉丁字母和基督教第一个教义开始他们的文明历程"。[1] 基督教对他们进行文化启蒙和宗教启蒙，到700年，基督教最终使日耳曼人的西方全部皈依了基督教。

历史很快进入基督教全盛时期，随着日耳曼人封建王国的建立，基督教会也逐渐封建化、极权化了。一个出世的、以传播上帝"福音"为宗旨的神圣宗教，怎么如此世俗化了呢？早在罗马帝国消亡之时，基督教就开始把罗马成熟的政治制度、法律制度和组织权力引入教会，由此形成了强大的力量。到中世纪中后期，它的强大力量使其形成了控制教俗两界的局面，教会和教皇的权力高于一切，罗马教廷成为西方最高的权力中心，教皇成为"世界之王"。11世纪，基督教分裂为两大教派：以罗马教皇为首的西部教会——天主教会与自称为"正教"的东部教会——东正教会。东正教是基督教在俄罗斯大地上开出的新枝。俄罗斯是一个宗教和福音人道主义传统极为深厚的民族，"就俄罗斯民族来说，从988年基辅罗斯确立基督教为国教时起，到1917年十月革命时止，在近千年的时间里它一直是俄罗斯帝国的国教。直到今天，基督教的东方教派——东正教仍然对俄罗斯人的精神生活有着很强烈的影响"。[2] 与后来不断受理性主义过多改造的天主教相比，东正教更多地保留了早期基督教及福音人道主义的传统。首先，它包含着基督教人道主义的最核心内容，以"爱"为最基本的教义，以"平等"为最基本的生活准则，以"拯救"为最基本的目标。其"拯救"伦理由强烈的原罪意识、

---

[1] 杜丽燕：《爱的福音：中世纪基督教人道主义》，华夏出版社，2005年版，第308页。
[2] 雷永生：《东西文化碰撞中的人：东正教与俄罗斯人道主义》，华夏出版社，2007年版，第31—32页。

忏悔意识和救赎意识构成。宗教伦理已经成为俄罗斯民族优秀传统的重要内容，俄罗斯文化特别是俄罗斯文学和哲学中蕴涵着丰富的宗教人道主义思想，到19世纪，充满着基督教福音人道主义精神的俄罗斯文学，一跃而登上世界文学的巅峰，涌现了普希金、莱蒙托夫、果戈理、屠格涅夫、托尔斯泰、陀思妥耶夫斯基等一大批文学大师和优秀作家。即便在高压时期，这个民族仍然产生了索尔仁尼琴等人道主义文学大师。

在天主教统治的西方，11世纪以后，神成了最高统治者，由教会封建化、极权化造成的封建专制主义、蒙昧主义和禁欲主义，窒息了整个西方社会。从14世纪开始的文艺复兴运动，正是对宗教封建主义、极权主义的革命。16世纪基督教国家的宗教改革，是欧洲新兴资产阶级在宗教改革的旗帜下的反封建的社会政治运动，反对以罗马教皇为首的天主教会的统治权力、教阶制度，以及罗马教会对《圣经》的种种曲解，宣扬人的理性和思想自由，要求按照自由、平等和民主的精神来改造宗教和教会，由此产生了脱离天主教的新教，出现了路德宗（亦称"信义宗"）、归正宗（亦称"加尔文宗"）和安立甘宗（亦称"圣公宗"）三大新教流派，后又分化出许多宗派。由于受人文主义的影响，新教更重视人的现世生活价值和世俗价值。之后，经过18世纪的启蒙运动，基督教具有普世性的宗教伦理重新被凝定，并越出教界而成为整个西方社会共同遵循的价值观念。杜兰特说："基督教在基督及彼得的传播下，是属于犹太式的。在保罗之下，变成半希腊式的。在天主教里，则是半罗马式的。然而到了新教（Protestantism），原始基督教才渐渐被恢复了。"[1]

无论是天主教、东正教，还是新教，均以《圣经》作为教义经典。基督教继承并发展了琐罗斯德教和犹太教伦理，创造了一个伸延性很强的"原罪"概念，又从"原罪"概念引出"忏悔伦理"和"救赎伦理"。"'原罪'说是犹太—基督教乃至整个中世纪的伦理基石。依靠这块基石

---

[1] 威尔·杜兰特：《世界文明史》之《凯撒与基督》，台湾幼狮文化译，华夏出版社，2010年版，第596页。

才能建成庞大的理性—宗教大厦。"[1] 以爱和善为核心的基督教，在历史的演变中，始终不离"罪性"和"救赎"二义项，并将其定义为基督教神学伦理的两大主题。二义项通贯基督教伦理，而沟通二者的则是忏悔意识。在文学中，忏悔起于对罪的意识，目的是"救赎"，其完整的逻辑表达式通常由三个环节构成：由知罪、归罪到负罪、赎罪再到人性新生、灵魂复活。这种思想对西方文学的影响极大，使得西方作家在表现人性方面，有了一个深厚的思想源头。托尔斯泰、陀思妥耶夫斯基等文学大师的经典之作对其作出了经典性的表现。

如今，基督教文化已经成为西方主流文化的组成部分，具体地说，它与希腊文化、罗马文化一道，构成了西方文化的三大来源。施密特感慨："在历史的证据面前我完全被说服了：假如耶稣从来没有走过古代巴勒斯坦尘土飞扬的道路，没有受死，没有从死里复活，在他身边没有聚集这样一小群门徒去向外邦传扬他的福音，西方将不会达到如此高水平的文明，并且被赋予如此深厚的、至今仍引以为荣的人文内涵。"[2] 由此推演：假如没有基督教把人道主义思想及其忏悔伦理注入西方文化，渗透到文学中，就不会出现奥古斯丁、卢梭、托尔斯泰的"三大忏悔录"，就不会产生但丁、莎士比亚、雨果、哈代、托尔斯泰、陀思妥耶夫斯基等文学大师，而正是这些文学大师的忏悔之作，把世界文学推向至今难以企及的高度。

四、忏悔意识演变的中国路径

忏悔意识在西方由巫入教而成为超越性、神圣性的宗教伦理，而在中国，不知从上古时代何时开始，忏悔意识不声不响地消失了，没留下任何信息。这一历史之谜至今无人知晓，也无人追问。李泽厚治中国思

---

[1] 刘再复、林岗：《罪与文学》，中信出版社，2011年版，第25页。
[2] 阿尔文·J.施密特：《基督教对文明的影响·导言　信靠那值得信靠的》，汪晓丹、赵巍译，上海人民出版社，2013年版，第2页。

想史，亦将源头追溯到上古时代的巫术。他认为，从巫术出发，漫长复杂的中国文化思想演变过程及其特征是"由巫入礼归仁"，指出"由巫入礼归仁为中华文化关键所在"。[1]我猜测，忏悔意识在古代的消失，极有可能与中国文化思想的这一演变特征有直接关系。搭李泽厚学术之车，从中窥测忏悔意识演变的中国路径。

由巫入礼归仁

李泽厚新作《由巫到礼 释礼归仁》主论中国文化思想"由巫入礼归仁"。"巫"是起点，是始源，但"巫"在中国上古时代有一个极为漫长复杂的演变过程，今日已经很难具体知晓，李泽厚坦言，对其的研究，只能就所能猜测的现象作些假设论断。

"巫"在中国上古时代的演变，其中一个关键是，自原始时代的"家为巫史"到"绝对天通"之后，"巫"成了"君"（政治首领）的特权职能。陈梦家说："王者自己虽然是政治领袖，仍为群巫首。"张光直认为，巫通天人，王为首巫。尽管巫术是原始人与世界打交道的日常行为，尽管有各种专职的巫史卜祝，但最大的"巫"则由作为政治领袖的"王"来担任。他掌握着沟通神界与人世的最高神权，"从远古时代的大巫师到尧、舜、禹、汤、文、武、周公，所有这些著名的远古和上古政治大人物，还包括伊尹、巫咸、伯益等人在内，都是集政治统治权（王权）与精神统治权（神权）于一身的大巫"。[2]

这种"巫君合一"的现象，在近存的原始部落社会非常普遍。据弗雷泽《金枝》考察，处于最低级阶段的澳大利亚土著，各个图腾部族的头人都是公认的巫师，承担着施行繁殖图腾巫术仪式的重任。文化水平高于澳大利亚土著的非洲部落，那里的酋长制和君主制都得到了充分发

---

[1] 李泽厚：《由巫到礼 释礼归仁·前记》，生活·读书·新知三联书店，2015年版。
[2] 参见李泽厚：《由巫到礼 释礼归仁》，生活·读书·新知三联书店，2015年版，第6—7页。

展，但那里从巫师特别是祈雨巫师变为酋长的现象比较普遍，尤其是世袭巫师的权力巨大，能够很快上升到小领主或酋长行列。在南非部落中，求雨巫师在人们心目中的地位甚至超过国王，就连国王也要服从这位最高长官的旨意。在北美和南美部落，巫师特别是巫医，由于他们善于神秘法术，能够呼风唤雨、通达灵魂，被视为具有超自然力的神人或圣人而受到整个部落氏族的极大尊敬。"总体来说，我们似乎有理由推演出这样的看法：在世界上很多地区，国王是古代巫师或巫医一脉相承的继承人。"[1]

"巫君合一"是体制性的形式规范，实质是"政教合一"，经由此途径直接理性化而成为中国文化大传统的根本特色，这就是中国上古思想史的最大秘密。

"巫"在上古的演变中形成了一整套极其繁复的仪文礼节的形式规范，李泽厚称之为"巫术礼仪"，其特征是动态、激情、人本和神本不分的"一个世界"，相比较而言，宗教则属于更为静态、理性、主客分明的"两个世界"；其主观目的是沟通天人、和合祖先、降福氏族；其客观效果是凝聚氏族、保持秩序、巩固群体、维系生存。

在中国上古巫术活动中，"巫"有多种表现形式，其中以卜筮的记录最为显赫。卜筮是巫的静态表现形式，"筮为巫之道具，犹规矩之于工匠"。一般的巫术多是奉祀鬼神及为人祈福禳灾，并兼及占卜、星历之术，"但卜筮更突出了与君王活动特别是政治活动的联系，因之便记录、保存也声张着某些重大政治军事事件的经验。也就是说，不可思议、难以解说的'神意'、'天示'与人们（氏族、部落、酋邦）的历史事实和经验越来越相互组接渗合，'神意'、'天示'越来越获有某种经验的理性规范和解说。《周易》爻辞卦辞中保存了好些史实，它们作为历史的经验，已与'神意'、'天意'混为一体。这也正是'由巫而史'

---

[1] J.G. 弗雷泽：《金枝——巫术与宗教之研究》上卷，汪培基、徐育新、张泽石译，商务印书馆，2013年版，第157页。

的理性化过程的具体表现。"[1]亦即中国文化"巫史传统"基础工程的初创。

"巫史传统"是个大工程，它最终形成中国文化大传统，经由周公、孔子两大步完成。"第一步是'由巫到礼'，周公将传统巫术活动转化性地创造为人际世间一整套的宗教—政治—伦理体制，使礼制下的社会生活具有神圣性。第二步是'释礼归仁'，孔子为这套礼制转化性地创造出内在人性根源，开创了'壹是皆以修身为本'的修齐治平的'内圣外王之道'。"[2]

第一步"由巫到礼"。到周代，"由巫而史"出现了质的转折，这就是周公的"制礼作乐"。它最终完成了"巫史传统"的理性化过程，从而奠定了中国文化大传统的根本。此中，由"德"和"礼"二义项作为标志。"德"是由巫的神奇魔力和循行"巫术礼仪"规范等含义，逐渐转化为君王行为、品格的含义，最终才变为个体心性道德的含义。简言之，即原始巫君所拥有的与神明交通的内在神秘力量的"德"，变为要求后世天子所具有的内在的道德、品质、操守。"德"的外在方面演化为"礼"。"礼"的基本特征是：原始巫术礼仪基础之上的晚期氏族统治体系的规范化和体系化，它由各原始人群都曾有过的巫术活动，结合、统领、规划从饮食、婚姻等开始的生活习俗，转换性地创作出一整套社会秩序体系和日常生活规范的礼仪制度，这便是中国上古所独有的"由巫到礼"的理性化道路；"巫"的理性化的主要成果或集中体现便是"礼"。这也就是"巫史传统"，由此而形成了中国文化"伦理、政治、宗教三合一"特征的坚实基础。"礼"由巫术礼仪，演化至天地人间的"不可易"的秩序、规范（"理"），这一人文化、理性化过程，也就大

---

[1] 李泽厚：《由巫到礼　释礼归仁》，生活·读书·新知三联书店，2015年版，第17页。
[2] 李泽厚：《由巫到礼　释礼归仁》，生活·读书·新知三联书店，2015年版，第141—142页。

体完成了，从而奠定了中国文化的基本精神和主要特质。[1]

巫术在周初的演变分化至为关键，"由巫入礼"导致巫术分化为二途。一方面，巫祝卜史等职官，其后逐渐流入民间，形成中国文化的小传统。后世则与道教合流，又演变为民间各种大小宗教和神秘文化。古代殷周人认为，卜筮可以决疑惑、断吉凶，巫师能通鬼神，这种依仗巫术祈福禳灾的法术逐渐为道教所吸收。战国以后神仙方术渐起，神仙思想在《庄子》和《楚辞》里已屡见不鲜。就连佛教也沾染了巫风神气，"中国本信巫，秦汉以来，神仙之说盛行，汉末又大畅巫风，而鬼道愈炽；会小乘佛教亦入中土，渐见流传。凡此，皆张皇鬼神，称道灵异，故自晋讫隋，特多鬼神志怪之书"。[2]之后，神仙家的神仙信仰和方术皆被道教所承袭，神仙方术演化为道教的修炼方术，方术士亦逐渐演化为道士。

巫术除被道教吸收外，还为佛教等许多民间宗教所吸收。中国民间宗教大都是"体巫而形释"，佛教和模仿佛教的道教实际上仍是"巫"的特质：崇拜对象多元，讲求现实效用，通过念经做法事，使人去灾免祸保平安。另有很大一部分巫术则转化为民间神秘文化。神秘文化大体由以信仰为核心的观念（如鬼神观念、冥界观念、泛灵观念、迷信观念等神秘意识）和以仪式、风俗为表现形式的行为事象（如巫术、方术、禁忌等神秘事象）这两个互为表里的层面构成一个整体。这些都是中国文化小传统的内容。

另一方面，则是经由周公"制礼作乐"即理性化的体制建构，将天人合一、政教合一的"巫"的根本特质，制度化地保存延续下来，成为中国文化大传统的核心，形成中国独有的礼教传统。

第二步"释礼归仁"。由巫入礼归仁的大成者是孔子，孔子以"仁"

---

[1] 参见李泽厚：《由巫到礼 释礼归仁》，生活·读书·新知三联书店，2015年版，第21—40页。
[2] 鲁迅：《中国小说史略》，《鲁迅全集》第9卷，人民文学出版社，2005年版，第45页。

释"礼",强调"礼"不止是语言、姿态、仪容等外在形式,而必须有内在心理情感作为基础,要求将"仁"落实到世俗的日常生活、行为、言语、姿态中,将巫术礼教中敬、畏、忠、诚、庄、信等基本情感心态人文化、理性化,从而对"礼"作出了伦理学的重新阐释:

> 孔子将上古巫术礼仪中的神圣情感心态,转化性地创造为世俗生存中具有神圣价值和崇高效用的人间情谊,即夫妇、父子、兄弟、朋友、君臣之间的人际关系和人际情感,以之作为政治的根本。它既世俗又神圣,既平凡又崇高,"仁"因之成了人所以为人的内在根据,这就是孔子继周公之后所作出的重大贡献。如果说周公"制礼作乐",完成了外在巫术礼仪理性化的最终过程,孔子释"礼"归"仁",则完成了内在巫术情感理性化的最终过程。[1]

至此,由巫入礼归仁的"巫史传统"的大工程终于落成,它最终建构的是既合乎天人合一、家国一体理想,又充满理性精神的"道德—伦理"体系。这个文化思想传统自古把宗教限定在伦理道德范围之内,吸收并融合了宗教观念,于是有"天人合一"观念。主张天人合一,以天道规范人道,以伦理观来配合宇宙观,所以中国始终没有形成那种绝对的、全知全能的、主宰一切的,远远超乎现实之上的神,因为神就在"礼仪"中,严格履行礼仪就是敬拜神明。儒家把这一观念发扬光大,为后世遵循,成为长远承系的思想主干。正如黑格尔所说:"中国人有一个国家的宗教,这就是皇帝的宗教,士大夫的宗教。这个宗教尊天为最高的力量,特别与以隆重的仪式庆祝一年的季节的典礼相联系。我们可以说,这种自然宗教的特点是这样的:皇帝居最高的地位,为自然的主宰,举凡一切与自然力量有关联的事物,都是从他出发。与这种自然宗教相结合,就是从孔子那里发挥出来的道德教训。……道德在中国人

---

[1] 李泽厚:《由巫到礼 释礼归仁》,生活·读书·新知三联书店,2015年版,第31页。

看来,是一种很高的修养。……在中国人那里,道德义务的本身就是法律、规律、命令的规定。"[1] 中国历代君王均视政权神授,受命于天,自居天子之位,王权高于神权,因此,既利用宗教的"教化"作用,又与宗教保持一定距离,对各种宗教采取兼容并蓄的政策,将宗教中国化,纳入传统的"伦理—道德"体系之中。另外,中国民间宗教具有世俗性和功利性,老百姓进寺庙烧香,与西方基督教徒进教堂忏悔不一样。基督教认为人生而有罪,进教堂的目的是去忏悔自己的行为。中国老百姓不懂得真正意义上的忏悔。在更多的情况下,他们进寺庙烧香求神拜佛,目的是祈求神明给自己和全家带来好运,或合家平安,或多子多福,或生意兴隆,或升官发财,等等。

这个传统大概从巫君合一、由巫而史的上古时代就开始了,而具有宗教性质和个人主义倾向的原始忏悔意识,最迟在进入"由巫入礼"的周初,就开始受到多方面的抑制、抵制乃至否定。周初巫术演变之二途,都不利于忏悔意识的发展。源于"万物有灵观"的忏悔意识及其忏悔行为,是巫术的一种表现形式,当它进入中国文化小传统之途后,就为怪力、乱神、迷信、俗事所累而沦落民间,再也无心顾及精神维度的超越了。当它进入中国文化大传统之途后,它的个人主义和自我否定的精神,以及追求超越的气质,显然与大传统"礼教仁规"格格不入,必然要受到大传统的阻截排斥直至自我消失;或被迫接受大传统的改造,转化为知错、认错、自我检讨性质的"内省",而后融入儒家伦理道德之中。这大概就是忏悔意识在古代中国的命运。

"忏悔"概念的词源学考察

再从词源学方面考察,也可发现"忏悔"概念的中国特色。

汉语中本来没有"忏悔"这个概念,《韵补》云:"忏悔"见释典,

---

[1] 黑格尔:《哲学史演讲录》第1卷,贺麟、王太庆译,商务印书馆,1959年版,第125页。

说明这是一个外来语。"忏悔"是从印度传过来的佛教用语,由梵文转译过来。这是一个梵汉组合的词,"忏"是梵文 ksama（忏摩）的音译,省略为"忏",原意为"忍",是请求他人容忍、谅解之意;意译为"悔",合称为"忏悔"。佛教规定,出家人每半月集合举行诵戒,给犯戒者以说过悔改的机会。后遂成为自陈己过、悔罪祈福的一种宗教仪式,引申为认识了错误或罪过而感到痛心。

"忏"字繁体作"懺",该字出现较晚,东汉许慎《说文解字》中未见该字,目前所见出现该字的较早文献:1.《晋书·艺术传·佛图澄》:"（法）佐始入,澄逆笑曰:'昨夜尔与法常交车共说汝师邪？'（法）佐愕然愧忏。""愧忏"义为"羞愧而忏悔"。2.南齐萧子良《竟陵王集》二《净住子修理六根门》:"前已忏其重恶,则三业俱明。"3.《梁书·处士传·庾诜》:"晚年以后,尤遵释教,宅内立道场,环绕礼懺,六时不辍。"4.唐朝道世撰《法苑珠林》一〇一《忏悔篇》:"积恶尤多,今既觉悟尽诚忏悔。"5.唐译《华严经》十回向品:"以忏除一切诸业重障。"魏晋南北朝时期佛教大量译经,广泛流行,渗透到政治、经济、社会、民俗及文化的各个层面。

而"悔"来自汉语,字辞例较多,且出现很早,《易》、《诗》、《左传》当中都有,但不是"忏悔"义,辞例及义项如下:

1. 悔恨、懊恼、懊丧:①"天其以礼悔祸于许"（《左传·隐公十一年》）。②"宜无悔怒"（《诗·大雅·云汉》）。③"虽九死其犹未悔"（《楚辞·离骚》）。④"此讲之悔也"（《战国策·秦策》）。⑤"悔不杀汤于夏台"（《淮南子·泛论》）。⑥"怀王悔,追张仪,不及"《史记·屈原列传》。⑦东汉许慎《说文》:"悔,恨也。"⑧南朝梁顾野王《玉篇》:"改也,恨也。"⑨宋王安石《答司马谏议书》:"可悔故也。"⑩明钱谦益《袁可立父淮加赠尚宝司少卿》:"克生直臣,事我皇祖,干严谴而不悔。"等等。

2. 过失、灾祸:①甲骨文中没有"悔"字,但有"每"字,学者们多以为"每"在有的卜辞里读"悔",如（《甲骨文合集》28460）:

"翌日戊王其田,亡灾,弗每(读'悔')",意思是:第二天戊日商王去田猎,没有灾难,没有灾祸。②《易·系辞》:"悔吝者言乎其小疵也。"③《诗·大雅·抑》:"庶无罪悔。"④《公羊传·襄公二十九年》:"尚速有悔于予身。"

"忏悔"两字作为一词出现的最早文献是:晋郗超《奉法要》:"每礼拜懺悔,皆当至心归命,并慈念一切众生。"其后例句越来越多,但多与佛教有关:唐《法苑珠林》卷一〇二:"积罪尤多,今既觉悟,尽诚懺悔。"宋郭彖《睽车志》卷一:"当往求善秀长老,说懺悔可以灭罪。"清袁枚《新齐谐·石揆谛晖》:"夫儒家之改过,即佛家之懺悔也。"等等。

"忏悔"的词源学揭示:忏悔由音到意的译解,成了"忏"虚"悔"实的组合,故而通常作"悔,恨也"解。源于宗教的悔罪概念,在中国文化的语境中,更多地体现为后悔、内省、反省、悔恨、追悔等含义,基督教伦理的意味单薄而中国现实伦理的意味浓厚,而且,这现实伦理主要是由中国传统文化所酿制。后来在翻译圣经和西方神学经典时,其对应的概念亦采用汉语"忏悔"意译。这说明,外来的宗教进入中国,首先要从语言上接受中国文化的改造。

开创中国忏悔文学的新时代

中国现代文学忏悔意识及其忏悔文学的产生,始于西方忏悔意识的直接影响,同时将本土伦理资源纳入其中,在相互交融中生成具有中国特色的忏悔意识及其表现形态:"西学中用"的宗教伦理在观念层面为它提供了自审性意识,中国近现代以来备受列强侵略欺压的现实则是它产生的内在动力,现代人性及中华民族的伦理道德作为思想资源主动进入忏悔意识之中。尤其是近代以来中华民族惨遭列强侵略蹂躏的现实,使近现代先进的知识分子产生了"自悟其罪,自悔其罪"(梁启超)的忏悔意识,他们立志"从头忏悔,改过自新"(陈独秀),并呼唤中国人

"顿悟"、"忏悔"。他们认识到中国的失败,乃是中华民族积贫积弱的结果,不仅是"列强之罪",也是"自身之罪"。新文化运动的启蒙主题之一,就是要揭露与批判中国传统文化的"历史之罪",陈独秀、鲁迅、周作人等新文化运动的代表性人物对"历史之罪"的批判,意在唤醒民众对"自身之罪"的觉醒。(中国当代忏悔意识及其忏悔文学的兴起,与此相似,不过,它是对其时刚刚逝去的"文革之罪"的追罪与评判,在反思反省中作"自我审判"的个人忏悔。)近现代之际,"自悟其罪,自悔其罪"的忏悔意识,首先在鲁迅的《狂人日记》中得到了形象而深刻的表现。狂人发现中国人的罪,是四千多年历史积淀下来的罪,这种历史之罪是"吃人"之罪。传统文化已有"四千年吃人履历",而我也是其中罪人之一,"我亦吃人"。但刘再复、林岗认为《狂人日记》中的罪意识,"并不是宗教意义上的罪意识,而是历史维度上的罪意识。即它所感悟到的罪,并非佛教也不是基督教意义上的存在之罪,而是一种历史之罪,即四千年封建礼教所积淀的历史之罪。"[1]换言之,鲁迅在《狂人日记》里追究与批评的主要是"他之罪",而不是"我之罪"。狂人在疯癫的幻觉中发现"传统吃人"、"我亦吃人"的罪恶,与他病愈后"赴某地候补",又回到使他致病的"吃人"社会的遗忘之举,构成了反讽。正是这种反讽,坐实的还是"传统之罪"、"历史之罪"。与陀思妥耶夫斯基相比,鲁迅的局限性是明显的:"鲁迅在陀思妥耶夫斯基的灵魂法庭门前站住,然后退出,这可以看做一种象征现象:在新文化运动中诞生的中国现代文学,有它先天的弱点,和最伟大的文学相比终究存在隔膜。鲁迅的退出说明了即使是具有巨大思想深度并解剖过国民集体灵魂的最伟大的中国现代作家,也没有向灵魂最深处挺进,明知'灵魂的伟大的审判者'必须同时也是'伟大的犯人',但终究没有兼任这两个伟大角色。于是,他尽管发出呼叫,但终究没有发出动人心魄的论辩。鲁迅尚且如此,更毋庸论及其他。"[2]

---

[1] 刘再复、林岗:《罪与文学》,中信出版社,2011年版,第229页。
[2] 刘再复、林岗:《罪与文学》之《导言》,中信出版社,2011年版。

是的，鲁迅尚且如此，更毋庸论及中国现代其他作家了。仿佛是为了给刘再复、林岗这句语焉不详的断语作注解似的，深爱俄罗斯文学的莫言切题示意："《红楼梦》之后到建国之前，除了几部黑幕小说、几部武侠小说、几部言情小说，外加五四时期的一批作品，有关人的本质追寻，有关灵魂拷问，有关信仰和拯救的小说，几乎是空白。我们的封建文化背景下的文学，缺乏触及灵魂的传统，我们太多复仇的文学，太多复仇的教育，却没有宽恕和忏悔的传统。"[1]

对于中国文学缺乏忏悔意识，"五四"新文学的先行者早有察觉并在创作中有所表现。周作人在论述俄国文学时，反观出中国文学这一根本缺陷，他在《文学上的俄国与中国》中说："俄国文学上还有一种特色，便是富于自己谴责的精神。……描写国内社会情状的，其目的也不单在陈列丑恶，多含有忏悔的性质，在息契特林（Shtshedrin Saltykov）、托尔斯泰的著作中，这个特色很是明显。在中国这自己谴责的精神似乎极为缺乏：写社会的黑暗，好像攻讦别人的阴私，说自己的过去，又似乎炫耀好汉的行径了。"[2] 周作人还注意到，中国文学不仅缺乏"自我谴责精神"，还缺乏陀思妥耶夫斯基式的对灵魂的深刻解剖。之后，鲁迅也发表了几篇关于陀思妥耶夫斯基的评论，他在《"穷人"小引》中有一段关于陀氏的著名论述："凡是人的灵魂的伟大的审问者，同时也一定是伟大的犯人。审问者在堂上举劾着他的恶，犯人在阶下陈述着他自己的善；审问者在灵魂中揭发污秽，犯人在所揭发的污秽中阐明那埋藏的光耀。这样，就显示出灵魂的深。"[3] 鲁迅看到了陀氏灵魂书写的残酷和深刻之时，正是他带有罪感的忏悔意识产生之时。

站在21世纪回望20世纪，中国经历了太多的灾难，先是外族的入

---

[1] 莫言：《莫言讲演新编·当代文学创作中的十大关系》，文化艺术出版社，2010年版，第238—239页。
[2] 钟叔河编订：《周作人散文全集》第2卷，广西师范大学出版社，2009年版，第265页。
[3] 鲁迅：《集外集·"穷人"小引》，《鲁迅全集》第7卷，人民文学出版社，2005年版，第106页。

侵蹂躏,后又经过一波接一波的"运动",作家们对这一切不是没有反省,但每一次"反省"、"反思",最后都是通往现实的解决之路,难见震撼灵魂的忏悔。我之所以关注新时期以来忏悔文学,是因为中国古代文学和中国传统文化确实如同那些否定性判断所言,缺乏忏悔意识,难见忏悔之作;而开始复兴忏悔意识的中国现代文学,由于受"启蒙"、"救亡"等强势话语的挤压,只见包含现代因素的忏悔意识在鲁迅、周作人、郭沫若、郁达夫、曹禺等作家的作品中涌动,但是,除了鲁迅的《狂人日记》、《伤逝》之外,几乎难以见到真正的忏悔作品。之后,忏悔意识在当代又被中断三十年。从 1978 年开始,忏悔文学兴起,经过近四十年的发展,已经形成了一股越来越强劲的创作趋势。

  1978 年开始的伤痕文学、反思文学对 20 世纪 50 年代以来的极"左"思潮和阶级斗争,特别是"文革"的政治暴力进行批判与反思,这种批判与反思既针对"历史之罪",也面对"人之罪",忏悔意识由此产生。"文革"结束后,巴金是第一个站出来进行自我审判、真诚忏悔的作家。这种具有自传性质并兼及历史反思和现实批判的"自我审判",已经成为近四十年这一路忏悔文学共同遵循的创作原则。它从巴金开始,然后在戴厚英、韦君宜、老鬼、张承志、史铁生等作家自传性质的作品中得到继承和发展。与此同时,大约从 1982 年的《黑骏马》开始,其忏悔意识越出历史反思和政治批判的视界而进入世俗人生及人性层面,在情爱、命运、生存、感恩、复仇中展开"罪与罚"的忏悔救赎。到目前为止,由巴金《随想录》、《再思录》、韦君宜《思痛录》、流沙河《小草在歌唱》、孙静轩《历史在这里沉思》、《人血不是水》、张承志《黑骏马》、张炜《古船》、老鬼《血色黄昏》、《血与铁》、张贤亮《绿化树》、《男人的一半是女人》、史铁生《病隙碎笔》、许春樵《男人立正》、莫言《蛙》、北村《施洗的河》、《孙权的故事》、《愤怒》、《我和上帝有个约会》、乔叶《认罪书》、王克明、宋小明主编《我们忏悔》、王十月《人罪》、杨仕芳《而黎明将至》、《白天黑夜》、艾伟《南方》、陈仓《从前有座庙》、蒋韵《水岸云庐》、《你好,安娜》、李锐《张马丁的第八天》、《囚徒》、李凤群《大望》等忏悔之作,以及雷抒雁《小草在歌唱》(诗歌)、戴厚英《人啊,人!》、《我的写作生涯》,莫言《白狗秋千架》、《丰乳肥臀》、陈忠实《白鹿原》、余华《活着》、张承志《心灵史》、霍达《穆斯林的葬礼》、铁凝《大浴女》、马金莲《父亲的雪》、杨少衡《昨日的枪声》、许春樵《麦子熟了》、刘庆《唇典》、阿来《云中记》等局部含有忏悔意识、忏悔情节和忏悔因素的"非忏悔主题"作品,一并构成的创作思潮足以说明,它们正在开创中国忏悔文学的新时代。

概括中国当代忏悔文学,其表现形态主要有三大类型:作家灵魂告白式忏悔、原罪—赎罪式忏悔、悔悟—救赎式忏悔。

第一,作家灵魂告白式忏悔,即知罪—归罪式忏悔。作家直接作为忏悔主体的灵魂告白,在受基督教思想影响的西方具有深远的传统,历史上流传至今并以"忏悔录"命名的自传作品有一千多种,其中最著名的作品是奥古斯丁、卢梭、托尔斯泰写作的《忏悔录》,简称"三大忏悔录"。中国自传中的忏悔意识稀薄,未能形成传统。新时期以来,巴金《随想录》、韦君宜《思痛录》、戴厚英《〈人啊,人!〉后记》、《性格·命运·我的故事》、《做人·作文·我的故事》、《结缘雪窦寺》等文组成的"忏悔录",以及老鬼《血与铁》、史铁生《病隙碎笔》等自传作品或自传性作品,表现出可贵的忏悔精神。这种类型的忏悔还包括由作品主人公替代作家承担忏悔主体的灵魂告白,即作品主人公是作者的化身,所写内容均为作家的经历,如老鬼的《血色黄昏》,基本上属于直接形式的自传性忏悔录。张贤亮的《绿化树》和《男人的一半是女人》的主人公章永璘的经历主要是作者的,但所写内容多有虚构,可视为作家间接形式的自传性忏悔。

第二,原罪—赎罪式忏悔。"原罪"是犹太—基督教的核心观念,是建构宗教伦理的基石。它的影响和作用之大,以致成为整个西方社会的伦理思想。刘再复、林岗在《罪与文学》里归纳出它的三个特点:首先,它是与生俱来的;其次,它没有伤害对象,不涉及一个具体的伤害性行为,人之原罪其实是人性深处某些不善的东西;最后,原罪是一笔永远还不清的债务，要求人必须在一生中始终忏悔以求救赎。

忏悔意识在宗教中广泛存在，不论是基督教还是伊斯兰教都认为人生而有罪，应当忏悔和赎罪。受宗教影响较深的文学作品往往具有强烈的忏悔意识，从而表现出思想的深广和感人至深的力量。当代文坛具有宗教信仰的作家不多，具有代表性的作家是霍达、北村和张承志。北村信仰基督教，霍达、张承志信仰伊斯兰教，宗教伦理思想使他们的小说具有超越性的忏悔意识，强化了中国当代小说的灵魂向度。然而，他们的小说文本在忏悔意识的表现上却不尽相同：北村小说中的忏悔是对偏离基督道路的自责，具有宗教寓言的性质；张承志小说中的忏悔表现为牺牲和献祭，执着于宗教精神的赞颂；唯有霍达《穆斯林的葬礼》写出了个体心灵的挣扎和生命的意义。忏悔说到底是个人良知的体认，是良知与现实的相遇。宗教强调"信"的重要，排斥个人意志，仰望天堂的同时，常常忽略脚下的大地。从带有宗教色彩的狭义忏悔到灵魂自我拷问的广义忏悔，是一个舍筏登岸的过程。因此，虽然宗教赋予了文学超越性，但真正的忏悔并不限于宗教，也应当超越宗教。这也从另一个角度证明，缺乏宗教传统的国家也能产生真正的忏悔之作。

中国文化中没有这种先验存在的原罪观念，中国当代文学中的所谓原罪，多指极"左"年代由阶级论及暴力政治强加于人的一种"无罪之罪"。近四十年来的文学，表现并否定这种原罪的作品非常多。而写"原罪"又通向"忏悔"的作品则体现出"否定"与"建构"的双重性，它有两种类型：一是以张贤亮《绿化树》和《男人的一半是女人》为代表，主人公章永璘因出身贵族之家，背负了阶级原罪；因被打成反革命"右派"，又被迫承受"当下之罪"。他在劳教期间的忏悔，不是针对阶级原罪和当下之罪而发，而是因为他背叛了两个有恩于他的女人而发。二是以张炜《古船》为代表，主人公隋抱朴亦因民间贵族之子的身份而身负双重原罪，一个是家族原罪，一个是阶级原罪。对于家族原罪，他在无罪可赎又无人追罪的情况下甘愿认领，而阶级原罪却是强加于他的负罪，他无可反抗，但要他束手领罪，又非他所愿。在这种情况下，他甘愿为人类犯下的罪恶赎罪。表现在思想上，就是将"人之罪"转化为"我之罪"；表现在行动上就是放弃复仇，阻止家族之间借助阶级之力而相互残杀；表现在精神上，就是在经受苦难的磨砺和人性的拷问之后，特别是在《共产党宣言》思想的引导下，最终走向人性的新生。

  第三，悔悟—救赎式忏悔。这是忏悔文学最基本最常见的表现形态，张承志《黑骏马》、莫言《白狗秋千架》、《丰乳肥臀》、《蛙》，铁凝《大浴女》、马金莲《父亲的雪》、王十月《人罪》、杨仕芳《而黎明将至》、艾伟《南方》等作品，基本上都属于这种形态的忏悔之作。其他忏悔形态差不多都是从这一本根上生长出去的。即便如此，它们仍血脉相连，保持着"悔悟与救赎"、"罪与罚"的忏悔模式。因罪而悔悟而忏悔，是这种忏悔文学的特点。与"无罪之罪"的忏悔必须借助"罪感"的转移或重新认定来实现，有着本质的区别。这种类型的忏悔文学实际上有多种表现形态，其中最突出者是"复仇—醒悟式忏悔"。《愤怒》、《昨日的枪声》、《认罪书》、《白鹿原》等作品中复仇形象的出现，标志着中国当代文学的一大进步。复仇是人类最古老的欲望，它的动机源于本能的自卫或发泄仇恨的需要，是一种毁坏性很大的行为。中国古代文学叙写的复仇，多在惩恶扬善、行孝尽伦、主持正义等名义下实施，很少对复仇作深刻的反省、自责和忏悔。中国当代"十七年文学"中的复仇叙写，仍然延续了复仇正义性的传统。新时期以来的忏悔文学，无论是《愤怒》里的李白义、《认罪书》里的金金，还是《昨日的枪声》里的林一新、《白鹿原》里的田小娥等复仇者，均在复仇成功之后良心发现，人性觉醒，自我归罪，在行动上通向赎罪和拯救。或者如李白义，复仇之后远走他乡，经商致富后从事慈善事业，以此达到赎罪的目的；或者如复仇女神金金，在审判了所有人的罪后，转而审判自己的罪恶；或者如田小娥，达到复仇目的之后，反而顿生罪恶感，一次又一次地忏悔自己的作恶。

结　语

世界文学经典证明：忏悔意识极大地提升了西方文学的品质，它在英国文学、法国文学、特别是在俄罗斯文学中发扬光大，曾于19世纪把俄罗斯文学推演到世界文学的高峰状态。莎士比亚、大仲马、雨果、卢梭、托尔斯泰、陀思妥耶夫斯基等忏悔文学大师，成为中国一代又一代作家的精神导师。学术界指出：中国文学缺少伟大的灵魂之作，原因是中国文学缺乏忏悔意识。中国文学为何缺乏忏悔意识？最重要最直接的原因是中国缺少宗教，具体而言，是中国缺少基督教伦理资源。这种基于"历史事实"和"现状事实"作出的绝对性判断含有二义：忏悔意识是以基督教为文化传统的西方人的专利，没有基督教文化传统的中国人必然缺乏忏悔意识。

拨开学术屏障，知识考古学出示了一种四两拨千斤的朴素见识：原罪意识和忏悔意识是远古时代所有原始人及现代仍然处于原始状态人群的一种基于本能的生命意识，一种存在于原始巫术之中的具有原始宗教伦理性质的意识。

源于"万物有灵观"和"惧神（魂灵）观"的原罪意识和忏悔意识随巫术演变而演变，在中西方不同的文化境遇中生成不同的演变路径。在西方，由巫入教，原始巫术和原始宗教融合而发展为天启宗教即启示宗教，经琐罗斯德教和犹太教而至基督教；与此互生的忏悔意识演变为宗教伦理，其中的罪感意识和忏悔意识成为基督教伦理的两大主题，成为西方主流文化中占主要地位的价值观。在中国，巫君合一、由巫而史的"巫史传统"，其演变路径是"由巫入礼归仁"，它在周初开始分化为二途，其主脉演化为中国文化大传统，最终构建了现实的"伦理—道德"体系，其支流进入中国文化小传统。忏悔意识在中国文化大传统和小传统之中，均受到抑制、排斥、否定或改造，再也无心顾及精神维度的超越而沦落了。

忏悔意识在中西方演变的不同结果，似乎宿命般地回到问题的起点。忏悔意识缺乏，必然导致中国文化和中国文学缺乏忏悔意识。

而破题之选项亦存在于此。回到知识原点，即忏悔意识是人与生俱来的一种生命意识，那么，它就有多种生存发展的路径，除中西方两种演变路径之外，相信还有通过其他路径演变而来的忏悔意识。对于这方面的知识，我略知一二，此处暂不论。就我所知，随宗教发展并成为基督教伦理的忏悔意识，已经形成西方文化传统，因而极有利于忏悔文学的发展。而随"由巫入礼归仁"的中国原始忏悔意识，不仅没有被宗教所接引，反而被现实伦理所压抑所禁锢，由此而造成中国文化和中国文学缺乏忏悔意识，进而缺少忏悔文学的局面。但我坚信，中国世代累积的丰富的伦理资源可以通过现代人性将忏悔意识激活，从而将中国文化和中国文学引领到精神之境。历史在等待着它复活，这个机会终于在中国近现代之际到来。在现代语境中生成的忏悔意识，可谓应运而生，但却生不逢时。这是因为带有超越精神和个人主义的忏悔意识，在"五四"初期可以发挥反思与批判"历史之罪"、"自身之罪"的作用，汇入反传统、反封建、反列强的思想启蒙洪流之中。但在"救亡图存"的现实要求下，任何关于"历史之罪"、"自身之罪"的批判，都不利于"救亡主题"甚至"启蒙主题"的阐发。步履艰难的忏悔意识为中国现代文学注入了新的元素，却没有创作出可观的忏悔之作。新时期以来特别是新世纪以来的忏悔文学，与整个社会在思想上和精神上的要求有着同构性和一致性，用现代人性激活本土伦理资源，即在精神层面接受西方忏悔意识的启示，在内容层面则以现代人性及其被它激活并改造的本土伦理思想作为资源，从而创作出基于现实"人性—伦理"性质的"中国式的忏悔文学"，促成了中国当代忏悔文学的兴起与发展。

附录二
鲁迅：中国现代忏悔文学的开创者

1918年5月，《新青年》第4卷第5号发表了鲁迅小说《狂人日记》。这是中国现代小说的"第一篇小说"、"开篇之作"[1]，并且是第一篇用"现代体式创作的白话短篇小说"，[2] 它以"表现的深切和格式的特别"，[3] 成为中国现代小说的伟大开端，开创了中国文学发展的新时代。不仅如此，之一：《狂人日记》还是中国现代忏悔文学的开山之作，而且是"一部伟大的忏悔录"，[4] 一部真正意义上的以忏悔作为主题或主要内容的忏悔小说，它与《伤逝》双峰并峙，开中国现代忏悔文学之先河。之二：鲁迅还把自我纳入忏悔之列，"自悟其罪，自审其罪"，使其成为一个伟大的忏悔者。

---

[1] 王瑶：《鲁迅作品论集》，人民文学出版社，1984年版，第261页；杨义：《中国现代小说史》第1卷，人民文学出版社，1986年版，第157页。
[2] 钱理群、温儒敏、吴福辉：《中国现代文学三十年》，北京大学出版社，1988年版，第38页；王润华：《鲁迅小说新论》，学林出版社，1993年版，第61页。
[3] 鲁迅：《〈中国新文学大系〉小说二集序》，《鲁迅全集》第6卷，人民文学出版社，2005年版，第246页。
[4] 陈思和：《中国新文学发展中的忏悔意识》，《上海文学》，1986年第2期，第80页。

一、思想启蒙"狂人"的忏悔录

我在《忏悔意识演变与中国当代忏悔文学的兴起》一文中说:"中国现代文学忏悔意识及其忏悔文学的产生,始于西方忏悔意识的直接影响,同时将本土伦理资源纳入其中,在相互交融中生成具有中国特色的忏悔意识及其表现形态:'西学中用'的宗教伦理在观念层面为它提供了自审性意识,中国近现代以来备受列强侵略欺压的现实则是它产生的内在动力,现代人性及中华民族的伦理道德作为思想资源主动进入忏悔意识之中。尤其是近代以来中华民族惨遭列强侵略蹂躏的现实,使近现代先进的知识分子产生了'自悟其罪,自悔其罪'(梁启超)的忏悔意识,他们立志'从头忏悔,改过自新'(陈独秀),并呼唤中国人'顿悟'、'忏悔'。他们认识到中国的失败,乃是中华民族积贫积弱的结果,不仅是'列强之罪',也是'自身之罪'。新文化运动的启蒙主题之一,就是要揭露与批判中国传统文化的'历史之罪',陈独秀、鲁迅、周作人等新文化运动的代表性人物对'历史之罪'的批判,意在唤醒民众对'自身之罪'的觉醒。近现代之际,'自悟其罪,自悔其罪'的忏悔意识,首先在鲁迅的《狂人日记》中得到了形象而深刻的表现。"[1]

《狂人日记》是"余"昔日中学校时良友"某君"患"迫害狂"后变成"狂人"而写的日记。根据"狂人日记"提供的一些信息来分析,狂人以前可能是一位蔑视传统、不满现实,有些新思想且行为有点过激、心理趋于偏执妄想的人,他自言二十年前曾经"把古久先生的陈年流水簿子,踹了一脚"。他的言行为社会所不容,乃至受到人们的指责、歧视和攻击。他又缺乏坚韧的抗争精神,只会在偏执妄想中被动地感受或接受外界的刺激,时时处处感觉周围的人都要害他,久而久之,他就变成了患"迫害狂"的狂人。他思维混乱,精神恍惚,在幻想中感受迫

---

[1] 王达敏:《忏悔意识演变与中国当代忏悔文学的兴起》,《扬子江评论》,2016年第6期,第76页。

害：看到眼色怪异的赵贵翁、交头接耳的路人、脸色铁青的小孩子，怀疑他们想害他；想到昨天街上那个打儿子的女人说"咬你几口"的话，前天狼子村佃户告荒时讲的吃人心肝的怪事，担心他们也要吃他；怀疑大哥请来的医生为他治病是为了"揣一揣肥瘠"，嘱咐他静养吃药是为了吃他。从赵贵翁到路人和小孩子，从大哥到医生，甚至是赵家的狗，都是他提防的对象。他怀疑"他们大家连络，布满了罗网，逼我自戕"。

这是病理狂人的意识，写病理狂人是为了引出"启蒙狂人"，这样才能看透历史吃人的本质。当疑心重重、精神恍惚的狂人在顿悟中觉醒后，一变而成为传统文化的评判者、"历史之罪"的审判者、"我之罪"的忏悔者、"罪之人"的救赎者。

作为传统文化的评判者和历史之罪的审判者，狂人猛然发现这个社会的历史是一部吃人的历史："我翻开历史一查，这历史没有年代，歪歪斜斜的每叶上都写着'仁义道德'几个字。我横竖睡不着，仔细看了半夜，才从字缝里看出字来，满本都写着两个字是'吃人'！"这吃人的历史传承有序，一直延续至今："易牙蒸了他儿子，给桀纣吃，还是一直从前的事。谁晓得从盘古开辟天地以后，一直吃到易牙的儿子；从易牙的儿子，一直吃到徐锡林；从徐锡林，又一直吃到狼子村捉住的人。去年城里杀了犯人，还有一个生痨病的人，用馒头蘸血舐。"

这一隐瞒了数千年的惊天秘密一旦被揭穿，人人都难免不寒而栗，深感焦虑和恐惧。历史之罪对于个人而言属于"他之罪"，由于个人存在于历史之中，每个人都面临着被吃的危险。这一巨大的思想意象的逻辑命题是：历史之罪是人性之恶之使然；人性之恶乃人之宿命，遂演变成"历史原罪"亦"人之原罪"。源自文化演变的历史一旦被吃人的人性之恶所掌控，历史就被高度抽象化和格式化了。

作为"我之罪"的忏悔者，狂人自我归罪、自我审判。揭穿并审判由人性之恶凝定的历史之罪，虽然达到了思想启蒙的高度，但这还不是真正的忏悔。真正的忏悔源自罪者的自我觉醒与自我归罪，即自我对"我之罪"的主动承担。而"他之罪"不仅难以涉及"我之罪"，甚至还可以成为"我之罪"隐遁逃逸的避风港。《狂人日记》真正的忏悔从狂人自悟其罪的"我亦吃人"开始：

> 四千年来时时吃人的地方，今天才明白，我也在其中混了多年；大哥正管着家务，妹子恰恰死了，他未必不和在饭菜里，暗暗给我们吃。
> 我未必无意之中，不吃了我妹子的几片肉，现在也轮到我自己，……
> 有了四千年吃人履历的我，当初虽然不知道，现在明白，难见真的人！

吃人的历史已有四千年，狂人至今才明白觉悟自己也混入其中吃过人，于是又明白吃人的历史是无数个"我"代代因袭"吃人"的传统而形成的。这就是说，历史吃人之罪，不仅是"他之罪"，也是"我之罪"，准确地说，历史之罪是由"他之罪"和"我之罪"共谋构设的结果。我有了四千年吃人履历，是说我的血脉里有着四千年吃人的基因，我在历史中存在，我即历史，历史在我中呈现，历史即我。此中呈现出来的是吃人基因的遗传性和危害性，这种遗传基因即鲁迅着力揭露和批判的国民劣根性。我们都与吃人的历史息息相关，我们都是吃人的基因的携带者，因此，这种遗传性基因具有代际复制的功能，在复制历史中复制一个个同质化的人。在遗传中复制，在复制中遗传，这才是吃人历史绵延不绝的根本大法。

意识到自己吃过人，我之存在乃"我之罪"与"历史之罪"之共生，就要在罪感意识的引导下归罪、负罪、赎罪，否则就"难见真的人"——曾经吃过人，现在"一味变好，便变了人，变了真的人"，即吃人之人变成了不吃人的人。不能如此，难以成为"真的人"。

作为罪之人（吃人者）的救赎者，狂人忏悔的最后一站，是将赎罪赋予行动，呼唤深陷历史吃人圈套并与之同谋的"罪之人"觉醒而获得救赎。狂人赌咒吃人的人,他义正词严地质问吃人者:"从来如此,便对么?"他奉劝他们真心改过,变成"真的人"。"你们可以改了,从真心改起!要晓得将来容不得吃人的人,活在世上。你们要是不改,自己也会吃尽。即使生得多,也会给真的人除灭了,同猎人打完狼子一样!——同虫子一样!"他在万分沉重的梦魇中感受着吃人之罪的重压,迫不及待地催促吃人者:"你们立刻改了,从真心改起!你们要晓得将来是容不得吃人的人,……"而没有吃过人的人,只有孩子了。孩子代表未来,于是向全社会呐喊:"没有吃过人的孩子,或者还有?救救孩子……"

这一世纪性的呐喊振聋发聩,狂人极力奉劝吃过人的人改过自新,变成"真的人",意在阻截吃人历史的延续,彻底改变既存的人吃人的社会现状;他呼吁"救救孩子",更是意在救救这个有着四千年吃人历史的社会。

关于狂人形象,我认同王彬彬的看法,他说:狂人充满正气,大义凛然,敢于蔑视包括大哥在内的吃人者,毫不畏惧地反抗着他们对自己的迫害。"狂人不仅仅是一个受害者,也不仅仅是一个反抗者,而更是一个觉醒者,一个忏悔者,一个启蒙者。"[1]《狂人日记》是一部伟大的忏悔录,而这部伟大的忏悔录是由忏悔者狂人支撑起来的,从这个意义上来说,狂人无疑是一个伟大的忏悔者。

二、思想启蒙者和人生导师涓生的忏悔录

巧合的是,《伤逝》和《狂人日记》叙写的忏悔录均出自忏悔主人公的自叙——狂人的日记和涓生的手记。所不同者,狂人的觉醒和忏悔势大力沉,其罪的意识简直通透,直达忏悔之要义;而涓生的罪的意识则在确定性与不确定性之间游移,是人性复杂性之使然,导致忏悔的真

---

[1] 王彬彬:《残雪、余华:"真的恶声"?——残雪、余华与鲁迅的一种比较》,《当代作家评论》,1992年第1期,第40—41页。

伪常常被追问。

《伤逝》是爱情故事，写一对在"五四"新文化浪潮中自由恋爱的青年男女的爱情悲剧，其主调是悲剧男主人公涓生的忏悔录。涓生自悔其罪，"我要写下我的悔恨和悲哀，为子君，为自己"。其忏悔之声在爱情悲剧中反复响起，既在开头，又在结尾，还被说明是活下来的涓生"向着新的生路跨出去的第一步"。

《伤逝》的爱情故事，从涓生和子君的真诚相爱到同居、从同居后爱情热力的下降到爱情的毁灭、从爱情的毁灭到涓生的忏悔，其演变过程经历了三个阶段。

第一阶段：涓生和子君从真诚相爱到同居。涓生是某局的小职员，整天坐在办公桌前忙于抄写公文和信件，收入少，经济拮据，勉强维持低水平的生活。与子君初恋时，他只能租住会馆里被遗忘在偏僻角落的破屋，与子君同居后，他仅租住吉兆胡同的两间小屋就用去了筹来的款子的大半，子君还卖掉了她唯一的金戒指和耳环。这种窘境坐实了他的贫穷，可能正是这种贫穷，促使他加入了意图改变旧世界而创造新世界、改变旧我而创造新我的新人行列，与那个时代很多知识分子一样，他是一个被新思想、新观念、新知识、新道德包裹起来的新人。在纯真稚气时尚的女学生子君眼里，他的形象高大光鲜，她崇拜他、仰慕他，他成了她的梦中情人。子君热情、单纯、真诚、勇敢，从她的穿着和气质来判断，她的家庭比较优越。由于他们有着共同的憧憬、理想和追求，便热烈而真诚地相爱了。表现在彼此关系上，涓生将他的"纯真热烈的爱"给了子君，他常常含着期待，在久待的焦躁中期待子君的到来，"子君不在我这破屋里时，我什么也看不见。在百无聊赖中，随手抓过一本书来，科学也好，文学也好，横竖什么都一样；看下去，看下去，忽而自己觉得，已经翻了十多页了，但是毫不记得书上所说的事。只是耳朵却分外地灵，仿佛听到大门外一切往来的履声，从中便有子君的，而且橐橐地逐渐临近"，一听到皮鞋的高底尖触着砖路的清响，使我骤然生动起来。子君爱我，也是"这样地热烈，这样地纯真"。

不难察觉，在涓生和子君的相处中，涓生始终都扮演着启蒙者的角色，是思想启蒙者、人生导师，他同她"谈家庭专制，谈打破旧习惯，谈男女平等，谈伊孛生，谈泰戈尔，谈雪莱……"这些新思想、新观念、新知识、新道德从涓生口中传到子君的耳中，又从子君弥漫着稚气的眼光里投射到涓生的心里。有学者指出：涓生和子君的交谈固定在"说—听"的模式之中，"涓生始终处于主动的给予者的地位，而子君完全笼罩在他的话语流之中，只是被动地接受，乃至一定意义上的'附和'"。这是一种"一边倒"的交谈，因此可以说："涓生与子君始终处于不平等的地位，这也是与爱情相背离的，因为爱情是建立在平等基础上的。而涓生后来为自己向子君求爱的场景感到'愧恧'、不愿提及，其实就是因为在潜意识中意识到自己之前所扮演的导师角色的高高在上的姿态和求爱者'含泪握着她的手，一条腿跪下去……'的卑微姿态之间的戏剧性反差、龃龉。"[1]他为自己轻率的行为而懊恼，极力想把它从记忆中删去。涓生后来情感的不断变化，其实早在他们开始交往时就暴露出来了。

好在他们在这种憧憬、理想和追求的交往中，不仅培植了爱情之花，而且还增强了他们背叛封建家庭、蔑视社会舆论的勇气。尤其是子君，勇敢地反抗"这里的胞叔"和"在家的父亲"对自己的拦阻和禁锢，她分明地、坚决地、沉静地抗争，并发出惊世骇俗的伟大宣言："我是我自己的，他们谁也没有干涉我的权利！"这一世纪性的"伟大宣言"宣告了子君与家庭乃至整个封建道德、传统文化的彻底决裂。故此，面对"鲇鱼须的老东西"和抹了加厚的雪花膏的"小东西"猥琐嘴脸，"她目不邪视地骄傲地走了"，在她眼里，他们能算什么东西呢？什么也不是。在寻住所的路上他们时时遇到"探索，讥笑，猥亵和轻蔑的眼光"，涓生便全身有些"瑟缩"，"只得即刻提起我的骄傲和反抗来支持"，而子君却是大无畏的，对于这些全不关心，只是镇静地缓缓前行，

---

[1] 范阳阳：《〈伤逝〉中涓生忏悔心理动因分析》，《鲁迅研究月刊》，2012年第6期，第86页。

坦然如入无人之境。她毅然决然地同封建家庭、不道德的社会彻底决裂，勇敢地和涓生同居了。

第二阶段：涓生和子君从同居后爱情热力的下降到爱情的毁灭。子君冲出封建家庭与涓生同居，是一个伟大的事件，可视为她对她那伟大的"爱情宣言"的践行，是他们追求爱情自由的伟大胜利。遗憾的是，他们的爱情悲剧正是从这种胜利开始的。同居后的子君像变戏法一样，迅速地进入了新角色，即告别反封建反传统的新女性角色，换装变成平庸的旧式家庭妇女。她乐于经营小家庭，养油鸡，养叭儿狗，充满激情地忙于怎么也做不完的繁琐的家务事，还时常为几只小油鸡与房东太太暗斗被气得闷闷不乐。

子君的这种角色的变化，映现出巨大的时代阴影。子君是新时代的新女性，她是凭借着新的文明力量冲出家庭，然而又落在传统的美德之中，满足于居家过日子，心甘情愿地做一个贤妻良母。她不由自主地、心甘情愿地放弃新女性角色，急于向传统降服，说明子君的个性解放的思想是肤浅的、不坚定的，似无根浮萍，其中还渗透着"旧思想的束缚"。正如沈敏特所说："这个曾经为了爱情自由的理想而大胆反抗的女战士，又回到了旧社会为妇女安排的那条平庸的老路上去了。""当她获得了'胜利'，按个人意愿建立了小家庭，她的反封建的积极性到此为止，爱情的内容已成虚空，这是一方面的'真实'。而这种'虚空'竟是她精神世界的一切，若失去这'虚空'，她就失去了一切。"[1] 在思想启蒙者和人生导师涓生看来，子君的这种角色转换简直是自甘"堕落"，他对之心生不满，无法接受，心里隐着不快活，抱怨子君"管了家务便连谈天的工夫也没有，何况读书和散步"。

一个自甘"堕落"，一个不能接受另一个的"堕落"，由此导致他们爱情热力不断地下降直至消失。不过才三个星期，涓生在渐渐清醒地"读遍了她的身体，她的灵魂"后，意识到他们之间产生了隔膜，"揭去

---

[1] 沈敏特：《爱情题材的历史性突破——论〈伤逝〉中的爱情悲剧》，《中国社会科学》，1983年第2期，第169页、175—176页。

许多先前以为了解而现在看来却是隔膜,即所谓真的隔膜了"。说是隔膜,其实是涓生在情感上已经对子君产生了厌倦。同居一两个月后,他曾经表示给予子君"纯真热烈的爱",也由模糊的"断片"回想而化为"无可追踪的梦影"。等到他的工作被解聘,生计发生困难时,他们的弱点顿时暴露无遗。涓生失业先是击垮了曾经"那么一个无畏的子君",她变得"怯弱"、"凄然"、"颓唐",觉得生活"凄苦和无聊"。而作为思想启蒙者和人生导师的涓生,此时不仅没有作出与子君携手共度难关的打算,反而心生自私的怪念头:失业正好振作了我们的新精神,为我们提供了开辟新的希望、新的生路的契机,而新的生路的开辟,子君是个累赘,为了自己,他必须摆脱子君的羁绊,"其实,我一个人,是容易生活的……然而只要能远走高飞,生路还宽广得很。现在忍受着这生活压迫的苦痛,大半倒是为她"。话说得冠冕堂皇,好像处处为子君着想,实则是为了维护他思想启蒙者和人生导师的正人君子形象。既想抛弃子君,又不愿背负不道德的谴责,于是沿着上述的思路出损招:新的路的开辟,新的生活的再造必须以"我们的分离"为前提,理由是"免得一同灭亡"。好像还是为了子君,但他的自私虚伪已经难以隐瞒,面对子君沉默后又质问,他终于摊牌:"……况且你已经可以无须顾虑,勇往直前了。你要我老实说;是的,人是不应该虚伪的。我老实说罢:因为,因为我已经不爱你了!但对于你倒好得多,因为你更可以毫无挂念地做事……。"这就无耻卑鄙了,明知爱是子君生命的全部,抽去爱就等于要了她的命;抛弃子君,叫子君"毫无挂念地做事",只会把软弱的无路可走的子君推回家庭,也就等于把她推向绝路。子君最终的死,说得严重点,是涓生和吞噬并化骨于无形的旧的社会力量共谋的结果。

同情子君,必然谴责涓生,而将子君之死完全归罪于涓生,似乎又有指罪过度之嫌。平心而论,涓生毕竟是一个思想大于能力、知识大于见识、既勇敢又怯弱、既善良又自私的矛盾体,如同子君,他也是被各种新思想催生出来的小知识分子。他身无谋生之长技,又缺乏经营爱情的明确理想和坚韧信念,只知"爱情必须时时更新,生长,创造",可如何时时更新爱情、创造爱情,他还停留在不切实际的空想之中。待现实的残酷迫害近身时,他才明白"人必须生活着,爱才有所附丽"。原来,被爱情排挤到一旁的俗不可耐的平庸的生活,竟然是爱有所附丽的经济基础,如同出走的娜拉,子君要维系她和涓生的爱情,"她还须更富有,提包里有准备,直白地说,就是要有钱"。钱这个字很难听,却是最要紧的,"自由固不是钱所能买到的,但能够为钱而卖掉。人类有一个大缺点,就是常常要饥饿。为补救这缺点起见,为准备不做傀儡起见,在目下的社会里,经济权就见得最要紧了"。[1] 等到他们开始重视爱之基础的生活时,才发现自己是多么的无能,在现实面前简直不堪一击。激情易逝,生存艰难,理想之塔,顷刻坍塌,什么爱情、理想和追求,全消失得无影无踪。他所谓的"开一条新路",也只是找职业、写文章、搞翻译,其手段无非是个人谋生,与理想的"新的路的开辟,新的生活的再造"的目标还相差很远。

至于造成他们爱情悲剧的原因,也非爱情热力的下降这一因之所致,而是多种力量交互作用的结果。"从自身、主观的原因去寻找,除了人生理想的狭小,还有他们对维持起码生存的经济权获得的忽视,从外部、客观的原因去寻找,则有社会对他们的直接的经济压迫等。这些内外部因素又是相互交织、制约的,如正是由于人生理想狭小,同时又忽略了经济权的获得,子君、涓生才抵挡不住社会的压迫,特别是经济压迫,他们的爱情热力才很快消散了。"[2] 最终,他们一"伤"一"逝",无论是死是活,都是让人深深同情的悲剧人物。

第三阶段:从爱情的毁灭到涓生的忏悔。涓生以为将"真话"说给子君,她便可以毫无顾忌地毅然前行,一如他们将要同居时那样坚决。当他得知子君被父亲接回家时,他才意识到事情的严重性。子君活着的

---

[1] 鲁迅:《娜拉走后怎样》,《鲁迅全集》第1卷,人民文学出版社,2005年版,第167—168页。
[2] 朱晓进、林基成:《也谈〈伤逝〉的爱情题材与悲剧》,《中国社会科学》,1984年第2期,第212页。

精神力量一旦被抽去，她就彻底崩溃了，她已经走不出去了，摆在她面前的路只有两条：不是堕落，就是回家。而回归家庭，于她又是多么糟糕、多么可怕！她以后要承受的，是她父亲"烈日一般的严威"和旁人"赛过冰霜的冷眼"，此外便是"虚空"。一个弱女子"负着虚空的重担，在严威的冷眼中走着所谓人生的路，这是怎么可怕的事呵！"他想到她的死，"而况这路的尽头，又不过是——连墓碑也没有的坟墓"。他真的自责并自悔其罪了。自责其错：我为什么要这样急切地告诉她真话呢？"我不应该将真实说给子君，我们相爱过，我应该永久奉献她我的说谎"。自悔其罪："我没有负着虚伪的重担的勇气，却将真实的重担卸给她了。"因此，他感觉自己是一个"卑怯者"。当子君真的死去，残酷的现实把他从子君走后的"寂静的空虚"抛入悔恨和赎罪的忏悔之中：

> 我愿意真有所谓鬼魂，真有所谓地狱，那么，即使在孽风怒吼之中，我也将寻觅子君，当面说出我的悔恨和悲哀，祈求她的饶恕；否则，地狱的毒焰将围绕我，猛烈地烧尽我的悔恨和悲哀。
> 我将在孽风和毒焰中拥抱子君，乞她宽容，或者使她快意……

我完全相信这是涓生发自灵魂的忏悔，我仍然认为这之前的涓生是一个思想的、人性的、道德的矛盾体，甚至矛盾到悖论的程度。关于涓生的忏悔，历来不乏质疑非议，择其几种代表性的看法以见一斑。不少学者指出：涓生是一个奇特的忏悔者，奇特在于他有着双向乃至矛盾的自我评估，他一方面痛苦地忏悔他"说出了真实"这个无过之过，另一方面又对自己之前更为实在的"过"浑然不知。"可以说，他的忏悔既是成功的又是失败的……忏悔的终极目的是自我拯救，然而涓生所谓'迈向新生'并非灵魂的超生。"在这篇"手记"中，"高尚、善良、勇于自我批评、承担责任的涓生与另一个似乎更为醒目的自私的、个人主义的涓生扭做一团——他在'超我'的忏悔行为中暴露了'本我'的抗辩，一个既矛盾分裂又统一谐和的涓生形象就这样得到呈现"。[1] 涓生对他说出"真话"之前的"真实之罪"是浑然不知，还是自私之使然，都可存疑。而涓生以"真话"掩盖"真实之罪"，则成为质疑非议的焦点，范阳阳说涓生的忏悔总是围绕着自己说出真相直接造成子君死亡这一后果，他始终没有反省自己在造成子君死亡悲剧中所应承担的真正罪过，因此，"涓生的反省和忏悔是极为有限的"。[2]

更有甚者，直指涓生的忏悔本质上是虚伪的。涓生在看似真诚的忏悔中，一边为自己开脱，一边把过错全推给子君，他忏悔的目的就是为了遗忘，他忏悔的内容就是说谎。正是这种言不由衷、表里不一的说法暴露了他的虚伪，"他的这种忏悔与《雷雨》中周朴园的忏悔很相似，都是生者变相害死死者后为了心灵的救赎而做的虚伪忏悔"。[3]

若认定涓生是一个思想的、人性的、道德的矛盾体，我倾向于刘俊的看法，他说：《伤逝》中的涓生，集"启蒙者"、"空想家"、"怯懦的自私者"、"冷漠的无情者"和"真诚的忏悔者"于一身，多重身份的缠绕使得涓生的思想十分复杂甚至自相矛盾。"鲁迅通过对涓生的这一'启蒙者'的形象塑造，对'启蒙者'自身的缺陷进行了深刻的反省，对笼罩在'启蒙者'身上的正义和正确光环进行了除魅。"[4]

涓生是一个思想和人性都非常复杂矛盾的忏悔者，他的忏悔是真诚的，他说出的"真话"也是真实的，他在不能说出真话的情况下说出真话，有着不可推卸的自私和转罪的嫌疑，但他终于承认了自己的虚伪，"我没有负着虚伪的重担的勇气，却将真实的重担卸给她了"，也就间接地自悔"真实之罪"。至于这些"真实"之间的矛盾相悖，原本就是这

---

[1] 冯金红：《忏悔的"迷宫"——对〈伤逝〉中涓生形象的分析》，《鲁迅研究月刊》，1994年第5期，第24—25页。
[2] 范阳阳：《〈伤逝〉中涓生忏悔心理动因分析》，《鲁迅研究月刊》，2012年第6期，第90页。
[3] 杨勇：《论〈伤逝〉中涓生忏悔的虚伪性》，《青春岁月》，2021年第13期，第41—42页。
[4] 刘俊：《对"启蒙者"的反思和除魅——鲁迅〈伤逝〉新论》，《文艺争鸣》，2007年第3期，第112—113页。

个复杂的矛盾体的真实存在,我们怎能将它们一一剥离开来呢?

三、自悟其罪、自审其罪的忏悔者鲁迅

以忏悔作为作品的主题或主要内容的《狂人日记》和《伤逝》,是真正意义上的忏悔小说,它们遵循经典忏悔文学的忏悔逻辑和叙事指向,与思想启蒙相互阐释、相互定义;除此之外,鲁迅还有《一件小事》、《风筝》等其中含有一些忏悔意识或忏悔情节的作品,不同程度地体现出具有伦理色彩、以反省为基调的中国式忏悔的特点。这些作品的忏悔意识均统一在鲁迅文学创作的主旨之中,其主旨是进行思想启蒙,"意在暴露家族制度和礼教的弊害",[1] 批判国民劣根性,审视历史之罪和现实之罪及人之罪,"意思是在揭示病苦,引起疗救的注意",进而"改良这人生"。[2]

这是一项艰难而伟大的思想启蒙工程,作为思想启蒙的伟大先驱,鲁迅在审视历史之罪、现实之罪及人之罪之中,做出了两个重要的发现。其一,通过《狂人日记》等作品发现历史之罪,揭示传统文化吃人的本质,这是鲁迅的思想启蒙主题的主要内容。沿着《狂人日记》的思路,鲁迅在散文和杂文中继续揭示历史吃人之罪:"所谓中国者,其实不过是安排这人肉的筵宴的厨房。不知道而赞颂者是可恕的,否则,此辈当得永远的诅咒!……于是大小无数的人肉筵宴,即从有文明以来一直排到现在,人们就会在会场中吃人,被吃,以凶人的愚妄的欢呼,将悲惨的弱者的呼号遮掩,更不消说女儿和小儿。这人肉的筵宴现在还排着,有许多人还想一直排下去。扫荡这些食人者,掀掉这筵席,毁坏这

---

[1] 鲁迅:《〈中国新文学大系〉小说二集序》,《鲁迅全集》第6卷,人民文学出版社,2005年版,第247页。
[2] 鲁迅:《我怎么做起小说来》,《鲁迅全集》第4卷,人民文学出版社,2005年版,第526页。

厨房,则是现在的青年的使命!"[1]中国是人肉筵宴的厨房,从有文明以来一直排到现在,足有四千年的历史,这是公开的吃人,早已成为传统的一部分,其基因的复制功能使"吃人"代代传承,生生不息,及至现在,"有许多人还想一直排下去"便是。鲁迅说:中国是文明最古的地方,也是素来重视人道的国度,对于人,向来是非常重视的。吃人毕竟不人道,于是吃人者便"转罪",给吃人者吃人以合法性,"至于偶有凌辱诛戮,那是因为这些东西并不是人的缘故。皇帝所诛者,'逆'也,官军所剿者,'匪'也,刽子手所杀者,'犯'也。满洲人'入主中夏',不久也就染上了这样的淳风,雍正皇帝要除掉他的弟兄,就先行御赐改称为'阿其那'与'塞思黑',我不懂满洲话,译不出来,大约是'猪'和'狗'罢。黄巢造反,以人为粮,但若说他吃人,是不对的,他所吃的物事,叫做'两脚羊'"。[2]吃人者首先将被吃的人判为"逆"、"匪"、"犯",视为非人的"猪"、"狗"、"两脚羊",然后就可以堂而皇之地吃人。

其二,通过《伤逝》等作品发现启蒙者人性的复杂、性格的怯弱、思想的困惑和生存的窘境,涓生和子君的爱情悲剧启示:不仅被启蒙者要启蒙,启蒙者也要继续自我启蒙,即在启蒙过程中不断地吐故纳新,才能成就启蒙大业,否则,等待他们的只能是涓生和子君的悲剧命运。

作为忏悔者,鲁迅如同启蒙狂人,其忏悔既指向"历史之罪"、"人之罪",又指向"我之罪",他一再坦白自己也进入了吃人之列,是吃人者的帮凶和同谋:

> 我自己总觉得我的灵魂里有毒气和鬼气,我极憎恶他,想除去他,而不能。我虽然竭力遮蔽着,总还恐怕传给别人……[3]

---

[1] 鲁迅:《灯下漫笔》,《鲁迅全集》第1卷,人民文学出版社,2005年版,第228—229页。
[2] 鲁迅:《"抄靶子"》,《鲁迅全集》第5卷,人民文学出版社,2005年版,第215页。
[3] 鲁迅:《致李秉中》,《鲁迅全集》第11卷,人民文学出版社,2005年版,第453页。

> 但自己却正苦于背了这些古老的鬼魂，摆脱不开，时常感到一种使人气闷的沉重。就是思想上，也何尝不中些庄周韩非的毒，时而很随便，时而很峻急。[1]
>
> 我曾经说过：中国历来是排着吃人的筵宴，有吃的，有被吃的。被吃的也曾吃人，正吃的也会被吃。但我现在发现了，我自己也帮助着排筵宴。……中国的筵席上有一种"醉虾"，虾越鲜活，吃的人便越高兴，越畅快。我就是做这醉虾的帮手……[2]

承认自己的灵魂里有传统思想的"毒气"和"鬼气"，坦白自己是吃人者的帮手和同谋，体现出鲁迅甚深的灵魂忏悔，"凡是人的灵魂的伟大的审问者，同时也一定是伟大的犯人"。[3] 正是在"伟大的审问者"与"伟大的犯人"的双重身份中，鲁迅把"我之罪"高高举起，将自己既纳入否定和谴责之中，同时又纳入觉醒和赎罪之中，呼吁世人觉醒新生：

> 但中国的老年，中了旧习惯旧思想的毒太深了，决定悟不过来。……虽然很可怜，然而也无法可救。没有法，便只能先从觉醒的人开手，各自解放了自己的孩子。自己背着因袭的重担，肩住了黑暗的闸门，放他们到宽阔光明的地方去；此后幸福的度日，合理的做人。[4]

鲁迅认为这是一件极伟大的要紧的事，也是一件极困苦艰难的事，

---

[1] 鲁迅：《写在〈坟〉后面》，《鲁迅全集》第1卷，人民文学出版社，2005年版，第301页。
[2] 鲁迅：《答有恒先生》，《鲁迅全集》第3卷，人民文学出版社，2005年版，第474页。
[3] 鲁迅：《〈穷人〉小引》，《鲁迅全集》第7卷，人民文学出版社，2005年版，第106页。
[4] 鲁迅：《我们现在怎样做父亲》，《鲁迅全集》第1卷，人民文学出版社，2005年版，第135页。

之所以此事"要紧"和"艰难",一是因为觉醒者自己还背着因袭的重负,"便须一面清洁旧账,一面开辟新路"。旧账积厚积深,但"旧账"与"新路"不能并存,"旧账"只会堵塞阻截新路的开辟而不会自行让开,觉醒者的新路的开辟是件紧迫的事,不能遥遥无期地等待。二是觉醒者要以牺牲的精神"肩住了黑暗的闸门",解救还没有吃过人的孩子。

启蒙者鲁迅和忏悔者鲁迅呼应着《狂人日记》和《伤逝》等忏悔之作,开创了一个时代的忏悔文学,并从中挺立起一个伟大的忏悔者形象。